唇典

刘庆——著

作家出版社

目 录

现在，
所有的供果，
都摆上了祭坛，
千网得来的安班阿斤，
已经供献上了。
这是你的海中坐骑，
我们是从两千里外的东海给你网来的。
还有百只、千只山雀，
美丽的红顶鹤，
都是你的使者。
它们听从你神鼓的声响，
一起鸣唱。

天上彩霞闪光的时候，
萨哈连水跳着浪花的时候，
天上刮下来金翅鲤鱼，
树窟里爬出来四腿的银蛇。
不知是几辈奶奶管家的年头
从萨哈连下游的东头，
走来了骑着九叉神鹿的
博额德音姆萨满，
百余岁了，
还红颜满面，
白发满头，
还年富力强。
是神鹰给她的精力，
是鱼神给她的水性，

是阿布卡赫赫给她的神寿，
是百鸟给她的歌喉，
是百兽给她的坐骑。
百枝除邪，百事通神，
百难卜知，
恰拉器传谕着神示。
厚爱情深啊，
犹如东方的太阳神光
照彻大地……

——节选自满族创世神话《天宫大战》之“头腓凌”

请静静地听吧
这是古老的长歌
萨满神堂上唱的歌

——节选自满族神话《西林安班玛发》之“头歌”

注：

腓凌是满语，译成汉语就是“回”，章节。

博额德音姆是“回家来的人”，一位逝去的大萨满，才艺卓绝的歌舞神和记忆神。相传，博额德音姆附体于萨满之后，便要通宵欢唱、舞蹈，不知疲惫。她能用木、石敲击出各种节拍的动听音节，学叫各种山雀的啼啭，嘀喽，嘀喽，非常欢快。她站在猪身上做舞，猪不惊跑，也不会把她摔下。她魂附萨满，她的萨满魂魄便传讲家族的故事，家族故事成为唇典，如长河之水滔滔而诉。

引 子

我能看见鬼。

不管白天还是黑夜，我都能看见他们。

我看见婴儿鬼野鸭一样落在镇子的榆树上，他们一丝不挂，一群一伙地在树杈上玩耍。一个大耳朵婴儿鬼伸出胖乎乎的小手向黄雀招手，枝头跳跃的小黄雀叫喳喳地凑上去，婴儿鬼龇着一口小白牙，手指轻轻一弹，小黄雀的鸭蛋黄脑袋立刻血肉模糊，一头栽跩。我的小伙伴们得意得连蹦带跳，子善捡起死鸟，高举弹弓，打起胜利的呼哨。我说鸟不是他打死的，子善狠狠给我一耳光。大耳朵婴儿鬼冲我眨眼睛，做鬼脸，耻笑我。我捡起一块石头向树上掷去，大耳朵逃走了，如白瓦镇耍猴艺人红腚卷毛的猴子，逃得那么快，转眼无影无踪。

回家的路上，我看见一个少妇鬼坐在井里，井水阴森森的，像一块长着波纹的青石板。少妇鬼脖子上缠着一条白绫，表情哀怨忧伤。她像佛朵妈妈一样光着身子，两只饱满的黄色乳房分泌着白白的奶汁，她的手徒劳地抓着两把冰凉的井壁青苔，青苔的汁水从她手指缝向下滴，滴到微微凸起的小腹，绕过漂亮的小酒窝一样的肚脐眼儿，然后向下流，流到玉石盘着的腿上。我的心咚咚跳，有一股力量拼命把我向井里吸。

“孩子，你趴到井口往里面看，我这里有好东西，你看一眼就行，就一眼。”少妇鬼的声音像两股散发奶香的鸡屎藤，紧紧缠住我的脚踝。她一定感觉到了，我的好奇心变成上万只蚂蚁，在血管里肆意窜扰。

“想知道你额娘和大公鸡睡觉是咋回事吗？只要你趴到井口看一眼，我就告诉你。”我停止挣扎，向井边凑去。

奶香蛇一样缠住我的腰，缠住我的胳膊，我感到全身透体冰凉，胯间的两个蛋蛋迅速变小，小到像两个蚕豆粒，两个黄豆粒，两个绿豆粒。天哪，我正在变成一个婴儿，嘟着小嘴扑向少妇鬼坟包一样的胸脯，去寻找那两粒山里红奶头。

如果不是子善家的公鸡莫名其妙地正晌午打鸣，少妇鬼已经成功地把我摄入井里去了。

我飞快地向家里跑，一路冷汗淋漓。我想摆脱身后追赶的蛇一样游动的哭声，一股风地向家里跑。我想一头扎进额娘的怀里，将头埋进她五朵彩云绲边的大衣襟下面大哭一场。少妇鬼没有追上来，倒是一只光溜溜的毛猴子攀着树杈伴随我向前跳跃。我吓坏了，要是被它缠上就坏了，我不想跟它玩。

我跑进大门，婴儿鬼蹲在大门的木檐上。我看清了他的脸，抽抽巴巴，像一个没长开的蔫土豆。我跳进房门，家里没有人，额娘的一条腰带挂在幔帐竿上，十几只苍蝇落在土墙的灯龛上方，祖宗匣子在北墙的神龛上供着，前几天我偷偷看过，里面什么也没有。

风掀动褪色发白的挂钱。蝈蝈和三叫驴在后窗口的丝瓜秧上鸣叫，李子树上麻雀婉转娇啼，几只苍蝇疲倦地趴在紫红色的幔帐竿上。我跳上炕，摘下额娘的腰带，紧紧地缠住手臂。我凑到窗前，大门的草顶，只有一棵小榆树摇来摆去，婴儿鬼无影无踪。

秋阳高照，杨树叶子飒飒作响，向日葵花开得正盛，蜜蜂一团团嗡嗡地飞，和花盖瓢虫争夺嫩黄嫩黄夹杂绿色的花蕊。篱笆上落满大大小小的蜻蜓，蓝色的牵牛花绚烂无比。

蝴蝶在纷飞，母鸡在歌唱。

中午的村庄喧闹静谧，我的心跳缓慢下来，只是还在不停地喘粗气，身上的冷汗把对襟坎肩湿得透透的。屋子里十分阴凉，凉气从墙角的老鼠洞冒出来。纷纷攘攘的红蜻蜓和花大点蜻蜓一会儿飞进园子，一会儿飞回院子。

看着看着，我哭了。哭得一点儿也不畅快。

上部　铃鼓之路

头腓凌　郎乌春

第一章　猪皮匣子里的火车

白瓦镇的第一班小火车吭吭哧哧地爬过东面雪带山一个山峁，然后进入库雅拉河谷，和大河平行着行驶一段以后，驶进首善乡和敬信乡之间一段狭长的山谷。火车惊动了山谷里觅食的狍子和香獐，它们没命地奔逃起来。刚刚钻出蛋壳的幼鸨和黑琴鸡比赛着往蒙古栎和胡枝子下面钻，棕灰色的大鸨肚子下面长着黑色的横斑，喉两侧如男人胡须的羽毛奓起来，迎风怪叫。

车轮卷起千百年前的落叶和贝壳，什么动物的头骨化石都被翻腾出来，没干枯的人的大腿骨是筑路工人的，日本人雇佣了他们，拼死拼活地干了六年，累死的就被草草地掩埋在路基旁边。

等待这个钢铁制造的庞然大物的到来差不多也有一万年了，现在石头缝都在发抖，发出噼噼啪啪的响声。除了地震，这片大地从来没像今天这样震颤过呢。但地震只在库雅拉额娘们肥厚的嘴唇上发出过哨响，这里活着的人还没有谁经历过呢。

火车站建在白瓦镇的镇中心，紧挨着牛痘局和文报局，就在一个小时前，车站上一百多个学生拉着横幅声嘶力竭地喊反日口号，和警察扭打在一起。最后，警察用警棍和子弹强行驱散了挥舞小旗和白布条的童子军。冲突中，至少有十二个学生和三名警察受伤，来参加火车开通庆典背着小背包的日本女人吓得全身发抖，参加抗议活动的女学生许多人吓尿了裤子。当局总算在火车莅临白瓦镇之前控制住了事态，但是庆典活动却不得不取消了。这会儿，狼狈的警察们仍然守在入站口。路口，闻讯赶到的驻军堆起沙包架起机枪，以防不懂事爱冲动的学生们卷土重来。白瓦镇的火车站上，除了神情紧张的地方官员和菊水楼日本艺妓馆临时组织起来的十几个妓女，两条夹着尾巴嗅来嗅去的野狗，再数下去，就要说到血迹和尿迹中闷头闷脑的绿头苍蝇了。太阳地里，月台上的人脸晒得冒油，铁轨中间的石子上，蚂蚱蹦来蹦去。

后来，终于来了一些看热闹的人，他们中一些人是来看稀奇的，还有的眼睛盯着地上，抱着想捡点什么的念想，毕竟刚刚发生一场大混乱，难免有谁掉一点东西。总之，这些人是无害的。艳粉街的姑娘们打着花洋伞站成一侧，远远躲开污黑的血迹，厌恶而无奈地迎着男人们躲躲闪闪的目光。

就在人们又乏又饿不耐烦的时候，石子堆上的钢轨琴弦一样颤动起来，一声沉闷的嘶吼，哐当哐当的声音中，火车伴着人们的吁声和惊叫，滋出比天边的云彩还白还多的蒸汽，嘎噔嘎噔缓缓停下。

两节头等车车门打开了，跳下几个穿和服的日本人，他们是南满洲铁道株式会社的管理人员，这次，他们要专程拜访白瓦镇的县长和驻军长官。紧随其后跳下三十个南满铁路白瓦段护路的日本兵。再后面是流落到中国的白俄铁路工程师，几个满脸巴结、赔着小心的大鼻子，受邀参加小火车首次旅行的本地官员戴着大檐礼帽，穿得严严实实，可表情都晕晕乎乎，两个长袍马褂的乡绅拄着文明棍被人搀下来。

外地来的客商从后面的车厢拥下来，他们带来一筐筐山东无棣的金丝小枣，还有一捆捆来自上海和天津的各种颜色的棉布和绸缎。

最后一节车厢门打开了，一伙杂耍艺人鱼贯而下，为首一个胖大妇人，神气十足地吆喝着她的伙计们。他们一共十三个人，年龄不等。一个刀条脸男子从车厢牵出一头五条腿的牛，一个头围红布的女人脖子缠着条胳膊粗的蟒蛇，看上去很有些分量，她的腰给压得弯下去。一个小男人最引人注目，胡子乱蓬蓬的，红眼圈流着泪水，怀里抱着一个一米多高的青花粗瓷瓶，瓶口蒙着一大块红布，花瓶里奇怪地发出嘤嘤的哭声。

车站上一个好奇心很强的搬运工随便问了一句，抱花瓶的小男人就站住和他叫起屈了。

“你知道吗，我怀里抱的是我的女儿啊，她养在花瓶里十六年了。”

“人住花瓶里？我不信这种事，你胡说八道。”汉子嘴说不信，却向人群大声召唤，“大家快来看哪，有一个姑娘住在花瓶里呀。”

人们立刻围上来。胖妇人冲进人群，她大声喊道：“大家让一让，让一让，别吓着瓶子里的小姑娘。谁想看稀奇，明天去艳粉街的戏园子。”

有个姑娘十六岁，
身体长在花瓶内，
无手无脚一尺八，
能说能唱会回答。
你们都来捧场啊。

就这样，花瓶姑娘来到了白瓦镇。三天后，她将改变我的一生。

十二年前，小火车就到过我们这里。不过，那次，它没今天这么神气，不敢大吼大叫，只能时断时续发出几声喘息。那一次，三个朝鲜人用一个猪皮匣子将小火车拎到白瓦镇，朝鲜人还有一个铁皮箱子，里面装着一个胖胖圆圆的炮弹一样的怪家伙，名字叫作柴油发电机。

朝鲜人租下艳粉街口一个能容纳六十人的大房间，大白天用黑布把屋子挡个严严实实，对着门口的墙上挂起比窗帘大的一块白布。穿绿色大裆裤的朝鲜人在莲花阁门口敲响铜锣之前，早有人听见里面发出嗡嗡的叫声，站在大街上就能感到大地在颤动。

朝鲜人放映的"西洋影戏"轰动了白瓦镇八个乡的所有村庄。他们向每位观众收制钱三十文，每场放映时间只有两袋烟的工夫。时间一到，立刻清场，因为，外面上百人等着呢。

那时候，我阿玛郎乌春还是库雅拉的一个毛头小伙，他每天琢磨大山里野猪的走向，想着下什么套索能够对付一头熊，要么就在库雅拉江边打转，观察鱼汛。

我阿玛的麻烦就是从"西洋影戏"开始的。他和洗马村的几个小伙子一大早赶到白瓦镇，直到中午才轮到他们看稀奇。屋子里挤得满满当当，汗臭和烟袋油子刺鼻子，人堆里弥漫着膻味和狐臭。郎乌春还没适应屋里的黑暗，一道白光从头顶一尺高的上面射过去，"西洋影戏"开始了。屋子里静下来，一头怪物突然出现在墙面的白布上。那是一个从未见过的怪东西，长着方方的大脑袋，黑黑的脑袋上竖着大烟囱，两只大眼睛闪着白光，蜥蜴和蜈蚣一样的长身子，分明就是一个巨大的棺材串。人们一愣神的工夫，怪兽猛地向人们的头顶扑来。我阿玛右边站着一个十三四岁的小小子，吓得大叫一声，几乎夺路而逃。想要逃走的不止他一个，如果不是白布上出现了纷乱的戴着大礼帽的人群，屋子里早已乱成一团。

这时，屋子的角落里传出哐当哐当的声音，前面有人笑起来，原来是一个烂眼边的朝鲜人嘟着嘴，把手围在嘴前面装成个小喇叭，很显然他在模拟白布上钢铁怪物的声音，但他的声音细碎沙哑，有点伤风。人们的表情放松下来，长长地喘粗气，大家给刚才的一幕吓着了。郎乌春眼睛发酸，心跳得咚咚山响，肚子里翻腾得难受，想要吐出来。

郎乌春来到大街上，站在炫目的太阳下面，很费劲儿地适应外面明亮的世界，刚才的一幕幕场面太刺激了。解说的朝鲜人告诉大家，影戏的名字叫《火车进站》。郎乌春在白瓦镇见过大鼻子的俄国人，白布上的人也有大鼻子，他们叫法国人。我阿玛看着艳粉街的牌楼，牌楼上，麻雀一刻不停地跳来跳去。他知道这个世界有什么变化正在发生着，那是和库雅拉河谷完全不同的一个世界，他有一种想出去见识一下的冲动。他起了一身鸡皮疙瘩，忍不住干咳起来。

有人拉郎乌春的胳膊，是一个穿蓝衣的小脚妇人，“小兄弟，你有五十文吗？”郎乌春的胳膊上搭着一张上好的白狐皮，进去看戏之前他出手了一颗熊胆，这会儿腰里沉甸甸的，他涉世不深，随口应道：“有啊，你想干什么？”

妇人笑道：“西洋影戏有什么稀罕，我们那儿有更稀奇的东西，不想去看看？”

踩过烂菜叶，被捡烂菜帮的小姑娘绊了一下。卖黏糕的小贩大声吆喝，修脚师傅认真地给一个算卦的修鸡眼，街头散发着艾蒿和蒲草的气味，端午将至，街道上摆开一排排达子香和烧纸。车辙沟里，郎乌春看见一只拳头大的蟾蜍被车轮碾时冒了白浆。

郎乌春的手被蓝衫妇人拉着，女人的手汗津津的，他的额头也汗津津的，脑子飞快地转动，他想知道自己将被拉去哪里。脚步僵硬起来，妇人暧昧一笑，拉他的手甩了几下，“大白天的，怕我吃了你？”

“你到底拉我去看什么？”郎乌春觉得她虽上了年纪，倒也并不难看。

“小伙子，到那儿就知道了。别害怕，一屋子人呢。”

“你说我害怕？我男子汉怕你个娘们？”

“你说着了，就是要害你。”妇人的手更紧，生怕一松手，猎物会跑掉，忙说，“我和你说笑呢，一会儿你见了，一定舍不得眨眼睛。我看人最准，你个生荒子，是个真正的色鬼呢。”

“说谁色鬼？你到底拉我去哪？你不说，我不走了。”郎乌春定定地站住，下决心不往前走了。

“咱们到地儿了。”

风吹动房前的白榆树，蜻蜓一耸一耸，燕子低低地掠过房檐，向日葵刚好高过不太高的木头栅栏，南风扫过街口，向日葵叶子野猪耳朵一样扇动不停。空气比刚才潮湿了，要下雨了。

面前三间旧草房，门板黑漆剥落，挂着一个狗项圈大的铁门环。没等妇人上前叫门，门开了。开门的中年妇女一身蓝布旗服，麻子脸，眼睛却很妩媚。

同样一脸的暧昧，“好俊的小哥儿，里面请哎。”

跨过一道门槛不困难，可有些门槛不能跨，一旦跨过，再难回头。

黑黑的墙壁，墙龛上发白发黄的挂钱，那是去年春节或前年春节，有幸在这破草房里度过除夕之夜的倒霉蛋留下来的，一个傻瓜般心宽体胖的破炕柜，蹲在烂炕席上敞着柜门，露出里面寒酸的旧被褥。屋子里由一条条金线连缀成一张网，窗缝里漏进来的天光照在灰尘上，一段，两段，三四段，随着急促的呼吸游荡——屋地正中站着一个姑娘，个子不高，圆脸盘，细眼睛，她正是这次郎乌春神秘之行的终点。

“这回知道让你看什么了吧？看姑娘表演，我包你看一回记一辈子。”蓝衣妇人的巴掌意味深长地落在郎乌春的肩膀上。

屋子里先来了五个人，一个六十多岁的老头，龇着剩下的半口黄牙，眯着一双风泪眼。两个中年人是做小本生意的外地人，每人背着一个鼓鼓囊囊的褡裢。和郎乌春差不多年纪的年轻人穿一件旧长袍，瘦瘦一张脸，没有血色，塌着两个肩膀。还有一个人戴着三块瓦的软帽，帽檐压在眼眉上方，二十多岁。

“各位爷们，咱现在就开始了。”拉乌春进来的妇人扯着长声打招呼。

天哪，地当中站着的姑娘，竟然褪去了蓝地白花的短衫，露出一个刚刚盖住肚脐的红兜肚，露出来的皮肤白得透亮，像葱白，像去了皮的萝卜。姑娘低下头去，这些看直了眼睛的男人们腰被一个白瓷碗撞了一下又一下，“每人两个大铜钱，四十文。”

现在，让外面的乌鸦和麻雀停下来，还有哪个倒霉孩子白痴一样的哭闹声，停下屋子里兜不住屁股蛋的破裤子和大腿里子磨来磨去的声音，停下渐渐清晰的雷声。

不过，还是让雨前的风吹起来吧，给发热发烫的眼睛、给擂鼓的胸口降降温。

每一枚制钱都碰出清脆的响声，震动着郎乌春的耳膜。他没有时间注意身边的人，那些比牛喘大的轰鸣告诉他，他们和他一样难以抑制激动。郎乌春深感羞耻地红了脸，与此同时，身体的一个地方胀大起来。

褪下绿色的裤子，里面一条粉色的绸裤，褪下粉色的绸裤，里面的肌肤隐约可见。郎乌春感觉自己窒息了，下面丢脸地顶着裤子，顶得疼痛。这时，麻脸妇人忽然发出沙哑干涩的笑声，笑声刚起，站在郎乌春右侧的三块瓦低下头捂着裤裆跑出去了，他的衣襟挂到了门闩，刺啦一声，几乎撕下半个衣襟。那个老头的嗓子颤动着招呼：“快，快，接着脱呀。”

白瓷碗摇摇晃晃地漂到大家的眼前，就像大河里又白又深水流又急的漩涡，撞在礁石上的回音既无情又贪婪，“谁想接着看，再交五十文。”

手颤抖着自己伸进了口袋，皮肤滚烫，铜钱沾满汗水。将铜钱扔进瓷碗，一边吞咽唾沫，一边伤天害理地等着揭开人生黏答答湿漉漉的谜底。

郎乌春的目光一动不动地盯着热腾腾的女人身体，他不敢看她的眼睛，怕她哭出来，还有比当着一堆男人的面脱衣服更羞耻的事吗？即使这是一场“表演”。

“再交五十文？还不如去艳粉街找窑子娘们呢。”半口黄牙的老头嘟囔着。

“那你还不走？站在这儿干什么？”麻脸妇人盯着老头伸进怀里的手，不高兴地说。

“反正来了，就看看呗，看看还有什么新鲜玩意儿。”老头将铜钱扔进瓷碗。铜钱砸在碗底，回响当中，两个点着红脑门的白鸽已经飞出红色的兜肚，接着，姑娘慢慢脱掉粉色的绸裤，站在地当中，上身雪白，她的下面竟然还有一条黄色的纱裤。

“你们耍人，就看这？一百文？”脸皮比猪皮厚的老头吵闹起来。

“这么好的姑娘让你看奶子，一百文钱你想看什么？你要有钱，我们姑娘有更好看的。她能吹猪尿泡，每人再出一百文。”

听到还要再交一百文，穿长袍的年轻人第一个走出门去，门板被他用力一摔，呼扇呼扇晃动。

两个外地人说话了：“吹猪尿泡有什么好看？除非她用那个地方。”

“好说呀，只要你有钱。”麻脸妇人端起了白瓷碗。这会儿，姑娘把绿绸裤披在肩上，盖住两只并不饱满的乳房，面无表情地端起水碗，她喝得又快又急。

两个外地人交了钱，老头的手却伸进口袋里不肯掏出来，麻脸妇人极有耐心地等着。

老头怯懦起来，吞吞吐吐：“三十文行吗？我没钱了，那一百文是给家里人抓药的钱。”

“不行。少一文也不行。”麻脸妇人拉住老色鬼的胳膊推他出门。“你们不能这样做生意。”不情愿离开的老色鬼心虚地小声抗议。门在他身后关上了，麻子脸笑眯眯地转身，看着窘得一塌糊涂的郎乌春。“你有一百文吧？”

声音小得连自己都听不见，“你看，这张狐狸皮行吗？”

“我们只收铜钱。”

“我只有这张狐狸皮了，那我走吧。”脚底板的血管像杨树的根须一样，饥渴地扎进地底，生了根似的，拔起不容易呢。这时，他大着胆子看姑娘的眼睛，姑娘下巴长着一排小疙瘩，她看着他，轻轻抽动一下嘴角。

麻子脸说：“狐狸皮就狐狸皮吧，老娘就做一次赔本买卖。”

郎乌春冲进雨里，奔跑起来，一个人跟在他身后，“哎，兄弟，能不能告诉我，你都看到了什么？”让早早就弄脏自己的三块瓦见鬼去吧。他加快脚步，跑过花子街，跑过牛马行，跑过柴草市，人们挤在房檐下面躲雨。雨鞭抽打着独柱路灯的玻璃罩子，迅猛的雨水漫过阳沟，在木板铺的人行道上哗哗流淌。

郎乌春一口气跑出镇子，护城河边，蒲草和水葱绿森森的。停下脚步，雨水和泪水糊住了眼睛，他感到万分忧伤，有什么珍贵的东西破损了。他急急地扯开裤带，一泡长尿射进河水，八只蟾蜍跳进水坑，三只水老鸹掠过水面，尿水像一根棍子，又粗又长，好像一生都尿不完。

雨小了，天空半明半暗，两道彩虹横跨白瓦镇上空。河堤上长满青苔的石头又湿又凉，郎乌春身上的燥热已经消失，头仍昏昏沉沉。河水的哗响渐渐清晰，尖尖嘴的打鱼郎一次次向水面俯冲，浅水里的鲤鱼和草根鱼不时跃出水面，溅起一朵朵浪花。凉风摇落牤牛草尖上的雨珠，柳树枝头，麻雀抖开羽毛上的雨水，草丛中鸡冠花怒放着，远处的山峦翠绿新鲜。土坡上，盛开着红色的年息花，年息花是一种有灵性的花朵，五月节的早晨，库雅拉人要用年息花的露水洗眼睛。额娘们说，用年息花的露水洗眼睛，一年眼睛不生病，会像灯笼果一样明亮。但现在，欲望的种子种进了郎乌春的眼睛，就要开出淫荡的玻璃花。

屎壳郎和细长如扁担的甲虫嘤嘤飞起，他的脸发烧，羞耻和怜悯心再次让位给毫无廉耻的欲望，他的身体又一次膨胀，膨胀，就像雨水泡胀的水葱。他的眼前重现难以置信的一幕——下雨了，粗大的雨鞭抽打窗格子，一股土腥味弥漫开来。他清晰地看见姑娘白净净的大腿布满一层鸡皮疙瘩。她仰躺在草垫子上，还好，那张狐狸皮派上了用场，被她垫在身子底下。迎着他的是长着黑森林的小丘，那个地方很奇怪，和他梦到过的一点也不一样。她果真将一只瘪瘪的猪尿泡放在赤条条的两腿之间，她的身体蠕动着，呼吸急促，她将一屋子的空气都吸光了，然后吐进慢慢胀大的密布褐色血丝的猪尿泡。

傍晚，郎乌春回到了洗马村，撞开房门，他一头扎到炕上，用棉被蒙住脑袋。“她叫绿珠。”这个名字搅得他胃疼。

然而，他的眼前出现的却是另一张脸，他低声呻唤出那个名字：“柳枝——柳枝——”

第三天中午，高粱地里锄草的郎乌春喘着粗气停下锄头，他走到地头捧起瓦罐大口大口喝水，水温吞吞的，一点不解渴。土豆地里，弟弟秋哥闷着头翻地收土豆，土豆收成不好，没有拳头大。土豆地不远处一片杂树棵子，一块无法开垦的乱石地，阿玛的坟就埋在那，额娘弯着腰费劲儿地在阿玛的坟头上薅草，昨天一场透雨，草长高了两寸。郎乌春脸皮滚烫，这时候，他才知道，欲火比当头的太阳炙人一千倍。

“我想去城里一趟。”郎乌春扔下锄头，来到弟弟身边。哥哥的脸色难看，秋哥小心提醒：“你应该告诉额娘一声。”

“你跟额娘说吧。”声音比牛粪里的屎壳郎翅膀热许多，干涩。

秋哥是个老实人，他问哥哥：“额娘问我你去干什么，我咋说呢？”

“你就说我去镇里看土豆的行情。”

撒这样的谎，郎乌春觉得可耻极了。他在村口坐上一挂进城的马车，一路上和车老板有一句没一句地说着话。路两边庄稼绿油油的，不时地有野鸡或兔子从土路上掠过。车老板啪啪地耍着鞭花，有一次一鞭子打中两只麻雀。快进城了，车老板打起盹，三只蜻蜓落在他的鞭杆上，一摇一摇。

昨天镇子里弥漫的艾蒿味消失了，街上人来人往，仍然十分热闹。时近中午，牛马市的马尿味和艳粉街的脂粉味混杂在一起，两种味道混进油炸果子的味道，又香又腻。郎乌春远远看见很多人等候在朝鲜人放西洋影戏的房门口，他的脚下感受着柴油发电机的震动。他绕到后街，手心里的铜钱连蹦带跳，心跳声震得米店的看家狗夹起尾巴呜咽，他的身体膨胀，脚下发虚。

昨天那座破草房就在前面。

郎乌春没见到色艺双绝的绿珠姑娘。开门的妇人穿一件宽大的青布衫，瘦得像一条没主的狗，“我在这房子住四天了，一个人没看见，根本没有什么表演。”她看穿了小伙子想要干什么，“别急着走啊，小伙子，我这儿也有稀奇事呢。”

“你有什么稀奇？”

“你来着了，你见过用肚脐眼说话的人吗？”

青衫妇人给郎乌春讲了一个奇怪的故事。

一个他无法想象的海边，住着一个美丽的姑娘，姑娘忽然得了怪病。一天早晨，太阳爬上院子里的枣树她还没有醒来，她睡了三天三夜，醒来全身浮肿，没有一点力气。更糟糕的，她肚子里有一个球滚来滚去。她的父母吓坏了，请来村子里著名的女萨满，女萨满找到姑娘肚子里的肿块，给肚脐眼抹上菜油，然后点燃一块桃木片。火着了，冒烟的却是女萨满的胳膊肘。

十天以后，一下子老了十几岁的姑娘一个人在屋子里，忽然有人说话。姑娘吓坏了，结果声音是她本人的肚脐眼发出来的。“别叫，”那个声音说，“你不要害怕，我是来救人的。这个世界就要有大难了，我要在你的肚子里住上四十八年，你要到山那面去，把这个消息告诉人们。为了补偿你，我可以给人排忧解难。”

“你很好奇是吧，博额德音姆萨满立刻就到，你只要等一小会儿。”

还是黑乎乎的屋子，立着怪模怪样的炕柜，可是前几天让人心跳脸红的感觉荡然无存，代之而来一种神秘阴森的气氛。

转身工夫，妇人已经坐在一张不知从哪弄来的破椅子上，比刚才胖了整整一圈儿。她穿上了一件神衣，紧紧地抿着厚嘴唇，脸色苍白。就像一股春风噗地冲开菜园子里的草灰，千真万确，郎乌春听见了一个尖细的声音，从女人的衣服下面传出来。

那个声音说道：“哎呀！哎呀！来了！来了！”郎乌春毛骨悚然。

“什么来了？东洋人来了！不好了！不好了！大家都不好了！从今以后，都是那东洋人畜圈里的牛羊，锅子里的鱼肉，由他要杀就杀，要煮就煮，不能走动半分。唉！我们大家的死日到了！

“苦呀！苦呀！苦呀！我们同胞辛苦所积的银钱产业，一起要被东洋人夺去；我们同胞恩爱的妻儿老小，活活要被东洋人拆散，枪林炮雨，是我们同胞的送终场；黑牢暗狱，是我们同胞的安身所。大好江山，变作犬羊的世界；唉！好伤心呀！

“东洋兵不来便罢，东洋兵若来，奉劝各人把胆子放大，全不要怕他。读书的放了笔，耕田的放了犁耙，做生意的放了职事，做手艺的放了器具，齐把刀子磨快，弹药上足，同饮一杯血酒，呼的呼，喊的喊，万众直前，杀那东洋鬼子。

“手执钢刀九十九，杀尽仇人方罢手！我所最亲爱的同胞……杀！杀！杀！杀我累世的国仇，杀我新来的大敌，杀我媚外的汉奸。”

空气中弥漫开一股血腥，汗从郎乌春的鬓角流下来，他想逃走。

声音重又换成妇人的原声。“小伙子，你没给钱呢。”

“我问你，大萨满为什么说要杀人呢？”

“我也不知道她为啥这么说。总之，我们人间要有大难了，祖先神就是这么说的。你要告诉身边的人，早做准备啊。”

“小伙子，大萨满这么说我也没办法。不过你总得赏几文钱哪。”妇人无奈地说。

郎乌春并不急着离开，他生起另一个好奇心。“你刚才说她可以为人排忧解难？”

妇人闭紧嘴角，声音再次钻出衣服。

将你的薄耳朵

打开听着
把你的厚耳朵
压住听着

当光与影成为浆果
当土豆在石田里开花
大火烧出　天边的流霞
血幕凝作黑蝴蝶
剑和贞洁
沾满尘沙
大雾锁住黄泉渡口
枯树围着火团歌舞
一个处女的儿子
来到人间受苦
把希望和年息花
栽在又瘦又黑的铃鼓之路

谁的心里藏着镜子
谁的心里生长刀剑
谁的眼睛能看清黑夜
谁的骨头不再洁白
谁的鲜血不再纯洁
铃和鼓已开始轰鸣
神祖的手指开始颤抖
我就在这里
请派我去
让我铸火为雪
用我的生命驱开迷雾

“大红冠子的公鸡扇着翅膀，站在院子里的姑娘挥着手帕。去吧，一个雷会击中你的头顶，你会用雪水和血水洗脸，你的命运就要改变。”

肚脐眼发出的声音消失了，屋子里静极了。

好一会儿，声音再次充满耳郭，几只苍蝇将窗纸撞得咚咚直响。

第二章 电灯亮了

白瓦镇的灯官节定在每年的正月十三到正月十六，镇上要在方圆六十里的地面上选灯官。灯官节期间，由当选的灯官老爷管理全镇各乡的灯火市容，提醒人们严防火灾。

白瓦镇一九一九年的灯官节，灯官老爷选在了洗马村。正月十二，是新任灯官选灯官娘娘的日子。大清早，郎乌春就离开了洗马村。

到镇上去要走过宽宽的洗马河。一九一九年正月十二，皇历牌上的节气是雨水前第八天，但那是黄河以南的节气。正月的洗马河冻得最瓷实，河道上能奔走大户人家的四挂马车，河岸上的柞树槐树和山楸树披满鞭花一样的树挂，灌木丛像一堵堵冰墙，树挂会在正午的阳光下化成雾水，洗马河弥漫起一层薄雾，远近的村子回响起噼噼啪啪的声音，小孩子们拿着索拨棍冰钎子仰脸朝天地击打房檐前面的冰溜子，一排排冰溜就像女人粗粗的大辫子。

他以为起了一个大早，一上路，乌春碰到了许多走亲戚拜年的人。他还遇见了敬信乡的两个秧歌队和兴仁乡的一个高跷队，他们坐在大车上，车上拉着鼓，衣着鲜艳的演员早早化好了装。同行相见，行过扛肩礼，喇叭匠突然吹出旱船调，惊起路边杨树上的乌鸦和喜鹊，鸟儿们低低地掠过驿道的上空，飞向田野里去。田野里，高处的雪被北风吹走了，裸露着去年秋天的高粱茬子，雪窠子里轻轻摆动着野豌豆、铁线莲和蒿子的硬秆。

没过正月十五，还是大年里，人们打千拜年，大声吆喝：“小日子起来了吗？”回的人忙着答应：“托您的福，起来了！”

一些人认出和他们走对碰的满脸喜气的小伙子就是今年的灯官老爷，姑娘们对着挂大红花的乌春指指点点，惹得一车的小伙子不高兴，他们唱起来：“笊篱姑姑下山来，十五十六看灯来，瓜子脸，樱桃嘴，蒜头鼻子，杏仁眼。擦的什么粉？老官粉。抹的什么红？蛮子红。”

接口的唱起下一段：“红胡缎的上衣花披肩，绿胡缎的裙子走金边。上绣鸳鸯双戏水，金丝鲤鱼卧春莲。”

“笊篱姑姑下山来，十五十六看灯来。坐的什么车？花轿车。谁赶车？小阿哥。绿轿围，红轿顶，四个飘带绣金龙。双白马，似蛟龙，四蹄蹬开一路风。”

乌春心里得意，他的风头哪个也抢不去，他们唱看灯的事，他是今年的灯官呢。

年前的腊八节，镇上贴出告示，白瓦镇划成敬信、春化、勇智、首善、兴仁、德惠、纯义和崇礼八个乡。镇上增设了给小孩子种牛痘的牛痘局和发电报的文报局，牛痘局斜对过向东二百米，新建了一家亚洲火磨公司。

乌春到白瓦镇的县衙挂号。县衙是一幢两进的四合院，有正房、厢房和门房，青砖小瓦，飞檐翘脊，院子中间一棵高大的白榆树。按照惯例，县衙的门房暂时做了“灯官府”。衙门的差役早已备好了绿呢官轿和松枝花翎，官轿用碗口粗细的松木杆绑成，虽然简陋，但很结实。今年的灯官娘娘是一个外乡人，乌春进去的时候，那个外乡人正喜滋滋地试穿“灯官娘娘”的戏服。灯官娘娘的衣服是一件大红棉袄，红色的头饰，耳边夹两个大红椒。

“我想，这可能是清朝传下来的最有趣的民俗了。”外乡人露出一口细小密实的白牙，刀条脸，细眼睛，却有一个大鼻子头，“你能不能告诉我，白瓦镇从哪一年开始选灯官老爷呢？”

乌春老实地说：“我想这件事县长也回答不上来。”

外乡人笑了，自我介绍说：“我叫李白衣，不用说，你就是灯官老爷了。”

第二天下午，郎乌春在洗马村再次见到了这位来自哈尔滨的电灯工程师，他坐着一匹青骒马拉的花轱辘车来到了洗马村，马车上装载着三个大木箱，他本人则扎着一条一拃宽的牛皮腰带。马车在洗马村东头的棺材铺门口停下来，村子里立刻传开了，让人深感晦气的赵记棺材铺要安装电灯了。

李白衣在棺材铺鼓捣了整整一天，他向人们展示了他的工具，他从大木箱里搬出一个大肚子炮弹一样的铁家伙，去镇上看过西洋影戏的年轻人立刻认出来了，他们见过一模一样的柴油发电机。

正月十三，天刚黑下来，洗马村就升起两个月亮。一个挂在天上，一个离地三丈高，挂在赵记棺材铺的索罗杆子上。这个叫电灯的新鲜玩意儿圆圆的，沙瓤香瓜一般大小，白光四射。这只电灯给偏僻的洗马村带来了前所未有的光明。入夜后，好奇的村民们纷纷挤在棺材铺的门前窃窃私语。“您瞧这东西不大，咋这么亮呢？”四射的强光照射下，棺材铺里的棺材现出白碴木板的原形，不再阴森恐怖了。

面对村民的好奇和对光明的渴望，棺材铺的掌柜赵承恩忘记了安电灯的初衷不是为了照明，而是为了避邪。他是个持重的人，极力掩饰着兴奋和骄傲，他安慰大家说，总有一天，洗马村每家每户都会安装一个小太阳，只要家家户户装上电灯，半夜庄稼会像白天一样生长，女人做针线的时间可以无限期延长，纳鞋底不会把手扎出血，不会把猪食和马料草倒在槽子外面，小孩子再也不怕走夜路。因为，黑天从此消失了。

有女人窃笑起来，人群像患了瘙痒症，纷纷笑起来。有人说出了谜底："要是没了黑天，晚上的事儿咋办呢？"

笑声更大了，姑娘们羞红脸，咬起大辫子。哄然而起的笑声更加意味深长，笑得外乡人抓起脑门。棺材铺的掌柜也笑了，他说："你们两口子白天就没干过那事儿吗？"

立刻有人接话茬："要是没了黑天，小孩子没准能做得好看些呢。孩子这么丑，都是因为摸黑做事儿没个准啊。"

电灯工程师搞懂了大家话里话外的意思，他红着脸笑起来，笑得十分腼腆。但是李白衣推翻了棺材铺掌柜的美好愿望，他说："就是家家都装了电灯，黑暗也不会完全消失，因为，电灯有着它难以克服的缺点，就像阴天看不见太阳，电灯有照不见的地方啊。我们总不能给坟地也安上电灯吧？"一阵凉风从后脖颈吹过，人们开始感到寒冷，打起激灵。有了电灯光的照射，村里其他的地方更加黑暗了，有什么看不见的东西藏匿着。

电灯工程师说出了更让穷人们泄气的理由，安装一个电灯太贵了，就是大城市哈尔滨，很多有钱人也装不起一只电灯。

不安的犬吠声中，十几只麻雀从棺材铺的房檐下面飞出来，在人们头上打旋，不顾一切地向电灯飞去。好容易将麻雀赶走，电灯光却有些黯淡了。电灯光其实没有减弱，只是月亮升高了。

这时候，洗马村一个比电灯更惊人的奇迹出现了，棺材铺掌柜的大小姐赵柳枝出现在院子里。

柳枝来到了院子里，娉娉婷婷地来到灯光下面。她披着一件白色大氅，素花的棉袄，淡蓝色的长裤。洗马村的小伙子们几乎认不出她了。他们印象中，柳枝姑娘黑红脸蛋，爱说爱笑，长着一双天生能做好针线的大手，一副挑得起粪筐和水桶的厚肩膀。可是，出现在人们面前的是一个肤色白皙、淡眉细眼的娇小姐，如果不是亲眼所见，小伙子们没有一个相信她就是那个和他们一起长大的柳枝姑娘。

这天晚上，柳枝姑娘像一朵早开的金盏花，散发着无限的娇媚和清寒，洗马村未婚的小伙们怦然心动，张大了嘴巴的还有那个外乡人，电灯工程师的呼吸加快，他没想到，在堆满棺材的院子里生活了三天，这么好看的姑娘他竟然没见一面。

因为和电灯工程师的特殊关系，郎乌春站在院子里的灯杆下面，他的心跳加快，心里体会着另一种感觉，那就是，柳枝姑娘会和他的一生发生联系。此刻，姑娘的目光越过他的头顶，投向寒星闪烁的夜空。郎乌春心里有一种说不出的不快，因为被漠视而无奈和怨恨，这时候，他还不知道，这种感觉会伴随他的后半生。小伙子用不着着急，命运的罗盘正飞快地寻找着一个节点，柳枝的目光很快就要聚焦在他一个人的身上了。

冷风吹来，索罗杆上的电灯晃来晃去，黑暗笼罩了院子，电灯突然熄灭了。不等外乡的电灯工程师反应过来，勇敢的小伙子已经攀上粗粗的木杆，他想让电灯重新亮起来。郎乌春爬到木杆中间，一股奇怪的气流忽然从他伸到上面去的手指袭来，一股焦煳的味道，身上起火了，他松开手，人向后仰，向地上坠去——

郎乌春从木杆上坠落，变成一个火球从天而落，一直向站在房门口的柳枝滚去。

第三章　灯官节之灾

棺材铺的电灯只亮了不到半个时辰就熄灭了。第二天一早，电灯工程师离开了洗马村，他走的时候远没有来的时候神气，脸色很不好，走路一瘸一拐。他没和郎乌春告别。过了一天，镇上传来消息，衙门重新选定了一个灯官娘娘，让郎乌春到“灯官府”见面。

半夜时分开始下雪，一开始是凉森森的雪粒子，天亮时变成鹅毛大雪，大雪覆盖了山川道路，炊烟被大雪压在山毛榉的树梢下面，雪没过脚面，踩下去咯吱咯吱响，路边杨树上的喜鹊窝成了一个又一个的大雪团。洗马河上的冰洞冒着热气。郎乌春天不亮就上了路，来到镇上已是中午。

许多年前，日本人和俄国人在中国人的土地上打过一仗，即使白瓦镇这样的小地方，也感受到了战争带来的变化。早先，俄国人占据着镇中心的一大块地方，位于镇东的空地上，俄国人建了一座东正教圣母教堂，白瓦镇人称为“喇嘛台”。教堂完全使用木材嵌、镶、雕建成，俄国人在里面举行过一次婚礼和两次葬礼，奇怪的仪式上，他们站成一排唱起了当地人听不懂的歌曲。老毛子还修建了一个优美的花园，园内有松木凉亭，有高大的榆树和黄菠萝树，春夏之季，树下长满奇花异草。俄国人在白瓦河上修了一座通往花园的小木桥。河畔两岸的空地上建起了许多民宅。

看上去，俄国人好像要常住下来了。可仅仅过了几年，俄国人的势力竟然不知不觉地丧失了。日俄战争中老毛子吃了败仗，镇子里热热闹闹的“老毛子花街”变成了日本人的领地，日本人在那里办了一所学校，修铁路的监工也换成了小个子的日本人。俄国人在圈河后面的山坳里只留下几座“毛子坟”，证明他们曾到过那里。“毛子坟”埋葬的是死亡的白俄工程师，他们留下的传说还有，老毛子的棺材有椭圆形的，有塔形的。老毛子死人时也流眼泪，在坟墓附近埋些煮熟的鸡蛋。

现在，白瓦镇最显眼的建筑除了俄国人“喇嘛台”，还有建在镇东头的亚洲火磨公司。这家公司由首善乡的大地主韩大定和一个叫鲛岛的日本人共同投资兴建。白瓦镇是附近几县的粮谷集散地，从俄国人开始，许多大粮商就在白瓦镇经营粮食和土特产，周围各县的大豆小麦和高粱源源不断地从这里运往各地，有一些卖给俄国人和朝鲜人。火磨公司正是借这个地利将上好的小麦做原料，磨成又便宜又上等的面粉外销。

火磨公司的经理韩玉阶，字乐起，是韩大定的大公子。五年前，当局选送一批学生去日本学习军事，韩家打通关节，将大公子送上去日本的轮船。韩公子留日四年，学成回国。但他对军事没兴趣，更属意实业，韩家就在白瓦镇兴建了这家亚洲火磨公司。

韩家的大公子韩玉阶是个响当当的人物，郎乌春怎么也想不到，这个洋学生会主动要求担当今年灯节的“灯官娘娘”。

郎乌春的狐狸皮帽子靠近嘴边的地方上了一层霜，他的脸又黑又红，身上散发着一股子又馊又湿的兽皮子腥味。韩大公子披一件上好皮毛的大氅，乌亮的日本马靴，白净面皮，戴着一副眼镜，身后站着几个低眉顺眼的随从，县衙师爷赵先生殷勤地陪着韩大公子。郎乌春没了见电灯工程师时的从容，慌慌张张地站在地当中，赵先生提醒他，他才想起来行打千礼。韩公子毫不介意，人也温和，他说：“赵师爷说让你到火磨公司去见面，我说，既是参见灯官老爷，我这个灯官娘娘可不敢怠慢。我说，还是在灯官府见面的好。”

乌春说：“灯节里灯官管理街道，严防走水，这是小人们做的事情，老爷您怎么能做灯官娘娘？这事说出去没人信。”

韩玉阶说：“小兄弟你不用客气，为乡亲尽点心意是我该做的。我从小就看灯官巡街，有趣得很，这次童心大发抢了别人的位置，让大家见笑。赵先生，那位姓李的仁兄走了吗？我应该给他点补偿的。”

赵先生忙说：“知道韩公子想扮灯官娘娘，昨天我们就把那个外地人打发走了，劳您惦记着。韩公子热心镇里的事务，衙门上下很是感动，本来县长想请公子到后宅敬茶，无奈老爷他年前大病不起，下不了炕，他让我向公子多多致歉，好好赔罪呢。”

韩公子说：“年前我派人给老爷送了点年货，今天又带来一瓶日本的菊正宗清酒，想送给县长。却忘了老爷正在病中，是我疏忽了，改日我再备薄礼前去看望，还望您代为转达。”

韩公子谦和有礼，话语温和，郎乌春方才定下心神，韩玉阶问了问年成，说了几句闲话，起身告辞。

雪停了，空气中飘着晶莹的冰片。太阳出来了，远近的屋顶弥漫着蓝色的水蒸气，房檐上的冰溜子滴下水来，滴在赵先生的头上，他竟浑然不觉。看着韩公子的背影消失在街角，老先生不住地点头。赵先生说："郎家小子，你是白瓦镇二十年里最有福的灯官，韩大少这样的人物陪你玩，真是抬举你了。"

郎乌春来到大街上，镇里许多人家大门口挂上了纸灯笼，纸灯花样繁多，有白菜灯、萝卜灯，还有纱灯和走马灯。大户人家的门口雕起了冰灯，冰灯各式各样，有的雕成狮子形状，有的雕成莲花和人参娃娃。所有的灯里面，最吸引人的是亚洲火磨公司的电灯，一排五个玻璃西瓜，在风中轻轻摆动。

正月十四，是灯官上任"执政"的日子。一早晨起来，灯官要坐轿子去拜关帝和城隍，拜完庙，灯官开始正式巡街，在镇子里转上一圈才被抬回去吃早饭。点心早备好了，豆面卷子、马蹄酥、豌豆黄、叫牡丹的搓条饽饽，都是小门小户吃不到的好东西。可惜不能立刻开斋，只有从街上巡过才可以进食，那样方能显出灯官老爷的身份。乌春只好忍着涎水上了街。

虽然第二天才是元宵佳节，镇子里也足够热闹了。白瓦镇的八个乡，都组织了秧歌来镇上的买卖家献演。艳粉街的旱船和狮子舞早早去商铺门口敲响了锣鼓。旱船是纸糊的无底船，打扮花哨的女子扮作坐船人，前面划桨人扮成一个老汉，挂着一垂到腰的胡子，胡子是马尾巴做的，他不时地使劲儿吹气，真可谓吹胡子瞪眼，惹起一浪一浪的笑声。主人家除了要给赏钱，还把江米做皮、果品做馅的煮元宵、蒸元宵、油炸元宵摆出来，穷人看着眼馋，使劲儿地抽鼻子吸香气，人们嘴里的热气，和刚出锅的元宵的热气混在一起，街道上热气蒸腾。

"灯火哒哒，蜡花洽洽。严防火灾，告谕各家。"

灯官老爷和灯官娘娘两顶轿子穿过人流，远远地看着这支有趣的队伍敲锣高歌地走过来，一些人家忙着点燃鞭炮。

冬日的暖阳升上了"喇嘛台"的尖顶，黑色的地方是融化的雪窝子。有人将红包扔进轿子，红包沉甸甸的，里面装着五谷杂粮和赏钱。两顶轿子走过亚洲火磨公司的时候，热闹达到了顶点。韩家放了两万响一挂鞭炮，空气中弥漫着呛人的火药味，纸屑纷飞，对面看不见人。火磨公司门口立着一排各式冰灯，有熊，有虎，有猪，有狗，门楼上挂了四个大个的纱灯。韩家打赏了郎乌春一只白色的大公鸡，一只花翎雁鹅，还有一斗上好的面粉。郎乌春乐红了一张脸。他下轿来到灯官娘娘的轿子前面行礼答谢，惹起一片哄笑。

看热闹的人群里，郎乌春看见了同村的赵五生和何三更，两个小伙子艳羡地冲他挥手，郎乌春给了他们一人一个小一点的红包。赵五生说："没想到你今天这么神气。”郎乌春就笑，说：“是我的运气好啊。”

何三更却说：“洗马村今年出了灯官，可是没挡住走水失火啊。”

赵五生说：“乌春，你住在镇上的灯官府不知道村子里的事，洗马村烧了好几户呢。棺材铺损失最大，放木材的棚子差点烧落架。老人们都说这火蹊跷，多亏下起了大雪，要是刮一场西北风，没准就火烧连营，全村遭殃了。”

乌春着急地问：“赵家没有人烧伤吧？”

两个小伙子对望一眼，三更嘴快，他怪怪地笑两声，“你问柳枝有没有事要直接得多。”

郎乌春被猜中了心事，脸红起来，说：“你们不说算了，不要拿我开心，柳枝和我有什么关系？”

赵五生说：“是谁为了讨人家欢心抢着爬杆子，让电灯电着了？半个村子的人都看着呢。”

三个人打了会儿趣，郎乌春上轿，他的情绪莫名的沮丧。心情一变，再看街上来往的人流，许多人愁苦着一张脸。轿子继续向前，路过艳粉街，藏春楼和红袖招的姑娘都拥到街上来看，她们冲轿子里的灯官掩口笑，互相推搡着，有人细声喊道：“好俊的灯官老爷哎，晚上来妹子房里呗，我想当回娘娘。”

郎乌春涨红了一张脸，让抬轿的快走，轿夫故意迈起四方步。乌春浑身燥热，低了头，又忍不住想看那些姑娘的脸蛋。姑娘们向后面的轿子拥去了，原来是韩大少爷沿街赏钱。红袖招放起鞭炮，一街的回声，二踢脚半空中炸响一只又一只。乌春长出一口气，没了那些热辣辣的眼睛，少了尴尬，他更加怅然寡淡了。这时，人群背后出现了一张熟悉的面孔，那人一闪而过。乌春认出来了，正是那个来自哈尔滨的电灯工程师李白衣。

元宵夜终于到了，所有的灯都点亮了，大街上热闹极了，小孩子们和乞丐挤在人群里，蹿来蹿去。月亮高高升起，不时地隐进云彩，有一会儿天上飘着小清雪，地上很滑，轿夫不留心就闪了脚。乌春看看天色，在洗马村，这会儿也是最热闹的时候，族人们一定和镇上的许多人家一样，在高高兴兴地打话谜子。

打话谜子是我们族人最喜欢的一个节目。每年的元宵夜，全家人坐满一屋子，下决心乐一场。库雅拉人的习俗是公公不和儿媳同桌吃饭，儿媳更不准在公公面前露胳膊露腿。这一天，最威严的老阿玛也要允许儿媳妇和他开个玩笑。儿媳妇把锅底灰抓了满把，大大方方地跑上来，把灰使劲儿抹在公公满脸的褶子里。婆婆大笑，老公公在儿媳面前腰直了一年，脸虎了一年，这一年连正眼都没看儿媳妇一眼，这会儿，他塌下眉毛，和善宽容地容许儿媳妇和他开玩笑。

轮到家里的小姑娘小小子上场了。大家轮换着站在地当中，左手拿起一把笊篱，右手拿起一把笤帚，笊篱蒙在脸上，一屋子的人就开始鼓掌。孩子们边跑边喊：笊篱姑娘下乡来，山上抱下一捆柴。扭扭搭搭下山来，笊篱姑娘真可爱。大人们高兴起来，掌声笑声不断。小孩子在自己家里打完话谜子，就跑到别人家去看。孩子们跑来跑去，整个村子喜气洋洋。

“灯火哒哒，蜡花洽洽。严防火灾，告谕各家。”

灯官老爷和灯官娘娘的两顶轿子来到亚洲火磨公司的门口，火磨公司的五盏电灯锃明瓦亮，和昏黄的纸烛灯相比又是一道风景，镇子里许多人都来看稀罕，大家想不通蜡烛是怎么放进了玻璃罩子，而且在风中火苗一点不摇晃。这时，人群里，郎乌春又看见了李白衣的身影。李白衣换了一件棉袍，大帽子压在眼眉上方，神色冷峻。郎乌春下了轿，回身来到韩公子的轿子前面。

白瓦镇有史以来最大规模的一次胡匪抢街就在这一时刻开始了，以后的岁月里，白瓦镇一次又一次地陷入兵火。

大地在摇晃，土匪的马队从镇西冲入，向镇东席卷而来。镇中心的图书馆起火了，很快，浓烟笼罩了全城。一开始，时起时落的鞭炮声掩盖了土匪的枪声，等到灯影里出现传说中那些凶悍的面孔和锃亮的马刀，街上立刻乱了套。杀声和哭叫声交织在一起，一家家店铺和买卖家来不及关门闭户，马嘴上腥膻的泡沫已喷到主人的脸上。

艳粉街口传来令人心悸的爆炸声，短暂的静寂之后，声音更加混乱。整个镇子的狗都在狂吠，除了被吓傻了和被父母捂了嘴的，那么多的院子里传出孩子惊恐的哭声。马嘶声加入进来，撕心裂肺的号叫和哀求伴随着哭声和呵叱。大雪和冻土下面的恶鬼此刻一定被唤醒了，整个镇子充满了地狱的风声，骇人的怪物冲撞奔走，哪一个大门撞开就意味着灾难降临，一个个惊恐万状的人质被拉出来拴上麻绳，绳子的另一头攥在土匪手里，人质跌跌撞撞地跟着马奔跑，摔倒的被马拖着，拖出一声声听不出调的惨叫。

火磨公司门口有两盏灯啪啪地爆碎了，人群四散奔逃的同时，几个人逆着人流向韩玉阶的轿子冲过来。轿夫早已扔下轿子加入逃跑的人流，韩大公子迈出轿门时绊了一下，他摔出轿外，脑门磕在冻土上，满脸的雪沫和鞭炮的纸屑。他被一个人拉了起来，韩玉阶的头嗡嗡直响，他本想跑回大院去避难，可是已经不可能了。有人拿着枪堵在火磨公司的大门口，站在门口的公司职员囚成一堆，抱着头蹲在一起。愣神的工夫，郎乌春在他耳边喊了一声。灯官老爷的官帽早不知掉到了哪里，郎乌春拉上惊慌失措的韩大少爷跑起来，这个时候，他才知道身上很威风的戏装多么该死，他的两腿被绊住，几乎摔倒。身后的韩玉阶更加狼狈，根本迈不成步。

一双手抓住郎乌春的后衣襟，他使劲儿一挣，衣服撕掉半片。转过身，正是那张刀条脸，李白衣的拳头犹豫的工夫，郎乌春毫不客气地伸出右脚踹过去。李白衣一个趔趄，乌春顺势伏身，他扯住韩玉阶的长衣襟使劲儿撕开，韩玉阶站起来，撒开两腿，拖着两块布片向前跑去。而郎乌春的脑袋被重重一击，他都来不及哼一下，就一头向前扎去。

第四章　求婚

一个月后，郎乌春回到了洗马村，他的左耳靠近眼眉的地方多了一道伤疤，像蚰蜒一样趴在他的太阳穴，他的左臂绑着绷带挂在胸前，看样子，想自如地活动要等到春天冻土开化了。自从大清宣统皇帝退位，自从洪宪袁大头袁皇帝死后，灯官老爷受伤的消息算得上白瓦镇八个自治乡最大的新闻。灯官老爷救了灯官娘娘，还不够轰动吗？

这一次胡子抢街给白瓦镇造成的伤害实在太大了，镇子里差不多萧条了一个月。烟麻革店、酒局饭馆、五金行、洋货庄、山货店、皮货店纷纷遭劫，米店、当铺和钱庄受的损失最大，除了恰巧当晚关门闭店的商家，几乎家家有人被绑。正在病中的白瓦镇镇长奎善受此一惊，竟在两天后病死。驻扎延吉局子街的第二十三镇陆军派来一个巡防队弹压地面，多年以前，大清朝廷推出新政成立的城乡自治会这时发挥了作用，白瓦镇自治会会长正是亚洲火磨公司的股东韩大定。这次灾变当中，韩家的损失很大，火磨公司的粮仓烧了三处，但少爷韩玉阶侥幸逃脱。惊魂甫定的韩玉阶连夜与父亲韩大定召集商会和自治会的人开会，安抚受害的事主。

过了两天，被绑的“秧子”通过“花舌子”陆续给家里捎来亲笔书信，上面写着赎金二百和三百铜元不等。事情渐渐清晰了，这伙胡匪刚刚从辽西滑过来，报号仁义军，匪首名叫万顺。为了这次突袭，万顺准备了很长时间，匪队分散而来，悄悄开进库雅拉山，先后派出五六个人到镇上踩点打探，砸哪家窑，绑哪个票，他们早做好了计划。这次他们共绑了三十二人，其中五个花票、四个孩子。自治会副会长赵四爷的儿媳妇就是花票中的一个，商会里一个人被绑了小孙子。有人怀疑李白衣就是万顺本人，他扮作哈尔滨的电灯工程师混入亚洲火磨公司，目标不是韩玉阶还会是谁呢？

万顺对镇上大户的答复非常满意，第十二天，最后一个交赎金的人回到家里。万顺让他捎话回来，说他的队伍要在库雅拉山里住下来，只要镇上按时缴纳抽捐的款项，他将保护白瓦镇平安。

郎乌春躺在火磨公司的厢房整整昏迷了一天。胡子抢街后的第二天，韩老爷从局子街请来的日本医生以最快速度赶到白瓦镇。松村医生三十多岁，小个子，刀条脸，戴着一副眼镜，双腿有点内八字，但十分干练。他给郎乌春做了全面检查，认定病人凶多吉少。松村医生心情沉重地告诉韩玉阶："病人左臂骨折，骨头的问题不要紧，关键他的头部受了重创，而且失血过多，能不能活过来，只能看运气了。"

韩玉阶说："请医生尽力而为，他为救我受的伤，现在救他，韩家不惜一切代价。"

松村医生很感动，"韩先生放心，我是医生，一定会尽全力。"

郎乌春总算醒了，这次历险让他记忆深刻，倍感窝囊，因为自己没搞明白咋回事就差点送了性命。

三月末，白瓦河冰面开化，镇子里柳树长出灰白色的毛毛狗，一串一串。春风比往年刮得早，高坡上，雪已消融不见。将养了两月，韩家的伙食好，小伙子的脸白了一些，体重长了几斤，除了偶尔晕眩，胳膊上的夹板一时卸不下来，身体的其他方面已经复原。变了的是他的内心，在韩家的这段时间，韩玉阶每天来房间看他，一说话就是好一会儿。韩大公子是个万事通，讲起时局压抑不住兴奋和激动。

他告诉郎乌春："南方新成立了革命党，全国到处都是学生运动，这个世道可能要变了。"

韩大少爷心情复杂地说："人逢乱世，幸也不幸。幸是可以建功立业，不幸是此后再无安生日子。"

郎乌春说："清朝皇帝没了，世道就变了，我们平头百姓照样上山打猎，下江打鱼，还能变到哪儿去呢？"

"事情不像你想的那么简单啊，"韩玉阶忧心忡忡地说，"就像前些天万顺抢街，我们招惹他了吗？没有，可是他们说来就来，又烧又抢，绑了人票要赎金。就说你和我吧，你是灯官老爷，我是灯官娘娘，我们想尽职尽责保镇子过一个平安的灯节，可是事情变成这个样子。你躺在床上，我的火磨公司只好暂时停业。"

两个人沉默了。窗外传来轰隆隆的声音。

韩玉阶说："乌春，你听，春雷响了。"两个人听那雷声，动的却是不同的心事。

乌春想，雷声沉闷，连绵不断，今年库雅拉江会比往年开江早吧？捕过开江鱼，高粱地也要开犁了。

韩玉阶的眼睛忽然闪起亮光，他急切地说："乌春兄弟，要是我组织一支军队，你会参加吗？"

"可我从来没想过当兵啊。"

"想过没想过不重要，关键看有没有胆量、有没有抱负。乌春，你身上有一股劲儿，你是当兵的好材料。你不要急着答应我，我也是刚开始做准备。"

乌春说："韩少爷，明天我就回洗马村了，少爷的恩情我不会忘记。"

"应该报恩的是我，不是你舍命相救，我还不被胡子绑了票？"韩玉阶有些伤感地说，"你走了，我也要回首善了。"

前一天，两个账房在乌春的门外说话，其中一个说："我们要卷铺盖了，好好的买卖说完就完了。"

另一个说："韩玉阶不是个成事的人，他要么泡在烟馆里打麻将，要么去妓院里喝花酒，不出胡子抢街这种事，火磨公司早晚也要关门。"

"你听说没？少奶奶病了，自己关在房间里，连老账房也不让进门。"

"什么病呢？老账房不是她从何财主家带过来的吗？"

"她得的是恨男人的病。明香告诉我，说少奶奶一见男人肚子扭着劲儿疼。"

"明香是少奶奶的丫头，她说得有准。这就怪了，大少爷没找日本大夫给好好治治？"

压低的声音，"少奶奶让姓韩的传上了脏病。她的病根在韩大少的裤裆里。"

"啧啧，多好的一个女人，当初嫁进韩家又白又胖又水灵，现在完了，一朵花蔫了。说实话，晚上睡不着你想没想过金凤少奶奶？我一想她就跑马。"

韩玉阶说："唉，火磨公司关门我真不甘心呢。"

郎乌春另有想法，在韩家的这些天，他体会到一个有钱人家的诸般好处。他暗下决心，他要成为一个地主，拥有一片记在自己名下的土地，为此，他宁愿付出代价。但他不希望有韩玉阶这样的败家儿子。

最后一场暴风雪，天地间一片迷茫。雪下了足有半尺厚，熬过严寒的榛鸡和铁雀一只只收紧身体，像染病的女人，蔫塌塌地缩进漏风的巢。

小孩子张在雪地里捕鸟的罗网大有收获，一只只麻雀像一个个黑灰色的小线团，身上射出看不出的光泽，鸟的小脑袋一定充满了悲观的想法，对春天能不能到来感到绝望，雪一停它们就落下来，比赛似的自投罗网，逃命却慢吞吞的，发现无路可逃就把头扎进翅膀底下去沉思。

被风吹乱了尾羽的乌鸦蹲在榆树枝上，静穆得可怕，昨天还能看见一点绿意的老榆树变成了铁青色，费劲儿地撑着压下来的天空，不知名的鸟雀穿过飘飞的雪片，飞翔的翅膀划破结了冰晶的空气，一片碎裂的声音，空气好像比冰块还要坚硬。

雪停以后，风更大了，郎乌春的目光和天地一样迷茫，他的视野像一张旧渔网，执着而又空洞。养伤的日子，他有更多的时间想事情。爱情像一只跛足的啄木鸟跳到小伙子的肩膀上，一下一下，又痒又痛地啄他的耳根子，一直把他的耳鼓穿成两个流出乌血的洞。

“你听说了吗？乌春，你的心上人柳枝每天瘦一圈，她就要变成一个纸人了。”赵五生来到郎家，圈河的叶子烟又好闻又解气，冒出的烟蓝莹莹的。他是洗马村有名的鹰户后代，祖上曾不止一次捕到白色的鹰，白鹰是海东青中的极品，是献给京城的贡物。鹰户最显眼的标记是他们胳膊上遍布的伤痕，那是坚硬的鹰爪留下的。

第二天，冒着寒风来看望郎乌春的何三更带来了最新消息，“你听说了吗？你的心上人病好了，能到院子里走步了。”

郎乌春把饭碗一推，咚地倒在炕上，身下的土坯像是给他压塌了。躺一会儿，他一翻身坐起来。

“额娘，你能不能找个人去给我提亲。”小伙子的喉咙沙哑，声音急促干涩，如过年时无意中扔进灶坑里的小纸炮，但这小纸炮足以把两间土坯房炸个底朝天。

“额娘，我要娶赵柳枝。”

“什么？你要娶柳枝，额娘的耳朵没听错吧？”

“额娘，你找个媒人吧，柳枝我娶定了。”

“乌春，咱们家小门小户，赵家家大业大，赵家一准不同意，你死了这条心吧。额娘早在娘家那儿相中一个姑娘——”

“额娘，除了柳枝，我谁也不要。”

端午过后的一天早晨，郎乌春和额娘跟在洗马村著名的接生婆和数一数二的媒人何翠姑身后，走进棺材铺赵家的大门。郎乌春棉袍外面罩着镶有花边、绣着年息花的琵琶襟的绿坎肩，戴着一顶四喜帽，帽顶缀一个丝绒结成的红疙瘩，唤作“算盘结”。手里捧着一个酒坛子，是白瓦镇同盛源烧锅出产的上好的女儿红。他的额娘头发梳得光光的，戴着平顶帽，骨耳簪和疙瘩针斜插着，穿着衣边绲着云彩卷的蓝旗袍，虽是旧衣服，倒也齐整。旗服外面是一件绿坎肩，下身黄色无裤腰的棉套裤，扎着裤脚，鞋帮两侧绣着绿花，小船一样的木底高桩鞋下窄上宽。这一对母子走路都透着紧张。

一进院，满脸堆笑的何媒婆就高声叫喊："他赵家婶子，来戚了。"

笑声立刻压住斧头砍在水曲柳上面的声音，在棺材铺黑乎乎的仓房里传出了回音。主人听见喊声，急忙迎出来，他们一看来客的打扮，立刻猜出了来意，何况还跟着一个媒婆呢。

"哎哟，她何家婶子、郎家大嫂，快屋里请。"

"看人家这日子过的，你赵家算得上洗马村的第一富户了。"

听到这样的恭维话，赵掌柜说："你可真会说好听的，不愧洗马村的第一张好嘴呢，说的比唱的都好听。"

"那我明天专门给你唱一出，你得给赏钱啊。"

赵记棺材铺五间正房，一间东厢房，西面一间碾房一间马厩，槽上拴一头灰叫驴，正在摇头摆尾吃着草料。

进了西屋，媒婆像在自己家一样盘腿上炕，主人将烟笸箩推过来，装上烟袋。因为日子特殊，往日很熟悉的村邻这会儿倒拘束起来了，何翠姑可不会只图自己快当，她将乌春的额娘拉到炕上，小伙子行过打千礼，坐在一边。

"他叔他婶，你们是明白人，一看这阵势必能猜个八九不离十。俗话说得好啊，一家女百家求，今儿我应郎家大嫂的请求到贵府上来，我们特地——"

何翠姑的话头被院子里的喊声打断了。

"老赵家，来客啦。"院外停下一辆马车，马吐噜噜地打着响鼻。

"你们坐啊，我和柳枝她阿玛去迎一下。"女主人道过歉忙下地出去了。

听见喊声，何媒婆就哼了一下，她低声对乌春的娘说："今儿撞见鬼了，是老仲婆子，她咋来凑这个热闹？来提亲？"她作色对小伙子说："乌春侄子，一会儿姑让你干啥就干啥，咱乌春要人样子有人样子，一表的人才，还输了阵仗？来了一挂大车，八匹马拉的车咱也不在乎，好歹说成这门亲。"

果然就是老仲太太，翠姑认得走在前面的当家人是德惠乡的地主杨天光，一颗大大的脑袋，下巴肉堆下来，一看就是个富户。他的身后跟着一个小郎，十四五岁的模样，一张长脸，目光闪烁，穿一件空空荡荡的棉夹袍。小伙子分明给一院子的棺材吓破了胆，他神不守舍，并且十分害羞。

第一眼看过去翠姑就放了心，她冲乌春娘使个眼色，主人一样打起了招呼。"哎呀，老仲婆子，你来提亲可晚了一步。柳枝她阿玛，咱可得有个先来后到啊。"

"哟，何家大嫂，真是赶巧了，真走对碰了。咱真是来求婚的，俗话说得好啊，一家女百家求嘛。你说你的媒，我说我的媒，咱各说各的。结果主人家两口子说了算，对吧，他赵家婶子。”

柳枝的额娘只管讪笑，赵掌柜招呼点烟，他刚才看过杨家的大青花母马，就从牲口开了腔，他说：“杨家老哥，你的大青花怀着驹是吧？”

杨天光笑眯眯的，主人这样开头正对他的心思，要不他也想往这个话题上说呢。但他是个深沉的当家人，抽了两口烟，故意慢吞吞地说：“你老弟好眼力，一眼看出来。六月份吧，就有一头小马驹了。”

老仲太太和翠姑一样的巧嘴，两个媒人正是本地界的对手，这回狭路相逢，难免打一场硬仗。

老仲太太说：“杨家是马滴达的大户，家里十垧高粱地呢。是吧？郎家想必也有一些地吧？去年收成可好啊？”这话说中乌春额娘的痛处，洗马村谁不知道乌春的阿玛曾是个有名的赌徒，他赌输了家产，输掉了江边祖传的二十亩熟地。乌春和额娘的脸立刻红了，像是被人当众扒光了衣服，自觉寒酸起来。

翠姑不接老仲太太的话茬，她说：“柳枝的额娘，乌春是今年元宵节的灯官老爷，算得上咱洗马村最出色的小伙子，你说是不是？”

乌春的额娘这时开口道：“柳枝的额娘，乌春是你看着长大的对吧？咱家虽说没有车没有马，可乌春有的是力气，有志气，咱两家是一个村的，早晚有个照应。”

翠姑说：“要说乌春这孩子那是没有比的，人才第一，一看就是个壮劳力，不像那一看就是个病秧子的。”

杨家的当家人咳起来，皱起眉，但他不会和一个媒婆计较，他把一双眼睛盯着老仲太太。

老仲太太说：“要说杨家真不一般哪，赵家的两口子，杨家来攀这门亲是你们脸上的光彩呢，我们云清少爷读过私塾，识文断字，一个小先生。人家还要出去念洋学呢。”

翠姑说：“干吗不先念完书再说亲呢？这孩子看上去可够单薄，身子骨没长成呢。”

两个媒婆斗嘴的时候，来求婚的两户人家不说话，两个小伙子低着头，郎乌春的脖子涨得通红，感到衣服领子太窄，喘不上气来。对面杨家的小伙子比他的情况更糟，坐不住板凳，目光游移，随时想逃跑的光景。

赵家的当家人不好得罪哪一个，只好把话一次次岔开，柳枝的额娘将饽饽、凉糕、切糕、炸糕摆了一桌子，招呼大家来吃。赵家的黏米面饽饽小如鸡蛋，十分精致。女主人一忙活，两个媒人就不好夹枪带棒，她们说天说地扯起闲话了。

女主人端了荷叶饼进来，荷叶饼用白面做成，扁圆形，掰开成两片，吃的时候放上香油和盐，女主人还备好了鸡蛋和肉片。当家人让老婆子把樽菜端上一盘，客人客气起来，觉得受了重视。这樽菜的做法是选细嫩白菜心，用线绳捆成拇指粗，捆一节切一节，长约二寸，开水焯后，摆放好，用小米米汤浇在上面，放酸了用水洗净，放入盘内，撒上砂糖食用。其味酸甜可口，又脆又香。

面对两家人期待的目光，赵家的当家人表态说：“承你们看得起老赵家，但这事得慢慢商量，我们当老人的总得听听闺女的心思啊。”

“那我们就走了，过几天来求个回信。”两个媒人各自招呼着，表情都装作十分轻松。

院外面忽然传来哭声。一个丧主来选棺材，来的几个女客看见棺材触景伤情，顾不得人家有客，忍不住在院子里哭天抹泪。

两个媒婆一起皱眉，相对摇头。这可不是一个好兆头。

贰腓凌　柳枝

第五章 杀死淫猥的公鸡

无形无影的簸箕仙应约而来，能够预知未来和过去的簸箕仙，善良调皮，无一不晓。

和善的簸箕仙，聪明无比的簸箕仙，请你现在就说话，告诉我们，柳枝应该嫁给谁？

“簸箕仙来没？来了就请点三点。”

奇怪的声音从窗外传来，此时切记不能回头，精神集中，不要心不在焉，以防不干净的东西乘虚而入。

这是一个傍晚，柳枝和额娘将装高粱米的盆子放在桌上，拿出一个簸箕，中间插上一只筷子，两个人悬空扶着，簸箕倒扣在米盆上方。

“簸箕仙来了没？来了就请点三点。”额娘轻声呼唤三遍，她们手里的簸箕忽然抖动起来。

簸箕仙来了，千真万确，簸箕上的筷子开始在米盆里面写字。

“路上。”

“小伙子是谁？多大年纪？家住哪里？”

回答是：“小孩。”

怎么可能？再问一次，“谁是柳枝的真命天子？”

所答非所问，“四十。”

额娘问道：“簸箕仙，你搞错了，柳枝的男人咋可能四十岁？”

又一次回答：“男孩儿。”

男孩儿？簸箕仙就是这样回答的。

嘎石灯跳动着火花，一会儿亮，一会儿暗，寒风里转了一圈的花狸猫喵呜一声跳到炕上，簸箕掀翻了。窗纸哗啦啦响两下，胆小的簸箕仙逃走了。柳枝的干呕声冲口而出，转身奔去墙角，肩头剧烈地抖动。

呕吐声吓坏了马厩里的骡子、鸡架里的鸡，墙根底下，黄鼠狼飞快地蹿开。额娘脸色惨白。

"枝儿啊，你这是咋啦？"

柳枝跑回自己的房间，放声大哭。

"枝儿啊，你这是咋啦？别吓额娘，你说话啊！"

"娘，我活不成啦，我不想活啦，我不能活啦！"

"枝儿啊，你这是说的啥话？你咋啦？快告诉娘，这咋突然寻死觅活呢！"

"没办法，那个畜生他不让我活啊！"

"哪个畜生？谁不让你活？当家的，你快来看看，咱闺女中邪啦！"

死人李良走进洗马村看望棺材铺的大小姐柳枝之前，已经有三个萨满去棺材铺做过法事。

第一次，来自首善乡的何萨满走进村口，柳枝立刻现出恐惧的样子，全身发抖，她说："你们请人来对付我了，你们快让他回去。"

何萨满动用了全身的功力，他将蜘蛛网烧成灰，用他的铁刀片逼着姑娘喝下鼠壤土牝猪屎牡狗屎做成的药丸，他将三枚钢针插在柳枝房间的门框上，三枚钢针扎进姑娘的手指尖，姑娘尖叫起来："你们害死我了。"喊完昏死过去。

棺材铺的掌柜千恩万谢，他招待何萨满喝酒，何萨满端起酒杯，他的双手忽然颤抖起来，"坏了，我听见声音了，是那个东西，他来了。"何萨满脸色蜡黄，冷汗从花白的鬓角淌下来，下地时摔了一跤。他只来得及交代一句就趔趔趄趄地奔出棺材铺的大院。何萨满说："我法力不够，治不了这东西。你们快另请高明。"

他的话音未落，三只蝙蝠从他的头顶飞过，院子里满是柳枝姑娘嘶哑的哭声。

第二个萨满来自崇礼乡，马萨满带着一把大铁刀傍晚时走进洗马村。他在索罗杆下面摆下香案，将白衣服袖子挽到胳肢窝。香案上有一只锡酒壶，他拿起空酒壶迎风一晃，酒壶立刻飘出高粱酒的芳香。马萨满的铁刀虎虎生风，月亮惊恐地躲进云彩。正当他用刀向姑娘的窗口狠命劈刺，一条白狗跑进院子，马萨满的刀血光迸溅，狗血喷到脸上。他的脸立刻一如死灰。马萨满声音颤抖着说："这东西太厉害了，我的法破了。"马萨满给姑娘留下两包香灰，低着头满脸羞惭地走出洗马村。

第三个萨满自己找上门来，是春化的韩桂香女萨满。她想看看到底什么东西迷住了柳枝姑娘。她拿一个鸡蛋放在一面铜镜子上，鸡蛋居然自己立起来了！她把一根筷子放到水里面，筷子自己又立起来了。她在姑娘的房间里点燃整捆的艾蒿，姑娘咳嗽不止，上气不接下气，桂香萨满却呼吸自如。她将姑娘的衣服扒光，用艾蒿秆抽打柳枝的身体。姑娘羞愤交加，一声接一声地惨叫。“你是什么东西？快说，不说我打死你。”女萨满打一下问一句。姑娘咬紧牙关，除了惨叫没有任何回答。鸡蛋自己滚落在地，碎了，筷子自己倒下了，艾蒿秆打折了一条又一条，桂香萨满停下手，她看见姑娘全身战栗。女萨满长叹一声，将一把艾蒿秆扔进了灶坑。桂香萨满告诉姑娘的父母，“我没办法了，这东西八成在庙里受了香火，是一个淫物，他看上你们女儿了，要长住下去了。”桂香萨满长叹一声，“除非有小伙敢娶这样的姑娘，又能镇住这邪物。这样的人到哪去找呢？”

窗户里面传出柳枝有气无力的声音，“额娘，我不出嫁，我不嫁人。”

桂香萨满说：“还有一个办法，去请李良萨满。”

李良是我们中间的死人。

死人李良原本不是我们的族人，他来自另一个家族。那是一个铁匠之家，据说，他们的族里一共有五十六名铁匠，通晓许多我们不知道的法术，更神奇的是——他们能控制火。李良萨满说，每年八月，新月的第一天能被河里的鱼看到，第二天，能被马看到，第三天，他的族人就可以向月亮祈福了。第五天，天空比一年当中的任何时候都蓝，天高气爽，白云朵朵。第七天傍晚，他们的祖先神有的骑红色的马，有的骑海蓝色的马，有的骑天蓝色的马，降临世间。祖先神要向后代的族人显示决心——战争来临的时候，他们会出现在马背上，保护那些从不放弃血统而身陷困境的子孙，他们要保护那些怀有赤诚和真心的人们。

那一年，官府的人来了，打着黄色的旗帜，士兵们举着雪亮的弯刀。那一天，铁匠家族被集中在一块草地上，士兵们踹开铁匠的家门，将一个个风箱拉出去，劫走所有打铁家什，就连族人做饭的铁锅也不放过。然后，他们将铁匠家族供奉的翁衮抢出来堆在场院上。士兵们命令所有的萨满都站出来，军官身边站着身穿红衣手持佛珠的僧侣，智者们知道，最艰难的时刻已经来临。他们供养的王爷已经出卖了他们，他不再信奉自己的祖先神，要去信奉喇嘛了。

果然，士兵们传下话来，对站成一处的萨满们说，你们的王爷病了，现在他要考验一下萨满们的法力。他在空地上摆下场子，请萨满在里面作法。空地外面要放一把冲天大火，大火烧完，谁能活下来，官府就允许他继续作法。

传令兵话音刚落，立刻有人跪下，跪下的人发誓，他们再也不做萨满了。更多的人说，既然祖先神选中他成为族人中通灵的萨满，他只能听从祖先神的安排。

枯树干柴，铁匠家族的木头风箱围成一个几十米宽的火场。李良萨满的叔叔当中有一个白衣萨满，他穿着鹿皮做成的白袍子。他对士兵们说，我需要一缸水。士兵说，难道你要藏进缸里吗？白衣萨满说，不是，我们萨满祖传下来的鼓是用火性制造的，如果进入火场，会出大乱子，只有浸水才能避免灾难。

初春天气，西南风从山的背后刮来，大火冲天而起，火苗像一条条蟒，吐着红色的舌。烈焰漫天飞舞，士兵们手持刀剑和套马杆把火场团团包围。忍受不了大火灼烧的萨满开始向外逃跑，士兵们用套马杆驱赶他们，用刀和剑将他们一次次逼回大火当中。火越烧越猛，下风口的士兵开始后退，包围圈撕裂了，萨满们拼命向外冲。士兵开了杀戒，弯刀砍在人们的头上腰间，火光中鲜血四溅。有人逃走了，更多的人被抓回来投入火场。风声，哭声，惨叫声，仿佛是来自地狱的声音。这时，火场中清晰地传出鼓声，有人敲鼓，鼓声时而激昂，时而缓慢，更多的时候不疾不徐。风中，几股火苗逃犯一样向村子里蹿去，房屋被点燃了，哭声和火声像春雷一样轰轰隆隆。

浓烟终于散去，木柴烧成红疙瘩，火焰变成透明的红雾。铁匠家族的族人们看见他们的祖先神骑着红色的天马从天而降。奇迹出现了。白衣萨满腋下夹着他的徒弟李良萨满，好像正在大风雪中艰难地跋涉。他们的手鼓还在响着。白衣萨满和李良萨满走出火场时浑身打着哆嗦，胡子挂着上冻的冰碴。所有人都惊呆了。士兵们请他们脱下法衣去休息，白衣萨满说，不行呀，脱衣有祖先的规矩呢。两个萨满站在风里，跺着脚高声唱和。

他们唱道：戴着红顶子帽出生的王爷，是别人给他钱财的结果。从通红的火中走出来冻僵的我，是水中出生的魂灵。戴着蓝帽子出生的王爷，是别人给他钱财的结果，通红的火中炼出寒冷的我，是冰中出生的魂灵。

大火之后，回到家中的白衣萨满将徒弟李良叫到身边，他说，李良，你是一个死而复生的人，你离开家族到山那面去吧，让我们的族人避开血光之灾。我也走了，我到祖先那里去了。

李良萨满将白衣萨满的尸体抱上一匹白马，将白衣萨满的腰铃放在他的腿边。他牵着白马走过白桦林，进入铁匠家族一片神圣树林。人们站在一棵神树前面，一棵很粗的白榆树，树上有一个门。人们将白衣萨满放进树洞，然后将他点燃。那树洞里还有很多骨头。树洞里冒出了浓烟，蹿出蓝色的磷火苗、绿色的磷火苗，映照着神树这年春天新长出来的绿色枝叶。

李良萨满的眼睛里，磷火幻化成两天前的火海，他的耳边回响起一片的惨叫声，火舌舔着大地，脚下白烟灼人。从昏迷中醒来，他听见了白衣萨满的歌声。

白衣萨满唱道：

当月亮升起来，
当太阳升起来，
当我们的一天开始时，
泼洒我神圣的汁液变成海，
我播下我的种子长成针叶林，
绿洲的诸灵变成时间，
陡峭之洲的诸灵变成岩石。
与祖先在一起的人只有唯一的命运，
宇宙的路只有一条。
与鼓在一起的人，
只有唯一的终点，
点点繁星是唯一的路。

鼓声中，李良萨满慢慢平静下来，他敲响自己的鼓，应和白衣萨满的鼓声和歌声。

我是人人知晓的萨满，
河流水域的源头，
我获取法力。
为了和平自由的生活，
我注定出生在光亮的大地，
传递光亮的消息，
这就是萨满的路。
我出生在光亮的大地，
我喧嚣的鼓声中，
天会打雷，
地会震颤。
水就是火，
火就是水。
我的心将平静，
灾难总会过去，

相信我们的神，

世界终将一片光明。

现在，弥漫的浓烟，嘶嘶怪叫的大火，火场里凄惨的叫声，一切都已远去。一股冷风吹来，晶莹的水雾笼罩了两个舞着铃鼓的萨满，世界变成一个雪雕玉砌的宫殿，树挂像祖先雪白的发辫，每一棵树都眨着笑眯眯的眼睛。李良萨满的血在冷却，体温在下降。然后，浓烟城堡的大门打开了，烟后面是惶恐的族人，白衣萨满将他拉起，带着他向外面走去。

李良萨满的名字和月光一起辉洒，他拥有了白衣萨满的法力，而且，李良萨满已经死过了。

死过的人不用再死了。

现在，轮到法力无边大慈大悲的李良萨满出场了。大萨满走进了洗马村，神帽铜铃十九个，狼皮裙腰哗哗响，他身穿熟得极其柔软的獭皮对襟长袍，长袍领口到下摆均匀地钉着八个大铜纽，那是另一个世界的八道城门。长袍前面左右襟上各钉小铜镜三十个，六十个铜镜反射着阳光，就像周遭的城墙。他的背部钉着五个大铜镜，一大四小，大的是护背镜。他的左右袖筒绣着云彩，还有黑色的大绒，这些象征着羽毛，可以让他和他的神、助理神一起飞翔。李良萨满的披肩上面有一棵神树。树上悬挂三百六十个一万年前的贝壳，三百六十个贝壳藏着三百六十天的月光。

千年松、万年桦，开天古树是榆柳。长叶柳树能说话，能育人运润虫蛙。通天通地通天树，天树再接通天桥。通天桥路分九股，九天九股宇宙神。一九雷雪三十位，二九溪涧三十位，三九鱼鳖三十位，四九天鸟长翼神，五九地鸟短翼神，六九水鸟肥脚神，七九蛇猬迫日神，八九百兽金洞神，九九柳芍银花神，统御寰天二百七，三位赫赫位高尊。

天荒日老，星云更世，北天冰海南流，南天洪涛盖野。鸟生爪、鱼生翅、龟鳖生骨罩。蛇蟒脱皮草上飞，百兽牙爪破坚石。萨满是世上第一个通晓神界、兽界、灵界、魂界的智者。天神阿布卡赫赫让神鸟衔来太阳河中生命和智慧的神羹喂育萨满，星神卧勒多赫赫的神光启迪萨满晓星卜时；地神巴那姆赫赫的肤肉丰润萨满，让萨满运筹神技；恶神耶鲁里自生自育的奇功诱导萨满，萨满传播男女媾育之术。萨满是世间百聪百伶、百慧百巧的万能神者，抚安世界，传替百代。

李良萨满正是萨满中的萨满，他是我们河谷的骄傲。

李良萨满龙行虎步，大步流星走进了洗马村，他抖落法衣上的白霜，擦去帽子上的白霜，掸掉神鼓和其他法器上的白霜，他满面红光，四射威严，任何邪祟快快闪避，躲避不及非死即伤。

这家的主妇哭天抹泪，精神恍惚。这家的闺女失魂落魄，去意已决。李良萨满让他的小徒弟关上大门，将村里的闲杂人等关在门外，让他们去猜测，去嚼舌头。风刮起一家家的草木灰，篱笆吹着幸灾乐祸的口哨。几里外的洗马河浮雪弥漫，榆树间乌鸦低飞，哇哇怪叫。

赵家的当家人备好了火盆，大萨满安安稳稳地坐下烤火，喝了两口高粱酒，他称赞起酒的味道。他说："这酒是白瓦镇的女儿红，女儿红和女儿红还有不同，这碗酒的味道很特别。这是喜酒吧？"

李良萨满喝的是郎乌春送来的求亲酒。大萨满说："赵掌柜，你会喝上柳枝的喜酒的。"

李良萨满不慌不忙地打量赵家的房子，几个屋子走了一遍。他所过之处空气中弥漫起一股艾蒿味。他身上的腰铃哗哗直响，吓得赵家的花狸猫瘫在炕沿下面。

李良萨满让赵家的女主人带他去病人的屋子。柳枝姑娘躺在炕上，大萨满示意她不要起来，他扭身坐在炕沿边。李良萨满看见他的病人一脸的酸楚和惶恐，眉毛散乱，眼泡浮肿，一张好看的脸苍白瘦削，满是泪痕。

柳枝对大萨满说："你走吧，我不想见到你。"

闺女的话让额娘吃惊不小，"你疯了闺女？他可是李良萨满。"

"我一个快死的人，用怕一个真正的死人吗？"

死人李良苦笑一下，他对忧心忡忡的女主人说："柳枝的额娘，请让我和闺女单独待上一会儿。我和柳枝儿有缘呢！"

李良萨满将他最大的铜镜挂在柳枝姑娘的房门口，他左手抓一把黄豆，右手抓一把高粱，姑娘的屋子里立刻下了粮食雨。遵照李良萨满的吩咐，赵家打开大门，将看热闹的邻居请进院子。

院子里摆有一张小方桌，上面放着一个木斗，里面装五谷杂粮，这唤作七星斗，斗里面点燃了年息香，风吹院落，香气若有若无。李良萨满终于击鼓而出，他在七星斗前向东方叩拜，唱起了神歌。

在没有眼睛以前

贞洁的泪水在哪里长住
有了眼　眼又给心蒙住
铃和鼓已开始轰鸣
神祖的手指开始颤抖
我就在这里
请派我去
让我铸火为雪
用我的铃鼓驱开迷雾

歌声沙哑，如泣如诉，在干冷的空气中结成雪粒砸在人们的心头。大萨满继续高歌：

手鼓尼玛琴的声响是云车的滚动
腰铃西沙的声响是东海的波涛
抬鼓通肯的声响是蟒蛇的雷鸣
门檐插着的是叫滴达的扎枪
那是你蟒神神威的大舌
我来了
房屋在动
大地在抖

鼓点越来越密，鼓声越来越激昂，大萨满几乎栽倒，踩着七星神光的李良已和蟒神的魂灵融为一体。大萨满的目光比平日更亮，迈着一步一顿的舞步，来到房门前，将滴达枪拿到手中，他开始急速旋转。蛇神穿云破雾，萨满的喊声变成了雷声，灯影里，扎枪的寒光就像闪电，李良双手持枪，左跳右突，枪尖划过棺材铺当家人的头顶，朝四方翻转急划，巨蟒的长舌扫舔院落。大萨满来到院子中间，时而半蹲，时而跳跃。他的舞姿更加遒劲，更加猛烈，他的银枪扫荡着世间的一切污秽和恶灵。

大萨满歌声再次飞扬：

你永世阖族的神主，
请到七星斗前，
神风呼啸。

金色的蟒神，
是太阳和光明的化身。
银色的蟒神，
带着众蛇神走过来，
铁色的蟒神，
带领着师徒和众萨满走来，
你百虫之首蟒神，
九层天居有三层。
你们的神祖是虫神之首，
尊贵的你降临我们中间。
他的徒弟应道：
神祖走过的地方，
妖魔惊遁，
坦途光明。
善来恶避，
妖魔显形。
我的族人齐声应和：
蛇醒了，
春天就要来了。

惊天动地的鼓声中，李良萨满慢慢仰倒，面朝天，头朝门，他仰卧在七星斗前。双手抱胸，鼻子和唇间横上一炷点燃的年息香，鼓声和吟诵声中，他开始如蟒状蠕动。他的双肩那样的协调，充满力量。他的腰部那样的柔软，摆动自如。还有他的双腿，就像两条相伴相随的河流。

大萨满的声音变了，变成天外来音，院子里昏暗宁静，只有他唇间的香火幽幽发光。香火和天上蛇星的微光一起，照亮了一个月前的那个夜晚。

大萨满说："蟒神已经认出一切，那是一只公鸡，它爱上了人间的美貌。"

如果没在世上种下果实，这个神奇的故事将湮灭无闻。

我们洗马村最美的姑娘柳枝被一只公鸡迷上了。

一只白色的鸡蛋，孵出一只白色的公鸡。一天，有灵性的公鸡在院子里觅食，一只黄鼠狼向它扑来。恰好一个姑娘来到院子里，黄鼠狼受惊而走。从此，那灵性的公鸡终日蹲在姑娘的窗台上，三个月前的元宵之夜，公鸡变成梦魇钻进姑娘的睡房。姑娘的梦里，公鸡是一个俊朗的库雅拉小伙，他利用他的催眠术玷污了姑娘的清白。

没有人不相信李良萨满，虽然他的讲述不可思议。但没有人对此说三道四，李良萨满不是一个凡人，他是一个大火烧死过的萨满。

别缠住身
别揪住心
请回住所
请回神位
让徒弟苏醒
让心儿平静
把花衣脱下来
把鸟帽摘下来
让后背的汗水消干
让晚辈神智如前

李良萨满的徒弟唱起送神歌，歌声凄清婉转。

李良萨满在赵家为柳枝姑娘作法的时候，洗马村，还有一个人忍受着内心的煎熬。这个人就是郎乌春。不管他的脸怎样烧得通红，不管他的心里怎样痛苦，更不管他感到多么耻辱，激昂的鼓声仍然破空而来。鼓声敲响在他求亲后的第五天。五天前，他被渴望烧破了嘴角。现在，耻辱将他裹个严严实实。

他心爱的姑娘，为邪祟所困，可是，他无能为力。求婚的事没有答复，头上已经长出比梅花鹿角还高的犄角，犄角挑起让人脸红的亵衣。

心情烦躁，抓心般的烦躁，他想躲起来。如果这是一场梦，该有多好。大萨满的鼓声和直向上涌的酒精真的将他催眠了，但梦不是藏身之所。梦里，让他更感羞耻。

他看得十分清晰。那天夜里，洗马村的棺材铺闪进一个男人，高高瘦瘦，是那个电灯工程师，不，应该叫他土匪李白衣。

大火烧着棺材铺的仓房，照亮洗马村的上空。他发现自己就在火里，困在大火当中，焦渴，发烫，眼前一片火光，他咳起来，上气不接下气。

郎乌春被推醒正是夜半时分，梦里的鼓声停了，额娘端着油灯，一身寒气，满脸泪痕，她刚从外面回来。

"乌春，喝口水吧。可怜的柳枝，李良萨满说，魇住她的是一只公鸡。"

比冰块还冰的凉水流进喉咙，比尿水还热的泪水流进心里。乌春说："额娘，不是公鸡，是男人，我在梦里看见了。"

"乌春，你梦见了什么？别听村里嚼舌根的娘们瞎传，你咋能相信呢？"

"额娘，我不想听该死的公鸡，这会儿，我想睡觉。"

"乌春，想睡就睡吧，不管是不是公鸡，总之不光彩。"

可怎么能睡得着呢，刚才的梦让他脸红心热，恶心不已。他梦见了绿珠姑娘，向他打开另一个世界的第一个女人。他梦见了柳枝，还有闯进她房里扒下她衣服的该死的背影。

"乌春，"黑暗中额娘对儿子说，"早点睡吧，李良萨满已经定好法术，明天一早，那只公鸡就要现原形了。"

李良萨满的迷香足以熏倒一头库雅拉山上的棕熊，香气弥漫，再有定力的淫物也会甘冒风险。

必须安静，所有的闲杂人等，包括棺材铺的当家人在内，都得离开这个院子。遵照李良萨满的吩咐，当事人柳枝姑娘早已备好一盆热水，只等欲火中烧的公鸡破窗而来。

夜，神秘莫测，邪灵游荡，大风折断了村口老榆树碗口粗的枝杈，将许多人家门口的木锨和雪爬犁扔到院子中间去。大风从堆满霜雪的烟囱口爬进炕洞，吹凉了炕底灰，冻得小孩子团成一团，就像一个落地不久的马粪蛋，外面一层霜，里面的温热全部散出。

李良萨满的法术之网覆盖了洗马村，那是一张春天沾满露珠的粘网，只要有鸟飞来，就会粘住翅膀。那是一张洗马河里的旋网，只是有鱼游来，就会挂住分水翅。

一只公鸡无论多么狡猾，道行深到能够奸淫一个可怜的处女，但它逃不出大萨满的法网。

李良萨满说，这畜生已经知道他来的消息，这次它骚扰柳枝姑娘会晚一些，鸡叫头遍的时候，它就会来，我要在鸡叫三遍的时候将它拿住。之前，他要和这畜生单独斗法。

那一晚的斗法一定十分激烈，但李良萨满是不会讲述和卖弄的。

大萨满斗法的故事，我们的族人知道得太多了。十年前，东宁县衙门不断地丢失重要档案，无计可施的官员请来了李良萨满。大萨满告诉十三个手拿刀枪的兵士，他说，我作法时护背的大铜镜会脱落滚走，你们跟着追上去。说完他开始跳神，跳着跳着，他的大铜镜果然从身上落下，铜镜滚出衙门，一直滚去关帝庙后的一片乱坟岗子。铜镜在一个有新鲜土的坟堆边倒下不动，跟着大萨满的兵士赶到了。大萨满让大家挖开坟墓，棺材的上面放着一堆档案，打开棺材盖，里面的死人戴着一副墨镜，死人的胸口还放着三本。

鸡叫头遍，拿着锹镐和扎枪的人们聚在棺材铺的院子里。下雪了，雪花漫天飞舞，风在篱笆上呜呜咽咽，寒气扑面。

这时，柳枝姑娘的窗口剧烈地抖动，这是畜生出现的征兆，人们毛骨悚然，他们遵从李良萨满的吩咐，哆哆嗦嗦地站在院外，等待着屋子里的动静。

那个畜生不是已经进入柳枝的房间了吗？但屋子里毫无动静。

鸡叫两遍，屋子还是毫无动静。所有人都沉不住气了，有人提议去前面看看，可是就连提议者本人也不敢迈出第一步。

人们惶恐不安地等待天明，一声尖叫忽然破空而来。那是将洗马村全村所有的公鸡关在一起也发不出的凄惨一啼，啼声在柴草垛和树枝间形成回响，厚厚的霜雪塌落出轰隆隆的声音，直撞人们的耳鼓。有人跌坐在雪堆上，更多的人双脚动弹不得。

与此同时，屋子里的灯一下子点亮了，接下来，人们听到的是柳枝姑娘的哭声，哭声断断续续，但声音却十分清亮。

李良萨满走到院子里，他的手里端着姑娘屋子里的热水盆，热水盆冒着腾腾的热气，热水里一堆白色鸡毛。

人们纷纷拥上前来，“抓住啦，抓住啦。”

“咦，咋只有一堆鸡毛？”

“那个东西跑了。”李良萨满满不在乎地说。

大家十分泄气，有人打起哈欠。

李良萨满说：“它没了羽毛跑不了，一定在这附近。大家找找看。”

既然是一只公鸡，最可能藏身鸡窝。有人拉开赵家的鸡架门，鸡架里，一只光秃秃的没有毛的公鸡果然蹲在门口全身发抖，几只母鸡躲着它，它的身上冻得青一块紫一块。

李良萨满大步上前，网兜一扣，轻而易举，将没毛的公鸡扣在网里。公鸡全身冻硬，发出低低的嗄哑的叫声。它来不及挣扎，李良萨满法刀一挥，鸡血四溅，那只怪物算是结束了伤天害理的一生。

“我的小祖宗唉，我的柳枝唉，这下子你的病可算好了。”棺材铺茶饭不思的女主人跌坐雪地放声大哭。

“败家娘们，你哭啥？”当家人冲着媳妇大声嚷道，“快给李良萨满做饭。”

女主人赶紧往起爬，“唉，好，好，谁说不是呢。当家的，我乐糊涂了。”

有人提醒，“李良萨满走了，你们快追呀。”

两个人跑到门口，李良萨满已经消失在清晨的雪雾中。

女主人跌坐在雪地上，再次放声大哭。

该死的公鸡死了，但姑娘的灾难并没有完啊，她被玷污了清白，不再是一个干干净净的处女，昨天杨家取消了婚约，剩下郎家小子，他还会娶她吗？

第六章　铃鼓之路

善林寺坐落在敬信村后面的小山坳，库雅拉江在那里拐了一个弯，夏天水大的时候，江水会淹没庙前的大片玉米地，玉米地是善林寺的庙产。善林寺三面环山，后面有一个湖和一座葡萄园。庙里一老一少两个僧人，老的叫大空和尚，七十岁光景，年少的和尚十七八岁，法名慧南，白白瘦瘦，总弯着腰，一副羞于见人的模样。

七年前，大空和尚来到敬信村，他在后山坳里修了一座小庙。一开始，庙里供奉的如来只是一尊两米高的泥塑，光光圆圆不成比例的大脑袋，一大锭金子形状的大嘴巴，大空和尚奇怪地给泥人穿上一件红衣服。佛爷来到库雅拉江畔是几辈子以前的事，但是，库雅拉人仍执着地信奉自己的天神和祖先神。

库雅拉人最大的天神是法力无边的阿布卡赫赫，她和地神巴那姆、星神卧勒多三姊妹神共同创造了世界。

世上最古最古的时候，是一个水泡泡，天像水，水像天，后来，水泡生出一个女神，我们族人叫她天神阿布卡赫赫。天神小的时候像水珠，长大变成天穹。她的下身裂生出地神巴那姆赫赫，上身裂生出星神卧勒多赫赫。三个女神同身同根，同生同孕。性慈的阿布卡气生云雷，性酣的巴那姆肤生谷泉，性烈的卧勒多背着皮褡裢，每当夜晚便在天上抛撒星斗。

三神合力造化万物，可是地女神总是睡不醒。缺了地神帮忙，天神和星神只能造出女人，这就是为什么女人心慈性烈。地女神醒了，她只好自己干活儿，因为没有光，她只能造出天禽、地兽和土虫，这些生灵藏在洞穴里昼眠夜出，没慈性，相残相食，怕光怕亮。

天神见世上光生女人，就从身上揪块肉，做了个九个脑袋的敖钦女神。天神向星神要了一块肉，给敖钦做了八条胳膊。敖钦负责看管地神，不让地神睡大觉，三个女神好共造男人。地神觉没睡够，造男人时不耐烦，顺手抓下自己的一把肩胛骨和腋毛，把姐妹的慈肉、烈肉弄到一起，揉成了一个男人。地神躺着干活儿，男人就比女人泥多，毛多，力气大，心慈性烈长胡子。男人女人到底有什么不同呢？地神灵机一动，她要学着天禽、地兽和土虫的模样给男人加个“索索”。可是她太困了，从身上抓块肉，闭着眼睛就摁，第一下摁在山鸡屁股上，山鸡屁股就多了个鸡尖和小肉桩。第二下摁在水鸭肚子上，水鸭的“索索”就长在肚腔里。第三下她抓了一根细骨棒，摁到了身边母鹿肚子底下，母鹿变成了公鹿。从此獐鹿狍狎的“索索”像利针，发情时能把母鹿扎死。

天神和星神姐妹俩生气地说又安错了，地神这会儿真醒了，她急忙从野熊的胯下要个鸡巴安给男人，世上男人的“索索”和熊的长短模样都相似，因为本来就是从熊身上借来的。

敖钦女神九头八臂，力大无穷，感觉看守巴那姆赫赫很没趣，就发怒吼闹。地神烦了，一气之下用身上的两块山砬子打过去，一块山尖变成敖钦女神头上的一只角，直插天穹；另一块山尖压在敖钦女神肚下，变成了一根“索索”。这下坏了，敖钦女神一下子变成长角的两性怪神。有了鸡巴，她自己能自生自育，从此成了九头恶魔耶鲁里。

地神巴那姆赫赫再也不能宁静地酣眠了，耶鲁里闹得她地动山摇肌残肤破。风雷四震，日月无光，耶鲁里打败了布星女神卧勒多赫赫，把她囚入地下，又想征服阿布卡赫赫。

耶鲁里喷吐黑风恶水，阿布卡赫赫派出身边的霍洛浑和霍洛昆两个女神详查动静。她俩看见天晃地动，来不及回报消息，便放开喉咙大唱乌春。乌春就是神歌，两个女神在颓石浪尖上唱，在恶风凄雨中跳。歌舞迷住了耶鲁里，等他猛醒时，阿布卡赫赫已率百兽百禽围袭而来。耶鲁里双手一摁，竟将两个女神碾成血粉，血粉干润在树草之上，小小的粉粒化成万千鸣虫。阿布卡赫赫身子被耶鲁里压住，她猛力一挣，将雪星踏裂，天上留下一半，掉到地上一半。从此以后，雪神分两地居住，在天上居住时，春暖花开；在地上居住时，北方沃雪如银。阿布卡赫赫率领众动植物大神，终于打败了九头恶魔耶鲁里，将他烧化成九头小鸟，打入地心之中。

大空和尚讲的却是另一个故事，他说，库雅拉满人和别族没有两样，你们应该供奉佛祖如来，只有如来能度你们脱离人间的苦难和罪孽。我们生活的这个世界，人都是女人生的，是向下走倒转着生的。我们这个世界之上还有天人，他们生活的世界叫色界天和欲界天，天人是男人生的，向上走，由肩上、头上裂开而生。再往上才是如来的西天，一个真正的极乐世界，那个世界里，不通过娘胎，莲花的花苞一开，就跳出一个你来。你永远十八岁少年相，无忧无虑，没有一点烦恼。

大空和尚的佛界打动了有过难产经历的老奶奶，她们瞒着老爷爷们走进了小庙，她们不相信男人生孩子，男人生孩子，还要女人干什么呢？但她们有自己的信念，多拜一个神总之没坏处。即便如此，善林寺的香火还是十分冷清。直到有一天，一尊大铁佛从库雅拉江溯江而上停在了敬信，我的族人们才走进善林寺举起香火。

一尊上千斤的大铁佛从水路漂来，一直漂到了敬信村，说来难以置信，但大铁佛真是漂着来的，还是头和身子分着漂来的。

没有月光的夜晚，库雅拉江游荡着落水而死的冤魂，哀嚎夺人心魄。黑暗中，看不清翅膀的大鸟掠过波涛汹涌的寒瑟瑟的江面，也许是鸟翅膀的声音，也许是一条大鱼的拨水声，伴随着远处一声接一声惊恐万状的狗叫和狼嗥。这一晚，江边用扳网扳鱼的两个敬信人忽然听见江面传来更为恐怖的声音——瓮声瓮气的人声。他们点燃火把，江面两个巨大的黑影正在溯江而上。他们听清了，黑影发出的声音是——去敬信——去敬信——

第二天一早，有人在敬信距离善林寺一百多米远的江岸上，发现了身首两处的大铁佛，佛身七米高，巨大的佛头高有一米。大空和尚听到消息立刻赶到江边，他证实了这是弥勒的法身。大和尚慌慌张张地在一块大石头上坐下来，太阳晃在他的光头顶，蚊子叮在他的鼻子尖，蝴蝶落在他的袈裟上，青蛙和蟾蜍蹲伏在他脚前的水坑里，后来，几条蛇游来盘在他的身后，可大和尚毫不在意，他仍然闭着眼睛捻着佛珠念念有词。人们渐渐消除了恐惧，慢慢地聚到江边。这时，大和尚睁开布满血丝的双眼，他恳请村民们帮助他将铁佛搬到他的庙里。

又有几个和尚远道而来，他们雇佣当地十几个铁匠，想请他们把佛头接到佛身上去。这件事太困难了，光将大佛抬到善林寺院子里的空地，三十几个人换了四次班，大铁佛的重量让人们对它竟能漂在江面溯江而上产生了怀疑，两个打鱼人言之凿凿，确是他们亲眼所见亲耳所听。可将佛头浇注在佛身上是不可能的，试想，怎么将滚开的铁水送到七米高的高处呢？包括大空和尚在内，所有人都一筹莫展。

大佛漂来善林寺三天了，还是无法头身相合，铁匠们点着火把守在大佛旁边，七嘴八舌地出主意。这时，他们的身后出现了一个老人，老人个子不高，留着一把白胡子，面容十分清瘦。他自称是外乡人，路过这里。铁匠们说，你老年纪大，见多识广，能不能出个主意，把佛头安到佛身子上去。老人沉吟一会儿，慢声细语地说："我一个黄土埋到半截子的人，能有什么主意呢？"

过了一个时辰，大空和尚忽然悟出白胡子老头话里的深意，他说："将黄土埋住佛身，人踩着黄土上去，不就可以将佛头铸上去吗？"人们恍然大悟，这才想起那个老头，可哪里还有老头的踪影？

“感谢佛祖指点迷津。”和尚高声念佛，磕下头去。

随着佛头佛身合二为一，佛祖显灵的消息迅速传开。善林寺第一次扩建了，从大佛头上七尺的地方起脊，盖起一座禅堂。

两年前，一个叫慧南的小和尚来到善林寺做了大空和尚的徒弟。

善林寺七月十五香火会旺一点，善林寺在江边放河灯，借此吸引周围的村民看热闹，和尚把一个陶盂放在江滩上请求布施。山坳里一处一处的纸火，中元节是我们库雅拉人的鬼节。火星四处，明明灭灭，看着河灯吸引来的乱飞乱闯的白蛾，老和尚拖着沙哑的声音讲述河灯的来历。他说，七月十五是佛的欢喜日，也称盂兰盆节。“盂兰”梵语里是“解倒悬”的意思。这天要以百味饮食供养三宝，也就是佛、法和僧人。只要供奉三宝，百年过去的七世父母都会得到超拔。

要不是和尚放河灯，族里的阿玛不会让后生去听没牙老和尚的唠唠叨叨，他们更相信我们库雅拉自己的智者和神灵。

江面上，善林寺的河灯颠簸着，两个和尚将一盏盏灯造得很好，河灯在江汊子停下来，像一团一簇的荧火。

近些日子，善林寺的香火悄悄旺起来。一天，有香客送来一只小木船，请求挂在寺里的大殿上，这一做法很快形成了一股风，不到三天，大殿挂了二十几只小船。挂船的都有家人在库雅拉江的水里船上讨生活，老太太和媳妇们来烧上一炷香，求佛爷保个平安。

乌春的额娘也到善林寺去了，她挂了一只小船，庙里磕了几十个头，捐了香火钱。小和尚慧南走到江边去挑桃花水，看见老太太又跪在江边，她拢一抔土，插着三炷香。他打个揖手，问老太太在干什么。老太太说：“求龙王呢，求王八精呢，求鳇鱼精呢，还有过路的谁家的祖先神，求求他们，千万千万保佑我儿子乌春平安哪。”

老太太告诉小和尚，今年的天气怪呢，过了雨水的节气还有暴风雪，大风连刮十几天，怕是武开江呢。

小和尚放眼看去，江面上蒸腾着一层薄雾。江边的桃花水漫上江滩，他的脚下，湿土黑油油。大江的冰面一天天消融，今天和昨日又有不同，灰白色的江鸥出现在江面上。

冷风吹乱了老人的头发，吹着蕴了泪水的眼窝和干涩涩的一张老脸。

小和尚忘了打水，他嗅到了一种不祥。

惊蛰过去半个月，江边的流水一天比一天深，一天比一天漫进江里去。

整个冰面没有破碎，漂浮在水中。风一吹，巨大的冰面随风晃动，像一条漂动的白围巾，像一只水里泡肿的手，无望地抓住江岸。

等待开江的日子，洗马村的男人们睡不着觉，披着棉袄，端着大烟袋，蹲在房前屋后，听着冰和水的撞击声，鸡鸭鹅狗惶恐地打哆嗦。等待江水一开就划船进去的汉子不错眼珠地盯着江面，生怕错过第一网开江鱼。

漫长的冬天，库雅拉江的鱼忍饥挨饿，脂肪消失殆尽，吐尽体内的土腥味，废物排放得干干净净，这时的鱼虽瘦，但肉质紧密，不肥不烂，冰清玉洁，滋味鲜美得难以形容。一年之中，只有这二十几天可以吃到鲜美的开江鱼。再迟些，春气入水，鱼儿开始化育，吸入浊气，便没了那种鲜美。白瓦镇上，饭馆的大师傅早擦好油锅，备好刀和案板，有钱人家等着“头鱼宴”呢。性急的老板已交了订钱，生怕打鱼人打到好鱼抬高价钱变了卦。

江边高坡的大榆树下面，三个小伙子蜷着身子，蹲坐着，一身黑色衣裤，一动不动。郎乌春和他的两个伙伴赵五生何三更没有选择洗马村的江滩，而是选择了上游十几里的一个江湾。

二十米开外的地方，拴着他们的木船，木头船像一头急得蹄子踏出火星的战马，随时准备咆哮着冲进奔腾的河水。木船颤抖，即使远离江面的高处，小伙子们仍能感到冰面下江水的力量。

何三更站起来，走到郎乌春身边。郎乌春噙着榆木疙瘩烟斗，不时吸一下，其实烟斗里只有一烟锅死灰。三更递过来的一根长长的冰棒，乌春不看晶莹剔透的冰块，使劲儿咬一口，咯嘣咯嘣嚼几下，吐出一口冰水，对他的伙伴说：“再等三袋烟工夫。”

突然，风大了，整个冰面向岸上涌来，小木船传来嘎巴嘎巴的响声。郎乌春噌地站起，他兴奋地惊叫：“开江啦。”

只见江面瞬间开裂，炸开的江面上，江水上下翻滚，巨大的冰块分崩离析。

咆哮的江水挟带着冰排，像一匹匹脱缰的野马，携着狂风，前呼后拥，发出“咔咔”的炸雷般巨响奔腾而来。江湾处，巨大的冰块撞在一起，形成冰山。风急浪涌，浮冰迅猛向下冲来。

此时，目光所及之处，巨大的冰块不断撞击着，下游尚未全部开裂的冰盖不断炸裂，“咔嚓”“咔嚓”，轰响不断，离江岸几里远都能听到轰隆隆的声音。遇到障碍的江流开始不畅，浮冰层层叠叠，越积越多，越积越宽，越积越厚，冰块推上岸来，冲击堤岸。涌上岸的冰层一尺多厚，被推上岸十几米远。郎乌春在江边长大，但今天这种场面从未见过，他的腿微微发抖。

他们伫立在江湾处，江上游的冰排顺江而下，浊浪排空，大小冰排你挤我撞，如闷雷轰响。奔过江湾，前面的冰排跑累了，慢下来，可后面的冰排汹涌而至，挤下来，压下来，形成一座座小冰山。又有冰排推上江岸，一条条半尺长的大鲤鱼被抛上江岸。江中心，成群结队的鱼鸥不断地起起落落，觅食捕鱼。冰下闷了一冬的鱼，一条条跃出水面，落在冰排上的成了鱼鹰的美食。

汹涌的冰排直接冲向岸上的灌木丛和柞树林，将一棵棵碗口粗的榆树柞树桦树哗哗地冲倒压断。岸边，大石头被冰块推动，不情愿地挪了窝。

巨大的冰排急速奔过，持续了小半天。这时，跑动的冰排不再莹白如玉，开始浑浊泛黄，这是上游江岸边桃花水浸泡的冰块下来了。看上去，大江的流速似乎慢下来，江面上漂浮的冰排变得温顺，不再狂妄不羁。太阳偏向西方，江面上有些小冰排仍跑动着，水面大面积显露出来，江水湍急，波涛汹涌，江风中鱼腥味越来越浓。

江流看上去顺畅了，一块块大大小小的浮冰，在江面上平缓地漂流。

"今年的冰排比往年跑得快。"乌春顺口说道。

"没准就是快呢，快下江吧。"赵五生是个性急的人，他已去江边推船了。

抢捕第一船开江鱼的念头冲热了头，小伙子们不再多想，他们加把劲儿将木船推进江里。木船包着铁制的尖头，两只木桨，舱里放着渔叉和三盘挂网。

乌春全神贯注地划桨，渔船穿梭自如，躲不过冰排时，他就用手边长长的蹬篙将浮冰点开，两个伙伴快速地下网收网。他们从小练就了一身穿越冰排捕鱼的绝技，这会儿更显娴熟。

小船穿行于冰排之中，网旋进去，拉上来，每一网不空走，不大工夫，船的吃水线下降了半尺，乌春快速向江边划去，他们在江湾的一棵野李子树下面修了一个网箱，里面最大的鳊花和鳌花已有几十条，他们还捕到一条二十多斤重的鳇鱼。

江风大了，气温下降，夕阳寒瑟瑟地向江水中坠落。几个人决定再扬一网就收工。乌春让赵五生上岸收拾捕到的鱼，准备装上架子车，他和三更再次向江心划去，这一次有些吃力，江面的浮冰多起来了。

几个人同时意识到了不妙，上游什么地方堆积的浮冰这会儿冲破了隘口。

和他们想的一样，浮冰顷刻间铺满江面。

岸上，赵五生看得更真切，他看见离乌春一里远的上游大片浮冰顺江而下，他惊恐地大喊："快靠岸。"

今年冰排比往年跑得快的原因是更上游发生凌汛，卡住了浮冰。乌春和三更果断地弃掉没起的渔网，两个人拼命划船，浮冰越来越多，想穿过冰隙靠向岸边已无可能。

江流好似加快了，冰缝越来越窄，而江岸越来越远，眼看着一块大浮冰直奔小木船撞来。

乌春将手里的桨让给三更，自己拿着蹬篙向浮冰点去，他在船心一撑，整个人几乎腾空而起，啪的一声，长篙断成两截。冷汗湿透后背，虽然躲过一劫，接下来更加不妙。

转眼，小船夹在几块浮冰中间，他们放弃划桨，只用桨来点冰排，让小船在浮冰中间顺水而行。乌春的脑袋嗡嗡直响，三更更慌乱，脸色青紫，他们不敢有半点松懈，稍有不慎，随时会嘭的一声闷响，小木船将被浮冰撞得四分五裂。

冰冷的江水浸透肌肤，冻到骨髓。江水中，太阳最后一抹红色消失，黑暗来临了，气温骤然下降，呜咽的江风中，赵五生的哭叫早已模糊。船上的两个人就快冻僵了。他们咬牙观察，寻找着上岸逃命的机会。

机会越来越少，乌春看见了洗马村，但他们没有一点靠岸的可能，只能任由小船随波而行。江面大了，浮冰的距离大起来，向前十里，将进入库雅拉江最宽的一处江面。这意味着，逃生的希望更加渺茫。

“咱们完了。”三更绝望地喊了一声。

“乌春，快想办法呀，我不想死啊。”三更的脸上，鼻涕和眼泪结了冰碴。

“我也不想死，船不是没碎吗？看准机会向岸边划。”乌春感到绝望，身上的力气正在消失，他冻得说不出话。

“天哪，咱们后面是什么？”三更凄惨地叫起屈来。

船后面出现一个巨大的黑色的脑袋，圆圆的，中间的窟窿没准就是能把小船一口吞掉的大嘴，怪物撞上来，木船打个横，被一块浮冰摆正，所幸木船没有破损。

乌春来到船尾，木桨在他手里打哆嗦，他感到身上的力气全部耗尽了，那只怪物，也许是一条大鱼，没准是一只大蚌，更可能是江里的冤魂。是什么不重要了，那家伙向木船冲来。

冰冷的江水扑到乌春的身上脸上，死亡的阴影像一床被水打湿的棉被，罩在两个库雅拉小伙子身上。乌春使出全身力气，他挥出的桨却像一根芦苇，或是一根柳条。木桨嘭的一声，没有溅起水花，乌春抓住船帮，险些一头扎进江里去。桨在水里翻腾一下，从水里再上来，隔有三条船的距离，想捡回来已无可能。

前面传来三更不成调的哭腔："乌春，我们完啦。你看，它跟着我们呢。"

浮冰的后面，黑乎乎的东西起起伏伏。江水一浪一浪地涌着，乌春衣服全湿了，又冰又硬，身上的热气一点一点地消失，冷汗好像不出了。

乌春回头，没看见三更，他吓得大叫："三更，三更——"

三更直起身，方才他伏下身去。他已经对生还不抱一点希望，只等着"嘭"的一声了。

隔一块冰，怪物又靠过来。

"乌春，咱们完啦。"三更哭着说，"我爷爷等我养老送终呢，我还没娶媳妇呢。"

"三更，我们有救了，你看，船头有一盏灯。"

"灯在哪？我咋看不见？"三更的声音大了，平添了一点勇气。

"就在船头，你没看见？"

的确有亮光，红红的、高高的一道。

"是什么东西？咋在动？"

"三更，打起精神，是祖先神呢。"

木船过去之后，乌春模模糊糊地看见那道亮光向水里疾速砍去，红光消失，一直跟在他们身后的黑影消失了。

做梦一样，乌春不敢认定这一切是不是真的发生过。奇怪的是他身上有点暖和了，船头的红光又出现了，一团红红的灯火，灯影里分明有一个姑娘，"啊，是柳枝，柳枝，怎么是你？"

姑娘笑盈盈的，十分的娇羞，"快点回来，我等你娶我呢。"

姑娘羞愤起来，"我问你，你是不是真的不要我了？"

"要，我要。只要活着回去，一定娶你。"

三更鬼一样嚎叫。"乌春，乌春，你他妈听见我的话吗？"

"船漏了，船进水了。快点淘水呀。"

乌春头像被重重一击，眼前是黑乎乎的江水，耳边的风声水声交杂，辨不清三更喊什么，他浸在冰水里的脚让他意识到更大的灾难来临了。他打个冷战，头脑奇怪地变得异常清醒。

他挪到三更身边，拉住他的弟兄，"三更，没用了，省省力气吧。"他冷静得连自己都难以置信。

"乌春，咱俩就这么死了吗？呜呜——我不想死，我没活够呢。我再也不打开江鱼了。呜呜——"

“三更，我想到了逃命的办法。”

“什么？逃命？”三更放声大哭，“咱俩今天死定了。”无数蛇蝎在身体内游走啮噬，脊柱骨和下肢肌肉佝偻成一团，小伙子将脸扎进冰水里，“我自己在船上浸死算了。我不想在大江里冻成冰棍。”

洗马河边树起了野祭杆子，山神、海神、路神、风神、火神的牌位摆在江堤上，这晚主祭的还是李良大萨满。遵从李良萨满的吩咐，有人将水中恶神傲克珠的牌位放在风口。

傲克珠是一个专在水中作恶的神，一到夜里就发出牛一样哞哞的叫声，吸人血，黑乎乎的，陆地上跑起来一股烟，江里，则变成各种各样的怪样子。

江风刺骨，人们聚集的江岸上，野祭杆子下面摆着香烟缭绕的七星斗，众神将踏着七星之光降临。七星斗的旁边有八面绘有鹰、蟒、蛇、鹏、狼、虫、虎等动物神的神旗，中间是拖亚拉哈大神的主旗。

先人用火是拖亚拉哈大神所赐。阿布卡赫赫未给人火种之前，人类茹血生食，人蛇同穴，人蝠同眠，有一天，天神的脑门突然生出一个叫其其旦的红瘤，其其旦化为美女，脚踏火烧云，身披红霞衫，她嫁给了雷神西思林。多情的风神也爱上了其其旦，雷神和风神都是天神的爱子，雷神由天神的鼾声化形而成，火发白身长手，声啸裂地劈天，勇不可当。风神是天神的一双巨脚化生，风驰电掣。雷神脾气很坏，经常离家周游寰宇。风神乘雷神外出盗走其其旦女神，他要和女神媾孕子孙，播送大地，让人类绵续。可是大地冰厚齐天，无法育子。其其旦决心去盗天神心中的神火。她成功了，她向大地飞去。怕神火熄灭，她把神火吞进肚里，嫌两脚行走太慢，以手为足助驰。运火中，其其旦被神火烧成虎目、虎耳、豹头、豹须、獾身、鹰爪、猞猁尾的一只怪兽，变成了拖亚拉哈大神，她四爪踏火云，巨口喷烈焰，驱冰雪，逐寒霜，驰如电闪，光照群山，为大地和人类送来了火种，招来春天。

这晚，我的族人们要请拖亚拉哈神制服水中的恶神。来自铁匠家族的李良萨满是火神的后裔，他定能请到盗火之神拯救两个水里遇险的后生。

主持野祭的是棺材铺的赵掌柜，他的身份特殊，这天晚上，洗马村的人都已经知道，郎家和赵家结亲了。

得知乌春出事，乌春的额娘号啕大哭，六神无主。赵承恩第一个走进郎家的小院。

承恩说：“郎家大嫂，现在没到号丧报庙的时候，不还没见到孩子尸首吗？”

乌春的额娘说："怕是连头发也回不来一根了。我可怜的乌春唉。"

承恩说："我们去请李良萨满吧，求他替孩子祈个平安。钱我出，乌春好歹提着酒去家里要做我的姑爷。这孩子我相中了呢。"

柳枝姑娘总归坏了名声，原来乌春的娘不情不愿，这时候人家主动上门，心里早感动得发抖。"赵家的当家人，只要乌春回来，我会让他认亲呢。"

承恩说："归齐柳枝出了公鸡那件事，你们反悔正常。乌春回来呢，看他的心思。"

乌春的额娘说："我们两家的亲就这样结下了，我替乌春做主了。只怕乌春回不来误了柳枝一辈子。咱再等几天，看看孩子有没有消息？"

赵家的当家人毫不迟疑："这事定了吧，我笃定乌春会回来。"

"柳枝姑娘愿意吗？我总觉得……"

"由着她？真有三长两短，柳枝就为乌春守着吧。"

话说到这份儿上，两家关系变了，"亲家唉，亲家公唉，你说乌春咋这么没福唉。"乌春娘大放悲声。

江边，赵家运来三大筐木炭，铺成椭圆形火池，神鼓声中，炭火熊熊燃烧，十口装满江水的大缸分列火池两侧。赵承恩算是半个事主，何三更的阿玛早已过世，只有一个爷爷，凄凄惶惶的老人把事情托给承恩。

有人高喊放神，承恩端起酒壶满了三杯酒，李良萨满喝了。大萨满挥舞钢叉绕火池左转三圈，右转三圈，行过"封火"之礼。

李良萨满面对东方，朝天举香，伫立很久，肃穆得像一株枯死的榆树。萨满朝天祝道：

> 空中和白山峰上，
> 耸入云霄的金楼内，
> 沿着江河而临的拖亚哈拉大神，
> 请附我萨满之身，
> 引领迷途的孩子，
> 沿着铃鼓之路回家来。

萨满唱完神歌身子打挺往后一仰，人已处于半昏迷状态。年息香点燃了，分几缕夹在萨满双手指缝中，立刻变成光芒放射的阳光，萨满双手上下来回旋转，香火起舞，黑暗中如金蛇狂出，群萤纷飞。

李良萨满的腰铃又大又沉，声音低沉厚重。鼓点和腰铃声愈来愈紧，他好像要飞起来了。他用火筷子夹起燃烧的火炭放入口中，他开始像豹子一样奔跑跳跃，口中一束束火花迸溅。

李良萨满脱去了法服，裸露出上身，他将一条烧红的锁链缠绕在腰上，他把烧得火红的犁铧用牙叼起，一股股白烟升腾，他一次次向大江冲奔而去。

李良萨满挥起了开山刀，刀刃薄得像片韭菜叶，快得像天空的闪电，他把刀砍在自己的胸口，他的胸口剧烈地抖动，好像有什么东西钻进他的体内。他扬起长长的下巴，两根粗如粪叉的铁钎穿腮而出，就像豪猪的獠牙。

阔阔荡荡的大江之上，幻化无形的神灵张嘴尖叫。不管不顾的天神被鼓声惊醒，勇敢的盗火女神快去恶神那里抢回我们的后生，那是两只库雅拉的雄鹰，那是两棵库雅拉的松树。

炭火熊熊燃烧，火池热浪袭人。鼓声咚咚，火蛇狂舞，大萨满在人们惊骇的目光中冲进火池，他的脚下火星飞溅，火光映红干瘦的胸膛。

村子里，倚着炕边谛听鼓声的柳枝刚刚打了一个盹，她猛然醒过来，“额娘，我梦见郎乌春了，他没死。”

“柳枝，你说什么？你梦见乌春了？”

“他在船上，黑乎乎的，看不清楚。”

“孩子，你一准睡迷瞪了。你听，这会儿鼓声稀了，仪式结束了。”

风使劲儿地扑打窗纸。

“额娘，我能感觉到他，他有热气，没有死。”

姑娘懊恼地说：“我为啥梦见他呢？”

灌了几个时辰的冷风之后，喝了不知多少口江水之后，冻僵的腮和快要磕碎的牙齿能活动真是奇迹。郎乌春第一次将比石头硬、比冬天的马蹄铁冰的高粱饭团塞进嘴里，托祖先神的福，这不是最后一次，以后他还要就着雪面吃草根和树皮呢。

放弃保住小船的想法之后，船上的人任由江水将它带到哪里，人竟然冷静起来了。船速慢下来，风好像小了，月亮升上库雅拉山的上空，像一个倒挂的冰盘，像一张陌生的人脸，同情心上来，她拉一块云彩遮住半个面孔，一会儿，她不放心地露出两只眼睛。这时，江面明亮一点了，可以看清起伏的江水，白的地方是一块块冰排，黑色则是无情无义的江面。

冰排多起来，木船不时被撞一下，偏离原来的方向，有一次竟然转了一小圈，要不是一块比房子大的冰排挡一下，小船还会转下去。

郎乌春终于下了决心，该弃船了。

不容犹豫，转眼木船夹在两块冰排之间，船体发出哐哐的响声，乌春吼一声，跳到左边的大冰排上面，船体倾斜的瞬间，他一把将三更拉过来，向冰面中间滚去。幸运的是他们选中的落脚点又大又稳，比船上更安全，他们身下这块冰排没准就是江上最大的一块，他们眼看着冰排将小船挤撞解体，成了木片。

江冰互相冲撞，一会儿这块从水面隆起，一会儿那块沉入水下，整个江面上的冰上下翻腾。

逃过船毁人亡的一劫，接下来更加险象环生，即使木船单薄如纸，毕竟是个心理屏障，现在他们蹲伏在冰排上，寒气蚀骨，身上的热气正在消失，感到自己成了一个冰坨。

奇迹在最危险的时刻来临了，江面上，冰排一块块聚集，冰排之间的缝隙一点点缩小。郎乌春试着跳上另一块冰排，他成功了。他冲三更大声呼喊，三更竟然听见了喊声，这时他们才发现，江风和缓下来。

一种可怕的声音越来越大，低沉嗄哑，冰排覆盖的江面慢慢地抬高，像一片迅速隆起的山坡。

凌汛的前兆出现了，这是两个落难人最后的逃生机会。

求生的欲望奇迹般鼓舞着两个小伙子，郎乌春再不迟疑，他准确地跳跃、滑行。三更亦步亦趋，他们连惊叫都不敢了，也许每时每刻都在绝望地叫喊。总之，江岸越来越近。

江岸黑乎乎的，长着一片片灌木，这时候，只要抓住一根树枝，江水就再也别想将他们带走。他们逃向左岸，右后方，冰块一块压着一块，搭起罗汉塔，形成一座巨大的冰山，冰山发出轰隆隆的声音，蕴藏着一个世界的风声，一股巨大的反向力最后帮了大忙，几乎没用他们跳跃，冰排滑向一片灌木。

几棵碗口粗的江柳像韭菜一样被拦腰割断。巨大的冲力将冰上的两个人甩出去，郎乌春幸运地抓住一棵树的树杈，昏迷的刹那，他听见三更好像喊了一句什么。

郎乌春的眼前一抹红色，那是太阳将出的征兆。

善林寺里，做早课的慧南小和尚迷迷糊糊地敲击着木鱼，一大滴水珠忽然砸中他的脑门，又一滴水珠落下，他激灵一下子醒来，抬头，大殿里的情景吓得他面如土色。只见挂在头顶的每一只小船都挂着水珠，湿漉漉的，仿佛江里海里航行了一夜。

慧南大叫起来，“师父，师父，菩萨真有灵验。这船，这些船，真去救人了吗？”

大空和尚没有应声，没有责怪，仍然闭目诵经。

小和尚无法排解，他站起身走出殿外，山门前，一束阳光透过柳树枝的缝隙，照到小和尚的半边脸，灰白色的被孩子们叫作毛毛狗的柳花爬满了柳树的枝条，高大的杨树上，杨花穗子红彤彤的，笼着一簇簇红云。

薄雾正在消散，不远处就是浩浩荡荡的大江，江面上，鱼鸥一群群一声声起落欢叫。

这一年的春天终于来了。

第七章　结婚

春风和爱情荡涤洗马村的原野，白色的槐花开了，白色的李花开了，染了一点翠绿和粉红的海棠开遍整个村庄。黑油油的泥土被雨水泡得又酥又软，地垄沟刚好撑住种田人的脚掌窝。

白天，土香和花香混在一起。夜晚，细雨伴着一刻不停的蛙鸣。云散雨歇，明月当空，大地就像丰韵多姿的摇篮悠车，晃得人心迷意醉。

大江变了模样，烟一样的雾弥漫着，遮掩着，江水掀动着一浪一浪的月光，就像有人说话，就像有人挠你的脚心，挠又挠不实，一下，又一下，你的心痒痒，从心里往外发热。

喜得皱纹更多了的当家人聚到一起说话，迅速放绿的庄稼，让他们望见了黄澄澄沉甸甸的秋天，他们抽着烟袋互相打气，今年是个好年头，天活人哩。

记住这个春天吧，此后多年，库雅拉河谷没有这么安宁的日子了。

春雨滋润冻土，乌春僵硬的身体一天天柔软起来，与僵直的双腿相比，他的脑子活泛得慢了些。

离洗马村五十里外的圈河，他和三更侥幸逃命上岸，被一个猎人搭救，他们在猎人的家里躺了三天，猎人找了一辆马车将他们送回洗马村。

刚回来时，郎乌春的样子要多惨有多惨，全身遍布冻疮，嘴唇上布满血泡，睡着睡着忽然大叫起来，两手在炕上划来划去，冷汗湿透了棉被。三更的情形比乌春更惨，他看见水全身发抖，连喝开水都得让爷爷哄好一会儿，他左脚的大拇脚指坏死了，留下了残疾。

乌春的脑子每天乱哄哄的，耳边总有风声水声和冰排的撞击声，中间夹杂着三更的惨叫哀嚎。后来他想，当时他和三更一样，被凶险吓破了胆，能比三更冷静些，原因是他对以后的日子抱有希望。

他有什么希望呢？对了，他记得当时模模糊糊想过柳枝，他说他要娶她呢。

棺材铺的当家人来看过两次，额娘告诉乌春，是赵家出面打点了求神的野祭，老太太干脆告诉乌春，这门亲事她应过了。

过两天，赵掌柜又到郎家来，他开口就说："亲家婆，咱们得议一议婚礼的事了。"

这一次，乌春的额娘犹豫起来，她说："亲家公，你说的是件大事，可是，我们没准备好啊。"

赵掌柜说："我们不是大户人家，就不要讲排场了。"

乌春的额娘说："你赵家是洗马村的大户，我们能够马虎，你们可使不得。"

赵掌柜说："我家的日子过得比你们好些，既做了儿女亲家，就是一家人，柳枝是我的心头肉，我不能让她背个包袱就过来，我和老婆子商量好了，把河边的高粱地给乌春两亩二分作陪嫁，那可是好地，抓一把出油呢。"

乌春的额娘立刻眉开眼笑，她做梦也没想过这种好事。赵家的当家人一走，她就和乌春商量。

乌春说，好事不是随便来的，赵家当家人是有名的财迷，他会轻易送出两亩好地，不值得怀疑吗？嘴上这样说，心里却另有打算。

隔天，赵家的当家人和乌春坐在院子里，园里新韭刚上了粪肥，臭味暖烘烘的，韭菜叶碧绿碧绿，看着喜气。新犁起的泥土砸成小块，额娘和秋哥忙着筛土。

"那地儿想种啥呢？"赵家的当家人声音涩涩的。

"种两垄胡萝卜，两垄地瓜，再栽些黄瓜和辣椒。"乌春的声音也涩。

赵家的当家人沉不住气了，说："乌春，你心里到底咋想？"

"没咋想。"乌春说，"我想多栽两垄茄子。"

天阴了，要下雨了，风吹动房前的白榆树哗哗响。

"你知道我为啥给柳枝两亩二分好地作陪嫁吗？"

乌春想他终于进入正题了。

"地是我的命根子。比一个棺材铺值钱，说到底，土地于庄稼人最金贵。地可是我祖上传下来的。"

"柳枝是你的独生女，你心疼她呢。"

"她丢死我的人呢。"老人磕了烟袋，忽觉语失，愣在那里。

"你有话就直说吧。"

赵家的当家人肩膀塌下去，矮一截，颤抖着点烟袋，"乌春小子，有件事我得告诉你，唉，说不出口啊。"

老人下着决心，"唉，说不出口也得说啊。"

“乌春侄子，柳枝她，都是那只公鸡，那个畜生，它让李良萨满杀了。可是，孽造下了，可怜我的柳枝，她，唉。咋说呢，你听明白了吧？”

其中果有蹊跷，乌春大为吃惊。“你说柳枝，这事我额娘知道吗？”

“咋出口呢？乌春侄子，你想反悔？反悔我不怪你。只是，柳枝就活不成了。”

赵家当家人慌乱地说：“这样，我再给你两亩地，娶了媳妇有了地，做梦都想不到的好事。”

事情瞬间发生了变化，郎乌春的心里一动，后来，他自己都怀疑那句话出自他自己之口，还是出自魔鬼傲克珠之口。

他说：“我要五亩地，少一分一厘不行。”

老人像火烧着了屁股，一下子跳起来，“你说什么？五亩，我没听错吧？那地今年我种了上好的高粱，五亩？你真敢张嘴啊。”

“五亩地，少一分一厘不行。”

老人不认识地看着郎乌春，他知道自己错打算盘了，眼前这个小伙远比他想象的复杂，几乎就是一个奸猾无赖。他竟然要五亩熟地，那地可是好地，抓一把出油呢。他几乎转身走了，让丢人现眼的闺女死在家里吧，名声和门风值五亩地吗？地是祖传的，哪一代祖宗置下的？江水淹不到的旱涝保收的好地啊，不上粪肥都能打粮食。让嚼舌头的人嚼去吧，让指着后背说闲话的人说去吧，说到底，一代代数下来，哪家没坏过门风，没出过丑事？要想活人，脸皮得厚，就像眼前站着的小伙子，他肯为五亩地娶一个怀着孩子的女人做老婆。且慢，这不正是他想要的吗？一桩赤裸裸的买卖。本来就是一桩买卖嘛！

“小子，你是不想再登我的家门哩。”

“这两码事，你不答应就算了。”短暂的沉默，井台辘轳的声音越来越响。村口传来驴叫，愁闷，悠长。

“好吧，我认了。我赵承恩一辈子没说过软话，今天，栽你手里，我认了，谁让我生了个丢人现眼的闺女呢。只一样，那只公鸡——”

一生中，郎乌春将一次次做出重要选择，但今天这个决定，是他做出的第一个，他毫不犹豫地说：“没有公鸡，我是那个野种的阿玛。”

婚期定在四月初八，新房挂好了八尺长的幔帐，被格的枕头缝着新娘自己绣的枕头顶子，纸窗贴着红色的窗花，棚顶新糊了彩纸，屋子里散发着好闻的糨糊味。额娘和邻居们忙里忙外地布置新房，院子里搭起招待客人炒菜的灶台，做着喜宴和祭祖的种种准备。郎乌春的心里说不出的别扭，他这会儿才知道，接受一个怀着别人孩子的新娘多么艰难，即使抢在他前面玷污姑娘清白的是一只该死的公鸡。

婚礼前一天，他还下着取消婚事的决心，他要将地退给赵家，将强加给他的羞辱一并还给他们，找回一个男人的尊严。

他走到河边，库雅拉江恢复了雍容和镇定，让人想不起开江时的凶恶。江边的灌木丛里，接骨木红彤彤的。

春天的雨水好，草比赛着拔节。刚刚蜕变的蜻蜓，尾巴和翅膀是透明的，嫩得草尖能刺破肚皮。远处的蓝色山腰缠绕白色的云雾，野鸭和江鸥浮在水面上顺流而下，漂着漂着飞起来，落回原来的地方。

春天热热闹闹，郎乌春的鼻子发酸，他觉得自己的幸福被出卖了，他自己出卖的，想找个人发泄都找不着。

谁说找不着呢，不就是柳枝吗？倒了八辈子霉的烂货骚货。他真的骂得着她吗？你可以不选择呀！没人逼你。那样你还是原来的郎乌春，你可以找一个干净的姑娘，她的死活和你没有关系。

他望见了赵家许诺给他的那片土地，大地氤氲蒸腾，地已经犁好，刚刚播下种子。地头和垄沟绿绿的，一定是车前草、小根蒜和荠荠菜，还有蒲公英吧，那片土地就像敞开怀抱袒着胸乳的女人，他多想将头贴上去，嗅一嗅土香，拥抱未来的岁月。

未来的岁月里，他是一个有了土地的男人，土地记在他郎乌春的名下。他看见了阿玛，弯着弯了几十年的背，脸色灰灰的，赶着一头牛，疲沓沓向家里走来。阿玛是一个没有多少火气的男人，他的火气年轻时输在赌场上了，他输掉了河边的二十亩好地，输掉了一个库雅拉男人的尊严，他让他的儿子一出生就成了没有一分土地的穷光蛋，注定要过佃种土地、打鱼摸虾、山上捉獾的日子。

一个秋天的午后，阿玛和乌春一起给牲口铡草，阿玛的手越来越慢，一只只苍蝇在他汗津津的头边飞来飞去，他的头发黄焦焦的，压抑着喘息，他停下来，坐到地上，冲儿子摆摆手，“我想歇会儿。”

乌春去园子里摘了根黄瓜，等他回来，阿玛歪在铡刀旁边，口水和鼻涕粘在胡子上。乌春上前拉他，他已经死了。

阿玛连死这样的大事都处理得如此草率，无声无息，窝窝囊囊。而现在，他郎乌春的名下有了五亩好地，虽然他名下还有一个耻辱的记号，像一根桩子楔在他的心头。

他长叹一声，站起身，迈开发麻的双腿，磕磕绊绊地走去，走了好一会儿，才走稳了脚步。

江水打着漩儿，一个个漩涡旋进去年的落叶，旋进浊黄的泡沫和草根。他想，柳枝现在会是怎样一个心思呢？会和他一样纠结吗？

郎家在洗马村的东南头，赵家在村西北，相距一袋烟的距离，但两个年轻人结合的旅程却十分漫长，婚礼举行只是这段旅程的开始。他们要走得更远，需要更长的时间。

好在时间多着呢，日子如弯弯曲曲的洗马河，有时静如死水，有时湍急惊心。

特殊的日子就像一个漩涡，卷了浮萍进去，卷了死鱼进去，卷了岁月飘落的花瓣和余香进去，打个漩儿，浮上来已时过境迁。

要多别扭有多别扭的新婚之夜。行合卺礼的时候，新郎酩酊大醉。洞房的炕上摆着炕桌，绕桌敬酒时乌春几乎站不起来，勉强吃过喜面，接下来是祝福新人早生贵子讨吉利的节目。

闹亲的人大声发问——生不生？

新娘的脸色惨白，低下头去。

接亲婆翠姑大声应道——生——她的话音未落，新郎哇的一声吐了。他满面羞惭地和柳枝喝过交杯酒，客人没离开新房，他便打起了鼾。设想过多少种可能出现的场面，每一种场面都不能避免尴尬，唯有这一种没想到，却是最好的一种。

按照规矩，喜烛要燃上一夜，乌春半夜醒来喝了一回水，清醒了一些。他看看躺在身边的柳枝。新娘不愿意脱掉全部衣物，她的红兜肚绣着两个鸳鸯却和活的一模一样，这让新郎眼急心跳。新娘看上去很温顺，只是露在外面的皮肤起了一层鸡皮疙瘩，咬着牙抖个不停。柳枝假装睡觉，听见乌春咕咚咕咚的喝水声，她的心忍不住狂跳起来。过一会儿，她听见乌春倒下去的声音，他似乎极不情愿，但眼皮背叛了他，他打起了呼噜。

这桩婚姻一开始就陷入一个怪圈，新娘最大的决心就是不让新郎在洞房中得逞，一想到洞房之夜她吓得浑身发抖，忍不住要去呕吐。她在心底认定娶她的男人是个势利之徒，郎乌春需要的是土地，不是她这个人。

新婚之夜，新娘出的血又红又多。鲜红的血漫漫洇开，湿透了被单，流到了新郎的身下，他像船一样地浮起来，他给泡在血海里了，他大叫着醒来。

梦境和现实相连。新娘的脸色白得像纸，惊恐地看着褥单——我流血了——天光映上窗棂，乌春看见贴在窗纸上的窗花竟是一只大公鸡，他的心里一翻个，说不出的难受。

新娘出了这么多的血，蜜月里无法同房了，乌春的脸黑得像锅底。晚上睡觉总是梦见白公鸡，睡不好觉，眼圈发黑，惹得三更他们一次次嘲笑。

笑过了，小伙子们开始了新话题，他们担心秋天来临的时候，战乱会随之到来。对此，也有人心存侥幸，世道再乱，日子不照过吗？乌春和韩玉阶探讨过类似的话题，经过白瓦镇胡子抢街的事变，每次大家议论，他的心总是很沉，有一种生活将要发生变化的预感。

有一天，洗马村来了一个外乡人，在街头叫卖笔墨纸砚，为了招徕顾客，他带了一台留声机，摆在村口唱起来。许多村民闻声赶去看热闹，大家听得煞是高兴，好奇心强的小孩求知心切，问外乡人，盒子咋能说话呢？外乡人瞅了孩子几眼，不屑地说，里面有小人，孩子们不解，小匣子里怎么会装着小人呢？

留声机唱的是反日歌曲。等不到夏天过去，混乱的迹象一天比一天明显。秋风猎猎的一天，白瓦镇不知从哪里来了上百个朝鲜人，他们穿着各种各样的服装，又舞又跳，高喊“反对日本侵略东北”“打倒日本帝国主义”的口号。跳舞只是为了吸引群众，他们的真正目的是进行反日宣传。他们抗议驻扎在局子街的日本人将当地商民和垦户指认为“股匪”肆意杀害。游行是有组织的，许多汉人满人都加入了，白瓦镇化装宣传队鱼贯而行，警察没有干预反日宣传，当局似乎默许了这一正义行动。

辽宁的庄河发生了暴动，暴动波及许多地方。和胡子抢街不同，暴动军公然对抗的竟是政府。

各种消息纷至沓来，乌春的消息主要来自首善的韩玉阶。郎乌春接到韩玉阶的口信，韩家少爷已经组织了二十多人的保乡队，韩玉阶希望乌春能去帮忙。玉阶说，要是他离不开新婚妻子，可以将家搬到首善去住。

雨节过后的第八天，韩玉阶亲自来了一趟，名义上给新郎官送贺礼，本意是让郎乌春做好准备。他真的要拉队伍了。

第八章　郎乌春的远征

首善乡保乡队第一次远征，时间是一九一九年八月。

韩玉阶亲自担任了远征军的指挥官，此前，他提拔郎乌春做了保乡队副队长。队长何傻子在奉天巡防营当过哨官，会使一口大刀。一个满脑袋秃疮的小瘌痢头充任队文书。韩玉阶打出招兵旗号的第二天，他在敬信乡的东珠村做宣传，小瘌痢头骑在一道土墙上看热闹，韩玉阶恰好骑着大白马从墙下走过。小瘌痢说，喂，招兵的，我想当兵你要吗？见韩玉阶皱眉头，他忙说，我会写字，你们队伍需要会写字的人。韩玉阶走出东珠村，小瘌痢在村口等他，瘦弱细小，面色发黄，一副发育不全的样子。小瘌痢是韩玉阶在首善乡以外的地方招到的第一个兵。

保乡队成立当天，打谷场上韩玉阶支起五口大锅，他招兵的办法充满浪漫色彩，凡是能连吃五碗高粱米饭的汉子都可以当兵。结果大出意外，至少五个人连吃十碗干饭，他兴冲冲地亲自验看，三个人已伸直双腿瘫在谷堆之上，他们是从白瓦镇闻讯而来的乞丐，高粱米饭快把他们撑死了。韩玉阶招足了五十人，队伍一开始就被称为饭桶兵。韩家的铁匠炉加班加点，打造了五十口镔铁大刀，又过二十天，从白瓦镇接来五十支长枪，韩玉阶自己配备了一支德国造的毛瑟短枪。

韩玉阶在打谷场竖起几个草人，亲自指导士兵们练习砍杀，结果让他十分满意，士兵们很快就能将草人的脖子砍得又平又好。保乡队第一次实战打响了，起因是韩家一个长工的家遭到了洗劫，几个人将他家的两口大缸抬走，抓走了一头小猪。这个胆大的长工跟在后面，发现他们进了叫马滴达的小村落，马滴达是一个废弃多年的贮木场。据长工报告，马滴达的土匪差不多有二十多人。韩玉阶决定打一仗。

保乡队包围了马滴达，这里距善林寺大约二十里地，库雅拉江在山脚处打了一个漩儿，水势放缓，在江边留下大片的河滩。河床上布满粗粝的鹅卵石和光滑的碎石片，连着沙土岸的是白浆土和草甸土，上面满目摇曳的水蓬棵，粉红色的花穗无边无际。这地方山清水秀，郎乌春一下子就喜欢上了。

保乡队在一个山脚处发现了一片开垦的水田，几个穿白衣服的人在地里弯腰忙着，韩玉阶命令人马悄悄摸上去，那几个人没命地向村子里逃，一边狂奔，一边大声叫喊。有一个人被击中了小腿，仍拖拖拉拉地奔跑。他的怪样子让队员们兴奋起来，不知是谁嗷地叫出了第一声，就像风神拉开了口袋嘴，各种声音猛地炸响，和枪声连成一片。村口有人影晃动，将同伴接应进去。然后，对手还击了，是一支单调的火铳，响声愁苦沉闷，但非常冷静沉着。保乡队跑在最前面的大个子赵明义被击中了，妈呀一声。接下来，最丢脸的事发生了，保乡队勇敢的队员赵明义扔下了枪和刀，捂脸哭叫往回跑，他的手指缝鲜血直流，刚跑两步，屁股再次中弹，他发出鬼叫一样的声音摔倒在地。

保乡队的枪声一下子停了，纷纷趴在土堆和草丛后面。对方的火铳又响了一声。仿佛被惊醒的狼群，大家再次大叫着开火，子弹蝗虫一样向前飞，发出悦耳的呼啸声，郎乌春清楚地看见村口迎面走出来的两个人栽倒在地。欢呼声起，村口一块卧牛石的后面竖起了一面白旗。对手投降了。韩玉阶命令停止射击，只见村口十几个人鱼贯而出，乌春认真数了一下，男女老少十二个。一个白发老人走在最前面，他穿一件一白到底的袍子，后面的人有穿短衣短裤的，都以白色为主。老人让后面的人停在十几步远的地方，自己独自走上前来，他两手高举指天画地，表情极其丰富。保乡队队长何傻子刚去解了个手，这会儿走过来，见多识广的何傻子告诉韩玉阶，老头说的是朝鲜话，只不过他的舌头有点问题。

对手身份搞明白了，他们不是土匪，而是藏匿在这里的朝鲜人。老头似乎听懂了他们话里的意思，使劲儿地点头，一面跪下去。见不是土匪，大家立刻懈怠下来，有人瘫坐在红茅公草上大口大口地喘气，刚才太紧张了，许多人裤裆竟是湿的。如果不是赵明义大声呻唤，气氛已经全面缓和了。可是满脸是血撅着屁股大声叫喊的家伙，将刚刚弥漫起来的温馨气氛全部搞糟了。保乡队的队员们早有人骂骂咧咧地跳起来，“把那个开枪的家伙交出来。”

乌春眼尖，对面人群中一个受伤的小伙子神色慌张。那是一个眉毛墨黑的小个子，长着宽厚的肩膀，一双机警的细眼睛。“你站出来。”乌春向他走去，大声喝道。小伙子愣了一下，突然撒开腿向草丛里蹿。队员的枪响起来，小伙子一个趔趄倒在灌木丛后面。炮弹在人群中间炸开似的，除了跪在道路当中的老头，包括受伤的两个男人四散奔逃。

韩玉阶脸色苍白地站在原地，他没有阻止滥杀无辜的手下，听凭他们四出冲杀。何傻子的大刀劈下去，斜砍在老头的肩头，老人歪下头去，鲜血迸溅。

老头嘴里吐着血沫，他呜噜呜噜地喊着，绝望地摆着剩下的一只手。

“不要再砍人了，他们手无寸铁。”小瘌痢冲韩玉阶高喊。

韩玉阶向天上开了三枪，队员们算是停了下来。

保乡队的第一次剿匪就这样结束了，他们草草地打扫了一下战场，一共打死三个满脸菜色的朝鲜难民，尸体衣衫破旧，高挽裤脚，小腿上满是泥水，证明他们刚才还在水田里劳作。这会儿，他们身体里冒出的鲜血散发着刺鼻的腥味。他们躺倒的地方一百米开外，是将要成熟的庄稼，绿里透黄像稗草一样的植物，结着并不饱满的穗子，这是郎乌春第一次见到传说中的水稻，这些异乡人掘出的沟渠上覆盖着拉拉秧和蒿草，水葱棵子和羊角叶下面偶尔传来一声蛙鸣。稻田里飞满蜻蜓，翅膀像一条条飘浮的金线。

马滴达勉强算得上一座村落，五幢简易草房，墙角放着犁杖锹镐等一些简单的农具。将近午饭时间，两户人家的土炕上铺着向日葵的叶子，摆着粗糙的木碗，碗里的汤水黑乎乎。韩玉阶饶有兴味地尝了一口，他让乌春也尝一口，汤里一股发霉的豆瓣酱的味道，里面的菜叶是苏子叶，碗底有两条柳树叶大小的小鲫鱼，汤的味道十分独特。保乡队员们在这几户人家里只找见几斤苞米，这些人日子过得很寒碜，从房屋的新旧程度观察，他们从朝鲜偷跑进中国国境倒是有些时日了。

保乡队打道回府，砍倒金老头的大柳树下没有看到尸体，血痕消失在一片草丛中。半路上，韩玉阶想起应该将贼窝烧掉，勒马站住，他见几个人取笑乌春身上背的几个木瓢，就把乌春叫过来。乌春说，他不是贪图这点小东西，是担心官府查问起来，这些东西可以作为保乡队驱逐异邦流民的证据。一句话提醒了韩玉阶，放弃了放火的想法，心里对乌春刮目相看。

保乡队行进到善林寺附近的一个村庄，天阴下来，雷声滚滚，潮湿的风在榆树梢、木板障子和秫秸秆栅栏上吹起呼哨，田里劳作的农民向村子里奔跑，拴在树下的驴大声嘀叫，瓦蓝响晴的天空转瞬漆黑一片。高粱地上空一群一帮叫不出名字的白鸟低低地飞翔，拳头大的燕子则往人的眼眉上撞。大雨转眼将至。韩玉阶被当地人请进路边一座小土地庙，土地庙前面一片罢园的西瓜地，他让何傻子和郎乌春带领手下挤在西瓜地的席棚下面避雨。

一场好雨，瓢泼瓦灌一般，雨脚所到之处冷雾弥漫，十米开外不见人影。蟾蜍趴在水坑里，雨水鼓起比蟾蜍肚皮还大还白的水泡。站在前面的人浇湿了衣裤打起哆嗦，大声抱怨着要换位置。乌春和小瘌痢头挤在最里面，他们坐在一双双臭脚丫子中间忍受着腐烂的西瓜皮的味道。

“我快闷死了。雨什么时候能停啊。”小瘌痢头声音柔细，乌春奇怪地看他一眼。

“看啥看？我脸上又没长花。”

“怕看找个蛋壳藏起来呀。”郎乌春看着大雨滂沱的天空不满地嘟囔一句。他的话音未落，凭空响起一声炸雷。

惊雷之后，两个罕见的橘红色火球发出刺耳的呼啸声，从云中滚滚而下。火球落到西瓜地头的扫帚梅花丛之上，一声巨响，一片雪亮。

一个大西瓜般的火球飞进席棚，发出震耳欲聋的爆炸声。惊叫声尚未落地，火球难以置信地再度出现在席棚里。它在乱作一团的保乡队员们头上飘浮着，缓缓地移动，人们没命地向外面逃去，火球终于找准了目标，在郎乌春的头顶分裂成两个光亮的半月形，随后合并一起。球形闪电砸在郎乌春和小癞痢挨在一起的小腿之间，发出长蛇吐芯一样的嘶嘶声，惊天动地的巨响。难闻的焦煳味瞬间弥漫。

所有人都认为郎乌春、小癞痢必死无疑。他们张大嘴巴木雕泥塑一般，没有一个人说话，随着那一声响，雨一下子停了。等烟雾散开，人们看见郎乌春和一个女子抱在一起，脸黑得像涂了锅底灰，连郎乌春自己都无法相信他竟然活着，千真万确，他不但活着，而且手脚灵便，头发烧焦了，其他部位毫无损伤。

更让人震惊的是，闪电变成了一个魔法师，人见人烦满身流脓避犹不及的小癞痢竟然脱掉了头上的秃疮，披散下一头油亮的黑发。

听见叫喊声，韩玉阶从庙里跑出来，他对眼前的事同样困惑不解。尤其台阶下面不知什么时候出现了一个俏丽的黑发女人。

“韩玉阶，我想和你谈谈。”

小癞痢，不，现在不能这样称呼了，她自我介绍说：“我叫韩淑英。”

韩玉阶和韩淑英走进庙里密谈的时候，保乡队员们渐渐从球形闪电的惊恐中醒过腔来，话题很快从郎乌春死里逃生的奇迹跳开，他们努力地回忆和小癞痢相处的点点滴滴，可是他们不记得看过韩淑英的美腿。除了一头可憎的秃疮让他们厌烦以外，能够记起来的只有小癞痢夜里抢着出去站岗。队员们恍然大悟，原来她用这种办法回避掉了和他们同室而眠的尴尬。难怪这个人看起来女里女气，敢情人家是一个姑娘。他们的议论忽然间停了，哗哗流淌的河水中漂浮着一层手指肚大小的青蛙，看上去像一层蚂蚁，源源不断地由西向东滚滚而去。

这个奇怪的下午走进了保乡队员们的记忆，他们当中命大的人将把这难忘的一幕讲上几十年，更多人的记忆和短暂的生命一起消失在血与火当中，随着肉体腐烂掉了。

半个时辰以后，韩玉阶和韩淑英一同走出土地庙，他们的脸上绽放着一见倾心的光彩。

大风将洗马村村口的碾盘搬出十几米，所有人家春天新苫的蒲草顶掀起来挂上榆树的树梢，压房顶的破铁锅变成断线的纸风筝飞得无影无踪。风越来越大，马厩掀翻以后，骡马挣脱缰绳跑走了。棺材铺的当家人赵承恩冲到院子里，他被吹倒在地，拼命抓住门槛才没被大风吹走。

两天后，回到洗马村的郎乌春和何三更将一棵大腿粗的杨树从何家院子里抬回郎家，这棵树被大风截断后被风吹起，飞过两户人家，落到三更家的园子，砸塌了何家井台上的辘轳，大树原来的位置只剩下半人高的断桩。

大风卷袭了洗马村的庄稼，赵柳枝带到郎家的五亩陪嫁地也没能幸免。乌春到田里看了一回，长出红穗子的高粱倒伏在地皮上，邻近的田里，人们满脸愁苦地将吹折的高粱往起扶，乌春看了一会儿就回家了。今年的收成毁了，他决定将这些没用的活儿交给弟弟秋哥去干。

第二天早晨天没亮，郎乌春就带上柳枝上路了，他不想让柳枝将孩子生在洗马村，他郎乌春的新媳妇刚娶到家没五个月却生了一个足月的孩子，必成一桩丑闻。他要将柳枝带到一个消息传不到洗马村的地方去，就是剿匪去过的马滴达。前一天，他去过那个隐匿的村落，受伤的金老头已回到他的家里，乌春和他谈好了，让他照顾赵柳枝，以此作为保护他们在河谷生活下去的条件。金老头满口应承，他的左胳膊断掉了，好在捡回一条命，他的家人也悄悄地回来了。

安顿好赵柳枝，郎乌春走了，他参加了保乡队的第二次远征。这一次，他们将集体开往吉林市。

在延吉的局子街，队伍停下来，韩玉阶给保乡队员们进行了一次动员，他告诉大家我们要来一次长途演习。他的表情极度亢奋，满脸通红，说话时不止一次地回头，身后的奇女子向他微笑着。韩淑英作为队伍的第二号人物，她穿一件桃红色大氅，苏绣素花上衣剪裁十分合体，下身黑缎子马裤，脚上马靴锃亮。

队伍里面弥漫着不安，队员们悄悄地传递着消息，韩淑英是一个四处联络人马造反的南方党，这次远征不是什么演习，是去会合吉林省治军司令孙锡九参加武装反奉。队长何傻子连夜开了小差，队伍离开延吉地界时只剩下不到四十人，郎乌春被韩玉阶任命为队长。

龙卷风让白瓦镇八个乡镇遭受了不同程度的损失，走出白瓦镇，郎乌春发现河谷蕴满了风声，强劲的大风中，整个国家飘飘摇摇。

越往前走，混乱的迹象越明显。

韩玉阶命令将长枪集中藏在一辆马车上，大家化装前进。有一天，郎乌春带领几个人在路过的镇子买吃的，卖东西的人竟然拒绝他们的铜元，铜元昨天还好使，今天一早就失去了信用，昨天能买一个烤红薯，今天买不到两个核桃。所过之处都在挤兑现洋，市面一片混乱。

离吉林越来越近，空气都有些稀薄了。行至额穆县，保乡队员们换上一身青布服装。他们来晚了，好一点的住处都已住满，他们只好住在背街的一个大车店里。韩玉阶和韩淑英出去联络了一圈，回来告诉大家，镇子上住着五六支队伍。集市上，外地人四处乱撞，闹闹哄哄，到处充满着狂欢的气氛。

韩淑英和韩玉阶离开队伍赶赴吉林城参加会议，走前向乌春交代一番，让他带好队伍。

两天后，乌春接到韩玉阶的命令，队伍立刻动身赶往讨奉自治军驻扎的西大营会合。

田野里庄稼清香四溢，附近的村庄袅袅炊烟。坑坑洼洼的沙土路，队伍在蜘蛛网和蚊蚋阵中穿过青纱帐，为避免和胡子冲突，他们经常要避开大路。这些没有经过磨炼的年轻人跑得骨头疼。他们走过一条弯弯曲曲的小路，后面忽然赶上来一支一百多人的马队，马上的人十分张扬，前面人提着瓦斯灯，晚风中，灯里的火苗跳动不停。乌春让队员们做好战斗准备。虚惊一场，马队也是赶往吉林参加反奉的队伍。马队过去，空气中马汗的气味和尿臊味消失了，路边小溪流水淙淙，寥廓的天空出现了星星，夜露打湿了布鞋，蛙声歇了，夜空神秘苍凉，秋虫唧唧，远处的狗叫时而清晰，时而模糊。这是郎乌春多年军旅生涯里第一次夜行军，感觉新鲜，充满着未知的惶恐。月光下，黑鸦鸦的树后闪着绿色的磷火，寂寞的坟地不时传来猫头鹰或是夜莺的啼鸣。

庄稼地里，高粱大豆玉米向日葵青麻蒿草蓬蓬勃勃乱乱糟糟生机盎然。

吉林城外的西大营，自治军驻地聚集了各种来历的队伍，好多人赫赫有名。其中有专抢日本人的辽北绿林首领于春和，专抢中东铁路的刘单子，各路马侠，还有柳河、通化等地的农民组织——联庄会，和他们相比，韩玉阶的队伍小而寒酸。虽然如此，韩玉阶还是在自治军里面获得了副总联络官的重要职位。

韩淑英露出了庐山真面目，她是吉林反奉组织成员。官府抓捕她，她逃到白瓦镇的姑姑家避风头，这期间正逢韩玉阶组织保乡队，她看中韩玉阶的才干，乔装进入保乡队，并成功地劝说韩玉阶将队伍拉到吉林。

早晨开始做准备，中午整个军营焕然一新。几百人集中剃了光头，韩玉阶穿着粗花呢的西装，头发剪短以后精神了许多。他指挥临时组织起来的长枪队，等待自治军司令孙锡九亲临检阅。

保乡队的旗号正式取消了，他们并入自治军蛟河长枪队，郎乌春就任分队长。临时军营前面的高坡上，一黑一白两只无辜的小猪东跑西颠，队员们努力地瞄准，体会射击要领。他们兴致勃勃地聆听自治军教官讲解步枪技巧。教官全副武装，身材魁梧，周到严厉。队员们私下里的交流却五花八门，训练当中他们的目光紧盯西操场上的女兵队。男队员们大多没有结婚，一下子见了这么多的女人，眼睛有些不够使。他们互相提醒，上战场前沾女人挨枪子的可能性会加大。

自治军总司令终于出现在军营里，孙锡九将军是一个高颧骨细眼睛的湖北人，他的身后跟着十几个马弁，十分威武。将军的战马踏进兵营，白色战马忽然直立起来，险些将他掀于马下。与此同时，一股邪风刮进大营，旋风旋起地上的草棍，一直刮到那堆乱发，长短不一的头发丝漫天飞舞，人们不得不闭上眼睛。乱发刮进伙房，散落在汤菜锅里。

秋风掠过点兵场，天色发暗，旗角扑拉拉响。下雨了，人群静穆不动，台下柱子上拴着的战马仰天长嘶，转瞬之间，雨变黏了，扑嗒扑嗒地垂直而落。雨点变成了雨夹雪。将军在这一年的第一场漫天飘飞的大雪当中飞驰而去，他猫着腰骑着马跑过军营，肥大的屁股显得十分突出。

寒星闪烁，吉林城还没在清晨中醒来，街道铺满清霜，参加举义的队伍悄悄从西大营向城里开去。郎乌春分队走在后面，队伍黑鸦鸦的，看不到最前面的旗帜。他们后面是压阵的马队，马突突地打着响鼻，口沫喷出来挂在嚼子上。马蹄子一刺一滑，马上的人低声咒骂，马刺撞击马镫的声音十分刺耳。出发时的寒战不知什么时候消失了，头上冒起热气，手脚冰凉，心里热得发紧，空气中充斥着紧张，乌春希望这是一场梦，醒来是在家里的土炕上，哪怕身边躺着的是被别人搞大了肚子的柳枝。他搞不懂奉军张作霖张大帅有什么不好，搞不懂“省治军”和自治的真正含义，被人们挟裹着向前走，就像洗马河将要融化的最不起眼的一块小冰排。

吉林“省治军”孙锡九计划在松花江边召开吉林各界自治团体大会，宣布反奉易帜。他让部队从西大营开进城内，突然占据司令部及重要库房，清剿反对派的军队，构建抗击奉军的阵地。

城市的轮廓渐渐显现，郎乌春第一次看见这么多的街道，这么多的房屋，城市阔大，街上没有多少行人，路边的杨树阴沉沉的。路口卖豆腐的老头大声地吆喝，两个拉洋车的车夫抄袖跺脚，看不清他们的表情。

进城后，起义部队按照布置四散埋伏，郎乌春的分队被传令兵引进了一家酱菜厂，酱菜厂里面一股腌萝卜的味道，厂长也是“省治军”中的一员，他的表情比郎乌春还紧张，瘦脸苍白，给士兵们倒水时手微微颤抖。这会儿，乌春倒是镇静一些了，他是这个埋伏地的最高指挥官，韩玉阶因为是副总联络官，他加入了孙将军的参谋部门，韩淑英带领的女兵队头一天夜里就进城了，具体任务不得而知。

太阳升起来了，阳光在黑色的脊瓦上闪耀，房脊上的六兽披着道道霞光。院子里有几棵高大的榆树，虬结着树干，树杈上系着几道红绳，红色让两个岁数大的队员很是忌讳，他们找到乌春，说见红不吉利，要将树上的红布条取下来，乌春将两人训斥一番。半上午过去了，隔两道街的谘议局方向仍然没有枪响。乌春坐不住了，他让酱菜厂的小伙计到街上打探消息。小伙计刚出门就跑回来。他趴在老板的耳边说了两句，苏老板变了脸色，他对郎乌春说：“大事不好，消息走漏，咱们省治军的前锋被张作霖的人包围了。”

很快又有消息传来，孙锡九吉林“自治会”会长的职务被撤销了，他被软禁在一座菊花凋零的花园。没有人能够明白手握重兵的将军为什么这样轻易就被解除了武装。他被他的副官出卖了。

阴沟里的气味越来越浓，水雾蒸腾。此刻，城市就像一个污浊河水中刚刚出浴的胖大妇人，头发沾着烂菜叶和河泥，脂粉脱落，露出烂苹果一般的肤色，静脉曲张的双腿皮肤如鸡皮一般。现在，她打了一个嗝，拼命地掩饰口臭，借机夹紧双腿，将夜里的汗味换成了尿臊味，她瞪着斜视无情的细眼，一心想揪出轻薄她的奸人。奸人们有着一个共同特征，因为光头，被命名为秃子。吉林城要将犯上作乱的秃子一网打尽。

韩淑英来了，一副村妇打扮，头上包着一条褐色头巾，只露眼睛。她带来了指令，队伍迅速分散出城。韩淑英让郎乌春上了一辆一匹马的花轱辘车，一床被将他从头到脚盖住，装作病人以便躲过检查。韩淑英将鞭子交给一个马车夫先走了。街上商铺照常营业，军警增多，花轱辘车驶向满铁附属地。已经能看到日本人的岗哨了，车夫放下心来，他让乌春坐起来喘口气。成群的乌鸦飞过城市上空，一直飞向火车站的方向。空气中一股煤烟的味道，在西洋影戏中见过火车两年之后，郎乌春第一次见到真正的火车。哐当哐当的庞然大物夺人心魄，刹车的声响巨大，树后面腾起的白雾很是壮观。

一条小街忽然出现了十几个警察，他们大呼小叫地冲过来。豁嘴唇马车夫吓坏了，他死死扯住乌春的被角，乌春只好将大被顺势蒙上，他连后悔都来不及，警察七手八脚将他摁在棉被下面。

郎乌春被关进附近一个临时监所，等他适应了监室里的光线，发现屋子里关了二十多人，他全身疼痛，刚才的挣扎中打到了头上的旧伤口，半个脑袋都是麻的。胃里坠着三九天茅坑里的石头，冰冰凉，深感恶心。

寒浸浸的夜里，乌春躺在地上，犯人们身下只有一层长了白斑的湿草，泥墙湿漉漉的，弥漫着黏糊糊的臊臭味。晚饭一桶烂白菜炖汤，每人一个比鸡蛋小的橡子面窝头。菜汤里漂着死蟑螂，老鼠屎外面软塌塌，里面一个硬核。蚊子整夜乱飞，衣服里臭虫和虱子会师，能够感觉到虫子们的蠕动。乌春左边躺着一个痨病鬼，他比乌春进来得晚，刚被推进来的时候，一眼看见乌春的光头，他立刻大叫起来，说他不想和造反的坏蛋关在一起，结果挨了当兵的一枪托。这会儿，他哭累了，睡梦中不安地打嗝打哆嗦。乌春不喜欢大腿挨着大腿的感觉，他挪一挪，原来的地盘立刻被挤占了。乌春右边的中年人将手伸进裤裆咯哧咯哧地挠痒，乌春全身痒起来，心脏抽成一个烂核桃。老鼠从人们身上跑过去，有人低声咒骂和哭泣，稀奇古怪的鼾声伴着大声的咳嗽和喘息，有人嘟囔梦话，所有的声音都仿佛来自地狱。不要枪毙我呀。有人梦中大叫，叫声惊醒了大半个屋子的人。不安重又弥漫，屋子里充满了不祥。乌春盼着天亮，天亮会怎么样？等着他的是什么？

天终于亮了。当兵的拖进一桶热气腾腾的菜汤，长了芽子的土豆汤，漂着一层油沫子，奇怪的是这桶汤只准七八个人动勺子。两个当兵的看着，面色不像昨天那样凶恶。乌春被指令拿起勺子，菜汤一股煳焦焦的味道。不管怎样，身上暖和一点了。喝完汤，乌春双手拴上麻绳被拉到监狱院子里，推推搡搡上了一辆大车，车下是荷枪实弹的士兵，士兵们脸色很不好，一副瞌睡的样子。

大车出监狱大门一路向东，重见天日的郎乌春发现大街两边站了好多人。十一月的北方，落尽树叶的榆树上栖满大群乌鸦。颠颠簸簸的石子路，阴郁的天气，让人深感压抑。路边的妇女包着头巾，抱着一只只猴子一样的小孩，小猴子们吮着手指头，表情兴奋困惑。乌春感到后脖颈一阵阵发凉。乌春模模糊糊地记起了库雅拉江畔湿漉漉的青纱帐，那场大风，还有倒霉的新婚之夜。难道他一路走来，就是为了到陌生的城市里招摇过市和被戏耍一番吗？他的心里又懊丧又恐惧。如果知道当兵的不是拉他游街，而是要将他拉去松花江边砍头的话，那滋味更难想象。

一张熟悉的面孔出现在人群里，乌春几乎大喊起来，这时，韩淑英挤出人群，她拦住了大车，哭嚎着抱住左边枣红马的一条马腿，队伍立时乱了，当兵的咔咔地拉枪栓，后面骑马的军官磕着马镫跑上来，一边跑一边大声呼喝。

“这个小娘们说找当官的。”当兵的高声叫道。

“怎么回事？快他妈的闪开，不要命了？胡闹把你抓起来枪毙。”军官满脸疙瘩，两条细眉毛拧成两个疙瘩。

韩淑英哭着说：“军官大哥，救命啊。”

“看你像个学生，有话快说，老子正在公务，没时间磨嘴皮子。”

见军官的口气有些缓和，韩淑英泪流满面，她说：“大哥啊，你放了我男人吧，他不是反奉党，他是从天津来和我结婚的呀。”

“你说哪一个？”军官鞭鞘一指郎乌春，“他是你男人？不对，你说谎。来人，把这个女的一块抓了。”

“救命啊，大哥，我真的没说谎。你是说他没头发吧？他刚刚生了一头恶疮，剪了头发，他的头发快长出来了，不信你上车看看。”

“大哥，你行行好，天老爷保佑你升官发财，你权当买只鸟在庙前放生积德了，权当买条鱼在河里放生积福了。放了我男人。你是救苦救难的活菩萨呀。”

韩淑英把一大把银元放进军官的口袋。

“他妈的，真麻烦。今天赶上老子高兴。”军官抬手叫过两个当兵的，“上车，把那个长疮的小子放了。”

郎乌春被推下车，松了绑绳。韩淑英一拉他，“当家的，快给大恩人磕头啊。”

郎乌春稀里糊涂磕了两个头，等车队走起来，韩淑英拉起他挤进人群，快步奔跑起来。

路边，看热闹的妇人怀里的孩子放声大哭，一个念头在乌春心上匆匆而过，柳枝一定将那个野种生下了吧！

叁腓凌　满斗

第九章　猫眼睛

阳光下，洗马河河滩上鹅卵石滚圆滚圆，有的发红，有的发白，岸边晾晒着黄旧的白布被里，还有颜色鲜艳的花被面。洗衣服洗累了，女人们就在柳条通里面洗澡，蓝色的天空中一只海东青盘旋着，它的羽毛已由春天时的褐色变黑了，阳光里，巨大的翼翅半透明，有一会儿，鹫惊悚地叫一声，向白瓦镇的方向疾速掠去。很快，它又回到人们的视野里。这会儿，它好像飘浮在空气里，就像白瓦镇艳粉街的姑娘们闲极无聊时放飞的纸鸢。

每年春天，密密麻麻的鳇鱼由入海口逆江而上，来到洗马河交配产卵。额娘说，早些年，鱼多到踩着鱼背可以从这岸走到对岸去收大豆和高粱。只要用一副犁杖套绳拉住鱼头，就可以牵牛一样将一条上千斤重的大鱼拉上岸。鳇鱼通体焦黄，生性凶猛，全身二十七根大刺，要想将一条大鱼拉上来，真得用牛呢。全鳇席是我们族人的盛宴，我们族人喜欢吃鱼肉丸子、蒸鱼鼻，还有鱼肉馅饺子。我额娘的额娘的额娘，最拿手的是将鱼雕成一座塔，蒸熟后，配上油炸蛤士蟆、烤熟的鹿脯和正要南归的雁翅，想一想都让人垂涎。冬天，族人找来木匠刨子，把冻鱼刨成五花三层，肉比韭菜叶还薄，比槐花瓣还要透明，拌上白色的盐面、老红的辣椒面，洒上陈醋，凉得喉头发紧，冽到满室清香。河里有一种鱼叫滩头鱼，按鱼肚的颜色，滩头鱼分为金滩头和银滩头。滩头鱼没有大鳇鱼味美，但库雅拉山南面的东宁县人更喜欢滩头鱼，他们只有节庆日才能吃上洗马河里的鳇鱼，他们没有库雅拉人的口福。

洗马河还有另外一个名字，唤作库雅拉江。站在江边，目光跳过摇曳着无边无际的水蓬棵的粉色花穗，跳过风中摇摆的菖蒲，这个季节，蒲棒绒就快漫天飞舞了，和冬天来临时的雪花一模一样。江对岸的高粱无边无际，高粱地的尽头便是神秘的库雅拉山。饱满的高粱穗像一片血海，秋阳下散发着温暖丰腴的气息。

额娘告诉我，我来到世上之前，已经七年没有遮天蔽日的腊喳雀了，已经七年没有鸡蛋大的冰雹了，托祖宗的福，库雅拉山上的野猪已经七年没有成群结队地下山了。这七年里，只有一次野雉成灾，雄雉红眉毛、绿脖子，有着淡黄色的肩和黑色的条纹，栗紫色的胸脯像涂了一层紫漆，还有红黑黄三色斑块相间的灿烂的尾羽。数不清的野鸡向河对岸飞去，洗马河上一片红云、一片火海。野鸡吃光了豆地里的豆荚，我的族人抓住了那么多的野鸡，不但有的吃，还拿到白瓦镇上卖。这一年的野鸡爆炒起来格外香美。有鹰的猎人出尽了风头，他们将七彩雉翎缚上鹰尾，装上鹰哨，鹰闪电一样从天而降，七彩花翎就像大风掀动的一团团火焰。

库雅拉山是我们库雅拉族的神山，额娘告诉我，库雅拉山上有老虎，老虎是我们库雅拉祖先坟的守护神。因为老虎守着，库雅拉人已经七十年没有亲祭过祖先坟了。

额娘告诉我，我们库雅拉人原来住在一个叫作“小云南”的地方，是一个温暖的海湾。再早些年，俄国人来了，他们的枪比我们族人的箭快，他们的心比库雅拉人的马蹄铁还硬还冷，他们的血管里流着腥臭的狼血。我们的祖先被迫离开自己的家园，后来，他们在洗马河边扎住了脚。库雅拉人最尊敬的长者就埋在库雅拉山顶，他要为我们族人守候山那面被迫离弃的家园。老祖先有一个仆人无比忠诚，他在我们祖先坟旁边盖了一间草屋，每天把打到的野味供奉给他的主人，他是我们库雅拉人最为神勇的战士，传说中，他可以挽住狂奔的四驾马车让车立即停止，力斗两只斑斓猛虎。有一次，他想要重修主人的坟墓，他驾车拉石头，马拉得特别多，在库雅拉主峰下的一个山坳里，车陷住了，他用肩扛车出坑，山石蹬落了一块又一块，大山里轰轰隆隆，车翻了，他埋在石头里。就在那个地方，十几年后长出了一棵参天大树，传说中，那是库雅拉山上最高最大的一棵树，根深叶茂，树上的藤便是这位忠诚勇士一年比一年长的胡须。

十年前的中元节，我们族人祭天的时候，祖先坟忽然在天空中出现了，祖先坟在一棵树下面，是三块石板垒成的洞口，中间金光闪闪。额娘说，当时全族的人都惊呆了，他们在江堤上磕头如捣蒜，头磕破了，滴在鹅卵石上，漫延成一只只红色的江蝲蛄。那些天，全族人惶恐不安，他们猜测不出是凶兆还是吉兆。如果不是见多识广的李良萨满及时出来说话，人们一定会把达子香和门香烧到第二年的雨节。

李良萨满说，人们看到的是海市蜃楼，不过，那的确就是祖先坟，一个被越秸和南蛇藤覆盖的淘金洞的洞口。李良萨满说，祖先坟是一个有蜜的地方。

库雅拉山长满了参天大树，厚厚的松针和柞树叶子落了一年又一年，连村子里最老的阿玛也不知道有多厚。李良萨满告诉我们，树是有生命的，树是我们库雅拉人的助理神，每棵树都有神灵附体，树不会走路，不会飞行，但它们每一株都有魂魄，能听懂我们的语言，能看懂我们的行动。树能发出好听的声音，如果信任你，树回答你的问候，水果树结出鲜美的果实。果树开花的季节，满山遍野的白花粉花，就像云彩一样。秋天，山变红了，野果漫山遍野。

库雅拉的阿玛们是这个世界最剽悍的男子，他们进山打猎，打到牡鹿和青羊，当场割开畜生的脖子，咕嘟咕嘟大口喝血，鹿血烧红烧热了汉子们的胸膛，他们脱掉皮坎肩，摘掉皮帽在雪地里疯跑。顶冰花拱出了雪层，在密林深处的落叶残雪中悄然绽放，雪地上落了一层金星，花冠上沾着冰屑雪粒。金盏花金黄明亮，映入库雅拉男人的眼睛，他们脚下，厚厚的雪慢慢地融化。风中，雪蘑菇轰然倒去，夜晚，冰柱发出清脆的碎裂声。雪下的萱草、野菠菜、棘豆、紫云英，还有暴马子丁香都伸展开来，花尾榛鸡和山鹌鹑再不必去矮灌木和干草丛觅食草籽和干浆果了，它们飞到了树上。

雪水顺着山涧哗哗流淌，一条条涧水汇入库雅拉江，汇成库雅拉额娘们唇间的故事。库雅拉的女人们有着丰满的厚嘴唇，能生能养的大屁股，她们双乳饱满，一走一颤，像库雅拉山一样骄傲地在胸前隆起。库雅拉的额娘们乳汁充盈，就像库雅拉永不枯竭奔腾不息的江水，她们的内衣永远有两团黄澄澄的奶渍。她们豁达从容，处变不惊，如果男人不在，她们能架鹰使犬、上山打猎、下河捕鱼。

额娘告诉我，打我来到世上，一切都开始变了。

我敢肯定，过去一定不像额娘说的那样美好，世事的恶化绝不会是从我出生才开始的，也许从她出生的时候就开始了。但我无从辩驳，我的经验只能来自我出生之后。

我的族人们说，每个来到世上的孩子都有过欺骗父母的经历，他们不愿来到痛苦的世间，倘若不得不轮回人世，总在托生成人之后，想方设法回到另一个世界去。伤心欲绝的父母无法忍受丧子之痛，会对骗人的鬼孩施以惩罚，他们用烧红的烙铁在死孩子的身上烙个记号，以免这样的孩子再来自己家里。十二岁那年，追逐花瓶姑娘的路上，我看见一户人家将死孩子倒提起来，用巴掌大的烙铁烫马掌一样烙死孩子的屁股，小小的尸体冒出一道道青烟，发出一股股难闻的味道。我亲眼看见一个幽灵龇牙咧嘴地飘浮在大人的头上，做着捣蒜一般的怪样子，看上去，他下决心捣碎凶手的脑壳。那时候我倒了大霉，成了山上大爷的“秧子”，和土匪们在大山里转来转去。

额娘说，库雅拉的孩子没有一个比我身上青紫色的胎记更多。额娘说，我身上的胎记，比郎乌春留给她的耻辱还多。

额娘说，我是一个让人操心而且要时刻当心的孩子。额娘的话一次次应验，当一条狼在我的额头留下疤痕之后，这种迹象越来越明显了。

搬进白瓦镇的稻草巷之前，我和额娘在马滴达住了十二年，这是郎乌春离开白瓦镇远赴奉天当兵之前给额娘安排的好地方。

马滴达离善林寺二十多里路，是库雅拉江江岔子上的孤独村落。我就出生在马滴达，给我接生的是女萨满韩桂香。那天韩萨满正好路过此地，被我姥姥请到家里。我额娘一见到韩萨满便全身发抖，韩萨满曾在我额娘身上留下一条又一条的鞭痕，每到阴雨天隐隐作痛。但这次韩桂香萨满一脸和气，她在炕头放下绣着怪兽的蓝布包袱，然后动手烧水。

我额娘鬼使神差地解开韩萨满的包袱，包袱里一个个黄表纸纸包和装药水的小瓷瓶，纸包和瓷瓶上写着草药的名字，百草霜、赤小豆、香附子、伏龙肝、狗毛灰、井底泥、铁镬锈、女中衣、磨刀水、酸浆子、黄羊叶、预知子、骡蹄灰、败笔头、乱发、蜂蜜、牛黄、鹿粪、白雄鸡毛、乌鸡冠血、灶突后黑土、牛屎中大豆……我额娘看不下去了，她的汗水涔涔而下。

产前的阵痛袭来，我额娘在疼痛中听韩桂香萨满讲述她的奇特经历。韩萨满说，两天前的晚上，她被一户人家请去接生，很偏僻的人家，家里有婆婆、丈夫，娘家妈也在场。产妇难产，她到时人快不行了。韩萨满上手接生，她让产妇使劲儿，接触产道的时候，猛然间发现产妇竟然有一条毛茸茸的尾巴。

韩萨满说，她经过千奇百怪的事情，有尾巴的产妇头一次见到。天快亮了，终于母子平安，产妇生下一个拖着尾巴的小男孩。这家人高兴极了，忙着准备饭菜。

我哪有心思吃饭哪！韩萨满对我额娘说，一个心思，赶紧离开。那家的婆婆说什么也不同意，见她执意不肯收钱，就在门后的筐里抓了两把豆芽让她装上，韩萨满不肯收，对方往她的口袋里装，她就往外掏，争执好一会儿，韩萨满说，我留一颗豆芽做念想吧。到家以后，韩萨满发现口袋里面竟然有一颗金戒指。

“我早看出来了，那是一窝狐狸，能逃过我的法眼？你看，就是我手上戴的这枚戒指。”戒指在女萨满的胖手指上闪闪发光。

“我说这事的意思不是向你要钱，是想告诉你，我对难产有办法。”

产妇的脸色惨白若雪，韩萨满的汗水涔涔而下，她知道遇到了大麻烦，除非产生奇迹，眼前的状况她根本应付不了，“柳枝，你感觉怎么样？哎，你说话呀！天哪，这是怎么了？”

垂死的柳枝在低声呻唤。

“你说什么？我听不清，你大声点。”韩萨满听清了，柳枝在呼唤李良萨满。

“李良，李良，你说过要保护我的。”

死亡的恐惧袭上心头，体内的脏器正在撕裂，呼吸急促。耳边急流轰鸣，强劲的大风吹拂着她的生命，在人生最艰难的时刻，李良萨满的面孔清晰地出现在我额娘的眼前。

那时候，李良萨满刚来河谷不久，人们还不知道他是一个死人。在河谷人的眼睛里，大萨满是一个三十多岁的流浪汉，住在洗马河边的捕鱼窝棚里，他喜酒爱唱，嗓音甜美。除了外出作法和摆弄他的渔网，其他的时间，他就坐在河边的薄雾里，一边喝酒，一边烧烤鱼干和肥胖的鹌鹑，抱着自己做的桦木狍筋琴，边饮边唱。风吹动他的白袍子，像江鸥张开翅膀，穿白袍子是他和河谷的男人们不一样的地方，他的袍子破旧，但永远干净。

那一年她七岁还是八岁？记不清了，总之柳枝沉浸在烦恼之中。阿玛是一个狂热的木匠，每天有干不完的活儿，他热衷于和事主们讨价还价，他的全部热情在于打造一口新棺材，建立更大的家业。额娘每天心事重重，一心想生一个男孩继承家产。

小女孩感到自己被忽视了，大人们像不在乎死者家属的痛苦一样不在意她的感受，她从心里相信了自己是额娘在河边捡到的野孩子的说法。她常常忧伤地走到河堤上去，这一天，她看见死人李良在远处冲她招手。

“小姑娘，”李良说，“你看上去很伤心，能告诉我原因吗？”

她不知道为什么会相信他，也不知道该不该相信他。她哇的一声哭出来，泪水像一场急雨滂沱而下。她不记得自己说了什么，只记得泪水打湿了李良的衣襟。李良的笑声从此萦绕耳边。

李良说：“傻孩子，哪个额娘会厌恶自己的孩子呢？”

小姑娘抽抽搭搭：“额娘说，我是她从洗马河河沿上捡来的，我是大马哈鱼生的。”

李良笑得弯了腰，他把小姑娘的脸转向自己，她的眼睛真清澈啊。他让她站在自己的前面，小心得像妥放自己的铃鼓。

“小姑娘，你额娘骗你呢！这世上只有天神阿布卡赫赫生于水里，归于天上。”天空布满白羊样的云朵，不再阴郁。

小姑娘的心情好起来，她问李良：“萨满是干什么的？”

李良沉吟一下，他想找一个小姑娘能听懂的词，“这么说吧，萨满就是生命的向导，可靠的护神。”

小姑娘听明白了，她说：“你会保护我吗？”

“会呀，我要保护很多人。”

小姑娘显露出大人般庄重的神情，“你别忘了今天的话，你说要保护我的。”她转身走开了，李良怅然地看着小姑娘的背影，她走得多轻盈啊，就像一只蝴蝶。

小姑娘的身后，李良的琴声变调了，充满了她这种年龄无法体会的柔情。小姑娘没有回头，她急于奔回家去，她并不确信李良的话，她想证实自己到底是不是额娘的亲生女儿。

中午，太阳没遮没拦，母鸡咯咯嗒嗒，热烘烘的声音催人入睡，没有风，向日葵的叶子蜷缩着打卷，麻雀和燕子藏起来，蜻蜓和蝴蝶没精打采。海棠手指盖大的果实涩涩的，嚼一下酸得人脸蛋抽到一起，酸水过后，果实的残渣糊舌头，吐不干净。水缸温吞吞的，天老爷小舅子是一种绿脊梁小叫蛙，纷纷爬到水缸后面乘凉，这样的天气，只有老鼠洞才会有一点阴凉。柳枝发现了一个地方可以藏匿歇凉，仓房里放着几口棺材，一口棺盖敞开着，她爬了进去，真是适意极了，松木的清香好闻得让人心醉，空气中弥漫着潮湿的土腥味。她躺一会儿，心里想要起来，眼皮却沉得像冬天结了冰的棉布门帘。她睡着了。

醒来，四周一片漆黑，耳边蚊子嗡嗡嗡叫成一团，她的脸和胳膊好痒啊。过了好一会儿，她仍想不起自己身在何处，她吓坏了，黑暗压在小胸口，像压着三十个枕头，不，像压着一座库雅拉山，她哭了，可是哭不出声。她用脚狠劲儿地踢，每一下都踢空，回声是老鼠和蟋蟀的声音。

终于，额娘的声音从院外传来了，还有脚步急匆匆扑腾腾的声音。一只鸡嘎嘎地掉魂似的大叫。过了好久，有人走进仓房，额娘又惊又喜地将她从棺材里面抱出来，两手箍得紧紧的，紧到她喘不过气。

过了许多年，额娘一次次提起这件事，额娘说，家里人找了她一下午，附近的井里河沟，邻居家的茅厕都搅了个遍，多亏一只芦花公鸡被黄鼠狼从仓房里追出来，这才找到她。仓房已经找过几次了，谁能想到她竟躺在待售的棺材里？

额娘说：“这闺女胆太大，死人用的东西都不怕，太晦气了。得找个人作法转转运气。”

转运法器找到了，一只雕着金盏花的银手镯，李良萨满身上唯一值钱的东西。

——她的人生毁了，毁得如此彻底，她下决心结束悲惨的一生。是李良萨满给了她活下去的勇气。

重生之夜，她通过黏糊糊的满是血腥味的产道，嘴里吞吐着命运苦涩的汁水，拼命想挣脱噩运的脐带。她哭不出来，只差有人在她的身上狠狠一击。

那天，大萨满走进她的房间，大萨满似已洞悉她的秘密。“把噩梦讲出来吧，讲出来一切都会变化。”她讲了，就像十年前第一次见面时一样。

第一个噩梦。

猝不及防，黑暗的深处，果然藏匿危险。绿头发的鬼，黑头发的鬼，红头发的鬼，一起挤进屋子，他们长相千奇百怪，齐刷刷地伸出手，大手扼住她的脖子，捂住她的嘴，她喊不出声。毛茸茸的鬼爪伸进被里，凉冰冰地颤抖，急切，无耻，无理地抓向胸乳。

她醒了，噩梦竟是现实。天哪，身上真的有一个人狠狠地压住她。那个人满身凉气，喘得像拉磨的驴，像拉了二十年的风箱。

“敢喊掐死你。”声音长着二尺长的獠牙，和指甲一起钻进她的小腹。她拼命抗争，两手死命提住内裤的带子，肚子被对方的膝盖狠狠地顶了一下，肠子一定给顶断了，拧劲儿锐疼。

她发出呜噜呜噜的叫声，回应的是低沉嘶哑的冷笑，“叫吧，使劲儿喊也没人听得见。”

“走水啦，快救火啊——”

棺材铺着火了。院子里腾起红色的火苗，噪声交杂。她的头被重重地一击，手上没有一点力气了，全身瘫软下去。但意识没有丧失，疼痛瞬间在两腿之间燃烧起来。火星四溅，水花火焰一起四溅，大火腾起的声音，烧着的木头噼噼啪啪的声音，哭叫声，尖叫声，撕破冬夜沉重的帷幕。

冻僵有些日子的亡灵在大火烘烤中缓醒过来，拥挤在一起，一边取暖一边喝彩。救火的人在雪地上摔跟头，井神被吵醒了，它不满辘轳半夜被摇起来，让井壁狠劲儿地撞柳罐斗，打上来的水每次只有半桶。

水缸结冰，洗马村全村响起砸冰的声音，人们找出各种能多装一点水的器皿跑向棺材铺，扑扑腾腾的脚步声喊叫声响成一片，有人想起雪也是水，操起木锨撮起雪块向火里扬。

世界在燃烧，在叫喊，在遭受侮辱和侵害。阿玛、额娘，能帮助她的人，都在对付那场大火。这个夜晚，一个坏蛋在处子的雪地上撒野，不慌不忙地进进出出，欢乐地颤动，满足地呻吟。大风吹落梅花，花瓣在雪地里变成刺目的血点。

第二个梦，仍是噩梦，第一个梦的延续。带给她羞辱的小畜生是个男孩，她梦见他了。

梦里，她站在洗马河边，鱼汛来了，小鱼挤挤擦擦溯河而上，它们的数量那么多，游得那么快，长着一个个夸张的小脑袋。她看清了，中间有一个小男孩，两个细胳膊拼命地拍打着水花，拍打着鱼群，他游得越来越快，最终将鱼群远远地甩在了后面。孩子在岸边站起身来，向她露出一口小白牙，得意地向她的怀里扑过来。她拼命地将身体闪来闪去，下决心不让小东西抱住自己的双腿。后来，小东西站住了，不再努力，光着个秃脑瓜，眼泪汪汪地看着她，且慢，这孩子看上去有点怪，啊，奇怪的是两只眼睛，两只会说话的眼睛，闪着蓝绿色的光芒，就像一双猫眼，忽闪着眼睫毛，看透她似的，泪光中充满了哀求，生怕她想不开把自己吊死，那样他将前功尽弃，只好随着母体的腐烂而化成泥水。“求你了，我还没有活过，我不想死。”那声音遥远而模糊。

李良萨满认真地听她诉说，等她停下来，大萨满说：“既然你已经决定不顾肚子里的生命自寻短见，我不拦你，但我希望你听完我给你唱的一段神歌再做决定。”

大萨满说：“我给你唱一段‘背灯祭’吧。”大萨满净面漱口，理好他的彩衣神帽，然后端坐在柳枝面前。大萨满将双手背至身后，他说：“姑娘，你能帮我把双手绑上吗？”她愣了一下，但她照大萨满的吩咐做了。

捆住的李良萨满潸然泪下，他的歌声低沉，低沉到只有他们两个人能听见。歌声凄恻悠扬，仿佛从遥远的世界破空而来。萎靡的李良萨满眼睛里瞬间黯淡，发声的刹那，就像一个石子扔进了深不见底的锈水寒潭。涟漪过后，冷风吹开灰尘和迷雾，粗糙的泥沙堆中幽灵慢慢苏醒，浮上来，水面上的菱角叶、水上漂、花鳖虫的尸体骤然暴露在阳光下。忽然，大萨满的眼睛里猛地注入迷狂，飞扬起来。冷却一百年的开水没有加温的过程，一下子沸腾了，寒碜廉价而又热烈。神灵们穿着上个世纪的服装，唱着不知唱了多少代的歌谣，摇摇晃晃。拨开荆棘和瘴气，舔吮着脚底板和胳膊上划破流出的变咸发臭的血丝。歌声调子变了，缠绵悱恻，幽灵们哭了，集体哀号痛失的母爱——额娘耶——额娘耶——这是发自心底的呼喊，灵魂变成了母亲的一根发丝，在苍凉的岁月中发出丝线一般的回音，颤抖着，颤动着，随时都可能扯断——额娘耶——额娘耶——

伴随着大萨满如泣如诉的呼唤，腹中的胎儿躁动起来，他使劲儿地踢动双腿，在无边无际的海水中招手——柳枝被深深地打动了，她看见过母亲给婴儿哺乳，听见过孩子在母亲的怀里委屈地追诉，看见过一去数年的儿子见到母亲涕泪横流大声嘶唤，但她从没见过一个中年男人的泣血呼唤——儿子的手被捆上了，他一定犯下了不可饶恕的罪孽，然而，即使全世界都不原谅他，还有一个人——他的额娘，会原谅他，只有额娘会包容他，拯救他，为他解开噩运捆住的双手。

——大萨满，别唱了，你别唱了，我不死了。我把孩子生下来，不要再唱了——

柳枝为李良萨满解开绳子，大萨满身体伏下去，他哭得中止了呼吸。

李良萨满，李良萨满。姑娘惊叫起来。大萨满冲姑娘摆摆手，他抬起头，脸色惨白，汗水湿透了法衣。

柳枝，大萨满说，我们每个人都是时光的弃儿，都受过伤害。我们每个人都是罪人，都伤害过别人。生命是祖先神和我们的父母共同创造的奇迹，祖先神在另一个世界做苦力，只为我们能来这个风水雷电交织的世上。我们总感到身心俱疲，有时丧失活下去的勇气。库雅拉山顶的雪莲和万年石松上的蛛网也无法抚平心灵的创伤。但是，姑娘，你不要忘记，我们每个人都应该脖子戴上枷锁，免得唾液弄脏大地。我们每个人都应该在腰间系上草裙，免得影子污染河水。我们应该对一切抱有敬意，包括自己受到的伤害，和伤害我们的人。时间是这世上唯一的良药，岁月更迭是唯一的药方。可是，人们的心像鸡鸽米一样跳来跳去，不应该有的念头总是无端地冒出，心被忧伤和混乱盖得严严实实。吹过的风告诉我，泉水是因为怜悯填平洼地，可再清澈的山泉也会让位给更新的泉水，自己不得不流向遥远的未知。泉水伤心的时候会呜咽，欢快的时候浪花洁白，泉水比我们更知道生命的答案，这个答案就是，流过了就流过了，每一刻都是过去，每一刻都是开始。你不必为河床的肮脏负责，因为，你没有选择。你能选择的只有承受和承担，承受你不想也会来的一切，承担你必须承担的责任。

孩子，我知道你的困惑和担心，你的担心我不能全部解决，我们一起试试，我需要你的配合。我已经看到了，伤害你的，是一只淫荡的公鸡。

——一只公鸡？你说是一只公鸡？

——一只公鸡，不是吗？大萨满笑了。人们宁愿屈从鬼魅的伤害，却无法忍受人类的侵害。

——孩子，按我说的做，然后，接受这一切。孩子，记住，即便生了孩子，你还是一个处女，清清白白的处女。我们明天早晨共同结束这场灾难。

大萨满说，你会打开心结的，但要多年以后。你会揭开生活的谜底，也要多年以后。你现在要做的，只有忘记和等待，忘记公鸡，忘记别的男子，等待你的儿子和你的男人，他们才是真正属于你的人。

——让我们共同结束这场灾难。

可是，灾难纷至沓来。真的结束，除非死亡来临。

束手无策的韩萨满来到院子里，她冲夜空跪倒，磕头如捣蒜。一道阴影遮住了月光，她抬起头，一个男人站在院子里，竟然是——李良萨满。

李良萨满瘦削的身影在月光下一动不动，他冲韩萨满摆摆手，示意她不要说话。此刻，屋里产妇痛苦的呻吟停下来，远处，传来动物的嚎叫和夜鸟的哀鸣。

一声微弱的啼哭从房里传出。韩萨满爬起身，奔向房门，“天老爷，可算生下来了。”

跑到门口她迟疑了一下，回头，月光铺满院落，李良萨满已不见踪影。

我的出生比小狐狸艰难得多，我的嘴里满是羊水，脐带绕在脖子上。韩萨满手脚麻利地将我倒提起来，啪啪拍打，戒指在我的屁股上留下青紫瘀痕，我放声大哭。

韩萨满说：“这孩子让人操心哪。不知道骗过多少人了，你看他一身的胎记。我得把他的胞衣吃了。吃掉胞衣他就跑不回去了。”天可怜见，我身上的确胎记密布，颜色最深的那个正是韩萨满戒指的印迹。

按照我们库雅拉人的习俗，孩子的胞衣要埋在门槛下面，男孩的埋在靠屋里的地方，女孩的埋在外面。

我的胞衣让韩萨满煮着吃了。韩萨满不知用什么法子捉了一只肥胖的老鼠，扒了皮的老鼠乍一看和胎儿一模一样，爪子像没有长成形的小手。满屋腥气四溢，苍蝇成群结队嘤嘤地向屋里飞来。大萨满嚼水煮老鼠胞衣的贪婪样子，连脖子都长舌头。我额娘大口大口地呕吐。

韩萨满放下盘子，认真地打量炕头上呼吸微弱的男婴，她皱起眉头。韩萨满说：“这孩子有点不对劲儿，哪呢？啊，眼睛。他的眼睛太怪了。”的确，灯光下，婴儿的眼睛透着蓝绿色的光芒。

韩萨满说：“我看清楚了，孩子长了一双猫眼睛。他会看见你们看不见的东西。你给他起名字了吗？”

我额娘说：“我想叫他满斗。”

韩萨满说：“你的满斗是一个猫眼睛男孩。他会看到的更多，别人的白天是他的白天，别人的黑夜对于他还是白天。”

韩萨满说：“满斗的一双猫眼夜里不会看走眼，到老也不会花眼。”韩萨满满腹狐疑地离开了马滴达，她弄不清楚李良萨满是否真的来过。

第十章　幻象

我额娘说，三岁之前，我的眼睛只比别人蓝一点点，其他并无异状。她注意到，阳光格外明亮的时候，我会不自觉地眯上眼睛，话说回来，谁的眼睛能直对太阳光呢？我能够听懂她的话了，日上三竿，我能够找到她绣花的撑子。下午四点，云霓挡住了太阳，光线暗了，我还能找到她的烟盒子。她渐渐放下心来，她确信我的眼睛很好使，不用担心满斗成为瞎子。

马滴达村后靠近江边的地方有个水塘。我三岁那年夏天，一个昏暗的傍晚，我在水边玩扁担钩，扁担钩一截草棍似的，捉出水放在手心里，晒干翅膀会嘤的一声飞起来，就像一只蜻蜓。臭蒲草棵子里水鸟咕咕咕叫个不停，不时扑棱棱泛起水花。不知什么时候，一个穿黑衣服的女人坐到我的身边。她的嘴很小，长着两片薄嘴唇，目光很忧伤，她教我唱歌谣。多年以后，我又听到了这首曲子。那一次，曲子来自异乡的花瓶姑娘。

天有星，
河有灯，
河灯挂在哪，
挂在蛤蜊城。
蛤蜊城，
城套城，
城里住着蛤蜊精。
不管雨，
不管风，
只管黑夜点河灯。
点浅滩，
点深坑，
点得满河尽灯笼。

天空划过闪电，闪电在泡子当中劈开一裂缝。黑衣人站起来，将我推开，她向泡子里面跑去。雷声越来越大，我哭起来。额娘找到我的时候，我正冲黑乎乎的水泡子伸着小手，我说刚才有一个人下到泡子里去了。很快，天黑得看不见路，大雨滂沱，我额娘抱着我向家里跑。

我病了，睡梦中不停地抽搐。额娘去村口为我招魂，她想将我的小鞋拿去泡子沿烧掉，但没舍得。只烧了我常玩的两个木头块。

额娘坚持认为要不是她到得及时，我可能被蛤蜊精摄到水里去。从那以后，额娘干活将我带在身边，我拉屎撒尿都要站在她的视野里。半年时间，平安无事。

额娘精神松懈了，我又一次大难临头。

村子里只有几户朝鲜人，我家西院的当家人一条胳膊，老头从不说话，常年穿件白衣服，夏天白色单衣，冬天白色棉袍，他很少到我家院子里来。常来常往的是他的儿媳顺子，长着一张红脸，习惯眯着眼睛，经常给额娘送一捆水萝卜，要不就是几根黄瓜。她和额娘有说不完的话。秋天的时候，老头来我们院子一次，给额娘送来一草包水稻和一草包高粱。

额娘的园子里种了茄子、黄瓜、大蒜和小白菜，园子边种向日葵和甜高粱。甜高粱秆手指粗细，汁水多而且甘甜，额娘将甜高粱秆砍成小段让我吮吸甜水，只有一样不好，甜秆容易把嘴唇拉出血。

我们家的用水要额娘去百米之外的小溪担回来，小溪有一个泉眼，冬天也散出热气，流出清澈的泉水，流出好远才会结冰。额娘担水的时候我单独留在家里。前些日子，我们回了一次洗马村，从姥姥家牵来一条黄狗。黄狗又高又大，长着一个特大号的脑袋，尾巴上的毛又长又蓬松。额娘说，等我再长一岁，她用大黄的毛给我做一个毽子，因此我格外爱惜大黄。大黄不怎么喜欢我，这畜生只在我放了一个臭屁之后才屁颠屁颠跟上来，吃完我拉的屎，它把我的屁股舔得干干净净，它的舌头很粗糙，长着一些带刺的小疙瘩，呼出的气又腥又臭。大黄很乖巧，它总能在额娘的脚步声传来之前干完坏事，然后满足地向额娘摇尾巴，额娘让大黄住在外屋。

下霜了，库雅拉山变成了五花山，霜叶层层叠叠，红遍沟沟岔岔。一天早晨起来，我家的院子外面多了一些杂乱的动物足印。额娘将大黄放出屋，让它到外面看家护院。

当天晚上，大黄狗不是好声地咆哮，我看见院外有一条灰色的大狗，瞪着两只绿色的小灯笼般的眼睛。我招呼额娘，额娘说："太黑了，没月亮，什么也看不见。"外面明明只比晚饭时暗一点，我真的奇怪为什么额娘说院子里漆黑一片。狗叫声停了，大灰狗钻过障子跑走了。

白天，额娘去溪边担水，大黄乘机去追一只老鼠，它刚离开，大灰狗就出现在院子里。我站在门口，大狗慢慢地靠近我，大黄不知从哪里蹿出来，它大叫着向灰狗扑去。灰狗掉头跑掉了。额娘担水回来，我告诉她，有一条大狗来过了。

此后一连四晚，大黄总是突然吠叫，向院外狂奔，天亮时它满身霜雪地回到家里。额娘被它吵烦了，用一条绳索将大黄拴在仓房前面的木桩上。夜里，大黄挣断绳索，再也没有回来。

走失了黄狗，额娘做了一个结实的门闩，去担水就将门在外面闩好。她一个来回只是很短的时间，这个空当，大灰狗出现在院子里，用嘴巴磨蹭门闩。听到声音，以为是额娘回来了，我来到门边，大灰狗嘴里呼出的臭气比大黄的臭，它的喘气声很粗。大狗一下一下执着地跳跃，门闩慢慢地滑动，我吓坏了，放声大哭。

额娘听到了我的哭声，她扔掉水桶飞奔回来。她看清楚了，扒门的是一条比大黄高大矫健的灰色土狼。她眼看着土狼拨开门闩蹿进了屋子。

额娘凄厉的叫声惊吓了土狼，否则它已经咬下我的脑袋。我额娘拖住它尾巴的时候，我的脑袋几乎进入畜生的血口之中。

额娘举起了菜刀，狠狠地砍土狼的后脖颈，那畜生再顾不得下口，扭转身子扑向额娘。它叼住额娘的左手腕，额娘拼命挣扎，她越挣扎狼的牙齿咬得越深，她的右手使不出力气，狼的大脑袋抵住了她的前胸。可能是我的哭声让额娘警醒过来，匆忙之中，她将菜刀一角使劲儿塞进狼嘴。这是致命的一击，土狼嘴角涌出腥臭的血沫，它松开了额娘的手腕。

额娘反身将我抱上炕，我的脑门被土狼的牙齿撕开了，鲜血糊住了眼睛。额娘长嚎起来，她的声音吓住了浑身是血的土狼，它愣一下，一泡尿水哗哗地奔泻而出，腥臊和血腥味立时弥漫开来。

额娘将我挡在身后，这时，土狼再次向我们扑来。额娘的双手掐住土狼的脖子，土狼的两只前腿搭在她的双肩，额娘全身僵直，力气都用在手上，她知道，只要一松手，我们就会变成狼粪。额娘拼命地喊叫，狼的前腿在她的身上乱蹬乱刨。额娘的声音变小了，变哑了，她的嘴里吐着血沫，伤口溅出的血点糊住了她的眼睛。狼的舌头吐出来了，越来越长，越来越长，像一条展开的裹脚布，流淌馊臭的泔水。狼的舌根吐出来了，它的口腔开始变紫，最后的贪婪一点点发黑。

额娘松开双手，闪开身子，土狼的脑袋一歪，身体轰然躺倒。额娘腾出手来，跳到炕下，她举起菜刀，拼命地砍老狼的脑袋，刚才的生死之战，她的力气和勇气已经耗尽，菜刀怎么也砍不出一条伤口。我的哭声提醒了她，额娘扔开菜刀，将我抱起，推开窗户，我们摔倒在窗外的泥地里。

额娘关上窗户，将土狼拨开的门闩划上，她气没喘匀就哭嚎起来，我的脑门被狼牙撕了一个洞，血肉模糊。

额娘吓坏了，她知道我急需救治，但她一步走不动，她爬过去用后背抵住门，没命地嚎叫。急促的脚步声终于传来，邻居的身影晃过的一刹那，她一头栽倒，昏死过去。

大山沉寂，山风像飞快的刀片，削落树叶和松子，对着山峁又割又刮。蹲仓的棕熊蜷在树洞里，我躲在点着火盆的屋子里，像藏匿在僵硬冰冷的腋窝里的虱子，等待着春天的来临。

我脑门上的伤口愈合了，变成手指甲大小的红色疤痕。额娘的眼里，疤痕是幸运的标志，她不担心我的破相，发愁的是我的脑子坏掉了，经常说一些颠倒黑白的话。

额娘不知道我脑门上的疤痕成了我的第三只眼睛，我向她描述的情景都是我亲眼所见。

有一天半夜，我被一泡尿憋醒了，额娘点亮油灯之前，我已经找到放在洗衣盆后面的尿壶，准确地将尿撒在尿壶里。额娘十分惊讶。这没什么大不了，屋里屋外根本没她说的那么黑。最近一段时间，我经常半夜起来，坐在窗前往外看，我看到许多好玩的东西。

我看见一只刺猬在柴草堆里拱来拱去，数不清个数的蝙蝠从容不迫地翩跹起舞，麻雀受了蛇的惊吓，从窝里飞出来撞到木杆子上。我看见窗户前面的倭瓜花上一只大蜘蛛缠住了一只蜻蜓，蜻蜓拼命地颤抖。老鼠更可笑，以为别人看不见它，放心大胆地来到院子里，身子又细又长的黄鼬候在鸡窝后面的阴影里，黄鼬扑上去，老鼠的身子一下子抽成一小团。房前的白榆树上，乌鸦愁闷的巢边，一只硕大的猫头鹰威严地看着四周。

额娘睡得很不安，她一定做了伤心梦。

雨前，蟾蜍和花盖鳖从水缸后面爬出来，爬进我和额娘的卧室。一只长了一千条腿的蚰蜒往额娘的耳朵眼里爬。额娘皱起眉头，不舒服地晃脑袋，恶心的虫子爬到额娘的眼窝处，舔吮她在噩梦中不自觉地淌出来的泪水。我伸手小心地捏住该死的虫子，额娘惊醒了。划着洋火，她忽然瞪大眼睛，火柴头烫到她的手指。

额娘绝望恐怖的叫声，“满斗，你的眼睛——”

眼睛怎么了？我什么都看得清清楚楚，没有一点问题。

额娘哆哆嗦嗦地点亮油灯，她把油灯端到我的眼前。

我的两只眼睛闪着蓝绿色的光芒，像白瓦镇的小少爷们的玻璃弹子。最准确的说法是——满斗的眼睛和猫眼一模一样。

柳枝想起了多年以前李良萨满将公鸡脑袋一刀剁下的那个清晨，花猫就死在门槛下面，死去的猫莫名其妙地瞪着眼睛，猫眼星星一样闪着夺人心魄的寒光。

“天哪，这到底是怎么回事？”

那时开始，或者更早，我的世界完全变了模样。

夜晚，就像隔了一层雾的白天。

有月亮的夜晚，夜雾的颜色泛白。

没有月亮的夜晚，夜的颜色和绿皮鸭蛋的颜色十分近似。

不管有没有月亮，我都可以不用灯光和火光看清东西。借助月光，我的视野清晰一些。

不知不觉中，我的白天和夜晚的界限不再清晰。白天昏昏欲睡，特别强烈的太阳底下，我常常眯起眼睛。夜晚来临，像有两根草棍支起眼皮，我的双眼瞪得溜溜圆。

我的黑白颠倒了，白天昏睡的次数越来越多。额娘一次次到路口为我招魂。她点燃黄纸，凄惨心酸地哀求——

满斗，满斗，你回来吧。

满斗，满斗，别离开额娘呀。

我患了厌食症，全身浮肿，肚皮通亮，几乎看到里面蓝莹莹的肠子。肠子里清汤寡水，可怜的蛔虫没有营养，瘦得像掉魂的蚯蚓。

我的双腿和脖子越来越细，肚子越来越大，大到低头看不见自己的脚指头。

情况恶化。我的眼前开始出现幻象。

有一天，我在幻象中看见了我的阿玛，这是我第一次见到阿玛，他十分潦倒。一开始我不知道他就是我的阿玛，但他和我额娘先后出现在幻象当中，我才知道这个倒霉的男人就是郎乌春。

我眼前出现的场景是一座破败的庙宇。一个大雨天，天色黑成一团。乌鸦掠过树林，消失在白桦林的那头。幻象转入庙里，庙里供奉着一个绿袍金甲的神像，泥塑金身长须红脸，端坐当中，神像的身上头上密布燕子粪和蝙蝠屎。两边各有一尊神像，左边黑脸戴着斗笠，右边是一个年轻人，两个神像坏胳膊坏腿。

将来我会知道，这是一座关帝庙。五个鬼孩坐在供桌的灰尘之上，他们光着小屁股，胎记斑斑，全身青紫。他们在寻找下一个投胎的目标。脑袋最大的鬼孩自称豆腐腰，豆腐腰的愿望是成为皇帝的女儿。其他鬼孩向她表达了祝福，但她忧郁地说："我能在皇宫里出生，但不是龙种。"

细脖子大肚子的鬼孩兴致勃勃地说话："我逃回来真不容易，这次我投错了胎，额娘看得太紧了。"

铁脑袋鬼孩问道："你是怎么跑回来的？"

"嘿嘿，这你们就不知道了，当我阿玛的男人帮了我大忙。他一心盼着我死。"

鬼孩麻秆腿说："我们每个人都骗过人，一心要回来相聚，不愿在人世受苦。为了逃回来，我们想尽办法，病死过，烧死过，淹死过，让车轧死过，可每一次我们的阿玛和额娘都痛苦得恨不得替我们死。你的阿玛盼你死，这事头回听说。快给我们讲讲。"

一阵眩晕，像一把尖刀刺进胸口。天哪，我就是那个刚刚回来的鬼孩。

讲述经过的时候，我再次经历了死亡，困惑不解深感恐惧的死亡。

幻象之中，额娘屋里屋外地忙着，她拿给我亮晶晶的冰块让我吮，我从来没有吃过这么好吃的冰块，一直痒到心口窝。额娘笑了，告诉我，这不是冰块，这东西叫冰糖。

额娘让我等着，她给我煮肉吃。她烧了一锅开水，到园子里摘黄瓜去了。我看着窗外，舌头慢慢地吮着冰糖。这时，一个男人走进屋里。男人长着乱蓬蓬的胡子，很瘦削，满身尘土，一副出远门刚回来的潦倒样子。他凑上前来，不怀好意地摸摸我的小手，我吓哭了。男人把我抱起来，走到外屋。他探头向院子看看，我感到他在发抖，抖得像一片晚秋侥幸被蛛网粘在海棠枝头的树叶。他把我抱到锅台前面，锅里的水咕嘟咕嘟冒泡，水烧开了。

预感到不幸就要发生，我拼命地往男人的怀里缩，他不再犹豫，双手撒开，我掉进了开水锅。

我的世界变成了血红色，额娘惨叫的时候，我已经蹲在灶上的碗架板上，和水瓢待在一起。我的肉身红得像熟透了的辣椒、晒干的地瓜干，还像一个老黄瓜。我呼唤额娘，她根本听不见，我不再喊了，一片雾气将我托起，飘出院落。杀我的凶手躲在烟囱脖子后面双肩痛苦地抽搐。

额娘的哭声渐渐远去，我的脚落在一团秋风吹起的蒲棒绒上面，一直飘到一座庙的顶上。我的泪水将蒲棒绒打湿，向下坠去，从庙顶一块碎瓦中间落下，鬼孩们等我好久似的，见到我，他们使劲儿拍巴掌。

我的心情抑郁，额娘的哭声萦绕不去。鬼孩们安慰我，他们递给我上供的鱼和石头一样的肉块，肉块包着一层冰冻的猪油，我吃不下。我的忧郁感染了他们，豆腐腰打开庙门去取柴火生火，我们太冷了。他刚打开门，风就从庙门口刮进来。他慌张地转过脸，大叫一声——不好了，克星来了。他的话音未落，其他几个鬼孩慌乱地扔掉手里的烤玉米，一起跑去神像的后面。

一个法师破门而入。法师穿着奇怪的服装，头上戴着一顶神帽，腰间一圈哗哗响的铃铛，他的面相威严，目光如炬。

“来吧，孩子，”法师说，“跟我回去。”他的声音像磁铁一样，我被他的大手吸起，不由自主地飞过去，他把我托在手心里。

一道闪电划开我的天灵盖，我记起来了，法师曾出现在我的幻象之中。那一次，我看见了一场从未见过的大火，一些人困在火里，他和一个穿白衣服的怪模怪样的人坐在一起。我被他托着走出庙门。伙伴们从泥塑后面跳出来，他们齐声大喊，我想挣扎，法师的大手摁在我身上的某个部位，我动弹不得，发不出声音。法师从怀里掏出一张写字的黄纸，啪地贴在桦树上，纸条变成一股黄烟，越来越浓，鬼孩们大声咳嗽，影子随之模糊。

醒来，全身滚烫，第一眼就看见将我从庙里摄回来的怪法师，他笑眯眯地看着我，对我使眼色，告诉我不要说出我们的秘密。然后，我看见了我可怜的额娘，她被我的昏迷折磨得面无血色，蓬头垢面。

“满斗，你把额娘吓死了，额娘以为你活不成了。”

“他只是发烧了，喝两服药就会没事。猫有九命，这孩子灵猫转世，命大着呢，他会活得比我们的岁数都长。”

额娘说：“满斗，你要记住啊，救你命的是李良萨满。”

“额娘，我被一个长胡子的人扔进了开水锅，开水太烫了。”哭，万分委屈。

“李良萨满，孩子说胡话，怎么办哪？”

“满斗梦见他的阿玛了。满斗，”李良萨满说，“那不是真的，你做了一个梦。那男人是你阿玛，你记得他的长相吗？”

我记住了，胡子拉碴的脸，忧郁的眼神，抽搐的肩膀。

“额娘，我阿玛为什么要烫死我？”

“满斗，这不是真的。”额娘放声大哭。

李良萨满说，“满斗，你看到的是你阿玛的一个梦。”

我知道了，除了夜视能力，我还有一种本领，看见别人的梦。

李良萨满为我作法，他把他的大铜镜让我看了一遍又一遍，然后用达子香的香灰和玄驹粉涂我的额头。

李良萨满临走留下了十包香灰，十包玄驹粉。李良萨满走了，他说他会经常来看我。

李良萨满说：“这个猫眼男孩和我有缘，他将来会成为一个萨满。只有一样，他现在必须将自己的能力隐藏起来。”

李良萨满皱着眉头说：“可惜他不愿意担族人的责任，否则他会成为一个出色的萨满。”

额头有一千只蚂蚁爬。没什么奇怪的，玄驹就是蚂蚁。玄驹粉就是蚂蚁粉。

从那以后，蚂蚁总往我的梦里爬。

我梦见两只蚂蚁飞离地面，剧烈地扑扇又薄又小的翅，在草尖上方抽筋一样颤抖。我梦见的是蚂蚁的受孕仪式。我还梦见自己变成一只蚂蚁，一只可恶的蜈蚣死在我们家不远处的水潭边，我立刻回去报告，伙伴们组织起来之前，我被派去看守猎物。我爬上两棵蒿秆间长长的蜘蛛网悬索，恰好看见一只长尾巴的松鸡将死蜈蚣叼进嘴里。松鸡刚走，我的伙伴们倾巢出动，浩浩荡荡地来到由一个马蹄造成的水潭边上。没有蜈蚣的影子，我们的大王认为我是个撒谎者，伙伴们暴怒起来，蜂拥而上，啃我的脑袋，咬我的大腿，更可恨的，竟然毫不留情地咬我的胯下之物。这时候大地潮湿起来，下雨了，我的伙伴们慌忙撤退。

大雨救了我的命，我，一个遍体伤痕的流浪蚁，躺在鸡冠花的蓝色花瓣上漂进一条河流，漂，漂，漂——

太阳出来了，阳光打在脸上，睁开眼，额娘披着大衫微笑着看我，我紧紧地抓住额娘的衣襟，庆幸自己从噩梦中醒来——

我的肚子变小了，眼睛不像以前那么混浊。五天后，我的屁眼儿奇痒，拉出两根筷子粗的蛔虫。眼前发生了变化，世界变绿了。

春天像刚刚钻出蛋壳的小秋沙鸭，鲜亮如色彩艳丽的小毛毛虫。

李良萨满的香灰用了八包，额娘没找到剩下的两包，她放弃了寻找，夜里，我不再啼哭和抽搐，睡得又香又甜。额娘不知道两包香灰被我扔掉了，我将香灰倒进门前的小溪，不知香灰能不能让蝌蚪忘记和泥鳅相处的日子。

我的梦境祥和了，花草树木，美丽的湖泊镜子面一样。

有时候，我能看见未来的事情，虽然有点模糊。我看见马滴达变成一个很大的村落，村口竖起尖顶的房子，傍晚，钟声回荡在蜻蜓和燕子上下纷飞的村道上。许多人从家里走出来，走向尖顶房子。很快，咿呀之声传出，人们合唱着动听的歌曲。过一会儿，人们四散回家，他们穿着白衣服，衣服在月光下凝成一团一团的白色光，好不神秘。我还看见人们聚在一起，三五成群地到河里捉鱼野炊，喝酒行乐，这时候，五颜六色的衣服被初升的太阳反射出夺目的灿烂光芒，像仙境里的身影。

我身上的阴气太重了，半年以后，噩梦再次出现，我又能看见别人的梦境。我看见了我额娘的梦，她的梦里，郎乌春再一次出现了，他穿着一身整齐的军装，腰下一口佩剑，剑把上拴着长长的红穗子。郎乌春不理额娘，额娘看着他的背影，哭得十分伤心。

额娘的每个梦都不停地哭，我下决心不惹她掉泪。

我的梦境里，阿玛还是一副穷酸样，慌里慌张，他挎着的不是佩剑，是一个柳条编成的筐。他给额娘送来了一个女孩，女孩瘦嶙嶙的，像被黄丝缠死的柞树上快要饿死的蚕。

两年之后梦境变成现实，郎乌春真的送来一个女孩。那时候，我们的生活全变了。

第十一章　苏醒的大地

土地荒芜得太久，平整出一块生长庄稼的熟地需要许多年。一个春天的午后，柳枝拿起一把镐头，她穿着一身肥大的黑色衣裤，为土豆地备垄。她用力又拉又扒，把土坷垃耙得小一些匀一点。腐烂的绵苍子和龙葵的根茎刨出来，泛着黑红色，潮湿的黑土里爬满了大个蚂蚁，土腥中涌动着胖大的截虫、一团一团的蚯蚓，一条小而细的白蛇从冬眠中醒来。放在六七年前，她不知跳起来惊叫多少次了，会哭得一塌糊涂。可是现在，这些再平常不过，顶多让她停顿一下，免得伤害无辜的生灵。

大地从漫长的冬天里苏醒，河水流得羞涩，朝阳的地方，荠菜和猫耳朵刚刚放绿，细嫩的小根蒜和蒲公英冒了芽。柳树和灌木一簇一团的绿烟，榆树和杨树一团一簇的老红色，喜鹊窝不再像冬天般突兀，柔软温暖。一阵风吹过，送来村口玩风车的小孩子们的歌谣：

清明不脱棉袄，死了变雀。
清明不脱棉裤，死了变兔。
清明不吃饽饽，穷得乱哆嗦。
清明不吃鸡蛋，穷得打颤颤。

柳枝停下手里的镐头，侧耳谛听，听着听着，她的泪水不自觉地流出，她把脸蛋拄在镐把上，两手和肩头不住地抖动。风大了，小孩子们的声音模糊了，要想小风车飞转，必须迎着风奔跑，他们跑远了。

你脸圆，我脸长
咱俩打小一个娘，
一个死在春三月，
一个死在秋风凉。

风送来另一首歌谣，说的是榆钱和榆叶。

哭了一会儿，柳枝重新打点精神，粗糙的手心里啐一口，攒足了劲儿似的，镐头一上一下挥舞起来。她想快点将土豆地耙好，再种两垄春葱，让她高兴的是菜园南头桑树边的三垄韭菜，绿得又鲜又亮。

十天前，乌春的额娘打发秋哥送来了育好芽子的苞米种，上好的黏苞米。秋哥支支吾吾地说，洗马村仍然没有接到过乌春的来信，真的不知他的死活。年前，额娘让他去韩大定韩老爷家问过，韩老爷说，韩玉阶和郎乌春早已失去联系，韩玉阶两年前退出军界，现在吉林市做买卖。

秋哥告诉柳枝，她的阿玛，棺材铺的赵掌柜，二月二当天忽然摔倒了，昏迷了一袋烟的工夫，后来自己爬起来，说话有一点不利索，请马文萨满看过，说没什么大碍，不过完全复原怕要等到雨节了。秋哥留下一点钱，说额娘原打算春节他们母子回洗马村拜年时给她，没想到他们没回去，现在让他送来一点。

秋哥是个闷葫芦，已经长成一个粗笨的小伙子，学会了抽烟袋，一袋接着一袋，一身的烟袋油子味。他的眼睛和乌春长得很像，不时地从她的胸口瞟一下。柳枝不怪罪他的无礼，只是依稀记起了乌春的模样。

最初离开洗马村的时候，她和郎乌春一样的急迫，两个人都想摆脱耻辱，免受羞辱。郎乌春走后，柳枝忽然意识到，在郎乌春的眼里，她才是耻辱的源头。怨恨瞬间充满了整个身体，那个给她造成伤害的电灯工程师该死，郎乌春该死，还有她的阿玛，她见过的每一个男人都该死，包括她肚子里的孩子。男人只会给女人带来灾难，女人只是他们泄欲的容器，是他们交换的物件。他们交换的名义竟然是荣誉、土地、体面，多可笑，多可耻。啊，也有例外，李良萨满就是他们中间的异数，善解人意，包容大度，明白人世间所有的道理。可惜这样的男人世上少而又少，是李良打消了她自杀的念头。是啊，她不能不明不白地死掉，要活给他们看，活个样子给他们看。她要成为他们心头的一根刺，一根针。女人就应该逆来顺受吗？就应该接受所有的苦难吗？祖先神哪，你万能的天神地母，显显灵吧，给我一条活路。

屈从命运的夜晚，抱有幻想的时候，她努力地回忆郎乌春的相貌，像隔了一层浓浓的雾霭，她看不清楚，记不起来。能记起的只有几个片断，他从电线杆上掉下来，身上腾起一团蓝色的火焰。还有就是他将她送往马滴达的路上赶车时紧张的背影，从后面看，脖子又红又粗，一直呼哧呼哧地喘粗气。他将她安顿在这间草房里就走了，没在这儿吃一顿饭。

有几次梦里，郎乌春的形象变得十分清晰，一副忧伤的样子，眼神怨毒。她曾经想过，说不定哪一天，那双怨毒的眼睛忽然穿透迷雾，像一场桃花雨，真真切切地打在她的身上。可是，那眼神更像朦胧的月光，清晰起来，要等上好多年。

冬天，寒冷发出碎裂的响声，水缸结了厚厚一层冰，孤寂的夜晚，老鼠在洞里听着咆哮的北风打颤。天好像永远不会亮，一直黑下去。巨大的怪兽在风中哀号，炕洞里最后一点热气被湿冷的黑夜透过烟囱吸去，屋子里的一对母子，一大一小两个弃儿，打着哆嗦。可满斗越来越热，伴着喘息，她吓坏了，叫天不应，叫地不灵，生怕儿子一口气上不来伸腿死去。

夏天，艾蒿的味道散尽了，门和窗就是恐怖世界窥视她的眼睛。还记得黑蝴蝶纷飞的夜晚吗？难保没有坏人来对她进行第二次侵犯。

门后备好二齿钩，炕头备好镰刀，枕边备好剪子，窗台下面，备一把斧头。让狼嚎的声音再大一点吧，等一下，外面脚步沙沙响。神经崩溃了，她恨不得立刻死去，从艰难的时光中一劳永逸地解脱。

蚰蜗顺着大腿爬上来，伴着热乎乎的尿臊味。该死的满斗啊，你尿炕不能和可怜的额娘知会一声吗？

沙沙声更真切，更清晰，她鼓足勇气，生怕手里的镰刀掉在脚背上。月光从门板缝透进来，冲着墙角的黑影一刀一刀砍下去，黑影散开，她砍断了柴火捆的草腰。

她冲进屋子，紧紧地抱住儿子，满斗，满斗，快点长大吧。救救额娘。

终于揭开谜团，北墙根下，找见沙沙响声的源头，一只刺猬，用铁锹将折磨了她一夏天的小畜生扔出去，像铲出一摊狗屎。

有段时间，她盼着郎乌春回来，她毕竟是他明媒正娶的妻子，他不该将她扔到一个少人来往的地方不管不问，总要有个交代啊。

多雪的冬天，除了火盆里的炭火偶尔爆响一声，没有其他的奇迹。

也许洗马村很快就有信来，告诉她郎乌春只是在哪个客栈里病了，病了几年，他陷入了昏迷，人们无法发现他的身世，因此无法和他的亲人联系。奇迹发生在不久前的一次梦话里，他说出了家的住址，说出了柳枝的名字。于是，有人找来了。

可是，没有。

也许很快就有一个人来到马滴达，来人捎来一个口信，郎乌春身经百战，做了军官。

——可是，没有。

也许很快就有一个马队出现在大雪覆盖的村口，他们在库雅拉江上迷路了，但队伍仍然冒雪疾驰，因为他们的首领急着回去见他的妻子。

——可是，没有。

也许很快就有一个乞丐出现在院子里，他衣衫褴褛，面目黢黑，全身发抖，他走了那么远的路。

——可是，没有。

还有更糟糕的，一个男人找上门来，他的手里拿着一件长袍，啊，这不是乌春的衣服吗？来人悲伤地说，这是他的遗物啊。

——可是，还是没有。

一千种假设，一万条假设，只有一条不可容忍，一个大活人，一个男人，绝不能这样无声无息地突然不见了。

每一次从梦中醒来，她都以为自己会哭起来，忧伤和冰冷的空气冻在一起，冻红了鼻子和脑门，也冻住了思维。

她想哭，但她怕眼泪像胶水一样粘住他的鞋底，让他回家的脚步更慢。

她要把忧伤永远压抑下去，压在心底一个连自己都找不到的地方。老天，我受不了了，真的受不了了。

哭吧，哭吧，哭吧，可是没有眼泪。

春天，她带上儿子踏上屈辱的归途。这时，她离开洗马村已经三年之久，洗马村熟悉的人都在衰老，大街上奔跑的孩子一个不认识。她和洗马村有了隔膜，生她养她的洗马村陌生了。

她记忆中的洗马村可不是这样。

那时候，她最盼望的节日是乞巧节。库雅拉河谷的乞巧节是每年的农历七月初七，这一天，女孩子们要拜祭天上的织女，好让自己更加心灵手巧。织女是天上的神女，她私到人间，嫁给了牛郎。天上的王母将可怜的织女抓回天庭，划了一道天河将织女和牛郎还有两个孩子分开。传说中，王母只允许这对可怜的夫妻七月初七相会一次。这一天，人间所有的喜鹊都将飞上天空搭成一道鹊桥，好让牛郎织女桥上重逢。如果这天下雨，趴在园子里的黄瓜架下，可以听见那对情人的喁喁私语。

弥漫青蒿味的村子里，黄土道两边的木头障子晾晒着高粱糜子，园子里的果树结着红红的沙果和李子，黄里透着红色亮光的山丁子挂满了树枝。

每户人家大门口摆一张桌子，上面摆放着一个烟袋、一壶酒、一双筷子和一个酒盅。洗马村弥漫着糖稀的香味，女主人变戏法似的端出小孩子把碗柜翻上个底朝天也找不出来的好东西。切成薄片的黏糕上面蘸了一层猪油，在锅里煎得两面焦黄，还有一小碗椴树蜜，想想都流口水。黏高粱做成的油煎馓子筋筋道道，江米、大黄米、小黄米打糕，苏叶饽饽、椴叶饽饽，各有各的独特清香，豆面卷子上撒了一层红芸豆。

乞巧节是女孩子们的节日，她一大早穿上彩芽花边的水红色小旗袍，蓝色的细腰带挂一个香荷包，她的头上插满了从园子里摘下来的鲜花，黄里带红的小花是君子荷叶，袖针向日葵一样的姜不辣，还有芍药和牵牛花，她身上的香气引来了蜜蜂和叫花大姐的七星瓢虫，甚至还飞来了一只黑色蓝斑的马莲蝴蝶，就落在大挖耳簪上不肯飞走。

值得回忆的还有春天。她和堂妹柳叶走在洗马村黄沙铺就的街道上，春风浩荡，她们穿着棉布衣裙，梳着一样的辫子，扎着一样的粉色头绫，手拉着手，心中充满了欣喜和说不出口的心痒，那是半睡半醒中被撩拨嘴唇的感觉，那是搔痒时又舒服又难耐的感觉。用不着相互提醒，她们的手指不是勾在一起吗？屏住呼吸，尽可能不回头，不让坏小子们得逞。春风吹着裙子，兜着大腿向前飘，她们的小屁股一定暴露在他们的视野中了，因为，他们忽然停止了叫喊。回头，迎着风面对他们，坏小子哄地跑散了，边跑边做下流手势。

铁匠铺的墙根下面摆着一排新打造的锄头，郎铁匠用火钳夹起一把往水缸里一放，腾地冒起一股白汽。铁匠铺的小徒弟冲她们打口哨，郎铁匠一边责骂不争气的徒弟，一边露出意味深长的笑容，论辈分，她们叫铁匠表叔呢。前面吴记磨房的水磨嗡嗡响，磨房伙计眉毛都是白的，他穿着一条露膝盖的裤子，见到两个女孩走来，他停下手里的簸箕，挡住破烂的裤裆，不解风情的驴撞到他的身上，差点将他撞倒，他大声吆喝，希望能引她们看一眼。

姐妹俩约好去三更家玩跳绳的游戏。三更的姐姐长着两条长腿，越跳越高，三更拖着两条鼻涕，鼻涕快要过河的时候吐噜一下。这个埋汰小子是个好玩伴，让他干什么就干什么。跳绳跳腻了，几个小丫头开始设计新玩法，不知是谁提出一个缺德无耻的主意。这个主意是，比比她们中间哪一个屁股蛋最白。傻小子三更被挑中当裁判，小姑娘们一个个褪下小裤衩，一点不觉得羞耻。柳枝回头看一眼，她忽然惊叫起来，小三更的两腿之间长出一个小棍。

油坊的小伙计送给她一块又凉又滑的丝手帕，向她要一个蜻蜓纽襻。满面红光的小伙子吞咽着小腹下面泛上来的唾沫，扭扭捏捏地说："我要的是，肚兜上的纽襻。""你去死吧。"她唾一口唾沫，将手帕扔在牛粪上。

那时候，棺材铺的大小姐洋溢着雪蘑菇下面的金盏花一样的光彩，三九天漫天的冰晶一样随处闪亮。

她的头上抹着桂花油，后脖颈香喷喷的。她的皮肤像海棠花的花瓣透明细腻，脸像涂了一层薄粉，而她的屁股，饱满得像月季花瓣，晃人的眼睛。

有一天，她的胸前多了胀痛的感觉，啊，她的胸脯往起长了，长出两个美丽的花苞。额娘用白绢给她束胸，少女玫瑰般的腿间长出胎记一样的秘密。

时光多快呀，快得来不及咂吧生活的滋味。日子像一块立在墙边的棺材板，她突然滑下去，一直滑落到今天这步田地。

她的心底掀起涟漪，春风刮得榆钱漫天纷飞，一如她心底的死灰。母鸡咯咯嗒嗒，只为唤起心底比丝线还细的温暖。

她拉着满斗走进郎家，乌春的额娘冷冰冰的，一副惊恐万状的样子，不看满斗一眼。要是满斗叫她一声奶奶，老太太准会被两粒毒药丸哽住喉咙，当场蹬腿死去。

为了给一去不返的儿子祈福，一连三个春天，婆婆每天在村子里走几圈，她向每户人家讨一只鸡蛋。这两年春天忒怪，母鸡叫得慌慌的，就是不下蛋。五月节到了，村子里的孩子们大多没有吃上红蛋，鸡蛋都在郎家的炕头上。

老太太抢了母鸡的生意，决定自己代替没用的母鸡孵鸡雏。大被蒙着上百个鸡蛋，每次翻蛋半个时辰。二十一天过后，没有一只小鸡破壳而出。屋子里弥漫着石蛋的臭味。女主人大白天拉上窗帘，将灯花挑得越亮越好，她把鸡蛋放在油灯前面，灯光透过蛋壳，鸡蛋被照亮了，可是里面红漆漆混浆浆，什么也没有显现。但她坚信祖先神会通过鸡蛋给她神启，还有五六十个鸡蛋没有在灯前照过，只要她的心足够诚，总有一只鸡蛋让她看见儿子正在走的路。

奇迹发生在柳枝回到洗马村的这一天，老太太拿着最后的一只鸡蛋走出了屋子。

老太太扬起胳膊，当时，太阳刚刚偏西，天空中一丝云彩也没有，阳光明晃晃的，老太太无意中一瞥，她忽然定在那里，足有一袋烟的工夫，也许没有那么长，她忽然爆发出一声长嚎，“秋哥，你快来看哪，你看鸡蛋里有什么？”她蓦地想起小儿子不在家，她喊柳枝，“乌春媳妇，你快来看看，乌春在鸡蛋里呢。”

一个大活人当然不会在鸡蛋里，阳光的照耀下，祖先神终于给了神神叨叨的老太太一个安慰——臭鸡蛋里，真的有一个细长的人影和一条弯弯曲曲的河流。

“你看，那不就是乌春吗？那不就是库雅拉江吗？他找到了库雅拉江，走在回家的路上呢！”老太太晃了一晃，鸡蛋里的图案发生了变化，人影的后面多出一个黑点，“唉，你看，乌春的后面多了一只羊呢。”

柳枝什么也看不清了，泪水模糊了她的双眼。这个时候，压在心底的哭喊终于迸发出来，她的双腿瘫软下去，跌坐在院子当中的黄土里。老太太被这一声突然爆发的哭喊惊得一抖，那枚给了这家人神启的臭蛋从她的手里脱落，砸在柳枝的头顶心，臭蛋汤顺柳枝的脸颊流下去，糊住了眼睛，糊住了鼻孔，糊住了嘴巴，她几乎窒息了。

她带上满斗走出郎家，走去棺材铺。

鼻子嗅着熟悉的气息，炕洞土的味道，马厩的味道，檐前燕子呢喃，老猫添了三只猫崽，四只猫蜷在炕头的阳光下打着小呼噜。苍蝇飞来，落在小猫的胡子上，小猫抖动耳朵，猫耳朵像透明的皱纹纸，红色的血管弯弯曲曲。

额娘老了，脑门细密的皱纹刀刻一样，脸上手上出现了老年斑。额娘握着柳枝的手不肯撒开，女儿的变化太大了，脸蛋黑红，双手骨节粗大，穿着黑色的带大襟的衣服，只有蜻蜓纽襻透出一点青春的气息。

柳枝走进自己的房间，她当姑娘时的炕柜摆在原处，被格上放着两套被褥和枕头，是她熟悉的缎子被，她盖了好多年呢。

现在，屋子里弥漫着潮湿的味道，墙龛里挂着蜘蛛网，墙上的杨柳青年画发黄，旧了，爬满痰虫的脏痕，粘着一小堆一小堆的蝇屎。屋子三年没有人住，冬天堆放过萝卜和土豆，过了一春，腥气还未散尽。

额娘找阿玛商量，想让柳枝留下来，棺材铺的掌柜先是不吭声，后来恼怒起来，咒骂丧良心的郎乌春，讹了他五亩好地，现在给他养媳妇，门也没有，除非他把地还给赵家。柳枝的额娘哭起来，大声咒骂当家人。骂完也无可奈何，因为，女儿毕竟出了门子。嫁出门的女，泼出门的水，郎家没有将她休回家，柳枝在娘家安身不合适啊。

额娘变得易惊敏感，阿玛则暴躁易怒，柳枝住了一晚，就带着满斗伤心而决绝地离开了，她拒绝了额娘的体己钱，只牵上了家里的大黄狗，大黄狗老了，尾巴尖有灰色的杂毛。

头一天下过雨，路上一跐一滑。柳枝步行八里搭上一辆大车，好心的车老板一路有说有笑，他的鞭子打得很好，甩出一串一串的鞭花，啪的一声，一只可怜的麻雀应声落地。中午，大车走进一个河套，被一条不知名字的大河拦住去路。大河是库雅拉江的一条支流，河水暴涨，水流很急，河边的灌木丛淹进水里，塔头甸子里，长脖老等的巢挂在接骨木的树梢上，大鸟围着空巢凄惨地尖叫。潮湿，燠热，四处无人，他们一个时辰之内只看见两处村庄。车老板是一个四十多岁的汉子，大裆裤，白坎肩，胡子刮得不干净，一脸的疙瘩，眼睛闪闪烁烁，好像一直寻找机会对他们下手。柳枝心里惊慌，表面上装出镇定的样子。如果他真是一个坏人，她该怎么办呢？

车老板离开了一会儿，回来时手里提着两条草鱼，每条二斤多重。接下来的时光十分惬意，他们在河边吃烤鱼和烤麻雀，麻雀毛烧出撩人的焦煳味，麻雀肉又酥又脆，白色的腿肉一撕一条，热气油香扑鼻。车老板说，河水是一股涧水，来得急，走得快，用不到太阳偏西，水势就会和缓，到时候他们找一个渡口过河。

河面上打鱼郎低飞急掠，又骤然直上高空。成群的野鸭从头顶飞过，扑拉拉的翅膀扇动的风声十分清晰，成片成片的马莲蝴蝶翩跹起舞，它们竟能落在水面上。急流中鲤鱼和鲢鱼翻着浪花。卸开套子以后，红骒马舒适地躺在树荫下面，它的目光深邃平和。柳枝坐在大车上，满斗睡得十分香甜，涎水浸湿了母亲的裤子。五米开外的地方，车老板躺在平铺的蒿草上，呼噜断断续续，他不时地摇一下方脑壳，赶开落在鼻尖上的蜻蜓。大黄狗哈嗒着舌头，发出很大的喘息声。飞来了一堆苍蝇，它们和绿脑瓜的屎壳郎争夺新鲜的马粪。巨大的云影，大地一片片地变暗。柳枝想，如果躺在蒿草上的人是郎乌春——啊，不要往下想了，她连他的长相都模糊了啊。

一个时辰过后，河水果然回落，湿漉漉的河滩露出来，倒伏的蒿草沾着淤泥，水洼里蹦跳着青蛙和蟾蜍，河滩上一条一条细沟，那是蛤蜊、蝲蛄留下的痕迹。大车在车老板吆喝声中下了水，有一会儿，大车好像浮起来，水漫过了车辐，车上的水半尺深，柳枝一只手抱紧满斗，另一只手紧紧地抓住车辕板。满斗吓得哭不成调。大车倾斜了，车老板绝望地拉着马的缰绳，红骒马的一条腿陷到泥坑里。大黄狗惊恐地狂吠，忽然，它跳到河里，就在车边游起水了。时间如此漫长，仿佛过了一年、两年，或是到了万劫不复的时光深处。扑通扑通，水花四溅，终于，大车停下，红骒马打起了响鼻，四肢发抖地站在浅水里，大黄狗叫声欢快兴奋，令人不敢相信，他们渡过了湍急的河流。

接下来的路好走了，走上一条泥泞的村道，柳枝认出来了，正是通往马滴达的道路。原来车老板选择了一条她不知道的近路。这时，大车停下来，车老板抱歉说他无法向前走了，因为，天黑之前要向东家报到。他住在德惠乡，为了送柳枝母子，他已在这条岔路上走得太远了。和好心人告别，车老板姓陈，向陈大哥千恩万谢。

月亮升起来了，又大又黄又圆，马滴达迎上来，她看见了自家的房子，月光下的黑色窗口像两只埋怨和感激的眼睛。柳枝疲惫不堪，拉着昏昏欲睡的儿子走进自家的院落，推开房门，熟练地点亮油灯，灯花跳了几跳，屋子昏黄温暖，把儿子抱到炕上，一瞬间，她一点力气也没有了。

清晨来临了，柳枝走到院子里，她看见篱笆上的牵牛花蓬蓬勃勃，柞树上，蚕又大又绿。她离开了三天，黄瓜架长出新的一层黄花，茄子紫得发亮，豆角长了半寸，园子里的杂草长高了。她站在院子里，长时间地站着，太阳打在脸上，热辣辣的。

邻居金老头的儿媳顺子来了，泼辣的顺子送来一捆水萝卜，她告诉柳枝，金老头将苹果树和梨树嫁接的试验成功了，树上结出的果实同梨和苹果都不一样，像一个个小葫芦，她们一家商量过了，将这个新品种叫作苹果梨。

日子平静绵长，满斗一天天长大。断了重回洗马村的念头以后，日子没有以前那么难熬了。但这片土地还未开垦出来，四处充满危险。村子里来过狍子和香獐，村头的杨树林里，经常栖歇一些不知名的大鸟。有一晚，金老头的小猪丢失了，金家怀疑有狼上门，老头提醒柳枝多加小心，尤其不要让满斗乱跑。柳枝庆幸自己从娘家带回一条大黄狗，大黄看家护院，尽职尽责。

日子小心翼翼地向前走着，暑尽天寒，河枯水瘦，危险也在一天天逼近。

这个孤零零的小村子土狼已经觊觎几天了，狡猾的畜生干掉了黄狗，它终于又找到一个母子分离的空当。狼像人一样拨开门闩，多么不可思议呀。灾难就这样开始了。那天上午，她到门前的小溪挑水，溪水十分清澈，有一个甜甜的泉眼，距离家门三十多米的距离。她刚到溪边，就听到了满斗的惨叫，她扔下水桶，拼命向家里跑。中间她摔倒两次，几乎瘫软得爬不起来，她冲进房门，将菜刀抓在手里，这时，土狼的血盆大口正好罩住满斗的脑袋。

到底怎样拼死搏杀，好久以后，她还是记不起来，刀刻一般进入记忆的是她跌坐在屋门口，全身瘫软地倚住房门，看着满脸是血的满斗，恐惧地尖声呼救。

李良萨满来了，他总会在她最需要帮助的时候出现。大萨满风尘仆仆，他刚从邻近的东宁县回来。大萨满将他的铃鼓寄放在白瓦镇的大车店里，背一个旧褡裢，赶半上午的路，和白榆树梢喜鹊的叫声一起上了门。

“闺女，你过得好吧？”

又惊又喜，早晨清清楚楚地想起他，这会儿人就来了。柳枝双手发抖，泪水瞬间涌出，感到万分委屈，“你都看见了，不好，一点儿也不好。”

大萨满知道怎样转移话题，他雍容地笑道：“我看不错呀，好心的女主人，能给流浪汉做口吃的吧？走了半上午，饿得前腔塌后腔了。”

点燃灶下的柴火，屋子里弥漫开薄烟。柳枝忙乱地将玉米面和苏子叶放进开水锅，她给他做一碗搅团。她在灶前忙活，大萨满抱起满斗，小孩子被他搔了腋窝，笑个不停。笑声感染了柳枝，她喜欢这一刻。

满斗在大萨满的怀里前仰后合，连蹬带踹，柳枝歉意地说："你把他放下吧，小孩子不识逗。"

大萨满将满斗双手抛起，顺势接住，"小孩子哪有不淘气的？再说，我要收他当我的徒弟呢！"

"收他当徒弟？"

"舍不得吗？我就是为这事来的呀！韩萨满告诉我，满斗有一双夜视的猫眼睛，我一看还真是。"

李良来这儿另有目的，柳枝的手慢了，心里哂笑自己自作多情。

大萨满感知了她情绪的变化，他拿出一个拨浪鼓，给满斗晃两下，一只马蹄莲蝴蝶从小孩子的袖子飞出，直飞到窗口去。大萨满将满斗放下，任他去扑蝴蝶。

小戏法把柳枝逗笑了，他从哪变出只蝴蝶？他是怎么做到的？他在乎她的情绪，柳枝心情好些了。大萨满坐在饭桌前，吃得又快又急，喝汤时露出袖口的油渍，脖颈和耳孔没洗干净，种种迹象表明，他过得并不如意。如果他能留下来——她的心一阵狂跳，念头生出来便不会轻易消失，她为自己的妄想脸红起来。

柳枝掩饰说："我一直想找机会说声谢谢，要不是你，我早死去了。不过，你说要保护我的，我可记得清清楚楚。你没忘吧？"

李良萨满当然记得。那时候，他是多么绝望啊，他在河谷流浪，没人相信他是一个死人的故事，没什么人请他做法事，许多村子的当家人把他当骗子，不肯请他当长工。半信半疑的女人见到他就惊慌地将小孩子们拉开，怕沾上死人的晦气。那段时间，他自己都能闻到身上一股尸体的味道。他露宿河套鱼亮子边的窝棚，前途无望，小鲤鱼的鱼刺常常卡嗓子，烤鱼没有盐，又腥又黏。

他决定离开河谷到平原去，那天是他在河谷的最后一天，这个女孩来了，坐在他的怀里，向他诉说困惑，寻求他的保护。那天下午，一户人家丢了一头牛，小户人家只有这一个值钱的活物，当家人方圆几十里内找了三天，仍然不见踪影。老人在河边见到了李良，有病乱投医，老人请他占卜。李良显示了本领，他告诉当家人，走失的牛在东南方向，拴在铁匠铺的柳树下面。牛真的找到了，李良小试牛刀，成为他在河谷赢得威名的开始。他认定女孩是他的幸运神，送给她一只银手镯。

手镯戴在柳枝左手腕上，大萨满早已看见。他叹口气，"柳枝，只要自己不放弃，命运自会安排。一切都会好的，没有过不去的河。”

接下来，大萨满用一下午的时间将那张狼皮缝成一条褥子，这是他给柳枝的惊悸症开好的一张药方，狼皮褥子能治好她身上的伤痕，心里的创伤也会慢慢愈合。

是啊，她有力量杀死一条狼，世界上还有什么可怕呢？何况，现在生活中多了一种企盼，她盼着再见到他。

“柳枝，好好过，别让我担心。我会再来看你。”

“什么时候？”

“很快，别忘了，我是满斗的师父啊。”

李良走了，大萨满消失在村口的槐树后面。目送他的背影，柳枝觉得他忽然陌生起来，是啊，他们只见过几面，每次见面都是她最倒霉的时候。他知道她所有的底细，她对他却知之甚少。他的经历和人们知道的也许不一样。他到底来自何方？为什么他选择流浪而不肯置办家业？谜一样的男人，她会揭开命运的谜底吗？

江鸥一次次俯冲，燕子掠过门楣，阳光下，柳枝站了好久，她拂去门框上的蜘蛛网，像拂去阴霾的过去。

她晚上能睡安稳了，有一晚，她被自己的呼噜惊醒了。早晨，她在枕头边捡到一根灰白的头发，她照镜子，镜子里是一个成熟的库雅拉妇人，嘴角有深深的无畏的纹路，眼神冷漠机警，颧骨凸出来，眼窝深陷。自从失去童贞，她对性欲深恶痛绝，虽然身体深处的欲望也会在某一个夜晚突然来临，她奇怪自己没有了少女时期的渴望和战栗，如果不是每个月疼一回，她就要忘记自己是个女人了。

她和金老头的儿媳顺子成了好朋友，顺子告诉她，金家是朝鲜海边的渔民，日本人来了，紧跟着灾难一个接一个，金家不得不卖掉渔船，和邻居一道偷越国境，跑到中国来。刚到这里不久，她的婆婆死了。顺子的丈夫一心要将母亲的骨灰送回老家，他走了，结果五年过去，音信皆无。顺子是个开朗的朝鲜女人，她不避讳谈论性事，她说丈夫的离去让她发疯，那中间，她曾和一个姓李的邻居好过一段，但是从白瓦镇跑来了一个女人，顺子鼻子哼着，她说，从那个地方跑出来的，你知道吗？那个地方。见她懵懂，顺子嘘了一声，我说的是窑子呢。顺子的汉语说得不好，不过她们谈得十分愉快。两家的园子隔条土路，她们约好一起干活。干活的时候，顺子怕汗水弄脏小褂，她脱掉上衣，两个又圆又结实的乳房晃来晃去，晃得柳枝不好意思。顺子却毫不在意，尴尬的是金老头，他离家老远就大声吆喝，免得见到赤膊的儿媳难堪。

山上的槐花开了，李花开了，漫山雪白，粉红色的花树是杏花和桃花。白榆树结满翠色的榆钱，野鸭和丹顶鹤成群地飞到村子里来，鸳鸯成双成对。村子的上空江鸥上下翻飞，发出欢快的叫声。

这一天，村口来了一户人家，女人推着一辆架子车，一个女孩坐在车上，她的身下堆着旧棉絮和其他的破烂，男人挑着一副担子，前面的筐里一个小男孩，后面一口锔过的小号水缸。这户人家一路逃荒而来，他们在村口歇下，女人带着男孩进村讨饭。男孩和满斗一般大小，女人叫他子善。子善和满斗十分投缘，他约满斗到河边玩，两个孩子玩得十分开心。这户人家动了住下来的念头，柳枝也想满斗有个玩伴。用不着她开口，傍晚时分，那户人家的男人上门了，他已拜访过金老头，然后出现在柳枝的门口。

男人说，他叫刘江，山东诸城人，兄弟俩一起逃荒出来，可是他和兄弟刘海一家失散了。一直走到这里。

刘江一家是村子里落脚的第一个外来户，榆钱在大风中漫天飞舞的时候，又有三户朝鲜难民越界而来，一户姓金，一户姓崔，一户姓李。

偏僻的马滴达垒起十几幢泥屋，村子周围一块块滩地开垦成玉米地，从东宁县搬来的关姓当家人江边烧荒，引燃江岸上的一场大火，好在瓢泼大雨及时到来。关家属满洲正黄旗，大清垮了，旗户的地位一落千丈，但人缘还有，再说大火殃及的是朝鲜地户，倒了霉的朝鲜人哪敢声张？没了苦主，官家自然不会追究。

村子里举行了第一场婚礼，两户朝鲜人结了儿女亲家，柳枝第一次看见朝鲜人的婚礼，他们没有库雅拉人那么多规矩。新娘哭得万分伤心，可是满脸疙瘩细眼睛的小女婿一出现，女孩子忍不住偷笑起来。原来，哭嫁是他们的规矩呢。简朴的婚宴上，狗肉上桌让柳枝十分不快，她受不了那份腥气，库雅拉人家，狗和家人一样，怎么能吃狗肉呢？

冬天，一个朝鲜阿妈妮去世了，她是村子里第一个下葬的亡灵。朝鲜人吊丧时带上一包白色的蜡烛。死亡和小村子结缘了，住在这里的人再也无法置身世外。

柳枝发现自己的满语几乎用不到了，她因此猜想，外来人口越来越多，满语没准哪天真会消失呢。

她的思绪经常被满斗打乱，满斗总是说他能看到一些奇怪的事情。有一次儿子说他看到小鬼孩像野鸭一样蹲在树梢上，听得她后背发凉。

第十二章　贞洁的窗棂

春节过后，柳枝去了一趟白瓦镇，购买了上好的玉米种和十斤盐。她打定主意开春在原来的高粱地里点种新式玉米，据说玉米的产量比高粱多一倍。

春天的一个夜晚，村子里忽然喧闹起来，一条狼闯进了村子，狼咬死了何家刚出生的小牛犊。村子里组成联护组，每家出一个人守夜。她一连三个傍晚出现在村道上。狼患更加猖獗，一头狼大白天出现在村子东头，钻进何木匠家，嘴叼着母猪的耳朵，将一头二百斤的猪拉出了猪圈。狼用尾巴甩打猪屁股，母猪哆嗦着哼哼唧唧往前走。柳枝拿起一把锄头冲过去，一边跑一边高声喊叫，狼冲破人们的堵截钻进一片灌木丛。

柳叶雇人开垦了二亩河滩地试种西瓜，她在西瓜地里栽种季季草花，用河滩上的淤泥当粪肥。农忙时节，玉米地里草多得锄不完，她坐在地头哭起来，她多么委屈呀。整个世界蓬蓬勃勃，但和她的生活毫不相干。没有人开垦，肥沃的土地只能长满荒草，长满荒草的土地再热闹也是荒凉的。她想起昨夜的梦境，出现在梦里的男人那么急切，像头贪吃的小猪拱她的小腹。那个人竟是——李良萨满，但转瞬间就变成了村里的小炉匠。小炉匠满脸疙瘩，蒜头鼻子又大又红，嘴巴努上来亲她的嘴。而她呢，竟不由自主地让他亲了。

这是李良萨满第几次出现在她的梦里？两个月前，李良托人接走了满斗，他兑现了他的承诺，正式收满斗做了徒弟。李良没有填补她生活中的空白，相反，给她带来了更大的空虚。送走儿子，柳枝感到生活更加孤单无助。

她倚着一棵柞树疲惫不堪，感到全部的力量耗尽了，生活和眼前的地垄沟一样无望。田野里，早晨遍布的蜘蛛网沾满了露水，晚上，失去黏性的网上，无辜的蜻蜓振翅挣扎，阴险的蜘蛛拖着恶心的大肚子一边吃着蚊蚋，一边耐心地等待夜露的来临。

这时，一条柞树蚕爬到她的手上，绿色的蚕慵懒地蠕动着，蚕的身体是透明的，爬过她的虎口，歇在手心。

柳枝从这天开始养蚕。她想看一看蚕怎样将自己包扎起来，她仔细地观察，可是找不到蚕的眼睛。她养了四十多只蚕，她去村外的树上采柞叶，夜晚，蚕发出细碎的声音，渐渐地，蚕的身体变成了白色。过了几天，蚕开始脱皮，差不多一天的时间，蚕一动不动，像是睡着了。

雨天，村里几个姑娘媳妇来找柳枝一起做针线，何家的小媳妇嫁来一年，抱出一个小儿子。她常常找柳枝给她儿子唱歌谣。康小猫的二女儿小丫蛋，瘦得像一只病猫，脸色蜡黄，习惯捂着小肚子。

每当此时，柳枝总是黯然神伤，她想起在洗马村的日子。那时，她和小姐妹们一边玩翻绳的游戏，一边唱歌谣——

小红人　戴红帽
八个老鼠抬着轿
狗抱柴火羊烧火
兔子在炕上包饽饽
叫声小鸡快开门
叽叽嘎嘎乐死个人

康二丫肚子疼得厉害了，发出长长的呻吟。柳枝的心情变了，歌谣随之变了风格。

小耗子　上谷穗
掉下来　摔没气
大耗子哭　小耗子叫
一帮蛤蟆来吊孝
嗯嗯啊啊好热闹

蚕变成了蛹，蛹成了蛾，雌蛾扑棱着巨大的腹部和雄蛾交尾，交尾后的雄蛾很快死去了。雌蛾开始产卵，虫卵像一颗颗茄子籽，密密麻麻。可是柳枝已经没有心情照顾它们了。

处暑已过，蜻蜓的翅膀沉了，檐头的雏燕在院子里试飞，它们要让翅膀硬起来，以便冬天来临前飞回遥远的南方。天一天比一天凉，可是那只鸡蛋预示的征兆毫无踪影。

没有郎乌春，没有男人，没有羊，只有浩荡荡的库雅拉江不近人情地流淌。

近段时间，社会上的变化太大了。雨节一过，白瓦镇闹起了学生运动，前几年兴起的新学里，女学生们剪掉了辫子，短发齐眉，她们和男学生们挽起胳膊拉起手，在镇子里高呼口号，学生们不再穿日本的花纱布衣服，他们穿上朝鲜人一样的白衣服，召开救国大会，在街头表演，号召民众起来抵制日货。"同胞们快觉醒，莫忘我们祖国的羞耻和屈辱。""日寇以暴风洪水的速度侵袭我们。"学生们指责政府卖国，在街上见到穿洋布衣服的人就劝说他们回去脱掉，戴日本草帽会给当场摘下来踏碎。有人冲击日本人开的商店。

马滴达南风燠热，许多女孩第一次感受到了风穿过脚趾缝的清凉。村子里掀起了放足风。

首善乡韩家大院的少奶奶死了，消息由何媒婆带到了马滴达，柳枝知道韩玉阶回到了白瓦镇。

"为了治好少奶奶的病，韩玉阶想出了一个办法，"何媒婆伸直盘着的腿，炕沿板上磕磕烟袋锅，压低声音，"他把媳妇扒光，绑上一根扁担放在炕上，她一动也不能动。他用一个铁钩钩住一块猪肉，把猪肉慢慢塞进少奶奶的下身，真的，里面有一股很大的力气，他使劲儿一拽，钩子上挂着一物，浑身黄毛，长约六寸，有肢有尾，长得像一只鼯鼠。"

"你年轻不知道，老辈人都知道，这东西叫守贞，也叫血鳖，要是女子长期不和男子行房，下面就可能长这东西，它是帮女人守贞洁的。要是不巧长了这东西，再和男人行房，只要男人一进去，鸡巴能给咬下一截。"

柳枝面如土色，声音颤抖，"真有这事？我没听老人讲过。"

"哪个老人告诉你这事呢？你妈和你婆婆都不能告诉你。你也不要告诉别人。"

柳叶的脸红了。

啧的一声，一口痰吐出去，准准砸住一只苍蝇，绿头蝇在黏痰里苦苦挣扎，"看把你羞的，红得比火烧云还红。比大姑娘的裤衩还红，比猪血的盆子还红。"何媒婆惋惜地叹口气，"年纪轻轻地守活寡，你是给谁守的呢？你别生气呀，你看我这嘴，真该打。没准哪天乌春侄子就回来了。"

柳枝的头嗡嗡响，泪水不自觉地流到腮边。"婶子，乌春一定死到外面了，活着总会给家里捎个信吧？"

何媒婆拉住柳枝的手，"孩儿啊，你别往窄处想，不可能的事。话又说回来，真叫人纳闷呢，七八年没个信。柳枝，你要为自己打算一下。"

何媒婆终于将自己来看柳枝的真实意图说出来，"婶知道你心里苦，我有个不争气的娘家侄子，就是小炉匠，他看上你了，你想没想过改嫁的事？啧啧，你别生气呀，权当婶子把个贞洁烈女放屁呲着了。韩家少奶奶的事你不要讲给你婆婆。我只是说两句实话，可不是教唆你不守妇道。”

可怜的柳枝给何媒婆的故事吓坏了。她真想到首善乡问个究竟，打探一下韩家少奶奶的真正死因。

两月前，韩玉阶带着他的日本姨太太回到了家乡，韩玉阶衣锦还乡，他不但是个成功的商人，还在沈阳张大帅的帅府做参议。

韩玉阶到家的第二天，韩家少奶奶死掉了，她是河谷最贞洁的女人，贞洁到多年前看见男人浑身发抖，扭头呕吐。

浑身黄毛的“血鳖”啃噬着寡妇们贞洁的窗棂，传说中，它会钻进老处女酸硬的紧扎的睡裤，窜进长满刺槐的尼姑庵。现在，分居多年的夫妻重新行房可要当心了，“血鳖”已寄生在女人的体内，随时可能凶狠地将闯进女人禁区的阴茎咬上一口。

——血鳖的幽灵在库雅拉江上空漂移。

改嫁风吹进河谷，长风浩荡，掀开了寡妇们的裙角，粗棉睡裤被风吹得鼓胀，吹得浪荡子和睡不到女人的粗汉一口一口地咽唾沫。

“女孩们不再缠足，寡妇们重组家庭，姐妹们，除了身体，我们和男人没什么两样，我们同样可以参加救国运动。姐妹们，我们挽起手来，抵制侵略，抵制日货，抵制封建压迫！”

城里，女学生们的口号震耳欲聋。马滴达的院子里，细密的雨点打在倒扣的鸭食盆子上，砸出叮叮当当的声音。

雨点打在黑黑的豆捆上，豆捆像一个话多了不招人待见的老太婆，竖着警觉的耳朵。嘎巴一声，一只豆荚爆开了，圆滚滚黄澄澄的豆粒蹦出来，吓躲雨的母鸡一跳，母鸡耸耸脖子，豆粒大的眼睛很快地一轮，复把头往翅膀下窝去。木障子湿漉漉，路湿漉漉，淋湿的窗框很难看，窗台上的九月菊粉白，花朵大，灼然怒放着，显出和秋天抗争的样子。

收割后的庄稼地，花脊背的田鼠机灵地探出毛茸茸的头，龇着发亮的尖牙齿，唧唧叫两声，立刻缩回脑袋。田埂边的树上栖着乌鸦，一只黑白紊乱的猫头鹰不时地探头探脑。

路上，送粪的牛车走过去，主人呜噜着不清亮的嗓子，拉车的是一条饲养得很好的犍牛，屁股圆滚滚的。那是勤快的村里人往地里送鸡粪。这天上午，两个收税的官员到村子里来，他们脸色发灰，一副瞌睡的样子。人们躲他们就像躲瘟疫，他们知道自己的境遇，见到人张嘴就骂。

柳枝累坏了，这个秋天收成不好，玉米穗比高粱脑袋大不了多少。这会儿，她忙着，要赶在上冻之前将玉米秆收回家去。

这时，一个男人和一只羊出现在她的视野里。

起初，她只是直起腰向远方看了一眼，并未深想。她再一次直腰，这样，男人，还有羊，一下子撞进她的眼睛。她愣在那里，像一棵霜冻的玉米秆，全身冰冷。她咳了两声，感到心脏跳出了嗓子眼儿，砸在泥地上。

男人拐过大榆树，羊试图挣脱绳子去啃田里的玉米叶。男人大声吆喝，羊回到他的身后，十分的温顺。

"大嫂，前面村子是马滴达吗？"

"大嫂，马滴达柳枝是哪幢房子？我认不出啦。"

"大嫂，你听我说话吗？我问你，马滴达的柳枝家，对了，她娘家是洗马村的。"

"柳枝！不会你就是吧？"

"天啊，真是你。认不出我吗？我是乌春，郎乌春。"

肆腓凌　郎乌春

第十三章　黑衣寡妇

从离开洗马村算起，郎乌春在外面已经奔波十年。十几年里，他随军作战，跑遍大半个中国。最远的一次打到长江边。参加的战斗大大小小不下五十次，遇险十二次，负伤六次。经历了两次逃亡。

十几年前，孙锡九反奉自治失败，韩淑英将他救出鬼门关。逃亡的路上，他和一小股反奉部队又被奉军包围。突围中，一枪击穿下颌，他一头扎进战壕的淤泥。夜里，一场大雨瓢泼而至，雨水冲开了泥土，把他浇醒。雨奇迹般地停下来，否则，他没被枪子打死，也会被河水淹死。后面的队伍把他寄放在一个富有同情心的老乡家，可当天夜里，村子遭到了土匪的洗劫，土匪将他和他身下的被子一起扔出窗口。他在葡萄架旁边躺了三天三夜，白天，他在阳光下曝晒，蜻蜓和苍蝇落在他的鼻子尖。夜晚，他忍受着蚊虫的叮咬，听着蟋蟀打哆嗦。幸运的是，一个乞丐闯进了院落，他又一次得救了。

一次次闻到死神的鼻息，幸运的是，死神一次次放过了他。动荡不安的日子，警觉的夜里，他枕着恐惧大瞪双眼，心里数着有多少人在他眼前死于非命，后来他不数了，记忆经常出现疏漏，总发现将谁漏数了。身边和眼前迸溅的鲜血成了旧褯衩拼成的门帘，将他和以前的生活全然分开。有一段日子，他患了严重的黄疸病，全身比黄土还黄，医生给他的偏方是吞食二斤手指粗细的活泥鳅。他在逃亡之中，只好自己到河沟里捉泥鳅，捉到一只就放进嘴里，泥鳅钻进嗓子眼，滑进喉咙，他忍不住呕吐，吐出大口大口的胆汁，奇怪的是，没吐出一条泥鳅。还有一次，十几个警察一齐向他射击，子弹打穿狗皮帽子，将他的脑瓜顶烧了一条沟。他不止一次地参加暗杀和爆炸的行动，不止一次地躲过追捕。为了制造更大的恐怖，他参加了放火团，他的名字写进了政府的黑名单。还好，这期间政府几次更迭，他才得以保全性命。

当年，他离开库雅拉河谷时干的第一件事是剃了一个光头，将猪尾巴和头发一起剃掉一样的羞耻感和怯懦。想当年，他的目光多么清澈啊。还记得看西洋影戏的遭遇吗？众目睽睽之下，一个姑娘脱掉衣裤，露出光滑柔软的女性躯体，他怎样的心惊肉跳和夜不成寐。他留下的最深的印象除了女孩腿间黏答答的阴影，还有什么呢？对了，是羞耻。岁月是一个玉米叶捆扎的粽子，弥漫着达子香，女性世界的第一条裂缝，贫瘠的青春岁月值得记忆的第一次艳遇，同时也是一道伤痕。他常常一边回忆难以忘怀的一幕，一边替那女孩感到害臊，这种感觉真是不可思议。

有今天没明天的日子教会了他分辨危险的气味，还教会了另一件事，既然不知道明天还在不在世上，那就及时行乐。他干脆参加了奉军，结束了逃亡的日子。

最初参加奉军，他做了大胡子连长的勤务兵。一个天气阴沉的夏日傍晚，大胡子连长喝得烂醉，让他搀扶回家。连长的家住在铁岭西关的一个大杂院。满院子煤球和木头柈子，进院子的路仅剩一小条，尿臊味和烂白菜味混合在一起，进院要侧身子。

连长的夫人姓张，名小红。瓜子脸，很细的眉毛，穿一件开衩很高的绿缎子旗袍。她执意留他喝茶，和他谈天气。她真的没有一点架子，毫不避讳地抬胳膊扇风，腋毛看上去又黑又柔软。等连长扯起猪一样的呼噜，她满脸通红地问他可不可以帮忙干点男人的活儿。

不过这活儿得到仓房里干。

当然没问题，是背还是扛？咱有的是力气呀。

西面的房山墙垒起来的偏厦，里面堆一些旧棉絮，还有铁锹木锨等一些破烂玩意儿。他刚一进去，两条又滑又凉的胳膊搂住了他的脖子。他被推倒在棉絮堆上，女人灵巧的双手手心里长了眼睛，准确地拨开他的裤扣。她张开双腿将他骑在下面。女人湿湿的嘴唇吻上来。他的身体背叛了他，还是早做好了准备？顾不上了，反正变成了一棵参天大树，女人压抑的叫声像猫叫。

院子里传来女人的叫骂声，有人家丢失了孩子的尿片。很快有人接茬对吵。两家的男人参加了混战。一只洋铁桶被踢飞砸在仓房的木门上，女人双脚使劲儿钩住他的腰，将他紧紧抱住。鲜花盛开，这是他的第一次。那一刻，感觉好得无与伦比。

后来他又去了几次，每一次都酣畅淋漓。你带我走吧，让我这样死了吧。张小红目光迷离，冲他喊着。他真的开始考虑怎样带她出走，他喃喃地说，虽然他娶了媳妇，为了她，他可以休妻，并设计了路线图。女人大笑起来。你想什么呢？张小红哂笑说："你拿什么养我呢？别做梦了，只是玩玩，不能当真哪。"他激动得满脸涨红，她害怕了，安慰他，说她会考虑他的想法。他重又兴奋起来，觉得空气无比清新。回到营房，仍然兴奋得难以入睡。他起来小解，被马夫拉住了。马夫满脸疙瘩，身上一股马汗味，他们向来交往不多。结果就是这个埋埋汰汰的家伙掀开了污迹斑斑的旧床单。

“兄弟，我让那个婊子整惨了。你没什么事吧？”

心里一惊。“哪个婊子？”

“还能有谁？连长呗。你装糊涂吧？我们之间用挑明说吗？”

心里一沉，无辜地摊开双手。“我真的不知道你说什么，连长可是个大男人。”

笑得淫猥不堪。“你不知道张小红叫连长吗？她和咱们半个连的人睡过了，你真的不知道？”

爱情的蝴蝶一头栽下变成臭虫。挥起拳头。“你他妈再胡说，我打掉你的门牙。”

癞皮狗塌下腰，可怜巴巴。“你何必动怒呢，一个窟窿眼进进出出，我的病没准就是你们谁给染上的。我的鸡巴肿得像萝卜。该死的臭婊子，我这下惨了。”

拳头落下之前还有一事不明。“她是个烂婊子，连长不知道吗？”说出婊子这个词，他心里难受。

“多多少少吧，要不这王八当得太不值了。她本来就是连长从窑子里弄出来的。再说连长正黏糊营长的小姨子呢。”

庆幸自己没染脏病，夹紧裤裆快点走开。找个耗子洞钻进去吧，她耍他耍得不轻。

第二天，去给连长家里送白菜，一路上他想着怎样痛骂那个把她当猴耍的婊子。大杂院里站满了人，张小红，连长太太，和他干了不下十二次的情人，不知为了何事，一气吃下九盒火柴头，自杀了。她脸上蒙着黄纸躺在一块旧门板上面，奇怪的是他一点恨不起来，满脑子她没穿衣服的样子。更多到路上去想，队伍第二天就要开拔了。

郎乌春第一次坐火车，在白瓦镇第一次看到火车的情景已恍若隔世。火车车厢到处煤烟味，他和弟兄们挤在一起取暖，他们中间虱子爬来爬去，除非痒得厉害，大家懒得抓一下。火车轰轰隆隆整夜不息，感觉得到，当官的恨不得立刻将他们送上前线。白天，阳光从车厢的缝隙射进来，迎着亮光看出去，大地随着车轮的飞转，颜色一截一截地发生变化。夜里不那么冷了，有消息传到闷罐车里，队伍过了山海关。两个军需官抬着装军饷的白铁桶走进车厢。算起来，上次发饷在五个月以前，这一次每人竟然领到六块大洋。衣袋里银洋随着火车的颠动上窜下跳，像急着往外跑的灰兔子。

北方冰雪初融，中原大地的徐州，地里的麦苗绿油油的，如果不是战场，当地的农民一定收一季好庄稼。

郎乌春所在的“老虎团”是预备队，摆在总指挥部右前方担任警戒，老虎团的后方是娃娃营，娃娃营五百多人，都是十几岁的小孩子，扛着总指挥张宗昌从国外定制的小兵枪。娃娃兵的任务是在胜利时吹喇叭。和奉军对阵的直系孙传芳的“花子军”据说不堪一击，果然，开战不久，前方传来了先锋白俄旅获胜的消息。孙传芳一支五百人的先头部队被白俄兵屠杀在一条水沟里。消息传来，娃娃兵齐声高唱“我家有个胖娃娃”的军歌。总指挥张宗昌站在太阳地里，他的身边站着一个将军，有人认出是奉军统帅张作霖的红人吴俊生，绰号吴大舌头。将军们洋溢着快乐情绪，老虎团错误地认为用不到他们上前线战争就结束了。

两个将军高兴过了头，他们在附近的小镇上请来十几个姑娘参加庆贺，姑娘们风姿绰约蛇行鸡走。窑姐们上了将军的专车车厢，里面立刻热闹起来。姑娘们的笑声真响啊，连娃娃营的歌声都盖不住。笑声长着小爪子小翅膀，蟾蜍爬上了火车道，阵地上乌鸦没头没脑地乱飞，受了刺激的战马起了性欲伸出自己的家伙，拼命地挣脱缰绳。整个事件的高潮出现在姑娘们离开之时，她们每个人背着或顶着一个包袱，里面是一百块比她们的大腿和乳房白好多的银洋。

窑姐们的银洋叮当作响，声音比军号嘹亮，不拐弯地传到了前线，士兵们压抑不住愤怒，他们集体咒骂。咱们卖命的每个人六块大洋，她们卖身的每个人一百块。谁再多给张宗昌卖五毛钱的命，我们一齐向他开枪。一呼百应，有人跑去孙传芳的阵地投降。

孙旅借势发起进攻，奉军不战即溃。敌人冲上来的时候，奉军的白俄兵正在酗酒狂歌，他们来不及摘掉一串串从战区妇女脚上扒下来的绣花鞋，逃跑时小鞋在脖子上噼啪作响。奉军后退，陷进一片沼泽地，变成了直系军的活靶子。最苦的是那些娃娃兵，他们齐声大哭。张宗昌竭力阻止队伍的溃散，他的战马陷进泥水，将他扔进了死尸堆。

俘虏和伤员中没有张宗昌，人们就去死尸堆里寻找。确认死者的身份十分困难，找了整整三天，人们终于找到了张宗昌，他赤裸的身躯上刺着一把刺刀，死尸的半边脸被老鼠嗑掉了，为了确认死者，孙将军想出了最好的办法。于是，和张宗昌鬼混过的窑姐们又出现在战场上，她们中的一个将他指认出来，死尸的肚皮上留有她的唇印。姑娘成了这场战役最大的英雄，孙传芳亲自给她颁发奖章，姑娘的硕大乳房无与伦比，为了把奖章挂端正，孙将军在她的胸前弄了好半天。姑娘激动得满脸泪水，她大着胆子向孙将军提出了一个请求，她请将军把一个娃娃兵俘虏赏给她做儿子——因为，小孩子不应该上战场，他们应该躺在妈妈的怀里。

这时，张宗昌正扮作和尚奔走在逃亡的路上。郎乌春救了他，当时，战马压住了他的右腿，急得嗷嗷乱叫，他眼睁睁地看着自己的士兵自顾逃命。他绝望地闭上眼睛，郎乌春跑过他的身边，将他从马肚子底下拉出来，背着他跑出了沼泽。

五天后，张宗昌逃到安全地带，他干的第一件事就是封郎乌春做了他的副官。败兵慢慢地聚集，军官们相继归队。张宗昌的精神状态好了一些，这天上午，他心血来潮地准备检阅一下军队。他命令年轻的徐团长领唱他谱写的军歌。张宗昌谱写的军歌大多取自小说《三国演义》，今天他让大家唱赵子龙。他亲自起头，歌词唱道：三国战将勇，首推赵子龙，长坂坡前逞英雄——他的声音落了好半天，没听见回声。

徐团长皱着眉头对他的司令说："将军，我认为目前最重要的事情不是唱歌。"

张宗昌诧异地问："你说什么事最重要？"

"发饷。"徐团长回答十分干脆。

张宗昌扬起马鞭，"你再说一遍。"

"发饷，两个字，发饷。"年轻人一副豁出去的劲头。

张宗昌恼怒地喝道："郎副官，把这个小王八蛋给我拉出去毙了。"

郎乌春将徐团长带到一条小河边，艳阳高照，河水淙淙，岸边的野李子树满树白花，蜜蜂在花香四溢的树丛里嗡嗡纷飞。小伙子好像清醒过来，流露出恐惧和遗憾。

"兄弟，枪打准点，别让我遭罪。"徐团长仰天长叹，"他妈的，我徐天厚死得不值呀。"

郎乌春交代卫兵行刑，自己坐到一棵树下吸烟。烟没点燃，枪响了，徐团长一头栽进河边的草丛，草丛中飞起十几只黄色白色的蝴蝶。

司令部当副官的日子既刺激又新鲜，张宗昌的司令部在天津市的市中心，附近有公园和商铺，很是繁华，外国人俱乐部里还有俄国姑娘和日本姑娘，郎乌春第一次吃香肠和俄国的黑面包，味道又怪又好吃。戏园子每天都有名角演出，乌春最喜欢程砚秋的《锁麟囊》。在司令部，他负责接待，王副官负责收发文件。王副官戴一副眼镜，知道乌春救过司令的命，很讨好他。他们一道去外面喝花酒，王副官交了一个洋行工作的女友，眼睛有点斜视，却因此更加迷人。他们一道去吃日餐，生鱼片让乌春想起了洗马村冬天的鱼宴。王副官的女朋友对乌春很有好感，王副官酒喝多了，对乌春说可以和他女友干一次。乌春给了王副官一耳光，让他清醒一点。暑热袭人，躺在副官宿舍床上，乌春怎么也睡不着，他发现自己竟然渴望那个斜视的姑娘。远处传来枪声，城市的夜晚治安十分糟糕。洗马村那场大风后的景象出现在眼前，他想起了柳枝，她和他见过的姑娘们都不一样，如果她没有怀上孩子该有多好。他以为自己早将她忘记了，这时发现，远非如此。

有一天，一个穿长袍的朱先生求见张司令，朱先生自称张司令山东老家的表亲，他偷偷地塞给乌春两块大洋，求他代为通禀。朱先生临走千恩万谢，他在火车站附近的春光胡同开日杂商店，给乌春留了地址，约他到家里做客，因为他的夫人烧一手好鲁菜。

郎乌春常去火车站，差不多每星期跑两趟，他的主要工作就是接送司令的夫人们。郎乌春一直没搞清张司令到底有多少位夫人。刚到司令部那段时间，他想不明白张宗昌从哪儿搞到这么多莫名其妙的女人。慢慢地，他发现，将这些女人的名字连接起来，就是大名鼎鼎的张宗昌的行军路线图。

郎乌春还发现，这些姨太太很不固定，连张宗昌本人都经常喊错名字，惹得她们哭闹起来。为了不犯这种低级错误，他命令乌春将她们编好号。可光有号码不能彻底解决问题，乌春终于想出一个办法，号码编排的同时加上她们的产地，比如说，瓜子脸夫人是苏州夫人，白胖的是杭州夫人，刚刚进府的天津夫人屁股像一个男孩子。日本夫人见人先堆下笑容，高丽太太脾气太差，动不动骂人摔东西。这样一来，肤色不一服饰各异的太太们就没那么难认了，张宗昌给夫人们每人配一个副官和两辆汽车。随着太太们的纷纷到来，新任命的副官越来越多。不过，这对郎乌春是好事，每一个人进副官处第一件事都要给他送礼，他郎副官是将军府的第一等红人。可是没有人知道他赔着多少小心，最近一段时间，将军将办公地点挪进卧室，有一次他送一份加急电报，卧室里场面十分尴尬。将军本人穿着睡衣，他的蒙古太太穿着鲜艳的蒙古袍，牵着条系红头绳的小狗，日本太太几乎一丝不挂。电报的内容让将军大为恼火，他把床头一本书摔到乌春的脸上，日本太太示意乌春将书捡起来送到她手里，结果那是一个印着各种姿势的春宫册子。

将军府简直就是一个淫窝。郎乌春决心一有机会就去队伍里带兵，这想法不能贸然提出，腐烂的将军府，乌春已经学到了另一个本领，自己的真实想法一定隐藏起来。还有一条，想在淫荡的将军府待下去并保住脑袋，就要将裤带换成铁的，千万不能招惹得不到宠爱的太太们。已经有两个副官因为和太太们的奸情暴露执行枪决。只有一个人幸运，他和哈尔滨太太被张宗昌本人堵在房间里，不知为什么，将军不但放了他们，还给了一笔安家费。

王副官遇到了麻烦，他的小情人并不单纯，竟是警署副署长包养的外室。事情复杂了。王副官想退出都不可能了，副署长要他赔一笔钱，数目大得吓死人。

“这不是要我的命吗？”王副官哭丧着脸说，“我哪儿弄钱去？我只跟她干了两次。我想娶她，从来没想过胡来。哪知道这么大的麻烦。”

隔两天，将军府上上下下传开了，王副官失踪了。将军府的副官失踪不是小事，惊动了将军本人，他破口大骂，召见警署署长，让他们限期破案。

警署很快给了回话，护城河里发现一具男尸，脸上血肉模糊，身上遍布枪眼，警署的报告写得十分明白，死者在一家妓院争风吃醋挨了黑枪，有妓女红秀的笔录为证。人命事小，丢人事大。将军亲自命令整顿副官处的秩序，这一整顿竟然抓出三个危险分子，他们来自广州国民党的地盘，张宗昌更为恼火。

乌春知道王副官中了警署的招，但无计可施。就是有证据也没办法翻案，副署长成了将军府的常客，他将他的亲妹妹送给将军做了二十八姨太，二十八姨太圆脸盘，偏瘦，不是将军喜欢的类型。据乌春所知，他一次也没和她睡过，否则她不可能见到男人就眨眼睛，故意侧身，展露她又粗又肥长着细疙瘩的大腿。

这一天去火车站送走将军的俄国太太，乌春想起开杂货店的朱先生，心血来潮，他让司机先回去，他想独自去朱先生家看看。路上乌春买了一匣点心，春光胡同不难找，他从站前广场拐两个弯就到了，胡同里有几棵槐树，朱先生家住胡同最里面，一个干净的小院落，三小间青砖房，院子中间一个砖砌的花池，一棵高大的梧桐，树冠如盖。朱先生听到消息慌慌张张地从铺子里赶回来，还请了四个街坊作陪，乌春觉得自己不是什么贵客，主人犯不上如此兴师动众。他见朱先生故意敞开院门，将饭桌挪到院子里，也就不再客气。

朱先生的夫人姓刘，梳着齐眉的刘海，一身粗布衣服，身体凹凸有致，别有一番风韵，乌春不禁多看几眼，朱夫人冲他浅浅一笑，露出两颗小虎牙，乌春心里一动。酒桌上，朱先生把乌春说成是老乡，喝着喝着，他已经是朱先生最亲最亲的表弟了。酒桌上气氛很好，大家都愿意和乌春交朋友，在春光胡同，还没有哪户人家有这样的亲戚呢。大家祝贺朱先生可以不再受那些小流氓的气了，中间一个姓吴的先生家里开着中药铺，当下就求朱先生照顾他的生意，朱先生满口答应，好像乌春真是他家的亲戚。后来大家说起南方的北伐军和革命党，为求得世事的平安多喝了几杯。天黑了，乌春起身告辞，胡同里小孩子跑来跑去，乌春感到十分亲切，但他不准备再来了，朱家的菜有点咸，两只毛虫掉在菜碟子里，院子里的气味不大好，一股厕所的臭味。

张作霖张大帅进了北京，奉军取得了北京的控制权，张宗昌去北京觐见大帅，他带上了他的十几个太太和上百个随从，将军府一下子空了一半。郎乌春属于留守人员，日子清闲起来。一天早晨，卫兵报告说将军府门口有亲属找他，乌春想不出是谁，他走到门房，却是朱夫人。朱夫人满脸泪花，说朱家的铺子被无赖抢了，并且打伤了朱先生。朱夫人请乌春无论如何帮忙出了这口气，否则他们一家买卖做不成，没了活路。朱夫人不好意思地说，无赖中间有个人看上了她，总到铺子里无理取闹。乌春请她回去，答应试试看。朱夫人千恩万谢地走了，边走边回头。

乌春以将军府的名义给站前警局打了电话。隔一天，警局有信来，请乌春亲自去一趟，四个抓捕归案的泼皮长相猥琐，尖嘴猴腮。乌春问是哪个骚扰朱夫人，岁数最大的立刻趴下磕头，警察抡起警棍一顿猛打，打得无赖满脸鲜血。乌春从警局出来，见朱夫人等在警局门口，她请他到家里喝茶。两个人来到朱家，朱先生却在铺子里，朱夫人打发大女儿带上弟弟去找朱先生回来，朱家的大女儿六七岁的光景，临出门，朱夫人在她耳边说了几句，她便高高兴兴地带上三岁的弟弟出去了。孩子一走，朱夫人闩了大门，转过身，朱夫人满脸通红，一扭身进了屋子。

顺理成章，热烈而又不失温柔，令人陶醉，放荡而又收敛，她的身体和反应不同于他见过的任何一个女人。乌春舍不得松开怀里微微发颤的女人，他担心朱先生突然回来，女人告诉他，他尽管放心，她没让女儿去铺子里，她带弟弟去街上吃麻花了。事后，女人趴在他的胸前哭起来，说她从未这么好过。说得乌春又激动起来。

有一天，柳枝出现在他的梦里，他捧着可怜的妻子的乳房，上面是小野种刚刚吮出的血珠，沾着咸湿的涎水，他听见柳枝的哭声。从梦里醒来，他万分沮丧，不得不承认，那只公鸡给他的伤害远远没有平复。他知道，他听见的声音来自他的心底，那是愤怒、诅咒、压抑已久的岩浆，他的胸膛里烧着冲天的大火，烧红了库雅拉山沉默的巨石，洗马河变成红色的河流。窗外风声时断时续，夜像一锅沥青粥，搅不开，粘住梦境，粘住沾满牛屎的脚趾。

和朱夫人稳定的关系一直保持了五个月，随着秋天的结束，树叶飘零，一切发生了变化。这一次，郎乌春将重新坠入命运的谷底。

护城河结了一层薄冰，臭蒲草棵子里的死者衣衫褴褛，肮脏的头发挂着一只水鸟的巢。拉上岸的尸身肿胀，恶臭扑鼻，脚趾被鱼啃掉了，乌春想不到死人会如此污秽，他一眼就认出来了，确是王副官无疑。

王副官失踪半年，案子早已结掉，尸体透露的信息却是十几天前才死，这里面一定有更大的周折。乌春叫来一个架子车，给拉脚的一块大洋，让他将尸体拉到郊外找个地方埋掉。乌春心情抑郁，王副官是他的朋友，两个人喝过那么多次酒，竟然没有问清楚他的家乡住址，只知道他是济南人。他联想到自己，如果他郎乌春死在外面，家里也得不到消息吧？他决定找个人给洗马村捎封信。他忽然想起，应该查看一下王副官的遗物，或许能找到他家乡的住址。走了几步猛然醒腔，王副官的东西早已扔掉了。

还有一个线索，那个斜视女郎知不知道情况呢？这样想着，他让司机将汽车驶上洋行街。

洋行街栽着法国梧桐，叶子落尽，比其他街路更显萧瑟冷清。外国公司的台阶又高又窄，生锈的铁栏杆，水泥柱子顶上裸女雕像一层鸦粪。

洋行街紧靠贫民区，和流经市区的白河平行，白河河水污黑，漂着死猫烂狗，和它的名字恰好相反。风吹来菜市场的烂菜帮子和其他污物的气息，草坪上落了一层尘土，乞丐解开裤子抓虱子，手伸到裤裆里，抓到往嘴里一扔，嘴一抿一抿。一群鸽子飞来，这种年月还没被抓住吃肉真是奇迹，鸽子咕咕的叫声呼应着乞丐们肚子里的隆隆声。贫民区响起哭声，像尘土落在富人们的鼻子尖上，从时髦小姐的领口灌进去。哭声更大了，叱骂串成一串，蘸上口水和尿水，哀伤四溅。

走进日本人的什么株式会社，斜视女郎原来的座位上坐着一个殷勤的老小姐。妓院里最流行的发式，堆满褶子，说不上是甜是酸的微笑，干瘪的胸脯和小腹，站起身来，还好，裙子被大腿夹出来的深褶儿还能引人遐思。

“老总，她已经不在这工作了。对，她辞工了，你可以到欢乐街找找看，有人在那见过她。当然了，这话不能信，说这话的一定不是正派人。多好的姑娘，不可能沦落到这种地步。听说她以前的男朋友和你一样，也是军人呢，可惜死了。”

赶紧结束这无聊的谈话。走下台阶，仰天长叹。

阴沉的天空忽然闪出一道亮光。台阶下面，一个身穿黑衣的女人绽着久违的笑容。

“郎副官，许久不见，你发达了。”韩淑英的声音沙哑，“还认识我吗？”

“认得，认得。咋会不认得？你救过我的命啊。你咋在这儿？”

"我们找个僻静的地方说话。"

洋行街拐角处的俄国人餐馆，里面一股腥味，桌面十分油腻，墙角站着几个表情淡漠的中国侍者，密谈的好地方。

韩淑英脸色苍白，眼角有了细细的皱纹，这是他第一次细致地打量她。当初，她高不可攀、冷艳、果敢、身份特殊，只有韩大少爷才有资格做她的梦中情人。而他，一个库雅拉山下的农民，靠不名誉的婚姻换来几亩土地，而钟情中意的妻子没等他搂抱一下已怀上了一个孽种，据说让她失去童贞的竟是一只公鸡。

先听韩淑英怎么说吧。别后经历如何？

子弹，背叛，眼泪，疯狂，银元，欲望，理想，狗屎，革命，迷茫，痛苦，鲜血，叮叮当当，稀里哗啦，倾泻而下。

他们分手之后，韩玉阶终于成了她的情人，为了掩护身份，他们在奉天开了一家当铺。当铺一度成为南方党集会的地方。有一天回来，韩玉阶告诉她，当铺被盯上了，他们必须割断和南方党的一切联系。而他，韩玉阶，将选择做一个真正的商人，走实业救国之路。韩玉阶很快变得万分陌生，当初留学日本的旧关系一个个冒出来，那些日本人阴阳怪气，好像个个负有特殊使命。他结交了大批官吏，成了刽子手们的朋友。原来的伙伴们准备刺杀韩玉阶，没等动手，韩玉阶先出卖了他们，天真的革命者一个个成了阶下囚。硝烟在卧室的床上袅袅升起，韩玉阶说受够了她的冷漠，她就是一只冰冰凉的革命的匕首。没让警察来抓她，已经算是有情有意。

她离开了韩玉阶，彷徨无助之际，一个充满革命激情的年轻人出现在她的身边，他叫徐天厚。

等等，这个名字在哪里听过？对了，张宗昌枪毙的团长就叫徐天厚。

徐天厚奉了南方革命党的指派，在奉军中发展势力，他富有激情和军事才华，不到两年就成了奉军的团长。可是，就在今年年初，他竟然被军阀张宗昌杀害了。

无论如何不能说，他郎乌春正是那次行刑的执行者。

从接到噩耗那一刻起，韩淑英只剩下一件事，刺杀张宗昌，为丈夫报仇，为革命者报仇。十天前，她在北平动过一次手，可惜枪法差一点，只打中张军阀小老婆的一条胳膊。

这消息郎乌春是知道的，将军府已接到北平的电报，被打中的是张宗昌新娶进门的当红名伶小红云。将军府还收到凶手的画影图形，郎乌春看过图影，再细看面前满脸泪水和仇恨的女人，真就是她！尤其眉毛眼睛，画像和真人十分神似。立刻想到，韩淑英在这里出现十分危险，她应该尽快藏匿起来。可是女刺客既冷静又沉着，她说，听说张宗昌近日返回天津，她要在将军府附近寻找机会下手。她说出了此行的真正目的，如果乌春顾念当初的救命之恩，帮她寻找机会，那再好不过。当然，他郎乌春还有一种选择，把她抓起来交给刽子手去领赏。

楚楚堪怜，一只手伸过来，放在他的手背上，她的面色苍白，手掌又凉又硬。她把他从囚车上解救下来时曾拉着他的手飞速逃命，那会儿他来不及感触她的体温，现在，他是她在这世上能找到的最后依靠。

发誓。尽管放心，他不会用救命恩人换个人的富贵。还有，必须提醒她注意，既然失手一次，对方一定加强了戒备，更要命的，张宗昌已经想到刺客在天津现身，韩淑英的处境十分危险，她必须赶紧离开这儿。

吃了两片面包，喝了两杯酸涩的红酒，韩淑英拒绝了乌春让她离开天津的建议，她说她找好了藏身之处，不会被轻易发现。她告诉他，她在一条船上。为安全起见，郎副官不要去找她，她会主动和他联系。分手时，韩淑英有一点失望。

不安的夜晚，秋雨淅淅沥沥，枪声，风声，奔跑声，呵叱声，哭嚎声，打折了腰或是骟了卵蛋的狗叫连绵不绝。噩梦一个接一个。梦中，他回到了洗马村，残忍地将一个男孩扔进了开水锅。看不出面目的人拿着大刀在后面追他，追得他两腿发软，实在跑不动了，他只好跪地求饶。不管用，一支扎枪刺过来，狠狠地扎在软肋上。醒来，肋下一抽一搐，郎乌春的胃病犯了，他预感到自己的命运就要改变了。

第二天一早，将军府传开了，警署昨夜搜查走私船，抓到一个女刺客，正是不久前在北平向将军开枪的女贼。

乌春倒吸一口冷气，第一个反应，韩淑英一定认为他出卖了她。警方已经将消息告知北平邀功了。

一个上午焦虑不安。下午，北平电报到了，将军很是高兴，他下令将刺客从警署要出来，先囚进将军府的地牢，至于审问嘛，要等他回来。将军说，他见了很多女人，就是没亲眼见过敢向他开枪的女人。

将军的电报有一点轻佻，乌春长出一口气，他想，韩淑英也许有救。乌春自告奋勇前去警署提人。将任务接下来不难，郎副官是将军的红人嘛。乌春带上一辆老爷车和两个卫兵出发了。

一夜之间，韩淑英的脸变得惨白，她的衣领齐到脖子，裹束在一团黑色里，晦暗，凄楚。预见到结果似的，对乌春淡然一笑。嘴角的皱纹深深地刻向下颏，锁骨如刺，撑着沉重的头，凄然的面孔后面，悲伤凝成一罐子仇恨的猪油。

“走吧。”乌春说。

“你带我去哪儿？”她不说你们，偏偏说你，乌春心里一紧。

“将军府。”

“将军府？”韩淑英说，“我是要去那里的，没想到这么快。”

韩淑英说：“真高兴是你接我，我还担心他们污辱我。我不怕砍头，就是怕污辱。一定要绑双手吗？”泪光忽闪，“那就绑吧。”

韩淑英忍着不落泪，泪水还是涌出来，她笑着说：“乌春，这回我真的要死了。”

车子驶出警署，韩淑英贪婪地看着窗外，街上平静、凌乱、肮脏。夜晚将临，路边的小吃摊点起嘎石灯，灯里的火苗不稳定，一会儿大一会儿小。气温下降，摊主抄手缩脖。韩淑英低声恳求：“乌春，能让车慢点走吗？我想多看两眼。”

“乌春，我要死了，朋友一场，能求你件事吗？”

“乌春，一想到装进一口四面透风的棺材，没准是一张烂席子，埋在泥地里，身上的肉一点点腐烂，骨头慢慢变绿，我就无法忍受，昨晚我的骨头疼了半宿。”

“乌春，求求你，能不能把我的尸骨收一下，哪怕装在一个口袋里，挂在一棵树上就行，我想到树林子里休息，那里能晒到太阳，还有轻轻的风，口袋就像你们库雅拉的摇篮，在风中轻轻摇摆。”

“乌春，你们库雅拉有树葬对吗？我听说过，好像萨满就是这样的。”

“乌春，你在听我说吗？”

“再唠叨，毙了你。”乌春大声呵斥他的犯人，他喝令司机停车。“他妈的晦气，移交手续忘了拿，回去取一下。”

到了警局，两个卫兵去和警局的人交涉，等他们一进去，乌春命令囚车立刻开向码头。命令不容置疑，枪管顶在司机的脑袋上。

“郎副官，你说往哪开就往哪开，你可小心着，别走火啊。”司机吓得腿抖个不停。

车到码头，为了安全起见，给一脸蠢相的司机嘴里塞一块擦车布，绑在车座上。韩淑英提议将车胎扎破，车胎瘪了，司机一脸的无辜和乞求。

韩淑英很快联系到一艘走私船，船老大是个油乎乎的山东人，张嘴要价三十块大洋。底舱又黑又腥，旁边一堆又湿又硬的缆绳，十几只黑箱子，装着走私货。

定在晚上九点开船。八点钟，码头上传来喧嚷声，有人登船检查，乌春的心提到了嗓子眼，他将枪放在大腿底下，准备以死相拼。底舱的盖子掀开了，伸进来的脑袋有两颗，手电光晃到他们脸上，乌春正要站起，盖子啪的一声落下了，船老大的声音比银洋动听，“我说是空的，你们不信，这回看过，是不是吗也没有？”

“要是有，你还能站着跟我说话吗？帮忙瞧着点，有情况报告。”杂乱的脚步声。

“老总，慢走啊。”声音有如天籁，比梅兰芳的曲儿动听。

长出一口气，擦去一头一脸的汗珠子。哨子的尖叫仍然不断，马达轰鸣，汽笛如泣如诉。这时候，只有韩淑英两只温柔的手才能让他平静下来。她这样做了，一只手放在他的膝盖上，外面的声音不正常她就轻轻叩击。乌春想说话，却怕声音颤抖引对方耻笑。他们的身体忽然挨到一起，谢天谢地，船，终于开动了。

岸上传来叫喊声：“把船靠过来，你们船上有逃犯，再不靠岸开枪了。”

“别开枪，别开枪。我们这就靠岸。”船果然偏转了方向，向岸边驶去。

底舱里的两个人立时紧张起来。乌春将枪拿在手里，韩淑英攀住他的胳膊，声音颤抖，“乌春，我害了你。”

“听天由命吧。不能让他们抓住，死也拉俩垫背的。”这样一说，勇气陡生，乌春扶住韩淑英的肩头，她的头埋到他的怀里。

船速突然加快，将他们摔倒在地。船老大耍了花招，骗过岸上的警察，然后突然加速。欣喜瞬间战胜疼痛，他们几乎同时喊出声来。

枪声由密集变得模糊，直至完全消失，只剩下风声和水声。过了好长时间，舱盖打开了，海风腥咸，又湿又凉。心情好得不能再好，月明星稀，海浪汹涌，黑乎乎的远方有一处缭乱的火光。乌春这会儿想起来，他忘记带上自己的柳条箱，里面有他这几年积攒的布料，还有一件貂皮筒子没有带上，和王副官的两张照片忘在办公桌里。还有，十二姨太曾经送给他一件鸭蛋青色的旗袍，说是转送他的夫人，他把衣服放在箱子的最底层。朱夫人慧青温和的双眸出现在眼前，就像天上一眨一眨的星星。事情越想越多，天津越来越远，他的心情抑郁。

韩淑英猜中他的心思，柔声问道：“这么离开天津，你后悔吗？”

乌春没有回答，他开始晕船。海风不断升级，还好，他们不用再下底舱，住进船尾水手的小格子，里面一张席地的羊毛毡，两床让人恶心的旧褥子，乌春怀念干净的军被。但现在不容多想，他不敢翻身，呕吐物冲口而出。韩淑英比他稍好一些，只是她一次次起身走出去。

"你吃坏肚子了吗？"乌春关心地问她。

"女人的事，你不用问了。"韩淑英趔趔趄趄地回来，怕刚才的话伤着乌春，她轻声叹息，"我来月经了。"她对乌春说，"这时候，真麻烦。"

这可是她的大秘密呀。她的手握上来，乌春感觉好一点了。这时，船只狠狠地颠簸起来，上上下下，左摇右晃，将乌春口袋里的铜钱都晃出来。

天亮了，稍好一点，不那么恶心了。大个的蟑螂在脸上爬。掀开异味扑鼻的破被子，满眼又大又圆喝足了血的臭虫，还好，他们终于可以到甲板上透透气了。

远处出现了城市的轮廓，旅顺口的许多街道修在半山腰，上下盘旋，那是乌春从未见过的景色。

第十四章　旅顺口

冬天的旅顺口风沙不断，街角处风口的风像一把把小片刀，很容易将脸割破。这座小城曾是日俄战争的重要战场，到处有战争的遗迹。白玉山上，日本人修建了坚固的防御工事，仍不准中国人接近。旅顺相当于日本人的地盘，大街上日本宪兵三三两两，中国军队和警察不得随便出入。不再担心被张宗昌的人发现，郎乌春不久就敢在街上走动了。

旅顺的雪很大，雪后的大街小孩子们滚雪球的场面十分惊奇。小孩子们将雪球滚成一团又一团，先是一个人推，推不动了，再上来两个，三个，四个，雪球的直径超过一米了，他们将其推上山坡坡道的顶端，顺势放下去，雪球迅速下滚，越滚越大，行人狼狈躲闪，孩子们哈哈大笑。

旅顺有世上最好的煤，煤块均匀，山核桃一般大小，炉筒很快烧得通红，煤渣都不剩下。只有一样，要提防煤烟中毒。乌春他们租住的街上，大雪堵了一户人家的烟囱，导致一家人中毒身亡。乌春和韩淑英遭遇过一次火灾。他们的房东图简便，炉子靠近西面的山墙，墙内有许多木柱，有一天，墙里的木柱子烤着了，起初两个人没在意，只觉得今天格外的暖和，暖洞似的。过一会儿，觉得不对劲儿。不好，墙里的木柱子蹿出火苗了。附近的中国居民日本居民还有消防队都来了，好在没有酿成更大的火患。

春天来了，可以到海边摸海蛤蜊，海蛤蜊和库雅拉江的蛤蜊很相似，只是小很多。海蛎子贴在石头面上，当地的小孩子拿着小锤子，敲打下来，用特制的小铁钩一钩，钩进小铁筒。大石砬子下面，能找见海参，大的四寸长。

四月一个风和日丽的好天气，他们租车去了一趟大连，旅顺到大连一百华里，车费很便宜。在大连市郊有名的星个浦，他们登上海边的礁石，韩淑英的小腿肚和浪花一样白。礁石下面的石缝小鱼五颜六色，抓不住，只能抓出韩淑英的许多笑声。岸边灌木丛里面无数的花蜘蛛爬来爬去，个个长着一大堆的飞毛腿，跑得和鱼游一样快。韩淑英捡了好些贝壳和彩色的小石头，他们在金黄色的沙滩上躺下来，天空碧蓝如洗，海鸥的叫声此起彼伏。乌春感到从天津出逃的阴霾已经散去。

他们去日本人的料理馆里喝热饮，韩淑英忽然一阵干呕。回程更加不妙，她的呕吐一点没有缓解，出大连有段很长的坡路，租的车刹车失灵，司机使劲儿打方向盘，好容易控制住车速，没有一直开向山底。

韩淑英腿肿得厉害，脾气越来越坏。这时候，乌春才发现，她为先夫报仇的念头从来没有放弃过。

他们同居的火炕越来越像滚烫的煎饼鏊子，韩淑英嘴上的燎泡一层又一层。新的一天迎上来，像一排锋利的锯齿，冰冰凉地在胸口咬一口又一口。

从报上和各种渠道得来的消息不乐观，张军阀在济南建立了军政府，手下的军队比以前更多，势力比以前更大。报仇的希望越发渺茫，他们留在床上的汗水和黏液越来越多，爱情的气味却一天比一天酸涩。

乌春决定出去找个差事，一来避免坐吃山空，二来避开韩淑英的唠叨。街上衣着光鲜的都是矮小的日本人，中国人大都面色肌黄，形容猥琐。对这座城市了解得多一些，每次上街他的心情变得很沉重。

乌春和韩淑英的住处在北城门外面，从北城门进去，一直通往市中心的天后宫。寺庙往东一拐便是当年清政府的道台衙门和海军衙门，两个高大的建筑现在是日本人的办事机构，不能轻易窥见里面的宏伟和堂皇。再前面是老船坞的入口处。船坞是当年甲午海战中全军覆没的北洋水师的基地。船坞前面有一个广场，沿着广场有一条东西走向的长街，与这条街成直角向南排列着三条街，东街、中街和南街。但不管哪条街道，乌春总能闻到一股血腥味。

这座城里，居住三十年以上的老住户几乎没有，找不到一幢没死过人的老房子。日俄战争中，日本占领军曾实施过一场疯狂的屠杀，将这里的中国人几乎全部杀光，现在街上出现的中国人，大多是刚刚逃荒过来的山东人和河北人，他们破衣烂衫，棍子挑着破被褥，目光跳动，时而兴奋，时而绝望。闯关东的外乡人会很快离开这儿，旅顺口是日本人的天下。别说初来乍到的外地人，即使在这地界过了快半年的郎乌春，想找到一个合适的差事也不容易。一连几天，他到处碰壁，他不想当码头工，一心想找份儿稍体面的活儿干。

这一天，乌春在市场上挨了日本警察一顿辱骂，往回走的一路上，日本人趾高气扬，中国人卑琐谄媚。乌春心里十分愤怒，中国人太不争气，转念一想，自己被骂个狗血喷头不也一声没吭吗？他叹口气，想起和韩淑英之间的种种龃龉，她的性格乖戾，在炕上硬邦邦的，一点不随顺，实在算不上称心的情人。

老远听见屋子里韩淑英的笑声，北城门里开诊所的日本老色鬼也在。这会儿，老色鬼正用半生不熟的中国话和韩淑英说笑话。韩淑英笑得前仰后合，露出白白的后牙，老色鬼拉住韩淑英的手，免得她摔倒，乌春走进来他才舍不得地撒开。韩淑英让两个男人出去等她，说她换一下衣服就出来，然后一起外出吃饭。

韩淑英进去了，两个男人面对面地站着，气氛有些尴尬。乌春不说话，山村老色鬼转过身往马路上看，他个子矮，大屁股，乌春恨不得踹他一脚。韩淑英出来了，她涂了口红，穿上最好的旗袍。乌春说头疼不想出去，韩淑英奇怪地看看他。乌春的心里想她应该在乎他的感受，取消让人恶心的饭局，可是韩淑英竟然决定自己单独和老色鬼出去。

天完全黑了，路灯亮了，乌春再也无法忍受的时候，韩淑英回来了。还好，她给他留了面子，没让老色鬼送她进屋，乌春听见他们告别的声音。硬邦邦的骚货满口清酒的余香，见到气哼哼的情人，她笑起来，从未见过的妩媚。软绵绵的胳膊蛇一样环上来。告诉他一个好消息，老色鬼给他找到了一份好差事，就在街口的邮局上班。

他可不会轻易原谅她，他告诉她，他不会去邮局当什么狗屎一样的差，他恨不得拿一把刀将小日本杀个干净，要让他选择，他第一个杀那个大屁股老色鬼。不杀了他，他郎乌春就顶上一顶绿帽子了。

韩淑英哭了，她用力捶打乌春，说他丧良心，小心眼，污辱她。后来，她将头埋在他的怀里，任他怎么推也不挪开，她说，她不想报仇了，她受够了，等张军阀自己得杨梅大疮烂死算了。哭着哭着，她忽然扭头呕吐起来。

她转过头，目光和母狼一模一样。韩淑英说："乌春，别跟我怄气，我没做对不起你的事情。你得理解我，还有，我怀了你的孩子。"

"这是真的吗？"

道歉，除了道歉还能做什么？

"不要道歉，乌春，说到底，应该道歉的是我，我让你担了不应该担的心。我知道，你们库雅拉人规矩大，儿媳都不和公公在一桌子上吃饭，你咋能容忍我和别的男人来往呢？你放心，我不会再招惹他了，就是你说的大屁股老色鬼。"

"让这一切过去吧。"

"我弄疼你了吗？我实在忍不住啊。"

"来吧，为什么要忍呢？"

"来吧，来吧，来吧。啊，你轻一点啊。"

满街杏花怒放，街上的树一天比一天绿，绿荫遮挡了望向大海的视线。星期天，乌春陪韩淑英去海滩散步，韩淑英的肚子更大了，她骄傲地挺着。

肚子一天天大，韩淑英的脾气反倒好起来了，乌春挤出时间陪她，他们的思绪不知不觉地随着库雅拉江的江水起伏。

韩淑英讲到了李良萨满，乌春耳边响起大萨满在洗马村为柳枝作法的鼓声，他叹口气。韩淑英说起的大萨满的通灵法术，很快将他从不快中解脱出来。

韩淑英的姑父是敬信乡的兽医，一天，他骑着自己的青花骡子出诊，遇到了李良萨满，他不相信大萨满的法术，想难为一下他。兽医问李良萨满，他会是怎样一个死法。李良萨满告诉他，你喜欢的这匹青花骡子将让你送命。

兽医恶作剧，他将青花骡子卖给白瓦镇的一家饭馆。过几天，听说饭馆将骡子宰杀下了汤锅。他决心亲自去看一下，骡子的骨头剔得干干净净，扔在饭馆的后院。兽医踢了骨头两脚。他说，事实证明，李良萨满是个骗子。

他的脚踝一阵刺痛，一条蛇从骨头堆里钻出来，狠狠地咬了他一口。

韩淑英眼圈红了，她说："那是条毒蛇啊。"

她的哭声大了，抽抽搭搭地说："我姑父爱开玩笑，爱喝酒，有一点粗俗，可你不知道他人多好。你也许猜不到，是我姑父收留我，我姑姑还不同意呢。"

"好了，好了，别哭了。对肚子里的孩子不好。"

他们睡下了，睡得都不好。韩淑英时不时地低声呻吟。郎乌春呢，他的梦里，库雅拉江一直奔腾到天亮，一个女人出现在江边的雾里，满眼含情地看他。柳枝，柳枝。他大声叫着，向前奔去。奇怪的是，他越向前跑，他心仪的女人离他越远，他心里想停下来，脚却一步不歇。有公鸡叫，他的胸膛绞痛，恨不得杀掉世上所有的公鸡。睁开眼，晨曦入室，邻居家的公鸡正在报晓，他万分沮丧。

起来洗漱，眼泡肿了，他已经患上了思乡病，对未来的生活越来越无法把握。乌春回头，韩淑英倚着门框站在他的身后，满眼泪水。

乌春吓了一跳，"你怎么了？"

"夜里被你喊醒了好几次。"

"我喊什么？我喊什么了？"

"你喊一个女人的名字。"

"喊女人的名字？我喊谁了？"

韩淑英表情十分奇怪。"你不记得我就不说。"

韩淑英喜欢乌春穿制服，她说，在天津见到他的第一面差点没认出他。不去想制服是一身狗皮，单就衣服而言，他们见面的时候他的样子挺好看。一句话，把乌春拉回不算遥远的过去。邮差的服装虽然也是制服，但怎么看怎么不如人意。

这一天，乌春去旅顺旅馆送一份重要信件。旅馆原是清朝一个王爷的私宅，花园式院落，院墙依山而砌，两三丈高。院内一幢二层的中式楼房便是乌春此行的目的地。

接受一次一次的检查，腻烦，屈辱，无可奈何。乌春想起当初在将军府的日子，那时多么煞有介事啊，跷着二郎腿，摆出一副公事公办的样子，时不时地难为一下趋炎附势的家伙们。这样想着，人已上了二楼。敲门，厚重的门板将敲门声海绵一样吸进去。等了好半天，门开了。开门的和敲门的同时吃了一惊。

衣衫不整的少妇信也没接闪身进去了。他还在愣怔，门重新打开，少妇满脸喜气地冲出来，肩头多了一条华丽的大披肩。

“郎副官，真没想到，我们会这样见面。你不会认不出我吧，我是——”

怎么会认不出呢？斜视而又妩媚的姑娘他见得不多。他只是想不出该怎样称呼她。

“我是李德贞哪。哇，你当邮差了？”

满面通红，支支吾吾。

“我想起来了，你离开将军府的事可不小呢。你还和那个女刺客在一起吗？你们真浪漫，轰动了整个天津卫，满街都传你们的事儿。”还是一副大惊小怪的样子，多了一点什么呢？哦，略显夸张的居高临下和指指点点。

谜底很快揭开了，里面传出一个老气的声音。“小宝贝，外面谁来了？”

门里走出的矮个子目光阴郁，冷气森森。

“将军，我来介绍一下，他就是我跟你说过的郎乌春郎副官啊。”

天大的面子，邮差被请进客厅，坐在主人的对面，心情忐忑地端起一杯洋酒。有了嗲声嗲气的介绍，人物关系很容易搞清楚，李德贞，送掉王副官性命的姑娘，因为某种奇遇，做了眼前这位郭将军的五夫人。郭将军，前察哈尔都统，刚被解职的奉军第十八师师长，现在正准备潜入奉天托关系见张大帅重谋晋身之途。

郭将军很豪爽，他恰因张宗昌的关系上倒的霉，提起张军阀咬牙切齿。他们很快就有了共同语言。郭本人和郎乌春都处在失意期，几杯酒碰过，开始称兄道弟。李德贞说起乌春的种种好处，郭言语试探了几次，感觉到他们没有太深的关系，更加放松了。他好久没有了被恭维的场面，乌春殷勤得体，他十分受用。酒喝到第八杯，他任命郎乌春做他的副官，当然，他官复原职之后才可兑现。又喝两杯，郭将军的口气更大，现在，郎乌春已经是白瓦镇驻军的最高长官了。

郭将军说："我没记错的话，白瓦镇驻扎一个团，只要我有那么一天，有二度辉煌的那么一天，你就是团长。记住我的话，你相信吗？"

"相信，我相信。我早知道将军的威名，你就是做奉军的副统帅也不为过。"郎乌春面色赤红，他找到了一点天津时的感觉。

郭将军说："副统帅，那是张学良的位置。就是少帅不干，后面还有一堆人呢，我嘛，官复原职就算烧高香了。"

气氛压抑。郭将军醉倒在沙发上。

乌春起身告辞，李德贞送他出门。乌春又找回了当年那个姑娘的影子。

"郎副官，谢谢你有情谊，王副官没交错朋友，我听说是你收殓了他的尸首。都是我害了他。"李德贞边哭边说，"我对他是真心的，你不会怀疑吧？"

她继续说："你不知道我们有多惨，他们害死了王副官，把我卖进窑子。多亏了郭将军把我从火坑救出来。郎副官，我记得你的好处，有机会我一定报答你。你注意打听消息，听说郭将军官复原职，你可想着快点来找我呀。"

人生的境遇就是这样奇妙。走在路上，风景已完全不同。早晨，他还为生计担心，觉得自己像穿了鼻孔的牛，被生活牵着走向莫测的未来。他还会回洗马村吗？他明媒正娶的柳枝让他送到了马滴达，还在等他吗？韩淑英难以把握，她从未承诺和他生活一辈子。还有，他开始眷恋在天津的日子，不止一次地想，也许有一种方法能救韩淑英，又可以不和她一起逃亡。

这样想有什么意义呢？后悔药没地方买呀。现在好了，他拥有了一个机会可能改变命运，当上白瓦镇的最高长官，算是衣锦还乡吧？他想起将他带出洗马村的韩大少爷，他郎乌春会比韩玉阶风光吧？

海风和熏，花香阵阵，李德贞的屁股在旗袍里球一样滚来滚去。邮局和平日一样压抑，日本雇员大呼小叫，骂中国人像骂儿女一样，但今天的责骂可以忍受，说不定哪一天，他郎乌春就可以脱离苦海。

从邮局出来，空气燠热，咸湿的海风鼓吹着街道，行人加快脚步向家里跑。乌春跑起来，快进家门的时候，豆大的雨点砸在脑门上。

屋子里很黑，乌春适应了屋子里的光线，他看见韩淑英坐在饭桌边流眼泪。"乌春，我终于等到这一天了，你今天看报纸了吗？报仇的机会终于等到了。"

报纸上的消息让人惊讶，张宗昌，拥兵数十万的大军阀，被逼下野，成了光杆司令。报纸上写得明明白白，他准备东渡日本，开始流亡。

乌春的心里翻腾，势力如此大的将军一夜之间成了孤家寡人，如果他还在将军府，他的命运会怎样呢？

看他沉默不语，韩淑英冲动地说："乌春，替我杀了那个仇人，你杀了他，我给你做小老婆都行。"

她竟然为报前夫的仇让他冒险，乌春心里一沉。刚到旅顺的时候，两人不止一次说过这个话题。近一段时间，随着韩淑英的肚子越来越大，她不再抱怨肚子里的孩子拖累她了，她开始设计未来。他们虽然没有结婚，但一起生活了这么久，有了共同的孩子，难道这样安稳的日子还不能让她忘记那个姓徐的团长吗？

乌春不快地说："你让我行刺，就不怕我被打死吗？"

雨大了，雷声滚滚，雨鞭扫着房檐，闪电划破阴郁的天空，闪电之下，韩淑英的轻蔑溢于言表。他知道，他们之间的关系发生了质的变化，此前的温情只是一种假象，仇恨占据了这个女人的心灵，她得了失心疯。也许，她的心目中，他只是她备下的一个报仇的工具而已。

"乌春，你说实话，你是不是从没想过帮我报仇？"

乌春沉默了，压抑着愤怒，他不想回答这个问题。

韩淑英叹口气，"我明白了。对不起，我要求你太多了，你救了我的命，我也救过你，我们的账两清了。"

乌春的心软了，他啐了一口，巴望着她只是怀了孩子心情烦躁，一时想不开，说出这样的狠话，她很快要做妈妈了，做了妈妈会改变想法吧？

他安慰她，"再打听打听消息是不是真实，找准机会下手。报上说他流亡日本，到底走没走？现在人在哪里？身边还有哪些人？这些情况都需要搞清楚。"

韩淑英声音冰冷平淡。"吃饭吧，"她说，"你忙了一天，一定饿了。"

当天夜里，韩淑英突然大声呻唤，她的叫声超过了滚滚的雷声，乌春绝望地念叨，我该怎么办？怎么办？怎么办？

韩淑英抓住乌春的手，紧咬牙关，汗水涔涔，头发贴在两腮上，有一会儿，她的叫声小了，睡了过去。他长出一口气，看着韩淑英不安的睡相万分焦灼，他发现自己是爱着她的，不知不觉，她已经成了他生命的一部分。很快他痛恨起来，抱怨自己运气不好，他喜欢的第一个女人怀了别人的孩子，而怀了自己孩子的女人，心里却不肯忘却死去的另一个男人。

再不能等下去了，孩子只有七个月，但谁说不会早产呢？

乌春的手抓在韩淑英的手里，她的手指甲抠进他的手背，他把韩淑英的手扒开，她瞪着眼睛看他。

“乌春，我这回真的要死了，我不甘心哪。”

“别说傻话，你肯定是要早产，我去给你请大夫。”

“这么晚去哪儿请大夫呢？这么大的雨。你不会想请他吧？”

“除了他还有别人吗？没想到，色鬼小日本还用得着。”

路上十分泥泞，雨比刚才小了，闪电一个接一个，雷声轰轰隆隆，乌春一步一滑，好容易走到山村诊所，他使劲儿砸门，看门狗大声咆哮，头顶上的柳树枝哗哗地滴水，脚边水沟里的水漫过石级，成了一条奔腾的河流。

雷声间歇，谢天谢地，终于有人应门，老色鬼把灯照在乌春的脸上，立刻明白发生了什么事。

“你等我一下，我去拿诊箱。”老色鬼没有一点为难的意思，转身进去了。

乌春全身透湿，他在风中打着冷战。时间太漫长了，乌春怀疑自己是否说清了来意。正待再次举手敲门，院子里的狗发出讨好的呜咽，老色鬼和一个女护士打着两把伞走出来。乌春接过护士的药箱背在身上。雨小了，满街水声风声。

湿漉漉的石头缝里蟋蟀嘶鸣，雨完全停了，清冷的下弦月出现在天空，风更凉了。屋子里的叫声歇了，婴儿的哭声随之而来，夜幕中，哭声格外响亮。

山村老色鬼走出屋子，来到院子里，还是那口半通不通的中国话。“郎先生，恭喜你，你得了一个女儿。”

乌春的眼泪涌出眼眶，浑身绵软，他感到自己的力量耗尽了。

第十五章　女婴和羊

韩淑英生了一个女孩，全身皱皱巴巴，五官抽成一堆，乌春第一眼就不喜欢。韩淑英的感觉更差，几乎就是厌恶。她没有奶水。女孩的哭叫有气无力，韩淑英烦躁地把她抱在怀里。孩子小小的身体贴上母亲的一瞬间，她惊讶地停止了哭闹。

韩淑英母亲的天性被唤醒了，她哭着对乌春说：“答应我，乌春，你要将咱的孩子养大。”

乌春对她的疯言疯语听多不怪，天要亮了，他犯愁去哪给孩子找奶吃。他想，只好求房东媳妇帮忙了。

谢天谢地，中午，奶妈上门了，一个卖鱼小贩的妻子，小个，小脚，大脸盘，奶水充盈的大乳房，胸前像倒挂两个奶桶，一走一晃，要把奶水甩出来似的。

旅顺夏天的知了像一阵阵海风，傍晚，大个的绿褐色壁虎从阴凉处爬出来，样子十分凶恶。两个月没听韩淑英说起报仇的话题，乌春的心情好了许多，这期间他十分关注报纸上的消息，他通过可爱的邮政系统和李德贞取得了联系，郭将军托上奉天帅府总参议杨宇霆的关系，大帅张作霖亲自召见了他。

一天下午，乌春去北门办事，顺路回了趟家，家里来了客人，一个相貌很凶的小伙子，鸭舌帽压在眼眶上方，看人的眼神很闪烁。乌春进门的时候，韩淑英正和他商量事情，一见他进屋，两个人就不再往下说了。韩淑英介绍说，客人姓程，是奶妈的远房侄子。乌春怀疑韩淑英撒谎，她有什么要瞒他呢？

程先生来家里的次数多了，他的一双脏鞋带进一堆又一堆的沙子，沙子铺满身下的褥子，硌得郎乌春睡不好觉。焦虑和多疑占据了乌春的思维，我不管谁的远房侄子，他干扰了我的生活。不是吗？赶紧停下这狗屎一样的密谈，将见不得人的勾当拿到太阳底下晾一晾。

这天早晨，乌春在开满丁香花的路上等了大半天，果然，鸭舌帽向自家走来。乌春早对彼此的实力做过评估，他确信动起手鸭舌帽不是对手。

两个男人当街站住，鸭舌帽立刻明白了自己的处境，脸变得煞白，双脚的大脚趾从破鞋里面露出来，晃头晃脑地偷窥。韩淑英给他留了情面，他郎乌春的靴子没有套上这小子的臭脚。

乌春沉稳地说："奶娘的侄子，我们应该谈一谈。"

小伙子鼻尖冒细汗。"好吧，你想谈什么？"

他们走进附近的公园，公园里飞满蜻蜓和蝴蝶。阳光很充足，鸭舌帽在脏脸上留下很大的阴影，证明韩淑英和他之间真有不可告人的勾当。

"你为什么一定要知道我们谈话的内容呢？你置身事外更好。"鸭舌帽吞吞吐吐，语气坚决。

"我想知道你和韩淑英到底想干什么？你们的关系不正常，我有资格问一问。"

"哦，你说的关系是男女之间的？你尽管放心，我和韩小姐，我叫她徐夫人吧，我们没任何过格的地方。"他故意不说郎夫人。

"你们在我眼皮底下鬼鬼祟祟，总不能和我一点关系没有吧？告诉我，你到底是谁？"

"你一定要知道吗？你猜得没错，我的确不是奶娘的侄子，我姓郑，叫铁城。"

又一个复仇故事。郑铁城的父亲是张宗昌手下的副团长，他的女儿，鸭舌帽的姐姐，被张淫贼霸占了。老套的结局，始乱终弃，含恨而死。副团长找张淫贼理论，竟被找个借口枪毙了。两条人命，血仇岂能不报？韩淑英的前夫徐团长，正是郑团副的义弟。韩淑英通过以前的关系找到郑铁城，他们商量的就是杀张报仇。

"报仇这事没什么见不得人，为啥瞒着我？"

"你真不知道？"无所不知的刺客斜睨眼睛，"韩淑英怕你有危险，那样你们的女儿就一个亲人也没有了。"

振聋发聩，遥远的天空响起沉闷的雷声，回应着知了的哗响和怦怦的心跳。一个男人不能为所爱的女人分担，还叫男人吗？握住鸭舌帽的手，不，应该叫他亲兄弟。一拍之下，小伙子一个趔趄，心里想，韩淑英选这样一个杀手，怕选错了人哪。"我们回去吧，我加入你们，一起想办法。"

感动得热泪盈眶，韩淑英的目光焕发出消失多日的爱意柔情，白白的脖子凹进去的小窝重又焕发魅力和温柔。酒酣耳热，热血冲头，指天画地，发誓赌咒。乌春指出他们刺杀计划的致命弱点，策划了十几天，竟然没想好在哪儿下手。

“咋没想好？就在旅顺下手。”小伙子满脸煞白地辩解。

“你敢保证他从日本回来不会改道别处吗？”

小伙子愣住了，他搞到了手枪和子弹，几次去码头看过，计算过轮船到港的时间，画出了行刺和撤退的路线图，但他没有考虑对方改变行程的可能性。

三个人商量的结果是，郑铁城迅速联络济南方面的朋友，想办法搞清张军阀从日本回程的确切信息。乌春离开天津时带着一把手枪，他要想法再搞几十发子弹，以应付可能出现的意外情况。

接下来的日子在小孩子的哭闹声和焦灼的等待中度过。旅顺的街面很不安宁。日本宪兵隔两三天就将不知从哪抓到的中国人五花大绑拉到海边砍头。也不是一点好事没有，郎乌春和韩淑英的关系得到了空前的改善，现在，韩淑英柔软得像南街口日本人新烤的面包，热乎乎，暄腾腾。这一天傍晚，她想起没给女儿起名字，夕阳西下，城市里飞舞起漫天的白色飞蛾，她脱口而出，就叫她蛾子吧。蛾子张开小嘴笑起来，这孩子来到世上第一次露出笑容，韩淑英的眼泪扑簌簌滚落。

韩淑英说：“乌春，我求你一件事。”

“什么事？我们之间用得着求字吗？”

“乌春，你回趟白瓦镇，把蛾子托付给柳枝吧。”韩淑英急切地说，“她是你的妻子对吧，总会照顾我们的女儿吧？”她伤感起来，“可怜这个世上，我连可托付女儿的亲人也没有。”

乌春心里一动，原来，命运的大小齿轮一直嘎噔嘎噔地滚动着，总会在某一点上咔嗒一声，咬合在一起。他看看泣不成声的韩淑英，看看不知被命运的苍黄之水卷向何方的女儿，叹口气，“好吧，我答应你。正好回家看看我额娘。只是，蛾子这么小，我一路上咋给她找奶喝？”

大雨滂沱的夜晚，整座城市像一只落汤鸡，雨点打在窗户上的声音越来越急，雷声隆隆，闪电把天幕撕开一条又一条口子。乌春被一个炸雷惊醒，摸索火柴点燃油灯，他猛地想起几年前神秘的球形闪电，火球就在他的头上飘浮，闪着蓝色的火焰。他叹口气，扭头看看韩淑英，命运真奇怪啊，那时候怎么能想到今天呢？

韩淑英睡得十分不安，她使劲儿蹙眉，表情痛苦紧张。她扭起身子，两脚抽搐，似乎挣扎的光景。她一定梦魇了，乌春将她推醒，韩淑英睁大惊恐的眼睛，愣了一下，一头扎到乌春的怀里。“乌春，我做了个噩梦，吓死我了。”

韩淑英的泪水打湿了乌春的胸脯，弄得他痒痒的。

“我梦见蛾子在一个又脏又破的羊圈里哭，哭得快断气。羊圈的栅栏又高又密，可我怎么也进不去。蛾子的小脚丫蹬进一堆羊屉屉蛋里，一只羊走过来，用嘴拱咱的蛾子，我越喊，羊拱得越起劲儿，你从河对岸走过来，我冲你大声喊，你好像听不见。河水一下子涨了，哗地漫过河沿，长眼睛似的往羊圈里流，水流那么急，那么快。我的腿软了，喊你喊不出声。”

韩淑英的样子万分憔悴，冷汗打湿乱发贴在头皮上，可怜巴巴，惹人怜爱，唤起乌春满腹的柔情，他拍打她的后背，她的两个肩胛骨支出来，这些日子，她瘦了许多。

不知何时闯进屋子的飞蛾从暗处飞到灯前，撞上小火苗，刺啦一声，一股腥味瞬时弥漫开。韩淑英愣了一下，她看看白蛾子的尸体，回头看看睡梦中的女儿，忽然，她惊叫起来：“怎么早没想到呢？乌春，”韩淑英破涕为笑，“我想到一个好办法，多亏了刚才那个噩梦。”

韩淑英说：“羊，买一只母羊，你赶上母羊，带上蛾子回洗马村。有了母羊，孩子路上就有奶吃了。”

一定要找到称心合意的母羊。他们走了三十里路，好容易遇到一个养羊人家。海边滩涂贫瘠荒凉，长着红色的低矮耐盐碱植物，再前方一大片芦苇，小路碎石硌脚，铺向愁闷的大海。养羊人家寒碜的小房子建在一块海水遗忘的大礁石前面，主人松松垮垮的坎肩油腻肮脏，一张黑脸愁苦而又倔强。他的妻子病歪歪的，一个头发乱蓬蓬的女孩趴在背上，女孩一次次叼起妈妈的衣服领，勒得女人咳起来。羊群趴在西房山下的湿泥里，十几只，很远就能闻到一股刺鼻的羊膻味。

没有选择余地，可怜的羊群中间只有一只母羊。病猫一样的母亲万分不舍，听说来人想买她的羊就眼圈发红。男主人反复无常，一会儿说卖，一会儿说自己的女儿要靠这畜生喂奶。

明知道主人讨价还价的花招，乌春也无可奈何。

韩淑英显示出爱挑剔的本性，她汗水涔涔，衣服溻湿了，多奇怪啊，韩淑英挑剔的不是羊的奶水是否充足，她嫌母羊脏，母羊粉红色的奶头的确沾着一小堆羊屎。

必须结束这场闹剧。由一只母羊给孩子提供奶水，走回遥远的洗马村，这主意怎么想怎么荒唐。

要么放弃行刺，安心度日，要么，干脆将孩子送人。乌春脸色发青，嘴唇发抖。显然，韩淑英猜出了他想说什么，目光从羊身上转回来，慌乱伴随仇怨，“你要真敢那么干，我跟你拼命。”冰冷瞬间转化为哀怨和愧疚，后面是她真正的潜台词，“求你，千万别动把孩子送人的心思。”

乌春叹口气，他让步了，他决定答应那个男人卖羊的价格。

可对方已弄清他们买羊的真实意图，混浊的眼珠转得飞快。男人将自己老婆拉到一边，唾沫飞溅地说了一通，最后他举起拳头。女人要么被他说服了，要么被他吓坏了，不停地点头，眼泪汪汪。男人转回头，巴结的舌头变成甜味卷心菜，黄牙齿后面迸出更有创意的建议——“你们干吗买羊呢？要是肯出母羊一半的价钱，我让我老婆陪着上路。”他拍拍自己老婆的胸脯，“她的奶水不用挤，每天淌出三大碗。”

他半是巴结半是审视地来回看看，“我相信这位大哥是好人，”他的目光从韩淑英的身上移开，下流地讪笑起来，对乌春说，“再说你不会看上我老婆这种货色吧？”

男人姓田，他的妻子姓宋。韩淑英提出先付一半订钱，另一半等田大嫂回来再付，老田说什么也不肯。坚持一次付清，出租老婆给人家当奶娘，几百里路，风险毕竟太大了。并说他改主意了，如果不雇他的女人，母羊也不卖了。

田大嫂自始至终一言不发，她是一个既懦弱又善良的女人。韩淑英让步了，她同意将钱一次性给老田结清。

韩淑英向田大嫂交代小孩子的事情，乌春和老田蹲在一处抽旱烟。乌春说：“你不是说你家孩子奶水不够吃吗？”

老田得意地而又尴尬地笑笑，他使劲儿地吸烟袋，问乌春的路程，说他要掐算一下老婆回来的时间。

乌春说顺利的话前后二十天的时间，许诺他一定将田大嫂安全地送回来。老田不说话，眼睛投向大海。多云的中午，海风咸湿，沙砾和鹅卵石跳跃着灼人的光芒。知了和不知名的虫子不时地拉长声噪几下，声音蔫头蔫脑。

田大嫂给女儿把着屎尿，一条黑色的癞皮狗好像坚定了吃热乎屎的天真想法，不停地转来转去，夹着尾巴向前凑，哼哼唧唧，它当起了守护者，生怕别的同类闻到味跑过来。

两个女人谈得不好，田大嫂招呼老田过去。说韩淑英的意思是尽快上路，最好现在就走。

老田有些意外，田大嫂说家里有事要安排，她求救地看着丈夫，紧紧地抱住女儿，盼丈夫能够改变主意。老田蹲下抽烟，吧嗒吧嗒三响。乌春认为他要变卦了，赔着小心说：“要不明天走？”

老田眼睛瞧着韩淑英，韩淑英的态度很坚决，她看透了老田更怕生意失掉，毕竟这是一个不小的数目。

老田下了决心，他猛地站起，“孩儿她娘，”老田对自己的女人说，“今天走，明天走，不都得走吗？你放心去吧，不要担心家里。全当做善事积德了，你看人家小孩子够可怜，咱的孩子，有母羊呢。”

老田将女人拉到一边，话里话外的意思让她放心，因为“韩家妹子就在旅顺城里，咱随时都能找到，算知根知底，用不着担心路上危险”。

韩淑英答应立马带老田去看城里的住处。老田很满意，田大嫂和韩淑英哭着进屋收拾东西，上路总得带一点简单的备用物品。

两个男人在屋外等着，老田眨着眼睛，心思重重，他终于下定决心，“嗯，郎兄弟，我得和你说一声，”他声音干涩，羞于出口的样子，“你们上路毕竟孤男寡女。”

老田吞吞吐吐说出另一番话来，“当然了，你肯定看不上我那脏婆娘，要是你真想用用她，比如，比如她给你铺炕褥，当然了，你明白我的意思，”咳了又咳，无耻之言从舌头底下溜出来，“我的意思是，你得另外付钱。”

乌春刚要发誓说尽管放心，没想到老田竟说出这样的话，脸涨得通红，一时不知怎样回答。

老田笑起来，拍拍乌春的肩头，“我说笑话呢，你是城里有身份的人，哪能看得上我那脏婆娘呢。”老田说去看婆娘准备得咋样，向屋子走去，他的背影万分丑陋万分猥琐。

乌春决定立刻上路，他想尽快赶回旅顺口，他认定韩淑英没有他什么事情都干不成。另外，他察觉到郑铁城另有来头，他似乎和南方的红党大有关系。乌春隐隐约约地感到，韩淑英对杀张报仇似乎不再像先前那样上心，他们的密谋另有所图，只是他被隔在外面。

李德贞来了消息，消息令人鼓舞，小个子郭将军打通了所有关节，他复出了。也就是说，他郎乌春有机会成为白瓦镇的军事长官。李德贞高兴地说：“你的好运气来了！”

唯一的一班火车，下午发车，火车途经大连，然后从大连开往长春。乌春打听过了，南满铁路的支线可以从长春通到吉林，车程差不多两天时间。

热汗淋漓地赶到火车站，快到发车的时间了。旅顺火车站是俄国人建设的，草帽形的圆尖顶，挂满羽毛状的小瓦，白墙绿窗，里面散发着湿凉的气息。

抱在怀里亲了又亲，生离死别的母女从此陌路。乌春拎着海蓝色的包袱，里面是孩子所有的物品，比一个南瓜大不了多少。备上一个瓷缸，拴在包袱结上，一只寒碜的拨浪鼓，旧货市场找回来的日本货，哪个鼻涕鬼晃过的旧玩意儿。将上海先施公司产的塑料娃娃放进包袱，秃脑袋，嘴向前嘟着。再没东西可放，除了泪水。

小孩子睡着，嘴角流着涎水。韩淑英将孩子交到郎乌春的怀里。乌春在推推搡搡的人流中通过检票口，他回头看了一下，没有找见韩淑英，她被人流隔开了。乌春乘坐最下等的车厢，没有座椅，车厢铺着干草，几个肮脏的棉垫被先挤上火车的人占据着。狭窄的车窗透进斑驳的光线，乌春想起了奉军向南方进发的那次开拔。

车厢里十分气闷，小孩子忽然大哭起来，郎乌春这才发现，一直跟在身后的田大嫂竟然消失了。他慌张起来，这时，月台上响起嘟嘟的笛声，乌春闪个趔趄，火车开动了，腾起巨大的白雾，乌春好像看见了田大嫂佝偻的背影，该死的牧羊女将他们骗了，不知哪个工夫溜下了火车。

火车隆隆作响。车厢里人声嘈杂，放屁、打嗝、兴奋、尖叫，有人为离别哭泣。几乎所有人都挤向窗口看路边的景色。乌春好容易找到一个角落，孩子哭得上气不接下气，他完全不知所措，心里充满懊恼，他发誓，只要回到旅顺，第一件事就找那对缺德的卖羊夫妻算账。

算账的事回头再想，现在要解决的是，没了奶娘，他怎样继续前面的路程？

那些惊叫和惊喜的指认通报着火车的经过地，椅子山和白玉山甩在了后面。女孩哭得没了力气，仍在怀里哽咽，乌春盘算在大连下车返回旅顺口，心里懊恼极了，车厢里空气不好，他真担心孩子一口气上不来憋死。这样一想汗水流下来，懊恼加自责，他对自己如此无情感到恐慌。

忽然静了，三个铁路警察走进车厢。他们瞪大眼睛，皱着眉头，每人手里一根警棍，一副极度厌恶的表情。走到车厢中间，警察们站住了，大声训话，大致意思，最近火车线上很不太平，多次遭到抢劫。警察们发现土匪作案有规律，往往几个土匪先混上车，摸清车上的情况，大队人马将火车拦住，车上车下一齐下手，对火车进行洗劫。

小眼睛的警察声音又尖又细，“要是你们中间有胡子，最好站出来自首，到大连会有军队上来检查，那时候说什么都晚了。”

火车拉响一声长长的呜咽，车轮声瞬间大起来。车厢里静静的，静到只有一个女人的抽咽。

“她，怎么回事？号什么丧？”警察警棍一指，指中的男人慌慌张张地护住一头乱发的女人，结结巴巴：“老总啊，她刚死了小孩啊，一时想不开。别哭了，你别哭了好吗？”

警察骂骂咧咧地走过去。车厢里恢复了热闹。火车线的两旁大片大片的高粱，一眼望不到边，高粱穗血染似的，太阳光倾泻在原野上。但这风景在四等车厢的人眼里单调无比，窗口趴着的人少了，杂着煤烟的风吹进来，除了蚊子和苍蝇恼人，车厢里不像刚才那么气闷了。

乌春抱着孩子挤到那个呜咽的女人身边，一边将孩子送到女人的眼皮底下，一边和愁眉苦脸的男子攀谈。那真是一个哺乳期死了孩子的女人。一看见小孩子脏兮兮的可怜样，死灰一样的眼睛瞬间焕发神采，她将孩子接过去，撩起衣服，露出黄而饱满的乳房。乌春礼貌地转过头，长出了一口气。

命运的黄包车总算跑赢了慢吞吞的火车，接下来的旅程容易一些了，乌春巧遇的是一对老家在河北乐亭的夫妻，丈夫姓姜，口音拉着长声，一个老实本分没见过世面的庄稼汉。他向郎乌春讲述了他们夫妻悲惨的经历。

去年秋天，他们从关内跑出来谋生，投奔旅顺口打鱼的远房侄子。结果那是一个吃喝嫖赌的浪荡子，住着一间破草房。浪荡子将他们从老家带出来的钱骗个精光，见没油水变了脸。可是妻子的肚子一天天大了，老姜原想糊弄到妻子生完孩子再离开，有一天他要饭回来，恰好看见没有廉耻的侄子纠缠大肚子的婶子。老姜一气之下拉上妻子走了，流落街头，受了污辱的妻子气不过，一天比一天抑郁，她在野地里生了一个男孩，孩子生下不到半个时辰就死了。妻子受了更大刺激，走投无路的老姜厚着脸皮找浪荡子帮忙，老姜去的时候，浪荡子刚赌赢一次，正就着咸鱼喝烧酒，他耍笑老姜一番，倒头呼呼大睡。老姜等他睡着，从他枕头下面拿了那小子的钱袋。

老姜羞惭地说：“兄弟，你说，我上辈子造了什么孽，我老姜半辈子都是本分人，这下可好，成了小偷。”

老姜一个表叔早年下了关东，据说在吉林附近桦甸深山里的金厂做工，这一回，他要去桦甸碰运气。

乌春安慰老姜一番，心里暗暗高兴，这样一来，火车上两天的时光用不着担心了，他们会一同赶赴吉林。

火车走走停停，第二天傍晚过了奉天。灰白色的蛾子将月台上的白炽灯撞得叮当响，奉天站至少有三四十个日本兵警戒。乌春下车买了三个玉米饼，远远地，一大群军官上了头等车厢。

火车慢慢开出奉天，来车厢检票的胖乘务员头顶镶金边的黑色大盖帽，态度十分恶劣。铁路线两边一段段光秃秃的矮墙上白灰浆刷写大字，识字的人念出声来，标语分别是：无敌牌牙粉、双婴孩香烟、狮子牌牙膏和日本人丹，趴在矮墙头的孩子们的目光新奇而困惑。大片大片的高粱出现在视野里，火车远离了城市。还好，让人生畏的警察好一会儿没出现了。

火车在暴雨过后的大地上穿行，像一只慢慢爬进黑暗的高粱地的毛虫。车厢里蚊子肆虐，呼噜声咳嗽声和噼啪作响的巴掌此起彼伏。火车咣咣当当，不时地剧烈摇晃。姜大嫂虽然受了刺激，本能的母性一次次地将她唤醒，她知道抱着别人的孩子，但只要孩子一哭，她就喂奶。她是一个虚弱的妇人，抱孩子的双臂却奇迹般有力。老姜睡得不好，不时忽然惊醒，懵懂中不停地挠自己的臭脚丫。

火车总是莫名其妙地停一会儿，进长春站时正值清晨，太阳从平原上升起，原野里硕大的高粱穗吸取着阳光，就像粉红的染料染过似的，还有一片片的大豆，偶尔几棵白杨树肃立在那里，透过榆树和别的什么灌木，可以看见低矮狭长的土坯房，房檐下开满牵牛花，没有支架，喇叭花乱蓬蓬地从生着。

长春车站是日本人新建的车站，纵目看去，一里外的俄国车站则有些破败。俄国人的地盘叫宽城子。乌春他们要从长春站到宽城子车站换车，虽然只隔一里多地，宽城子却完全是俄式的，站前的饮食店里摆着黑面包、大块肉的汤，小卖部出卖俄文小说，玩耍的白皮肤小孩满脚黄泥，厕所散发着肮脏的臭味。站前广场上的警察臂缠红布，表情威严。

换乘开往吉林的火车用了差不多一小时，中间出了一桩怪事，乌春和老姜去一边抽烟，他们回到候车室，姜大嫂抱着孩子不见了。乌春和老姜一起寻找，终于在一个柱子后面找到了，乌春出了一身冷汗，再不敢让孩子离开半步。新换乘的火车车况比满铁差很多，车厢里一股馊味，更脏更乱。乘务员一遍遍检票，没有一点秩序。路过的小站忽然出现在荒凉的野地里，孤零零的。

后来写进史志的那场著名的大火，这天傍晚和郎乌春一起光顾了吉林市。吉林市历史上曾被命名为船厂，史志中，这场事故被记述为吉林建市以来的第三次大火，即第三次火烧船厂。

大火比郎乌春乘坐的普快列车早到一小时，火车驶到北山脚下，沿江而建的吉林市全部笼罩在浓烟和烈焰之中。城市中乱窜着一条条火龙，黑红色的火舌舔着蓝色的夜空，嘶嘶声和噼噼啪啪声惊心动魄。房屋轰然倒塌，夹杂着凄惨的哭嚎，耳边响着嘟嘟的铁哨，整个城市的狗都在狂吠，大车店里的驴在哀叫，缭乱的火苗呼地掠过铁路线和松花江，鲜艳的红布覆盖了一片错乱的土房，新增的起火点一片绝望的哭声。

火车上的旅客就地下车疏散，乌春将孩子抱在怀里，挤进慌乱的人群。

郎乌春的命运就在这场大火中发生了转机。一队士兵簇拥着一个大人物走下火车。大人物一身戎装，红衬里子披风，肋下黄穗子佩剑。士兵们推开拥挤的旅客，用身体阻挡着人群，开出一条一臂宽的过道，大人物走过来了，他的身后紧紧地跟着打扮入时的李德贞，前呼后拥的大人物是小个子郭将军。

郎乌春大声呼喊，声嘶力竭。他看见李德贞冲他挥手。一团大火随风飘来，点燃了不远处的一片棚户区，有人凄惨地嚎哭。

李德贞一行消失在浓烟当中，老姜和他的媳妇被挤散了，郎乌春庆幸自己抱回了孩子。

他傻愣愣地站着，身边的人群慌乱着，尖叫着，挤散的人焦急地呼喊着，他的大脑麻木，和库雅拉江遇险的那次有些相似，无望的心凉成一个冰疙瘩。终于，他从混乱中缓醒过来，脚步像坠上了铅块。

后面有人叫他。这个陌生的地方，谁知道他的名字？的确有人喊他。

郎乌春停下脚步，一个年轻的军官跑上前来，手里拿着一张纸条。

军官确认了身份，将纸条交到他的手里。“这是旅长的手谕，旅长让你去白瓦镇就任该镇驻军二营三连连长。旅长指示，他的命令随后下达。”

郎乌春拿到的半张纸字迹潦草，但写得清清楚楚：兹委任郎乌春为东北陆军第十三旅二十九团二营三连连长，旅长郭云亭。

郎乌春有点发蒙，脱口而出：“就这，人家能信吗？”

粗眉毛的小军官回答得十分干脆：“信也得信，不信也得信。这是命令。”小伙子诡秘地笑笑，压低声音，“旅长本人也想知道他的命令好使不好使。”

“旅长让我转告你，他在赴任的路上，就不见你了。旅长命令你即刻出发。”

现在，行程变了，上路改成出发，意义全然不同。

“还有，旅长嘱咐你报到后立刻返回省垣军官团受训，训后另有任用。”

郎乌春出发了，离乡十年之后，踏上他熟悉的土地。他搭上一辆从吉林去白瓦镇的马车，在路边一个个臭烘烘的大车店里歇脚，弥漫汗味的大车店里，有的时候能住上大炕，有的时候直接住进马棚。他向所有遇见的人说好话，请人家帮忙找一个正在奶孩子的妇女给小丫头喂奶。当那些妇女掀开衣襟，他尴尬地扭开脸去。可是她们却大方得多，问他为什么一个男人带着吃奶的孩子上路，多亏遇到了她这样的好心人，要不可怎么好呢？他千恩万谢，心里对韩淑英充满了怨恨。而女人们呢，听见他说老婆死了，每一个人都啧上半天。

一个大车店里，店主人的妹妹新寡，长得黑乎乎的，像一粒黑葡萄，对他产生了好感，话里话外想他留下来。郎乌春没打招呼就走了，舌头底下堆满了歉意。在局子街，他买了一头母羊。进入库雅拉河谷之前要走两天的山路，一路上，连绵着馒头山，大人找到食物容易，给孩子喂奶的女人不好找。这样，他终于实施了旅顺时的计划，带上一头母羊奔往库雅拉河谷。

天可怜见，有了母羊做奶源，小丫头虽一天比一天瘦弱，总算没死在路上。坐在路边的柞树下喘息的时候，郎乌春满脑子只有两件事，一是检查郭云亭将军的手令在不在，想着怎样最快速度地出现在白瓦镇军营，他担心夜长梦多，生出变故，说到底这事有点悬，不像真事，更像一个白日梦。另一件事最头疼，十年不通音讯，柳枝还在马滴达吗？那个野种一定长大了。十年，变化该多大啊，他无数次想过如何面对柳枝，在吉林的监狱里想过，战斗的间隙嚼着炮火烧过的蒿草时想过，躺在天津将军府的单人床上想过，对比死亡，贞洁和仇恨变得可笑。他的心里，同柳枝和解过无数次了。尤其经历了朱夫人和韩淑英以后，和女人们的交往似已给了他心灵的补偿。溪流照见乌春黢黑的脸，水草将他额头分成几条，柳枝的变化很大吧？当年，他自卑到不敢看她，那时候，她像花一样盛开在洗马村村道上。他记得带着柳枝赶往马滴达的路上，柳枝穿着丧服般的青布大褂，紧口布鞋沾满泥巴，嘴角抿得比裤脚更紧，月牙一样的眉毛有些散乱。只有闪着泪光的眼睛，依然保持着俏丽和机灵。乌春的心里一蹦，柳枝那样好看，会为他守着吗？他的脚步慢了，怀抱里的小丫头抽搐两下，梦魇似的哭一声，他皱皱眉头，抬起疲惫的双腿。

库雅拉江出现在眼前，还是那样浩浩荡荡。水势比夏天时小了不少，岸上的水线一条比一条清晰。

通往马滴达的路宽了，布满一条条车辙印，路过的村落房子比当年多。村子里传来同类的叫声，母羊总要停下来，拉几下才会继续往前走。

乌春越走越慢，觉得身上的短坎肩瘦小得勒肚子，他的手发抖，暴躁堆在眉毛上面。怎么跟她说呢？直截了当地说？一人一个野种，这下扯平了？她会拒绝吗？肯定会啊！将心比心，有一天，你从没想过的一个人忽然出现在你面前，用一种你欠他钱的口气说话，强加给你一个孩子，自己男人和别的女人生的孩子，这事怎么想怎么不地道。那又怎么样？男人三妻四妾很平常啊，他现在是白瓦镇驻军的连长，有娶小老婆的资格。胡思乱想着，一路说服着自己。最后的理由连自己都不能相信，就说孩子是路上捡的，捡的总可以吧？那个野种还是公鸡的种呢！乌春试图用仇恨鼓起自己的勇气，远远地，他认出马滴达村口的大柳树，他想歇一下再进村，进村之前问清楚柳枝是否还住这里。如果柳枝不在马滴达，他要连夜赶往洗马村，将小丫头送给额娘抚养。这时，路边玉米地里一个干活儿的女人恰好直起腰来。

想过一百次一千次的重逢，这一次没想过。柳枝愣在那里，微张着嘴，眼睛里流露着动物濒死的目光，惊恐、困惑，她被吓到了。她的泪水本该奔涌而出，人跌坐在秋天的玉米秸上，让哭声填满空旷的田野，让大地弥漫开一圈一圈的忧伤。但她只是站在原地，任由怨恨、委屈和惊慌从身体的某个地方翻滚而出。

乌鸦低低地掠向村庄，一棵虬结枝条的白榆树在湿凉的河边静穆着，剩下几片不甘心的树叶在风中颤动。

“没想到，这么容易就把你找到了，帮我抱下小孩，我快累死了，我得抽袋烟。”

烟雾缭绕，男人的脸十分虚幻。这世界多不真实啊，还有，此刻，她的怀里硬塞了一个病猫样的孩子，傻乎乎地听人摆布，看一个陌生的男人一边抽烟一边抠脚趾缝。

郎乌春满脸胡子，眼睛布满血丝，眼角堆着眼屎。穿一件沾满尘土的粗布黑上衣，下面一条灰不拉叽的肥裆长裤，裤腿挽到小腿肚。如果将裤腿放开，准会抖落二两黄土。用来扇风的汗渍渍的烟色呢帽是个正经货，乡下哪个正经人会戴这样的帽子？

“我说，你过得好吧？”

“哎，你哭什么？别哭啊。把小孩子哭醒了，她哭起来可不停，咱们话儿都说不成了。小孩子咋回事？路上捡的。一两句说不清楚。你最近回过洗马村吗？你阿玛和额娘可好？”

柳枝不记得郎乌春喋喋不休的中间她插过什么话，只记得拒绝了他的要求。

她说：“这孩子是野种，我不能把她带回去。”

她报复他，郎乌春的眉毛拧成一团，“为什么？”他恼怒地说，“你不是我媳妇吗？”

“我不记得是某人的媳妇。”两人对视着，心照不宣。

郎乌春下半身沾满库雅拉的尘土，满是灰尘的毡礼帽则不属于她平淡无奇的世界。

郎乌春叹口气，理屈地说：“我会把小丫头接走的，不会让你带太长时间。”

“你不带我到——”把家字含混过去，“我累坏了，想找个地方歇歇脚。”

寒冷的炊烟将马滴达裹得严严实实，新盖的房子十分简陋，灯光透过窗纸在院子里洒下一小片一小片的昏黄。街道上没有人，听见脚步声，狗警觉地狂吠，很快，半个村子的狗叫起来，叫声十分凶恶。狗叫惊醒了怀里的孩子，骤然发出哭声，柳枝吓一跳，几乎将她失手抛开。

柳枝走在前面，她的心里充满了怨怒。她不知道应该怎么处理眼前的麻烦，她的思维像是冻住了，她先前一步进了屋子，然后狠狠地关上房门。房门差点撞上郎乌春的鼻子尖，他使劲儿将门推开，像推开命运的牢笼，笼子里关着寒冷、怨恨、陌生。是啊，他们从来没有认真地说过话，就是两个陌生人。

屋子里弥漫着一股酸味，伴着烟袋油子的辛辣，不抽动鼻子也能闻到心酸。炕当中放着一个榆木板做的小饭桌，桌子上放着烟袋锅和烟笸箩。难熬的夜晚，她学会了抽烟袋。墙上没有多余的衣物，他看出来了，这个家里没有男人，没有别的男人。

“他不在家？我说的是，那——孩子——”他拿起烟袋抽一口，烟叶冲，辣嗓子。

“满斗去白瓦镇了，他当了李良萨满的徒弟。”

“学萨满？”他几乎恼怒起来，她倚着门框，下意识地摇晃着怀里的孩子，不屑地看他，眼神的意思很清楚——和你有关系吗？他低头抽烟，心里不是滋味。这么多年过去，他仍然无法面对她，他像当年一样胆怯，他爱着她，多奇怪啊！

“你不问我这些年怎么过的？”

他多无耻啊，他应该问我怎么过的！怎么守活寡！一千句一万句压在舌头底下，但她一句不想说，她担心自己会嚎啕大哭。她不能哭，不能让他看见自己多么软弱。

日子像铡刀片下的蒲草，活一天多一道伤口。这一刀比以前所有的伤口切得深。

“看得出，我是个多余的人。”

“你说呢？”

“好了，”乌春大度地掩饰自己的不快，“我这次回来是到军营里报到的，我要就任白瓦镇驻军的连长了。你不信？我给你看上峰的委任状。我不能带个孩子去上任，那样没威信。”

她仍然一言不发。

一股膻味直冲鼻孔，那只母羊挤进房里，它人一样地眯着眼睛，打量着眼前的一切。它的目光落到炕沿边的襁褓上，它走上前来，仰起头，呼出雌性动物的温情。与此同时，小女孩哇的一声哭出来，她手刨脚蹬，拼命挣扎。

深秋让人发冷的傍晚，霜前残存的希冀里，蟋蟀凄凉地嘶鸣，如果一定要在薄雾弥漫的暮色中找出一点温暖，只能去更黑暗的地方寻找腐烂的棺材板上飞出的磷火——一只小老鼠从柴火堆里尖叫着蹿出来，后面是一只肥胖的大鼠，两只老鼠追逐撕咬，一点不在乎炕上有人。

且慢，大老鼠肚子大得十分怪异，跑起来比小老鼠更凶更猛更不要命。

"这耗子，真奇怪！"

"害人精，看你再闹。"柳枝脸上浮现出残忍的笑容，"你说大耗子奇怪？我告诉你，它是我下午捉到的那只。我抓住它，没摔死它，你不是偷我粮食吗？我让你窝里反。我往它肚子里塞黄豆，塞满了用针把它的屁眼缝上，再把它放走。过不多长时间，黄豆粒就被胃液泡大了，胀得受不了，它就去咬别的耗子，你说我这主意咋样？"

天啊，这是个什么样的女人啊，郎乌春不寒而栗。这是她应该说的话吗？可是她该说什么呢？

惊恐、厌恶，他再待不下去了。他必须早点从这麻烦当中解脱出来，孩子送到了，他的目的达到了，最好的办法就是离开。乌春下地穿鞋。这时候上路，天亮以前可以赶到白瓦镇。他得去揭开属于他的那张扑克牌，看看命运的点数到底多少。

柳枝目送他出门，她如释重负，她正担心他提出留下过夜怎么办呢。

郎乌春离开马滴达时天上的月亮有着大圈的月晕，预示着第二天是一个大风天。风已在村子外面无遮拦的旷野里吹起来，收割后的高粱地光秃秃的，月光下，干硬的蒿子秆不情愿地摇头。

秋凉冰冷地冲撞胸口，郎乌春感到寒冷而且饥渴。

两天后，一只怪模怪样的小畜生闯进了村子。小家伙长得和山羊差不多，只是没有羊角，两只耳朵竖立着，紧紧贴着脑袋，四条腿比狍子腿细长。小家伙大模大样地站在十字街。这是去年孤狼进村后第二次野物闯进村子，马滴达半个村子的人参加了围猎。马滴达不缺好猎手，康小猫就是最有准头的炮手，可是村子不比旷野山林，不敢用火器，最好的武器是松木杆。

村道上，野物身上的土黄色十分刺眼。小家伙跳得真高啊，一人高的障子一旋而过。它好像练就了缩骨功，从木障子中间嗖地钻过去。孩子们大呼小叫，大人吆喝着孩子们。小畜生将沉闷的村子激活了，村子里热闹得过节似的。这小家伙像黄羊，像狍子，还像獐子，连好猎手康小猫也叫不出它的名字，周旋了大半个时辰，小畜生仍在村道上和人们周旋。人跑累了，狗就成了生力军。十几条狗将它包围在村道中间。群狗咆哮，包围圈越来越小，狗主人达成了共识，谁家的狗先咬着那小家伙，野味就归谁所有。

包围圈更小了，小野物的双腿簌簌抖动，突然，它仰起头，凄厉地叫了一声。狗群发起最后的攻击，龇牙咧嘴的家伙一起向前扑去。狗群扑到的刹那，小东西腾身而起，半空中猛地兜转，落在狗群后面的草堆上，草屑和狗叫同时腾起，扑空的狗群撕咬在一处，狗毛乱飞。野物第二次腾跃，它完成了一次背飞，跃过顺子家一丈高的板障，终于突出重围。

柳枝来到院子里，那只狐一样的小东西蹿到她的脚边，没等她叫出声，小东西一头扎到她的脚下。它瞪着湿漉漉的眼睛看着柳枝，嘴吻处冒着血沫子。柳枝蹲下，小东西闭上了幽暗惊惧的眼睛，可怜的小家伙脑袋歪向一边，长长的睫毛帘挂着泪痕。

一点没费力气，柳枝等到了现成，她毫无争议地拥有了这桩野味。

既然康小猫都认不出这小东西什么来路，它一定是稀罕物，说不定值很多钱。这个谜只有白瓦镇上的皮毛商才能揭开。

立冬这天，柳枝将蛾子托付给顺子照看，她搭上一挂去白瓦镇送生猪的大车进城了。一路上，她忍受着两只肥猪的臭味和车老板的疯话，北风吹在脸上，哈气在头发上变成了白霜。进了白瓦镇，柳枝在牛马行前面下了车，她扛上装野味的麻袋向毛皮市走去。从牛马行到毛皮市要经过长长的艳粉街。两面的铺面挂着红红的纱灯，糊着黄色窗纸的红格子窗十分刺眼，穿着紫色和水蓝色棉袍的姑娘脸红红的，一边往手上呵气一边招呼客人。柳枝不敢抬头，只顾低头走路，她比倚门卖笑的姑娘还感害羞。

“小哥，进来坐会儿。”一个大脸盘的姑娘笑吟吟拉住柳枝的衣服。

柳枝挣了几挣。“你放手啊。”柳枝窘迫地叫起来。

姑娘叫道：“凶什么凶啊？我说嘛，是个女的，男人禁不住我这一拉呀。”

柳枝这才想起她戴着毡帽头，一副男人的打扮。

街上真是热闹，馄饨摊冒着腾腾的热气，另一个冒热气的地方是理发铺子，剃头师傅一边斜睨着行人，一边在牛皮上磨剃刀。刚收了秋，估衣铺里挤满了人，街边一排卖鞋和针头线脑的杂货摊。农具铺子的铁器三响，毛皮的膻味越来越浓。

毛皮铺的老掌柜戴着圆眼镜，穿件大氅，一副瞌睡的红眼，乱蓬蓬的花白胡子。他将柳枝带来的稀罕物看了又看，最后断定是黄羊子和什么东西的小杂种。

掌柜的对柳枝说：“你要是卖呢就给你几个大钱，不卖就背回去吃肉。我告诉你，这肉炖一天才能烂，一股土腥味。”

既然扛进了城，自然不会背回去。柳枝一心想将长睫毛的死物快点出手，她有更重要的事情。

白瓦河的河面裸露着一块块河卵石，走上白瓦桥头，柳枝远远地看见防火旗在风中翻卷。

李良萨满临时租住的旅店，冰冷的影壁后面，是一座宽阔的院落，三间整齐的正房，冬阳暖烘烘的，房顶上蒸腾着氤氲的水汽，檐前挂着细细的黄焦焦的冰溜子。

小伙计一双热热的眼睛在柳枝的脸上身上转来转去，柳枝脸红起来，她摘下帽子，一头腾腾的热气。

"我就说是个女人嘛。"伙计说，"李良萨满忙着呢，不方便见客，你找他有事吗？"

柳枝愣住了，是啊，找他有事吗？她的脸红了。

屋子里传出李良的声音，"伙计，有客人吗？请进来。"

小伙计吐下舌头，不怀好意地笑道："去吧，去吧。"

柳枝的脸更红了，红过又白了，她不知该怎样应付这个粗俗的家伙，眼泪就要流出来。她快步向里面走。

大萨满的房子分里外间，墙边摆着老式的八仙桌椅，地中间一个烧着炭火的大火盆。里间一盘火炕，十分温暖。

火盆里炭火很旺，大萨满的火盆是狼屎泥或者黄泥烧成的泥火盆。这种火盆制作时泥里掺上猪毛和碎线麻，将和好的泥扣在油子盆上，用手拍、擀，捏出两个耳朵一样的抠手，最后用瓶子在上面擀，涂上苏子油，整个火盆油光锃亮。

柳枝一路上冷冰冰的，刚才又受到了轻慢，这会儿终于忍不住哭出来。她坐在太师椅上，眼泪怎么也止不住。

大萨满智慧的眼睛立刻看穿了柳枝遭到了怎样的打击，他看着她，任她的眼泪肆意横流。他奇怪自己面对她的时候，心智便会变得模糊，心神变得不安。

自从在洗马村外的河堤上见过她，他再也无法忘记那个俏丽的女孩。多么天真柔弱惹人怜爱的女孩，他认出她是女神阿布卡赫赫送给他的一份礼物。

这会儿，他看着她，她的命运就像大风天暗夜里一支摇曳的烛火，恐惧不安，她变得毫无生气，嘴角两道愁苦的纹路，眼角的泪痣正在清晰起来。他的关切变成心痛，他知道，她多了好多个难以打开的心结，噩运缠住脖子，她不得喘息。这样的日子再持续下去，她会窒息而死。

"出了什么事？丫头，告诉我。"

"没事，什么事也没有。"

“你的脸色告诉我你有事。我是李良萨满，我答应过保护你的。”

她忍受着极大的痛苦，不相信地看着他，边看边摇头。

大萨满握住她的手，像握住两个冰块。

一股暖意从她的身体深处蒸腾起来，她心底的冰块开始融化。这蚀骨的寒气从什么时候生出的？这寒气是十年前失去童贞的夜晚蕴起的，在马滴达孤独的冬夜结出冰盖，何媒婆讲述血鳖的故事时，彻底在她的心底结了冰，郎乌春将孩子送到她怀里的一刹那，她的身体失去了最后一点温暖。

“他回来啦！”

“谁回来啦？”

“乌春，郎乌春。”

“回来不好吗？你不是盼着他回来吗？”

“他带着一个女孩。”

“女孩？”

“他和别的女人生的，我一看就知道。”

她把头低下，抵在他的胸前，泣不成声，她终于能够畅快地大哭一场。可是发出的却是她自己都不相信的声音——“抱我一下，抱紧我，我冷，我快冻死了。”

他抱住她，用宽厚的肩膀抱住她。他的怀里，柳枝抖成一团。她的每根头发都结了霜，两排细牙打战，无助地弓着身子，蜷成一棵冻白菜，实心的冰疙瘩。他低头看着她深埋的头，五味杂陈，心里乱糟糟的。他不忍心推开她，舍不得推开她，任由泪水打湿他的衣襟。她在他的怀里嘟哝着，颤抖地嘟哝着，“抱我一会儿，再抱我一会儿。”

路上太冷了，她来不及细想。抱着火盆取暖的时候，模模糊糊地想着可能发生点什么，但她没想到会是这样。

她庆幸窗户挡得严严实实，否则她会羞死的。

现在，是她在抱着他。她抱住他，用温暖的处子之身拥抱他，抱住她一直心仪的男人，一心想着报复那个负心汉，想羞答答地一劳永逸地解除“贞洁”的魔咒。

她在他的怀里多久？也许只是一刹那，她便脸颊绯红地撒开手。

第十六章　愤怒的神灵

柳枝一直心神不宁，李良萨满和满斗已半月未通消息了。前一天，康小猫去白瓦镇卖生猪，她托他给满斗捎一件小褂，包袱里一件补过的长衫是李良的。康小猫早起抓猪闪了腰，忍着背痛上路，却不忘和柳枝打趣，问她要不要去军营劳军。郎乌春由连长直接当了东北陆军第十三旅二十九团的团长，首善乡的韩公子韩玉阶当了白瓦县长，这是今年河谷出的两桩大事。马滴达人奇怪的是郎乌春从未到村里来过，只有当兵的来过两次，送来些小孩子的衣物。花轱辘车吱吱嘎嘎，牛车上的肥猪哼哼叽叽，苍蝇嗡嗡地飞。目送牛车在晨露铺洒的村道上碾开两条新鲜的车辙，柳枝长出了一口气，她庆幸康小猫没问包袱里是什么，免去了一番说辞。

干旱的春天，大地渴雨，太阳一出，土块的水汽立刻消散，显出黄不拉叽的颜色，土块硬得像石头。种不上庄稼，许多人家担水浇灌菜园，村中间水井的辘轳一刻也不停歇。院子里的葡萄干死了，水塘里的菱角秧干死了，水田干裂，像一道道触目惊心的伤口。“旋风旋风你是鬼，三把镰刀砍你腿。”小孩子们光着屁股奔跑，边跑边喊，无端的风刮起干燥的尘土，土面落在窗台上，母鸡烦躁地飞到树枝打蔫树叶打卷的榆树上。光着膀子有力无处使的当家人从干土里拔出枯死的高粱，唉声叹气，愁苦地咒骂汗淋淋的婆娘，仿佛大旱无雨是娘们的错。他们在洗马河边徘徊，河滩一天比一天宽，河卵石和蛤蜊壳反射着太阳光，晃得人眼睛花。河道一天比一天窄，潮湿的沙滩江柳摇曳，岸边的蒲草和水蓬棵死掉了，水鸟从草丛飞起，扬起一溜尘土。

乌春没有兑现很快接走蛾子的诺言，夏末，他好像忘了这码事。去过白瓦镇的人们说，现在镇上不太平，学生每天上街进行反日游行，爆发了几次大规模的冲突，据说警察打死了人。时局和干旱的灌木一样，溅一点火星便会燃起冲天的大火。

自从蛾子送到柳枝身边，邻居顺子每天早晨到家里来，她喜欢蛾子，愿意逗小孩子玩。蛾子每次一哭，柳枝就心烦得不得了。村子里许多小孩得了天花，何家三岁的小孙子不治而死。柳枝想蛾子怎么不替了那孩子？恶念一生，出了一头的汗，将蛾子抱在怀里，小丫头有仇似的，狠狠地咬她一口，柳枝厌恶地骂一声乌春。顺子正中下怀，将孩子抱去自己家了。

傍晚，康小猫从镇上回来，牛车被苍蝇和蜻蜓团团围住，瞎眼蠓和白蛾在村道上乱飞，老牛烦躁地奔跑，牛车险些翻在柳枝家的门口。康小猫从尘土里捡起蓝包袱，拍拍土，原封不动还给柳枝。他去过李良萨满租住的旅店，半月前，李良萨满和满斗被一伙客人强行接走，他们请李良师徒去做一场神秘的法事。

柳枝心神不宁，当晚，她做了个怪梦，梦见晴空一声霹雳，一个火球将一棵梨树劈成两半，天一下子黑了，她慌慌张张地冲出屋子，外面狂风大作，伸手不见五指，天要塌下来。满世界的风声和哭声。

柳枝惊出一身冷汗，醒来，窗外天光青魆魆的，放亮的光景。推开窗子，一股晨风进来，燠热潮湿。她盼着天亮，她要到善林寺见大空和尚，问问怪梦是何征兆。

善林寺的慧南小和尚做完早课，走出山门到江边挑水。晨雾尚未散去，夜露打湿了路旁的红茅公草，蓝色的鸡冠花和牵牛花含着一颗颗东珠一般的露水，太阳出来将露水晒干花才会怒放。一只黄鼬从路上猝然跑过，吓得小和尚心怦怦急跳起来。入秋光景，接骨木红彤彤的，就像春天时满树的樱桃。江水冰凉，旋着急流，刚定下心神的小和尚打了个寒战。

越过山门的瓦檐，慧南看见寺庙后山上石岩在阳光下慢慢地加深变红。慧南亲眼见过那片奇石从早到晚变幻五种以上的颜色，从黄变红，由红而褐，由褐而白，由白而青，太阳落山时，晚霞之下，那石有些偏蓝。

李良萨满说，石头的颜色由一百年前萨满的神服藏在这片山谷里变化而来。奇石记载了萨满们曾经的辉煌和忧伤的过去。

李良萨满说，月圆之夜，站在山顶凝神谛听，能听到萨满的鼓声和嘶哑的乌春。

颠簸在历史烟云中的故事。清太祖皇太极在此地曾对萨满进行过一次血腥的杀戮，士兵们抓走男女萨满，把他们赶到库雅拉江心的一个石砬子上，他们的旁边，神衣、神帽和神鼓堆成了小山，神器起火了，萨满传出哭嚎之声。族人们拼死相救，士兵们开始放箭，百姓们纷纷中箭身亡。射中的还有谷中白色的兔子，从此以后，河谷中生下来的白兔只有三条腿。

慧南喜欢听师父大空和尚和李良萨满论道研经，两个人一说大半天。大空和尚一直试图说服李良萨满认同佛祖，李良萨满对佛祖不排斥，但他只认同佛是众多神祇中的一个。

大空和尚指责库雅拉族人祭献的靡费，为敬谢神灵生剥野性的血肉，他说，河谷人心向佛，萨满总有一天会消失。

李良萨满不直接反驳大空和尚的论断，他说，知道萨满历史的智者越来越少了。他的心中，追求来世的幸福一点不可靠，现实的生存和子孙的繁衍才有意义。从他成为萨满开始，他就看清了自己的命运。别忘了，他曾在大火中获得过神启。

李良萨满说，我的神是自己的心灵。作为萨满，谁的思维力最敏锐、最强大，谁的心灵就拥有足够惊人的力量，谁就是智者，谁就是神。

他们争论的时候，大空和尚最经常的动作便是摇头和点头。他说，佛主张众生平等，而萨满只服务他的族人。

李良萨满说，对于人类，自然力永远不可抗拒。佛有佛的解释，萨满有萨满的解释，真正的萨满要想办法把懦弱的族人微不足道的生命力凝结起来，铸成一块抗住风吹雨打的石头，让他们无畏，对世界和人生鼓起勇气。

李良萨满说，成吉思汗是萨满，满人最伟大的努尔哈赤也是萨满。他们拥有萨满的智慧和勇气，因此能把他们队伍的全部潜能激发出来，然后，他们进入了中原。

大空和尚叹口气说，他们最后都信了佛祖，开始屠杀和清算萨满，这是为什么？

李良萨满愣了一下，看得出，他的心情极为激动。大萨满低缓沙哑地说，他们信了佛祖，为什么还杀生？这恰好证明，他们更知道萨满的力量，他们知道自己赢得荣华富贵凭什么。他们想保住和拥有更多，佛陀主张修行和逆来顺受，能讨好，能愚民，何乐而不为呢？至于八贝勒，他屠杀萨满，是想将他的家祭变成国祭，他不允许另外的神出现。你看到了吗？我们周围飘舞的精灵便是一个个不死的不甘心的生命。

大空和尚说，李良施主，你对轮回怎么看？

李良萨满大笑，他说，这个世界生命是恒量的，可以从草木到动物，从动物到人，从人到动物，从动物到植物，世上人多的时候，狼就少了，狼哪儿去了？只有一种解释，狼变成人了，狼变的人狼心狗肺。

距离寺庙十里远的村子里有一口井，前些日子淘洗时发现了萨满的腰铃，证明河谷确实发生过针对萨满的清洗事件。

但慧南对萨满夫人殉情的故事更感兴趣。一个姓关的萨满被抓走之后，他的夫人，一个二十二岁年轻美丽的妇人，拒绝了显贵们的求婚，她发誓为丈夫守节。为了扼杀自己的欲念，她自毁如花的美貌，毁容后的寡妇居住在自己的深宅之中，度过漫长的三年。有一天，她终于明白丈夫不会回来了，她走出自己的院落，她向乡亲们作了最后的告别，然后上吊而亡。她死的那天，成群的飞鸟云集院落，哀鸣徘徊，十日不去。

李良萨满半个月没来了，他带着小徒弟满斗去某地举行一个神秘的法事。想起李良，小和尚猝然一惊，他预感到一种不祥。

这时，他看见一个少妇急急地走来。

慧南担水走进山门，前廊，师父大空和尚仰头看天。见徒弟得意地走来，顺口问道："我听见你在外面说话，女施主为什么不进来？"

慧南放下水桶，笑着对师父说："女施主不是来上香的，她来解梦。"

"解梦？为什么不进寺里来。"

"我给她解过了，不劳烦师父。"

"哦，什么梦？你怎么解的？说来听听。"

小和尚将女施主的梦境和解词说了一回，"我告诉她，这梦大大的不妙，男人是女人的天，梦里天塌了，人回得来吗？梨树一切两半，说的是从此一刀两断，骨肉分离。人生有三世因果，超度，超度，善哉，善哉。"

大空和尚蹀足叹息，"解错了，解错了！"

慧南慌忙问道："师父，这梦咋解才对？"

大空说："梨分两半，叫切梨见子，说是她可以和儿子相见。男人为天，女人为地，天塌下来，天地相合，说的是天地相隔之人就要相见。唉，你可把那个女施主害苦了。快去看看人走远了没有。"

慧南快步跑出山门，来人早不见了踪影。待返回去，一抬头，一只黑嘴巴的黄鼬蹲在山门的瓦楞上，正是刚才路中间跑过的那只。这会儿，那畜生将两爪抱在胸前，对着小和尚一下一下地作揖。慧南的童心引上来，他忘记了刚才的不快，随口说道，你看，你还像个人似的呢。他的话音刚落，畜生瓦楞上打个滚，倏忽不见。

洗马河蛙鸣四起时开始，师父就让我背诵《气经》。师父告诉我，我们的周围，遍布着运气、生气、祥气、身气、病气、天气、地气、树气、水气、寒气、火气、燥气和腐气，做一个萨满要练嗓气、心气、臂气、腰气、目气、脚气。师父在我身前身后点燃烟火香纸，烟火熏蒸，我的周身回旋热气，令人眩晕。

我没像师父期待的那样出现亢奋的感觉，但热流经常涌过我的全身，热流过后冰冷寒透心底，像患了疟疾，恶心憋闷，想打嗝打不上来，急躁易怒。师父说我的胆热，给我开了一个药方，黄芥子三分，莱菔子三分，川楝子半分，黄芥子是芥菜籽，莱菔子就是萝卜籽，菜籽能够治病，真神奇。师父将这三味药研成粉末，药有股说不出的味道，早饭和午饭后各喝一碗，气胀真的消失了。

李良萨满给我讲了许多神秘的事情。我们人类生活的世界之外有各种神灵，它们不受人世的干扰，每个神灵都有自己的爱好和习性，它们像人一样有喜怒哀乐，有情欲，有善恶，有着各种幻术和奇能。我们的万神之主阿布卡赫赫的上身裂生出周行天地的光明女神卧勒多赫赫，下身裂生出地母巴那姆赫赫。星神包括北斗七星神在内有五十二位之多。世界上还有雾神、霜神、雪神、山神、树神和动物神，动物神里面有老虎神、熊神、鹰神和白鹿额娘，多得数不清个数。除了这些自然的神祇，神的谱系中还有我们的祖先神。

老实说，我对记住这些祀神没有兴趣，我更感兴趣的是师父李良的法术。

李良萨满告诉我，智慧有三种境界，精明如鼠的眼，能明察眼前的食物；精明如虎的眼，能察觉近处的猎物；精明如鹰的眼，能洞察远处的风物。李良还告诉我，假如你想要一种东西，放它走。它若回来找你，就永远属于你；它若不回来，那根本不是你的。

老实说，师父的话我不能完全听懂，有的话听懂一半，比如，师父告诉我，正常情况下，人的眼睛是黑的，心是红的。一旦眼睛红了，心就黑了。

秋天的早晨，我将一盆洗脸水直接泼到灶坑里。李良师父狠狠地责罚我，“满斗，把手伸出来，让我打三十下，我惩罚了你，火母神才会饶恕你。”

火母神是个白发苍苍的老太婆，一只眼，脸上有血。谢天谢地，我从未见过她。

打过手板，师父一直心事重重。果然，中午，十几个黑衣人找上门来。

我和师父在黑衣人的陪伴下上路了。我们坐一辆四匹马的马车出白瓦镇的东门，马车走得很快，晃得厉害，新鲜劲儿一过，我很快就困倦了。我问师父我们去哪儿?

“请李良萨满做个法事。我们没有恶意。”没等师父回答，穿灰色长衫的男子告诉我。

马车的摇晃中，满斗进入了梦乡。那些鬼孩朋友再次出现在他的梦里。

一条雾蒙蒙的河边，正在举行一个隆重的庆祝仪式，我们庆祝豆腐腰即将成为一位公主。一位公主，多好听的名字，铁脑袋麻秆腿他们羡慕极了。

倚着河边的小柳树，吹开蓝色的雾霭，我们耐心地辨认一本图画书上的人物。图画书上有皇帝和皇后。皇帝戴着一副圆眼镜，面容清瘦，皇后很好看，穿着华丽的戏装。这两个人即将成为豆腐腰的亲人。

为了庆祝这一时刻快些到来，我们给豆腐腰戴上荆棘花冠。鬼孩们应豆腐腰的请求，玩起泥水里叠罗汉的游戏，这样可以将法力汇聚起来，穿透时光的迷雾，看清豆腐腰的未来。时光的帷幕比冬天库雅拉江的江冰厚许多，我们没有能力看过去。

一阵大风吹过，豆腐腰的紫荆花冠被吹得花叶全无，变成一圈藤萝绳索。豆腐腰开始哭泣。

模模糊糊地下车，迷迷糊糊地错过了晚饭。醒来正是半夜，师父没在身边，不知身在何处。月亮穿透窗纸，墙上树影鬼魅一样摇摆。梦里萦绕不去的哭声清晰地在耳边回响。哭声来自一堵高墙的另一边。

我走出霉味和汗臭混杂的屋子，外面的空气凉哇哇的，月光瀑布般泻在阳沟的一小片薄水里，两只黄鼬警惕地蹲在木棚下面的耗子洞口，一只我不认识的夜鸟掠过大门外柳树梢，诸如锹镐一类的粗笨家什和月下的影子接在一起，又长又弯，摇摇晃晃。

墙的那面传来男人愤怒的吼叫和咒骂，想听真切些，我侧过耳朵，一个人走进院子，命令我回到屋子里去。一扇半掩的门缝里飘出一缕鸦片烟，里面有女人的尖笑声。又一次听到哭声，我停下来，这次我被使劲儿推进屋子，门从外面关死了。

李良师父仍未回来。我趴在窗口向外张望，窗前有一个荷花池，荷花凋谢了，风吹着满池的荷叶，荷叶中间的莲蓬低着头。月光下，一只灰鸟啼着奇怪的调子，远处好像有座寺庙，传来深沉的铜镲声。

头疼得厉害，我呼唤我的神祇，这是哪儿啊？师父，你去哪儿了？

我想等师父回来再睡，眼皮却沉得像棉布门帘。我太困了，师父，你快点回来吧。

清晨，小孩子的惊哭声，然后是公鸡的啼叫。六个人走进我们的屋子，他们身穿奇怪的戏装，面色阴沉。他们将一把孔雀翎递给我和师父李良，请我们跟他们走。师父什么时候穿上了他的萨满服？他的表情十分肃穆。

天未放亮，空气清冷。院子里晃动着黄色的纱灯，木门的铁链发出刺耳的尖叫声，大门在我们身后轰然关闭。

难闻的香火味，比年息香的味冲，比达子香的味浓。面前放着一张桌子，桌子上铺着一块黄绸子，香炉边两只瓷碗，装满鲜红的液体。那些人命令我们脱下外衣，师父皱起眉头，但他顺从地脱下沉重的萨满服，裸露出黄色的上身。领头的人拿过一个漆盘，上面放着两把匕首，他递给师父一把，自己举起一把，高过香烛，然后将匕首比量自己的裆部，示意师父按他的样子做。匕首在左腿划了一刀，用一根白羽毛擦去血迹，将羽毛在烛火上烧掉。

另一扇门打开了，一个宽阔的院落，光线让人眼花缭乱，周围一片响亮的吼声。头上的天空现出青灰色，无数的星星仍挂当头。一个男人提着一只大篮子走来，他命令我揭开篮子上的黄布。篮子里有一只红色羽毛的大公鸡，公鸡骤然冲天啼鸣。有人命令我将公鸡头抓住，公鸡头硬邦邦地挣着，师父拿过匕首，一刀割开公鸡的喉咙，鲜血喷溅，血腥直冲鼻孔。师父已神奇地取出了公鸡的鸡心，鸡心跳动着，滴下鲜艳的血滴。一个戴眼镜的男人由两个女人陪着走来，他伸出手指厌恶地碰了一下滴血鸡心，他的手指上戴着一枚奇特的大戒指，戒指闪着亮光。他火烫一样弹开手指，立刻有人递上毛巾，他擦了又擦，头上冒出细汗。

现在，我和师父站在一个陌生的湖边。我们的身后一片桦树林。我的鬼孩朋友都已幻化成人形，但我能认出他们，脑门铁青的是铁脑袋，麻秆腿左脸蛋有块胎记，满脸淌汗的豆芽菜是豆腐腰，这些人里面数她最紧张。还有几个孩子我不认识，但我们有一个共同的称呼，我们叫天空之子，一共九人。

刚才触碰鸡心的男人站在一排军人前面训话，他看上去十分面熟，我在哪见过他？想起来了，就在前天的梦里，我认出来了，他是图画书上的皇帝。

我们九个孩子，九个天空之子，在林子边小广场站成两排，两个杆子立在树林前，杆子中间系着一条绳子，绳子拴着柔软光滑五颜六色的长布条，布条上缀有很沉的铁棒、挂有铃铛和钥匙的铁圈，还有一个铁制的小梯子和金属的牛的剪影，牛是皇帝属相的象征物。

这场面来自师父李良的布置，在我睡觉的时候，他独自做完了仪式的一切准备。

附近的护军用演操声掩护着我们。皇帝表情紧张，手不停地发抖，皇后一次次用手帕给他擦汗。

举行仪式的树林临时移来八十一棵桦树，两棵大树，分别是父树和母树，父树和母树有树根，其他的树没有根，因为无根，二十多棵白桦树的叶子掉光了。父树的树干挂着一张小桌子，桌子上放着面粉和黄油做成的小蜡烛。母树上放着三个鹊巢，鹊巢里放着皇后用面粉做的十六颗蛋。父树和母树装饰一新，挂着横幅的画，有狐狸、雕、太阳、月亮。树用两根金线和银线缠起来，金线代表太阳，银线代表月亮。

师父死人李良已穿回他全套盛装，他的萨满服缠着一圈小铁棒，肋骨一样。他让我把他的角状头巾系在长袍的铁环上，他戴上拖亚拉哈大神的面具，拿起他的神鼓，且歌且舞。

演操声更大了。我摇起铃铛，挥舞彩条，李良敲起一口大钟，把白色的牛奶汁液洒向神灵，然后击鼓。

我们九个天空之子跟着李良向东南西北四个树桌贡献祭品，每张树桌上有个碟子，上面放满了饼干、小糖果，三杯牛奶和白酒，这中间发生了一个插曲，一个人拿来了日本的清酒，皇帝破口大骂，我知道他过得并不愉快。

李良击鼓，我们晃动树枝，我们奔跑，跑向白桦林。

“你们好吗？”

“我们不好。”

“你们好吗？”

“我们很好。”

皇后一脸悲戚，皇帝泪流满面。

皇妃唱起献给神灵的歌，皇妃满脸黑气，我知道她在世上活不多久了。皇帝的一匹白马被牵到树林前面，他把一杯奶茶放在马背上，我牵着白马绕着白桦树林跑。我跑步的姿势很不好看，我的任务是不让奶茶洒出来。

死人李良的铃鼓之声更加激昂，我们九个天空之子围着白桦林跑圈。等待着，感受着，跑到神灵让我们爬树为止。我们开始攀爬的时候，所有的仪式都将停下来，包括皇帝在内，大家都要吆喝着为我们加油。攀登的过程是仪式的高潮，树象征着联结人类中层世界和神灵最高世界的纽带。我们用攀登回应神灵的呼唤，提升自己的灵魂。

一只白羊被牵到母树前面，它作为祭品要被献给神灵。裹着红色黄色和白色带子的桦树枝放在母树下，以免喷溅的羊血滴在地上。

白羊骨肉分离，砍下的羊头放在一个托盘里。这时候，我们终于等到了神启，我们开始爬树。铁脑袋爬得最快，第二名是麻秆腿，我不算快，但和另外两个天空之子速度不相上下，并列第三。皇帝亲自为我们击鼓，皇后亲自为我们唱歌，我们兴奋极了。我们八个人都爬到了树干画着红线的地方，豆腐腰刚刚爬到树干中间，她的脸色苍白，现出痛苦的神色。我们一起高喊，为她加油。可是她停住了，大口大口地喘气。我预感到不幸就要发生了，只见她匪夷所思地撒开双手，整个人后仰，一片惊呼，惊叫声中，豆腐腰向树下坠去。

我们回到树下，皇帝的表情极为诡异，他不说话，也没有责备我的师父李良。为了庆祝召回我们的灵魂，他要为每个天空之子向空中扔一个杯子，扔到谁的杯子，谁就绕着杯子顺时针方向跑三圈。这又是一桩神启，可以预言帝国的事业能否兴旺。

噼噼啪啪，皇帝扔的每一个杯子落地都摔碎了。他的额头滚下大颗大颗的汗珠，他看豆腐腰的眼神充满了怨毒，那一刻，我知道了豆腐腰定会夭折的命运。

一个供桌摆放在父树下面，献祭的羊头从母树下移到父树的供桌之上。李良的鼓声中，皇帝恭敬地上香。香烟缭绕，这时候，不可思议的一幕出现了，供桌下面，一只猫那么大的老鼠窜来窜去。老鼠吱吱怪叫，它愤怒地撞击供桌。在场的人都看到了，大家呼吸困难，皇后瘫软在地。

病气、树气、寒气、腐气，我都感受到了，还有一种气笼罩周身，一种更冷更寒的气。

“这是杀气。”师父小声说，“满斗，咱们走不了了。”

未来的满洲国皇帝溥仪登基之前，曾在库雅拉河谷请李良萨满做过一次家祭，这样的故事不会载入历史，说出来也不会有人相信。但我告诉你，这件事千真万确，我记得那怪异的一幕，一只比猫大的老鼠在供桌下面乱蹦乱跳。

皇帝的保家神不是龙，是一只比猫大的老鼠。结果不容接受，皇帝不可能向一个老鼠的神位顶礼膜拜，这是皇家的奇耻大辱，不能让这样的消息流布于世。

洗刷耻辱，封锁消息，办法只有一个——杀死主祭萨满。

离开大清逊帝溥仪的临时住地，我的师父、死人李良已经预知了自己的命运。

“满斗，你一定要找个机会逃走，这地方离善林寺很近，你能找到回家的路吗？”

“师父，我能找到路，咱们一起逃吧。”

死人李良凄然一笑，仰天长叹。他能驱逐鬼魂，降妖降魔，拜祭神灵，治病驱邪，他能上天入地，推断前世今生，可他逃脱不掉自己的噩运。

死人李良对我说：“满斗，瞧准机会你就快跑，无论身后发生什么，听到什么声音，千万不要回头看，千万不要返回。每一个萨满都有自己的命运。”

听到师父的话，满斗五雷轰顶，心如刀割，但他必须听从师父的指令。

满斗找到逃走的机会并不难，六个押送我们的黑衣人注意力都在师父李良的身上，他们对李良萨满的法力有所忌惮，一直在找合适的下手机会。

一条奔腾的河边，满斗借口解手，顺势滚入灌木丛。与此同时，黑衣人对李良萨满动手了，一个人抡起碗口粗的木棒砸中李良的脑袋，李良萨满无力地瘫软下去。

满斗撒开疲软的双腿奔跑，直到再也跑不动。他藏在一个土坎下面无声地哭泣，他知道，李良萨满为了让他顺利逃走才装作毫无防备，一定是的，他为什么不挣扎一下呢？

满斗违背了师父的指令，天黑以前，他返回师父的遇害地，他没找到李良的尸体，乌黑的血痕中间，蹦跳着上千只蚂蚱。

抓捕李良萨满的命令由东北边防军副司令公署参谋长熙洽亲自签署，悬赏令张贴出去的第五天中午，郎乌春正在宽阔的太师椅上睡午觉。他结实的屁股底下是一张老虎皮，油光光的办公桌上堆放着文件，佩剑立在左腿边，办公室里回荡着京剧唱片，这是来白瓦镇拜访他的日本人送的礼物。

从他办公室窗口望出去，能够看到干涸的白瓦河和喇嘛堂的尖顶，野猫在瓦檐上蹦跳着跑过，乌鸦低低地飞过院落，栖到河边的榆树上去。阳光透过格子窗在郎乌春的脸上映出一道道斑纹，斑纹和皱纹重合，消失在他的涎水里。这些影子明明暗暗，一如变幻不定的时局。

回到白瓦镇的郎乌春感到自己简直生活在一个苍蝇的国度里，苍蝇到处都是，红头蝇、绿头蝇、黑头蝇、牛屎蝇、水苍蝇和瞎眼蠓铺天盖地。苍蝇落满马路边的臭水沟，落满居民家的院落，在摇篮里的小孩子嘴里和鼻孔进进出出，轰赶时，少部分哄地飞起来，更多的像高粱米饭长出的霉斑，宁肯死在食物上也不飞走。他巡视了白瓦镇防区的所有军营，苍蝇无处不在，连士兵们的枪口都快糊死了。

白瓦镇就是一张花花绿绿的粘蝇纸，拔不动腿的不只苍蝇一样的大小土匪，还有日本人。驻扎在中朝边境的日军十九师团经常过境“追剿韩国独立党和俄国激进派”，一年前，四十多名日军带着机枪和山炮闯进白瓦镇，他们占据了艳粉街和牛马市，在莲花阁门前挖战壕，架设军用电话线。在敬信乡，日本人残忍地将抓住的朝鲜人用铁丝穿过手心排成一串，用机枪扫射，把老人和妇女赶进房子里烧死。

郎乌春就任团长的第一天，他的桌子上第一份文件就是一本名为《今日之白瓦》的书，这本书在全国各大书店公开发行，是北京师范大学调查组在白瓦的调查报告。

在政府的交涉下，日本军队撤走了，日本人开的洋服店、水果店、洗染店、照相馆却像蘑菇一样遍布镇内，他们开设了澡堂和药铺，染指煤矿、金矿。更要命的，日本人竟然设置了一个金融部，为日商做金融上的后盾。为了和日商抗衡竞争，县长向省官银号请求低息贷款，省上拖延半年批下二十万吊，日商进口货物只缴三分之一的关税，中国商户不但要缴纳全额税款，更要上缴各种杂捐，本埠商业日益凋零。

院子里一阵嘈杂，将郎乌春从梦中惊醒。引起争执的是马滴达的村长，一个留着山羊胡子的老头。他向郎团长报告的消息是，白瓦镇悬赏的李良萨满出现在马滴达，而且就藏在郎团长本人的家中。

马滴达的村长报告说，乞巧节的前一晚，马滴达的屠夫康小猫被邻村请去杀猪，他是一个练武之人，一身好轻功，否则不会得到康小猫的美名。他喝酒喝到半夜，踉踉跄跄地走回马滴达，即便如此，他的脚步还很轻快。马滴达的村口，他看见前面有一条黑影，他想追上看看是哪一个。他加快脚步，奇怪的是，他走多快前面的人走多快，始终和他保持着十几步的距离。康小猫急了，他快跑起来，终于在柳枝家的大门口追上了那个人。康小猫细看一眼，分明就是一个吊死鬼，因为，那人挂在树上呢。

康小猫大叫起来，夜深人静，整个马滴达都听到他的惨叫声。

被康小猫吵醒的人们没有见到挂在树上的吊死鬼，他们找到的是库雅拉河谷最具法力的李良萨满，李良萨满头部受了重伤，痛苦地倚坐在大门旁边。

郎乌春跳上他的高头大马，他的身后跟着四个全副武装的卫兵，风一样地跑出白瓦镇。他们跑过沤泡苘麻发腥发臭的水塘，麻雀在水塘上面的蒲草里歌唱。他们穿过遍布野豌豆和歪头菜的桦树林，麻雀在白桦林的枝头歌唱。他们的马在塔头甸子里溅起一片片水花，麻雀成群地飞向天空。夏天频繁的雨水改变了地貌，以至于秋天来了，一个个水洼仍然汪在白瓦镇通往马滴达的官道上。

去年秋天这个时候，土路上可是另一番风景，路上蹦跳着无数的蚂蚱，土黑色的秋蚂蚱长着坚硬的翅膀和四棱小脑袋。路边的杨树和白榆树不时飞起一只又一只屎壳郎，它们落在干牛粪上，和绿豆蝇不停地发生冲突。七星瓢虫像春天的榆钱一样漫天飞舞。走在土路上的郎乌春灰头土脸，一脸疲惫，他的怀里抱着小女儿，身后跟着一头卷毛打结的母羊，母羊晃荡着饱满的粉红色奶头，给秋天增加了许多神秘丰腴的色彩。

一排老榆树的后面，马滴达的田野湿雾弥漫，雨水打湿了郎乌春的眼睫毛，他彻底失去了勇气，他不知道自己应该怎样面对柳枝。

郎乌春放慢战马的脚步，犹犹豫豫地进了马滴达。

村口有一个土地庙，庙门口的纸幡在雨中低垂着，这时忽然飘飞起来，村子里，报丧喇叭陡然响起，呜咽声十分诡异，万分凄凉。

灵头幡插在柳枝家的大门口，郎乌春头嗡的一声。他翻身下马，快步走进弥漫纸烟的院落。

穿过寒酸院落的霉味，将斗篷上的惊讶和怯懦抖落在地，脚下磕磕绊绊。迎面看见柳枝，对于他这个不速之客，女主人没有感到惊讶，仿佛知道他一定会来似的。

“满斗的师父死了，李良萨满死了。”柳枝满眼血丝，看得出，这场不幸将她压垮了。

来帮忙的男人大多蹲在墙根下面，女人忙碌着，忙着抱柴烧火，削土豆皮。两丈高的木杆挂着长幡，幡尾的黑布拴着红布条。

极不痛快地摆脱掉山羊胡子的拉扯，郎乌春来到停放尸体的东屋。墙上挂着农具和乱七八糟的粗笨家什，一副犁杖、两把生锈的镰刀、一把锄头、一把镐头、发霉的挽具。“郎团长，消息我报告给你了，你看到了，李良躺在这儿，我没说假话，你们得给我赏金，不能因为人死了赖账。”

“我要是你，这会儿就把嘴闭上。”郎乌春将告密者扔在身后。

郎乌春站到李良的尸体旁边，一只狸猫跟在他后面走进屋子，乖巧的士兵将唠叨个不停的山羊胡子老头拦在门口。

穿着黑色寿衣的李良萨满头朝外躺在那里，他的寿衣又肥又大，身上腿上绑着两道红线，脸上蒙着一张烧纸。

在人们的描述中，郎乌春已知道了许多。昨天，李良萨满意外地出现在柳枝家的门口，柳枝将他扶进屋子，正像前几天回到家里的满斗说的那样，李良萨满受伤了，他的头部凝着黑色的血块，伤情十分严重。李良萨满倒在炕上便陷入了昏迷。请他做法事的是什么人？哪来什么皇帝，大清皇帝早已退位，大头袁皇帝也已身死，满斗说的定是假话。但那些人为什么对李良萨满下毒手？除非李良本人回答，别人无从知晓。人们只知道他出现在白瓦镇的悬赏文告上，而悬赏文告语焉不详。

院子里挤满了人，人们停下嘴里的烟袋，停下手里的活计，挤到窗户前面。

郎乌春掀开了李良萨满脸上的黄纸看了看，他向人们证明了一个军官面对死亡的冷静，郎乌春见过李良萨满，但他对大萨满素无好感。他把黄纸轻轻地蒙上，转身点燃三根年息香，香烟缭绕，郎乌春的脸上浮现困惑的表情。是啊，上峰悬赏缉拿的逃犯死在他郎乌春的家里，柳枝名义上还是他的妻子，这事怎么都得说清楚。

郎乌春将香插在香炉里，点燃了两张黄纸。火光映红了屋子，火光缭乱，扑到乌春脸上。一阵风吹过，屋里屋外的人都感到一丝凉意，寒浸浸的风钻进后脖颈，榆树叶子唰唰坠落。

所有人都见证了那一刻。风掀开盖脸纸的一瞬间，尸床上的李良忽然坐了起来。人们瞪大眼睛，噤口失声。床上的人表情困惑茫然，熟悉的人发现，从尸床上坐起来的李良往日的威严全失，脸庞肿大，正在努力地将吐出的舌尖咽回去。“死人活了——”终于有人叫出声来。

跟在郎乌春身后的柳枝大着胆子走上前去，将李良轻轻一推，尸体就仰躺回去。

“李良萨满屈得慌啊。”柳枝说，“李良，你有冤屈也得好好躺下，我们给你多烧纸钱，我们——”她呆住了，床上的死人对她的安慰毫不理会——李良又坐起来。

“天哪，诈尸啦——”柳枝的声音哑在嗓子眼，两条腿互相绊了一下，摔倒在地。

乌春大惊失色，两大步跳出房门。他下意识地站在门口，想闹明白自己是不是花了眼。

像一颗炮弹在院子当中爆炸，人们突然向院外狂奔，郎乌春的马弁跑得比谁都快，别忘了，他们个个身手敏捷。他们中年纪最大的那个边跑边喊：“团长，他——他——死人——你身后——”

乌春已经感受到了脖颈后面的阴凉，凉气在他的周身游走，一直凉到脚后跟。白瓦镇最高军事长官怪叫一声，他逃了，跑得趔趔趄趄，左脚绊住右脚，右脚绊住左脚。他陷入极度的恐惧之中，不敢回头看。他的身后，李良萨满两臂向前平伸，或许两臂使劲儿摆动，有谁说得准呢？唯一的事实，死者从尸床上坐起来，走出房门，在郎乌春的身后站一会儿，郎团长狂奔的一刹那，他追了上去。

乌春跑过院子里的土灶台，里面的白菜豆腐汤冒着腾腾的热气，两只绿头麻鸭嘎嘎叫着，扁嘴伸进灶台边的泔水里。混乱中，受惊的公鸡飞上了房顶，公鸡能啼上一声就好了，可是紫红冠子的大公鸡只在房顶悠闲地踱步。乌春跑过院子边上的索罗杆，死者在后面仍然紧追不舍，有人高喊，“拐弯——拐弯——死倒儿不会拐弯。”

乌春绕着木杆跑了一圈，他跑得太快了，转回来和追他的死者撞个满怀。他伸手推了一把，推空了。他绕着锅台烟囱奔跑，死者比生者从容得多，他匀速地跟在郎乌春的身后。死者的表现证明，库雅拉人关于诈尸的死者只会跑直道不会拐弯的说法多么荒谬和不可靠。

郎乌春跑到仓房门口，他冲进去，将门从里面闩死。死者停下来，他的身子在木门上靠了两靠，他发现了洞开的窗口，慢悠悠地走过去。窗前有一丛扫帚梅花，正值花期，粉色的、红色的、蓝色的花朵轻轻摇摆。

奇迹发生了，死者开始采摘花朵，并将摘下的花朵乱纷纷地插在鬓边。死者打扮的空当，郎乌春将房门拉开一道缝，猛地冲到院子里，拼命向院外跑去，他被高高的大门门槛绊了一个趔趄，他跌跌撞撞，好容易稳住身子。他的脚步声惊动了死者，死者猛地转身，然后追出来，死人李良的脚步丝毫不乱，十分轻快，大萨满的头上花枝乱颤。秋天的最后几只蝴蝶不知从哪个角落飞出来，在他的身前身后翩跹起舞。

大门口有一个水塘，水塘的四周长满蒲草，中间一大片水，倒映着天空汪在那里。郎乌春径直向水里奔去，他分开倒伏的蒲草，摔倒在水里，溅起一大片水花，他狼狈地爬起来，又可笑地跌倒了。水花飞溅，郎乌春连滚带爬泥水淋漓地跑出水塘，机灵的马弁不知什么时候将他的战马牵过来，当兵的将郎乌春扶上马背，他双腿颤抖，灌满水的马靴怎么也踹不进马镫。战马小跑起来，定下心神的郎乌春回头看了一眼，他想看看李良是不是真的活了过来，他恰好看到李良跑向水塘。

郎乌春想从马上下来，胯下的战马忽然咆哮，马尥了一个蹶子，撒开四蹄，载着主人向村外跑去。

马嘶声惊吓了死者，他站住了。

死人李良发出一声撕心裂肺的长嚎，这一声让人们确信他真是一个活人。

蒲棒绒飞起来，柳絮一样，雪花一样，漫天飞舞。

李良萨满仰天高歌：

石头脑袋、金嘴、银鼻子，那铜脖子啊，
仿佛铁车轮一般，神奇的鸟神啊，
展翅遮天地，翘尾触动星星和月亮。
金舌鸟神，全身火红，深红的双唇，
雪白的肚腹，展翅飞翔，俯冲降落，玩耍鸟神啊。
点燃一把汉香，点燃一把年息香，
点燃能点燃的心房，
从天上飞过的，从地上走过的，在我们心中想念的，
所有所有的神灵，
将冤屈带走，让歌声留下。

人们的身后，一个稚嫩的童音与之呼应：

蓝天万星出齐了，
银河万星出齐了，
高天北斗星出齐了，
柳梢三星出齐了。
照亮我们的铃鼓之路。

满斗下意识地喊罢，乌云裂开一道缝，天空像一只见惯了苦难的眼睛，滴下了泪水。

时间静止，呼吸停止。白水鸟、布谷鸟、旷野鸟，库雅拉能叫出名字的神鸟们的翅膀再次遮住了太阳。

柳枝紧紧地抱住抖成一团的满斗，生怕自己一撒手儿子就会追随李良而去。

死人李良唱着神歌离开了马滴达，消失在河谷旷野冰冷的雨水中。

伍腓凌　花瓶姑娘

第十七章　花瓶姑娘

哦，马滴达，这名字如此熟悉，如此怪诞，如此平常而又荒谬，我永远忘不掉的名字，这名字散发着柳枝的体香和廉价的脂粉味，还有她泪水的咸湿。散发着郎乌春裤裆里紫皮萝卜的辛辣味，散发着我的命运即将逆转的苦味。我，满斗，我阿玛，我额娘，我们一家人，命运都将在这里发酵一次，就像锅底灰炕洞土笤帚梅地瓜花的味道，就像热烘烘的泔水和猪食味。心血和胃液被煮沸，咕嘟嘟冒泡，散发硫黄的味道，散发出阴沟的味道，散发阳沟的味道，散发善的味道，散发恶和放逐的味道。我们像木偶一样被拉上台表演，一会儿穿上衣服，一会儿变得赤裸，我们的脑壳掀开天灵盖，灵魂花花绿绿，无遮无掩，被雨水浇灌，流着泪等待救赎。

夜幕下，我闻到向日葵花的香味，我闻到甜高粱的香味，我闻到黄瓜和西红柿的清香，我闻到了苹果、海棠、羊屁屁蛋李子，还有玫瑰紫葡萄的香味。麻雀和燕子的翅下又腥又热，月光下，黄鼠狼痛快地释放难以形容的臊味。还有，被窝里的汗味和尿臊味，刺猬爬进小孩子的梦里，头戴打碗花的姑娘们欲拒还迎，半推半就。

还闻到了什么？

我闻到了自己身上的馊味和自惭形秽。

我闻到命运的魔术袋散发出诱惑、淫猥、恼怒和幸灾乐祸。饵，在头上晃来晃去，捉弄人的命运之钩晃来晃去，锐利，冰硬，毫不留情。

这一天，我没有找见江边洗衣服的额娘。江边沙滩上没有晾晒的衣物，柳条通里没有溅水声和女人的嬉笑声，更奇怪的，天不怕地不怕的伙伴们不见一个。喧闹的江边只有青蛙和水鸟的叫声，换在往日，那些半大小子从下游的江汊子里几个猛子就能钻到柳条通里面去，然后便是一场疯骂和乱飞的泥巴。今天中午，洗马河边没有人，只有野鸭家鸭和一次次俯冲的燕子。

已是秋天，前些日子下了几场大雨，江面阔阔荡荡，水势似比六月还大，偶尔有一截倒木顺流而下。水洼里冒着一串串气泡，空气中弥漫着青蒿的味道。中午，太阳炫目，河滩上大大小小的鹅卵石滚烫滚烫，东面一大片水蓬棵开着粉色的花朵，中间杂着蓝色的鸡冠花。几棵山李子树倒在岸边河面上，河水掀起朵朵浪花，树枝下面好看的野鸭游进游出。我找到一棵婆婆丁放进嘴里嚼，嘴里泛着酸水。我下到河里翻河中间的石头，石头下面有大个的红色蝲蛄，一条大鲇鱼从我小腿边滑过去，我被撞个趔趄，一脚踩上一只蛤蜊，脚掌肯定划伤了，我叫了一声。

这时，我听见一个奇怪的声音——去看花瓶姑娘。

有人说话，可是江边一个人影也没有。

去看花瓶姑娘——

怪声再次响起。短促，沙哑，刺耳。

惶恐之中，举目四顾，我找到了声音的出处，天哪，喊话的是一只喜鹊。

那只白脖颈白尾巴的喜鹊比我平日看到的喜鹊小一点，在最近的一丛接骨木上跳来跳去。

去看花瓶姑娘——

白尾巴喜鹊仍冲我叫。

它的声音和村东头新搬来的一个鼻孔的山东人很相似，但喜鹊的声音尖厉一些。

小喜鹊，去哪儿看花瓶姑娘？

——去看花瓶姑娘。

小喜鹊叫一声，一颤一抖地消失在不远处的桦树林。

屈死鬼在河底游来游去，屈死鬼长着树枝一样的手臂，头发像墨绿色的水草。有月亮的夜晚，她栖息在扬花的玉米穗上，没有月亮的夜晚，她躲在渡口石头台阶下的阴影里。有人听过她的哭声，嘤嘤的，像春风中的柳哨。她是一个倒霉鬼，比吊死鬼还倒霉。吊死鬼抓替身的机会比河里的屈死鬼容易得多，吊死鬼没有季节的限制，总有想不开的男人和女人。河里的屈死鬼要挨过漫长的冬天，等到河水上涨。夏天和秋天，是她最好的工作季节，如果夏天找不到倒霉蛋，她需再等一年，多一年不得投胎转世，痛苦更加深重，她的叹息声会变成布谷鸟的叫声，变成畜生的哀嚎。不信？夜晚到渡口听听，许多奇奇怪怪的声音。

今天，她的叹息变成喜鹊的叫声。

谁是花瓶姑娘？不管了，逃命要紧。迈开脚步，向村子里拼命奔跑。

跑过一片烟地，烟地绿油油的，烟秆半人高，阔大的烟叶能盖住人脸。子善的爷爷在烟地边坐着抽烟袋，烟笸箩放在脚边。子善的爷爷眯着眼，精赤着上身，肋骨间的肉塌进去，全身芝麻粒一样的黑斑。

郎傻子从一条小溪边冒出扁头，大声招呼子善爷爷："三叔，你咋不去看热闹？"

"啥热闹？"郎傻子说："白瓦镇来了稀罕物，全村人都去看了。"

郎傻子唱道："有个姑娘十六岁，身体长在花瓶内，无手无脚一尺八，能说能唱会回答。"

子善爷爷不相信，"有这种事？胡说八道吧？要是真有，你能放开这热闹？"

郎傻子说："我刚才看一回了，花瓶姑娘坐第一趟小火车来的，十天前到白瓦镇，现在四处巡演，午饭前刚到咱洗马村。"

子善爷爷站起身，磕了烟袋说："活这么大岁数，头一回听说这怪事。"

看见我跑过来，郎傻子用手比画一下，说："花瓶姑娘比满斗矮一截呢。"

真有花瓶姑娘！

我加快脚步，向村子里跑去。村子里传出鼓声，就在村中间的戏台那儿。

长满马蛇菜的村中空地，脏污的白色帷布围成一个游戏场，帷幔上画着彩画，露肚脐的蛇身女人，五条腿的牛，还有狮子老虎等等猛兽，风吹日晒，彩画污渍斑斑。帷幔里不时爆出喝彩声和惊叫声，入口处，光膀子的男子边敲锣边高声吆喝：

"见过天上的飞龙，见过山中的猛虎，五条腿的牛你没见过。见过江里的马哈鱼，见过井里的癞蛤蟆，一千年的海龟你没见过。见过房檐上的家雀，见过大道上的走蛇，长蛇头的美女你没见过。

"走过路过，不能错过，千年一遇，万年稀奇，有个姑娘十六岁，身体长在花瓶内，无手无脚一尺八，能说能唱会回答。

"大家都来捧场吧。"

我被拦在入口，胖大妇人一条胖胳膊挡在前面。"小孩，想进去交一个铜子。"见我又窘又急，胖妇人说："没钱？回家取二斤高粱。"

街道比平日宽多了，路上没有人，阳光没遮拦地照下来，路变成一条发光闪亮的河，白晃晃的耀眼。微风中高大的杨树唰唰啦啦摆，只有母鸡和拴着的牛没去看热闹，狗早不见了一条，这畜生不用花钱，尾巴裆里一夹就能混进去。

大门闩着，我从障子的空隙跳进院子，额娘和蛾子也在游戏场吧？我只有一个念头，快点见到花瓶姑娘。米缸里高粱薄薄一层，顾不了那么多，抓几把用衣襟兜上，翻越障子时撒了一些，眼尖的麻雀立刻落在我的身后。要在平日，我一定拿出弹弓。便宜它们了，我正恨不得长出翅膀。

胖妇人没在门口，敲锣的汉子放下锣，拿过一个米口袋，我把粮食倒进去，飞快地冲进马戏场。村子里的人差不多都在里面，我的伙伴们一个不少，在人群中窜来窜去。

“满斗，你咋进来的？”子善拉住我问道。

“我用了二斤高粱。”

“你太笨了，糟蹋粮食。我们爬树，从树上一下子跳到一条牛身上，一开始我还以为老牛的那玩意儿是第五条腿，结果是后腿的大包，太骗人了。”

“蛇身美女呢？”

“姑娘脖子上绕一条蛇，就像这样。”子善比画着，我大失所望的表情让他十分快活。“大榆树下顶凳子的是真功夫，一次顶二十条凳子。”

果然，凳子高出人头两人有余。

“满斗，我带你去看老太太捉虫，全村人的眼睛里都有虫，酱缸里的蛆似的。”

我说：“我想看花瓶姑娘。”

村子里最粗最高的白榆树下面搭着一个黑色的小帐篷，像一块黑石头。阳光被浓密的树荫遮住，两条狗伸着舌头哈嗒着趴在入口的门帘两边，有了新的杂技节目，又因为人们看过的缘故，这里很冷清，我忐忑不安地迈开脚步。

抬起左脚，南天滚过秋天的闷雷，树叶摆动快起来，一九三〇年最后一场暴雨已经露出了苗头。我身体里下贱的液体在小腹处汇聚，只等一个纯洁的机会奔泻如注。迈开右腿，踏进愁闷难耐的阴凉。满斗，一个十二岁的库雅拉男孩，生命的轨迹就要改变了。

一铺炕大小的帐篷，西北角摆放一个木架，架子上面放着一人多高的黑色木桌，桌子上的大肚子花瓶半人高，蓝白色不透明的花瓶口非常窄，她就在里面——花瓶姑娘——花瓶里的女孩，头露在外面。

花瓶姑娘梳着水头，发梢发黄，扎着两条粉头绫，垂在耳朵那。她的脸上没有一丝表情，微闭着双眼，有点疲倦的模样，脸白得吓人。

她怎么钻进花瓶里去的？看上去她比我大不了多少，花瓶周围空无一物，绝不可能藏匿任何物体，千真万确，小姑娘的身体真在花瓶里面。

这时，有人跟我说话——“你怎么才来？”

我吓了一跳，几乎夺路而逃。今天真是太奇怪了，江边一只喜鹊冲我喊话，现在又是哪个？

竟是花瓶姑娘，她打个哈欠，这会儿睁开眼睛，眼珠十分迟缓地转动。

“你怎么才来？”女孩的声音倦怠飘渺。

我大起胆子跟她说话。我问道：“你真在花瓶里吗？”

“真的啊。”花瓶姑娘回答。

“你多大了？”

“十六岁。”

“你有名字吗？”

“有啊，我叫花瓶姑娘。”

“你的脸为什么那么白？”

“哦，我看不见阳光啊。一年一年见不到阳光，憋屈的。”

“你真在花瓶里长了十六年？”

“我三岁那年进来的。”

“让我想想，你住在里面多少年？”

“真笨，数都不会数。十三年嘛。”

十三年？我没出生，她就在花瓶里了。

“我真想像你一样在地上跑，小弟弟，告诉我，在地上跑什么感觉？”

“嗯，你有脚吗？”

“可能有吧。我自己从来没见过。”

“你有肚子吗？”

“有啊，你听见响声了吗？我饿了，三天没吃东西了。他们虐待我，不给我东西吃。”

“可是，你在花瓶里面，怎么拉屎撒尿呢？”

“你真恶心。”花瓶姑娘说，“我自有办法。”

“你能从花瓶里出来吗？”

“不能。”花瓶姑娘说，“花瓶口太小，我出不去。”

花瓶姑娘哭了，嘤嘤有声。“小弟弟，你喜欢我吗？你把我救出去吧。”

“你看这样好不好，你救我出去，我给你当媳妇。”

天可怜见，我，满斗，一个十二岁的男人，问了一句无法想象的话。我问她：“你能生孩子吗？”

她迟疑了一下，表情极其怪异。“能吧，没准能吧。”她嘤嘤地哭起来。“你的良心不好，”花瓶姑娘说，“你不善良，我看错人了。”

花瓶姑娘说：“你出去吧，我不想再看见你了。”

那一刻，我心如刀绞。

满斗说:“好姐姐，我发誓，我一定救你出来。”

“嗨，你想干什么？你不是找石头吧？”

我现在就要将花瓶砸碎。

“不要胡来。”嘤嘤的哭声停了，她惊叫起来。见我讶异，花瓶姑娘的声音变得细弱柔美，她说:“我的好弟弟，我告诉你，你要救我只能在晚上，你现在砸碎花瓶我也逃不掉呀。”

我愣住了。眼睛里蓄满泪水。一种从未有过的感觉袭遍全身，像一颗手心里爆炸的炮仗，三九天冻得猫抓一样的难受。不同的是，我的心脏融化了，变成一摊又甜又腻的糖稀。我使劲儿将那玩意儿咽下去，但它从眼睛里冒出来。

“你哭了？谢谢你，小弟弟。”

我哭了。我抑制不住自己的忧伤。

花瓶姑娘。

我的花瓶姑娘。

“我告诉你我的真名字吧，我叫腻儿。”

腻儿——

腻儿——

腻儿——

腻儿——我不断地重复，生怕这是一场梦。

腻儿说:“我给你唱首歌吧。”

她唱了——

天有星，
河有灯，
河灯挂在哪，
挂在蛤蜊城。
蛤蜊城，
城套城，
城里住着蛤蜊精。
不管雨，
不管风，
只管黑夜点河灯。
点浅滩，
点深灯，

点得满河尽灯笼。

一阵风刮进帐篷，吹凉我的汗水和泪水，我记起那个遥远的上午，一个黑衣人坐在我的身边，她唱着——她唱着——她唱着——

然后，电闪雷鸣，黑衣人消失在湖水深处。现在，我相信，黑衣人一定是个女人，否则不可能有这么美这么柔的歌声。

“腻儿，能让我摸一摸你吗？”

我的腻儿迟疑一下，谢天谢地，她没拒绝。她说：“想摸就摸吧，可是，只能一下，就一下。唉，你不要碰到花瓶，花瓶碎了我就死了。”

走上前去，站在凳子上。我闻到了她身上的气味。我摸了，我的花瓶姑娘，我的腻儿，脸上有温度，有点硬，紧紧撑撑，一点儿不像我妹妹蛾子那样干巴巴的，她的皮肤又嫩又滑。奇怪的是，我没有摸到泪水。

她继续唱道：

天有星，
河有灯，
河灯挂在哪，
挂在蛤蜊城。
蛤蜊城，
城套城，
城里住着蛤蜊精。
不管雨，
不管风，
只管黑夜点河灯。
点浅滩，
点深灯，
点得满河尽灯笼。

帐篷外面一片掌声和喝彩声。有人向帐篷走来，外面收钱看门的汉子挑起门帘。“嗨，你想干什么？”男人向我怒喝。

“相信我，我一定来救你。”我的声音很轻，匆忙慌张，但我相信她听到了，听清了。因为，我跑出去的时候，我听到了腻儿开心的笑声。

风刮起来，空气潮湿。让风刮得再大些吧。将该死的帐篷吹到天边去。要下雨了，让雨下得比天还大吧。将杂耍艺人全部淹死，而我的花瓶姑娘因为会漂浮的花瓶得以幸免。我的小鬼朋友这会儿没有出现，算他们万幸识趣，否则我将他们的脑袋拧下来，此刻，我已经没有了恐惧，只有心酸。我恨不得自己变成婴儿鬼，把不让花瓶姑娘自由行走的人统统吓死。

腻儿，我一定救你。我发誓。

雨前潮湿的风中，马戏团离开了我们的村子。他们刚走，雨点就打在葵花叶子上。我没看见我的腻儿，她和她的花瓶被一个绸布蒙着，挤放在马车中间。绸布在风中颤抖，她在向我告别吗？她也许向许多人求救过，可是没人出手救她。花瓶姑娘，我的腻儿，我一定说到做到。我的心里充满狂喜，她没准只对我一个人说了求救的话呢！她为什么一见我就问我怎么才来？她梦中见过我吗？遗憾的是，她从没出现在我无边无际天马行空的梦里，否则，我一定认得她。

如果不是被子善的额娘绊住，我一定跟上杂耍艺人的马车走了。可是她找到我，捎来我额娘的口信。她说，我额娘赶回洗马村了，我的姥姥得了重病。额娘得到消息在村子里找了一圈儿，没找见我，就带上蛾子和来人上路了。她只来得及将我托付给子善的娘，让她照看我。子善的娘是个饶舌的人，脸上很多麻点，我不喜欢她。她说什么也要拉我到她家吃饭。晚饭吃黏米面饽饽，鱼汤里有股怪味。子善吃得满脸放光，我没有一点胃口，一心想着那辆滚滚而去的马车会不会中途改变行程。这念头把我折磨惨了，几乎被黏米饽饽噎死。

吃过饭，子善的娘让我住她家，说起我的姥姥，她哭得一塌糊涂。“多好的人哪，怎么说病就病了呢？她一定病得不轻啊。”她拉住我的手，好像我是我姥姥。

“满斗，你不知道，你姥姥来过咱们村一次，我们唠了好多心里话呢。”

好不容易让子善的娘相信我一个人在家没问题，我总要看看江边放养一天的鸭子回没回家，窗户关没关好，菜园子是不是被狗钻出了窟窿。子善的娘答应了，却去埋怨子善，说他只会傻淘，哪有满斗懂事？说得子善冲我直瞪眼，我出门时他威胁我，让我走着瞧，明天有我好看。

子善，明天你见不到我了，明天，我将走在追赶花瓶姑娘的路上。别了，我的弹弓。别了，我的沙造城池。别了，捉迷藏时我的泥水宫殿。对不起了，姥姥，我会为你流泪的，但我现在的心是破碎的，我要上路了，去救我的花瓶姑娘，救花瓶中瑟瑟发抖的我的腻儿。

子善当着他娘的面换衣服，光着臭腚当啷个臭鸡卵子一点不害臊。而我，猫眼睛的满斗，已经成了一个姑娘的最富牺牲精神和不顾一切的伟大的情人。我无法想象她的过去，但我要给她一个地上走路的机会。至于其他劳什子的事情，我可不愿想。你知道，我到底是一个初谙世事的男孩啊。

夜，雨时疾时徐，豆大的雨点打在窗纸上，像一小把一小把的沙子。凉意弥漫，为了想象瓷器的感觉，我跳下炕触摸荤油坛子，坛子空了，一股陈油的腥味。我触摸水缸，水缸外面的釉又滑又凉，疙疙瘩瘩，一层细密的小水珠，蟾蜍爬进了屋子，藏在水缸后面或是耗子洞边上，蟋蟀的间隙，一声梦呓般的蛙鼓。

雨后的大地一片清凉，空气中弥漫浓浓的土香。园子里的牵牛花怒放着，各种植物的叶子沾着小水珠。路上的积水一汪一汪的，驴蹄坑里竟然出现了小蟾蜍。落在黄瓜架上的蜻蜓摇摆着长了无数眼睛的小脑袋，要想抖落翅膀上的露水可不那么容易。风儿吹来，白榆树和杨树上抖落一片一片的雨点，下雨似的。黑色的鱼鳞云边上一抹不太明显的红色。

“满斗，这么早去河里摸鱼吗？”放牛的老光棍戴着旧草帽从河边灌木从后面闪出来。

“满斗，别撵我家鸭子，我娘让我赶到江边去放，那样能下双黄蛋。”小毛丫胸脯平得像一块木头片。

“满斗，你去哪呀？”

满斗的路伸向青纱帐的远方。

脚趾缝里冰凉的泥水咕唧咕唧钻上钻下，要成熟的庄稼有一股清香。我们的村子看不见了，右面是晨雾中漫天急流的大江。江边的雾有的地方白，白得像棉絮，有的地方黑，黑得像晚烟。

秋沙鸭成双成对地和鸳鸯一起嬉戏游玩，它们潜水的本领十分高强，潜水之前，它们会打开翅膀跃出水面，然后借助体重的惯力，猛翻跟头扎进水里。十几只秋沙鸭同时钻出水面，每一只都有收获，不是叼住了泥鳅就是捕到了蝲蛄。秋沙鸭的巢往往是一个天然的大青杨的树洞，这种小东西的诡计一点不比郎傻子少，公鸭钻出的洞往往是假巢，只有母鸭出入的地方才是真的入口。鸭群的叫声变调了，公鸭们开始争夺母鸭。母鸭后面的小鸭叫声十分急促，哗棱棱的水响，大鳇鱼翻出了水浪。

还是听听树上的黄莺吧，它们的身子比甘草还黄，细看，它们的尾羽杂着黑毛。冬天来临时，黄莺泥塘里打滚，裹一身河泥，变成一只蛋，蛰藏起来。你可千万不要被它婉顺的歌喉骗掉了，这种鸟是大江边上的第一等臭鸟。

地上的稀泥结了硬壳，天边响起雷声。晨雾消散，一排杨树后面，一个小村落闪出来，迎上来一条凶恶的大笨狗，及时地捡到一根松木杆，打退那畜生张着血口的一次次进攻，狗嘴撕破了我被晨露打湿的裤裆。谢天谢地，没咬到我的宝贝蛋蛋。大黑狗的进攻被喝止了，一个老阿玛拄着镐头出现在村头。顾不上将吓散的苦胆重新聚合，赶紧打听杂耍艺人的踪迹。

“你顺着这两条车辙印往下找就对了。”

“他们没在这里落地演出吗？”

“没有，他们看不上这小地方。”

一阵狂喜，加快脚步，花瓶姑娘没有走远。见到我的花瓶姑娘让她惊喜之前，我要先抓紧手里的打狗棒。

等一下，前面的鼓声越来越响了，我的腿怎么没有劲儿？此时，我走在一条陌生大河的河堤上，仔细谛听，没有鼓声，更不是雷声，高粱地起伏着绿色的波涛。

我听到的，是我自己肚腹的轰鸣。

伟大的满斗犯了人生的第一个错误，上路时忘了带干粮。后来他会知道，这只是灾难的先兆而已。

现在回头还来得及，往回走啊，满斗，回家去，可怜的碗柜里放着半个玉米面饼子，园子里的葱又嫩又甜，黄瓜顶花带刺。

满斗，回家，没准你额娘，还有羊毛卷的妹妹已经回到家里，正在到处找你。

如果这会儿满斗往回走，就会有一个不一样的人生，他可能成为村头放鸭女孩的丈夫，因为她迟早会长出胸脯长圆屁股。他可能成为大江上下最有名的木匠，面带威严的姥爷不正缺一个帮手吗？

这时候，日本人正一批批地踏进中国国土，那些可爱的库雅拉女孩却毫不知情，她们在奶汁充盈的额娘的看护下，小心地保护着胸前两个花苞不让男孩子碰到，她们腿间的秘密一个月一个月地散发鲜红的甘甜，日本人腥臭的棍子一截一截地延长，一切终将捅破毁掉。

先不说几年后的事情，此时此刻，满斗如果回头，至少不会陷入接下来的灾难。

太阳从云层的间隙露出脸，蒲公英的小伞飞起来，燕子掠过塔头甸子，沼泽地潮气热烘烘的，找点吃的并不难。满斗摘了两把菱角，菱角黑褐色的壳，白白的汁。在湿泥里挖鸡爪子草根，还是抵挡不了饥饿。只好对不住水鸟了，跳过大个的草墩，找到草窠里的鸟蛋，让大鸟在空中哀号，先喝了蛋汤再说。蛋汤又咸又腥，嘴里好像有吐不尽的细羽毛。继续往前，看见家燕离村镇就不远了，只要有人家，不愁弄不到干粮。

河滩地，一个孤单单的看瓜窝棚，罢了园的瓜地长着一丛丛季季草花和姜不辣。瓜棚里躺着一个脏兮兮的小乞丐，一脸痦子，细腿细胳膊。

“赶路的朋友，不歇歇脚吗？”

“你看见一个马戏团从这儿过去吗？”

“问我你算问着了，我是无所不知的小神仙。你身上有没有吃的？”

“小神仙？我看叫你小痦子还差不多。”

“随便你。哎，你也是一个饿鬼？”

“你别蒙我，先告诉我看没看见马戏团，说完我告诉你哪能找到鸟蛋。”

叹口气，懒洋洋地伸个懒腰。回答让人大失所望。“兄弟，你肯定走错路了，你看这么窄的路能走马车吗？”

该死，车辙印什么时候消失的？一定被雨水淹没了，光想着找吃的，把这个关键问题忘记了。六神无主，眼前一片迷茫。

“一看脸色就知道你没主意了，算你走运，遇上我无所不知的小神仙。这样吧，你陪我坐一会儿，等我睡醒，我带你上路，附近有一个镇子，他们一定去那了。”

没心没肺的小痦子睡着了，打着小呼噜。我在他身边坐下，双腿酸疼，两个脚板又疼又痒。恐慌风一样吹过后脖颈，我不敢确信能找到原路回我的村子里去。我努力回忆，最后记起子善的话，说有一次他试着远行，迷路了，最后，他找到了库雅拉江，你只要沿着大江，找对水流的方向，确定往上走还是往下走就行。想到这一节，我的心稍安定一点。眼前模糊，我困了。

发生了一件奇而又奇的事情。

小痦子头顶心的头发不停地晃动，他一下一下地抿嘴角舔嘴唇。我盯着他的脑瓜顶，天哪，小痦子的头顶心竟然钻出一个小人。小人比我的小拇指肚小一点，四肢俱全，看不清五官，小东西摇摆着辨别方向。然后在脏污的脑门一跃，闪个趔趄，平稳地跳到耳蜗里。一纵一跳，小人双腿落地。一阵小旋风刮过来，他攀上一片落叶，落叶在风中抖动，打着旋向前飞。很显然，小人万分恐惧，树叶被风刮走之前，我及时地捏住叶梗。小东西趴在那里喘息，看上去吓坏了。好一会儿，他走起来，只移动了一巴掌的距离，前面一摊牛粪，小人趴在上面，苍蝇一样拱来拱去。一只长着蓝色翅膀的屎壳郎嘤嘤地飞来，落到牛粪上。很显然，这个庞然大物将小东西吓坏了，他拼死跳到地面，没命地跑起来。

呼吸急促，面色惨白，脚蹬手刨，牙缝里发出咿咿呀呀的声音。我将他推醒，小痦子一头冷汗，吐着舌头叫喊："吓死我了，吓死我了。"

蝴蝶纷飞，鸟儿婉转，时断时续的虫嘶，梦魇的人被唤回清平世界。脸上出现了不可思议的笑容，"你说我梦见了什么？"

"我梦见路上捡到一个香喷喷的面包，真香啊。这时候，一个比房子大的东西冲我爬过来。"

真不该道出真相。三只眼的满斗说："是一只屎壳郎吧？"黑痦子变紫了，眼睛瞪得像两个牛卵。"你怎么知道？"

"我不但知道你差点给屎壳郎吃掉，还知道你在哪里捡到了面包。你的面包在河沟边上，是一摊干牛粪。"

他愣了一下，立刻恼怒起来，他脱下钻出脚指头的臭鞋甩到我身上，抡起要饭用的打狗棍，这方面他比我准备充分。我跑了，狼狈而逃。

我沿着牛粪和牛蹄印跑上一条茅草路，将叫骂抛在身后。这是一条长满了红茅公草、羊角叶和车前草的路径，草棵里，田鼠和黄鼬窜来窜去。草叶潮湿，脚踝有了丝丝的凉意。蚊子像雾一样多起来。我不再确信花瓶姑娘对我说过的话，但我确实已无法回头。

傍晚，我看见了连绵的山岗。我离我们的村子越来越远，还可能离我的花瓶姑娘越来越远，我彻底迷路了。

泥泞的山路将我带向一片平原，一片片树林，一片片高粱。我穿过不大不小的两个村落和一片坟茔，愿亡灵们安息。

走上一条宽阔的土路。

天空时阴时晴，秋意浓郁。路上跳跃着大个蚂蚱，我不止一次看见路当中弯曲而行的蛇。天气闷热，时不时一声雷响，像大地深处的一声叹息，一声闷屁。

云头压在白桦树的树梢，雨下几滴，一阵风就将云彩吹散了。继续前行，提防着蛇、刺猬、凶恶的狗。

前面一个铁匠铺，一匹可怜的黑色儿马被摁倒在地，扎皮围裙的铁匠将蛮不讲理的马蹄铁钉进马蹄。看热闹的人不知为什么爆发出一阵笑声。一棵合抱粗的大柳树，上面的长布条一条又一条，布条都是红色，或者曾经是红色，这是一棵神树。

神树长在一户人家的大门口，这户人家却恓惶得要命，男主人一脸沧桑，皱纹比驴蛋还黑还多，他有四个傻儿子，我走进去的时候，他们正以无法想象的方式对付午饭——他们的老爹，愁苦到麻木的老头用一个木头勺依次将稀稀的玉米糊糊倒进饭碗的替代品——榆木炕沿挖出的凹槽，四个身无寸缕的大男人立刻趴上去，嘴里发出吧唧吧唧吐噜吐噜的声音。

“真不好意思，你看，小伙子，我实在分不出东西给你吃。”老人说，“你看到的是四头猪，猪还能长膘卖肉，这四个废人，没有衣服穿，只能关在屋子里，太阳光在炕上从西到南，从南到东，他们追着阳光晒屁股，太阳光从炕梢转到炕头，他们挪一天屁股。你别看他们傻，身体发育正常着呢，我敢说只要屋子里有个母的，他们肯定能弄出儿子。我操碎了心，你要是女的我不能让你进院子。我全部的精神头都放在对付这几个王八羔子身上了，要不我咋能不给过路人一点吃的？”

深表同情，赶紧去下一户人家。且慢，老人家说出了我最想听的消息。

“昨天一个马戏团从这路过，几个女人来讨口水喝，一进院他们就冲人家嗷嗷叫，没把人家吓死。”

“你说一个马戏团的马车打这路过？”

“昨天下晌的事，他们今儿上午在前村演了一场呢。”

“大叔，你看见车上有个花瓶吗？里面有个姑娘。”

“那可没注意。我就盯着这几个王八羔子了。我造了什么孽呀？祖先神让我这样生受。你问那辆马车？往前走了，八成会在首善乡落地演出。”

我上路了。阳光照在土路上，知了的噪声不再沉闷，路上蹿过欢天喜地的松鼠，红眼睛短尾巴的野兔出来凑热闹。野鸡、乌鸦、鹌鹑、麻雀齐声合鸣，鹞鹰出现在瓦蓝瓦蓝的天空，庄稼地弥漫着甜丝丝的将要成熟的气息。

什么在叫？虫嘶的间隙，声音更清晰了。

——去看花瓶姑娘。

——去看花瓶姑娘。

去看花瓶姑娘——两天前洗马河边会说话的喜鹊忽然出现在路边的榆树上。

蹚过一条威势大减的河流，我将很快见到我的花瓶姑娘。我还将揭开另一个谜底，这只花喜鹊并不是魔鬼派来的使者，它是从马戏团逃出来的一只驯熟的鸟，有意思的是，这只灵鸟竟然一直悄悄地追逐着主人的马车。

小喜鹊在马戏团学会了天底下最动听的一句话——去看花瓶姑娘。

两棵白榆树在对话，我听不懂树说什么，但我明白老树抖动之前的声音是一声叹息。我看见一只蟾蜍嘲笑一块丑陋的石头，石头竟然愤怒地摇晃了两下。

李良萨满说，大山会说话，会和人交流，只是你听不懂它的语言。此刻，库雅拉山连绵而去，巨大的云影像一块移动的手帕或者窄被单，一会儿盖住这儿，一会儿盖住那儿。大山被云影骚扰得有些不爽，山上的树摇晃起来，起风了，吹散了云彩，天空变得瓦蓝如洗，阳光晃得人睁不开眼。

这是夏日少有的大晴天，天底下所有的动物都去寻觅阴凉，又有半个时辰没见村庄了，你不从家里走出来，永远不知道世界有多大。沙土、黄土、黑土，石子路，弯弯曲曲，一会儿拐入青纱帐，一会儿没入荒草之中，太阳下面，路看上去就是一条发亮的河流。

从早晨到现在，只吃了两个野鸭蛋。我不断地向树上看，向天上看，我期待着白脖颈花喜鹊再次出现，喜鹊见了一只又一只，没有一只会说话。

土路升高了，变成了河堤，满斗走上一条大河的河岸。河面很宽，河中间滩涂上的柳树丛刚刚被洪水冲过，露出红色的树根，树梢挂着一绺一绺水草。灌木丛闪过一只狍子，两只大个的水獭在河中间嬉戏，阳光下，它们的身体闪闪发光。

前面有人声，我兴奋起来，加快脚步奔过去。渡口处一大群人，还有一辆马车，我的心就要跳出来了。马车不是马戏团的，这里的人在处理一桩奇怪的丧事。

一个时辰以前，渡口摆渡的艄公被天上掉下来的一只乌龟砸中了脑门。

船夫摆渡了一伙客人之后，光着脑袋躺在沙滩上晒太阳，一只海东青抓着一只乌龟从天空飞过，船夫的脑门在阳光下闪闪发光，鹰一定把他的脑袋当成了一块石头，将自己的猎物扔下，想借此砸碎龟壳吃里面的肉。乌龟砸中船夫的头顶，可怜的船夫再也不会醒来了。

总是看见天空飞过苍鹰，知道大鸟忽然从天而降，抓走一只下蛋鸡，可你怎么能想到一只乌龟从天而降？

慢着，人们说什么？

——倒了大霉的船夫最后一次送过河的是一个马戏团。

我的腻儿，我的脸白似雪的花瓶姑娘。

河对岸一条宽阔的土路蛇一样蜿蜒而去，通向一个叫圈河的小镇，我仿佛听到了马戏团的锣鼓声，鼓点那样密集。屏住呼吸，凝神谛听，大雁的叫声。一行大雁飞过头顶的天空。

灯火如豆，额娘的声音沙哑缓慢。她给我讲雁额娘的故事——小伙子说他媳妇是一个雁变的女人，媳妇立刻不会说话了，眼睛流出泪水，她看了丈夫一眼，脸色惨白，地上打个滚，重新变回一只大雁，向窗口飞去。小伙子只在窗台上捡起一根羽毛。他后悔死了，想把媳妇召唤回来。每到秋天过雁的时候，他就带上一男一女两个小孩来到野地里，孩子们冲天边的雁群呼叫。

额娘回来呀，额娘回来啊。

每群雁都回答：

咕呷，咕呷
这里没有你的额娘，
可怜的孩子呀，这里没有你的额娘

豆子收完了，高粱收完了，玉米收完了。大鳇鱼游回大海去了，打鱼的开始收网了。

秋天就快完了，雁群过了一群又一群，孩了们一直唱着呼喊雁妈妈的歌。最后一群大雁飞来了，孩子们的嗓子喊哑了，吐出了鲜血，天空中雁群盘旋不去，孩子们继续喊，继续唱，忽然，一只大雁用非常悲伤的声音唱道：

咕呷，咕呷
额娘回来了，额娘回来了

大雁向地面飞来，她飞到了孩子的脚前，一下子断气死去了。不管阿玛和孩子怎样以祖先神和拖亚哈拉神的名义发出誓言，再不说一句不该说的话。不管他们怎样诅咒和威胁，阿玛拿着猎枪瞄向天边的雁阵，这些办法没一点用处，雁额娘再也活不过来了。他们只好把雁额娘的尸体埋葬起来。奇迹发生了，雁额娘的坟墓上长出了白榆树，用这树的树枝做成猪槽，猪长得又肥又壮，用这树树皮做梳子梳头，姑娘越长越美。地主把梳子抢去烧了，烧剩下的梳子齿还可以做鱼钩，钓上一条条大鱼。

“额娘什么时候都不会忘记她的儿女，满斗，你说雁额娘好不好？”

咕呷，咕呷，雁群飞远了。

我茫然四顾，我的确走得太远了，我想起额娘和妹妹蛾子，她们回到家里了吗？还有，我姥姥的病好了吗？她会死吗？我想起师父李良，眼睛蓄满泪水。

河上弥起一片薄雾，贯索星出现在南天的高处，它和织女星遥遥相望。这颗星是我们族人的神威星宿。恶魔耶鲁里被驱入地下之后，它常想逃上天穹兴风作怪，我们的祖先神阿布卡赫赫留下自己的一只左眼，日日夜夜驻守天宇，审视着耶鲁里的妖迹，这只眼睛就是明亮的贯索星，一只永不闭合的神眼，一颗拯世之星。每一颗星都是神的记号，我找见了北陆星。额娘告诉我，北陆星还叫野猪星。额娘说，野猪星亮起来的时候，秋天就开始了。

不错，河边凉意弥漫，蜻蜓落在草尖上，翅膀沾满露水，做起眷恋夏天的梦，蜻蜓的梦一定又湿又黏，遍布蛛网。蝙蝠在河面上横冲直撞，边打哆嗦边向贯索星祈求，我总不能在河边待一晚上啊。

贯索星满足了我的愿望，天蝎星闪亮起来的时候，我渡过了难以逾越的圈河，走上圈河镇的沙土路。

帮我渡过大河的是马文萨满。正当我越来越绝望时，渡口处来了十几个人。再过二十天，庄稼就要收割了。马文萨满要赶去圈河准备一年一度的秋祭。马文萨满端坐在摇摇摆摆的木船上，随行的人围在他的身边说闲话。他们说，大江上下好多地方对秋祭越来越不重视了，从关里逃荒落户的汉族人越来越多，满人的世界一天天变小。一个长胡子的男人突然抽泣起来，他说起几年前的伤心事，在广州，他的一家亲属惨被灭门，就因为他们是满人。据说，人们喊着驱除鞑虏的口号，捣毁了许多满人的店铺。

河面上掠过蝙蝠和仓皇的白鹭，木船一次次偏离方向，艄公不得不一次次费劲儿地摆正船头。河水打着漩儿，将初秋的寒意旋进河底。

正像人们说的那样，有法力的萨满比以前少了，方圆百里的地面上，算起来有名有姓的萨满不超十人，他们不得不接受邀请四处作法。马文萨满大麻子脸，脸上每一个小坑都好像蕴藏着无边的法力，他听着人们的议论一声不吭。他对我似乎更感兴趣。

船上湿漉漉的，凉气从屁股下面冲进肚子里，变成咕噜噜的声音。

“你饿了吗？”马文萨满声音嗡嗡的，富有磁性。

“我一天没吃饭了。”他的声音打动了我，我有一种向他倾诉的冲动。

“嗯，要是你告诉我家住哪里，我可以派人送你回去。”

马文萨满的话引起船上其他人的注意，他们停下闲话一齐看我，仿佛我是一个稀罕物件。

马文萨满说：“你给变戏法的骗了。听我的话，回家去。明天一早上路，我让人送你回去。”

船在河心打转，顺流而下。湍急的水流和风不断将木船向左岸推，河中间一个又一个灌木丛生的沙洲，船声惊动夜宿的野鸭，从水淹一半的柳树丛扑棱棱地飞出，江鸥尖声鸣叫，在木船上空盘旋。船尾一团一团绿色的光点，那是沙洲上面的萤火虫。

“小孩子撒谎可不好，”一个一只耳朵的男人接过马文萨满的话头对我说，“你要告诉我们真话，我给你看被割下的耳朵。”

必须吓他一吓，我告诉一只耳朵，我是白瓦镇驻军团长郎乌春的儿子。

我不想看他的耳朵，他的样子真丑。他哈哈大笑起来。这话头一点不好笑，奇怪的是大人们笑个没完。

月光在河面上铺了白白一层，木船偏离了河心，向右岸靠过去。右岸的河堤矮了，一片一片的塔头甸子，水鸟唧唧咕咕。前方火把缭乱，有人大声说话。在河上漂行了半个时辰，兜了一个大大的半圆，我们总算渡过了圈河。

夜幕笼罩着河套里一个很大的村落，村子外面的玉米和高粱散发着成熟的湿甜气息。奶白色的夜雾中，狗叫声越来越清晰。

第十八章　花瓶碎了

我是满斗，一个猫眼睛的男孩，我能看见别人看不见的东西。

恒盛源烧锅的暗处都是风景。我看见的都是我不想看的。

我看见马文萨满肥胖的大手捂住烧锅何掌柜媳妇的小肚子，对着她的肚脐眼吹气，马文萨满主持酒厂的家祭之前，忙里偷闲，给何家小媳妇治疗痔疮。小女人脸上绽放着奇怪的笑容。恒盛源引狼入室戴上绿帽子的何掌柜捧着一碗酒走进他们家的谷仓，新酿的高粱酒散发出一院子的酒香。

“你看见了吗？我们掌柜的进去了。他进去了。谷仓只有他一个人能进，里面供着何记烧锅的保家神，每次出酒前，掌柜的要用溜子上的第一碗酒上供，不这样，烧锅上的酒酸，一滴卖不出去。”一只耳朵的烧锅伙计陈老歪扒着窗口看着谷仓的门口。

陈老歪问我：“刚才你到院子里撒尿，我一直盯着你，你跟在何掌柜的后面去了谷仓，他忘记锁门，我看见你推开了谷仓门，你看到了什么？”

我看见一只狐狸躺在供桌上，白色的尖嘴巴，蓬松的尾巴，一身红毛，一团火一样。我还看到何掌柜放在供桌上的酒碗掉在地上摔成两半，里面的酒被狐狸喝干了。狐狸醉眼蒙眬地和我对视着，一点不惊慌。它的眼睛细细的，那样的迷离，目光闪闪，夺人心魄。

陈老歪仍在追问：“告诉我，你到底看见了什么？”

满斗卖弄地问道：“你见过你们掌柜家的保家神吗？”

“没见过。掌柜的不会让我们伙计看他们家的牌位。”

满斗说：“你们掌柜家的保家神是一只火狐狸。”

“火狐狸？”陈老歪斜着眼睛看我，“你撒谎我会发现，我很快会发现。”陈老歪热情高涨起来，“真是一只狐狸吗？它喝醉了？我要把狐狸抓住，狐狸毛做的皮帽子，要多暖和多暖和。”他摸着光秃秃的左耳根，假装嘘着寒气，猛地，一嘴蒜臭味喷在我的脸上。

陈老歪说：“小子，对了，你叫满斗。满斗，你得讨好我，不讨好有你好受。”

陈老歪说："你真是郎乌春郎团长的儿子？"

陈老歪说："你要真是郎乌春的儿子我就发财了。小子，我告诉你，你说假话我很快会发现的。"

我向陈老歪泄露了自己的秘密，满斗没有嗅到危险的气息。

灾难将在午夜过后降临，预兆显现了一次又一次。

圈河一村子的狗都在狂吠，一挂两匹马拉的花轱辘马车走进黑乎乎的村子。

"掌柜的，马戏团的大车进村了。"报信的伙计跑进大门。

"告诉陈老歪，麻溜做饭。焖一锅高粱米饭，土豆炖茄子，外加一锅老黄瓜汤，里面放干泥鳅鱼。陈老歪死哪去了，陈老歪——"何掌柜在院子里大声叫喊。

"叫魂呢。"陈老歪一边嘟囔，一边不满地踢炕沿。他回头叫我："满斗，跟你商量个事，你能不能去伙房帮我拉风箱？"

圈河的夜晚神秘、黑暗，充斥着灵异和不祥。恒盛源烧锅建在村子西边的高冈上，刮西南风的日子，整个村子一股甜酸的酒糟味。

烧锅的伙计们光着上身，汽灯嘶嘶啦啦地响，抬挪酒缸的伙计哼哼唷唷地低声喊着号子，酒糟池一团团黑鸦鸦的苍蝇。再过半个时辰，马文萨满将主持出酒的家祭仪式。为庆祝恒盛源高粱酒秋酒上市，烧锅请来一个马戏团，马戏团将在明天一早为村民表演。

马戏团？心中狂喜，啊，我的腻儿，花瓶姑娘，真是你吗？

陈老歪拉着我走到院子里，何掌柜进了正房。陈老歪四下看看，见没人注意，他捡起一把铁锹，拉着我快步走去谷仓。门未锁，陈老歪推开门板，门轴发出吱扭扭涩滞的响声。谷仓迎面就是神龛，上面放着高高的黑色神牌，供桌上两盏油灯，灯花闪烁，光亮在墙上跳跃着，更显出角落里的黑暗和神秘。摔碎的酒碗仍在地当中，供桌上没有狐狸。

陈老歪长出一口气，"你撒谎了，满斗，我要报复你。"

我辩解说："我真看见了。你看酒碗是空的。"

陈老歪捡起碗碴闻一闻，"酒真喝光了。"他叹口气说，"咱们来晚了，可惜了我的火狐狸皮帽子。"

奇怪的事情发生了，啪的一声，陈老歪手里的碗碴砰然落地。

"谁打我？"他捂着左脸惊惶四顾，"有人打我一耳光，你看见谁打我了吗？"

我看见了，一道红光闪过，火狐狸从门后蹿出来，擦着陈老歪的胸口飞过去。

"谁打我？右脸又挨一下。我的妈呀，有鬼呀。"陈老歪扔掉铁锹，跌出谷仓。

狐狸蹲在谷仓中间，和我对视着，一团火苗在我眼前跳跃，跳跃。我大叫一声，向后倒去。

我被抱起来，抱我的是何掌柜。“一只狐狸，一只火狐狸。”

“狐狸？狐狸在哪儿？”

谷仓里空荡荡的，灯光下，打碎的酒碗闪着细瓷的釉光。

“孩子，你到底看见了什么？”何掌柜的声音十分惊惶。

院子里，马文萨满摆好作法的供桌，筷子粗的香火头像三个火炭。螟蛉和蠓虫上下翻飞，风中，索罗杆上的吊斗摇头晃脑，上面栖息着一只大鸟。

我告诉何掌柜：“索罗杆上面有只猫头鹰。”

“猫头鹰？猫头鹰在哪儿？”何掌柜更加惊惶，“赶紧把猫头鹰赶走，赶紧赶走。”

有人小声嘟囔：“夜猫子进宅，无事不来。”

“谁说的，嗯，谁乱说话？”回答何掌柜的是那只恶鸟，猫头鹰嘎哑地叫一声，飞进朦胧的月光，消失在黑色的夜空。

我看见了，我看见几个人从院外鱼贯而入，一个梳辫子的老人走在前面，他的脸抽抽巴巴，像快要烂掉的核桃。他后面的中年人穿着旧官服，头上花翎顶戴，塌着腰，满脸愁苦，垂头丧气。第三个年轻人是一名武官，头戴高高的铁盔，一身暗红色的铠甲。天啊，暗红色竟是陈年的血迹。他抬起头，环视院子，他满脸是血，腮边一条外翻的刀疤。我不敢看下去，闭上眼睛，全身发抖——第三只眼上的香灰被秋风吹散，我又能看见我不想看的东西了。

院子里点燃鞭炮，火药味四溢，纸屑纷飞。供桌前，风中，坐成一排的灵魂缓慢地摇来摆去，鞭炮响过，坐在中间的官爷站起来走出院外，两边的魂灵纷纷站起，他们头也不回地走出院子。马文萨满来到供桌前面，他们已经消失在黑暗之中。

马文萨满说：“掌柜的，我们开始吧。你先给祖先神上香。”

何掌柜扶我坐在一张椅子上，他对我实在太好了，我想告诉他真相。真相就是——“你的香点晚了，他们走了。”

“谁走了？你看见了什么？”

我把看见的讲出来，眼前金星乱冒，我病了，抬不起脑袋。

马文萨满说：“孩子病了，说胡话呢。”

何掌柜脸色苍白，跌坐在院子当中。“马文萨满，”何掌柜说，“他说得都对，坐在中间的是我阿玛，当官的那个是我哥哥，他要变老佛爷的法，在大狱里饿死了，满脸是血的人是我弟弟，他被义和团杀死了。我阿玛和袁大头死在同一天，给一个蜜枣噎死了。他们走了，他们没喝酒就走了。”

何掌柜说：“孩子，你告诉我，你还看到了什么？”

我看见一辆大车停在大门口，夜风送来脂粉味和马汗味，一个胖女人走进来，“掌柜的在吗？你们通报一声，就说马戏团到了。”

胖女人身后的面孔哪里见过？天空划过一道闪电，露水闪出现了，黑暗的天空瞬间撕开一道豁口。

“花瓶姑娘——花瓶姑娘——腻儿——腻儿——”幸福的满斗向前跑去。

胖女人将女孩挡在身后，她尖叫起来：“掌柜的，哎，这孩子干什么？”

满斗说：“花瓶姑娘，你是花瓶姑娘吗？你咋出来的？我还要去救你。”

“我不是花瓶姑娘，花瓶姑娘在花瓶里呢。”声音那样熟悉。

“哎，拦住他，这孩子哪来的？想干什么？”

一院子的惊呼。让他们叫吧，我要救出我的花瓶姑娘，绕过胖女人，冲过拦挡的人群，捡起一块西瓜大小的石头，我奔到大车前面，举起石头，对着大车当中的红布花瓶砸过去。

整个世界都在回响，回响瓷器破碎的声音。秋虫和蟋蟀重新嘶叫之前，大人们明白过来之前，我的世界静止了，没有声音，没有呻吟，没有欢呼，没有哭声，没有笑声，什么也没有，红布蒙着半截瓷瓶，像铁片一样。

虫子叫起来了，蟋蟀叫起来了，院子里的人叫起来了，魔术师掀开红布，花瓶剩下半截，尖锐的瓷片刺向天空——里面没有花瓶姑娘。

花瓶碎了，里面没有我的花瓶姑娘，花瓶是空的，里面什么也没有。

巨大的响声再次响起，恒盛源烧锅的大门口，枪声爆豆一样响了十几下，人们惊惶逃窜。枪声停止，五六个端着长枪的人出现在院子里。

“谁是掌柜的？出来见客啦！”

“给诸位大爷请安，我是掌柜的。”

“你们听说过山上大爷吗？我们是他的手下，今夜来借点钱粮。”

“妈的，那个娘们，你说啥？谁是胡子？我们是山上大爷的仁义军。胡言乱语，我一枪敲了你。”

“大爷呀，别跟她一般见识啊，先坐下喝口酒解解乏。”

“还是掌柜的有眼色，你们把那几个变戏法的叫过来。你们谁是班主？”

“老总啊，我是班主。”

“看你长得像头猪，听说你们有一个花瓶姑娘，让我们看看在哪儿呢？”

“花瓶姑娘在哪？再不说我开枪了。还有，郎乌春的儿子在哪？把他交出来。”

“别开枪，别开枪。她就是花瓶姑娘。”

马戏团最小的女孩站了出来，就是刚才藏在胖大的班主身后的那个女孩。缭乱的火光中，我又看见了那张脸，不，比我见过的还要苍白，黑黑的眸子，疲倦而且惊惧，她的个子比我高半头，穿着一件水蓝色的夹袍，瘦削的肩膀，瘦弱的身躯，瘦而细的双腿，即便她瘦得让人心疼，也不可能钻进花瓶里去。

为首的土匪是一个水蛇腰的汉子，一身黑衣，扎着红色的宽大腰带，他和我一样的想法，“你们不说她住在花瓶里吗？从小长在花瓶里，能说能笑会回答。”

“是呀，老总，她真的能说能笑会回答呀。快给老总唱个曲儿。”

“我没问能说能笑的事，我问的是她为什么没在花瓶里。”

“看你说的，老总啊，你咋忘了我们是变戏法的？”

“那好吧，你就在这给我们变一下，变不灵我打死你们。”

第十九章　死孩子的胎记

“大爷们，好汉们，放了我吧，我家里有八十岁的老娘没人照顾，我穷得腚屌无蛋，媳妇跟人家跑了。你们绑我一点儿用处都没有啊。”

“闭嘴，再嚎一声崩了你。”

“大爷们，好汉们，替天行道，救苦救难。放了我吧，我实在走不动了。”

“你真是穷光蛋？没撒谎？”

“大爷，撒谎我是你孙子，我真是穷人。”

“这么说真一点用没有喽？”

“对，对，对，一点用没有，我是穷教书匠，你们又不背书，绑我一点用处没有，路上浪费你们的粮食。”

“好吧，我现在就放了你。放你回姥姥家。”

枪声突兀，当的一声，教书先生一头栽倒在泥水里。刚刚还在说话的大活人，一下子脑浆四溅，嘭的一声，死掉了。我吓坏了，尿水可耻地流在裤裆里，顺着大腿溅到脚背上。

我的手被紧紧地抓住。“满斗，扶我一下，我的腿不会动了。”她呜咽着叫我，声音如一只垂死的蚊子。我能甩开她的手，可甩不开欺骗带给我的伤害。我发誓不看她，我宁愿头朝下钻进花瓶里面去。

“你们也不想往前走了吗？”天哪，别把枪口对着我们。

“大爷，他们不是不走，是吓坏了，你容个空。你看，小小子吓尿裤子了。”何掌柜声音颤抖地给我们讲情。

“我闻闻，嗯，真他妈臊啊，你小子没出息，还不如小姑娘胆子大。”匪首三当家的咧开肿胀的双唇，露出一口错落的残牙。

三当家怪笑两声，一匹马尖厉的嘶叫划破平静，在黑暗中迎着队伍跑来。三当家直起腰，挺着半年后将被砍断的脖子。

是探路的土匪崽子，他已经摸清了政府军在这一带的驻军情况。

我的手又被抓住，我的脸发热，窘迫一定从手指缝流给了对方。花瓶姑娘抠抠我的指尖，“尿裤子不丢人，我也差点呢。”

无边的秋夜，霜寒弥合着黑暗，星星像一个个扎穿夜空的尖利的冰锥，微风不再叹息，细长的高粱纹丝不动。静悄悄的，唯有马蹄的嘚嘚声，布底鞋刻意轻放的踏地声，以及黑暗中阴森森的深沉的呼吸声。远处绿幽幽的鬼火加深了夜色和恐惧。

被枪杀的中年男人是一个私塾老师，他一路叫着撞天屈，走一会儿跪下磕两个头。现在，他解脱了。会有人发现河沟边的死尸吗？会有人向军队报告吗？

土匪在圈河一共绑了我们五个人，他们从德惠绑的三个人现在剩下两个。走在我们五个肉票最前面的瘸老头是圈河的一个财主，家有十五垧高粱地，在白瓦镇开中药铺，他和恒盛源何掌柜是人质中最有油水的肉票。第二个要算小分头，一个十七八岁的病秧子，一路上强压着咳嗽，他是圈河炭厂的少掌柜，半年被绑两次，这次是第三次。

“大当家的，歇会儿吧，我们实在走不动了。”荒凉的村口，一个无人居住的凄凉小屋前面，肥胖的何掌柜跌坐在路当中苦苦哀求。

一条癞皮狗看见有人顺着弯弯曲曲的大路走来，狂吠着逃进黑暗里。这时候，天边铺开一线灰白亮光，凉进骨缝的晨风拨弄着我们，吹得大家摇摇晃晃。

“不行，我们不能在这儿停留，老东西，起来走，不走打死你。”

“你打死我吧，我实在走不动了。”何掌柜赖在地上不起来。

天亮了，能看见土匪们的身形，他们骑在马上塌着肩，很不体面地抱着长枪和鸟铳。他们也累坏了，盼着首领下令找个地方喝口热汤。

三当家摇摇半年以后将被放进木笼子供苍蝇进进出出的脑袋，恼怒地骂道：“敬信的黑顶子驻扎着陆军二十九团一个连，第二警察署第四分署也在这片活动，天亮之前必须再跑十里地，这儿扎营想找死啊？”他看了我一眼，“没准这会儿当兵的已经接到命令，找我们呢。你们别忘了，他们团长的少爷在我们手上。”

三当家命令手下人腾出四匹马让我们骑坐，我和花瓶姑娘骑一匹，何掌柜他们三个人各骑一匹。一个满脸倦容的老土匪把我抱到马上，然后将花瓶姑娘扶上马。

“别生我的气了，好吗？”她第一次向我道歉，晨风吹得我们低下身子。

“我骗了你，可我没想到你这么……你知道一样的话我对多少人说过吗？你不知道一个人长时间地站着是什么滋味，我担心脚后跟长到泥里去。我总得给自己解解闷啊。”这是她第二次向我道歉。她抱住我，我的后背有了一点温暖。

天边露出鸭蛋清一般的云霓，太阳像一颗放置多日的生梨。

“就算我不怀好意，故意骗你，说到底，是你自己心甘情愿跑出来找我，你再不理我，我就让他们给我换一匹马。”她的头发丝弄痒我的耳朵，她好像失去耐心了。

“好吧，爱生气你就生吧。”我的身后抖动起来，她的身体和我贴得更紧，她哭了，眼泪热乎乎地掉在我的后脖颈。“满斗，我敢说，我会比你倒霉一百倍，一千倍，一万倍。可我最担心的是你，我让你倒了霉，不为找我，你这会儿一定在家里睡大觉呢。”

腻儿说：“我不哭了，你也别哭。坏人不会因为我们伤心就待我们好一点，要哭晚上偷偷哭。你别哭了。”

腻儿说：“当他们的面哭太丢脸了。满斗，别哭了，你身边有我呢。这话该你对我说才对，你是男子汉啊！”

两个人的脖子系着同一条上吊绳。事到如今，多情的满斗能说什么？除了擦干眼泪与她和好，还能干什么？

“你告诉我你叫腻儿，这名也是假的吧？”

“腻儿是我在马戏团的艺名，我的真名叫苏念。按年龄，你该叫我姐姐。”

地平线上的树拼成好看的窗花格，劲风吹动，兔子似的云朵奔走在渐渐明亮的天空。远远的河口突然出现一小队骑着白马的士兵，土匪们立刻紧张起来。我的心怦怦乱跳，苏念的手心冒出凉汗，士兵会来搭救我们吗？一眨眼的工夫，那队人马像云一样飘走了。

好一会儿没见村落了，小道狭窄，只遇到过一个蹲在白菜地拉屎的农民，他在草丛中趴下去，撅起黄色的瘦屁股让我们通过，他的眼睛突出，一脸惊恐，趴在那里如同一块石头。

土匪们的表情比早上轻松多了。他们一共八个人，身上马上搭着抢来的朝鲜长鼓粗布、大尺布和花里胡哨的缎贝绸，还有十几件大布衫。

太阳出来，天气炎热起来。水沟边停下喝水，轮到我们五个人质，水沟里的水已经兑进该死的坏蛋们的尿液。喝吧，总不能等着渴死。我趴到草丛里捧水喝，污浊的水里有小手指粗的泥鳅，小鲫鱼的黑背鳍扑棱一下。轮到苏念了，她刚喝两口，扭头看见瘸老头喷在水面上的带血的黏痰，她大声干呕，抬起头，满脸泪水。我拉她起来，摇摇晃晃的秃毛马背上，我们和好了，就像认识了好多年，我们的手扣在一起。

阳光下，我仔细打量她，她比我高半头。从昨晚到现在，我第一次注意到，她的头发黄黄的，脸一条黑一条白，下巴上有血迹，汗水和尘土将她全身上下弄得污迹斑斑，愁苦和恐惧堆在细细的眼角，她对我苦笑。她真瘦啊，瘦得让人可怜。还有一桩事万分奇怪，“姐，你咋也长一对猫眼睛？”阳光一晃，她的眸子有点偏蓝。

“没有，你看错了。”她偏过头，“你再看看。”这回不蓝。

“姐，我告诉你一个秘密，我的眼睛是猫眼睛，天再黑我也能看见东西。”

短暂歇息之后，嘴里叼着草的马和骡子重新戴上嚼子。这回我们绑成一串，由那个长得像菜墩的家伙牵着。苏念走在我前面，打了两大片补丁的蓝裤子不知在哪里剐了个口子，她的肌肤若隐若现。走在我身边的是一个萝卜脸的小土匪，不怀好意地盯着看，被我发现，他露出一脸坏笑。转眼他就凶起来，将瘸老头的脖子抽出一条血道子。

路两旁总是忽然出现一座坟茔，很多新坟埋得很浅，棺材给野猪掀出来，咬穿木板，吃掉了里面的东西。乱葬岗，孤单的女人坐在坟前嚎哭。

几道泥泞的车辙把我们引向一个村落，三十多幢低矮的房屋散落在道路两边，泥地上四处是杂物和鸡鸭鹅狗的粪便，破烂的房屋窗户洞开，院子里阳光灿烂，屋子里却黑洞洞、阴森森的，家家户户的园子里都有一两棵海棠树，树上的果子红艳艳的，没有这点红色，村子的气氛会让你窒息。没来得及逃走的村民惊惶、绝望，挤在小村子的十字街等待我们的到来。长得怪模怪样的女人三三两两地挤作一处，瘦骨伶仃的孩子躲在她们破旧的黑裤腿后面，大的怯生生地背着小的，倒是老人们从容得多，满脸皱纹的老太太摆出一副活腻歪的样子，吧嗒着竹烟管，混浊的双眼挑剔地打量着我们。没有成年男子，他们跑掉了，大门口没来得及捡拾的大土碗就是他们逃跑时扔下的，碗边挂着黏糊糊的高粱粥。留下的人就像江水退潮之后搁浅的蛤蜊，或者缺钳掉腿的瞎眼河蟹。

屋地比院子矮一截，一脚踏进去，似跌进一个陷阱，屋子里充满臭味和霉味。伴着极度的恐惧和侥幸，我和苏念蜷在外屋的草堆上，一条癞皮狗对我们嗅来嗅去，满嘴腥臭的畜生闻出我们的运气发出的臭味了吗？依次出现的动物除了癞皮狗，还有一只被咬断了尾巴的大脸猫，花猫身体笨重，走路没有一点声音。接下来四只老鼠鱼贯而出，它们一点不怕人，失魂落魄地奔向柴堆中间的那条菜花蛇，蛇一边扭脑袋一边吐着舌芯子。灶坑前面的灰堆趴着的芦花鸡忽然惊飞，窗台上闪过黄色的光，那是一只小黄鼬。

我们是什么时候抱在一起的？她紧紧地搂住我，把我的脸抱在她的胸前，她的胸脯硬邦邦的，额娘的就又大又软，但我更愿意躺在她的怀里一动不动，她的身上有一股洋碱的味道，还有暖烘烘的体味，那是一股不肯和屋子里的霉味同流合污的味道。

“满斗，你还恨我吗？恨我骗你？”我摇头，蹭蹭她胸前鼓起的小包。

“你不恨我？一路上咋对我那么凶？像龇牙的小狗，吃人似的。”

“我恨是因为你在圈河说不认识我。”

“黑灯瞎火的我咋能认出你呢？我把天想破了，也想不到你离家追着我跑啊。”

一个老婆子蹒跚着给我们端来一碗高粱米饭，碗边嘎巴着昨晚腐败变馊的剩饭，苍蝇和小虫子围着碗嗡嗡飞个不停。看得出，苏念和我一样，肚子里饿得咕咕响，但实在一口吃不下。

“造孽呀。”老人叹息一声，她进里屋拿来一只鸡蛋，我敢肯定这是她舍不得吃、放臭了的东西。

“孩子，你们打哪儿来呀？胡子哪儿绑的你们？”

“喔，圈河，我知道那地方，村子里有那儿嫁过来的媳妇。”老婆子说，“你们好歹吃点，唉，咋落这群牲口手里呢？我跟你们说啊，千万千万别跟三当家顶嘴，他杀人不眨眼啊。”

老婆子流泪说：“日子没法过了，三天两头折腾一次，来了就杀我们的鸡鸭，猪要放到树林子去养，又怕给张三叼去。你不知道张三是啥？我们这儿的狼叫张三。张三再凶凶不过胡子。胡子来了还要祸害村子里的姑娘媳妇。闺女，你有十三岁吗？”

“啊，十五岁？孩子，心里有个数吧，不定遭啥罪呢。奶奶告诉你一句话，不管咋样，活着就行，这年月就一个字，就是个活。想活就得不要脸。村子里的媳妇要遭殃了。咋遭殃？一听就是个生荒子。男人和女人有啥别的事？这些臊气卵子，祸害你呗！变着法子找乐子。他们天黑才走呢，你们这会儿放心吃吧，他们顾不上你俩，我瞎老婆子都能看出你们两个孩子没油水。他们分成两伙，一伙在马德生家的土炉子给人上刑要口供。啥口供？逼问家产呗，问明白好决定榨多少赎金哪。剩下的一伙在刘贵家的炕头抽大烟泡，过完烟瘾过女人瘾，挨千刀的三当家咋没撞上个枪子，我巴不得他嘎嘣一下死掉。他今天说要选美，命令全村的妇女梳洗打扮呢。肯定是花荣给三当家的想出的新花样。哑喉咙的胖子就是花荣，罗圈腿那个叫石谦，脑袋像苞米穗的哭丧脸叫李奎。这帮畜生一年来八趟，我只能叫出他们三个的名号，谁知道剩下的王八羔子叫什么。”

“奶奶，奶奶，我想求你一件事。”

“说吧，闺女，只要我老婆子能做到。咦，小小子眼睛咋这么吓人呢？好像一双猫眼睛。啐，呸，但愿你不是扫把精。闺女，你说什么？你让我帮你。我能帮你什么呢？我啥忙帮不上啊。”

“奶奶，你放了我们吧。”苏念的声音急切起来，“奶奶，你放了我们吧。”

“啊，闺女，快闭嘴，说什么都行，就是不能说这句话，我放了你们，他们会杀我全家。”老婆子一改刚才的温和，恼怒又无奈地说，“我走了，我去看我儿媳妇，她要生孩子啦。祖先神哪，菩萨呀，狐仙黄仙哪，保佑我老婆子吧，千万别难产。早不生晚不生，偏赶上这会儿，哪辈子造的孽呀。”

“把脸转过去。”老婆子说，“别用猫眼睛看我。遇到这样的事，八成要倒霉。”

我们被苞米穗哭丧脸李奎拉进一个满是鸡屎的院子。土炉子烧得通红，何掌柜、瘸老头和炭厂少爷给扒光了衣服，何掌柜像个肉球，瘸老头像只光羊，他们两个撅着肥大红肿的屁股背对我们，炭厂少爷夹着双腿迎面而立，他瘦得只剩一把骨头。土炉子上的大铁锅冒着干巴巴的热气，轮到炭厂少爷进锅了，他给抬起来，腿间尿水淋漓。他拼命挣扎，脚蹬手刨。“啊，我让我爹把钱全给你们啊，饶了我吧。别让我下锅，我不想下锅呀。”何掌柜和瘸老头跪在院子里，身上沾满鸡屎草棍，磕头如捣蒜，哀告声号叫声一声高一声低。

我们被哑喉咙的胖子花荣拉进一个满是狗粪的院子。这会儿，村子里的女人们挤在屋子里，一场选美比赛刚刚开始。满面愁容的女人们个个粗陋笨拙，为了在土匪面前掩饰相貌，她们许多人涂了锅底灰和泥道道，露出来的皮肤沾满汗泥和污垢。她们穿着蓝裤子、灰裤子、黑裤子，外衣沾满猪屎，沾满鸭食，沾满小孩子的鼻涕和奶渍。她们没想到，比赛的第一个程序竟是洗脸，我和苏念负责擦去她们脸上的污迹。

比赛的第二个内容，上头油。土匪们不知从哪搞到一小瓶桂花油，上了油的头发向后梳起，在颈后绾起一个个光溜溜的圆发髻，外面笼上发网。看见她们，我才知道我额娘有多好看，把我额娘比作天鹅，她们就是家鸡，我额娘是黄鹂，她们只能算麻雀。

比赛继续进行，下一项，脱衣服。花裤衩露出来了，红裤衩露出来了，绿裤衩露出来了，掉了门牙的婶婶说什么不肯脱裤子，因为，她没穿裤衩。

唿哨声响起来，尖叫声响起来，三当家笑得多奇怪呀，边笑边打嗝，好似公鸡打鸣。窗口趴着的小孩子哭闹起来，他们看见了奶头却喝不到奶水。

孩子们哭叫：“娘，我要吃咂呀。我饿呀。”三当家的也叫：“我想吃咂呀。”女人们捂着脸，泪水汗水滚滚而下。选美结束了，三个年轻一点的女人留在炕上，剩下的被推出屋子。被赶出屋的女人脸上表情十分怪异，她们两手捂住胯间，猫腰奔跑，阳光在屁股上晃来晃去，而她们的脑袋几乎插进裆里。

远离屋子噼噼啪啪的声音，远离怪笑和哭泣。我们被牵去看下一个节目。一头公猪绑在一块棺材板上发出最后的号叫，土匪石谦拿着一把半尺长的尖刀，刀尖送进黑猪的脖子，鲜血哗地喷进洗衣盆。石谦把猪脚划开一道口子，将一个铁通条插进去，他使劲儿吹气，猪的身体慢慢胀大，胀大，再胀大。一盆开水泼到死猪身上，片刀咯吱咯吱响起来，刮掉黑毛的地方猪皮惨白惨白。伴着孩子饥饿的哭闹声，伴着母鸡生蛋的咯嗒声，猪屎和内脏腥味扑鼻，引来漫天的绿豆蝇红头蝇麻头蝇还有瞎眼蠓。

苏念大声呕吐。

呕吐。

吐吧，吐吧，除了呕吐，我们什么也干不了。

被送回属于我们的乱草堆，伴着房梁上老鼠啃咬木头的吱吱声，伴着鸭子欢愉的追逐声，伴着咆哮不爽的狗叫，伴着苍蝇蚊子的嗡嗡声，声音如灰尘一样，如汗臭扑鼻又混合了屎尿味的旧棉絮，压住胸口和喉咙。

苏念抱着我，给我讲述她的故事。

——早晨，雷声不断，她紧紧地搂住弟弟。雨水从房檐倾盆而下，从房顶露天的地方灌进屋子，屋子里的积水黄乎乎的，墙角的土坯泡成了泥浆。大门口，炸雷劈倒了猫头鹰栖息的大杨树，倒树冒起蓝烟。眼睛冒绿光的猫头鹰三年前不知从哪里飞来，飞来就住下了，每天低低在房檐前掠过，恶鸟翅膀底下散发出又热又膻的臭味。一天夜里，猫头鹰落在打开的窗格子上，发出小鬼一样的笑声，鸟的翅膀落满萤火虫，尖利的嘴吻叼着一只血淋淋的老鼠。

爹爹跳起来，手头没有长东西，他抡起了烟杆。怪鸟怪叫着飞走了。打鸟的男人却一头栽倒。他是一个蚀了本钱的货郎，苏念说：“我爹瘦高个，窄脑门，大眼睛，水蛇腰。人们叫他苏货郎。”

苏念的记述中，她的母亲终日倒腾着一双小脚，头上一个疙瘩鬏，最艰难的日子里，她的头发也溜光水滑，梳得整整齐齐。这个利利索索的女人，死在瘫痪货郎前面。一家人两天水米没打牙，母亲从邻居家借到一碗荞麦，流着眼泪在灶前烧水，她站起来刷锅，眼前一黑昏死过去，再没醒来。

母亲去世一年后，父亲痛苦地死去。他挣不到钱，放弃了心中的神灵，每天像失去方向感的绵羊一样不停地打转，眼前发黑，头痛欲裂，走起来跌跌撞撞，更多的时候动弹不得。临死他不肯闭眼，苏念发誓说她会用一生来照顾弟弟，他点点头，还是不肯闭眼，他睁着眼睛离开了人世，将两个孩子孤零零扔在了世上。

邻居帮助埋葬了父亲。那天，弟弟抱着一只公鸡。这只鸡是他们一家除了人以外的最后一个活物，如果说还有，只剩下老鼠了。

在坟地，弟弟将鸡放在地上，它突然大叫起来，满地扑腾。一条褐色的蛇游过来，蛇蜷起来，缠住了鸡脖子。下葬的人吓坏了，他们不敢将死人埋在那里，因为那是一个龙凤双栖之地，一个后代会出文曲星的好穴。而他们家只剩下两个孤苦无依的孩子。父亲避开原来看下的墓穴下了葬，但这个奇遇却深深地印在姐姐的心里，她发誓，再苦再难，也要供弟弟读书。

他们没有别的亲人，姐姐担负起养家糊口的责任。他们大部分的日子靠乞讨度过。春天，荠菜绿了，大地里有蒲公英、车轱辘菜、猫耳菜和灰灰菜，蒲公英毛茸茸的小伞飞起的前一个月，他们靠野菜糊口。

一天大雨过后，家门口住了三年的猫头鹰终于飞走了。两姐弟相信最糟糕的日子已经过去。一个有慈悲心肠的大户人家看中姐姐的能干，破例让她在厨房帮工，这样晚上回来，姐姐可以带回家一些剩菜剩饭。日子真的一天天好起来了，几年过去，好强的姐姐想让弟弟读书，她在一个蓝包袱皮里包上干粮，把他送进了十里外的私塾。

那是一个大户人家的私学馆，去上学的都是有钱人家的后生。姐姐在弟弟的包袱里放了一块猪皮，弟弟每当吃饭的时候独自跑出去，吃完干粮就用猪皮将嘴唇擦得油亮，表示他吃得很好。他很用功，很快成了私学馆最有出息的学生。

“他不知得了什么要死的病。我借钱给他找大夫，可是他死了，病了十天就死了，他死了，没钱还债，我快被逼死了，正好马戏团到镇子里演出，我就将自己卖给了马戏团。”

苏念说：“我的亲弟弟没有了，满斗，你当我弟弟吧。”

我说：“你说过要我娶你的。”

苏念说：“满斗，姐姐对不起你，我不逗你玩，你就不会被胡子绑票。可是，你知道什么叫娶媳妇吗？”

我愣了，我没想过这个问题。

早熟的满斗不肯服输：“不就是点灯说话吗？”

“傻弟弟，要只是点灯说话，世上就没有孩子落草啦。”

苏念说：“满斗，事到如今，姐姐就是想给你当媳妇怕也没机会了，你看不出来吗？我们这辈子可能过到头了。”

苏念说：“满斗，你不知道姐遭过啥罪，你要是知道，唉，这么跟你说吧，姐的身子进马戏团之前就给破了。姐给坏男人糟蹋过。不跟你说了，说了你也不懂。”

满斗已经多少知道一点男女之别，但他的确还不知道男女之间到底是咋回事。长得像根刺一样的满斗半年后才会第一次梦遗。这会儿，满斗还没有长成一个能干成事的男子汉，但他知道抱着苏念和抱着额娘不是一回事，媳妇和额娘都是一生中最亲的女人，他不后悔追赶马戏团，他已经和花瓶姑娘搂在一起了，足够了。

但苏念的话对满斗的打击如此巨大，我的心里说不出的忧伤，我被伤害了，人生中最美好的一个小罐子碎了，稀里哗啦，哩哩啦啦，罐子装了什么，小主人自己还不甚明了。我的头比刚才沉了，热得烫手，疼痛袭来，肚子丢人地咕咕乱叫。这时候，东屋炕上临产的女人迎来了最要命的时刻。

进出屋子的人多了，女人的呻唤声越来越大。“我要死啦，我要死啦。你们谁把我当家的找回来见一面呀。”

“别说傻话啊，媳妇，没事的，女人生孩子都一样。你要挺住啊。”

“不行了，我要死啦。你们把我当家的找回来呀。”

“不行啊媳妇，胡子没走呢，他不能回来啊。”

“不行了，我要死啦。我再也不干了，男人图乐和，不管女人死活啊。”

“媳妇，不要这样说呀，女人不生孩子还有什么用呢？”

“不行啦，我要死啦。你们把胡子叫来给我一枪吧。给我来个痛快的。”

“媳妇，别这样说呀。你寻思他们不想来吗？他们是怕见生孩子的女人触霉头。媳妇，你知足吧，村子里的媳妇被他们祸害好几个了，好歹你还干净啊。”

“不行了，我要死啦。啊，疼死我了，小冤家，快出来呀。”

“我不行啦，我生不出来，我要死啦。”女人的声音小了，她没有力气了。

“我要死啦——”

她说得没错，死亡走进了屋子，一股凉气正在这户可怜的人家游走。我见到我那几个久违的朋友，他们来了。他们分别是铁脑袋、豆腐腰、麻秆腿，还有一个若隐若现的灵魂，我看不清它的脸。他们一会儿变成麻雀飞进飞出，一会儿变成苍蝇落在幔帐杆上。炕上，炕席早卷了起来，全身赤裸的产妇躺在谷草上。鬼孩们真可恶，他们变成跳蚤，在产妇的肚脐眼和腿间的毛发里捉起迷藏。

“不行了，我要死啦——”产妇的哭叫声更大了。

绝望的老婆子跪在外屋的门槛里面，大声叨念：

"日头出来红彤彤，我家宝宝要出生。大门挂彩，二门披红，三门倒挂一张弓；一张弓，三支箭，支支箭头拴红缨；一支箭射到天上去报喜，二支箭报喜射入龙王宫，三支箭送信给咱老祖宗，开口封你个状元红。"

"满斗，你怎么了？"

"姐姐，我头疼，脑门快裂开了。"

"满斗，别吓姐姐呀。"

"姐姐，他们找到我了，快把我藏起来，我不想看到他们。"

"谁找到你了？他们是谁？"

"姐姐，他们是鬼孩，这屋子要死人了。"

"天哪，满斗，你不要说胡话，你一定发烧烧糊涂了。满斗，你吓死姐姐了。我可怜的满斗啊，姐姐发誓，只要他们不杀我，我把自己卖了，也要救你出去。"

铁脑袋蹲在老太婆的头上冲我做鬼脸。

"生了，生出来了。"院子里趴在窗口的小孩子们大声吵嚷。老婆子站起来，跑进屋子。血腥弥漫，没有孩子落草的哭声。

可怜的母亲满脸汗水，满脸泪水，哭声过后还是哭声。孩子死了。

村道上战马嘶鸣，土匪们骂骂咧咧，悲伤的白天即将结束。我和苏念被牵出去，上路了。我们走出那幢房子，老婆子来到院子里，她将死孩子倒提起来，手里拿着一个巴掌大的烙铁，对准小尸体青紫色的屁股。尸体冒出一道道青烟，吱啦啦响，铁脑袋他们龇牙咧嘴，看着死孩子的胎记，幽灵的表情万分痛苦，仿佛受难的是他们自己。

傍晚的地平线上，一抹暗淡的炽热红光，像横放着一个淬过火的烙铁。残红装点着萧瑟和凄凉，加入灰色的天光，变得阴暗单调。回头，晚风抚弄着广袤的庄稼，高粱穗一会儿摆向这边，一会儿摆向那边，血海翻涌。

前面大片大片摇曳的芦苇，凉雾越来越浓，走出高粱编织的笼子，来到大河边。蒲草深处惊起成群的野鸭和水鸡，细腿笨拙地缩在腹下，冲天而去。

土匪们满嘴蒜臭，一个比一个兴奋，他们比赛着讲述艳遇，粗俗刺激，让人脸红。

粗糙的舢板散发着夏天的鱼腥，河水不断地溅到身上。

过了大河，就是山上大爷的地盘，我们获救的大门将最后关闭。

苏念说："没有人救我们。不会再有人救我们了。"

"额娘，救我！"满斗泪流满面。

第二十章　组织和仙姑

柳枝失魂落魄走进白瓦镇的军营。东北陆军第十三旅二十九团团部设在原清朝的副都统衙门旧址。副都统衙门大门七间，仪门三间，东角楼是瞭望哨，上面当兵的来回走动。门前站岗的士兵是一个小个子的南方人，他毫不客气地呵叱柳枝，不准她在门前探头探脑。

恰好一个跛足的军官从里面走出来，军官走过去又转回来，军官问道："你是找郎团长吧？"

柳枝认出了对方，她惊讶地叫出声，"何三更，怎么是你？"

三更抻抻肥大的军服下摆，"柳枝嫂子，我是排长啦。"

三更转对站岗的士兵，"你知道她是谁？她是团长夫人！你个狗眼。"狗眼士兵立刻堆下一脸巴结的笑容。

三更将柳枝带进团部。冰冷的影壁后面，一座宽阔的院落，三间整齐的正房，院子里当兵的走来走去，他们穿着臃肿的军装，都是一些宽肩膀，又敦实又凶狠的家伙。三更走在前面，兵们见到三更很恭敬，一双双热热的眼睛却在柳枝的脸上身上转来转去。

"瘸子艳福不浅啊。"说闲话的是团部的副官。

"闭上你的臭嘴，她是团长夫人。"三更骂骂咧咧，他的短枪挂在后屁股上，一走一颠。一个矮胖的年轻军官从他们身边跑过去，"喂，你他娘的乱跑什么？"三更不满地站住。

"山上大爷的绺子袭击工兵营的事上面查下来了，让团里报损失。"小伙子扬扬手里的电报稿。

大堂里摆着一些木桌子，一支支枪戳在墙边。穿过大堂还有五间二堂，二堂东西两侧各三间厢房。西厢房做了马厩，槽头拴着七八匹蒙古马，战马嘴里呼出的热气和马粪味交杂在一起。三更告诉柳枝，东厢房后面还有五间房子，原是副都统衙门的监狱，现在是团部的军械库。院子里有几棵高大的老榆树，乌鸦恰好噪起来，让柳枝深感心惊。

副都统衙门的后厅，团长郎乌春的住处，外间摆着老式的八仙桌椅，屏风后面一张宽大的公案，墙上挂着一把战刀。里间一盘火炕，郎乌春倚着一床军被躺在炕头，他高烧不退，刚刚喝过军医配制的汤药。柳枝想起去年秋天他从马滴达逃走时的丑样子，不禁皱起眉头。两个人又有一年多没见过面了。

柳枝看见的是一个满脸通红的粗汉，面容消瘦，胡子拉碴。郎乌春大口大口地咳嗽和吐痰，他的眼角堆满眼屎，看人蒙蒙眬眬。任手下怎样提醒，他也想不起柳枝是谁，但柳枝怀疑他是清醒的。

三更劝她等团长好一点再来，说团部已经接到土匪的海叶子（信件），绑满斗的是藏匿在罂粟谷的绺子，匪首叫山上大爷。信上写明要用满斗交换两个关在白瓦镇监牢里的犯人。对方开了条件，满斗一时半会不会有危险。

得到这个消息，总算不虚此行。柳枝万般无奈地走出郎团长的卧室。她迈出门槛，炕上的郎乌春忽然说出一句清醒的话："你把那块洋碱拿走，好好洗一洗，你快脏死了。"

他在奚落和污辱她吗？不错，她的样子不好看，可哪个当娘的得知儿子被绑票的坏消息还会梳洗打扮呢？

她站住，含着泪水准备理论一番。她向炕上看去，郎乌春歪倒陷入了昏迷。

柳枝走了。军营里的马粪味熏得她头疼，她喘不过气来。秋风吹得军营门口的榆树叶子哗哗响，她走上白瓦桥，秋天的河水水流比夏天慢，淘金沙的人站在淹到臀部的水里。桥上的风比平地大很多，吹着柳枝散乱的头发和干巴巴的脸，风像一把大扫帚，不管不顾，要把人当成垃圾或者落叶扫出这个世界。

秋水一天天瘦，空下的地方给垃圾填补了。灰白的水线，肮脏的河卵石，淘金人脸上脏黑，身上褴褛污浊，小腿死鱼肚子一样又肿又白。

柳枝悲从中来，她该怎么办？

这个男人多可怕呀，他有着怎样的心肠呢？她还是他名义上的妻子，他们毕竟没有解除婚姻啊。这难道不更可恨吗？他连婚约也不屑跟她解除，亏她还求他救儿子，救一个给他带来屈辱的野种。

看看吧，他一副活不起的鬼样子，看看吧，一副遭报应的倒霉相。可她自己呢？何尝不是自取其辱？

生活泥泞不堪，时间慢得像一架塞满乱草的破牛车，动起来窝心费劲儿。湿雾团绕着李子树，麻雀像一个个会发声的烂线团。生活比烂线团烂好多倍，烂到憋闷至死，不透气，没有希望。

远处传来凄凉的唢呐，一支很乱的送葬队伍向桥头拖沓而来，抢跑到桥头压烧纸的男孩脑袋长得像闷葫芦，眼睛闪烁着兴奋。

“满斗——”伤心瞬间溢出眼眶，她哭出声来，瘫在栏杆下面。

抬丧舆的一边七个，一共十四人，白衣白裤，丧舆后面跟着披麻戴孝的男男女女，人群从柳枝身边走过，唢呐忽然起了高调，孝子贤孙们捶胸顿足，帮忙的阴阳先生不得不费力地加入这场撕心裂肺的大戏，“棺材不能落地，哭多了对后代不好。还有——路边的大姐，你节哀顺变，你认识这家人吗？老太太在朝鲜平壤住过，你不像朝鲜人啊——”

“我哭我儿子，他让胡子绑票了。”

“啊，你哭自己的儿子，可怜的人，这年头没一点好消息。”

远远逝去的哭声让柳枝想起了在棺材铺当姑娘的岁月，记忆摆满一排排的白碴棺材。

一小队人马跑过，他们是白瓦镇的警察，满脸汗水，腿上的马刺和手里的长枪乱响。领跑的猪头大呼小叫，他停下喘气，一口一口吐唾沫。

“妈的，晦气。哎，咋哭天抹泪的？你转过脸，让我看看模样，看你是不是我们要抓的女匪。”

“我说你呢，听见没？”

柳枝转回脸，一个穿白衣的男子正在给猪头递纸烟。

“哈德门的，好抽。”猪头叼上纸烟，受用地深吸一口。

“这盒烟卷孝敬您。”前来解围的高个子冲柳枝使眼色，他长着一张大长脸，看上去二十六七岁的样子，鼻子两边很多雀斑，眼睛细小，却很有神。

警察嘟囔着走开了，高个子殷勤相约：“大姐，你跟我走吧，你的事没准我们能帮你。你看，雨就要来了。”

说话间，桥上的人开始乱跑，起风了，雨脚扫过白瓦河，满眼一片迷茫。

高个子变戏法一样撑开一把油纸伞，替柳枝挡住斜抽过来的雨鞭。雨点又大又凉。

你们，神通广大的祖先神，你们，空中蝙蝠一样飞来飞去的各路神灵，救救我吧，救救我的满斗。柳枝心底泛出一股一股的苦水。

一个声音警告她，你从未见过这个马脸小伙，不要相信他，可能是一个比黑夜更大的陷阱。扑嗒嗒的雨声，直冲鼻孔的尘土味，另一个声音插进来——去吧，万一呢？你不认识他，他没理由害你。

“放心跟我走吧，大姐，你看我像坏人吗？”

“你姓什么？我不认识你，你为什么帮我？”

“到地方你就知道了。这么跟你说吧，你想救儿子吗？这是唯一的机会。”

走过烂洼地，被长着青苔的淤泥滑了一下。卖豆腐的小贩大声吆喝，乌鸦低低地掠过白榆树，到处散发着臭蒲草的气味，田野深处的虫嘶和更远处的狗叫，回应着叫天不应叫地不灵的哭喊，

油纸伞下面，柳枝的手心湿漉漉的，额头湿漉漉的，头发被雨水和汗水打湿了。她的脑子飞快地转动，脚步僵硬——

“你是什么人？为什么帮我？”柳枝觉得马脸小伙子就要对她下手了。

“不是我要帮你，是仙姑让我帮你。”

“仙姑？”

小伙子说：“你的难，仙姑早就知道，你去吧，她会帮助你。”

“还有多远？”

“不远了，就在前面。”

道路像被石头砸烂砸扁的蜘蛛，每条腿都伸向一个危险的去处。跟在马脸小伙的身后，踏上中间的一条路，路像一条剖开肚腹的蛇，绝望地游向镇外。道路湿滑，散发着腥臭。河水漫上土路，水面漂着马粪、狗屎和蜻蜓的尸体。

雨停了，柳枝倒吸一口冷气。柳枝准备扭身逃走的当口，小伙子及时制止了她，“你看，稻草巷到了。”

白榆树的后面，两道彩虹骑在一片乱纷纷的房屋之上。

稻草巷坐落在白瓦镇的护城河外，一片建在风口的泥屋，房顶没有一片瓦。墙由黏土砌成，木杵捶打的黏土像石头一样硬。房子屋顶的黏土盐分很大，这样的屋顶雨再大不会漏雨。

和泥抹的房顶不同，巷子两边的土墙上盖着稻草，这便是稻草巷的来历？我额娘的身边，驼背的马脸小伙打着伞，拎着长衫的一角，他小心翼翼，脚步很轻地走在稻草巷积水的磨石路上，石路凸凹不平，不时溅起水花，我额娘的圆口布鞋早就湿了，她使劲儿在石头上蹭掉泥巴。

巷子两边的黄泥院墙淋淋漓漓淌着泥水，路上洇开斑驳的脏黄水渍。院墙里斜逸的核桃树压在巷子的上空。我额娘心里十分凄凉，巷子的尽头，有一个凹进去的石臼，里面盛着碾房院子淌出来的雨水，石臼的左侧，两扇烟色的旧木门板虚掩着。

柳枝回头向来路看看，远远的巷口，一个卖枣糕的老头和卖烟叶的拐子相扶着走过。零落的枯树枝把巷子上空落下的雨水挡一下，凝聚成更大的水滴砸在地上，刚苫不久的黄色稻草在秋天的淫雨中腐烂变质了，灰黑着，麻雀落一下塌落一片。

我额娘站在一小片雨水里，布鞋给门楼上流下的稻草的黑色腐水弄得湿脏，小伙子大咳几声，像把自己吓着了，他慌张地看看，前面是门，后面是通往石街的树枝覆压的长巷，巷口没有人，一条黄狗抖着身上的雨水一闪而过。

院子里传出奇怪的嗡嗡声，像磨房的轰隆声，像善林寺和尚的唱经声。

榆木板门吱扭扭打开了，我额娘走进一个阔大的院落，院子当中一片金黄色的稻草，一片歌声和稻草的霉味扑面而来——

院子里站着二十多人，他们穿着新旧不一的白衣服，柳枝认出来了，正是刚才抬棺材走过桥头的那群人，她一眼看见停在仓房门口的花头棺材，棺材盖靠墙而立。唱歌的人并不在意陌生人到场，歌声比刚才更压抑，更低沉，充满力量，饱含深情。他们中间，满脸皱纹的男子也泪流满面。

走了走了
我要走了
丢下你
我要走了

歌声唤起我额娘无限的悲哀，像笤帚抽打她的后脊梁，心脏像要蹦出来。柳枝没在院子里过多停留，她被引进正房。一个十分古怪的屋子，迎面立着一面屏风，屏风上覆盖着一条白绸子，白绸子上写着“人乃天”的牌位，神灵牌下横着一张供桌，桌子上放着香烛供果。

屋子里十分湿凉。诡秘的气息从屋子的角角落落冒出来，屋子西山墙上挂着一排发酵的大酱块，万字炕上，炕柜边上，堆着一堆粮食袋子。

小伙子搬来一条杨木凳，在凳子上放了一碗凉水退出去。

分明是一个陷阱，我额娘正要扭头逃走，屏风后面传来沙哑的声音。

“你就是柳枝吧？”

我额娘吓坏了，她的双腿打战，“谁说话？你咋知道我的名字？”

“没人告诉你吗？我是仙姑，无所不知。”

双腿发麻，颤抖着挪动一下，饱受煎熬的心狂跳不止，“只要能救回满斗，要我的命都行。”她跪下去，磕起响头。“仙姑，大慈大悲的活神仙，求你救救我儿子。”

“不要磕头了，起来说话。”

脑袋仍将泥地撞得山响，“你不答应，我就不起来。”

“但你也要答应我一个条件。”

"什么条件？"

"条件很简单——不管遇到多大灾难，都要活下去。"

仙姑果然无所不知，洞悉了她涌上心头的轻生之念。

我额娘泪如雨下，"仙姑，救救我，救救我儿子。"

"放心吧，我会想办法。不想救你不会让你来这儿。"

"你知道我儿子在哪吗？有危险吗？"我额娘半信半疑。

"让我看一下。嗯，我看见他了，他身边的人很多，有人拿刀，有人扛枪。还好，那些人的样子不凶，他暂时没有生命危险。"

我额娘再深信不疑，她磕下头去，"仙姑，你说得太对了，我刚得到消息，我儿子满斗被胡子绑票了，胡子给军营送了信，想用他交换两个监狱里的犯人。"

"郎乌春好像没有答应啊！他是你男人吧？"

"仙姑，你真是无所不知，明察秋毫。"

"我刚刚去求过他，可他让我丢尽了脸。仙姑，我恨死他了，当初他娶我是为了得到五亩高粱地。"我额娘悲从中来，压在心底的话一股脑涌上心头。

我额娘泪如雨下，"仙姑，你还在这儿吗？给我指点迷津啊。"

我额娘抽泣的间隙，沙哑的声音再次响起，"我的孩子，可怜的孩子，把你的心里话都说出来我听听。"

我额娘瞪大眼睛，屏风后面的声音和刚才已有不同，充满了慈爱和宽容，就像天籁一样，就像春雷一样。我额娘生怕这声音是自己想出来的。

"我的孩子，可怜的孩子，把你的心思都说出来。"

"是的，当初是他救了我，我要么把孩子生在娘家，让一家人蒙受羞辱，要么自杀，一人两命。他娶了我，可他又抛弃了我。"

"可怜的孩子，真是太不幸了。"

"更不幸的还有呢，他把一个野种送到我这儿，继续羞辱我。"

"噢，她好吗？那个叫蛾子的女孩。"

"你怎么知道她是女孩？怎么知道她的名字？"

"你只管回答就是，我是仙姑啊，我无所不知。"

"我生了一个野种，他又还我一个野种。一还一报，我们扯平了。我一心想着对蛾子好，孩子是无辜的，我恨我常常做不到。一看见蛾子就想起他给我的屈辱。他给我的屈辱太多太多了，比我给他的多一百倍、一千倍。"

"抱怨这么多，说明你心里放不下他。"

"不是，仙姑，我抱怨，因为我恨他。"

"你的眼泪太多了。"仙姑的声音奇怪地不耐烦起来。

我额娘慌忙问道："我会再见到我的儿子吗？"

没有回答，屏风后没了声音

"仙姑，你怎么不说话了？仙姑，你还在吗？"

"组织会派人救你的儿子。"那个声音一下子变得十分疲惫，"不要指望太早知道命运的走向，不过，一切都会好起来的。忘记仇恨吧，仇恨把你的心蒙蔽了。你是个善良的女人，你会有好报的。"

仙姑叹口气，动情地说："对蛾子好点，孩子是无辜的。"

"可是，仙姑，你还没告诉我满斗有救吗？"

"如果组织救回你儿子，你怎样回报组织？"

"只要能救满斗，我死都愿意。"

"好吧，记住你发的誓。"

"我记住了。"

"仙姑，你在吗？"

没有回答。屋子里静极了，隔一会儿，声音重又充满耳郭，几只苍蝇将窗纸撞得咚咚直响。

"仙姑，你在吗？组织是谁？组织为什么帮我？"

下部　失灵年代

陆腓凌　山上大爷

第二十一章 山上大爷

夜晚，箫声应和着松林里泉水漫流的声音。夜莺停止歌唱，空谷回音，箫声幽咽，我们的主人陷入了怀旧之情。我们的主人也吹笛子，每当笛声响起，啄木鸟停止啄食桦树上的蚜虫，臭咕咕鸟和松鸦停止歌唱，那是我们的主人表达心中的喜悦之情，用不了多久，就能听见山寨庆贺财源广进的鞭炮。我们的主人也吹喇叭，喇叭响起，山寨将大摆宴席，这时候，我和花瓶姑娘赶紧化装，山寨饮酒作乐的时间到了，我们要献上好看的节目。

我们的主人叫山上大爷。花荣说，山上大爷是一个长着山羊胡子的小老头，待人和蔼，慈眉善目。花荣边用手比画边唏溜唏溜吸鼻涕，他的面相很老，眼睛堆满眼屎。他说他上山之前教过私塾，李奎说他撒谎，他一个字不认识。李奎说，山上大爷是一个壮汉，长着猫头鹰一样的眼睛，下巴铁青，满脸杀气，一见让人打哆嗦。石谦说得更离谱，他说山上大爷是一个中年妇人，爱穿一件绣花短袄，和山外女子不同的是，她的下身穿一条马裤。

苏念告诉我，山上大爷是一个儒雅的读书人，白净面皮，喜欢灰布长衫，戴一顶瓜皮帽。我相信苏念的说法，她两次被山上大爷单独请去吃饭，另外几个是山寨里的边缘人物，他们见不到山上大爷的真容也是平常之事，山上大爷给他们赐一个名字就不错了。

对于刚上山的人，山上大爷的长相就像一个谜。山上大爷闭关修行两年了，现在主事的是刚上山半年的六寨主。

山上大爷的名字叫王良，我们的绺子叫王良寨。

花荣说，山寨里所有人的名字出自一本叫作《水浒传》的大书。花荣说，没准哪天山上大爷会赐满斗一个名字，“你说话声音洪亮，你叫乐和吧，铁叫子乐和。”

我说：“苏念也要改名吗？”

花荣犯愁地说，《水浒传》里只有几个女的，林冲家的丫头叫锦儿，一个破鞋娘们叫潘金莲，对了，还有一个破鞋娘们也姓潘，潘巧云，她的丫头叫迎儿。花荣说，没准山上大爷早给苏念起好名字了。

花荣说苏念让他想起了自己的女儿，他的女儿年纪和苏念差不多，花荣外出做买卖，路上遭到抢劫，他狼狈地回到家，媳妇带着女儿却不知所终。

李奎的父亲欠下财主的高利贷，还不起债，老人上吊自杀，老母亲眼睛哭瞎了，李奎给财主家的柴房点把火，上山入伙当了土匪。石谦的情况和他们不一样，他的老婆和别人跑了，他没脸在家乡混生活，一气之下上了山。

花荣说，他想认苏念做干闺女，可他没山上大爷那样的福气。

苏念躲开我，一个人在山涧旁边坐了好久，我找到她，她在流泪。苏念说："满斗，你的脑子什么时候才能清醒过来，你不会一辈子就这样傻了吧。你肯定鬼迷心窍了。"

苏念说，满斗，你说的箫声和喇叭我怎么听不见？这是杀人不眨眼的土匪窝呀。

对呀，这么清晰的声音她为什么听不见？

苏念说："满斗，你看，六寨主来了，六寨主教我们节目来了。"

接连的大风天过后，六寨主踩着满地的松针和落叶到我们的住处来了，他穿一件黑夹袍，光脑袋，脖子围一条狐狸尾巴，脚穿一双八成新的太阳牌水袜子，这是时下山寨流行的打扮。

我和苏念是山寨乐坊的成员，我们的老师是六寨主。

六寨主给苏念带来一件礼物，一张上海先施牙膏厂赠送的上海风景图。画以暗黄色为主色调，两艘洋轮拉着黑烟，烟似一条乌龙。渔民戴着斗笠，小船在波浪里扬着风帆。灰色的云霓下，三架蜻蜓一样的滑翔飞机极不庄重地挂在空中，远处的背景是高大的各式洋楼，有的泛着灰色，有的则是金色的三角式房顶。

苏念十分喜爱这幅画，她把画贴在泥墙上，我们的屋子多了许多生气。

六寨主说："满斗怎么了？又犯迷症了？"

苏念说："没有啊，满斗，你快给六寨主背诵昨天学的山东快书。"苏念着急地冲我使眼色。

我不喜欢六寨主看苏念的眼神，我不想让他高兴。

"我没记住。"我像额娘似的深深叹气，"我的脑子乱得很。"

六寨主一点不生气，他意味深长地拍打双腿，"不急，不急，我不相信满斗笨得像狗熊。"

于是，我开始背诵，唱词如下：

闲来闲来
想当年　俺也是个读书的客
洋装书　两大摞
书包笔架天然墨
钢笔毛笔摆满了桌
ABCD 顺口说
学过三角和几何
神光电画我常琢磨
虽然不敢称博士
普通学问差不多
坐轮船　去过外国
日本东京留过站
西伯利亚到俄国
自从辛亥来共和
坐上飞机咱回了国
陆海空军俺嫌辛苦
国务院里把事做
每月大洋两万多
花街柳巷去溜达
上好的姑娘陪伴着
八大胡同把牌打
六国饭店常请客
别说你有盒子炮
俺常拿炮弹压咳嗽

“咦，记忆力很好啊。”六寨主拊掌大笑，笑过他说：“你姐说你认字，我出几个字谜你猜一下。”

六寨主说：“听好了，大寺门前一头牛，二人站在未里头，膝下有个女子哭，大火烧了因家楼。”

我猜不出，苏念笑着说：“六寨主，你告诉满斗吧。”

六寨主说：“一共四个字，你把字写出来，就是特来要烟。”

六寨主拿出带给苏念的第二个礼物，一盒天津英美烟公司出产的哈德门香烟。山寨的弟兄们喜欢吸鸦片，要不就是抽烟袋，烟袋锅里放上劲儿冲的圈河烤烟丝，只有六寨主愿意吸这种时髦玩意儿。苏念吸烟的姿势好看极了。

苏念学吸烟的另一个原因是她知道我喜欢烟盒里面的小卡片，每盒烟里面只有一张印制精美的《水浒传》人物卡片。

六寨主说："想集齐《水浒传》一百单八将可不是件容易事。"

六寨主说："满斗，你听好了。我再说一个字谜，答对了我给你一张烟卡，这张最不容易找到，母夜叉孙二娘。"

"没有横画，没有竖画，不多不少整十画。"

我猜不出来，"孙二娘"泡汤了。六寨主乐了，露出一口咸盐粒样的白牙。"这是个爹字呀，满斗，爹字你不会吗？对了，你是满族人，你们叫阿玛。好吧，我再说一个字。没有横画，没有竖画，不多不少整四画。"

我还是猜不出，六寨主哈哈大笑，他说："满斗，这是父亲的父字啊。"

六寨主说："满斗，今天来我有重要的事。你姐说你是猫眼睛，有夜视能力，我不信。你得证明给我看。"

六寨主在我们的小房子里藏了两张烟卡，他把窗口蒙上被子，挡住光线。

"藏好了吗？"

"你可以进来了。"

六寨主拉着我的腻儿站在门后，我故意不看他们，六寨主脸上露出不屑的神情。

我冲六寨主的脸啐一口，六寨主很轻地擦脸，生怕我发现他的位置。他擦脸的工夫，我找到了第一张卡片，"宋江"放在杨木凳子上。

另一张"吴用"放在煤油灯下面。我点亮油灯，期望我眼睛里瞬间的绿色光芒能吓住他。我的腻儿不会害怕，漫长的夜晚，我们已经玩过这样的游戏了。

第二个测试。六寨主将一张日本的老头票塞到我手上让我辨认，我拒绝测试，除非他把老头票送我。这家伙在我的眼皮底下干了一件恶心事，他伸出右手，倒出一张作废的俄国羌帖。我从他背过去的手里抢过日本钱，轻而易举戳穿了他。

黑夜降临了，寨后山谷四野漆黑，伸手不见五指，六寨主让我一袋烟的工夫找回他白天插在白桦树下面的一杆小令旗。

加快速度，打消逃跑的念头，绕开合抱粗的大青杨和旱榆树，树越粗越可能烂成空心，是熊瞎子蹲仓的好所在。

山路崎岖不平，山风扫帚一样，风声像库雅拉江的涛声，一浪一浪，恶神傲克珠漫天扬开一把一把的沙子，打在脸上，疼在心里。

跳过狼粪，跳过新鲜的野猪屎，跳过一棵棵长满木耳和苔藓的腐朽倒木，跑得飞快，中间摔过一次，踩滑了一堆狗尿苔。

将小旗交给六寨主，红红的香烟头照亮兴奋的脸，看上去，他比我紧张。

一定要说出我看到的和你们看到的有什么不同？我告诉你，月明之夜，你们只能模模糊糊地看见东西，而我的眼里有红有绿，红的是挂在树上的浆果，深红色的淘气包挂在灌木上，那是一种奇怪的果实，长得像一枚枚藤萝上结出的红杏，皮里面一包空气。绿的是常青不落的松针，还有一种叫不出名字的虫卵，个头比山李子小很多，有点像蚕蜕，碧绿碧绿的，挂在低矮的树枝上。当然，我看到的也不如白天那么清晰，蒙了一层雾，隔着一层日本泡泡纱似的。

山寨里飘着一层低低的烟雾，青魆魆的。深不可测的老林子，一定有夜视的畜生逡巡，可我看不见它们，周围总是沉默的，冰冰凉。没有夜视能力的鸟儿，比如山雀什么的，见到摇曳的火光惊慌失措，不敢飞出臊烘烘的巢。

夜晚也有丰富的一面，比如月光下风中摇摆的树枝，还有掠过屋檐的蝙蝠，掠过树梢的猫头鹰。

有一个比喻可能让你们更明白，白天和月圆之夜像一部彩色电影，没有月亮的夜晚就像黑白片。这个比喻当年我说不出来，那时我还没看过彩色电影。

初更时分，六寨主把我从被窝里拉起来，让我去坟地捉蟋蟀。

“你开玩笑吧？外面这么黑，天这么冷，你让满斗去坟地捉蟋蟀？”苏念惊讶而且不满。

六寨主说：“我还是不相信满斗长了一双夜视眼。”

花荣和李奎一前一后，举着两支火把，我们走出山寨，来到附近的一个山坡。

山坡上的荒草中有几座坟茔，满耳的虫嘶，远处的狼嚎十分清晰。花荣和李奎远远站开，确信火把不会帮上我的忙。六寨主陪我走到坟前，根本用不着他提醒我蟋蟀的声音和别的虫豸有何不同，脚底下的大个蟋蟀像屎壳郎一样四处乱爬，像蚂蚱一样乱蹦乱跳。

接下来要完成六寨主交给我的任务。

山寨聚餐时间，六寨主将我带到一个土崖下面，那里有一块又长又大的骨头，上面腐斑累累，密密麻麻的虫眼遍布其上。他扛上半人高的大骨头来到山寨东面灌木丛边上，我们在一条深沟里面挖了一个浅坑，将骨头埋在坑里。六寨主说：“记住埋骨处，这块骨头将大有用处，它决定你能否顺利离开山寨。”

山上大爷得了怪病，怕风怕雨怕阳光，他和二寨主在罂粟谷休养，委托六寨主打理山寨大小事务。三个月前，二寨主得了霍乱症，卷一张草席，草草搭出寨外埋了。此后，山寨里传出大寨主的病状，他的梦游症加重了，得了失心疯，罂粟谷经常传出莫名其妙的叫声。

花荣说，刚开始，弟兄们以为山上大爷担心官军进攻，思虑过度走火入魔，但是传出的消息是，山上大爷经常从炕上跳起，满屋跳跃，手足并举，他在和看不见的东西搏斗。等他躺回枕头，筋疲力尽，默不作声。

花荣告诉我，山上大爷王良原是哈尔滨泰发合商场的大掌柜，他有一个弟弟叫王新，吃喝嫖赌什么都干。泰发合是哈尔滨道里一家有名的铺面，四层楼塞满鲜艳无比的时髦货。经营西服料子、皮货、玻璃器皿、装饰品和女人的化妆品。

王家原是小门小户，王父在松花江边做船夫，王良就成了江边的小混混，每天去讨好那些游艇俱乐部的白俄，向白俄女人讨小钱。他十八岁那年忽然间失踪了。王良一去五年，就在家人对他的生还不抱幻想的时候，他忽然回来了，而且发了一笔意外横财。

回到城里的王良变成了一个谦恭的人，他联系了一个白俄，合股开了一家大商号。让父亲当了老掌柜，他很勤勉，每天在商场里打点生意，交了好多白俄朋友，据说他的媳妇是一个白俄公主呢。

这年冬天，老掌柜一病不起，弥留之际，泰发合的二公子王新还在窑子里抽鸦片。老人长叹一声，将家产一分为二，但老二那份，老人嘱咐王良不能让弟弟支配，由他代管经营，不能让败家子老二知道家产自己也有份。老掌柜死了，他的遗言埋下了祸根。

泰发合对面有一家戏园子，北京来的名角都在那落地唱戏。戏园子里也放电影，那里的片子比白瓦镇的好看多了。王良没有别的嗜好，只喜欢听戏。走进戏园子的王经理长袍马褂，人又白净，显得高雅气派。他不张扬，赏钱从不大呼小叫。据说有一个女伶恋上了他，他一度动了娶妾的念头，那个女伶为他自杀的消息轰动了整个哈尔滨，连北京城的报纸都发了消息。一个细雨蒙蒙的夜晚，从戏园子走出来的王良被绑架了，绑他的是一伙松花江上的江匪。

江匪索要大笔赎金，王良答应了绑匪的要求，给弟弟王新写了一封信，让他带钱接自己回去。没想到的事情发生了，王新鬼迷心窍，给了绑匪更多的赎金，条件只有一个，他不想他的哥哥仍活在世上。王新是不是这起绑架案的同谋不得而知，接下来的做法证明了他是一个真正的畜生。他卖掉了自己的亲侄女，霸占了白俄嫂子，据说他觊觎她的美色好久了。

那是一伙比狐狸更狡猾的江匪，他们发现了有利可图的长期生意。他们给泰发合新掌柜的答复是，他们不想结果王良，他们要将他长期扣押起来，而泰发合必须每月支付看管费用，否则他们就让王良回去。丧心病狂的弟弟答应了这个要求。这样，王良在匪窟里找到了他的栖身之所，他们将优雅的泰发合总经理装进一只仅能容身的木笼。

整整八年，这个不幸的商人一直待在木笼之中，他栖身于土匪的狗窝旁边，和狗吃一样的东西，他的待遇比狗差许多，畜生可以出去走动，摇尾巴能得到一块沾口水的鳇鱼骨头。在此期间，王良的身体丑陋变形了，放出笼子，他也只能像狗一样用四肢在地上爬行。他有了一个新名字，叫作“狗人”。

江边刮着强劲的东北风，乌云蔽日，淫雨连绵，江水上涨，几乎将王良栖身的木笼漂入江中。松花江江面上漂浮着一堆堆浪木，江风将大树干刮到一起，逆江而上，小树顺江疾驰而下，同一时间，同一道江水，树木朝着不同的方向漂浮。

从岸上流向江里的溪流，喧嚣奔腾地注入松花江，卷走岸上的蜗牛和胡桃楸。大雨过后，温暖平静的夜晚，太阳没见出来就落山了，青蛙聒噪起来。江边的青蛙数量非常之多，匪穴附近的水洼里更是多得惊人。不久以后，树林里飞出许多夜莺，加入青蛙的合唱，它们迷惑不解的叫声要多凄惨有多凄惨。蚊蚋飞起来了，土匪们点燃一堆堆的艾蒿，蚊子照样成群成团地飞来，夜露上来时它们才会消失。

冬天，江匪们转移到附近的村庄，王良拉尿都在木笼子里，裤子冻得硬邦邦的，他的屁股磨破了，他硬挺着蜷在那里。人不人鬼不鬼的日子，王良有足够的时间思考复仇。偷听江匪们的对话，他已经得知他囚在木头笼子里的真实原因。他最恨的人不是江匪，他幻想有朝一日重回哈尔滨，夺回家产，杀死忘恩负义的弟弟。

王良站不起来了，他发出了狗一样的呜咽。他对逃离江匪的控制彻底绝望了。命运这个时候有了转机。他被释放了。江匪接受了政府军的改编，更重要的是，泰发合已经易主，八年时间，王新将偌大一份家业败掉了。

狗人爬回了哈尔滨，物是人非，他的弟弟和白俄妻子不知何往，他晕倒在大街上。醒来躺在臭水沟，和一个死尸躺在一起。

在哈尔滨将养了半个月，王良离开了城市。他沿江爬去，找到了八年的囚禁地，那里还有十几个不愿意参加政府军的弟兄，他入伙了，当了江匪。两年后，他直起半个身子，成了江匪的首领。王良报名山上大爷，很快，他成了关外最有名的悍匪。十多年前，他在库雅拉山建立了寨栅。

更新的消息传开来，四寨主和五寨主秘密商议由四寨主取代山上大爷的位置，山寨事务总不能交给一个疯子啊。

黑夜降临，山寨的煤油灯、豆油灯、嘎石灯全部熄掉，狗蜷在灶炕边，跳蚤从狗毛中爬出来，从一个人的身上跳到另一个人身上。

我从一间房子走进另一间房子，房子里味道刺鼻，将味道分类：酸臭味、烟袋油子味、屁味、尿臊味、老鼠屎、蟑螂屎，臭虫血、狗皮褥子、狐狸皮的臊味，死在角落里的成堆的花大姐的咸腥味。弟兄们赌牌赌累了，多数人睡得死猪似的，放肆地咬牙放屁吧嗒嘴，角落里，有人蒙着脏被套无望地哭泣。

三寨主和五寨主的房子里蹊跷最多。舔破比牛皮厚的窗纸，三寨主穿着短袄光着屁股，他的身底下，四寨主的老婆阿菊一边扭麻花一边发出猫叫声。

四寨主的屋子里没有人，他在五寨主那儿。四寨主和五寨主坐在一条大板凳上，大口大口地抽烟。听不清他们说什么，我刚把耳朵贴近窗户，五寨主忽然站起身向窗口走来，我慌忙走开了。

山寨伙房里的一幕最让人恶心，石谦塞给独耳陈老歪一个铜元，陈老歪把夹裤褪到腿弯，石谦公狗一样趴到陈老歪的屁股上。该死的陈老歪，就是他出卖了我。脚步声，四寨主走出五寨主的房子，低着头向这面走来，一棵紫椴的后面闪过阿菊的背影，她赶在四寨主的前面跑回自己的木头房子。

六寨主已相信我的夜视本领，现在，我成了他黑夜中的两只眼睛。他让我悄悄地巡夜，然后将看到的告诉他。这晚，四寨主和五寨主的事情他最感兴趣，一再问我他们说了什么，我说没听清，他很失望。

六寨主说："除了密谋造反，还能干什么？连老四寨主婆偷汉子都不关心，你说他关心什么？"

隔天晚上，我亲眼看见四寨主目送阿菊走去三寨主的房子，然后，五寨主躲躲闪闪地向四寨主的住处走来。

五寨主走进四寨主的屋子，四寨主满脸泪水。"老五，你说哥还是男人吗？眼看着老婆跟别人睡觉装睁眼瞎。我这王八当的，绿帽子比绿豆蝇的脑门绿。"

五寨主啐口痰，痰从牙缝里挤出，射出去像一股尿。

五寨主说："四哥，咱窝囊就窝囊几天吧，不怕你生气，那娘们我从没把她当四嫂，她就是你从窑子抢回来的一个日本娘们，只要咱俩的主意成功，你当上山寨之主，兄弟亲自下山，给你抢几个洋学生回来做压寨夫人。你老婆不会白让老三睡，他得双倍赔偿咱。"

五寨主压低声音，"四哥，我今天求见大寨主，又被挡驾了，我看这事蹊跷，你看老六耀武扬威的样。我恨不得——”

头顶飞过一道道发光的影子，有的橘黄，有的发绿。那是祝祭中的萨满灵魂出窍升上了天穹，每道光影都是一个萨满忧伤的灵魂。我想起我的师父李良，泪水流到腮边。

我将李良萨满讲过的故事，还有我自己那些稀奇古怪的白日梦，和成一团尿泥，去填堵六寨主越来越强的好奇心。

我说，蓝天高大，无边无沿。宇宙间到处是灵体，人类居住的大地是宇宙世界中的一层，各层都像一个浅碟子，中间一孔相通，宇宙中的精灵上下通行。人类的祖先就是从天上掉下来的。

我告诉他，天边有许多魔洞。宇宙大神阿布卡赫赫和恶魔耶鲁里搏斗的时候，天神抓住几根天鹅翎一气跳过九个黑窟洞，登上高天。耶鲁里跳过五个黑窟洞，被乌鸦遮住了眼睛，掉进第七个地洞里，堕入地下，再不能返回天穹。因此，萨满跳神要转九个“迷溜”，才能躲过灾祸。萨满施展自己的法术时，要驱策自身的魂灵翔天入地，往复三次才算一个合格的萨满。

六寨主吃惊地说：“满斗，你说话的神态像一个人。像谁呢？”六寨主的脑门滚下汗珠，“对了，像大寨主。”

“我是猫眼，能看见普通人看不见的东西。”我指指山寨东面的坡地，轻描淡写，免得引起他的怀疑。“四寨主，你知道那儿出了什么事？”

“什么也没有啊？一片灌木棵子，你说有什么？”

“一只猛犸刚刚走过去。”

我告诉四寨主，猛犸是世界上最大的象，身高体壮，脚生四趾，腿粗头大，嘴部一对弯曲的大门牙。成熟的猛犸有两头老牛那么长，比两条门柱接在一起还要高，嗯，就像一棵五年生的白榆树那么高，门齿比扁担长。体重嘛，比一百石高粱沉。它身上披着黑色的细密长毛，皮下的脂肪有肥猪两拃厚。

我说，我们库雅拉人把猛犸叫作“地下居住者”。猛犸长年生活在地下，酷寒的冬季，仍能够在地下自由行动。猛犸在地下走过，地面隆起来，然后沉下去变成一个深坑。如果猛犸接近地面，鼻子嗅到空气，或者见到光，就会立刻死去。

一个生活在地下的畜生在面前跑过，地面的泥土像人的肚子一样鼓起一个又一个的包，这样的场面肯定吸引他。

“前面黑乎乎的，漆黑一片。我不相信你说的什么猛犸，除非你让我亲眼看见。”

“好吧，我证明给你看。刚才跑过去那个大家伙嘴里叼着一根木头，扔在那道沟里了。咱们天亮去挖出来，你就知道我没说假话。”为了不引起他的怀疑，我故意将骨头说成木头。

“好吧，真挖出来我就信你。挖不出来，当心我拧断你的脖子。”我的脖子走过一阵凉风。

半月过去，深沟一层落叶，一点看不出挖过的痕迹。我屏住呼吸，生怕骨头不在那个地方，或者腐烂掉了，那样我的性命不保。

挖掘的活儿由四寨主主持，六寨主故意避开了。四寨主不情愿地站在土沟上面，眼神像两把刀子，剜一下又一下，我的心一会儿怦怦跳，一会儿不跳。我吓坏了。

山寨里好多弟兄聚来看热闹，他们听说了我的异禀，听说了猛犸的故事，半信半疑，非常好奇。

我的声音颤抖，“猛犸扔下的东西就在这个地方。开挖吧。”

“好，开挖，要是什么也没有，不用别人动手，我就把你结果了。”

一片声的叫喊，“啊，真有东西。不是木头，是块大骨头。”

“小东西，你说错了，不是木头，是骨头。”四寨主变了脸色，“什么东西骨头这么大？”

一条大蛇长的腿骨，上面布满斑点。我长出一口气，不屑地说：“这是猛犸的大腿骨，我看错了。”六寨主千叮咛万嘱咐的一句话，被唾沫泡得又湿又软，我快虚脱了。

又是一片声的高喊，“上面有字，谁识字？看看写的什么？”

“理想教！”

四寨主倒吸一口凉气，跌坐在灌木丛里。

山寨响起了喇叭声，王良寨的寨民们纷纷从自己的居住地走出来，他们边走边议论，喇叭声中有铜镲的声音，王良寨发生大事了。

果然，眼尖的人一眼看到，寨中心大房子门楣上的桦木匾换成了松木匾，聚义厅改叫“理想堂”了。

往日开敞的聚义厅多了一道拉门，拉门后面的屏风覆盖着一条白绸子，白绸子上写着“人乃天”的牌位，神灵牌下横着一张供桌，放着香烛供果。供桌叫致诚台，我们每个人进去磕三个头。

大厅里站得满满的，没有人说话，都等着揭开谜底。

六寨主讲话了，他的声音十分动听悦耳，不像其他几位寨主粗声大嗓。

六寨主宣布："大家都看到了，大寨主为我们的聚义厅改名字了，我们不再延续封建主义的聚义厅，从今天开始，我们要建设自己的理想村。"

"大寨主说，为了建设理想村，我们要信奉人乃天主义。"六寨主提高音调，"天不是脱离人而存在，而是存在于人性和人心之中，幸福存在于现实世界，我们要坚持人本主义，我们王良寨从今天开始，再没有贫富贵贱，从今天开始，人人平等。"

四寨主和五寨主冲上戏台，打断了六寨主的演讲。四寨主高声叫喊："你给我闭嘴，什么理想村，你他妈扯什么王八犊子。我们要见大哥。王良寨只有山上大爷说的算数，你是谁？才来半年就敢发号施令？"

四寨主说："兄弟们，我们好久没见过山上大爷了，肯定被这个外来的兔崽子害了。我们不信什么主义，只信手里的枪。管直打得准，有吃有喝有女人。"

五寨主说："四寨主说得对，大寨主肯定让王八蛋害了。大哥没了，我们让四哥做寨主，去他娘的理想村，弟兄们，你们同不同意？"

大厅里一片混乱，五寨主和四寨主的人早有准备，他们从大厅的四周站出来，枪口对准了人群，一场火并不可避免。

四寨主的枪口对准六寨主的脑袋，六寨主的双腿可耻地弯下去，他跪倒的一刹那，枪响了。我睁开眼睛，五寨主和四寨主脑门冒出蓝烟，像两个麻袋倒下去。子弹是从我身后射出去的，在我们的山寨里，枪法如此之好的，除了山上大爷，没有第二个。

可是，人群中没有山上大爷的身影。

山寨信奉理想教，颁布了一系列教规。教规包括山寨的服装不论男女一律改成黑色，管理七个人以上的小头目，负责教内事务的一干人等的规定更为严格，这些人夏季要穿白色衣服，白色布袜，戴白色平顶草帽。春秋黑色夹袄，黑色布袜，黑色布鞋，戴黑色礼帽。冬天黑色棉袍，黑色布袜，黑色棉鞋，戴黑色三块瓦的棉帽，不得随便更换装束。还有，所有妇人全部剪短发，绑来的花票如果家里不能及时赎回，优先考虑断胳膊断腿的残疾兄弟使用，其他人不得争执。山寨严格规定了作息时间，早晨鸡叫头遍起床净面，第二遍鸡叫朝会，朝会要唱《理想歌》。歌词写道："黑夜过去了破晓，朝阳上升人起早。人乃天，刀闪亮，看世界，理想光照耀。"

文告中，教主亲自解释的教义很通俗，第一条，人要善良不做坏事，修道成正果。教内不偷盗，不赌博，不好色，不骂人。如果人家打你了，你要摸着人家的手问：疼不?

教主说，要剪发。发辫是专制时代留下来的标志，是外国人见笑的猫尾巴。有一年松花江发大水，许多蓄有发辫的人爬树逃命，可是辫子挂在树上，伸手解辫子，结果掉进水里淹死了。大家想一想，这辫子要不要剪掉?

教主说，要放足。满族人为什么能进中原？因为满族的女人不裹小脚。裹小脚不卫生，让外国人笑话。有一次松花江发大水，我亲眼看到，大脚女人搬东西，爬高坡，走路和男人一样，小脚女人呢，跑路跑不动，大水一来，只好让水淹死。大家想一想，可怜不可怜？这要命的小脚，该不该放?

教主说，要识字。不识字很苦恼，还说发大水，官府贴布告说某处危险，说某处可以逃避，不识字的人呢，对着大布告，莫名其妙，只好跟着人家胡跑，指东误西，结果遇上大水淹死了。大家想一想，可怜不可怜?

教主说，我们需要一双在黑暗中看得见光明的眼睛。这双眼睛我们已经有了，那就是满斗的猫眼，这是理想赐给我们的，这是人类文明的绿色光芒。

为了实现统一服装，山寨实施了一次入冬前的抢劫行动。这次劫掠遍及白瓦镇四个乡和东宁县两个乡，在敬信，一户办丧事的地主被命令撤下所有的黑色幔帐，连死者身上的黑棉袄也脱了下来。在首善乡，两个姑娘身上的黑衣服给当场扒下，一丝不挂的姑娘被轮奸后扔进草丛。洗劫东宁县一家布店时，队伍遭到了当地保乡队的抵抗，激战两小时，王良寨终于获胜，付出三死七伤的代价，抢得八匹黑布和两匹黑色的平纹绒布。

一个崽子抢了件黑衣服，回山时遇上秋雨，衣服上的黑色像墨汁一样淌下来，我们教主毕竟是一个见过大世面的人，他由此受到启发，其他颜色的布匹和衣服一样可以抢回来，“我们可以自己染色嘛，所有的布都可以变成黑色嘛。”

想通这一点，统一着装问题算是解决了。山寨出现的新情况是附近的村子越来越多的人想入教。一开始只有两三个男人，他们光着膀子进了寨门，要求入教，接受王良寨的保护。他们穿着新衣服回到村子里，第二天，十几个人大着胆子进了王良寨的地盘，他们同样穿上黑衣服回去了。

一九三〇年，在库雅拉山，理想教蔓延的速度超出了王良的设想，理想歌传遍了库雅拉河谷。

黑夜过去了破晓
朝阳上升人起早
人乃天

刀闪亮
看世界
理想光照耀。

我和苏念住在距理想堂附近一个桦树搭成的木刻楞，木头房子外面抹了一层厚厚的黄泥。大雪纷飞的夜晚，我和苏念守着一个铁火盆，外面山风呼号，一万条狼对着房子哀嚎。

自从成立了理想教，我们的山寨越来越像一个小镇子，杀气被浓重的义气包裹起来，大家见面要行礼，山上大爷将山寨的三道防线压在山垭口，山寨里面，除了理想堂门口站哨的弟兄，大家都不带枪。

开饭之前，大家集体高唱理想歌。

平日里，山寨只有橡子面和玉米面混合的窝头。我们盼着七天一个轮回的理想日快点到来，理想日朝会之后，山寨改善伙食，能喝到野猪肉煮的汤，偶尔还能啃到松鸡的细骨头。

大雪天，所有的活物藏匿起来，除了雪，还是雪。寒冷的夜晚，为了不让火盆熄灭，我和苏念常常要有一个人不睡看着火堆。

多少个夜晚，醒来时我看苏念坐在那里睡着了，火光中她的脸色微红，头发凌乱，又疲倦又发愁。我的头昏沉沉的，重得抬不起来，呼吸十分急促。

火盆旁边趴着的两条狗轻声呜咽。房子和狗是山上大爷送给苏念的礼物，苏念将一公一母两条小狗带回我们的住处那天，山寨的人都知道我和苏念已时来运转，这意味着，我们不再是山寨的人质，是山寨的一员了。

谁都知道，这一黑一白两条小猎狗是山上大爷的爱犬理想所生，花荣他们倚在房门口露出巴结的笑容。

雪压松枝头，不堪重压的松树枝发出痛苦的呻吟。

苏念睡梦中流出了泪水。她在想念她的亲弟弟吗？我知道，她一点不想马戏团的那些人，那些人让她整日整日地蹲在花瓶后面，没有一个人问她累不累。

现在，我已经知道她是怎样钻进花瓶了，她咋可能钻进花瓶？搞怪的是上海先施公司生产的又大又长的镜子。表演前，她的周围摆放许多面镜子，镜子挡住她的身体，她的细脖子下面放两面圆镜子，对着半圆的布幔，这样，她的头就像长在花瓶上。

"一种错觉，你没站在我的位置拆不破这个戏法。"苏念叹口气说，"可惜我没亲眼看过我自己，很吓人是吗？"

她来了兴致，"我没见过你这么傻的孩子，你说你不是疯了吗？怎么跟着我跑出来？还要救我，我用你救吗？说心里话，你是不是后悔了？”

我说：“那你干吗说让我救你呢？还要当我的媳妇。”

“你知道媳妇是咋回事吗？你像一只小鸡崽儿，黄嘴丫没退尽就想娶媳妇，你说你羞不羞？”

我喜欢听苏念这么和我说话，心里暖烘烘的，像火盆里的暖烟窜进了肠子，一鼓一涌，十分舒畅。

我说：“姐姐，等我长大了，你真能给我当媳妇吗？”

“你知道媳妇是咋回事吗？”她眼睛眯着，偏着脑袋。我喜欢她这么看我。她的兴致来了，“满斗，满斗，你再给我唱一遍，唱一遍。”

“唱什么？”我明知故问。

“你额娘常在你耳朵边唱的那个。”

“我忘了。不会了。”

我等着她来搔我的痒。她的手伸过来了，她的手多柔软啊，像柔和的风一样，像溪水一样，像——

我唱了——

小小子
坐门墩
哭着喊着要媳妇。
要媳妇干啥
点灯
说话……

我的眼睛湿了，我想起了额娘，想起了和额娘在一起的日子。找不到我，额娘一定伤心死了。

苏念的脸红了，比挂在雪里的红气包还红，比熟透的山里红还红。苏念说：“满斗，满斗，真看不出啊，你是一个小色狼呢。你说，你连毛都没长出来，怎么娶我？唉，真是的，你怎么一点不害羞呢？”

我快羞死了，心怦怦乱跳，就像第一次见到她那样。

第二十二章 鸡血蚂蚁

理想日的餐桌上再见不到土豆炖蛤士蟆了，蛤士蟆随着最后一场秋雨下山了。下不了山的将成为冬眠前的蛇、黄鼬，以及土拨鼠的美餐。

天越来越冷，霜越来越厚。除了常青的油松枝，最抗冻的柞树叶子也落尽了。

第一场雪就要来了。

连日的大雪填满沟壑，炫目的阳光中飘飞着冰晶，没有风，只有严寒，又冻又干的寒冷。大雪覆盖了一切，这样的冬天，人们不会再有梦想。

雪路上，两只狗拉的雪爬犁拐过一片黑松林，穿过马通不过去的灌木丛。窄长的狗爬犁看上去十分轻快，像船一样疾行如飞。寒冷的冬天，山寨里的粮草、盐等等用物全靠狗爬犁。

山寨一共养有二十多条大狗和八条小狗，狗圈建在山上大爷的屋子后面，狗似乎和山上大爷心气相通。狗们挤作一团，发出可怕的叫声，负责山寨给养的弟兄们就要提早准备了。过一会儿，山上大爷就会将长枪挂在脖子上，穿上滑雪板，带上狗去寨外的林子里打猎。

山上大爷常到山中的一个湖上去，风暴肆虐，湖上的冰可怕地发出巨响，像霹雷轰鸣。湖上一道道长长的裂缝。

山上大爷喜欢狗爬犁，风雪裹住山上大爷的号叫声，他熟练地绕开一个又一个冰窟窿，赶着狗爬犁拼命滑行。

看着风雪中的人影，听着比狼嚎还凄惨的叫声，六寨主知道，山上大爷的头疼病犯了，只有他知道这病的医法，他在等待药引子。

自从山寨信奉了理想教，山上大爷将他最喜欢的母狗改了名字，它叫理想了。理想一身蓬松的黄毛，嘴脸尖削，尖细的耳朵向上竖起，尾巴向上弯成钩状。山上大爷的狗有的像狐狸，有的像狼。花荣说，山上大爷的狗崽是狼或狐交配的。每逢开春，狗们的发情期到了，山寨外面会来很多狼和狐，等里里外外的叫声越来越躁的时候，山上大爷就将母狗放出寨门。

寨南的山坡下一片雪松和落光了叶子的柞树。两架狗爬犁转过山脚，看不见了。

我的脑袋嗡嗡响，嘴唇一跳一跳，我摸了摸，受伤的下唇血凝住了。

早晨，花荣无故打我两耳光。我发誓，有一天我一定让他血债血还。

我的裤脚被牵了几下，苏念的爱犬小黑不知什么时候来到我身后。

我说："小黑，姐姐和六寨主还编戏文吗？"

小黑说："汪，汪，他们吐烟圈。苏念吐得越来越圆了。"

小黑说："汪，汪，满斗，你个傻瓜，你看不出六寨主不怀好意吗？"

小黑说："汪，汪，他们笑啊笑的，你们人啊，男的和女的相好就笑啊笑的，我们不一样，狗对狗有意思追着尾巴根闻，多直接。"

我发愁地说："小黑，你说我怎么办呢？我怎么才能阻止六寨主找苏念呢？我没有画送给姐姐，没有笑话讲给姐姐听。苏念要么说我毛没长出来，要么说我黄嘴丫子还嫩，她把我当小孩我怎么办？"

小黑说："汪，汪，你的事你自己想吧，前面有只黑狐狸。"

正前方三十几步的距离有一只非常漂亮的小黑狐狸，太显眼了，个头比我在圈河烧锅看见的火狐狸小一些，蓬蓬的毛油黑发亮，白色的尖嘴巴。这片大山里，多的是毛色黑灰相间的杂狐，黄毛狐狸和红毛狐狸也常见，黑色的狐狸我第一次见到。它在雪里陷住了，四周一片白茫茫，更显出小东西的黑来。

我说："小黑，求求你，你去把狐狸抓住，我想送姐姐一条狐狸围脖。"

我屏住呼吸，看着小黑一点点接近了黑狐狸，只要向前一蹿，小黑就能扑到狐狸。小狐狸跳了几跳，它铁定无法逃脱了。小黑发出低沉兴奋的吼声。"小黑，抓住它。"我忍不住喊出声。

我的眼前，一个奇怪的事情发生了。就在猎狗小黑准备纵身跃起时，小狐狸从雪窝里挣脱出来，它没有逃跑，它迎着猎狗小黑走过去。小黑站住了，它和我一样没有思想准备。思路清晰的只有狡猾的小狐狸，只见它装出一副媚态，横躺到小黑的身前，它仰面躺着，伸出舌头去舔狗的嘴脸。

无耻的小黑把我出卖了，轻信的小黑忘了蓬松的狐狸尾巴是苏念的围脖，把我的指令当成过山风。就在我的眼皮底下，它竟和狐狸亲热起来，两个黑色的小家伙互相舔上几舔，开始嬉戏，它们踢蹬起一团团雪雾，阳光下，雪雾像夏天飞溅的涧水。

我手里没有猎枪，没有猎刀，只有两把雪团，我找不到一根树枝当捕猎的工具。“小黑，小黑，抓住它呀。小黑，你这混蛋，给我把狐狸抓住。”

听见我的喊声，有人跑出寨门，跑上山坡，石谦跑在最前面，“满斗，你他娘的喊什么？”

小黑躺下了，狡猾的狐狸舔一下，它突然一个跳跃，小黑还没从雪地上起来，黑狐已经逃进最近的一从灌木。

“黑狐狸跑进树林子里去了。”

“黑狐狸？我见过黄狐狸白狐狸，没见过黑毛狐狸。满斗，你是不是看黑狗花眼了？”

李奎说：“老花，这小子没说瞎话，我恍惚看见一个黑东西往树林跑了。”

花荣说：“真有黑狐狸太好了，过些天三寨主过生日，我正愁没贺礼呢。”

石谦说：“老花，见者有份，这贺礼要算上我。”

“你们都别想了，黑狐狸是我的，我先看见的，那是我姐姐的围脖。”

他们几个看看我，花荣说：“你算什么东西呢？只能算没人要的野种。你他妈的想哭？你哭吧。你姐姐的围脖，去你妈的。”

石谦说：“老花，你跟小孩子较什么劲儿？有工夫咱们去树林子里找一找那只臊狐狸，没准能找着呢。”

起风了，浮雪沫子从高处往低处游走，黑狐狸的爪印消失在灌木丛中。

石谦说：“满斗，你这两天守在这儿，我打过猎，依我看，狐狸还会来，带你的小黑狗在这等，狐狸来了你就喊我。”

“姐姐，你的围脖跑了。都怪小黑，它放跑了黑狐狸。”

“满斗，狐狸跑了跑了吧，姐有围脖，你看，山上大爷送的。我给你围上，你看好看不好看。”

一条红色的毛线围脖，真好看。她的脸比进山前黑了一些，一定是雪光晃脸的缘故，要知道，她是花瓶姑娘，以前不见阳光的呀。

“姐，六寨主不是好人，你别理他了。”

苏念认真地看我，我的脸红了，她看穿了我的心思。“啊，满斗，你嫉妒了，我们满斗懂得嫉妒了，知道嫉妒就快长大了。”

苏念亲我皴裂的脑门，她的嘴唇湿润润的。她快步走到气窗前面，往厚厚的霜花哈气，霜花出现一个嘴唇的形状，光滑而又清晰，屋子里的火盆刚续进木块，黑黑的烟缭绕着，墙上的画有了烟熏的痕迹，变黄了。睡意涌上来，我裹紧被子。狐狸又出现了，它蹿进我的梦里，跑得那样快，我追不上它。

第三天上午，太阳爬上对面大山的山尖，大块大块的云影像变戏法的道具手帕，一会儿蒙住这片山峦，一会儿盖住那片林子，一会儿将太阳遮住。我坐在雪地上，全身的热量一点一点地消失，我在雪地里的时间太长了。我原地小跑，直到双脚有了感觉，热和痒将胸口堵得满满的，十分难受。

黑狐狸也许不会出现了，我丧失了耐心。这天早晨出来，我没带小黑，它太让我失望了，我带的是小白，刚才小白还在我的腿边蹭来蹭去，这会儿跑哪去了？我纵目四顾，就在这会儿，黑狐出现在我的视野里。

黑狐狸蹲在灌木丛边上，警惕地四下张望，一只松鸡不知从哪儿飞来，扑棱扑棱落在树丛上，使劲儿地啄灌木枝。连日大雪，松鸡觅食十分困难，否则不会看见人还落下来。狐狸慢慢地绕过去，瞧准松鸡纵身扑去。受惊的松鸡给它咬中了，拼命扇动翅膀，翅膀击中狐狸的眼睛，它松了嘴，松鸡蹿起来，一头扎在雪地里。小狐狸冲上去咬住松鸡脖子，松鸡抽搐着，嘎哑地嘶叫，黑狐狸叼起猎物，站住不动，天哪，这小东西在向我挑衅。

我屏住呼吸，一动不敢动，生怕惊着这个过分的家伙。灌木的后面，我的小白正在迂回，它不知从哪里冒了出来。小白扑上去了，狐狸一个兜转，猎狗扑个空。小白恼怒起来，再次扑过去。灌木丛里，两只大个的松鸡低低地飞过雪地，掠过树梢不见了踪影。松鸡的突然出现分散了猎狗的注意力，黑狐看准空当蹿出去。小白正要追上去，垂死的松鸡吸引了它，它放弃了追赶，围着不劳而获的猎物嗅了又嗅。小狐狸没有逃走，它可怜巴巴地蹲在二十步开外的地方向这里看，万分忧伤的样子。

小白抬起头，和黑狐狸对峙着，黑狐低下头，把嘴巴抵进雪里，身体抖着，看上去又媚又可怜。我敢保证，如果是小黑，它没准又给媚狐诱惑了，也许它会将猎物送过去当礼物呢。幸亏带出来的是母狗小白，小白脖子上的毛立起来，身体一弓，呜咽着扑过去，施计不成的黑狐跑了。花荣说得没错，这片灌木经常有松鸡觅食，小狐狸一定是奔着猎物来的，它还会出现。

理想堂前的火堆照亮半个山寨，火光缭乱，我真切地听见了虎啸，低沉中满是不快。火星迸溅，天穹如此之低，让你分不清哪是松木杆子的火星，哪是天上的繁星。我睡不好，不仅仅是兴奋，更大的原因——我那些多日不见的朋友又出现了。

铁脑袋蹲在北墙角，豆腐腰躺在苏念的右边抱住她，苏念十分不安，我制止了豆腐腰，不准她打扰我姐姐。豆腐腰嘟囔着坐到火盆旁边。麻秆腿在火盆的热气中飘来飘去，他当我不存在，在半空中和一个我从没见过的魂灵搂搂抱抱，互相取暖。新魂灵没有面目，是一团发光的气体，也许还没成形吧。

铁脑袋说:“满斗，你为什么发愁？”

豆腐腰说:“满斗，你就要时来运转了。”

铁脑袋和豆腐腰一起尖叫:“满斗，满斗，快把狗弄出去，它们能看见我们。你不知道魂灵怕狗吗？”

铁脑袋说:“吓死我了，满斗，狗可算出去了。满斗，你知道我们来的次数为什么少了吗？屋子里有狗。”

铁脑袋说:“满斗，你是为黑狐狸发愁吗？我有好办法。”

“满斗，黑狗放狐，白狗捉狐，为什么不让白狗变黑狗？狐狸再狡猾也斗不过人。”铁脑袋喊道，“哎，狗回来了，我们得走了。”

“满斗，醒醒，你梦魇了，告诉姐姐，你梦到什么了？”苏念说，“门怎么开了，该死的小黑，准是它把门拱开了。”两条狗全身霜雪，它们出去有一会儿了。

苏念发愁地说:“满斗，你总梦魇，发出的声音太可怕了。你一定吓着了，再这样下去，我也被你吓出毛病了。满斗，告诉姐姐，你到底梦见了什么？”

“我梦见白狗应该变黑狗，可是白狗咋变黑狗呢？”

“这简单哪，”苏念说，“你把白狗的白毛染成黑的不就行了，马戏团有一个戏法就是这样变来变去的。”

方法真简单！“姐姐，我总算能把那条狐狸围脖取回来了。”

我在小白身上用了半盆墨汁。我领小白走出寨门，风一吹，小白身上的毛冻成一绺一绺，像一个黑刺猬，不过总算是条黑狗的模样了。

阴云像一块围帷，遮住对面的大山，山腰以上隐在云彩里。树挂不时抖一下，抖落枝头棉团一样的霜芒。

风将前几天杂乱的印迹扫掉一些，能找见松鸡新的个字爪痕。有松鸡出现，狐就定会出现。附近的某一条石缝，或被大雪覆盖的坟墓下面，没准一棵松树下面也说不定，那只蜷着的小狐狸，把它的尖嘴巴伸进臊烘烘的前腿下面，做着大嚼松鸡肉的美梦，它会梦见一个人，比如智慧超群的满斗给它设下圈套吗？看看黑色的小白，我暗自得意，小白身上的冰凌发出叮叮当当的细碎声音，阴谋地悦耳回响。

周围的树木明媚起来，风小了，山寨里传出狗爬犁的铃铛声，我担心小狐狸受到惊吓不敢出来，计划失败的因素不止一个，云彩缝蹿出一只海东青，扇动着巨大的翅膀在我的头顶上绕来绕去，桦树林里麻雀的声音多起来，乌鸦低低地掠过雪坡上的灌木。还有，一旦定下心神，你发现四周无比喧嚣，许多不知出处的声音轰轰作响。任何一种声音惊动狡猾机警的黑狐狸，它将远远遁逃。

打个尿颤，千不该万不该，这时候内急。夹紧双腿，尿水在雪地上钻出热气腾腾的小洞。我猛然想到，自从和苏念住在一起，我起夜的毛病改掉了。好像苏念从不起夜，我甚至没注意过屋子里的尿罐是不是用过。我想起额娘给我用白瓷盆接尿，我睡得迷迷瞪瞪，前仰后合站立不稳，哗哗啦啦的声音停了，额娘一把将我拉住，尿水声又响起来，不是额娘拉住，我会那样尿着睡倒吗？

额娘这会儿在干什么？从花荣嘴里，我知道山寨早将我被绑票的消息送到了白瓦镇，我猜不出郎乌春接到勒索信会有什么反应，他会告诉我额娘吧？总之他没来救我，没花钱赎我。从出生到现在，除了稀奇古怪的梦里，我只见过郎乌春一面，就是李良诈尸的那次，郎乌春只顾逃命，没看满斗一眼。郎乌春不管我的死活我不怨他，可是额娘怎么也没消息呢？我委屈起来，眼泪将身体的什么地方冲开了，胸口发热，全身猫咬一般难受，我脱下狗皮帽子，请祖先神原谅，狗是库雅拉人的朋友，库雅拉人不准戴狗皮帽子，可我在山寨里总不能冻着吧。

风吹脑门，像针扎进太阳穴，我双手抱住锐痛的脑袋，痛得更厉害了。针刺感好容易消失了，灌进头颅深处的凉风凝冻脑浆，冻成一个铁疙瘩。

我惶恐地戴上帽子，眼前一片蓝色，蓝色的雾霭蒙住山峦，蒙住树木，蒙住雪地。我呼叫额娘，呼叫苏念，呼叫铁脑袋，在发出声音之前，我跌坐在雪地上，这一跌，世界恢复了原样。蓝色消失，又是一个灰黑白的世界。

我回想我是怎样到了这里，满怀好奇地用一斤高粱看马戏表演，鬼使神差地钻进帐篷看花瓶姑娘，为了将花瓶姑娘从花瓶里救出来，我头昏脑涨地上了路。我想起了路上漫过草丛的河水，想起那些泥泞的道路，为什么没想过回头和恐惧？还有该死的会说话的喜鹊，我不知道应该感谢它还是诅咒它。我的霉运打上路就已注定。土匪的世界曾那样遥远，和自己毫不沾边，现在呢，竟然成了他们当中的一员。还有花瓶姑娘，我现在知道她叫苏念，她和我住在一个房子里，成了我姐姐，但我更愿意当她的小女婿。她对我的状况十分担心，她总是说啊说的，“满斗，你别吓姐姐呀。”要么就是，“满斗，你一定鬼迷心窍了。你醒醒啊。”

我向山寨的方向看了看，山寨灰蒙蒙的，像一座坟墓。虎啸消失在对面的雪雾里。烟一样的树梢望过去，奶状的云霓低低压住眼眉，我的眼睫毛结了霜。

扑棱棱的声音，一只羽毛发暗的雌榛鸡落到灌木丛边上，灰白色的颈，黑褐色的斑纹。榛鸡开始啄食灌木枝，我的腿微微抖动，小白警觉地竖起耳朵，榛鸡的出现没有分散它的注意力，相反使它更加警觉。它不安地冲着左前方低低地吼叫两声。

顺着小白的方向，我找见了黑黑的一团，黑狐果然出现了，它发现了我们，小心翼翼地来回踱着，一会儿蹲下，一会儿小跑。我坐在原地，紧紧地搂住小白，不让它冲过去，我能感觉到小猎狗腰和腿都绷紧了，只要我一撒手，它就会箭一样射出去。小白呼出的气又腥又臭，它向我的怀里靠了靠，我们两个已达成默契。

榛鸡发出的惊叫声让黑狐下了走出来的决心，担心猎物飞掉，黑狐不再迟疑，它猛地蹿过去，空中划过一道黑色的光线。榛鸡扇动翅膀的刹那，黑狐准确地咬住它的脖颈，空气中弥漫开一股血腥。与此同时，小白冲了过去，榛鸡和黑狐拼死一搏的一刹那，小白封住了黑狐回逃的路径。

小狐狸叼着榛鸡和小白对峙着，我太紧张了，两手不自觉地抓进雪里。奇迹出现于我的右手，薄薄的雪层下面竟是空的，我的手伸进去，薄脆的雪壳碎了，氤氲的地气暖暖的，低头，我看见一个没有封冻的小土坑，周围有冒出来的温泉，没封冻的小土坑不稀奇，下面没准是一个小泉眼。稀奇的是土坑的中间，竟然长着一棵奇怪的一指高的蘑菇。我想也没想便将蘑菇拔出来放进嘴里，有点苦涩，纤维的韧度很强，就像春天咀嚼柳树枝。没有时间对蘑菇的滋味细加品味，我的前方，小黑狐故技重演，它把挡路的小白当成了前些天和它嬉戏的小黑，它的全身松弛下来，轻轻地摇晃着，慢慢地走近小白。小白呜咽着，身上的冰叮当作响。小黑狐将嘴里的榛鸡甩了两甩，见小白没有冲上来，它趴下了，小白后退了一步，很显然，它一定感到疑惑不解。小黑狐滚翻身，抖一抖身上的毛，阳光恰好从云彩缝里射出来，啊，小畜生身上的黑毛油亮油亮的，抖出了千万道阳光，美极了。

心提到嗓子眼，手脚冰凉，强忍住舌尖下面泛上来的酸水和咳嗽。小白困惑地偏着脑袋，它没有闪开道路。

小白的困惑坚定了黑狐的信心，它放下嘴里的猎物，向小白伸出嘴巴。小黑狐躺倒了，再次施展它的媚术。一团黑色的光，一条粉红色的舌，千娇百媚的嘴巴，空气中多了一种气味，清香无比。

是小黑狐散发出的吗？我使劲儿嗅着，生怕浪费一丁一点。我感到有一种力量正在拔掉扎在我心头的针，这根针埋在我身体某个说不清道不明的地方。空气中的冰晶变大，变亮，重新组合成一面晃天晃地的镜子，反射着五彩的光，哦，七彩也说不定啊。

目光再聚集在猎狗小白和小黑狐身上，小黑狐躺在小白前面，眯起好看的眼睛，轻柔地伸出舌头，它舔到小白了，一下，两下。可怜的小家伙到死也不会弄清楚，同样的媚术对同一条黑狗为什么会失灵，它能识破我颠倒黑白的计策吗？

小白准确地咬住小黑狐的脖子，可怜的小家伙挣扎着，挣扎着。担心狡猾的小家伙再设圈套，我冲上前去，用手按住猎物，按住苏念的围脖。小狐狸的毛又滑又软，像春天的流水，像夏日的阳光，像秋天五颜六色满是欣喜和收获的山峦。

我永远忘不掉，忘不掉小黑狐怨恨和哀伤的双眼，我们四目相对，它的眼睛多美呀，浓密的睫毛，夺人心魄的眼角，世界上只有猪的眼睛可能和它比美，只有传说中的人参姑娘，还有我们的阿布卡赫赫神和它比美。狐的双眼像大山里映了整个秋天的湖泊，深蓝色的暗夜，我向那湖中坠去，向那夜中坠去，怀着欣喜，怀着忧伤，怀着难以名状的五味杂陈。

我沉入什么动物濡湿的口水，四周黏稠得像一锅高粱粥。我沉入深不见底的河水，耳边轰轰隆隆，声音淹没了声音，声音正在凝固、收缩。我不该触碰那屈死在我的意志中的小畜生，不该去感受一个垂死生灵的鼻息。我的手指给它咬住了，这是它最后的一点力气，尖利的牙齿揳进我的右手中指。我奋力挣扎，大声呼救，可是呼救声像痰一样黏在我的上方。

“跟我们走吧，人的世界多可怕啊。”铁脑袋从痰迹里显现，他的鼻涕泡越来越大，一轮太阳从鼻涕泡里慢慢升起。

“跟我们走吧，成千上万条狼隐身在你们的世上，你们众生只是一个屁、一股烟，什么也不是。”麻秆腿从痰迹里显现，他脸上的脓包越来越大，嘴脸瞬间歪斜，脓包里圆月当空，一片银白。

我的同谋只剩下豆腐腰了，她从痰迹里冒出来，变成又大又臭叫不出名字的花朵。

这时候，一个熟悉的面孔出现了，是李良萨满，他骑一匹白马，马鬃上系着红黄蓝三色的彩布，我听见了他敲响的鼓声，鼓点又急又密。铁脑袋他们大叫一声，化作一股轻烟无影无踪。

“满斗，满斗，你醒醒啊——”

睁开眼睛，雪花漫天飞舞，苏念的身边，六寨主弯着身子，讨好地看着我。

六寨主说：“满斗，你看这是什么？”他的手里举着一个白铁盒子，里面一大团黑色蚂蚁。“松鸡血将这些宝贝引出来了。满斗，山上大爷治病的药引子找到了，就是鸡血蚂蚁。”

六寨主说："满斗，你很快就会见到山上大爷了。"

大雪封山之前，一些有家业的弟兄四散回家猫冬。餐桌上没有了炖蛤士蟆，狍子肉很少看到了。大雪填平沟壑，填平了弟兄们的大脑沟回，脑浆子点进卤水，凝住了，连眼珠也动得慢了。留在山寨的弟兄们除了赌牌没有其他娱乐，许多人患上了雪盲症和孤独症，不打牌的时候，他们抄着手坐在木头墩子上，一脸的忧郁和茫然。

负责打扫理想堂的阿菊脚步很轻地走进理想堂，她看见六寨主一个人坐在花梨木桌子后面发呆。六寨主明显消瘦了，双肩塌陷，让人担心脖子缩进胸腔里去。阿菊的声音吓他一跳，他惶恐地站起。

"对不起，六寨主，我今天打扫晚了。"

六寨主的表情十分痛苦，"以后不用每天打扫了，理想堂的活动取消了，到不了春天，理想堂又变成聚义厅了。"

山上大爷好久没参加理想日的活动了，朝会名存实亡。

现在，六寨主只有一件事情可做，他每天到我们的住处教苏念吐烟圈。

苏念向六寨主学习吐烟圈，她吐得越来越圆了。让他们继续吐吧。烟圈早晚变成六寨主上吊的绳套。

我愤愤地走去花荣他们的住处，一屋子都是烟，呛得人喘不过气。他们几个人在火炕上玩牌九，烟褐色的骨牌推得哗哗响。

花荣说："满斗，你肯定郎乌春是你亲爹吗？这事说不准哪，只有你娘心里有数。"

石谦说："满斗，你娘是个养汉老婆，你是她跟野男人生的，要不你被山寨抓来这么久，郎乌春怎么不出兵救你，不花钱赎你？要不是山上大爷喜欢苏念，苏念认你当弟弟，你吃饭的家伙早搬家了。"

他的腿边，赌注只有一个空罐头盒子，花荣不时地看一眼，他早看中了那个盒子，一直想据为己有，装他的大烟丸。最近他的脾气很坏，烟抽得厉害，他的牙糟透了，呼出的气腥臭难闻。李奎看中花荣贴身穿的一个绣着花和鱼的菱形肚兜，那是花荣老婆的东西，有一次花荣喝醉了，将肚兜送给李奎，他后悔了，一心想把这个油腻腻的肚兜赢回去。

我和苏念刚到山寨那些天，他们把我当成了一块肥票，整天商量着怎样把郎乌春吓住，花荣对我的耳朵感兴趣，时不时地拧一下我的耳朵，说这样下刀省力气。"你说，要是你少一只耳朵，郎乌春会救你吗？"

李奎认为应该砍掉我的手指头，他担心郎乌春不愿意赎回一个少耳朵的儿子。那些天，我用手捂住耳朵，耳朵烫手，手指缝一股一股的凉风。

李奎有时讨好我，他悄悄跟我商量，要是我阿玛真来赎我，他想要一只光华牌的手电筒。“你别寻思我自己想要，是花荣想要，可你不能直接给他，我用这东西当聘礼，将来娶他闺女做媳妇。我还想要一副克罗克斯墨镜，比山寨大爷的墨镜再黑点。满斗，听说你是为救苏念跑出来的，你想娶苏念当媳妇，你给我们讲一讲，娶媳妇咋回事？”李奎一脸坏笑，他要笑我。

李奎说：“满斗，刚才我去外面撒尿，看见六寨主又去找你姐了，你得看着点，六寨主一肚子花花肠子——”

我扑上去咬李奎的手腕，我被他一脚踹下火炕，地上好凉啊，我的嘴唇肿了，牙龈和嘴唇出血，牙还好好的。炕上的几个家伙不再看我，他们重新专注桌子上的牌九，李奎是输家，他输掉了秋天时抢回来的一条花被面，还有一个鸭蛋圆的小镜子。

雪停了，天地间一片炫目的白色，天如一面镜子，地如一面镜子，我已经知道了镜子的作用和折射的道理，这个大戏法里，远处的山峰消失了，隐在晶亮之中。寨栅的外面，大雪没腰，山寨打通了主要路径，路两旁叠起高高的雪墙，整个山寨变成一个巨大迷宫。

走出雪墙，树挂最多的地方有温泉眼，冒着腾腾的热气，泉水热到能煮熟一只鸡蛋。

阿菊坐在理想堂的门口晒太阳，自从四寨主被枪杀，山寨里，她的地位一落千丈，三寨主极力回避两人的特殊关系，当着弟兄们的面对她恶言恶语。

阿菊说：“满斗，谁把你气成这样？你的脸像个紫茄子。”

阿菊说：“满斗，你有你的花瓶姐姐照顾，没准哪天她就做压寨夫人了。”

我回答阿菊：“六寨主想娶苏念？他做梦吧。”

阿菊说：“六寨主？娶你花瓶姐姐可没他的份。我说的是山上大爷。”

阿菊说：“满斗，要是你花瓶姐姐做了压寨夫人，你可得帮帮阿菊姐姐。”

刚打个盹就冻醒了，睁开眼睛，门开着一条缝，望出去，满天星斗。屋子里站着一个人，一身寒气，就站在苏念的头顶，可怜的花瓶姐姐蜷着身体睡着，她一定感到了寒冷。高大的身形，微微弯曲的后背，粗粗的呼吸声。我猜到了，他一定是传说中的山上大爷。

山上大爷好像没有听见我的声音，他弯下腰去，轻拍苏念的脸，见没反应，他俯身吻她的脑门。他的动作轻柔，细致，怕惊醒她似的。

我的心掉进冰窟，阿菊没撒谎，深爱苏念的果然另有其人。

山上大爷极其缓慢地转回身，两眼直直的，目光越过我的头顶。

满斗不敢喘气，山上大爷就像马滴达刚从尸床上起来的李良萨满那样，僵直地转身，直直地向门口走去，轻轻地关上门。

满斗飞快地穿上衣服，衣服冰凉如铁，他顾不上了，他要去看个究竟。

循着雪夜里的脚步声，我抄近路跑去理想堂。我追上他了，他的脚步僵硬，机械，腿像两条木棍。前面没有捷径可走，只好跟在后面。我的肚子抽筋，锐痛，手脚麻木，趺趺撞撞。山上大爷在理想堂前面站住。

我不敢惊动他，怕他发现我。正想藏到烟囱后面，他说话了："满斗，你过来，我知道你跟着我。"

山上大爷浑身发抖，他的两眼发直，汗如雨下。他悄声对我说："满斗，扶我进屋，我的头疼病犯了，我走不动了。"

他的身躯不算笨重，但也够我受的。我们趺趺撞撞地走上石阶，脚下冰雪溜滑，几次差一点摔跟头。山上大爷不停地抽搐，他紧紧地攥住我的右手腕，我听见手腕处骨头碎裂的声音，疼痛瞬间遍布全身。他的疼痛就这样转移到了我的身上。

山上大爷长吁一声，尿颤那样抖了几抖，他松开手，趺坐在门口的大青石上。我抖着手腕，想着手腕的骨头一定给他攥碎了，我不敢哭出来，眼泪只敢在眼圈里打转。

"我的头疼病越来越重了。"山上大爷说，"我听六寨主说你给我找到了药引子，是吗？"

一个月前，六寨主嘱咐我："满斗，只要见到大寨主，你就告诉他，说你已经信了理想教，病就好一半了。"六寨主千叮咛万嘱咐。

听我回答，山上大爷变了声音，"这句话是姓姚的让你这么说。告诉我，我猜得对不对？你要敢撒谎，我把你的卵子捏碎。"

我哇的一声哭出来，山上大爷厌烦地叹口气，"我最讨厌男人淌猫尿了。"他的声音不那么凶了，"把你那两股猫尿憋回去。别哭了，我看看，你的手腕能动嘛。"

我摇摇右手，没有骨折，不像刚才那么疼了。他的目光停留在头顶的房檐上，房檐上的草在风中颤动，桦树的树枝挂满冰凉晶莹的霜雪。他的眼神空洞，茫然。

"我会给崽子们骗过吗？我是厌倦了。他奶奶的，我只是厌倦了。没有人知道我多厌倦打打杀杀的日子。我盼望有一个理想国。"

“哪有什么治病的药引子？还什么鸡血蚂蚁，都是扯淡。姚书堂是红党派来的，想要赤化我的队伍。你是他的一颗棋子，当我不知道吗？我明天就宰了他。”

“满斗，看在苏念的面上，我不杀你，你对苏念好点，别打歪主意。我不会亏待你。”

山上大爷说：“你回去吧，苏念醒了看不到你会害怕，今晚的事对谁也不要说。”

山上大爷说：“我想一个人待会儿，我不喜欢有人对着我说胡话。你滚吧。”

我滚了。

经历了这一切，我心力交瘁。

我应该告诉六寨主吗？六寨主说他是来救我离开的，大寨主说他是红党派来的，我应该相信谁？想着，走着，哭着，我来到山寨的哨位，一棵大青杨的雪堆边。

最近一段时间，山上大爷发布了一道命令，命令的内容是，掌灯时间不得超过月上东山的垭口。

山寨压在山腰的哨卡接连出事，已经折了四个放哨的弟兄，刀抹脖子，尸体光溜溜硬邦邦地扔在雪窝子里，光屁股下面压着几小绺靰鞡草，脑袋像冻梨，和卵蛋一个颜色。他们长满虱子的长棉袄和皮大氅被扒走了，贴身的臭烘烘的裤衩也没留下。敌人总是出其不易地发起攻击，抢两支长枪，扒下死者的衣服迅速撤出战斗。

白瓦镇的驻军和森林警察大队不会在这样严寒的夜里发动袭击，政府军不打几条长枪和破衣服的主意。干这件事的一定是附近山头的小股绺子，要不就是传说中的高丽红党。

山寨的灯火熄灭之后，山下哨卡的火光格外明亮，耐不住严寒的弟兄们点燃松木袢子，点燃黄菠萝袢子，点燃不知从哪个倒霉蛋的坟里扒出的棺材板子，烧热雪窝子的地面以后，火光随之熄灭。奇怪，这晚看不到山腰的火光。

夜风掠过寨门前两棵高大的桦树，枯寒的树枝在浓浓的夜色中摇摆。眉毛月挂在空中，星星又高又冷。

我在大青杨下面跺脚驱寒，像狗一样趴在地上会不会暖和一点？我矮下身子，这会儿，我真的希望世界在这一时刻凝固，将一切永远冻住，永不开化，免得面对明天。

脚步声，一个人从树后闪出。低低的声音。“别出声。”枪管的凉气透进满斗的后脖颈。

“往前走，出声打死你。”

我被劫持了。猫眼睛的满斗辨出了劫持者的相貌，阿菊穿得像狗熊一样笨重。

走出大雪埋了半截门柱的寨门，满斗回头看了一眼，山寨黑沉沉的，真像一片无人祭奠的坟地。

不想让鼻涕在下巴上冻住，满斗一次次将鼻涕吸回去。阿菊听到丢脸的吐噜声，她压低声音，“我不杀你，不想伤害你。”她停顿了一下，声音变粗，“要是你敢撒谎就不一定了。”她急切地询问：“老实告诉我，你真能看清周围的东西吗？”

不认识的鬼魂藏匿在森林的深处，亡灵大声争吵，疯狂地哭号和呻吟，怪异地大笑，大声哀嚎。忽然间，所有的声音都被寒冷一吸而尽，亡灵消失得无影无踪，四周一片吓人的寂静，黑黑的松林高墙一样伫立。

慢慢地，仿佛苏醒一般，森林里再次响起嘎巴嘎巴的声音，像山上大爷在湖上挥动的鞭鞘声，清脆，干冷。天上多出几粒星星，一阵风刮过，前面的高坡飞起一片雪沫，打在脸上如沙子一般，冰冷坚硬。我听到了狗群的喘息，闻到了狗嘴呼出的臭气，一架狗爬犁出现在雪路上，爬犁的缰绳勒住狗嘴，四条雪橇狗发出愤怒委屈的呜咽。

“你怎么找到他的？”赶爬犁的人低声询问。

“一点劲儿没费，撞上了。快赶爬犁。”阿菊把我推上爬犁，“满斗，你给我听好了，小心看着下山的爬犁印，走错路一刀捅死你。”

赶爬犁的汉子抖开缰绳，为了让嘴里好受一点，几条狗拼命向前跑，雪爬犁轻快地滑下雪坡。

你猜到了吗？阿菊的同谋竟是六寨主。

为了逃走，姚书堂进行了周密的计划。白天，他撤掉了山下的岗哨和山寨的流动哨。他的逃亡一定和身份被发现有关。他怎样和阿菊成了同伙？是不是真的想带我一起走？月光下，他的眼神急切焦虑。

想到我再见不到苏念，我的眼前一片模糊，结冰的泪水冻住了眼睫毛。狗爬犁像雪地里奔跑的野猪，蹚起一片雪雾。干雪扑到脸上，嘴里，我的身体越来越凉，热气一点点消散。呼啸的风中，我重新听到了鬼魂的哂笑，大树扭动身形，云中闪出弯月，四周凉暗，如黑云覆压的冰城。

我的鬼孩朋友们出现了，这一次，他们一共六个，一丝不挂，撅着冻黑的小屁股，围着一堆灰烬，我们经过他们身边，一个又胖又大的鬼孩不知从哪里走来，他把几个无辜的小东西打得东倒西歪，独占了那堆灰烬，一串火星被他拨弄出来，十分刺眼。

我看见了火星，拉雪爬犁的狗也看见了，几个畜生不安地扭动，试图挣脱主人的羁绊，它们比我更早发现了危险。

就在王良寨第三道卡子的位置，雪地里一小堆黑黑的人影，一口口大刀反射着雪光。

第二十三章　族人的圣者

浑身疼痛，尿臊味很浓的蒙眼布摘掉之后，我努力睁开眼睛。眼前一碗獾油灯，屋子中间的火盆毕毕剥剥，冒着蓝烟。

皮大衣，四棱脑袋，中年男子生硬的汉语，“这是爱国者营地总指挥部，我姓崔，你可以叫我崔将军。”

月光透过纸窗的霜花，四面泥墙，霜迹比站着的大狗高，烟熏火燎的屋顶，一截截没有扒掉树皮的木头房檩。腥膻的油灯将主人的影子投在山墙上，不停地晃动。谢天谢地，满斗没变成狼粪，他还活在莫测的世上。

“你是我的俘虏。”还用说吗？狗爬犁被掀翻那一刻我就知道了。

温和的崔将军递给我一块烤煳的玉米饼子，火光映红他的脸，他的左眼上方只有半截眉毛。

大口大口地吃玉米饼，噎死总比饿死好。

“点头证明你吃饱了。好，我先回答你的问题，你想问我是不是胡子？我告诉你，不是，我们是抗日的朝鲜爱国者，我们的使命是赶走日本人，光复祖国。我的话你能听懂吗？不懂不要紧，慢慢就懂了。”他向火盆里吐痰，刺啦一声，两声。“我们的队伍必须保持纯洁，不能让虱子钻进皮大衣里面，钻进一只掐死一只。”表决心似的，他从裤腰里摸出一个虱子，用力一捻。

“好了，轮到你回答问题了，老老实实地回答。第一个问题，阿菊是什么人？还有，你真能看清黑暗？”

讨好，忙不迭地回答，我可以找到黑屋子里的烟荷包，不信的话可以试验。阿菊嘛，她是王良寨的烧火丫头。

“你撒谎，我毙了你。”

“我干吗对一个将军撒谎？我不想活了吗？”

“只要不撒谎，我保证不伤害你，你可以加入我们的队伍，成为一名战士。”一块木片扔进火盆，希望腾起一缕黑烟。

“有些事我已经查清楚了，你不说没关系。那个大个子在王良寨是什么角色？你不说我们也会查出来。我就是看你诚不诚实，撒谎的孩子被狼吃。吃个烧土豆吧，这样的天气，找不到更好吃的东西了。忘了告诉你，阿菊已经招供了，她说大个子在王良寨干了很多不该干的事。”

“姚书堂是王良寨的六寨主。”

“这就对了，你是个诚实的孩子。现在回答我，你真有夜视能力吗？

“好吧，我会亲自验证，要是真像姚书堂说的那样，你天生异禀，那就太好了，我们的队伍需要一双能看透黑暗的眼睛。”

姚书堂被押进屋子，崔将军轻描淡写地宣布了他的命运。“姚书堂，查清你在王良寨的所作所为之前，我们要对你进行隔离审查。”

姚书堂大吃一惊，他猛地扭头看我，满眼的轻蔑和不解。

我摇摇头，示意我什么也没说，我没出卖他。

崔将军宣布第二条命令：“满斗，站起来，我们需要一双在黑暗中看见光明的眼睛，照亮我们的人民。现在，我正式宣布，你是我们爱国者营地的战士了。”

爱国者们每天早晨做哭泣的仪式，进行战斗训练，他们无休无止地开会，动不动争得面红耳赤。我听不懂他们的语言，好在大多数队员会说一点中国话，只是舌头僵硬。崔将军指定李高丽照顾我，李高丽是一个快乐的小伙子，笑呵呵的，他是中国话说得最流利的爱国者。

罂粟谷的春天来了，山坡一片葱绿。罂粟谷种了许多罂粟，罂粟是懒人庄稼，只需将种子撒上，不需要施肥，不需要田间管理，比种高粱和大豆省事多了。

“满斗，打牙祭了。”李高丽端来一碗热气腾腾的狍子肉，“要是有点盐就好了，唉，我的牙塞了。你吃点小根蒜吧，这东西你们满族人叫大脑瓜。看你龇牙咧嘴的样，辣得吗？比起我们朝鲜家的辣白菜一点不算辣。你们满族人怕辣吗？对了，你们喜欢吃黏食，听说你们也做打糕，但比不了我们的。”

李高丽的牙齿又白又尖，尖下颏，小眼睛，眼珠和脸色黄黄的。他一有机会就谈论我的夜视眼。

“你的眼睛怎么能看透黑暗呢？我越想越不可思议。你的世界里不是没有黑天白天之分了？你冲太阳看一下，哎，真像猫眼睛呢。”

野鸭在罂粟谷的河里嬉戏，一群一帮地在山谷的上空盘旋。我在草窠里捡到一枚软皮野鸭蛋，两摊鸭屎挤在上面。

发现非常重大，鸭屎拼成的图案足以证明我的神奇。

“你看，蛋上有一面青天白日旗。”

李高丽说：“满斗，你能看清黑夜，你能看清未来吗？”

未来山重水复，看清未来比看见肚子里的蛔虫更困难。

漫山的乌鸦飞过头顶，惊慌失措。乌鸦的情绪传染了大山里所有的生灵，尾巴连在一起的蝴蝶和蜻蜓不安起来。蟾蜍鼓噪，它们似乎对明年能否正常交配失去了信心。

“今年乌鸦多，明年骨头多。”

每只低飞的乌鸦翅膀下面都藏匿着不止一个冤魂。鬼魂飞过，阴风阵阵，灵魂为在哪里落脚争论不休。他们一边低泣，一边互相安慰。

风越刮越大，天气越来越冷。清晨，雾里面飘起了冰晶。中午，雨点向天空飘飞而去，变成雪花。

营地最近的那棵高大的白榆树告诉我，库雅拉河谷的冻灾就要降临了。

五月中的天气，怎么会有冻灾呢？

可是，冻灾来了。

天气骤然变冷，白天的大雨过后，前半夜雨夹雪，后半夜变成了大雪。我们的神阿布卡赫赫一定病了，要么突然得了恶症，要么喝了雨神的烈酒，总之，阿布卡赫赫闭上了眼睛。

山坡上的绿草上落下了春天最早的蝴蝶，河水还在流淌，河岸覆盖了一层白得耀眼的霜花。树枝背叛了树干，成了一条条又直又亮的冰条，疲惫的风吹累了，只要再吹上一小会儿，就会折断千万根树枝。太阳，你快点出来吧，漫山霜雪，这还是春天吗？众神之王，你快点醒来吧，拯救你的生灵。你四爪腾着火云的盗火女神，不要再同风神咆哮，暂停和雷神的调情嬉戏，驱开反常的寒冷吧。你看看，我们这个世界变成什么样子了？

李高丽给我端来玉米糊糊，他忧心忡忡地看着白色的山谷，我们听到彼此上牙磕打下牙的声音。

“满斗，你说今年春天英雄花能开吗？哦，英雄花就是鸦片花。”

远处白茫茫的，一片炫目的白光。山岚，苏醒的鸟叫。

天阴了，乌云转瞬密布。

我感觉到了，坏消息越来越近。

“满斗，有人看你来了。”

阿菊一身比蓝色牵牛花还蓝的衣裤，大襟上满是尘土。她梳着一个疙瘩髻，鬓边插一支鱼骨耳簪。

李高丽走去附近的马棚。阿菊目送李高丽的背影消失在蒿丛的后面。霜寒刚消的下午，太阳光散发着潮气。

“满斗，你还好吧？”

我不知道怎样回答，我看着涧水汩汩奔流。三个月以前，我们正是沿着这条山涧被带到这里。

“我第三次来看你了，你从来没去看过我。满斗，你太没良心了，不是我，你能逃出王良寨吗？别用那种眼神看我，你的眼珠蓝不蓝绿不绿的，像两团鬼火。”

阿菊说：“王良寨被白瓦镇的郎团剿灭了，王良寨现在叫绝活顶子了，绝活你明白吗？就是一个活物也没有，全死光了。”

阿菊偏着头观察我的反应。我辨别着她的话是真是假。舌头底下泛起一阵一阵的恶心。她变老了，单眼皮眯着，脸上一块一块的红斑，唇边的纹路又深又干，厚实的身板歪着。我的心快跳出嗓子眼，她没撒谎。泪水不争气地冲破了眼屎筑成的堤坝。

“你伤心了。”阿菊叹口气，抚摸我的额头，捏下一个肥胖的虱子，黑色的血迸在我的脸上。“真是一个重情重义的孩子，满斗，别伤心了，我听说官兵没找到王良的尸首。王良没死，你的花瓶姐姐也会没事，别忘了，她是王良寨的压寨夫人哪。”

昨天，一群猫头鹰光顾了我们的营地，这会儿，它们仍在前方的松林里打盹。

坏消息不可能只有一个。

果然，“满斗，我听说他们要带你到平壤去，那样你回家的日子更遥遥无期了。”

“你别哭了好吗？满斗，我们能保住命就不错了，管他去哪？只要不死，总有见到你娘那一天。好孩子，你给我揉揉腿，我的腿酸极了。满斗，你们最近有什么行动？他们准备什么时候去江对岸偷袭日本人的兵营？”

密营的东面，传来爱国者们的歌声，歌声苦涩沙哑——

走了走了
我要走了
丢下你
我要走了

歌声过后，一片哭声。

“我真想不通，这些朝鲜人每天唱一遍《去国歌》，然后哭一场，仪式每天一次，他们每天都能哭出来。”阿菊的眼圈红了，她想什么呢？

“满斗，你救救我吧，昨晚我被他们欺负了三次。”阿菊的表情告诉我，她一定遭受了极大的痛苦。

“我怎么帮你呢？”

“你能帮我，只有你能得到崔将军的信任。要是能见到六寨主就好了，他一定会想出办法带我们离开。他是爱国者派到王良寨的特务，崔将军说他隐瞒了在王良寨的经历，怀疑他对组织不忠诚，说他还有别的身份，要对他进行认真的审查和考验。”

乌鸦黄鹂和画墨炭子鸟在合唱，晨露又湿又凉，散落在窝棚缝探进来的罂粟花上。

梦里有马滴达的土房子、库雅拉江，还有王良寨的雪墙。额娘的脸很模糊，我极力地回想，生怕忘记她的长相。我梦见了子善，我们弹泥弹子，撞拐子，他撞到我的肋骨，疼得我一阵阵岔气。死人李良没有出现，他也许作法累坏了，让他休息一晚吧。

爬出地窖撒尿，裆里黏糊糊的，站在柞树下面，我努力地用尿水冲罂粟棵之间的蜘蛛网。我的小鸡刚刚哭过，这会儿有气无力。

像是洗马村的棺材铺，又好像马滴达的万字炕，紫木炕沿很宽，我在给阿菊洗脚，阿菊的脚真软和啊，脚指甲照亮了红泥脚盆。洗着洗着，我听见了笑声，脚的主人变成了苏念。她笑着点点我的脑门，天啊，我什么时候光了身子？腿间的小鸡昂着头，硬得像一条驳壳枪管。苏念的手向我的腿间抓来，好痒啊，特别惊奇和新奇的感觉，哗的一下，我的小鸡喷出欢喜的泪水。羞死个人，我当着苏念的面尿出来，伴着一下一下的颤动。

乌鸦把我叫醒了。

沉甸甸的雨云从北面的天空压过来，掠过幽蓝潮湿的红松林，朝着库雅拉山主峰蒸腾而去。响晴的天气，能看到大山的最高处，灰色的山体，白色的雾齐在雪线上，看着让人发冷。现在，大山在雾中时隐时现，锯齿状的轮廓，像一堆罂粟叶片，涌动的山岚诡异神秘。罂粟谷的上方一千多米的高处是一片随时可能倾泻而下的流石滩，光秃秃的，和不长头发的脑壳一样荒凉。

罂粟河像一条腚沟子，将河谷分成两半，河谷的左侧是一片山火烧过的岳桦林，黑乎乎的枝干难看地趴着，乱石缝里，白色的花朵摇晃着轻薄的花瓣。右侧像一块柔软的花布，生机勃勃。白色的花朵，紫色的花朵，红色的花朵，粉红色的花朵，黄色的花朵，在微风中招摇。山谷里飘荡着奇怪的味道，苦中有甜，甜中有苦。

和罂粟谷一样，爱国者分为两派。红旗派的总部在南方的上海，他们认为苏联是人间地狱。红星派认为苏联正在创造人间天堂。双方各执已见，既坚决又狂热。他们在很多问题上意见不一致。

红旗派主张党证用鲜红色，他们说，我们的人民每日都在流血。红星派主张党证用暗红色，他们说，暗红色提醒我们，我们民族的血就要流干了。红旗派主张放火、暗杀和偷袭，红星派主张建立自己的武装。只有一件事上双方意见始终一致，那就是扩大罂粟的种植面积。

贩卖鸦片是爱国者唯一可靠的经费来源。

李高丽说，人的屁股就是两瓣，两派没啥不好。我虽然说不清这里面的事，但我感觉两派的腚沟子越来越宽，越来越深，他们迟早大干一场。

大雨连绵数日，漫山遍野的雨水和牤牛水整日整夜不息。

李高丽扛着一只一岁大的狍子，一瘸一拐地从泥泞的山路上走下河谷，他眯缝着一双细眼，使劲儿地呼吸山谷里清新的空气。

“满斗，你的眼神像刚做了春梦似的。”

我扭过身子的一瞬，恰好看见狍子大瞪的左眼，那颗不甘心的眼睛水汪汪的。

食草动物的眼睛为什么永远充满泪水，这是阿布卡赫赫出的一条谜语吗？

秋天的一个早晨，一只灰色的野兔来到我的窝棚前面，野兔胖胖的，红红的眼睛，抽动着三瓣嘴，前腿抱起站在我的面前。

一团香喷喷的肉向满斗挑战。满斗扑过去，他只抓住一朵白色的罂粟花。野兔掉腚钻进花丛。一定抓住它，不能允许一只毛茸茸的兔子向我挑战。我冲进罂粟丛，罂粟地潮湿泥泞，我艰难地在罂粟中间穿行，银绿色的罂粟叶子光滑巨大，有的裂开，有的像锯齿狼牙。罂粟叶子划破脑门，划破胳膊，划破后背，也划破了我的理智。兔子把我引上一条奇怪的道路，罂粟花一片片地脱落，罂粟秆越来越稀少。我的脚踏上一片片风化石，上面长着稀疏的灰褐色的越桔，兔子尾巴上黏着一朵钟形的小红花，那是越桔送给兔子的礼物。它越跑越慢，没发现自己已经找不到遮蔽了吗？我就要捉住你了，兔子将军。

两只灰色的唧唧鬼子雀嘲笑我，落在一棵矮趴趴的白桦树上冲我尖叫，我弯腰捡起一块石头，山雀飞走了。等我直起腰，兔子踪迹全无。站在一个奇怪的山坡上，脚下一片舒筋草，再往下是一丛丛南蛇藤，这里和罂粟地隔着一片岳桦林。看不见招摇的花朵，我一时慌张起来。下雨了，雨脚急急地扫在身上，我要找一个地方躲雨。这时候，一棵奇怪的大树撞入我的眼睛。

相比库雅拉山巨大的松树，这棵白榆树并不高大，只有成人的一抱粗，它的奇特之处在于，它的树根从一块风化石中间长出来。苍老的树干皴裂着，朝西的树冠已经枯死，光秃秃的。我看到了一个树洞，离地两人高，腐烂的树皮挡在洞口，树皮中间有一个拳头大的小洞，流出黏黏的白色液体，一直淌到我的脚边。伸出手指蘸一下，甜甜的，蜂蜜，你能想象吗？大山植物越来越稀疏的高处，竟有一个野蜂的酿蜜之处。可是，树洞周围一只野蜂也没有。我向树上爬去，扒开腐烂的桦树皮，树洞里面灌满了白色的百花蜜。

“哦，孩子，把手伸进去，看看能发现什么？”雷声的间隙，一个苍老的声音在我耳边响起。惊惶四顾，没有人，我听到的只是一个奇怪的声音。

我吓坏了，身体粘在树上，无法动弹。手不由自主地伸进树洞，黏黏的蜂蜜中间，我摸到一个圆圆的东西，一面铜镜。“孩子，不用怕，这是祖先神的法器，你在李良那儿见过。”

“你是谁？谁和我说话？”没有人回答我，一只苍鹰飞过前面的山谷。

我的手再次伸进蜂蜜当中，这次，我拿到一块骨头。轰的一声，一道霹雳砍在不远处的岩石上面，火星四溅。我从大树上跌下来，翻滚，全身僵硬地翻滚。与此同时，大雨倾盆而至。

眼前的一切都发生了变化，我看见库雅拉江向前奔腾，江两岸水蓬棵无边无际，粉红色的花穗在风中摇摆。

李良萨满将他的白马拴在白榆树上，我们一起飞翔。下面是一条又一条长满荆棘的路，李良萨满说，那是生病的路，是一个萨满的铃鼓之路。风越来越大，随时将我刮上云端，李良萨满拉着我的手，激情从他的手指尖传到我的身上，我重新鼓起勇气，力量回到我的双肩。我们像鸟一样飞翔，我看见了山里的鹿群，一只老虎在和野猪搏斗。

我们一直飞向太阳，天边的彩虹色彩斑斓。刺眼的阳光晃疼了我的双眼，李良萨满说：“满斗，闭上眼睛，用你的第三只眼看就不会疼了。”我闭上眼，从脑门中间，我真的看见了许多神灵。李良萨满和神灵们说着我听不懂的语言，神灵开始唱歌，有两个神灵抓住我的双臂，他们的手又湿又滑。

我们飞上一座高山，山上的神灵更多，一些神灵旋转着，还有一些在忧伤地舞蹈。山石又湿又滑，寒气从小腹向上游走，很不舒服。一条宽阔的山涧，山涧的对岸有一些帐篷，好像有人在动。光线越来越暗，仿佛进入秋天的黄昏。我被半搀半拉地向前走，忽然，我的身体向下坠去，坠进一个黑色的山洞。山洞变亮了，黑色变成了灰色，四周的灵魂蚊子一样飞来飞去，没有一个灵魂和我说话，我听不到他们的声音，他们就那样飞来飞去。

李良萨满出现在我的身边，他的身后跟着一个神灵，那个神灵示意将我挂到一棵白榆树上。我被挂上树梢，这时候，四周的一切变得死气沉沉，神灵开始切割我的身体。我的头挂在树上，我喊不出声，只能万分恐惧地看着。我攒足力气，可是一动也动不了，四周一片空旷。

神灵们将我身体上的肉割下来，血流得到处都是，我能够感觉到身体的疼痛，我看见那些血肉燃烧起来，我的内脏被掏出，切成一小块一小块，脑子被掏出来吃掉，骨头被洗净。然后，李良萨满将地上剩下的东西混到一起，放进一口大锅，锅里热水滚沸。

又能看清周围的一切了，灵魂是稀薄的柔和发光的气团，像轻雾，像蒸汽。它是生命的原因，它独立于躯体的拥有者，又不与其分离，它控制着过去现在的意识和意愿。它能够离开躯体，从一个地方移到另一个地方，它不可触摸，有一部分你看不见，可是它有体力，有时睡着，有时醒着，它能够进入动物和其他人的躯体，控制它们，影响它们。我看到了李良萨满的灵魂，像一团浓聚的烟雾，神通广大，充满力量。

李良萨满托起了我的灵魂，他告诉我世人的灵魂为什么那样肮脏。他把我的骨头刮得又白又亮，然后将我的血肉重新粘在骨头上，告诉我哪一种病会附在哪一个地方。他讲了很多，我记住的很少。

我想起了苏念，还有，她的脸越来越清晰，越来越白，像一朵白色的罂粟花。

那朵罂粟花是一团白色的光亮，从头顶的石缝中照下来，我躺着的地方是一个天然的石洞，有一间房子大，四周弥漫着潮湿的土味。手中的铜镜子证明我刚才的遭遇并非都是梦境。

“那是一个有蜜的地方。那里有一棵白榆树，有祖宗匣子，那是我们祖先灵魂的祭台。”一个声音穿透隔年的雨雾透进来，这声音是我额娘的。

我爬出岩洞，雨停了，云海之中一道彩虹，一道我一生中再未见过的彩虹。普通的彩虹像一张弓，可是，这一天，我见到的彩虹弯向天穹，如弯去天空的唇，天空变成了一张笑脸。天空在微笑。更奇特的景象，阳光下，祖先坟，也就是那棵白榆树周围的一整块山坡，变成一张铺开的七彩地毯，红色中有绿色，绿色中有黄色，黄色中有白色，白色中有紫色。“这是祖先神的法衣，孩子，快点跪下磕头。”

我没下跪，虽然我的双膝软得像面条。我哭了，哭得像一个满脸鼻涕的小丫头。我向山坡下面狂奔，可是我跑不快，山坡上的小水洼陷进我的布鞋，舒筋草拉我的裤脚。耳边响起更大的声音，那是一声接一声失望的叹息。“孩子，你注定成为一个萨满，你逃不出你的命运。”

云影重新笼罩大地。我一次次跌倒。

跑，跑，跑——

我跑回罂粟河边，双腿再也站不起来。

太阳从云影中露出来，苍白的太阳升上头顶。我的头嗡嗡响，身体软成一团棉花。罂粟河河水暴涨，倒在河中间的大青杨看不见了。涧水惶急，席卷着隔年的落叶。

一股巨大的山风掠过罂粟谷，漫天的七彩花片，罂粟花正在脱落。罂粟的果实摇晃着整个河谷，椭圆形的罂粟果大小形状与鸡蛋相似，像一条条青蛇的脑袋，蛇头摇摇摆摆，成千上万，无边无际。

我病了。浑身无力，胳膊腿石化一般，僵直，沉重，全身抖个不停。只要一闭眼，胸口上的大石头立刻重比千斤，想喊喊不出来，拼命地往起挺，我真的跳起来了。李高丽说，那些天我能平地弹起二尺。李高丽说，我拼命地吞吃各种抓到的东西，石子、土块、树叶、蟾蜍，还有蚯蚓。

不只我一个人情绪亢奋，整个爱国者营地洋溢着欢乐的气氛，罂粟到了收获的时节。罂粟花脱落了，一片片罂粟地摇曳着果实，用刀片在饱满的果实上划两下，乳白色的浆液流出来，几个小时以后罂粟浆变黑变硬，轻轻刮下半凝固的烟膏，这就是生鸦片，每个果能刮下小手指盖那么大一小块。

师父李良一次次地出现在我的梦里。不管我怎样拒绝，他认定我是他的传人。他想把他一生的本领传给我。

成为萨满的过程我只能说这么多，有些事说出来你们不信，有些事到死都不能说。

萨满成了我的命运，我要用一生的努力逃离这种命运。

第二十四章　回家的路很漫长

摇摇欲坠，我栖身的大树遭到砍伐，四处灰尘，四处哭声，这是一个精灵的家族，它的成员由每条树枝构成，无望的哭泣，泪水在飞，变成漫天的雨水。天旋地转，我从树的最高处坠落，从半空中坠落——李良萨满大声在我的耳边呼喊：“孩子，快点醒来，快快醒来。”我和睡魔撕扯，终于挣脱它的怀抱。可怕的声音，呻吟，惨叫，一声声呻吟，一声声惨叫。

照亮罂粟谷的除了月光，还有火光。含糊不清的叫声，李高丽冲我露一口白牙，他的嘴角流淌血水。他中弹了，子弹炸烂了他的左脸。他扒开血糊住的眼睛看我一眼，凄惨的眼神就像地狱里的月光。他冲姚书堂摆摆手，转过头，步枪压上一颗子弹。姚书堂拉我起来，跌跌撞撞地向山坡后面跑。我的脚掌被石片划伤了，火辣辣的。身后，耳边，枪声驳杂。

“阿菊出卖了我们，她是日本特务，她招来了日本人。”姚书堂边跑边说。

我跑不动了，你能指望吓尿裤子的孩子像兔子那么灵巧吗？枪声越来越近，越来越密，我死死地抓住姚书堂的大手，怕他把我扔下独自逃命。姚书堂的右腿受伤了，流着血，他咬着牙，一跳一跳地拽着我。死神拉住我的裤脚，怎么也挣不脱。二十米外的地方，李高丽的枪声消失了。李高丽的鬼魂在我前方十多米的树上，泪水滂沱地看着炸得乱七八糟的肉身。姚书堂蹬开挂住我裤脚的石头，我们继续向山坡上跑，两个日本兵怪叫着奔过来，姚书堂回头打中一个，又跑两步，姚书堂的右腿猛地跪倒，枪掉在地上，他痛苦地抓住右手腕，血从虎口冒出来。

高个子日本兵离我们只有十步，他直起腰，步枪上的刺刀闪闪发光。李高丽的鬼魂从树上飞下来，狠狠地向日本兵抡上一拳，日本兵愣了一下，李高丽的手像一条裹腿布抛过来，卷起满斗的右手，捡起姚书堂的手枪，扣动扳机，打出最后一颗子弹。日本兵像高粱秆子一样倒下去。李高丽冲我竖起大拇指。被我杀死的日本兵从地上爬起，向我扑来，他的身影越来越大，越来越大，遮住火光，遮住月光——

第一次从昏迷中醒来，藏身一片南蛇藤丛。罂粟谷的枪声平息了，抵抗宣告失败。火药味混在清晨的雾里，近处两棵炸断的矮松冒着黑烟。树杈上挂着半条人腿，晨风中，黑色的绑腿布在树枝上抖动。惊叫出来以前，头被摁在地上，干渴的嘴巴触在湿漉漉的腐殖土里，好容易偏过头，屏住呼吸，山谷里回荡着马蹄声，含糊不清的咒骂和嘶喊。马蹄声越来越近，已能清晰地听见战马粗重的鼻息。闭上眼睛，绝望地想象，这一切不是真的，只是一个梦。十多米开外，搜索者掉转了马头，摁我头顶的手软了，一声长长的叹息。

第二次从昏迷中醒来，全身酸痛，腰好像折了，胳膊腿硬成了罂粟秆，脑袋肿成大烟葫芦。一片模糊，努力撑开棉门帘一样的眼皮。清晨的太阳暖烘烘的，粪蝇在鼻尖上起起落落，耳边有人低声哭泣。

罂粟谷一片劫后的惨相。山坡上的罂粟田被战马肆意地践踏过，营地的房子焚烧过，山谷里黑乎乎的，湿烟一缕缕腾空而去。枪声不时响一两下，那是日本人在爱国者尸体上补枪。

日本人在一里以外的罂粟河边埋锅造饭，他们一共五十多人，有人站起来东张西望。两个人向我们藏身的地方指指点点。绝望，忘记了呼吸，我恨不能钻到地缝里去。两只野鸭冲天而起，他们用枪瞄几下，没开枪。

痛苦难耐的一天，我们一动不敢动，任蚂蚁爬进裤衩，不敢拍打鼻子尖的蚊子。粪蝇越来越多，姚书堂的伤口发黑，腮边滚下大颗大颗的汗珠，他快痛昏了。一只兔子从我身后蹿出来，距我一米远停下，站到一块显眼的石头上撒尿，我敢肯定就是将我引到祖先坟的那一只。臊味直扑鼻孔，你一动不敢动，只好接受欺辱。

太阳升上山顶，日本人抬着死去的同伴疲惫地离开罂粟河谷，他们押着一长串的俘虏沿河而去。李高丽告诉过我，从营地到朝鲜国境只有一天的距离，日本人傍晚将跨过界河，回到他们的驻地去。

担心敌人去而复返，我们一动不动地挨到中午。姚书堂一次一次地昏睡，他的右腿肿得比枕头粗，右手肿得像熊掌。

肚子阵阵轰鸣，我决定去找点吃的。你一定猜到了，我想到了祖先坟的蜂蜜。

绕过身后的山坡，远远看见石床上长出的白榆树。白榆树在山风中轻轻摇摆，没有兔子，没有唧唧鬼子雀，没有盘旋的鹰，除了石头，还是石头，似乎这世界只我一个活物。爬到白榆树下面，身上的衣服被汗水溻湿，一半因为攀爬，一半因为恐惧。

罂粟谷一览无余，一块块大石头让我所在的地方十分隐蔽，真是藏身的好所在。山风呼啸，后脖颈后腰冒凉风。离开这儿，越快越好。我从树洞取了一大团蜂蜜，用衣襟兜住，迅速往回跑。

有人说话，“孩子，不用跑那么快，你会再来的。”

我摔倒了。三角石头后面，坐着一个破衣烂衫的老人，他怜悯地看着我，鼻涕眼泪弄乱了他的脸。

他是鬼魂。他是族人传说的祖先神吗？应该记住他的长相。待我爬起，只看到太阳留下的石头的阴影，就像一个又大又深的水坑。且慢，水坑里有一只旱乌龟。

“孩子，你记住，我叫旱云。”

“记住我的名字，对你很有用。”

姚书堂的身上有一股说不清楚的香味，他一定吸过鸦片。他的精神好一些了，说话仍然有气无力。“满斗，东山的密营你去过，就是关我禁闭那个地方。那儿有崔将军一匹瘸腿战马，他一直没舍得让它下汤锅。最粗的那棵大青杨的后面，放着一个花轱辘车架，是放山人留下来的，前些天我修过一次，还能用。”

“满斗，能不能活着走出大山，就看运气了。要是那儿被日本人烧掉，我只能在这儿等死了。”

“满斗，我的腿生蛆了。”

“满斗，还有一件事告诉你。一件重要的事，关于你额娘的。急不在这一时半会儿，等你回来吧。”

用不着怀疑，命运就是这样，残酷网开一面。就像这会儿。

满斗熟悉爱国者营地的角角落落，找到东山坡的密营并非易事，那里是爱国者营地熬制鸦片的秘密工厂。

勉强找到一棵粗大的倒木，涉过罂粟河，绕过一片灌木丛，进入罂粟河谷一条小河汊的河套地带，河两岸长着一片柞树，弯曲的树干枝杈交错，像一个个拱门。从柞树林中间穿过，不时陷进落叶下面的水洼，布鞋窠里灌进湿泥，一跐一滑，大拇脚趾踢到石片上，鲜血浸透淤泥，一抽一抽的疼痛。满斗忍耐力极强，仅仅过了一年，一个孩子变成了一只小兽，机警，胆量超群。

铁线莲长着银白色的绒毛，倒木上的木耳，硬如石片的蘑菇，什么动物簌簌钻过山刺玫无刺的花丛，隐约能分辨出踩踏过的隐秘小径。揩掉眼睫毛上的汗水和泪水，寻找太阳，太阳刚刚偏西，记住它的方位，此时，太阳是提示方向的唯一物证。

豁然开朗。一片两亩大小的山坡，山坡上十几棵松树，阴沉的松树看守着树后面的秘密，似有还无的香味，你猜到了，那是鸦片膏的香气。在罂粟谷待了这么长时间，我能在混合的气味中将这种味道剥离出来。拥有神奇的嗅觉，是满斗与生俱来的另一个异能。

这里没被破坏过。蒿草和松树枝覆盖的地窨子当中有一个泥灶台，一口大铁锅嵌在当中，锅底汪着锈水，锅盖扔在灶口旁边的木头柈子上。靠里面的木头床堆着霉味四溢的被褥，床下面一口盖着木头盖子的小缸，打开盖子，里面竟有小半缸玉米粒。聪明无比的满斗脱下衣服，用草绳扎住两个袖口，一把一把地抓出玉米装满袖筒。地窖后面一小片地瓜，没人料理，瓜蔓深深扎进土里。满斗没找到架子车，姚书堂的脑袋一定烧糊涂了。他东撞西逛，蚊蚋从暗处飞出来，裸露的身上奇痒无比。他几乎丧失信心了，这时，他听到了粗重的鼻息，那头畜生不知从哪片林子跑出来，黑色的皮毛上沾满血迹和泥土，凸出的血管叮着大个的瞎眼蠓，眼泪汪汪地看着满斗。

满斗攀住老马的脖子，套上一段草绳，黑马打了两声响鼻，摇摇头，赶开叮在眼眦上的粪蝇。李高丽跟满斗讲过许多战马的故事，战马通人性。他讲得神乎其神，这会儿满斗才真的相信了他的话。老马走几步用嘴碰碰满斗的后背，对我带它离开万分感激。

傍晚，我们离开了一片狼藉的爱国者营地。在一棵落叶松前面，我们最后一次和崔将军告别，他信守了自己的诺言，没有离开山谷。他的头高高地悬在一棵碗口粗的色木上，他的脸被砍了一刀，双眼微合，像是不忍心看见自己精心建设的营地遭到破坏。一只肥胖的桦鼠蹲在将军的脑瓜顶上，困惑地看着树下没有脑袋的尸身，尸身被什么动物掏吃了内脏，捋去了大腿上的肉。松鼠把脑袋转过来看我。“满斗，你这样离开可不好啊。”

我不理它，只管脚下，忽然，崔将军的身后平空爆响了一声，我几乎当场跪倒。一声很响很脆的旱天雷。

快点离开这儿，别无选择。下雾了，天色越来越黑，雾越来越低，雾中飘起毛毛细雨。走一会儿，雾气散开了，西方暗黑色的云霓压在山峰之上，连绵的山峦之中，罂粟河河谷消失在无数条河汊之中。河汊好像一张灰白色的网，继续向前，循着前行的河汊逐渐变小，夕阳的辉映下，山峦蒙上一层薄雾。老马扑哧扑哧地走在塔头墩子上，腿不时地颤抖着陷入泥水当中，有时没到肚子，你担心它出不来了，它却艰难地抬起前腿。

林子里阴森恐怖，野兽的踪迹不断出现，我远远地看见一头偷吃蜂蜜的黑熊。山路时隐时现，像游入茅草深处的土蛇。拨开拦路的蜘蛛网，拨开缠绕的葛藤。我们的命运寄托给姚书堂的记忆，他曾多次走过这里的山路。

山路上倒木越来越多，我们停下来露宿。一块巨大山石的后面，我们点燃一堆篝火。老马和姚书堂都在发抖，姚书堂的大腿被瘦削的马背铲得鲜血淋漓，他出现了疟疾的症状，头热得像煎饼鏊子。

疑问像扑过来的蛾子一样折磨着我。

“你真的见过我额娘？你告诉我她长什么样。”

模糊的回答：“她长得很好看。”

“这不能证明你见过我额娘，你也说过苏念长得好看，你还说过阿菊好看。”

“她搬家了，现在住白瓦镇的稻草巷。”

“你骗我，你骗我。”我哭了，我想额娘，我想苏念。我恨姚书堂骗我，我恨阿菊骗我。我恨这世上的所有戏法，可没有一点办法。

风把灌木刮得呜呜哭，哭声整夜不息。淅淅沥沥地下起了雨，夜幕中，狼在嚎叫，我的夜视能力受到了挑战，只能看清篝火以外十几步的地方。

夜鸟叫了一声，又叫一声。

睡吧，睡吧，整夜在一条大河里颠簸。水里，黑色怪物张开血盆大口。怪物嘴里，崔将军的脑袋大瞪双眼。“满斗，你为什么不把我放下来，为什么？”

这一晚，李良抛弃了我，额娘抛弃了我。姚书堂在旁边大声咳嗽。

雨停了，风停了，月光下面，树叶白白的，树干涂了一层蓝釉，阴影里一阵怪声传来，咔嚓咔嚓树枝折断的声音，后半夜的湿凉中，冷汗出了一次又一次。

“大毛楞出，二毛楞撵，三毛楞出来白瞪眼。”预兆黎明的三颗计时星快快出来吧。

姚书堂在睡梦中抽搐，他真知道我额娘的消息吗？像，又不像。月光照着他愁苦的脸，他的腿肿得更厉害了，不得不将裤腿撕到裤裆处。将一根松树枝扔进火堆，在松树油的气味中缓解恐惧。

右脚抽筋，从痛楚中醒来。蚊子比天光来得更早，一团团的，漫天都是。姚书堂早醒了，看上去比昨晚好一些。多亏了那点玉米粒，加入山芹菜熬一口菜粥。我们夜宿的山坡又长又缓，岗上长着茂密的杂树棵子，有白榆树、柞树、黄曲柳，乱石堆中长着纷乱的野杜鹃，四周峰峦起伏。

我们走出罂粟谷，走上一段更艰苦的旅程。山洪洗刷了几千年的乱石奇形怪状，山火烧过的山峰秃秃的，黑黑的，一定是一个月前过的火，山涧里奔腾着汇聚一夜的涧水，轰轰隆隆。蓝色的山岚，层峦叠嶂，青翠欲滴。在过火林中穿行十分艰苦，烧掉了树皮的倒木被茂盛的蒿草遮盖，马腿一次次磕绊，鲜血淋漓，好不容易才离开火烧林，走上伴随山涧蜿蜒而去的砾石滩。

第二天早晨上路不久，看见一个放山人的窝棚。第三天，遇见一座比鸡架大不了多少的山神庙。那天下午，一条小河中间秫秸编成的鱼亮子上，我捡到十几条一拃长的鲫鱼，烤鲫鱼的美味足以让我们战胜大雨中的寒凉。在湿滑泥泞的山路上继续行走，马摔得鲜血淋漓，站起来，可怜的畜生四肢抖得比姚书堂更厉害，看不见它咬牙，它的耐力真是惊人。

第四天，我们听到了不真实的声音，那是不敢相信的人声，斧子咚咚的劈砍声，吱吱的拉锯声，铁匠炉嘈杂的声音，工匠们粗哑的说话声，还有散发出朝鲜糖稀的念经声。

山路就要走到尽头了。

阳光下，一条大河在目光所及之处平静地流淌。

山脚下，一座寺庙正在大兴土木，一幅不敢相信的热闹景象。

方圆百里，除了善林寺，没有第二幢庙宇如此气派。

柒腓凌　郎乌春

第二十五章　白瓦镇的会局

一九三一年夏天，豚草和罂粟入侵了库雅拉河谷。在此之前，库雅拉河谷已经历了雪灾、风灾、虫灾、旱灾和水灾。

白瓦镇的志书上，你能找到关于这些灾变的记载。过去的寒冷的冬天，腊月干冷干冷，一片雪花也没有，白瓦镇官道上冻开的裂缝能陷进马蹄子。进了正月开始下大雪，大雪封锁了所有路径。雪最大时齐到窗台，许多人家的房子被雪压塌，无处觅食的麻雀钻进屋子，成了同样饥饿的人类的美食。

好容易盼来了春天。

春风吹绿库雅拉江畔的荠荠菜和酸沫姜，紧接着吹落了盛开的海棠花，白瓦镇东头的一家磨房着火，连带着隔墙的通俗图书馆和阅报楼烧成一片白地。大火蔓延到县公署和柴草市，一直烧到艳粉街。要不是大雨突至，白瓦镇将受更大的损失。

风灾的恶果是春旱，过了雨节还不见下雨，镇里镇外的富户们一起到县公署请愿，请求政府组织求雨。县长韩玉阶见过世面，他下令举行白瓦镇第一个全县规模的学生运动会，第一小学有几个从北京香山慈幼院师范部毕业的年轻人任教，一小承接了这项任务。运动会没开完就下雨了，雨开下再没停的迹象，库雅拉江江水漫出江堤，地势最低的敬信乡全境泡在水里。

郎乌春带上两个马弁回了一趟洗马村。洗马村进水，河滩上的高粱注定减产了。乌春看见额娘比过年时整整小了一圈，老太太身上的水分好像蒸发了，她的头发斑白，没有光泽，穿一件脏兮兮的黑色大布衫，裤子上一块一块的补丁。弟弟秋哥头发秃了好几块，见了乌春不说话，只管闷头闷脑地抽烟袋。屋子里潮乎乎的，一直湿到窗台，墙上的月历画是他春节时让人送来的，一张少帅张学良的戎装纪念像，另两张是奉天太阳烟草公司白马牌和足球牌香烟的广告画，广告画上烫发女子的白色婚纱和粉色内衣变黄发霉了，倚在女人旁边的童男童女脸上长满黑斑。让人秽气的是张少帅的画像，脑门落满苍蝇屎。

屋子里光线很暗，熏黑的纸棚被耗子嗑出一个个大洞。一只蟾蜍和两只天老爷小舅子被老猫从水缸后面赶出来，在门槛里一跳一跳，就是跳不出去。当了团长的郎乌春大感困惑，这就是他曾经生活过的地方吗？

乌春说：“额娘，屋里咋这么多蛤蟆？”

“你说什么？蛤蟆？”一直抽烟不吭声的秋哥忽然有了活气，兴奋起来，他磕磕烟袋，“对呀，蛤蟆，我今天就押蛤蟆，没准是个碰头彩呀。”

老太太说：“秋哥，十赌九输，我跟你说多少遍你才听话呢？”

“哥，你和额娘说话，我出去一趟。”秋哥急忙忙走出去了。

见乌春发愣，老太太说：“乌春，你好歹是镇上的官，咋不管管押会的事呢？现在洗马村的男人都迷上这个道了，今年遭这么大的灾，没人想收成的事，都想从会局赢个天回家，我看用不到冬天，家家要喝西北风。”

老太太哭着说：“你给家里盖房的钱，都叫秋哥赌光了。”

会局是白瓦镇兴起的新赌局，乌春没想到乡下也如此风行了。

白瓦镇的押会总局设在艳粉街日本妓馆菊水楼旁边，会局老板和菊水楼艺妓馆老板是同一人，一个三十多岁的日本人，叫山本五郎。山本五郎矮小，秃头，懂医术，正是他将日本人丹的广告贴满了白瓦镇的大街小巷。

四年前，日本人山本五郎来到白瓦镇，开了一家经营人丹的日本药店，这个勤勉的日本人不知疲倦地四处张贴他的广告画。一开始，人们以为那是一张张奇怪的鬼画符，图上有字，还有戴鱼脊大檐帽翘着两撇胡的怪男人。除了政府通缉案犯的布告，偶尔出现几张红胡子的传单，镇子里从没有这么多的纸张上墙，连建在路口的茅房都贴上了。

人们终于知道了，这是一种日本药的告示。告示上说，人丹是寰球无二的神药，能够起死回生，主治伤暑中寒、水土不服、肠痛吐泻、卒中昏倒、头疼目眩、酒醉船晕、积痞溜饮、精神郁结、食积不消、虚弱贫血、消毒除疫。

最早是望火楼楼下回春堂的赵郎中撕下几张日本软纸擦屁股，等他再上街，用不着他搞破坏了，广告纸派上了更好的用场，拉洋车的车夫们比赛着撕，他们撕纸卷烟抽。为了应付这种局面，山本五郎给他的广告纸刷上厚厚的糨糊，这下广告纸又厚又硬，原先的几种用场派不上了。山本五郎得意没几天，广告纸被撕得更勤了，这回撕纸的是走街串巷的乞丐，乞丐们撕下文告回去煮米汤。过两天，镇上传出一个消息，可恶的日本人在糨糊里搅拌了日本砒霜。接下来的热闹是三个人将山本五郎告上县府，一个说他老娘喝了糨糊水中毒身亡，同样的原因，另一个人死了妻儿，还有一个死了兄弟。这场奇怪的官司日本人大获全胜，就在文报局的大门口，山本五郎当众喝下广告纸煮成的汤，谎言不攻自破。警察将诬告者拷打一顿，真相大白，那三个人是镇上活不起的无赖。

打赢官司的山本五郎在他的药店门口施粥一天，向来喝粥的人派发他的神奇药丸，真有四个垂死的病人接续一口气活下来了，人们不再怀疑小号羊屁屁蛋似的日本小药粒的神奇，至于垂死的人当场活过来是不是粥汤起了作用没人去想。虽然有人指证至少有两个人是日本人雇来装扮的。山本五郎的人丹在白瓦镇一下子打开了销路。喷云吐雾的瘾君子吸食大烟丸的时候也含一粒，药味难闻，略微发苦，舌底冒出一股让人清爽的凉风。

继山本五郎的日本人丹抢了郎中的生意之后，来白瓦镇做生意的日本人多起来，和山本五郎竞争的也是一个日本人，叫谷村正雄，谷村会社推出的产品是鸡冠牌蚊香，鸡冠牌蚊香由大阪大日本除虫菊株式会社出品，同时上市的还有臭虫药和杀虫药水。这些来自东洋的蚊香和药水确有显效，即便将抵制日货的传单贴到居民的院子里，日本药品和药水生意仍然看好。这是没办法的事，除非你有国货可以和日货竞争。街头宣传抵制日货的学生和买日本臭虫药的农民不断地发生冲突，让运动的组织者大为头痛。

满铁开通了到白瓦镇的小火车，来镇上的日本人和朝鲜人更多了。山本五郎又开了一家日中书馆和一家菊水楼艺馆，说是书馆艺馆，镇上人都知道是日本窑子，不接待中国人。郎乌春就任白瓦镇驻军的团长之前，山本五郎的生意已经十分红火。山本五郎并无一点骄横，他对到店门口要饭的乞丐很客气，对郎乌春更是殷勤，乌春一上任他就到营拜访，半月一大宴，八天一小宴，他们很快混得极熟。乌春隔段时间不去，山本五郎要来请的。要么馆里从日本新运到了菊正清清酒，或者旭日啤酒，要么就是馆里新到了一个艺妓。隔两天，山本五郎的人就去一次火车站，小火车将新东西和新玩意儿源源不断地运到白瓦镇。

山本五郎一副谦恭模样，他偶尔闪过的目光深不可测。他的汉语极好，对中国的局势十分清楚，他的消息比乌春从省垣吉林市得到的更快更多。

山本说得没错，时局真是越来越动荡了。上峰的电文一日数次，没有一个好消息。满洲里战役失败以后，张少帅被迫答应恢复冲突前中东铁路之状态，苏联重夺中东铁路的领导权，共裁掉华工和白俄五千人，罢工四起。南方的蒋介石将军遭到实力派冯玉祥、阎锡山和李宗仁的挑战，他们拥戴阎锡山为海陆空三军总司令，给张少帅封了个副总司令的头衔，拉张反蒋。四月份，哈尔滨爆发了学潮。五月份，延吉闹起来，工人罢工，学生罢课。暴动者焚烧了日本警察署、东洋拓殖会社、铁路桥梁和发电所。苏联大兴土木，在东宁边境修铁路、开煤矿，日本人的目标是中止朝鲜人归化中国。情报上说，白瓦镇在酝酿暴动，组织者是共产党人。而被政府军宣布为赤祸的江西和福建的共产党军队突破了政府军的包围，竟然没有溃散，奇迹般地行进在南方的崇山峻岭之中。

山本五郎的身份绝不会如他自己描述的那么简单，郎乌春心里暗暗提防。山本并不在意，反而更加殷勤。山本说自己是一个生意人，政治和他无关，他只求郎团长保护他的平安。山本五郎明显说假话，他背地里插手县府的事务，和县长韩玉阶过从甚密。

韩玉阶先于郎乌春回到白瓦镇，两个人早已找不见当初的友谊，私下里，郎乌春认为韩玉阶知道他和韩淑英的事，但这个城府很深的县长从未说破。两个人客客气气，郎乌春认为自己是职业军人，无意地方事务，这样倒也相安无事。

山本五郎把他的姑娘们夸得天花乱坠，好像天仙下凡，可来到跟前的都是一些脸盘肥大傻里傻气的姑娘，好在她们像麻雀一样主动活泼，精力旺盛而且兴致勃勃。姑娘们伴着留声机上的音乐跳起呆板拘谨的舞蹈，她们的琴弦好像安装在鞋拔子上。

喝得兴起，山本五郎请乌春和他比赛吹鸡蛋，先用力吹着鸡蛋滚过铺席子的地板，然后不用手扶喝掉放在地板上的一杯酒，人站起来，酒瓶不得倒下。比赛开始了，姑娘们高声欢叫，脸上流着晶亮的汗水，头上顶着清酒瓶，圆润的屁股撅得老高。乌春脸红心热的时候，山本五郎的手已经伸进姑娘的裙子里拨弄了某一个机关，姑娘发出的声音骚情，充满诱惑。和日本姑娘相比，艳粉街上的中国姑娘要么营养不良，长着男孩一样瘦削的屁股，要么屁股硕大，像口洋铁锅。而高丽花酒馆红袄白裙的高丽酒妓更愿意接待朝鲜富农，她们用纺锤一样的手鼓伴奏歌唱，一停下，表情变得和毛子娘们一样落寞，让人不快活。床上的表现也不一样，中国姑娘放不开，朝鲜姑娘扭捏，而日本姑娘肯趴在身上给你治疗肚子疼。在沉闷的地板上躺下来，落在身上的苍蝇都心满意足。

一天酒后，山本五郎表情夸张地告诉郎乌春："迟早有一天，日本人会成为这里的主人。中国人只配当奴隶。"

从日本人的妓馆里出来，郎乌春听见头顶传来嗡嗡的响声，镇上所有的电话线和电报杆都是日本人的，战事一旦开始，通讯会出大问题。

郎乌春出了一身冷汗。灰蒙蒙的大地不安地蠕动，过去的回忆和未来的恐惧纷至沓来，站在白瓦河的桥头，郎乌春感到万分孤独。他的胡子长得太快，这时候照镜子，肯定一脸傻相。

第二天，山本五郎为前一天的失言道了歉。他送给郎乌春一把日本江户时代的铁茶壶。

山本五郎说他想出了一个赚钱的好方法，他要开一个赌博的会局。他给乌春详细介绍这种新的赌博方法。所谓“押会”，就是“猜三”，会局一共设三十三门，一个正门，两个偏门。按照一赔三十的比例，赌客可以投注任何一门，只要押中便可赢钱。为了将不识字的农民和挑夫吸引进来，会局以图案和两个汉字设门。图案和文字的对应关系既荒唐又形象。元吉代表道士，安士代表尼姑，河海则是和尚。下雨命名天龙，龙江是盗匪，占奎是寡妇，云清是姑娘，红春是妓女，旱云是王八，根玉是男根，必得为老鼠，三杯是警察，万金是财主，入山是瞎子，等等。牌上画一头姑娘秀发，这张牌便叫“青云”；画一只鸡，此牌便叫“啄玉”。

山本请镇上的吴学究给赌门编了歌谣，歌谣唱道：“正月里来正月正，音会老母下天庭。元吉河海把经念，安士姑子随后行。二月里来龙头抬，天龙龙江跳龙门，五谷丰登太平春。根玉无能变旱云，男人最怕当王八。占奎门前是非多，青云飞上姑娘头，搂着红春运气到，财主入局得万金，坤山是狗天申柴，木匠板柜兔合同……”

会局开始，一时间，红纸成了白瓦镇卖得最快的商品，会写字的人用毛笔写下门牌，不会写字的在红纸上画下图案，红纸门牌封在信封里交由跑封人带回会局。

一九三一年，库雅拉河谷出现了专职跑封人，他们为会局服务，跑腿抽红。跑封人风一样刮过库雅拉河谷。为了给不会拿笔的库雅拉人和朝鲜人提供方便，对襟小褂满头大汗的跑封人提着装纸砚和毛笔的小筐，走街串巷，穿屯进镇，最偏僻的地方也有他们的脚印。

“你家押会吗？”他们给有钱人家的老爷行跪拜礼。一九二二年，民国政府废除了跪拜礼，跑封人让财主们想起了风光的过去。

“我家押，你进来吧。”

“你家押什么？”

“昨天狗咬我一口，就押坤山吧。”

“你家押会吗？”

“押你妈个屄呀，我连押十天，一根毛没中上。”

“大哥消消火，我跟你说，敬信王财主连押二十一天没押中，家里就剩一斗高粱了，他想我最后押一次。你说怎么着？”对方睁大了眼睛，跑封人慢悠悠地说，“中了头牌奖啊。”他继续鼓动，“老王哪儿有你福相，我劝你再赌赌运气。”

“看你这么说，我再押一次？”

“押一次吧，好运气路上赶来呢。你押什么，我给你写下来。”

“我今天上山打柴，柴火是天申，押天申。”

腿跑细了的跑封人跑进下一家。“你家押会吗？”

“旁人都押什么？”

“这我不能透露啊。”守口如瓶的跑封人看见失望的老光棍皱起眉头，忙说，“你不要发愁啊，想想昨晚做了什么好梦。”

老光棍笑了，昨晚梦见一个裸体的姑娘，梦里好一番亲热，早晨跑马在炕席上留下了淫图。他一脸羞惭地说：“我押三门，第一押青云，第二押根玉，第三嘛，我要押天龙。”

心领神会的跑封人说：“你有艳福啊，这回押中你就能娶上媳妇了。放心吧，你会押中的。”

“你家押会吗？”

这户人家的当家人去水缸搅了好几回，他要看水纹的图样是什么。他的娘们趴在灶坑前面掏着锅底灰，她想看锅底灶膛有何兆应。这个唤作讨会。

讨会的方式千奇百怪。为了猜会局的牌底，一个当家人写下三十三张红纸条放进灶坑，他让女人脱光衣服讨吉利，没想到小孩子炒苞米，在灶间架了火。到了晚上，老婆当然掏不出。当家人急了，坚持让她掏，女人撅起光屁股，当家人一览无余，他从后面凑上去。女人回身一抓，恰好摸到男人的东西，女人笑着说，我当是什么，原来是只鸡。第二天，当家人真的把钱全押在“鸡”上，他选了啄玉，牌底揭开了，那天的大奖是根玉。输红眼的当家人回家揍媳妇，媳妇委屈地说：“我说了两个字，我说的是鸡巴啊，谁让你性急没听清后面的巴字。”

讨会的方式越来越离奇。为了猜出会局的底牌，不信佛的小伙子供菩萨，信佛的人供起狐黄二仙，离鬼节还有两个月，祖先神牌位前面提前点燃了年息香。善林寺的香火一天之内旺起来，大空和尚看着磕头的善男信女头摇了一次又一次。

一个从庙里讨会的小伙子押输了本钱，怪罪起菩萨了，他打碎了陶土观音像，解开裤子对着佛像撒尿，恼怒的佛给了他报应，第二天小伙子爬不起来了，从此变成了瘸子。

春化传出消息，韩桂香萨满的儿子在会局输掉了所有家产，女萨满不得已穿上神裙，戴上神帽，大萨满灵神附体，但她怎么也看不清会局的牌面。她说，她看到一个茅房，里面臭气扑鼻，爬满蛆虫。亵渎神灵的韩萨满遭到了报应，困在臭气熏天的地方，再也回不来了。临终，韩萨满拉住儿子的手，告诉他会局到处是冤魂，屈死的冤魂泣血嚎哭，充满仇恨的亡灵附在每一张送进会局的红纸上。

“不要再去押会了，会局是凶神傲克珠的血窟。库雅拉的厄运来临了。”

韩萨满的临终遗言没有引起警醒，人们说，她的运气尽了，而我们，早晚红运当头。

性急的族人对祖先神的呼唤震动了不安的亡灵，夜里，亡灵们在萤火中猜测牌底争得面红耳赤，神通最大的亡灵幻化成蚊子飞进会局老板的卧室，底牌上的文字和图案比阎王书签上的文字更难懂，日本人的灵魂和库雅拉人的灵魂操的不是同一种语言，还有，挂在墙上的军刀让亡灵们战栗不已。

失望的亡灵们十分焦渴，这时候，一个声音像一股甘泉穿透厚重的尘土，滋润了亡灵的世界。

“去柳枝神水店喝一口神水，你会猜中会局的底牌。”

一九三一年，库雅拉河谷，奇迹般的柳枝神水一夜之间家喻户晓，毫不夸张地说，这是奇迹中的奇迹。

农历六月的一天，艳粉街东头的红袖招，十多个姑娘走出红漆格子窗的院落，她们浓妆艳抹，油光水滑的发髻歪戴大红纱花，一步一颠，打扮妖冶地来到白瓦镇的街头。

姑娘们晃动着让人想入非非的乳房和风情万种的屁股，她们把三十三门的会名写在纸条上，一个个分开叠好，放在肚兜里和旗袍的开衩里面。

买一小瓶姑娘右手里的柳枝神水，可以将手伸进姑娘的衣服里免费摸彩，药水不贵，十粒日本人丹的价格。

“不会是毒药吧？我的手真能伸进你的旗袍？”

“色大胆小，要不要本姑娘当你的面喝一口？”年纪最大的姑娘一张长脸，她向那个色眯眯的男人看不起地啐一口，“只要你有买药水的钱，本姑娘就让你占回便宜。”

“马老板，你喝她一口。不让摸，咱们一起和她算账。”

“我真摸了！”

不安分的手指尖长着眼睛，像一只快要老死的兔子，行动迟缓。姑娘挂在嘴角的笑纹意味深长。男人的手一点不温存，姑娘发出嗔怪的喘息，她不准手指在胸衣里多作停留，“快把纸条拿出来呀，你的手长到上面了。”

围观的人哄笑起来，马老板满面羞惭地缩回手，他果然摸到一张纸条。接下来，姑娘鼓励他再去下面摸一张。姑娘抬腿露出白白的腿肉，腿上的汗毛又柔软又妥帖，皮肤下面的蓝色血管弯弯曲曲。只有一样，想感受里面的湿软，需到红袖招再买一瓶神奇药水。

大街上做过示范，姑娘们很快向自己的住处走去，她们身后跟上了大批看热闹的人群。

那一天，伸进旗袍里面的手有黑有白，有长有短，有粗有细，有的戴着扳指，有的长着厚厚的老茧。

那一天，男人们摸到手里的纸条写着相同的两个字——旱云。

“神水店老板娘的儿子看见了小日本的梦，山本五郎脑袋爬满一只只小王八。”

“我告诉你吧，满斗是李良萨满的徒弟，他说的话就是死人李良说的话。”

“李良不是死了吗？”

“你说他是李良的徒弟？那可了不得。我听说过一件事，三年前，死人李良为郭记当铺驱老鼠，他画了一座四方城，念了几句咒语，当铺里一只老鼠都没有了。李良没杀老鼠，他想杀绝老鼠太容易了，他不愿意做绝户事，画城时留了个活口，真神啊。”

“扯得太远了，扯那么远干吗？就说你押不押旱云，你押还是不押？”

“我押。我信这一回。”

库雅拉河谷的大风吹起满天鱼鳞云，跑封人东奔西走，他们的筐里装满写了会名的红纸，受了神启的人们都写下两个字——旱云。

旱云的图像是王八。

会局开封的时刻来临了，喊会的人来到大街上，他喊了一嗓子，许多人面色发白，流下汗水。

他喊的是——旱云。

押旱云的人太多了，山本五郎的秃顶冒出一层油汗，腰弯下去像一条癞皮狗。扬眉吐气，会局门口，领彩红的人排起长队。

另一个长队出现在艳粉街西头的柳枝神水店。

那天走进白瓦镇，姚书堂的眼屎糊住了眼睛，泪水一股一股地往外流。白瓦镇的城门口，我们见到了王良寨的三寨主，三寨主的脑袋装在一个木头笼子里，歪斜的嘴角淌着黄汤，一条条蛆虫胖得发亮，从鼻孔衔尾而下。那一瞬间，我恢复了走进梦境的能力。我进入一条虫子的梦境，这小家伙一边爬一边回忆脑浆里滋生的油滑，它出生后已经翻越过一道道沟回、堤坝，决心赶在蚂蚁到来之前吸干眼窝最深处的泪腺之河。我奇怪三寨主的脑袋蕴藏如此多的软弱液体，那一定是良心残存的最后一点脓水。风吹过三寨主的眉毛，他的脖子和躯体分离后仍然坚强地长出一层绒毛。

打个冷战，从恶神的催眠中醒来。城门口的阴风吹过一群苍蝇的触吻，吹过无数只蜻蜓翅膀。乌鸦赶在屎壳郎之前叼走了死人眼珠，这会儿，五只屎克郎在血痂里拱来拱去，死人头的脖子上蛆虫连成一线，像一条亮晶晶的项链。一片云影移来，三寨主的鬼魂飘在木头门板后面，他的脖腔上面只剩下两个眼眶，就像两个空中的泉眼，大股大股地冒水。

回到额娘身边的头三天，我患上了迷症。我重复了爱国者营地时的状况，简直力大无比，几个大人抓不住我，我跑得飞快，最快的马也追不上我。他们找到我时，我坐在一棵白榆树的树杈上，树梢竟然不弯。

姚书堂私藏的鸡血蚂蚁派上了用场。我们下山时吃剩下的蜂蜜，鸡血蚂蚁焙干的粉末，做成一种药水给抓狂的满斗灌进喉咙。我不记得坐在白榆树尖上微风吹过的感觉，但我记住了药水的味道，有一点苦，有一点甜。

现在你知道了，这就是我额娘神奇药水的来历。

我额娘身上散发着一种奇怪的香味，过了好久我才找到香味的源头，额娘用刚磨出来的豆浆洗脖子。那是一种卤水豆浆的味道。

我们在白瓦镇的新住处叫稻草巷，就在城南的一片穷人区中间。我离家七天以后，额娘就搬到白瓦镇上来了，她用一笔来历不明的钱开了一家豆腐房。

额娘身上的香味让稻草巷的男人十分着迷。他们更着迷的是，额娘是一个单身的女掌柜。

夏天的夜晚，白瓦河河边的蒲棒绒漫天飞舞，街上飞满手指盖大小的扑棱蛾子和紫色的小蝴蝶，当然，还有遮天蔽日的小咬和瞎眼蠓，它们和白瓦河的雾气一起涌进镇子，就像不久前怪里怪气的蒙古人赶进镇子的几百只白羊。夜晚的微风掠过园子边密密的灯笼果树，在花梨木的障子梢吹出细弱的哨音。清晰的口哨来自城南游手好闲的男人们，口哨声常常伴着意味深长的轻咳。如果哪一个晚上霜下得早一点，第二天早上，稻草巷准能看见许多杂乱的脚印。

坏男人不知道额娘身上的香味是豆浆的味道，他们借口买豆腐接近赵柳枝，还有男人把我当街叫住。马二愣子是韩家碾房的伙计，下巴一条蚯蚓粗细的刀疤。马二愣子说，满斗，你站住。你告诉我，你娘身上是什么香味？我的病还在恢复中，聚不起力气和他对打，姚书堂帮不上忙。我说，滚你妈了个蛋。马二愣子笑了，露出两颗黄色的大板牙，马二愣子说，小野种骂人哩，爷爷告诉你，你娘身上那是臊味。张三麻子说，你娘身上那是臊味。就连王家小哑巴也对我说，你娘身上那是臊味。我说，滚你妈了个蛋马二愣子滚你妈了个蛋张三麻子滚你妈了个蛋老王小哑巴，都滚你妈了个蛋，你娘才臊呢。

我身上讨不着便宜，那帮坏蛋就打我妹妹蛾子的歪主意。他们说，喂，小丫头，告诉表叔，你娘身上有什么？说对了表叔给你冰糖吃。我娘身上有两个咂儿。咂儿上边呢？咂上边有姚书堂的手，我说对了吗？你说给我冰糖的，你骗人。

蛾子哭了，她追马二愣子要糖被弹了个脑瓜崩，脑门立时鼓起个包。我说，蛾子，你活该，我告诉你什么了？他们没有糖，他们就是想骂咱额娘。

可是蛾子不长记性，下次有人问她，她还那么说。这孩子记吃不记打了。我想有一天我肯定会采取行动，我打不过马二愣子打不过张三麻子打不过老王小哑巴，不能让他们逗弄蛾子，我可以让蛾子永远闭嘴，我恨不能将她推到河里淹死。

在我想象中，我已经将这不中用的小傻丫头淹死好几次了。她像个跟屁虫一样跟在我后面，我们来到白瓦河的河堤上，她的手里拿着一个扁担钩，那是蜻蜓一样的昆虫，扁担钩可以潜在水里。扁担钩，扁担钩，你挑水我煮粥。蝴蝶蝴蝶你落，你妈上草垛。蛾子仰脸朝天地走着，一脚陷进积满雨水的马蹄坑，扭了脚，她大哭起来，手里的扁担钩早已晒干了翅膀，嘤的一声飞走了。

但这会儿，我顾不上她，我有更重要的事情要想。

姚书堂右腿的肌肉萎缩了，腿变成了一条细麻秆，他患上了糙皮病，肉皮皴裂，不时冒出腥臭的脓水。不过，这还不是最痛苦的，痛苦的是他爱上了我额娘赵柳枝。

姚书堂将我送回额娘的身边，我额娘对他充满了感激，为了还他这个大人情，额娘似乎已经有了以身相许的心理准备。从这个角度来看，这桩爱情并非全然无望。可不知为什么，每当柳枝向他表示好感，他都立刻像条哀怨的狗一样走开，独自找个角落去疗伤。有一次，他躲在茅房里哭得鼻涕一把泪一把。额娘不理他了，他又蹭到跟前献殷勤。他们的爱情变成了一个你追我跑你跑我追的游戏。

姚书堂做了会局的跑封人，他走得比别人慢。和其他跑封人不同，姚书堂不接封，他只传播一个信息，劝大家去艳粉街新开张的柳枝神水店喝一口神水。

回到我们的住处，姚书堂使劲揉他的右腿，那劲头好像盼着腿肿起来似的，我也盼着他的右腿肿起来，那样他也许好受些。一年多的生死相依，我们有了共同的命运。他似乎和爱国者割断了一切联系，从他将我带回白瓦镇那一刻起，我就觉得他是我的亲人了。

蛾子拿出一块烤地瓜讨好我，然后卖关子，“满斗，我有个秘密，可是我不告诉你。”

“秘密？你能有什么秘密？”我故意不屑地说，“不就是你的左脚比右脚长得快吗？你是不是又想脱鞋让我看你的脚指头，算了，你别脱了，我不想闻你的臭脚丫子味。”

“哥，你是死人李良的徒弟，你看看我有没有影子。我一定是要死了，我的脚每天都疼。”蛾子手里绞着一团红头绳，一脸泪痕，她在街头被人打过，右裤腿刚刚摔烂了一个洞，小丫头真可怜。

她的身影在地上晃动着。

我动了恻隐之心，“好吧，你脱鞋我看一看。”

她的左脚红肿，比右脚长出半个脚指头。

“这个月份你的脚没长嘛。”我安慰她。

“真的吗？”她狐疑地端详，“你没骗我吧？哥，我不是你的亲妹妹，你不喜欢我，可是我喜欢你。”蛾子讨好地说。

她说得没错，我的确没喜欢过她，从郎乌春将这个来历不明的小丫头送给额娘，见到她的第一眼我就厌烦得要命。记忆中，她一直知趣地躲在我的视线以外，小丫头总是在炕柜下面团成黑黑的一小团。

小丫头身上的那一团黑影是实实在在的，在正午的阳光下，蛾子的头脸身子也和她的来历一样藏在莫名其妙的阴影里，阳光就像额娘温柔的目光一样，从未照上她的脑门。说来奇怪，她的身上只有一处有日照的迹象，就是她的左脚。雷雨天气，她的左脚也像被阳光照着一样发亮。

在马滴达那几年，蛾子就像水缸后面长出的一棵纤细的蘑菇，她很少说话，她知道她的话没有人听。她比我更早学会了自己擦屁股，我拎着弹弓打麻雀掏鸟窝的时候，她学会了打猪草和煮粥。看着她趔趔趄趄抱着柴火迈进门槛，额娘若有所思地叹气。有一天，额娘冲她笑笑，小丫头竟夸张地扑到额娘的怀里。她为这次难得的撒娇机会付出了代价，第二天，我把她推进水坑摔了她个嘴啃泥。

我追随马戏团离家出走的前几天，我们的紧张关系有了改善。小丫头每天跟在我的身后，脑门青一块紫一块，任我怎么骂她就是跟着，像我长出的一个小尾巴。我气极了，再次把她推倒在灰堆里。她擦眼睛的工夫，我快速藏在柴垛后面。我刚刚躲开，一团黑影从天而降，那是一只拳头大小的鸟，狠狠地在蛾子的脑门啄一口，然后飞上榆树的枝头，它并不逃走，而是得意洋洋地梳理羽毛。

难怪小丫头像个跟屁虫一样地每天跟着我，她怕那只怪鸟袭击她。

我从柴垛后面走出来，蛾子擦掉脑门的血点，小丫头趴在我的身上放声大哭，那一会儿，我的心让她哭软了，我可以欺负她，可是我不能让怪鸟欺负她。何况这件怪事竟然发生了不下二十次。

第二天，我替蛾子报了仇，怪鸟被我打断了一条腿，不知道飞往哪儿去疗伤了。我没告诉蛾子，因为它折了我弹子百发百中的威名。

我说："蛾子，有秘密现在就告诉我，要是没有，一边儿玩去，我没工夫和你闲说话。"

蛾子说出了一个天大的秘密："满斗哥，昨天晚上额娘领我进她的祈愿堂了。我亲耳听到她对着仙姑说话。还有，咱家做生意的钱也是仙姑给的。"

"有这种事？仙姑是谁？"

第二十六章　野草闲花

会局损失巨大，关门了。山本五郎的书院和艺妓馆第一次向日本人以外的人们开放。只有很少的人去菊水楼喝清酒，他们更愿意在自家的炕头上喝酸甜的朝鲜米酒，猜中会局的局门给了获胜者信心，他们相信时来运转，盼望着会局重开。

会局三天不开门。等不及的人们拥到会局门口，两千多人挤进艳粉街，自从灯官节取消以后，白瓦镇好多年没这么热闹了。

山本五郎派人给郎乌春团长送上香喷喷的请柬，他请求乌春光临菊水楼，并派一支军队弹压地面，为会局和书馆维持秩序。一小时后，山本亲自上门，他送上一大笔日本钱，交换条件是查封和他作对的神水店。

郎乌春骑着高头大马来到艳粉街，正像山本五郎说的那样，艳粉街陷入了混乱，讨饭的白俄臭味扑鼻，佝背的朝鲜阿妈妮头顶泡菜坛子叫卖高丽咸菜，裤裆深得快要掉在脚面上。黄包车从人缝里拐来拐去，时髦的少爷骑着英国产的三枪牌自行车，两眼通红的乡下人抱着膀子抽烟袋，就是不肯让路。代写书信的生意从来没像今天这么好过，一下子冒出三十几个字摊，早在这街上讨生活的吴学究大为恼火，山本五郎的赌牌诗就是他的手笔，这些无耻之徒竟敢和他抢生意。他一边骂一边写，每个字降到一个铜板。打卦抽签的走十步就能撞上一个，他们的招牌上写着自己揭开牌底谜面的日期。

有女人嚎啕大哭，当家人押会押光了所有家产，现在要将她抵还赌债。卖瓜子的小摊被追赶小偷的货郎撞翻了，没牙的老太太跌坐在地上两眼无神。挥着藤鞭的巡警来回奔跑，大声叫骂。

艳粉街外面的牛马行和柴草市十分热闹，当年放映西洋影戏的地方开了一家莲花电影院，这些天正在放映一部新电影《野草闲花》。一个贫病交加的母亲在冰天雪地中咬破了手指，以血哺婴。母亲死后，女婴被途经的木匠夫妇收留，取名丽莲，女婴长大成人，与富家公子黄云相爱，两人合作表演歌剧大获成功，私订终身。黄父不喜丽莲，厌其出身贫贱，丽莲悲愤之余，为保全黄家名声，故意放荡自己，出入舞场，以激怒黄云与其解除婚约，黄云痛斥其野草闲花，此时仆人告知真相，黄云大悔，决心去乞求丽莲的原谅。电影赚足了河谷人的眼泪，他们第一次听见和京剧不一样的歌曲，歌词缠绵凄恻。

牛马行有一个来自河北吴桥的马戏班子，他们的压轴节目是花瓶姑娘的表演。这种混乱让郎乌春想起了灯官节上的胡子洗街。就是那年的灯官节，改变了他的命运。

神水店门口排着长队，郎乌春骑马赶来，有人打起唿哨。

“郎团长，你想找麻烦，还是讨彩头？你是想替山本五郎出头吧？”圆眼镜灰布长袍的小伙子讥讽地和他打招呼。

郎乌春认出他是镇上第一小学的教员，一个月前，他们在运动会上见过面，王一奇半年前毕业于北京香山慈幼院师范部，是镇上抵制日货的组织者，还是一个长跑好手。山本五郎说神水店有来头并不全是虚话。

郎乌春从心底讨厌大城市混过的洋学生，他们只顾口舌痛快，一点不体谅当局的难处，添起麻烦来一个赛一个能干。

“王教员，你吃枪药了？敢这样对我们团长说话？”胖马弁扬起马鞭。

王教员敢出言不逊，自然不怕威胁。“郎团长，你管管这些没素质的大兵，有本事对日本人使去，别在中国人脖颈上拉屎。”

郎乌春对镇上这些不安定分子多少有些了解，他们找到机会就挑战当局，不惜代价换老百姓的叫好声。他没心思和不懂事的年轻人多费唇舌。

“谁是老板？出来答话。”

“郎团长，好威风，想欺负孤儿寡母吗？”马前站着一个好看的妇人，讥诮而恼怒地看着他。

郎乌春吃惊得合不拢嘴。“你是——赵柳枝？”

漫长，无望，兑了太多的水，酸掉的一锅面汤。

命运兜了一个大圈子，和满斗回家的路一样漫长，一样坎坷，一样凶险。再加上郎乌春的遭遇，加上我额娘泪水泡肿了的夜晚，啊，这时候真应该下场滂沱大雨来冲刷岁月的尘埃，或者刮一场大风，就像当年洗马村遭遇的那样。那场大风过后，郎乌春和柳枝离开了洗马村，从此命运殊途。

一个坐在马上，帽檐的阴影遮住半张脸，已找不到放牛娃的蠢相。一个站在人群中，被各种目光照亮两腮，苦水冲洗过不知多少遍的下巴光洁丰满。

郎乌春受不了我额娘脸上的讥诮和不屑，怨愤和恼怒尘土一样灌进张大的嘴巴。瞬间的惊讶和心底的冲撞过后，他皱起眉头。用马鞭指指神水店的牌匾，一时间忘记了自己的话头。

郎乌春头疼欲裂，这是李良葬礼上坐下的病根。那次意外之后，他大病了好几次。

病中，他每天浑浑噩噩，做了一个又一个的怪梦。最怪的一个梦是他梦见柳枝来找他，在他面前哭了很长时间。这和他想象的不一样，她理应兴师问罪大闹一场，把他骂个狗血喷头才对。大病之中，他重复了当年库雅拉江遇险后的经历，脑子好像冻成了一个冰坨子，好长时间不解冻。等他彻底清醒恢复，三更告诉他，柳枝确实来过，求他救她的儿子。满斗被王良寨绑票了。

大病初愈，他接到上峰传来的张少帅的手令，让他立刻赶往奉天东北讲武堂学习。他在奉天学习了大半年，回来后军务繁忙，等他想起用狱里的土匪交换满斗时，监狱里的两个土匪一个病死，另一个越狱而走。春天，他下决心剿灭王良寨，他一战成功，攻破山寨，活捉了山寨的三当家，将这个悍匪的脑袋砍掉示众城门。遗憾的是，大当家王良逃脱了，王良带着他的压寨夫人和三十多人冲出了包围圈。他查到了满斗的消息，春节过后，满斗和山寨的六寨主一起失踪了。

但这些，他不想和柳枝解释，他倒是想问问柳枝什么时候搬到了白瓦镇。

郎乌春有失风度地用马鞭顶顶军帽，拨转马头，怒气冲冲地离开神水店。艳粉街的街口，一个排的士兵正跑步前来。

“回去，他妈的，都给我回去。”郎乌春勒住战马，抬头看看当头的太阳，天热极了。

见到我额娘的一瞬间，郎乌春像被一枪打中眉心。和我额娘四目相对的一刹那，他竟深感自卑，自惭形秽。

她不是他扔掉的一把扫帚吗？一把闲置不用，又可随时取用的扫帚。这是当初心底打的比方，就在前些日子，他把扫帚换成了一把匣枪。他知道，把一个女人比作手枪不够贴切，但他找不到更好的比方。这时候，他才知道，他不去看她，是怕见她。

可是这个女人，没在他指定的地方生活，跑到他的眼皮底下来了，连个招呼也不打。想明白这一点，郎乌春就想立刻打马回去。战马好像能感知主人的心思，焦躁地原地踏步，马蹄铁和石子路擦出一串串火星。

焦煳的气味扑鼻而来，附近的猪肉铺燎烤猪毛。受了气味的刺激，战马自顾向前小跑起来，郎乌春任它驮着向前奔跑，想让主人免受耻辱似的，战马跑离了艳粉街，踏上了白瓦河的堤岸。

白瓦河河边有许多木匠铺和锯板厂，剥光树皮的木排由粗藤束着，在水里摇荡。镇上的妇女们聚集在木排上洗衣服，棒槌声应和着岸上锯木板的声音，斧子劈砍木头的声音，孩子们的嬉闹声交织在一起，河对岸一排低矮的棚子，喇叭呜咽，有人过世了。

距水磨房不远处的木排上有个玩耍的小孩子掉进河里，木排上乱作一团，岸上的人们都向那里奔跑。乌春打马过去，小孩已被救上岸，一个破衣烂衫的妇女敞着怀，晃着一对干瘪的乳房一边哭一边拍打孩子的后背，终于，淤泥和浊水一口口从孩子的嘴里吐出来，人们惊叫起来，孩子的嘴里吐出一条小泥鳅。

郎乌春想起自己逃亡的日子，像一场梦。他一直都在随波逐流，很少认真思考未来。他想起和韩淑英在旅顺的日子，那是一段平静的生活。对了，应该问一问蛾子的情况。在他的心底，他一直把柳枝当成自己的妻子。这想法让他倏然一惊，郎乌春咳起来，这个病根也是在李良的葬礼上坐下的。

一只白色的公鸡在马头前面跑过，扑棱棱地飞上一棵歪脖柳树。郎乌春下了战马，懊恼地坐在河岸边一个榆木桩子上面。

他无法原谅自己在艳粉街的表现。这让他想起跟在额娘身后去赵家求亲的那个下午，那时他多么单纯啊，惴惴不安，满怀渴望，衣服领子箍紧脖子，喘不上气。他解开勒住脖子的扣子，感到轻松了一些。

三个月前，他奉命去省垣开会，见到了李德贞，李德贞一身素服。去年冬天，苏联军队出兵四万，大炮三四百门，飞机三十多架，猛攻驻守在满洲里和扎赉诺尔的东北边防军，扎赉诺尔守军不到半天即被击溃。镇守扎赉诺尔的郭旅长和三千官兵阵亡。

李德贞满面羞惭地请郎乌春到厨房去坐，他刚站起来，两个工人抬走了客厅宽大的沙发。郎乌春看明白了，他的大恩人李德贞正丢脸地变卖家具。郎乌春心中酸楚，他冲动地说，要是旅长夫人不介意，他想请她到白瓦镇去。或许，他们可以——

李德贞凄惨地笑了，她说，她要回山东老家了，她再也不会和军人一起生活了。李德贞问起韩淑英，乌春只说已久未联系，真实的消息是郑铁城果然是共产党，乌春离开旅顺不久，韩淑英就和郑一起去了南方。他们的确失去联系了。

李德贞说：“时局动荡，旅长生前说过，苏联不是最大的敌人，最危险的敌人是日本。中日早晚必有一战。白瓦镇和朝鲜近壤，日军占领了朝鲜，白瓦镇说不定明天就是前线了。”

送他出门，李德贞哭着说，乌春，做一个平民可能更好，当到旅长免不了战死，嫁给他免不了当寡妇。乌春，你回到了白瓦镇，去看过你的乡下媳妇吗？做女人不易，对她好一点。

河水混浊，漩涡莫测。郎乌春的思绪随着河水翻腾，他理不出头绪，舌根底下泛起一阵阵的恶心。

日子和时局一样，像被虫子耗子啃得四处透眼儿的一床旧棉被，爬满让人坐立不安的虱子。大地像一个火盆，火星随时变成大火冲天而起。

身后的镇子里忽然传来一声巨响，作为军人，郎乌春立刻从风中嗅出一股火药的味道。他的第一个反应是军营的火药库出了大问题。他飞身上马，向镇里狂奔而去。

大火烧起来了，浓烟腾起的方向偏离他的军营，好像是艳粉街的位置。

郎乌春赶回团部，他的指挥所乱作一团，电话线不知在哪里断掉了，他无法向上峰报告。派出去的传令兵陆续返回，报告证实了他的判断，爆炸点既不是军队的弹药库，也不是位于火磨公司西侧的鞭炮厂，艳粉街的爆炸点一共两处，一处是莲花阁电影院，另一处在山本五郎的书艺馆。书艺馆损失不大，电影院正在放电影，死伤待查。

郎乌春预感到爆炸不同于此前的任何一次，他集合队伍，准备立刻赶往艳粉街，“弟兄们，不管是胡子，还是闹事的学生，我绝不允许他们在白瓦镇胡来。”

郎乌春走出指挥所，恰好看见县长韩玉阶跑进他的军营。“我有一个非常不好的感觉。”郎乌春垂下马鞭，对三更副官说，“我的感觉特糟糕，这个人会带来更坏的消息。”

“郎团长，大事不好了。镇子里日本人造反了。”

郎乌春拉住战马，他的双腿发抖，耳边像有一千颗炸弹一颗接一颗地爆炸。山本的话应验了，日本人早有预谋。

风一样卷进来一匹战马，战马闯过第一道院门，直奔内院，马汗珠子和腥臊的口沫迸溅到郎乌春的脸上。来人是延吉镇守使的传令兵，“郎团长，火急军情。”

韩玉阶注意着郎乌春的表情，郎团长的脸色越来越白，额头的汗珠滚滚而下。

“团长，小日本占领了火车站，我们怎么办？”

“解散吧。”郎乌春无力地迈开脚步。

“郎团，上峰有何指示？”

“你自己看。”郎乌春破例将那张硬纸递给韩玉阶，上面的墨点比子弹更有力量，韩玉阶捧着那张纸发起抖来，“九月十八日晚，日本关东军攻占北大营，占领了沈阳城，十九日占领长春，现在正向省垣吉林开进——如遇日军寻衅，务须力避冲突，忍辱负重。一切由中央通过外交途径和国际联盟解决。”

韩玉阶追进郎乌春的公务室，“郎团长，山本五郎封锁了艳粉街，他们不是关东军。你真的坐视不管？”

“玉阶兄，你是真不懂还是假不懂？他们就是关东军。”

莲花阁电影院爆炸引发的大火烧死了一百二十人，这是白瓦镇最惨的一场火灾。镇子里哭声四起，十分混乱。学生和士绅请愿团喊着口号包围了县府，他们在县府的外面打起横幅。人群像潮水一样涌进艳粉街，他们是电影院大火中丧生者的亲戚和家属。街上传来枪声，十几个警察不顾命令冲进日本人的菊水楼艺妓馆，艺妓馆空了，日本姑娘逃进了山本五郎的会局。愤怒的警察连厕所都搜遍了，只在储藏室找到一个肥胖的厨师。厨师藏在一大堆日本女人的衣服和杂物里面，警察找到他，他竟然挥起了菜刀。跟在警察后面的人一拥而上，厨师顿时血流满面，面口袋一样倒下去。两个人发疯一样扑到厨师四处冒血的身上又啃又咬。

“别打啦，厨师是中国人。”喊声被混乱的打砸和破碎声淹没了。人们冲出菊水楼书艺馆，拥去县府讨公道。

请愿团连推带搡地将县长韩玉阶挟持到县府的大门外，焦虑万分的韩玉阶看到混乱的人群深感震惊，苦主们的泪水把他的同情心泡大了，他流着泪水向义愤填膺的人们许诺，他一定向日本人讨还公道。

“我需要陆军郎团的帮助，乡亲们，没有军队，光靠警署的十几条枪，我们对付不了日本人。”韩玉阶声泪俱下，“乡亲们，你们给我一点时间，让我去和郎团长商量一下，再给你们答复。”

韩玉阶赶到郎团驻地，白瓦镇的驻军陷入更大的混乱，官兵们忙作一团，正在抢运枪支弹药和其他的军用物资。军官家属们抱着大包袱，扶老携幼占住几辆马车，怕被落下，谁也不肯下车。

“驻扎延吉的日本铁道守备队羽山大队正乘火车向白瓦开来，我奉上峰密令，先移师三营驻地以观时变。”郎乌春苦笑着说，“韩兄，这里的乱摊子只能劳你一手处置了。”

“百姓上街，日商公然作乱，现在日本军队又要来了。这可怎么办？”

“一旦上峰有令，我立刻率兵打回来。”郎乌春握握韩玉阶的手，摇摇，韩玉阶感到他握得匆忙犹疑。

白瓦镇人喊马嘶，郎团撤出白瓦镇的消息很快传开了。请愿团赶往通向镇西门的大路，他们想挡住撤退的军队。请愿团裹挟着莲花阁电影院的苦主哭嚎震天地一路行去，不时有人哭昏倒地，这耽误了队伍的行进速度。请愿团走过弥漫着萝卜泡菜、苏子叶咸菜和大酱汤味道的朝鲜人街，队伍的后面跟上了三口白碴棺材，死于火灾的朝鲜人家庭开始送葬了。

悲哀的气氛变味了，军队撤走的原因突然公开，战争开始了。

日本人占领了沈阳，吉林省拱手让出吉林市，就在昨天下午，关东军占领了延吉，正向白瓦镇开来。

“赶紧将亲人葬了吧，等日本人打进镇子，还不知道谁给我们收尸呢。”

请愿团出现了动摇，有人悄然离去。气愤的学生大声咒骂偷偷溜走的地主和小业主，骂他们不顾民族危亡，学生们的口号单薄尖厉。请愿团只剩下一百多人，看热闹的小孩子过节一样兴奋，好容易等来吃热屎机会的看家狗在队伍里窜来窜去。终于来到了西门，请愿团看见了白瓦军逶迤行去的烟尘，白瓦骑兵的马粪蛋子臭味扑鼻，灰尘落满了白榆树僵硬的树叶和麻雀的翅膀。

白瓦镇二十里外三营驻地，秋天的夜晚沾满蟋蟀和乌鸦的口水，冰凉的夜露打湿了战马的鬃毛和尾巴，紧急架设的电话线在风中发出凄惨尖叫。

绝不能让电话线断掉，等待上峰的指令，不得擅自行动，这是郎乌春能发出的唯一的命令。队伍里弥漫着绝望不安的情绪，他们许多人的父母亲人拒绝和军队一起离家避祸，陷在了城里。

铅灰色的黎明来临了，高粱割倒之后，大地空落落的，风刮过路边的榆树，吹乱了乌鸦的羽毛。队伍驻扎在善林寺，战争的消息变得飘渺。穿梭一样来回奔走的探子报告了同一个消息，镇子里到处哭声，烧纸做成的灵头幡簌簌作响。镇子里正在赶趟一样地为火灾中丧生的人们举行葬礼，电影是个新鲜玩意儿，死的人大多是赶时兴的年轻人。看着大户人家重现的奢靡的葬仪，匆忙草草埋葬亲人的事主肠子悔青了，恨不得将死人从坟里挖出来再葬一回。至于日本铁路守备队，影子也不见一个。据说他们的火车在库雅拉谷口遭到了袭击，火车颠覆之后，损失惨重的羽山大队返回了延吉。

郎乌春和他的军官们长出了一口气，乐观的情绪开始蔓延，大家认为很快就可以回城了。傍晚恼人的消息传来了，一百多名日军由羽山少佐带领乘坐小火车下午四点在白瓦镇外下车，由南门入城。日本军队在柴草市受到了日本和朝鲜商民的欢迎，他们没有惊扰镇上的中国人，整齐地走过艳粉街，到县警察大队宿营。

白瓦镇被日本军队占领了，上峰仍然没有指示。军事会议开得十分混乱。两个营长三个连长主张打回白瓦镇收复失地，他们不满团长的优柔寡断。一个营长四个副官三个连长主张静观其变，现在日本人尚未表示领土野心，少帅张学良和南京政府不会坐视东北陷入日人之手。郎乌春表示他本人绝不会向日本人屈服，但决心实在难下。会议从早晨开到傍晚，烟呛得大家流眼泪，汗臭和口臭混杂，空气污浊，瘙痒难耐，屋子里至少有上千只跳蚤、五千只臭虫。如果不是县长韩玉阶的信使到达军营，会也许要开到第二天早晨。

代表县长韩玉阶的是县府参事赵先生和教育局长李文和，来意是恭请郎团回城，两个人带来韩县长的亲笔信。韩玉阶的信上说，县府正在极力安抚莲花阁火灾中的死者家属，白瓦镇市面上已趋稳定，警察大队查清莲花阁的爆炸案系三个朝鲜复国分子所为，警察毙之于白瓦桥下，此举获山本五郎等日本商民之谅解，不日将重开商铺。羽山少佐已向县府言明，他们实为保护本国侨民而来，日人无意白瓦主权，而城里出现的抗日行动应速制止，郎团宜迅速返城弹压地面，保镇安民。

是否回城大家意见不一。反对者坚持这是一个圈套，回城等于承认日本军队的侵略行为。倾向静观其变的军官们立刻成了回城驻防的支持者。“不回城等于变相承认日本人对白瓦镇的占领。”赵参事的话对郎乌春影响很大，“日本人再凶，一个弹丸之国，真能吞了中国不成？日本，好比一只小老鼠，中国，大象也。老鼠想吃大象，就像天狗吃月亮，如时局转化，倘媾和成功，日本人退出白瓦，上峰定会怪罪各位失土之责。”这是郎乌春最担心的事情。

他走到院子的山丁子树下小便，果实又酸又涩，咂尽一点可怜的汁水，渣子粘在舌尖上吐也吐不掉。村子里传来狗叫声，战马晃响项下的铜铃，哨兵大声警告走近驻地的百姓，回答的却是女人模糊的笑声和小孩子的学舌。

第二十七章　一个人的祈愿堂

组织无处不在。

组织下达着各种指令。

有一天，组织告诉她，你要离开马滴达到白瓦镇开一家豆腐店。钱的事不用操心，你只管做就行了。

这样，她离开马滴达搬到白瓦镇，豆腐店开在稻草巷。

有一天，组织告诉她，你儿子满斗的下落找到了，他在王良寨。

那以后，儿子的消息不断地传来，她知道，组织正在营救她的儿子。

满斗真的回到了白瓦镇。

有一天，组织告诉她，你要开一个神水店。钱的事情不用操心，你只管照做就行了。神水的配方很简单，用给满斗治病配制的鸡血蚂蚁。

这样，神水店开在了艳粉街。

三天后，组织告诉她，要打垮山本五郎，用实际行动抵制日货。雇二十个跑封人，雇十个艳粉街的姑娘，让她们宣传你的神水有多神奇。

组织告诉她，你要猜破日本会局的底牌。底牌的事不用你操心，只要街头宣传有效果，山本五郎的底牌就会和你说的一样。

组织告诉她，按满斗说的，日本会局的底牌是旱云。

那天，来神水店喝神水的人都押了旱云门，押旱云门的人都押中了日本人的底牌。

组织通过各种秘密方式向她发布指令，有人在夜晚轻敲窗框，确信她听清了指令，信使便消失在黎明前的雾里。

起初，一个南方人将一盒马占山牌香烟带进白瓦镇。传说这种香烟十分神奇，点燃以后，烟圈里会出现马将军的半身像。马将军扎着武装带，胡子很长，左手搂着肚子，右手自然下垂，穿黑色大衣，戴一顶皮帽。倘烟圈吐得好，里面的马将军还会吹胡子瞪眼。

一九三一年冬天，马占山将军成了中国人心目中的大英雄，他是黑龙江省的省主席，指挥他的部队在嫩江桥和日本人打了一仗，大长了中国人的志气。

一九三一年冬天，日本人的会局关门了，山本五郎摇身一变，成了日本关东军的少将。没有了会局，我额娘的神水店也开不下去了。镇上的人说，我们的嘴已经够苦了，干吗花钱喝苦水呢？

神水店改成了香烟店，通过一个隐秘的供货渠道，马占山牌香烟终于在一九三二年惊蛰的前三天辗转而来，运到的香烟发霉了，不好抽，一股鸡屎味。更要命的是，即使将这种卷烟投放市场，也不会有人问津了。江桥抗战不过三个月，抗日英雄马占山投降了日本人。

香烟店开张的当天，艳粉街出现了长长的游行队伍，打着一面红蓝白黑满地黄的五色旗，他们是白瓦镇满洲国建国促进大会的会员。游行队伍在朝鲜人街遭到冷枪袭击，子弹打中商会会长韩大定的右脚大拇指，游行队伍顿时大乱。弹压地面的军队很快出现在街头，骑在高头大马上的第一个人就是郎乌春。他现在是满洲国第二军管区白瓦分区的团长。

郎团长让他的弟兄们继续巡街，他本人则在艳粉街的香烟店下了黑色战马。郎乌春走进洋烟店，我额娘正在摆放刚刚运到的香烟箱子。她高高地挽着衣袖，头发梳得高高的，额头上冒出细密的汗珠，长刘海粘在眼眉上方，劳作的缘故，她的脸红扑扑的。看上去热气腾腾，风情万种。

郎乌春挑衅地看着我额娘，然后奇怪地笑了。他有生以来第一次温和地和她打招呼："老板娘，不请我坐下抽支烟吗？"

在窗子下面的一张木凳上坐下来，郎乌春脸上露出志得意满的笑容。他很高兴自己可以从容地和她讲话。

他环顾一下墙上贴满广告画的店面，随便地摘下头上的帽子。"给我来碗神水吧，我想看看神水是不是真的神奇。说实话，要不是我，你的神水店早开不下去了。"

"托你的福啊，神水店一个月前关门了，现在我卖洋烟。"一个殷勤的准备了许久的笑容。

"洋烟生意好做吗？"

她看出紧张从他僵硬的嗓窝里流泻而出，还有，他不停扇动帽子。遗忘的屈辱在心房的某一个角落里慢慢地涨大，像泡在瓦盆里的一小朵蘑菇、一大朵狗屎木耳。

一对老邻居似的，他们开始了对话。但他们不是邻居呀，他们是夫妻，至少是名义上的夫妻。他们还是夫妻吗？

他们谈到了洗马村，谈到洗马村河滩地被风掀涌成血海一样的高粱。他们一起想起了傻顶子，一个傻透腔的男人，傻顶子偷老丈人的苞米，一路狂奔。老丈人在后面追，一边追一边高声叫骂，你个王八羔子。傻顶子越跑越快，他身上的麻袋有一个窟窿，苞米在他的身后淌成一条小河。他们那时还是孩子，一起站在干粪堆上大笑。

她将话题小心地绕开他们的婚姻，那场婚姻就像一场战争，没开战就输掉了。她还绕开了他送回来的蛾子的话题，“你知道我们每一个都过得很好。”她轻描淡写的一句，回答了他没问出口的话。

上午的阳光将窗棂映得红红的，房檐上长长的冰溜子开始融化，噼噼啪啪地掉在门前的洋灰地上。

真是太意外了。这是一个什么样的女人啊，对他没有一点怨恨，没有一丝高攀，没有一滴眼泪。

郎乌春唯一想不到的就是圈套，那是岁月的苦水中泡得发白的一条麻绳，蒙尘的时光中艰难爬行的一条细瘦的截虫，下决心咬断过去的日子，让干草淌出浸在深处的一滴隔年的雨水。

现在，她需要给他一个飘渺的烟圈，让他在烟雾中看到未来。

街上传来乱七八糟的马蹄子声，还有混乱的叫骂声。郎乌春恼怒地站起身，恢复了一个军官的冰冷相貌，的确，刚才的谈话像一条半年没洗过的绑腿布，他开始不满意了，但是搞不清应该骂谁，只能拎着马鞭子冲出门去。

火候恰到好处，她轻快地站起来，拿起榆木柜台上的鸡毛掸子打扫货架。这个时候千万不能回头，千万不要巴巴结结地向他告别。

绝不能让他看出她的肩头因痛苦而抽搐。绝不能让他听出她说话的声音在泪水里浸泡过。马蹄声远去，我额娘转过身来，泪流满面。她知道自己蒙受了怎样的屈辱，怨恨和自怜在心里撕扯不开，索性抱在一起，发酵成一大团一大团的憎恶。他们在一起待了不过两支烟的工夫，她的头像被击打了二百下，一下比一下狠，一下比一下重。

憎恶激荡着她的心，她透不过气来。她重重地锁上房门，跪在一个蒲团之上，向她的神流泪倾诉。

“仙姑，仙姑啊，组织上让我对他好，我做了。可是我恨他，恨他给了我那么多的屈辱，恨他抛弃了我。我的内心无法面对他，从他离开马滴达那天我们就不是夫妻了，我们从来没有做过夫妻。”

我额娘泪如雨下，“仙姑，你告诉我，组织为什么这样折磨我，他们不能选别人完成任务吗？选别人接近他。还有，接近之后干什么？”

她不再发问，她知道仙姑不会回答她。除了组织，没有人能给她答案。

组织的指令常常是矛盾的，某个大雨倾盆的夜晚，窗外的声音和雨水一起流进额娘的房间——今天上午，郎乌春清剿救国军一部时故意开口子，放走陷入绝境的抗日军三连一百多号人，有争取郎乌春参加抗日的可能。你要对他好，让他对你产生感情，这对组织有大用处。泪水洇湿了冻得硬邦邦的马粪，泡软一小块最有同情心的地方，淌下一小股善意的黄汤。因为这个命令，我额娘很快让郎乌春喜欢上了马占山牌香烟的味道，作为回报，郎乌春给我额娘送来一台胜美牌缝纫机。

指令过去十二天，一个帽檐压在蒜头鼻子上的乞丐走进柳枝的洋烟店，临走扔下话来——昨天下午，郎乌春带队攻打驻扎在敬信乡的抗日救国军老三营，打死打伤抗日战士三十二名。你要远离他，不要和一个汉奸来往。我额娘执行了新命令，郎乌春抽到的烟发霉，见到的脸冰冷，他发誓再也不见那个喜怒无常的娘们了。

各地都出现了抗日军，一支最英勇的抗日义勇军冯占海部一度威胁到长春，攻占了农安县城。郎乌春的部队接到命令紧急驰援，他刚要离开白瓦镇，上峰的电报到了，命令取消，攻打长春的义勇军全线溃退了。

希望的火苗一会儿大一会儿小，看似烧红了半边天，一场大雨又将火把浇成灰烬。我额娘从组织混乱的指令中渐渐地摸出了门道，组织有两个途径给她发布命令，两个途径的意见从来没有统一过。

被我额娘的喜怒无常搞糊涂的人不只郎乌春一个，还有右腿一天比一天软、一天比一天细的姚书堂。这个可怜人生活在我们家里，就像日本人洗桑拿浴，刚刚蒸了一头大汗，又兜头泼下一盆凉水，或许他无福消受，姚书堂脸上出现了红斑和很深的皱纹，他的变化让我惊讶。当年在王良寨，他的衣服整洁，爱说爱笑，现在，他像上了瘾的大烟鬼。他常常远远地看着我额娘，泪光闪闪。他是洋烟店的账房先生，但他尽量避免出现在柜台后面。他是一个聪明人，我额娘的喜怒哀乐都逃不过他的眼睛。一开始，他和郎乌春的待遇是同步的，比如这天我额娘对郎乌春表示了好感，中午他饭桌上的菜会多一两样。如果我额娘给郎乌春扮了难看，他的待遇也随之下降。后来，事情出现了变化，我额娘给他的待遇完全不同了。如果桌子上的菜多了两样，他立刻猜到那两个人发生了不愉快；如果桌子上的菜还是一菜一汤，那两个人又有说有笑了。他就这样体会着我额娘对郎乌春的态度。

我额娘的心情像每天一条的谜语，谜面写在我和姚书堂共用的小饭桌上。揭晓的谜底似乎对姚书堂越来越不利，他一天比一天烦闷。

“这能说明什么呢？”我一边吃碗里的烧豆腐，一边不解地问他。

姚书堂不回答。有一天，我们两个在白瓦河边晒太阳，他终于回应了我的提问，他的回答也像一条谜语。姚书堂说：“这说明什么？说明你额娘和郎乌春有感情了。”

“我听不懂。”大人的事我不懂。

“长大你就懂了。我告诉你，满斗，你额娘开始给我加菜是为了补偿我，现在给我加菜，是心里过意不去，对我有歉疚。”

姚书堂的目光落在河堤的柳树上，柳树的枝条刚刚长出这年春天的毛毛狗。

额娘每天神不守舍，她认定身边有组织上的人，她殷勤地向每一个走进店里的人意味深长地微笑。她的笑容和热切的眼神让许多人发生了误会。比如王一奇，比如李东国，两个小伙子拼命地克制自己，克制不住的是小伙子的脸会红，这种感觉很新鲜，让柳枝想起自己还是一个有魅力的女人。但她变得更忧郁，眼角和嘴角出现了愁苦的横纹，增添的哀怨让她有了更神秘的魅力，可是，每一个走过的乞丐都不是组织上的人。他们在她面前展示溃烂的疮疤，向她千恩万谢，就是不肯和她说一句组织上的命令。

六月的一天夜里，她疲惫地躺在炕上，一个神秘的声音终于响起来。

那声音飘在空气里，“赵柳枝，你回报组织的机会到了，找机会杀了汉奸郎乌春。为了保守组织的秘密，杀死他之后，你必须自杀。为了确保成功，组织上认为，谋杀郎乌春最好的方式是投毒，毒死他。”

我额娘即将实施的谋杀计划取消了。

抗日救国军包围了白瓦镇。

攻打白瓦镇的是抗日救国军王司令的部队。抗日军后半夜发起进攻，放火烧了东门外的两座破草房，以火为号，白瓦镇四周枪声大作。

抗日军很快攻进了东门，白瓦守军用机枪封锁住高丽街和艳粉街，抗日军攻占了喇嘛台，从钟楼上向下射击，守军用炮火还击，将喇嘛台的角楼炸掉。高丽街燃起大火，伴着女人和孩子的哭声，艳粉街有几处房子烧着了。

大雨就在这个时候下起来，雨雾弥漫，雷声大过了炮声和枪声。雨水浇灭了被战火烧着的商户和民宅。白亮亮的闪电不时撕裂厚重的天幕，雷声呱啦啦滚过天际，消失在镇外湿漉漉的高粱地里，消失在街头浑身发抖的白榆树的树梢里。确定刚刚过去的的确是雷声而非隆隆的炮弹，将小孩子拉坐在炕沿下面的女人们长舒一口气。风雨扫过窗棂和屋檐，狗从藏身处走出来，一边抖掉身上的雨水，一边嗅着小孩子臭烘烘的裤裆。

清晨的雨雾里，呛人的炊烟浸入人们绷紧的皮肤，散出一股死人味。是啊，每个人都说不准明天是否还活在世上。

雨声中传来猪崽的惨叫声，胆大的人家拉开房门，昨天在街头耀武扬威的守军不知何时撤走了，救国军攻占了白瓦镇。光头的大刀会队员将老百姓圈里的猪放翻在街头的案板上。他们从守军的米仓舀出小米倒在地上喂马，将老百姓家的荤油拌上灰，点上棉花烧掉，名义是不给日本人留下。

抗日救国军的王司令坐在一把临时找来的太师椅上，由四个膀大腰圆的汉子抬着，数十骑卫队簇拥着进了白瓦镇。王司令将司令部扎在火磨公司。

下午，云散日出，日本人飞机忽然出现在白瓦镇的上空，炮弹落在火磨公司的院子里，沉浸在胜利中的救国军猝不及防，受惊的战马驮着死尸在街头狂奔，飞机几乎贴着房顶和树梢飞行，清晰得能看见飞行员的鼻子。镇外，郎团在日本人的铁甲军的保护下，向守在火车站的抗日军发起反攻，抗日军被飞机吓破了胆，稍作抵抗就放下武器投降了。飞机上的机关枪沿街扫射，如果不是越来越浓的乌云赶走了日本人的飞机，抗日军很可能全军覆没。吃了大亏的救国军奋力苦战，傍晚撤出了白瓦镇。

白瓦镇刮起一圈一圈的旋风，卷起漫天的灰尘和隔年的落叶，牲口的叫声和鸡叫十分混乱。旋风停歇之后，浊雾压在白瓦河的河面，和越来越低的雨云混在一起。河边的蒲草和水葱淹没在混浊的河水里，紫黑色的地瓜蔓和泡涨的惨白的草根缠在一起，今年的庄稼算完了。死老鼠或是其他的什么带毛的死物咕噜一下沉进漩涡，转眼，河水将污物吐出来，漂在另一片水花中间。河中间的沙滩早已不见，河水冲弯的灌木丛水草一样随波起伏，像洗浴的妇人将头扎进水时铺开去的长发，打着漩儿的河水标识着那里曾是一小片河中沙洲。春汛淹没了搭在河边的厕所，上游冲下来的柴垛和牛粪堆腥味冲天，浩浩荡荡穿镇而过。黎明时分，惊慌失措的水鸟费力地扑扇着翅膀，鸟叫声嗄哑凄凉。库雅拉江已泛滥成灾。

一连三天大雨，蟾蜍在院子里和马路上的气泡里鼓噪。镇子里泥泞不堪，污水在阳沟里哗哗流淌。

满眼血丝的郎乌春走进艳粉街的洋烟店，郎乌春满脸烟尘，看上去十分疲惫，一点没有收复失地的喜悦。他把被抗日军洗劫一空的洋烟店前前后后看了一圈，对我额娘露出一丝苦笑。“看来救国军不比日本人强多少。老板娘，还有剩下的烟卷吗？”

“他们总归是中国人，比汉奸强多了。”我额娘从破烂堆里拿出一包马占山牌香烟递给他，郎乌春看着烟盒愣了一下。

“你的队伍太不禁打了，不是日本人帮忙，没这么容易回来吧？”

郎乌春心事重重，他不在意我额娘的讥笑，他吐出一个大大的烟圈。“你个老娘们知道啥，说了你也不懂。”

“仙姑，仙姑，你在听吗？”

“仙姑，我不知道你在不在？你跟我说过话的。”

一大片阴影遮住了太阳，一个人站在她的面前。

“你是谁？你真是仙姑吗？”

“孩子，把你的心事说出来我听听。”

这声音辽远，沙哑。

她想过仙姑是和她一样的女性，多新鲜啊，仙姑当然是女的。“仙姑，你从哪里来？”她忘了下跪。“怎么证明你就是仙姑呢？”

沙哑的声音再次响起：“我的孩子，可怜的孩子，把你的心思说来听听。”

就是这个声音。没错，声音有点硬，硬得像一块火里淬过的烙铁，碰一下烫掉一层皮。声音在空气里回旋，抽搐。

仙姑站在那里，穿着一身黑色旗服，一如镇上的闲妇，头发梳得很亮很光，肤色白白的，很精致。

“噢，那个女孩子还好吗？那个叫蛾子的女孩。”

“你怎么知道蛾子？”她想到了一点什么，可就是悟不出来。

“这事有点复杂。你会知道的。”仙姑脸上露出微笑，“解释这些之前，先向你传达一条组织上的命令。”

组织？命令？太不可思议了。我额娘惊呆了，她的腿微微颤抖，心里想着快点逃走。理智却告诉她站在原地不要动。

“赵柳枝，你的任务取消了。你不用下毒了。”

“等一等，你是说我不用谋杀他了。”

“对，不用了。”

“我也可以不死了？”

“不死了。还有，我代表组织向你说声谢谢。你的任务完成得很出色，郎乌春已经同意阵前倒戈，参加我们抗日队伍了。”

“我们来握握手吧，”那女人说，“我不是什么仙姑，我是你的上级，我的名字叫韩淑英。别用那种眼神看我。来，我们坐下谈谈好吗？”

蛙声和夜莺的合唱中，郎乌春带领两个营在湿漉漉的夜雾里离开了白瓦镇，还有一个宋营长拒绝开拔。

郎乌春说：“你甘当日本人的走狗我不拦你，希望你不要和小鬼子一起追击我。”

宋营长回答：“今天我可以这样做，明天战场上我说不准。”

郎乌春说：“宋明阳，算你小子有点良心。我们说好了，别让我在战场上碰见你。”

郎乌春走后两小时，宋营长打开城门，迎接从延吉开来的日本人，白瓦镇彻底沦陷了。

郎团在日军的炮火中强渡圈河最浅处，向马滴达方向一口气挺进三十里。为策应郎团举事，几股反日力量取得空前的团结。驻朝鲜的日本师团一部忽然出现在洗马河右岸，为了阻止日本军的船艇渡江，大刀会将粪汤倒进江水，他们将附近村落二十多个正在经期的姑娘媳妇关在一个房子里，以便将她们的经血收集起来倒进库雅拉江御敌。这办法一点不起作用，日军的炮火越来越猛，惊吓过度的女人们月经失常，收集到的经血只够大刀会兑上江水洗他们的铁刀。

战斗异常胶着，打到第二天下午，日本人的炮火炸平了岸边一块滩头阵地，三只日本汽船突破了延吉游击队的防区，延吉游击队是刚刚拉起来的共产党的武装，伤亡惨重，他们退守圈河村西的土地庙继续抵抗。日军几十艘舰艇一起向江这面驶来，这时，江面上忽然出现了第一架木排，木排转眼间布满江面，顺流而下的木排向日本人的汽艇直撞过去，躲避不及的小艇葬身江底，剩下的急忙掉头而去。流下来的木排是附近的林场砍断了贮木的缆绳。

大刀会的木排战术起了决定性作用，沿江而下的木排将渡过江的几艇日本人阻在了左岸，五十多个日本兵陷入抗日军的反包围，他们占据了圈河的恒盛源烧锅，合流的抗日军将恒盛源烧锅团团围住。

抗日军人多势众，却暴露出致命弱点，没有统一指挥。各路队伍轮番冲锋，上千名抗日军猛攻四小时，伤亡近百。郎乌春以为这是奇耻大辱，强令各部停止进攻，新的一轮进攻由郎团主攻。延吉游击队第一个接受了郎团的命令，游击队的领导人是一个小个子山东人，长脸，细眉，姓孟。孟队长的左脚受伤，但他坚持带三个弟兄打头阵。孟队长脖子挂上炸药包，将烧锅的院墙炸开一道口子。

全歼小股日军，勉强维持了抗日军的体面。在大队日军到来之前，抗日军果断地撤出了阵地。

反出白瓦镇的郎团改名白瓦救国军，总部扎在善林寺的大殿里。住满了戴着红袖标的救国军官兵，大殿里躺满了士兵，善林寺一下子变得十分拥挤。郎乌春命令在寺后空地扩建三十间临时营房，共产党的军队在邻近的两个乡建立了苏维埃政府，他们的势力和王良的自卫军旗鼓相当，各方利益一时很难协调。

雨季就快到了，早晚温差很大。连日夜雨淅沥，蛙声应和着布谷鸟的叫声，战马时而仰天长嘶。朝鲜带篷马车和库雅拉花轱辘马车穿梭而来，从车上下来的有军服系着铜扣子的东北军军官，也有西装革履头戴礼帽的洋派人物，长袍马褂的是附近的乡绅代表。山林队在山门外大呼小叫，穿黑布衫大裆裤的高丽游击队是共产党的队伍，他们表情凝重，来去匆匆。

有一天早晨，一辆少见的小汽车出现在洗马河的大堤上，像一只跛爪的鸭子趴在泥水里。那是吉林自卫军司令李杜将军的代表，不合时宜的小轿车带来了一纸委任状，李将军送来一个自卫军白瓦总指挥的封号，还有五千元应急军饷，李杜想将白瓦军收编，组建一个白瓦团。

黑漆漆的夜晚，江风浩荡，江水灌进柳毛棵子下面的树洞发出咕咚咕咚的怪声。一只夜鸟掠过江面，远处的流动哨拉响枪栓。

郎乌春等待着韩淑英的到来。

郎乌春离开旅顺口之后，韩淑英加入了一个神秘的组织，她在南方参加过工人运动，在苏联学习了很长一段时间。一年前她奉命来到库雅拉河谷，联络各方力量，组织抗日运动。正是她派人打入罂粟谷救出满斗，费尽周折地将满斗带回白瓦镇。作为交换，赵柳枝成了抗日组织的一个棋子。组织命令赵柳枝利用特殊的关系接近郎团，柳枝一直在策反和谋杀的两项指令里摇摆。

郎乌春长叹一声，现在他知道了，他一直没有摆脱掉韩淑英的控制，她是打开围绕他的所有谜团的钥匙。

郎乌春回头向大庙的方向看了一会儿，寺庙门口点着的火把跳跃着黄色的火苗，和未来无法把握的命运一样，不安，莫测。

第二十八章　迟到的爱情

我们每个人都相信自己会得到祖先神的眷顾，是啊，虽然没有猪耳朵献祭，看不到黑猪耳朵摆动，感受不到祖先神和其他神灵享用的兆头，可是，难道我们没在黑洞洞的大年夜献上一小块冻猪肉吗？即便是最贫穷、最孤寂、最绝望的一九三五年。

没有鞭炮，我们踩苞米秸和高粱秆听响。没有灯笼，我们从冻土里刨出一小块棺材板，在房山下面找出烂了一个夏天的松明子，我们点起火把，磷火像萤火虫一样飞向天空，消失在暗夜里。这时候，为和苦难的七零八落的子孙后代见上一面，祖先神一定将冰冷的脖子缩进衣领，匆匆地在无边的黑夜中奔走吧？可是，能夜视的满斗未能见到一个。

不，很快就有一个奇怪的人到来了，到来的还有一场新的变故。

一九三五年春节，我们搬回马滴达大半年了。夏天，马滴达发生了一场大水灾，库雅拉江江水暴涨，姜黄的河水席卷了白瓦镇八个乡，冲毁了桥梁和庄稼，农民的房屋都浸泡在水里。水灾过后，额娘让姚书堂雇了一辆两匹马拉的花轱辘马车，拉上所有的家当离开了白瓦镇。太阳晒过的土路，淤泥上面一层晒纹密布的硬泥壳，车轮轧上去溅起一股一股的泥浆。马车在敬信的沈记药铺前面侧翻过一次，打碎了红泥洗衣盆里所有的瓷碗和碟子。马车在大柳河渡口陷进烂泥里，河水没过车辕打湿了被褥。好容易折腾上岸，水缸旁边的两个衣服包被水冲走了。

这次搬家损失太大了，除了木头饭桌和两条杨木凳子等几样粗陋的家具，锹啊镐啊等几样农具，只有额娘珍爱的胜美牌缝纫机完好无损。在邻居赶来帮忙之前，我、姚书堂和额娘三个人一起抬下马车中间的小水缸，里面盛着一百多斤玉米面。神通广大的满斗早已窥知缸里的秘密，玉米面下面，一块凡士林蓝布包着一百多块洋钱，那是香烟店出兑的全部财产。

自从追随花瓶姑娘离开村子，我第一次回到马滴达破败的小院落。两间土坯房的窗口堆着榆树枝子，烟囱脖子塌了，院子里长满棉苍子和青蒿，灰灰菜和地瓜花长在一起。窗台落满了灰白色的麻雀屎和燕子粪。房门洞开着，邻居家的两只麻鸭大摇大摆地领着一群鸭雏从屋子走到院子里，鸭屎味和霉烂的气味，说不清道不明的臊味扑面而来。听到鸭子的叫声，东院有人走到破烂的障子边向这面探望，乱蓬蓬的头发，一张黑红的布满皱纹的脸，因为激动而大张的嘴，少了一颗门牙，竟是顺子，谢天谢地，她还活在世上。

搬回马滴达的头几天，我们抓紧收拾房子，晚上住在顺子家里。要把一座快要倒塌的房子收拾得像个家，这是一个浩大的工程。我们砍倒了不结果的李子树，小心地将苏雀的巢挂在槐树枝上。为取土方便，我们在房后挖了一个大坑，一场雨后，那里成了一个小水塘。再一场雨，上面漂了一层绿藻，数不清的小蟾蜍在水边跳来蹦去，毛辣子的硬壳钻出手指甲大的灰蝴蝶，乡下的生活生机勃勃，一时间让人忘记了白瓦镇上的阴郁和世事的荒乱。

邻居金老头过世了，顺子变成了面色粗糙发红的中年农妇，她的屁股松懈，大腿松弛，和用了多年的炕席一个颜色。她无休无止地抱怨命运的不公，早已不指望自己的男人回来找她，顺子粗声大嗓地和我额娘开粗俗的玩笑，说本来想去白瓦镇找我额娘讨生活来着，哪知这一家子好好的又奔回乡下来。顺子说，自进了满洲国康德年庄稼就没收成，连米糠也得不到了，如果不是河里的鱼吃了人肉长得肥，这日子真的没法过呢。前两年还有木营公司的木排从马滴达过，木把们上岸过夜，这两年日本人封锁了江面，这点营生也断了。

“他真不是你男人？一个瘸子比没有强啊。”顺子不无羡慕地看着姚书堂，姚书堂正抡着斧头劈着一块木头，“我听满斗说他是个读书人？”斧头劈空了，勉为其难的男人一个大趔趄，踩上一摊鸭屎。

额娘没有回答，她的目光越过满头大汗一歪一斜的姚书堂。马滴达的变化太大了，这里已经聚集了六十多户人家，村子里开了一家豆腐房和一家水磨房，水磨房兼做粉房。再往前眺望，河边有一个木头棚子，那是顺子的伤心处。回到村子的第一天晚上，顺子嚼着咯吱咯吱的泡菜向我额娘说了个周详。

顺子说，今年春天，大江刚开没几天，江对岸过来一支队伍，一伙打日本的红胡子。他们穿着冬天时的棉袄，在河边木棚子那歇息，在草地上横躺竖卧地抽烟，把开花棉袄脱下来抓虱子，过一会儿唱起了歌。一个满脸麻子的大个子兵很有礼貌地推开顺子的家门，自称队伍上的伙夫，他想找一点咸盐粒，大个子是朝鲜人。

队伍在马滴达休息了两天。几个战士用刺刀割倒我们家院子里的荒草，砍来几根木头支在房檐下面，将空房子做了队伍的临时指挥所。

第二天傍晚，姓崔的伙夫又走进顺子的小院，这回是借粮食。小伙子嘟嘟囔囔地做顺子的思想工作，开了一张收条。顺子将收条一把扯了，却拉住小伙的袖子。崔伙夫看见顺子涨红的脸，一下子明白了。他推开顺子的手，跑出了房门。

顺子笃定崔伙夫晚上会来找她，果然，小伙子来了。外屋脱掉了棉袄，灶台边脱掉了棉裤。可怜的小伙子，再脱只能脱臭烘烘的肉皮了。爬上炕，崔伙夫一头扎在她的胸口。

“我们太疯了。疯得什么都忘了。我们没听见院子里的脚步声，要是听见，他跑没准来得及。”顺子拿起我额娘的手帕擦眼泪，看上去悔恨极了。“我俩穿好衣服被带到你家屋子，小伙子的脑袋快钻进自己裤裆。我大大方方地说了，是我主动的。他们说不会把崔同志怎么样，让我放心回家睡觉。那伙抗联第二天早晨天没亮就开拔了。我以为他们放过了崔伙夫，哪承想，临出发，抗联执行军法，把他们的伙夫枪毙了，在河边窝棚那挖个坑埋掉了。可怜的小伙子，我把他的命要了，我只和他睡了一回。村里有人说，崔伙夫原来是白瓦镇郎团的传令兵，过境的就是原来那个郎团，现在是抗联三师，一个师不到一百人。”

这是我额娘第一次听见郎乌春的消息，她回到马滴达之前，郎乌春在这里住过两晚。

我额娘想起郎乌春走出香烟店的背影，恍如隔世。他在大山的哪一个地方呢？

房檐下面三只燕子安静地将头缩着，一动不动。远处的雨云越来越厚，雷声越来越响。雨脚扫起院子里的黄土，空气潮湿，一股圈河烟末子的味道。

村里人帮忙修房子不用付工钱，饭总要请几顿，干活的人饭量大，额娘从镇上带回来的粮食很快吃光了。

终于赶在鬼节之前搬进自己的院子。乡下人热心肠，东家送一捆水萝卜，西家送一筐花皮豆角，帮忙最多的除了顺子，就是子善一家。子善的爹发达了，几年之间，刘家置起了一份家业，当年逃荒的山东人有了一个大院套和两头牛，养了四个长工和十五垧高粱地。

泥墙潮湿，生出了灰白色的霉斑，可总比寄宿在邻居家好得多。村道上空过早地飘起了蒲棒绒，沾在湿漉漉的柴火垛上，沾在绿得冰冷的洋铁叶子上，江鸥和乌鸦一起掠过树叶发红的杨树梢，麻雀蹬落腐烂发黑的房檐草，大江预告着秋天即将过去的消息。

不刮大风的下午，饥肠辘辘，太阳像一张斗大的煎饼。子善到我家来看我，他给我带来两个黏饽饽，让我给他讲苏念的故事和白瓦镇上的生活。我们坐在院子里的石头堆上说话，蜻蜓的翅膀已不再柔润，呆头呆脑地落在我们的脚边等死，苍蝇从茅厕飞出来，到处是数不清的臊烘烘的瓢虫花大姐。子善说我和苏念的故事是我瞎编的，他舔着肿胀的厚嘴唇，眼睛一刻不离开顺子家的烟囱，他等着顺子大婶出来撒尿，好偷看大婶的屁股。子善小声告诉我，半年前他站在凳子上头干过一头小母牛。

就是那次谈话过后，我梦见了白瓦镇香烟店的花砖甬道，梦见我走进了艳粉街，艳粉街的玻璃窗后面斜挂着紫呢窗帷，一间间小屋子里，下等客人用漏气的竹制烟枪，上等客人使用象牙烟枪，一个个小小的漆罐中稀薄的烟膏在灯上烤着。白烟罩脸，大人物一边滚动手里的烟泡，一边打量地上油漆布的花纹。屋子里一色紫红的硬木家具，洋灰地，挂钟，白门铜扣，亮着四十烛的绞丝牌乳白灯泡，姑娘们穿着银红色的衣裳扭动腰肢。街上跑过四轮马车，日本人的东洋马挂着项铃，额前配饰着红缨子花球，高丽人赶着独牛驾辕的两轮车，男人用面巾裹头，女人用毯子包着身子，富裕的高丽人骑着纯种的高丽种马。风吹开毯子一角，我看见了朝鲜女人一条雪白的腿。

推开窗户，晨风里，姚书堂一瘸一拐地走出院子，他的背影像一个晒蔫的萝卜条。

姚书堂比我更不适应乡下的生活，他作为长工走进了我们的家庭。近些日子，他总找借口离开村子，一去就是几天，然后满身尘土疲惫地回到家里。后来他自称在敬信的大车店找了一份记账的工作，有了一个出门在外的合理借口。我们的交流一天比一天少。我开始不了解他了，他生活在我的身边，但他的形象对于我却成了空白，这个空白要在几年之后才能补上。姚书堂和蛾子有说不完的话，小丫头的左脚不再长了，她长时间站在杨树下面用树棍捅屎壳郎，看着天边的火烧云发呆。火烧云照上一会儿，蛾子全身红彤彤的。阴天或者雨天，她就数自己的手指头，数完手指头，再一根一根地数手背上细细的汗毛。我额娘的脾气变坏了，蛾子怕得要死，她怕额娘掐她的大腿里子。

秋天的落叶鸟群一样飞向天空，人们转过身去，抬手挡住风，脸抽成一团。天空灰得像寡妇无望的脸，唯有一场大风吹开云彩缝才能让憋闷的心舒展一点。

这一年的白菜帮散开着，遭了虫子。不用说，冬天注定难熬。我想不通额娘为什么不动用她的积蓄，那些钱换了地方，埋在地窖的西北角。为了筹集过冬的粮食，我额娘想卖掉她心爱的缝纫机。

如果村子里有一个买主，一定是子善的爹。从我额娘将胜美牌缝纫机搬回马滴达的第一天，那个水蛇腰的山东人就盯上了这架乌黑发亮的新鲜玩意儿。子善的娘和我额娘谈好了价钱，用二百斤黏高粱和两大筐土豆兑下我额娘的胜美牌缝纫机。两人说好下午成交，傍晚刘江却找上门来，说他不想要了，这玩意儿不能顶吃，不能顶喝。

最后，刘家用一百五十斤高粱买下了我额娘的胜美牌缝纫机，刘江慷慨地将降下的五十斤高粱借给我们家。那时候，刘江怎么也想不到，他辛辛苦苦赚下的家业很快被日本人剥夺一空。

房顶新苫的羊角草变黑了，山墙新抹的黄泥一天比一天白，篱笆拔掉做了烧火的柴火，日子冗长而又无望。

江风一天比一天寒冷，小寒，大寒，小雪，大雪，一九,二九,三九，有雪的天气，天地一片白茫茫，晴天，空气中飘浮着钢针一样的冰芒，一出屋扎你的手和脸。

为了彻底剿灭山里的抗联和土匪，日本人开始推行归屯并户的政策。

时光之箭不可逆转地向交会点射去。我们应该说到一九三五年的大年三十了，这一天，我们的生活再次巨变。

一九三五年，库雅拉人的许多年俗省去了，没有人在黑夜降临的时候去库雅拉江刨二茬冰了，当年为了喝一口预示好年景的江水，人们在腊月二十八凿出自己家的冰窟窿，三十晚上从中取出一瓦罐水来，甘洌的江水会洗尽过去一年的晦气。现在，人们不再指望新的一年有好事发生。

一九三五年春节，天气太寒冷了。没有黏饽饽，没有荷叶饼，没有苏子叶打糕。院子里的索罗杆上没有乌鸦，风将铁皮盒子吹得呜呜响。没有红对子，没有纸挂钱，没有新衣服，没有新鞋子。我们盼望的只有守岁时的那顿饺子。

一夜连双岁，五更分二年。漆黑的夜晚，寒冷的夜晚，漫天的大雪在眼睛里是灰白色。树枝在风中摇摆，咬紧牙关对抗严寒。没有鞭炮，我们踩高粱秆和玉米秸听响，我们点燃棺材板，照亮黑得不能再黑的大年夜。村道的雪窝子里，拌着荤油的米糠跳动着微弱的小火苗，那是给找不着家的孤魂野鬼照亮的。看到绿色的小火苗，不懂事的狗都会夹起尾巴跑开。守岁的灯光昏黄，人们节省了一年的灯油，全为今晚的长明。打开门，一团白汽蒸腾而起，提提鼻子，寻找一丝煮肉的香气。

等吧，等待祭祖发纸的一刻，焚烧纸钱那个时候，大年夜的饺子才会下锅。夜晚从没像大年夜这般漫长，长得像扯不断的蚕丝。夜晚从没像大年夜这般恐怖，当心撞到可怜的鬼魂，若是见了，你不要跑，鬼怕人，他会转过身去，冲你伸出四个手指头，告诉你他四更天就会离开。千万千万不要和人开玩笑，扳黑暗中的肩膀，没准扳过来的也是一个后脑勺。

大门口什么声音？真的是送财神的声音。这样的夜晚，谁会在寒风中奔走送财神？

“财神爷到家，越过越发。”

长长的黑影在院子里晃动，声音急切。

“财神爷到家，越过越发。”

送财神的人敲我们的窗框，咚咚直响。一个冻实心的乞丐，穿着去年秋天从哪个死尸身上扒下来的衣服。灯影下，一张年轻的脸，浮肿，黑红，满脸冻疮，“大嫂姓赵吗？”

“是呀。你是——”

“太好了，真的找到了。我们师长快要病死了。”

“你们师长？”

“郎师长啊，郎乌春师长。弟兄们，快把师长抬进来，找到赵大嫂了。”

一共五个抗联战士，轮班抬着一副担架。送来的差不多就是一个长拖拖的死人，身上的大衣在树林子里剐出一条一条的黄棉花，没剐坏的地方密布着火星四溅烧出的窟窿眼，一双麻绳绑着鞋底的牛皮靰鞡。他躺在桦树枝做成的简易担架上，鞋底的脏雪正在融化，淌下一小洼雪水。紧闭着双眼，棉帽子下面一顶单军帽，帽檐盖住石头一样的额头，三道深深的抬头纹一直伸向乱蓬蓬的鬓角，大张的嘴巴，烟熏黄的牙齿，红肿的牙龈散发出口臭和烟味。他的呼吸像一只破烂的总想歇气的风箱，拉着长长的不连贯的随时可能消失的嘶嘶声，能将一头牛犊吓破胆的咳嗽。全身热成一颗快要出膛的炮弹，盖上我们家所有的棉被仍在打哆嗦。“朴军医说郎师长得了肺炎，队伍转移刚好路过这里，必须找到一个堡垒户，可是我们——唉，朴医生，师长抖个不停，你快想办法呀。”警卫员急得团团转，他是一个红红的三角眼的小个子，酒糟鼻子又大又红。

“大嫂，帮忙烧点开水。师长，师长，你醒醒，师长啊，你醒醒啊——”年轻的朴军医抱着师长的脑袋鼻涕一把泪一把。

无从发泄的警卫员冲另外三个瞪眼睛，“你们别跺脚了好不好？把师长吵醒了。张老六，你出去警戒。”张老六边吸溜鼻涕边提着大枪向外跑，他的脚冻坏了，没有暖过来，过门槛时磕磕绊绊。

“把病人抬上炕，慢点，别管那双脏鞋，人放好了再脱。对，头朝外。蛾子，愣着干什么？快从被格里拿枕头。满斗，你去东院把姚书堂找回来，就说家里来客了。不，什么也别说。这会儿献哪门子殷勤？”

“额娘，是你让他去的，你让他给顺子婶婶烧炕。”

“蛾子，闭嘴，不说话没人把你当哑巴。这顺子也是，早不病晚不病，大年三十下不了炕。满斗，回来去西房山头抱两捆豆秸，那东西好烧，火旺。小伙子，对了，朴军医，你闪开，把水碗和汤匙给我，看你笨手笨脚的，这样喂法，病人一滴水喝不进嘴。”

变样了，那个轻佻的军官现在变成一条坚毅刚强的大汉，吞咽热水的样子那样坚决。微微地睁开眼睛，左眼眉上方多了一处枪伤，愈合得不好，长出铜钱大小的肉垫。

“师长醒了，师长醒过来了。”大家围上去。

干涩的声音，咳嗽含糊不清，总算发出一连串命令，“姚振山所率卫从由张副官为向导，赶往珲春四团团部，粮食困难，不可再在深林中静匿，务请求军部予以服装给养及工作上援助。”长时间的咳嗽，声音滚烫，“王连长带机枪班援助姚部，征发给养，掩护西进。”气息微弱，声音越来越小，“姚部应跨越图宁线，经正沟，越老爷岭向雪带山一线转移，到达沙河营官地，与罂粟河附近的王司令会合一处。希望姚团长会见救国军王司令以后，提出统一反日战线意见，组成一致之联军。”

“师长，你歇会儿，别说了。”

“陈春山，我这是在哪？姚团长呢？”

“师长，你醒醒——朴军医，想不出办法我毙了你。”小警卫一屁股跌坐在门槛上，“姚团长昨天牺牲了。就剩下我们五个了，这命令是前天下午执行的，任务已经失败了。”

发布命令的人又昏睡过去。郎乌春昏睡在我额娘的怀里。我相信就是这一瞬我额娘赵柳枝的感情发生了变化。

“谁？”拉枪栓的声音。

我赶紧扔下烧火棍跑到门口，喊住战士张老六，“别开枪，他是我们家里人。”

一身炕洞土的煳味，姚书堂慌里慌张地进了屋，险些被警卫陈春山绊倒，我额娘轻蔑愠怒地看他一眼。

月亮累了，太阳不愿早起的清晨，村子里一只精神错乱的公鸡打鸣。病人急剧地喘息和抽搐，我额娘泪如雨下。

提心吊胆的两个月。我和蛾子被告知不准任何一个伙伴到我们布满白霜的家里来，万不得已有人上门，一定要说蒙着两层棉被躺在炕头的是我们的远房舅舅，他患了肺痨，刚从山里的木营下来。哪个木营？说日本人开的就行。

“蛾子，你听没听见？不准找毛丫到咱家玩布口袋，你也不要到她家去，免得她家大人问你舅舅的事。”舅舅，加重的语气，连自己都深表怀疑的尾音。

小姑娘缩在炕梢，瘦小苍白的脸藏进自己的细胳膊肘，藏在两个膝盖骨之间，露出两只吓得半天不敢眨一眨的大眼睛，“额娘，我啥也不说，要是去茅房解手看到毛丫，我告诉她咱家没来生人。”

“你要害死全家了，连这不说都说了。”

“你看，他快死了，喘不上气了。他半天没哆嗦了，不是真的死了吧？”

郎乌春晕过去了，大张着嘴，昏死中仍急着把一屋子的空气都吸到快要烂掉的肺子里去。干裂的嘴唇往外渗血，淌到枕头上。

额娘给病人喂汤药的工夫，一直沉默不语的姚书堂给了我和蛾子一个更好的说法，“万一警察上门查户口，我在家我来对付，你们不要说话。我不在家的时候，你们就说炕上躺的是你们的阿玛，这说法比舅舅可信。记住了吗？”

警惕任何一个突然闯进村子里的陌生人。卖针头线脑的小贩，收购鸭毛和麻绳的商人，偶然上门讨水喝的生疮长疥的要饭花子。我们家成了抗联的秘密联络站，隔十天半月，郎乌春的警卫员陈春山会来接头，带来队伍上的消息，带走采买的东西和命令。他通常傍晚进村，背着一个破麻袋，短枪藏在锯末子里面。只顾低头赶路，从不东张西望，后脑勺像长了第三只眼睛。我们成了好朋友，陈春山大我三岁，却是一个老战士。他打死过五个日本兵、三个汉奸、两个蒙古骑兵，有一次，他刺死一个比他高三把刺刀的白俄。“那个白俄是细鳞河的护林警察，专门欺负中国人，遇见中国人就搜查勒索，那天他进山打猎，开枪打伤了一头野猪，野猪跑，他就追，结果掉进一条山沟，刚下头场雪，他的枪弹进了水。这家伙闯进我师的裁缝所，点火取暖，被我们俘虏了。拉出去枪毙，白俄力气大，挣开绳子想跑，我抬起手就是一枪，他蹬腿没死，我上去就是一刺刀。那家伙的胡子真好看。”陈春山说得轻松，我的后脖颈阵阵发凉。“找时间再给你讲我们的战斗故事，我得进屋看望师长了。对了，蛾子，你那个妹妹，她整天待在屋子里，一声不吭，活像一只不会发声的猫。”一只猫，不错的说法。

晚上，我瞪着眼睛无法入睡，一直想着郎乌春打鬼子飞机的故事。四月的天气，积雪尚未全部消融，参差不齐的阔叶林间行走着一支疲惫的抗日军，他们一跐一滑，拖泥带水。这时，遥远的林际传来嗡嗡的声音，是日本人的飞机。飞机很快发现了他们，俯冲，投弹，扫射，擦着树梢飞过去。无处可躲的小伙子们只有一个去处，那就是大树底下。转眼间，鬼子的飞机又飞回来。抗日军的战士们围着树转，每一棵树下五六个人，几十棵树就有几十组围着树转圈，飞机索性在上面团团转。驾驶员的鼻子和鼻子上的风镜看得清清楚楚。飞机飞得太低，机翼剐上树枝，竟然带着剐破的机翼往起飞。这时，师长郎乌春举起了三八大盖，对着飞机扣动扳机。飞机摇摇晃晃飞出二百多米，腾地冒出一团火，然后是震耳欲聋的爆炸声。

现在，大英雄郎乌春就和我躺在一个屋檐下面，翻来覆去，轻微地咳嗽。春风掀动房檐前的冰溜子，不时地传来折断落地的一声脆响。轰隆隆——郎乌春忽地坐起来，随手从枕头下面抽出他的柯尔特式手枪。终于明白不过是一声来早了的春雷，他沉重地躺倒。黑暗中，我额娘披上棉袄，但她找不到她的棉鞋，我悄悄地将她的鞋推到她的脚下。额娘没有察觉到我在帮她，她穿上鞋子，轻轻地走到南炕的炕头，她坐在郎乌春的枕头边，我的夜视眼看见他们两个人的手紧紧地扣在一起。

自从郎乌春藏在我们家养病，姚书堂成了一个更多余的人，尤其郎乌春病情有所好转之后，他似乎有意躲出去。

陈春山最后一次到我们家里来，大风把天刮黄了，村道上很深的鸭屎稀泥，房檐上哗哗向下滴水。我和他坐在灶台前面说话，陈春山光着精瘦的上身，披着我们家一床棉被，灶坑里烧着豆秸，噼噼啪啪地响。我陪着他烘烤他的棉衣。他说："满斗，在大山里生存，三样东西必不可少，你能说上来吗？"

"粮食、罐头、火柴、烟、纸、鞋？不错，这些都有用。可是粮食太重了，不好带，我们藏在密营里。罐头和纸，这些是稀罕物，鞋子你说得也不对，要是你的鞋穿破了，从死人脚上扒下一双就是。"陈春山眯着眼睛，翻出湿衣服里子，继续烘烤。

"这三样东西是，盐、火柴、煮东西的饭盒。满斗，你舔我的衣服袖子，尝一下。"咸，苦，汗臭。

我明白了，难怪他的衣服要用盐水浸泡，只有这种方式能通过日本人的封锁线，将盐带给山里的队伍。"一个月没有盐，你就走不动了。野菜不用盐煮咽不下去。"陈春山舔袖子，满意地吧嗒嘴，他的几根胡子黄黄的。

傍晚，陈春山穿着烘干的盐水棉衣离开了马滴达。他离开十分钟，村口响起枪声。

枪声一阵紧似一阵。"小陈肯定遇到麻烦了。"我额娘不自觉地哆嗦，"郎师长，我扶你到后院去。"

枪声停了，村子里乱纷纷的狗叫。“来不及了。”郎乌春端起枪倚在窗口，“柳枝，你快带两个孩子躲顺子家去。”

“我不能扔下你一个人。要走一起走，这可咋办呀！蛾子，你挤哪门子猫尿？满斗，你快把她送顺子家去。”

小姑娘的身体软得像一摊泥，恐惧从她的手心流出来，汗水又湿又凉。我的心怦怦直跳，但见多识广的满斗尽量做到临危不惧。

狗叫声越来越密，越来越凄惨。枪声稀了，传来混乱的叫骂声。抱起蛾子举过头顶，让她抓住木头栅栏，咔吧一声，木头断了，我和蛾子一起跌坐在地。爬起来，再次将小丫头举过头顶，夜鸟惊飞，扑棱棱掠过。真该死，树枝挂住了她的头发。

回到自家院子里，上弦月镶嵌在乱葬岗子一样黑的天空中。我的夜视能力慢慢恢复，四周渐渐清晰。我想起和苏念被王良寨掠去的路上，她的眼睛就和此时离月亮最近的那颗星星一样，胆怯而冰冷。还有，我被阿菊押上爬犁，老林子里绿色的磷火一团又一团。我记起了崔将军的眼睛，记起了李高丽的眼睛，我的眼泪流出来，模糊中闪现陈春山黑亮黑亮的瞳仁。这会儿，枪声停了，夜风重新在耳边吹过，且慢，激烈的狗叫变成了含混的呜咽。

我贴着木栅小心地挪到大门口，村道上空荡荡的，远处跑过两只吓破胆的劣狗，再远处，无边的寂静，风停了。寂静和黑暗一定酝酿着更大的突变。是什么呢？突然，一阵风吹动白榆树梢，夜风浩浩荡荡，整个世界喧哗失序。

我跑进院子，高兴地推开房门。“额娘，鬼子没进村。还有——”

柳枝掀开被子抬起头，她裸露着黄色的肩膀。

我找不到一个恰当的词形容屋子里的气氛。这屋子像蒸笼，长着无数只看不见的手。

轰隆隆，轰隆隆。外面雷声不断。

郎乌春坐起身，从容地披上棉袄，掩住赤裸的前胸，不忘给我那羞愧的额娘掖掖被子。他点燃烟袋，火光照见他红红的鼻子。“满斗，外面什么声音？”

我告诉他们，“库雅拉江开江了。”

这会儿，夜幕之下，大江涌起春潮，裹挟着上游的冰雪，滚滚而下。

捌腓凌　满斗

第二十九章　绝望的战斗

一九三八年以后，除非确信战友死亡，我们不再追悼逝者。消声息影是最好的结果，没准他已经叛降做了奸细走狗，正行进在追剿我们的路上。我们每个人都清楚，群众基础和酝酿着等待爆发的抗日思潮只存在于政委们的嘴唇上，老百姓似乎已不再对赶走日本人抱有希望，他们隐忍避让的同时，对我们抗日救国的行动极端恐惧。

派去密营的战友回来了，他们赶到前些天储藏苞米的地方，收捡回四驮残余的苞米，带回一张鬼子蛊惑人心的传单。上面写道：

> 抗日军诸君们，诸君冰天雪地，饥寒交困，痛苦异常，缺乏生活兴味。风声鹤唳，草木皆兵，使诸君心惊胆战，日夜不安。抗日迷梦应行速醒，大满洲帝国王道乐土，诸君就速归顺，现在正是良机。凡以前归顺者都得安乐幸福。对归顺者保证生命安全，介绍职业，使之同沐大满洲国恩。大日本军中有几百万雄兵，但不愿与诸君战斗，唯望诸君从速归顺，否则不断举行大讨伐，一决雌雄……

我们怀念一九三七年秋末冬初的日子。那时候，抗日队伍极度活跃，总有“满军”哗变参加我们的队伍，日本人动用五千精锐，二十多架飞机，将独三师包围于两条大河之间，所有道路都被封锁遮断。可是我们抢渡河岸，夜行东去。那时候，我们兵强马壮，士气高昂。

向前走。在大蛤蟆泉下溪流边宿营，我们点燃柴火，行军锅里咕嘟咕嘟地煮着荠菜和猫耳朵，忽然，行军锅下面的火苗扑向旁边的荒草，荒火立刻漫山遍野，由西北烧向东南，就像大兵团的散兵线追击前进。火光冲天，我们来不及拿上行军锅，向乌云翻滚的山上跑。

向前走。敌人失去追踪的方向，向西南越岭而去。我们的队伍集合在一起，向东南退走。利用向阳无雪的山坡，消灭退却的踪迹，由倾斜险峻的崖壁直下。

有雪的地方，我们只踏着一个脚印行走。多年之后，我知道日本人竟能从脚印的深度判断出我们的队伍有多少人，我震惊得想哭。那时候，我们以为这样敌人就判断不出我们越来越少的人数。吃炒玉米充饥，化雪为水，怕烟火引起敌人的注意，我们吃雪团。找到一个石崖，化开雪水煮粗皮高粱。风大，酷寒，火烤胸前暖，风吹背后寒，铁锅里雪水沸腾，我们的肚子轰鸣如春天的雷声。

向前走。

向前走。

向前走。

该说到那次失败了。

我们被包围了，战斗天没亮打响，我被炮弹炸昏，醒过来，林子里尸横水洼，散发恶臭。炮弹扒下我的军服，炸飞了我的枪和好几个窟窿的水鞋，身上只剩一条脏兮兮的短裤衩。没死的战友在草丛中爬来爬去，有的丢了胳膊，有的丢了腿，有的内脏露在外面，还有的下巴被子弹打飞，受伤的人在地上翻滚，但别人无能为力。人死的时候，内脏最先腐烂，气味随风散发出来。垂死的人脸色变黑，蛆虫从鼻子嘴爬出来，大个蚂蚁长，爬到眼睛上。

一个刚入伍的战友爬到我的身边，大雨，我们一起躺了两天。下午，天晴了，他的肠子烂了，毫无活下去的希望。他脱下衣服，露出屁股，青绿色。“伙计，我要死了。”那孩子泪流满面。“你一定要战斗下去，要是我死了，别看着，把它吃了。”“傻瓜，我怎么能吃我的战友呢。”可是，我的眼睛却怎么也不能从那个部位移开。五天没吃东西了，我要活下去。就在这时，身后什么黑色的东西跳出来，我想也没想，抓起短刀扑到它身上，一只大老鼠，耳朵竖着，尾巴耷拉着，我把它刺死，扒掉老鼠皮，将腥臭鲜红的肉分成小块，肠子肚子也都切碎，装到空盒子里。老鼠肉让我恢复了体力。太阳西沉后，我向山下爬去。

我爬回几年前的爱国者营地。我看见李高丽和他的弟兄们在演操，他一直后悔没有很好地操练队伍，以至让日本人钻了空子，他每天十分内疚，不肯原谅自己。他找不到崔将军让他下操，就和弟兄们一直操演。

耳边十分嘈杂。“满斗，醒醒。啊，满斗醒过来了。”活着的战友们回来寻找幸存的兄弟，我得救了，我又见到了我的师长郎乌春。

我艰难地恢复着体力，李高丽每夜找我，让我看他操练队伍。为什么是李高丽，而不是那个想把屁股肉给我吃的战友？

郎乌春在满斗的带领下来到一个空地，郎乌春对着桦树林子发表讲话，他认为爱国军的演练水平已经超过所有的抗日军，可以不再演练。他的话音刚落，一阵风瞬间扫过林梢。晚上，李高丽来到满斗的住处，眼泪汪汪，一句话也没有说。他坐了好长时间，然后走出草棚。李高丽走了，演操声再没出现过，他再没出现在我的梦里。

最后一个词——绝望。

绝望。

绝望像比房子大数倍的冰球，我们的一腔热血只是一泡尿水。

雪野无边无际，希望随时熄灭。人的气息、爱憎、一切一切都结结实实地冻住。比天大的悲凉，比地大的绝望。我们变成一截死去的木桩，伤口浸入湿漉漉冷冰冰的地气，虱子冻死在脸上。地狱里，阎罗王不停地叹息。

我顶替陈春山做了新改编的东北抗联第九军三师师长郎乌春的勤务兵。队伍里没有人知道我们的特殊关系。郎师长告诉新任政治部主任金光，说我和他是一个村的，政治清白可靠，他本人就是我的入伍介绍人。好一个同村老乡，我早从可怜的额娘的只言片语中得知，我的亲生父亲即使不是一只淫荡的公鸡，也另有其人，他只是顶着我阿玛的虚名。

“队伍里都是一家人，是亲密无间生死与共的战友。”郎乌春用一句话做了概括，把我和他的关系做了一个了断说明。“还有，有些事情最好不要对别人讲起。”

金主任发给我一支马枪和三十发子弹，他水蛇腰，人很壮实，脖子长着鸡蛋大小一个包，转头回身都不自然，他随和爱笑，教给我失去联络时“叫树”的暗号，教我怎样保护师长的文件包，最后嘱咐我“做一个称职的警卫战士。”

最后一条没做到，我和师长失散了一次又一次。

大暑天，山里的蚊子最愿意钻人的鼻孔和嘴巴，翅膀一股腥味。下午，埋在宿营地外面的地枪忽然响了，没有查出原因。

傍晚刮起大风。风越刮越大，大树摇摇欲倒，圆满发放的树叶如同秋天的枯叶满天飞舞。老树和朽枝发出连串折断的声音，乌鸦和啄木鸟不知藏到哪个避风的地方去了。所有的虫子，不管飞的、爬的，都消失得无影无踪。

前几天淫雨连绵，雨水满坑满谷，狂风之中，涧水好像浅了。

营地的帐幕刮得歪歪斜斜，随时都会刮去天边。“现在，我们请郎师长宣布命令。”郎乌春从金主任的身后站起身，双手掐腰，胡子乱蓬蓬的，高大威猛，脸上绽出尚未康复的红润。

“把叛徒押上来。”

东步哨位的步哨勤务石维申，他在警戒中间睡着了。陶副官查他违反纪律，他不服顶嘴。警戒哨上睡觉，他已被发现四次，竟毫无警惕自觉之心。

“二十天前，九团哨兵失职，纵放敌人直袭九团一连营地，团长以下八名干部及队员全部牺牲。所谓血鉴不远，该石维申毫无触动，一旦危险造成，后果不堪设想。石维申革命精神欠缺进步，为严肃纪律，必处之以重刑。”郎师长声音低沉下来，“我们也应看到，石维申参加抗日联军编入警卫队五年之久，抗日救国艰苦异常，如果石维申能够找出自己不被执行死刑的理由，或者，接受组织交给的任务，并克服困难坚决完成，我们可以重新判决。大家说，该不该判他死刑。”

所有人都沉默，只有石维申本人举起右手。师长流出两行泪水。

石维申以死拒绝师长下达给我和他的任务——穿过敌人两道封锁线，联络救国军王司令的队伍，以统一行动，在敌人合围之前，发动战斗，两面夹击，粉碎敌人的阻隔，共同南去。

任务刻不容缓，夜幕就要降临，这样艰巨的任务，除了对附近地形略微熟悉且有夜视能力的满斗，还有谁能顺利地完成呢？

罂粟河就在附近，再往前走，曾是爱国者营地。不需再派人手，石维申求死给了我极大刺激，我坚持独立完成这次看似不可能的任务。

风停了，出发前睡一会儿。一觉醒来，高大的树冠缝隙漏下来的阳光已经昏暗。喝点水，检查枪弹，蓝布包袱，三斤烟土，两块金条，那是郎师长给王司令的见面礼。等待黑夜来临，黑暗中，侵略者的目光像狗尿一样混浊，只有猫眼满斗行动自如。

晚霞如一片干涸的血迹，天边吊着一块旧绷带，太阳不甘心地闭上眼睛。走吧，避开毫无同情心的山猫野兽。

穿行在树林中。路越来越难走，不是踩翻石头，就是绊上树根，不住地摔跟头。下半夜，林子里刮起风，冷飕飕的，满身鸡皮疙瘩，裹紧棉袄，登上一个小山包，没走两步，一脚踏空，脑袋嗡的一声，跌进一条暗河。河水不深，喝了几口水，挣扎着上岸，但浑身湿透。衣服水淋淋地贴着肉皮。更冷了，全身抖作一团，腿脚麻木。艰难地找个地方，摸出桦树皮包着的火柴，找到一个好地方，几块大石头挡成大半个圆圈，上面有棵很粗的歪脖子松树。从洞口生起火，先把衣服烤干穿上。

清晨，来到罂粟河西北岔子的一个河口，刚要上岸，猛见前面山脚跑出十几个日本人，边叫边开枪。顾不得穿鞋，没命地穿过草塘往林子里跑。鬼子散开队形，分路兜网。我不断地改变方向，小背包里装着粮食、小饭盒，还有手锯，跑起来打屁股，一会儿挂在树杈上，一会儿缠在藤蔓上。只好将烟土和金条塞进棉袄，扎上腰带，把背包扔进草丛。鬼子向林子里放了几枪，顺着山脚向西而去。

日落时分，又累又饿，身子挺不起来，拄着一根榆木棍子，想歇一会儿，走到一个大石头旁边，看见一堆灰烬，脑袋轰的一声，天哪，我走回了昨天的地方。努力使自己镇定下来，闭上眼睛，抬头看看树冠，摸摸石头和树干。

石头光滑的一面是南，长青苔的一面是北。树干粗且坚硬是南，松软长小青丝的一面是北。树冠南大北小。

后半夜，走出那个圆圈。天亮转过一个弯，一阵眩晕，腾云驾雾一般，瘫倒在地。

第二天上午，小黑河附近，这一带敌人布控很严，从林子到河中间有二里多的红眼蛤塘。塔头草不高，底下的红锈水没膝深。要过河必须过塘，对面有日本开拓团的一支小部队。过了河有一条新修的小火车道，常有日军巡逻。白天无法过河赶路，只能等待夜晚。天一黑，深一脚浅一脚地蹚过红眼塘，来到河边，看见鬼子成群地走来走去，只好过红眼塘返回树林，往河的上游走，半夜，绕河上山，顺山西坡折插，前面一座小山挡住了视线，翻过小山，竟然闯进了开拓团的北大门。这里的树不多，开拓团的房子四周围着半人高的土墙，高高竖着一个黑铁塔，塔上岗哨的刺刀在月光下闪着寒光。

返回林子，两天的疲劳全上来了，又累又饿。不止是疲劳，全身发抖，真该死，我好像打摆子了。我想睡一觉，可这不是睡觉的地方。前面有个撮罗子，歇一会儿，暖暖身子也好。柞树枝搭成的马架湿漉漉的，腥臭扑鼻。将湿树叶拢在屁股底下，刚坐好，前面山下人声嘈杂，狗叫越来越凶。一定是大批鬼子出动了，他们发现我了吗？可是，我的全身没有一点力气，眼前闪动石维申绝望的目光，我忽然间感受到了他的心思，恐惧加上倦怠，倦怠加上绝望。如果需要战斗一场，那就来吧，或死或活屌朝上，只是希望这一切快点过去。

为了对付敌人的狼狗，离撮罗子三米远的地方撒一些烟末子，以麻痹狗的嗅觉。撮罗子后面突然闪出一个人影。

“别开枪，我是中国人。”急促沙哑的低音，有如花瓶姑娘柔美的歌声。“敌人发现我们了，分成几股搜山，快跟我走。”

发现了我们？他也是抗联战士？来不及询问，将信将疑，昏头昏脑地跟上他七拐八拐。陡坡，藤蔓，荆棘，来不及分辨什么动物在哀嚎。脸和手剐上长刺的树枝，脚下身上磕坏了。失重，腾云驾雾，人向崖坡下面坠去。跑了不知多久，跑光最后一点恐惧催生的勇气和力气。

太阳光一下子晃在脸上。终于甩开了敌人。

瘫倒在地，用劲儿使自己清醒，雾中欢快的鸟鸣，有蓝大仔、啄木鸟、灰不溜丢的冻死鬼、猫头鹰、黄绿羽毛的臭咕咕。老鸹子和松鸦结伴一样飞过晨曦初照的一条小河。

一只傻乎乎的沙半鸡从视线里半飞半跑，绕过一棵半截枯木——泪水夺眶而出，我认出来了，那棵树桩曾挂过崔将军的头颅。他的脸被砍了一刀，双眼微合，一只肥胖的桦鼠子蹲在将军的脑瓜顶上。

“慢着，我们好像见过，啊，我想起来了，你不就是——啊，每天捂着耳朵的满斗吗？”眼前的人抱着一杆破枪，开花棉袄里面可笑地挂着油汪汪的肮脏布片，有花有鱼的菱形肚兜。苞米穗的哭丧脸笑出无数道皱纹。李奎，他是王良寨的李奎。

我要见的王司令就是当年的山上大爷，理想教的教主王良。我的心脏猝然石化，喘不上气，就要憋闷而死。

“这么说，我姐姐——”

“你说苏念吧？你还惦记她？唉，刚才跑太快了，嘶，嘶，疼，他妈的真够劲儿。我的左腿前年给炮弹炸断过。她早就是我们救国军的压寨夫人了。别急，到了前面的营地，你就能见到她。你说你是三师郎师长派来的？有证据吗？没有也不要紧，昨天下午你们师的李参谋已经和我们司令见面了。”

无所不能的幸运之神拖亚哈拉，无处不在的恶神耶鲁里，你们争斗不休，全然不顾一个人的心灵能够承受和忍受的极限。我的花瓶姑娘，我的腻儿，我的苏念姐姐，我的梦里拥抱过无数次的情人，我的梦醒时分无可奈何的心酸，此生不能再见的悲怆。

一道闪电划过泪水迷茫的眼帘，我是三师派出的唯一信使，我的战友怎么可能比我先到？还有，李参谋半年前就牺牲了。

一九三八年六月二十五日，大雾过后的清晨，树林子里焕发出勃勃生机，大山脱掉潮湿的夜行衣，花松鼠啃着大青杨下面的猪嘴蘑，湿漉漉的倒木黑乎乎的，上面长满黑蛋菌和狗屎木耳，藤萝深处怒放着一丛丛高山芍药。

乱纷纷，乱糟糟的鸟鸣。我就要见到我的花瓶姑娘了。这会儿，距离我们见面的时间还有三个小时，也许是半小时，二十分钟。

冷静下来，把眼前的状况理理清楚。首先，我的腻儿不是我的，现在更不可能属于我。她是王良寨的压寨夫人，我，一个普通的抗联战士。不错，我们曾经生活在一个屋子里，可她从没把我当大人、当男子汉。我和她的感情都是我的一厢情愿。

“满斗，你快走两步好不好，是不是被小鬼子吓尿裤子啦？”李奎催促我加快脚步。

哦，她那若隐若现的雪白肌肤。黑暗中她忽然想起满斗有一双夜视眼，“背过身去，不准偷看女孩换衣服。”简陋的木刻楞，温暖的梦中之屋，装满偷窥者难言的委屈，“谁偷看了？我没偷看。”

后脖颈一股热气，感受她两粒岩鸽嘴一样的乳头。“别生气，姐姐跟你闹着玩的。”一声比山风还要长，比厄运还要长的叹息。捉住你的双手，背过去，除了自己的后背，指尖流淌着汗水和贪婪，软软的，发烫。我们独处一间木屋，和抗联密营几十人的地铺相比，多么奢侈。

一次次小心的探索。再也不会天亮的雨夜，山洪要将整个世界一股脑地卷走。不管不顾索性来一次拥抱。生命中残存的悸动，一再证明满斗的思念并非全部自作多情。

哦，粗嘴伯劳无端坠落的阳光明媚的清晨，木刻楞的拐角处，高贵的小脚踩翻一条木棍，木棍忽然扭动，倏地从脚边滑走，一条老谋深算的菜花蛇。惊叫一声，我的花瓶姐姐扑到满斗的怀里，一山的槐花猝然怒放，温暖，冰片一样的花瓣，绿中透粉的颤巍巍的花颈儿，扑面而来的蝴蝶和嗡嗡叫的蜜蜂，这些小东西什么时候来到了我们身边？头发油腻的香甜，是桂花油的味道吗？脑门上雪花膏的味道浓烈，带一点辣味。嫉妒心瞬间填满男孩的胸膛，装作不堪忍受身后的哄笑，向不怀好意的李奎和石谦们啐一口，眼睛的余光扫见苏念脸上的不解和错愕。蹲下，捧起蛇嘴里有幸劫后余生的两颗伯劳蛋，一颗淡粉，一颗淡蓝，灌木丛中粗笨的鸟巢里，青灰羽毛的雌性伯劳正在绝望地扑扇翅膀。满斗残忍地将两颗鸟蛋扔向一棵大腿粗细的红松，汁水四溅，溅起的还有一声惊叫。一口唾沫啐到脸上，流到嘴角，那般苦涩，她扭身走回木屋，肩膀气愤地颤动。我坐在石头上，石头冰凉，青苔的潮气从屁眼爬进肚子，拧劲疼痛。满斗犯下了不可饶恕的错误，他向花瓶姐姐发出摇尾乞怜的呼声，想以此挽回不应该的伤害。“姐姐，我肚子疼。”“疼死你我也不心疼。你自己疼死吧，讨厌鬼。”一阵风吹过，树上抖落下万朵槐花，一场荒乱的漫天大雪。独自忍泣的情人自怨自艾，满斗拿起一个沾着喜鹊屎的石头片，决心抹脖子自杀，让丧良心的小娘们后悔不迭哭死拉倒。石头片再锋利也不如那一连串的笑声，足以将一头棕熊一下杀死的笑声。可恶的六寨主迈进满斗空虚的领地，奉上了什么稀罕玩意儿。贪小便宜的小丫头，哦，无耻的小娘们。哦，让人绝望的笑声。

现在，她真的成了一个娘们。

水蛇腰，青脑瓜，阴郁可怕的山上大爷，目光阴森的理想教的教主，抗日救国军的王良司令，他还有另一种身份，他是我的——姐夫。

姐夫，多么污秽霸道粗暴的字眼。多么晦气，多么伤心，多么色情。

我没有勇气闯进救国军的营地，那里每一片树叶都是锋利的刀片。

两天前，大风怒吼的山垭口，灌木丛中，山猫野兽探头探脑，乌鸦仄仄歪歪地飞过林梢，双眼布满血丝的郎师长附在我的耳边声音沙哑地叮咛："满斗，你一定要见机行事，你要见的人是危险的动摇分子，随时可能带队投敌叛降，据我们掌握的情报，救国军十天前在罂粟河遭到重大失败，损失情况尚不清楚。我和政委商量过了，只要有一点希望，我们都要将他们留在抗日的队伍里。你有夜视的本领，这就是我说服你额娘把你带到队伍上的原因。我们会排除一切困难，在第四天正午靠近罂粟河，我相信你能把这支队伍带来和我们会合。记住，你是我们唯一的希望。"郎乌春喷在满斗脸上的唾沫泛着信心不足的酸水，他似乎对满斗完成任务不抱希望。"满斗，全靠你了。"虚弱的叹息。

我是唯一的希望。先我到达的三师联络人员身份不明，极有可能是汉奸，或者是日本人的工作队。

精明多疑心狠手辣的王良司令，知道他陷入危险了吗？从李奎的说法和表情判断，救国军对来人身份尚未分辨清楚。

我遇上麻烦了。花瓶姐姐，我们遇上麻烦了。

命运又一次把我们推向绝境，我们能够顺利逃脱吗？

不能向李奎透露半句，快满两年的军旅生涯，满斗成了一个沉着的战士。抱着一线希望、一丝幻想，是哪一支失散的小部队和救国军合兵一处了吗？

满斗，快点放下大酱一样臭和自私的感情纠结，快点想想眼前复杂的局面。大难临头，刻不容缓。扳机扣响，子弹出膛。

"满斗，几年不见，你走路咋像抽裆的大肚婆，不能走快点吗？这个走法磨蹭到天黑也到不了营地。我还想到灶上吃点什么呢。我饿死了，饿得前腔塌后腔。"

一股勇气陡然从脚底心升起，脑袋掉了碗大的疤，或死或活屌朝上。

"你咋走不动了？快点好不好，我可是出来打探消息的。"

汗水湿透满斗的前胸后背，我一点力气也没有了。神通广大的李良萨满，你能告诉我怎么办吗？运筹帷幄的杨靖宇司令，英勇果敢的赵尚志司令，斯文坚定的周保中将军，你们快点告诉我应该怎么办啊。满斗嘛，只是一个最小的战士，一个最无能的小兵，我怎么能够处理这么复杂的局面？

“你好像打摆子了。你真病了吗？”李奎认真地看看我，“你可别病，翻山越岭的，别指望我背你。”

“天黑之前到不了营地，司令见到我就得骂我。都是你小子害的。”李奎无奈地抬头看天，天上布满乌云，灌木丛簌簌哗响，老林子潮湿起来。

万一先我一步到达罂粟谷的是一伙叛徒，而且偏巧认得我，一切将变得更为复杂。我要拖到天黑再进营地。一个更可怕的想法撞进一团乱麻的脑袋，也许我耽误的这一会儿工夫，我的花瓶姐姐已经惨死在特务的枪下。

“李奎，我走不动了。我要睡一会儿。”多智的满斗终于想好了办法。

“你把我一个人扔在这儿等死吧。李奎，你一个人回去吧。”

天神，你无处不在的天神，千万别让李奎破坏我的计划。你难道看不出那家伙愁眉苦脸，正想着怎样脱身吗？

这时候，贿赂是唯一有效的办法。我拿出一块烟土，“李奎，只要你把我背进营地，让我见到姐姐，我再给你一块更大的。”

李奎的眼睛里闪过一丝贪婪，他一把将烟土抢过去，放在鼻子下面辨成色，然后抬头看看天色，磨蹭起来。

“李奎，我知道你是一个好人，我瘦得只剩一把骨头，一点不沉，快进营地时你背我就行。李奎，行行好吧，我不会亏待你。”

“真麻烦。算我倒霉。说好了，我只能背你一小段路。”

脚底下的落叶就像烂棉絮，我真的不行了，一步路走不动，随时都会摔倒，再爬不起来。

“看来你真病了，没撒谎。我李奎就积点德吧。满斗，我李奎是个仗义的好汉，背你不是为了你的破烟土。昨晚要不是我救你，你早没命了。我是你的救命恩人，你不会害我的。对了，你从哪里来？哎，你说话呀？”

细心的满斗已经看见拴在桦树上的传达绳，那是救国军步哨的位置。按规定只要拉一下传达绳，另一端的窝棚立刻反应，驰援步哨。可是，步哨的位置没有一点声音，难道——

天啊，这不是当年的爱国者营地吗？对，就是这个地方。几年后，我又重新来到了这里。

我放声大喊：“快放我下来。放我下来。”冲出嘴角的声音细弱得像蚊子叫，或者，只能算是一两声轻咳。

传来杂乱的脚步声，可怜的满斗眼前一片黑暗，真的昏过去了。

树纹丝不动。闭上眼睛，四周都是蚂蚱的声音，嘶啼，嘶鸣，连成一片，扭成一团的哗响。尖厉的像鸟鸣，喑哑的像呜咽的河水，振翅的声音夹杂其中，想象一下，无数薄翅拍打着草叶草梗。早晨，蚊子还没有从暗处飞起，凝神细听，蚂蚱声中有山蝇的嗡嗡声，它们是入侵者，让你无法闭合眼睛，山蝇随时叮上你的鼻孔。

闭上眼睛真好。

可是，蚂蚱纷飞很快变成战马跑进河水迸溅的水珠和纷飞的马汗，像马刀砍进骨缝的血水。

我怀念青蛙跳进大江里的声音。

额娘她们咋样了？耳朵透明的蛾子，左脚还在疯长吗？虾米一样的姚书堂，我早已记不起他在王良寨的潇洒模样，只记得他进门时一边跺脚一边摘下挂满白霜的棉帽，烂眼边流着脓水和眼泪。姚书堂慌忙将目光从我额娘身上移开，像只受惊的兔子。

眼前一碗獾油灯，屋子中间一个行军锅，咕嘟咕嘟冒热气。

我的眼睛适应了地窖的光线，腥膻的油灯将主人的影子投在墙上不停地晃动，就像被带进爱国者营地的那个夜晚。

“满斗，你可算醒了。”

罩在发网里的头发，垂在鼻子上方的刘海，流露惊喜的一双细眼，一张如释重负的笑脸。多么陌生的一个人，和我想象的会面多么不同。她比我们在一起时高半头，明天我会发现她更多的变化，发红变高的颧骨，目光中流露的阴沉和警觉。但这会儿，我的呼吸急促，来不及品味更多。

“看什么看，不认识姐姐啦？你变成大小伙子了。告诉姐姐，李奎从哪儿把你捡回来的？这些年你在哪？”

来不及寒暄叙旧，拣最重要的说：“姐姐，营地里的三师参谋是假的，可能是鬼子的工作班。”

苏念的脸色唰地变了，她紧张地站起来，“我去告诉司令。”

沉着的满斗早已想好对策，“姐姐，你对外面的人说我要死啦，我有办法对付他们。”

可能没有找到最佳时机，也可能顾虑十一个人不是三十多人的对手，冒充抗联三师的特务们没下决心动手。得到消息的王良愁眉不展，这么近距离的搏杀，他没有必胜的把握。自由行动的只有苏念，她一次次地走到月亮下面哭泣，她好不容易找到了亲弟弟，可是不知得了什么病，眼看要咽气了。

一个不眠之夜，几十人枪不离手，伺机而动。

第二天上午，满斗被抬到离王良的帐篷二十步开外的草地上。满斗双眼无神，奄奄待毙。看着俯视下来的一双双眼睛，他大声咳嗽，泪流满面。

刚刚遭受重创的救国军情绪低落，一处帐篷里传出伤员时高时低的呻唤，三个人质绑在一棵松树下，看得出，他们绝望到了极点。营地里弥漫着不祥，空气中都有一种紧张。

救国军已经陷入危险之中。王良带着他七十二人的队伍四天前遭遇日军埋伏，苦战一场，加上三个人质，剩下不到三十人。损失惨重的救国军刚跑回营地，气没喘匀，一支十一人的队伍尾随而至。一个人自称抗联三师的李三柱参谋，队伍被打散了，碰巧遇见救国军的队伍。李参谋劝救国军和他们一起去找郎乌春的大部队。王良搞不清对方的来头，又不敢轻举妄动。双方虽在一起吃饭，却都心存戒备。

按照满斗的安排，这天午饭挪到王良的帐篷门口去煮。蒿草潮湿，炊事员老余一边煮高粱米粥一边扇锅底下的烟，免得烟柱上升引来附近的日本讨伐队。王良躺在草地上点起烟灯，一边抽烟一边安慰哭泣不止的夫人。苏念将头埋在王司令蜷起的膝头，一抽一咽。

饭好了，王良坐起身，强拉夫人到了摆好饭碗的倒木前面。他招呼大家一起吃饭，怕引起救国军的怀疑，李三柱让他的人将枪架在自己的帐篷前面，一起走过去围坐在王良司令的身边。

除了王良和苏念，没有人注意到满斗悄悄爬到那十一杆枪架着的地方，他们埋头吃饭的工夫，满斗的枪口对准了来历不明的李参谋。

“都别动，谁动打死谁，姓李的，快说，你到底是什么人？不要装了，我是三师郎师长派来的。”

满斗枪响了，一枪打在长条脸的膝盖上，李参谋跌倒在地，其他人待在原地，动也不敢动。

一场麻烦轻而易举地解决了。立下大功的满斗跌坐在红茅公草上大口喘气，冷汗淋漓。

十一个汉奸拴成一串，领头的李参谋身份审问清楚了，他确实是郎乌春的旧部，两年前投敌做了森林大队的小队长。李三柱投敌的时间和满斗参加队伍的时间差不多。如果他们在队伍上见过，后果不堪设想。

“满斗，这次多亏你了。”

“姐姐，我寻思这辈子再见不到你了。”堵在嗓子眼的一句话，终于说了出来。

库雅拉江两岸流传着理想教教主脱难的各种故事。距王良寨五里外有一个村子，村里人亲眼目睹，郎团进攻王良寨的枪声刚稀下来，山上大爷和他新娶的压寨夫人就从山上飘下来。另一个故事更神奇，王良夫妇手握双枪，百发百中，可是饿虎打不过群狼，郎团的人太多了，打死一批拥上一批，王良夫妇从中午打到傍晚，弹尽粮绝，危急关头，一个白胡子老头出现在他们身后，仙人让两夫妻闭上眼睛，只听得两耳生风，等他们睁开眼睛，人已站在山下。

满斗听到的故事并无神奇，苏念的讲述是这样的，郎团包围王良寨的时候，理想教教主正和他新娶的压寨夫人在另一座山上打猎，他的身边跟着李奎等几个兄弟。他们赶回山寨，刚好看见郎团打扫战场，山寨里几十号弟兄全军覆没。王良没回山寨，连夜翻过雪带山奔了东宁县城。

王良和侥幸逃命的几个弟兄隐姓埋名，做起了黄豆生意。日本人占领东宁县，王良打起救国军的大旗，最多的时候，他的旗下三千人，可是几年下来，身边的人越来越少。

出乎满斗的意料，考虑到孤军无力再战，或是受了李三柱的刺激，王良没犹豫，他满口答应了抗联三师会师突围的计划。郎师长的计划十分周密，在通过满斗转交王司令的密信中，他安排好了司令夫人在大山里的一处落脚点，那个地方叫三发屯，有三师的一个老关系，可以负责夫人的安全。女人和伤员不能随军出征，只能妥善安置。为了让王司令放心，郎师长的信上写道，他的贴身警卫满斗将担当保护司令夫人的重任，他本人则在四十里外的罂粟河河口等待救国军一起北上。

如果夫人出现半点差池，三师将以破坏统一战线罪对满斗处以重刑。郎师长的信上就是这样写的。

我的生命又一次和我的花瓶姐姐连在一起。

一夜的急行军，荆棘将我们的衣服剐破了，身上破绽累累。一路行来，倒木圈和闹瞎塘给我们造成了很多麻烦。作为向导，我还要特别注意吊死鬼，吊死鬼是原始森林里折断多年的朽木，遇风会掉下来，砸在脑袋上可能要人命。

上半夜在林间穿行，我们每个人手中拿一把带树叶的树枝，边走边轰赶蚊蠓。蚊子叮人是落在身上慢慢叮入，小咬落在身上奇痒难耐。

东北的夏末，白天来得仍然比较早，救国军进入南山哗啦啦沟时，天色微明，山林中透出一丝晨曦，我们的位置在罂粟河口以北，找到一处小山沟隐蔽下来，等待三师前来接应。

按照安排，我将护送苏念到山下的三发屯隐藏起来，一直等到大部队北征归来。救国军将从哗啦啦沟北去，我低头坐在涧水边，我不想看见苏念和王司令怎样告别。

沟里的溪水冲击着鹅卵石，泛起白色的泡沫，声响很大。离开营地以后，救国军将三个人质松了绑，绑他们是为了筹饷，队伍北去，留着人质已无用处。两个岁数大的怕救国军变卦，绳子一松就跑了。剩下一个十二三岁的孩子，嘴角溃烂，下巴长了一圈黄痂的羊胡疮，黄眼珠却转得很快，一看就是个机灵孩子，姓温，名叫小德子，小磨房主的独生子。十天前，救国军将他掳入队伍，仓促间，没来得及将赎人的海叶子送到他家里。小德子让满斗想起了几年前的自己，他的家恰好在三发屯十里远的草甸屯，满斗将他带在了身边。

"你们到俺家去住，俺爹俺娘一准高兴。"摸摸小德子的脑袋，不知为什么，满斗觉得三发屯凶险无比。

野草和灌木低矮，隐蔽有极大困难。我们不敢贸然进村，也不敢站起来。骄阳似火，口渴难当，渴得难以忍受。苏念昏昏欲睡，满斗不错眼珠地盯着三发屯村口，主动请求打探情况的小德子进村好久了，不见出来。满斗做着各种最坏的打算，看着汗水流到破衣服领子的苏念，他想不好最后关头要不要开枪打死她，免得她落到日本人手里受罪。

"满斗，我渴死了。能找点水吗？"苏念无力地呻唤。

"姐姐，忍会儿吧。小德子回来我们就进村。"

"他不会自己跑了吧？"她的眼睛里瞬间流露出惊恐。

"不会。小德子可靠着呢。"她听出他的声音不对劲儿吗？总之，她的脸苍白如纸，不再喊渴了。

村子东面一片洼塘，水淹过的蒲草和水葱倒伏在烂泥里。两只水鸡受了惊吓冲天而起，一年前，我们的队伍来过这个地方，往南有一处日本人的集团部落，村子里有警察所。向东是王家油房，驻有日本军队。

苏念的手突然抓过来，拽住满斗的衣襟。一队鬼子骑兵出现在三发屯的村口，清楚到能看清战马的眼睛。

"满斗，咱们完蛋了，那孩子出卖了你。"

祖先神保佑，赵尚志保佑，郎乌春保佑，李良萨满保佑。

满斗紧紧搂着他的花瓶姐姐，大祸临头的一刻，他一手抓枪，另一只手扣住苏念的手指。就在绝望之时，日本人的马队掉头南去。

"满斗，你弄疼我了。"

满斗长出一口气，仰躺在草丛里。天空白云朵朵，蜻蜓落在他的鼻子尖，不知为什么，他想大哭一场。

小德子终于出现在村子口，他机灵地跳进一条水沟，向满斗的藏身之处爬过来。小德子带回乞讨的两块玉米饼和一个不好的消息，三发屯建起了警察所，郎乌春安排的张姓接头人失踪了。庆幸没有冒失地自投罗网。

没有别的选择，只能接受小德子的建议，先到草甸屯落脚，再想办法。

淡淡的月光下，我们匍匐在草丛里观察地形，微风从草尖上轻轻掠过，发出沙沙的响声。我们迅速越过土路，进入一片黄豆地。弯腰前进，尽量缩小目标，这是一个闷热的夜晚，时近子夜，仍然蚊虫撞脸，酷热难当。两个小时以后，我们终于到了山下。

一条深沟，溪流哗哗，向前一百米，黑乎乎的草甸屯最东头，小德子的家是一座较大的土房，坐北朝南，门前几棵大树，房子周围有开垦的土地，地头散落着一些晒干的土豆秧。地里的白菜棵很散，估计收成不会好。村子里的场院堆着很大的谷草垛。

我们躲进西房山一个园仓和秫秸障子之间的缝隙，小德子自己去敲门。温家的灯点着了，黄黄的一团，屋子里一阵混乱，传出压抑惊喜的哭泣声。村子深处好多条狗在呜咽。苏念紧紧地攀住我的左胳膊，她的紧张和依赖通过她的体温传递给我，我夸张地用一只右手端着枪口朝外的马枪。苏念的呼吸那样温暖，连日的奔波，这个狭小的空间安全，温馨，有如天堂。

院子里响起扑通扑通的脚步声，小德子在前，他的父母在后。小孩子兴奋的声音像房檐下抖个不停的蜘蛛网，“俺娘让你们别说话，麻溜进屋。”

老温的大手拉住我，他的媳妇拉住苏念。迈进门槛的一瞬，熟悉的霉味和腐败的气息扑面而来，一只黑猫擦着裤脚蹿向门外，墙角鸡架里的母鸡不安地咯咯几声。炕头坐着一个老太太，围着被老泪纵横。

机灵的小德子悄悄趴在我的耳朵边，“我说我被胡子绑票了，是你们救了我。”

老温夫妇跪在灯影里，“你们救了小德子，就是救了俺们一家子。”

“大叔，快起来。”

老温注意到我的马枪，他惊恐地站起来，“你们是——”

“不瞒大叔大婶，我们是抗日军三师的战士。”

“他爹，麻溜给队伍上的烧口热水。簸箕里有旱烟，麻溜抽上两口，刚摘的黄瓜呢？麻溜拿上来。德子他娘，你麻溜给客人弄点吃的呀，这事要我瘫巴老太太告诉你吗？”炕头的老太太不停声地支派着，一只手却抓住孙子的小手，好像一撒开，小孩子又会消失似的。

支派一回，老太太重又开哭，“大孙子要是再不回来，你就看不见奶奶了，奶奶就哭死了。”

外屋的烟气弥漫进里屋，适应屋子里的灯光以后，我看清这是一个有炕柜的屋子，说明救国军的消息很准，温家的日子看上去还能维持，这年头实属不易。苏念轻轻碰我一下，示意我留心灶间的说话声。听不清温家的两口子说什么，但听得出来，他们已从儿子回家的狂喜中冷静下来了，我们的到来让这户人家陷入新的烦恼之中。

“你们两个瘪犊子给我进屋来。”老太太冲外间忽然喊道，喊完大声咳嗽起来。

德子娘将一个黄泥痰盂拿到炕沿下面，老太太毫不领情地将儿媳妇一把推开，“我不跟你说，让那个瘪犊子进来。”

德子爹惶恐地站在地当中，听老太太训话。“你说，你们两个商量出什么章程啦？你老婆能有什么好主意？别说这两个是小德子的救命恩人，就是两姓旁人，只要他们打日本人，进了咱家门，咱们也不能往外推。”

“俺们没想推，这不商量办法吗？昨天村子里来过生人，问东问西，我怕咱这儿不安全呢。姑娘住在家里可以说是老太太的远房孙女，可小伙子——”

我藏身在场院的谷草垛。垛顶两丈多高，我弄出一个足以容身的小窠。早晨，村子里十分安静，家家户户的烟囱飘着缕缕炊烟，我的新居可以俯视东南西三个方向，不敢直立，北方看不见，我只能用耳朵代替眼睛，去分辨村子里的各种声音。最满意的是我能看见温家的院落，那里有我的苏念姐姐，我向她保证过，只要她有危险，我会不顾一切出现在她的身边。

一天过去了。

两天过去了。

第三天，天空传来飞机的马达声，由远及近，村道上好奇的孩子大声呼喊，“天不怕，地不怕，就怕飞机拉屁屁——”喊声响彻小小的草甸村。

我本能地缩进谷草里，透过谷草的缝隙，我看见苏念不顾一切地来到院子里。她向场院跑来，向草垛跑来。

草窠里，我和我的花瓶姐姐紧紧地抱在一起，“满斗，我怕飞机看见你。满斗，我不想一个人待在屋子里，刮风我就想着你会冷，打雷我就想雨会淋着你。听到狗叫，我就想有人发现你了。我受不了了，满斗，我受不了了，剩下我一个人该咋办？”

天阴了，乌云翻滚，天空像一口生锈的行军锅，倒扣在头顶上，压得我喘不上气来。淅沥的雨下起来了，我们向草窠里缩去，一面躲避雨水，一面借此祛去寒凉。我的手碰到了一个地方，那样软，那样暖。草窠里弥漫开湿热的气息，雷声的间隙，我听见了苏念不一样的喘息。她紧紧地贴过来。

哦，谷草垛，天堂一样的地方。

“雨下大了，快下来吧，到屋里躲躲，别着凉了。”

小德子戴着一顶草帽，两个裤腿高高挽着，在猪粪和鸭屎混合的泥水里捯着小脚丫，哆哆嗦嗦地站在谷草垛下面。

我拉着苏念从垛顶滑下的一瞬，我对谷草垛产生了无限留恋。同时心底生起异样的感觉，难道这是一个不祥之夜？

第三十章　罂粟谷

我和苏念踏上了回罂粟谷的旅程。选择大雪天进山，雪很快将进山的雪溜子抹去，不会留下进山的痕迹。老温一直将我们送到十里坡，赶着瞎骒马拉的爬犁回去了。分手时老温的爬犁比来时更快。

我们藏匿在草甸屯的五个多月，温家人担惊受怕，到了再也无法忍受的极限。村子里出现陌生人的次数越来越多，加上我有两次差点在温家潮湿腐烂四壁挂霜的菜窖里窒息。一个大雪天的傍晚，苏念下到菜窖看我，我们竟然同时梦见队伍回到了罂粟谷。我们决定进山，半夜就动身。

温家立刻为我们准备进山的干粮和衣物，临出发，我想起一直没见小德子的影，他从我们决定走再没露过面。

孩子等在村口的老榆树下面，哭成个泪人。两只冻得像黑馒头的小手抓住我不放。“他们早想撵你们走，听到村子里的狗叫就吓掉了魂。”小德子低声说，“叔叔，他们不让我见你们，怕我留你们住下去。我爹娘就是两个势利小人。”

我把一颗三八枪的子弹壳塞到他的小手里，我和苏念都明白，这时候离开，是送给这户人家最好的报答。

我们蹚着齐腰的深雪，走在没有人烟的原始森林里，白天赶路，夜晚露宿。大部队在深雪里行军，总要找几个身强力壮的年轻战士，轮流在队伍的前面蹚雪开道，其他人跟在后面行军，这一次，只能由我在前面蹚雪开道了。冬季在深山里行走，天将亮那一刻最难熬。清晨，西北风一刮，狗皮帽子上都是霜，苏念的脸蛋冻起鸡蛋似的两个大包。

我们走一走就要停下来辨别方向，然后拄棍前行，拉扯着越过难攀的山路。白天不能笼火，怕引来敌人，我们一口炒面一口雪。晚上在雪地里宿营，先把雪堆到一旁，清理出一小块地方，然后用锯放树，把树锯成段搭起来，用干树枝点着，不多时火就熊熊地烧起来。天太冷，柴火不旺，火苗是蓝色的。

苏念呼出的气像一股白烟，头上眉毛挂了一层霜。看见她就看见了自己，我们就像两个疲惫不堪的雪人、野人。

向山上爬，西北风像刀子刮脸。旁边的树冻得嘎巴嘎巴响，山林里到处是獐狍野鹿的脚印。树上挂着白花花的霜，就像山东人说的棉桃。时有松鼠在树上跳来跳去，啄木鸟在四处不停地叨树。

找了一个窝风的地方，笼起一堆火，烧点雪水，捏出几个咸盐豆，这是我们今天的早饭。太阳升起来了，我们一会儿过沟，一会儿过蒿塘，塔头甸子上面盖满了雪，看上去平得像乡下的场院，一走，陷进很深，半天拔不出脚。雪上闪着银色的光，晃得人睁不开眼，天太冷了，可我们走得浑身是汗，过了漫长的大甸子，眼前陡峭的山坡似乎高不可攀。

第五天，走着走着，前面不远处的密林忽然出现一缕细烟。渺无人烟的深山老林突然出现烟火，要么是敌人，要么是自己人。

“我过去看看，你在原地藏好别出声。要是听到枪声，你就赶紧跑回刚才走过的桦树林里躲起来。”

“满斗，我们绕开吧，不管是谁，管他好人坏人，我们都走开。你不是说我们要回罂粟谷吗？”

“可是万一是自己人——肯定是我们的人。姐姐，咱们就要断顿了，你看见了，我说的大石头密营给破坏了。我必须找点吃的。”

“去了会让枪打死，不去又会饿死，满斗，路什么时候能走到头啊，早知道这样，不如在草甸屯等死——呜——呜——”

“哭有什么用呢？你记住，万一有事，我找你的时候会连敲三下树干。要是太阳偏西我还没找你，你——”

“别说了，快别说了。满斗，你靠近观察一会儿，听姐说，千万别一下走过去。万一有事——”

我轻轻地触碰苏念红肿的脸颊，她的嘴唇黑紫，肿得像两只冻僵的毛虫。她把脸贴过来，让我替她拭去流出的眼泪，她的眼窝深陷，眼睫毛冻住了，她努力地睁大眼睛。可怜的女人，黑黑的瞳仁里，怪模怪样的满斗满脸愁苦强作欢颜。

希望像一根葡萄蔓，紧紧缠住我，我决定冒险一搏。

前面，一只细腿狍子靠近桦皮房子，听见声音，那畜生愣了一下，艰难地一跳一跳地蹿进一片杂树棵子。门被雪卡住了，看上去至少一天一夜没有打开了。

谢天谢地，桦皮房子里只有靠打猎为生的一个老乡。

薄烟中，奄奄一息的老头躺在一小铺土炕上，盖着一条肮脏的棉絮，脚底搭着一件旧皮袄。眼睛睁得老大，伸着舌头使劲儿喘气。屋里一股恶臭，墙角什么动物的肠子冻成毛乎乎的一团。臭味发自老头的身子底下，小木屋的主人病得不轻，我闯进他的领地，老头吃惊地一瞥，痛苦地摇头。他说不出话了。

烧开的雪水滋润了就要封死的喉咙，可怜巴巴的老头说几句话，喘一会儿气儿，断断续续。

老头姓王，三年前被一个报号仁字的小股胡子抓来种大烟，胡子队被日本人打散了，他独自一个人住了下来，春天在周边的地里种点玉米土豆，冬天打猎。进山讨伐抗联的日本人和森林警察曾在这里歇脚，一年前抗日军也来过这里。最近一次见到人，是日本人的工作班，一共二十几个人，不过那是半年以前了。

“我遇上这辈子最幸运的事了，没想到能有人给我送终。小伙子，再给灶坑添块木头，我快冻僵了。十天前，我这左半边身子突然不好使了，头几天勉强能烧点雪水、煮点东西吃，这几天行动越来越不便。”

“臊死了，姑娘，”王把头说，“窝吃窝拉，让你们笑话了。”

老头鼻涕一把泪一把，“我活不多少时候了。墙角有半扇狍子肉，算我招待你们了。”

水煮兽肉又腥又硬，但总算一顿饭。吃过东西，草草收拾一下，我挨着老头躺在炕上，苏念硬着头皮躺下，她紧紧地贴着我，隔着衣服，我仍能感觉到她的心跳。半夜，苏念起来解手，之后，她终于睡着了。

我瞪大眼睛，听着屋外的风声，这时，躺在我身边的王老头忽然坐起来，他哆哆嗦嗦地推我的胳膊。老头轻声向我乞求：“孩子，我要上路了，你给我唱一段库雅拉的长歌吧，让我有力气走回老家去。”

“孩子，我知道你是一个萨满，行行好，给我一点力量。”

“大叔，你弄错了，我不是萨满，我是一名战士，打鬼子的。你起来烤烤火，咱们好好说会儿话。”

“孩子，火已经不能让我热乎。你看，我的骨头冻透了，上锈了。”天啊，老头的胳膊果然有一层绿锈。“孩子，给我唱一曲吧，哪怕一小段。你唱了，大叔好上路呀。”他摸摸索索地点着烟袋，一股黄烟叶子的气味弥漫开。

我唱了，唱起李良萨满教给我的长歌，我以为自己早将这些歌词忘记了。

当长白山只有土丘大的时候
库雅拉江只有水沟深的时候
参天榆树只有嫩芽大的时候
空中的雄鹰只有雏儿大的时候

我们三十个牙齿的额娘
我们四十个牙齿的山毛榉额娘
白天为我们操劳
黑夜里保护我们免受恶灵的侵犯
你的脸像绸缎般闪光
面像油脂般发亮
我们的额娘
使饥饿的人吃饱
挨冻的人温暖
三角的石头炉子
我们点燃鲜红的火
永远地燃烧吧
让我们传宗接代
一代一代地繁衍下去吧
我们的额娘
赐福给一个受伤的灵魂吧

“孩子，我走了。你们也赶快离开这儿，去你们的祖先坟，那里可以躲开日本人。”

佝偻埋汰的黑影像一缕烟飘向房门，门什么时候打开了，风卷进来，吹掉上霜的山墙上挂着的大葫芦，发出震天的一声响。

苏念缩成一团，睡梦中叫了一声。屋子里有一股烟草的味道，灶坑的火不知什么时候熄灭了，热气早已消散。

“满斗，满斗，你醒醒。”苏念的尖叫声，她扑到我的怀里。以我额娘的名义发誓，现实和梦境竟然没有一点过渡。

“满斗，我梦见老头死了。你摸摸他，看他还有气吗？”

她说得没错，搬开压在我胸口的僵硬的死人胳膊，头发汗毛倒竖，全身大汗淋漓。一股寒凉从脚底心直贯脑门心。天啊，我从来没像现在这样恐惧过。

我们在罂粟河岸边的雪里发现一只死鹿，死鹿被乌鸦饱餐之后所剩不多，冻得硬邦邦的。我们吃烤鹿肉，火星窜向眼眶发青的天空。成群的乌鸦在空中和树梢盘旋，呱呱乱叫，向我们述说痛苦，提出抗议。遥远的天际传来奇怪的嗡嗡声压住了乌鸦的争吵，来不及扑灭火堆，干脆用雪将火堆埋上。烟雾尚未散尽，一架敌机出现在林子上空，清晰到能看清飞行员的帽子。我们躲在一棵长满树疤的红松下面，就像两块千年不动的石头，侦察机像一只昏了头的瞎眼鹞鹰，转了三圈盘旋而去。重新点起一把火，鹿肉比飞机来之前味道更香。

也许是肚子里有了鹿肉垫底，也许又一次脱险感到庆幸，胡乱堆起的雪墙里多了一丝温暖。苏念用粗粗的针脚为我缝补树枝剐破的棉衣，她的脸被火映得红红的，看上去不那么黑了。她不时地用针刮一下头发，动作比我额娘笨得多，但比我们三师的李医生动作好看。我们全师人都说李医生长着两只会治病的细眼睛。老实说，她刚加入我们队伍那会儿比后来好看得多。三年前，伪军森警李文彬大队起义，加入了抗联三师，我们奉命在珍珠河南岸接应伪军军官的家属，他们来了大大小小老老少少三十多口人，第一个上船的就是李医生，穿着一件蓝地白花的旗袍，腰细得一使劲儿能折断似的。有一段时间，过够了山林生活的家属们扯老婆舌，说李医生和王大队长相好，这消息让人难过，那么好看的女人竟会干出这样下作的事，我们见到李医生的丈夫张小队长就暗地里讥笑他。三个月以后，我们的营地遭到日本人的包围，王大队和张小队一起阵亡，李医生一滴眼泪也没掉，她离开哭天抹泪的长舌妇，直接找到政委要求参加战斗部队，政委劝说她做了师医院的护士。她的眼睛比药丸灵，像两汪水温暖你的伤口。她的眼睛比奎宁还灵，许多受伤的战士都不好意思当她的面喊疼。李医生手使双枪，歇下来，她就摆弄她的镜面匣子，炊事班的小吴亲眼看见，就在李医生战死的早晨，她的枪口冒出一股蓝色的小火苗，可她浑然不觉。

“满斗，咱们分开的这几年你长出息了。你讲李医生的故事是拐着弯地说我像个娇气娘们吗？”

“满斗，你怎么不说话了？没想到你这么能说。”

她的每一个动作都牵动我的神经，她不停地扭来扭去。脸红红的，羞涩万分，使劲儿摇晃身子，问出那句压在舌头底下的话：“满斗，你身上不痒吗？”

“痒啊。”无所不知的满斗说，“你说的是虱子吧？对付这种事，我们有办法，打仗的时候顾不上，行军的时候晃一晃，到了宿营地脱下衣服靠近火堆一烤，小东西自己就掉进火里了。”

“你们李医生，女战士，她们也这样做吗？”

这句话把我问住了，“也许吧，我不知道。”

十几只乌鸦飞回我们的上空，像要烤火似的。转回头，我看见——

我看见了这个世界上最美丽的风景，在那件肮脏破旧的皮大氅里忽隐忽现。指天发誓，给她出主意的时候，我什么也没想。

噼噼啪啪落进火里的虱子正在浴火重生，纷纷从火里爬出来，迎风变大，变成一头头硕大的野猪，森林里轰隆声震天动地，野猪们吭哧吭哧地奔跑。

幸运的虱子。疯狂的野猪。

天底下，沟壑里，冻土下面，欲望像涧水，欲望像泉水，欲望像风中呼啸的炮弹，绽放出一串呜咽，回音是一连串嘎哑的鸟叫。

哦，佛朵妈妈硕大温暖的双乳，少妇鬼洁白温润的双乳，苏念的青春之火，花瓶里绽放的两团耀眼的百合。

那是两座幸福的坟茔，一座深藏我的渴望，一座埋藏我的思念。

雪里站着我冻死的战友，他们的身影和树的影子一起躺在蓝色的雪地上，躺在烧纸一样颜色的月光下。月光下站着饿死的战友，他们的肚子仍在轰鸣，轰隆隆，轰隆隆，回声是一次巨大的雪崩，一面山平铺下来，像奔泻而下的天河，像从天而降的大瀑布。森林的阴影里，站着我死去的战友，他们每一个都像一个血人，一双双明亮的眼睛放着绿光，就像一盏盏绿色的灯笼。雪野，像一张张展开的作战地图，风声是他们探讨作战方案的回音。

有一天下午，我清晰地听见了战友们的歌声，歌声回荡在山谷里。当时，我和苏念饥饿难当，我们扒开积雪，寻找能充饥的草根。歌声带给了我们好运。惊喜发生了，我从雪下面发现一张马皮。这一定是战友们杀马充饥时扔下的，他们一定在这里吃过马肉，开过一场战地联欢会。谢天谢地，积雪覆盖，天寒地冻，马皮尚未腐烂。我和苏念高兴极了，将马皮一小片一小片地化开，用火烤掉鬃毛，煮上半天，割成小块。我们决定将剩下的马皮留给更艰难的日子。

苏念和我一起烘烤剩下的冻马皮，空气里弥漫着火烧马毛的煳味，那是人间的烟火味。苏念的脸被火映得红红的，看上去不那么黑了，她脸上的冻疮快要好了。

“你知道我是怎么决定嫁给王良的吗？”

一定是个伤心的故事，伤心到六月飞雪。还有比她的故事更伤心的吗？那时，连绵的秋雨就像老天失禁的姜黄尿水，库雅拉江畔漫天飞舞的蒲棒绒沾在土崖上，就像一只只就要僵死，再也无法飞翔的蜻蜓。

她讲述在东宁县城米店里当女东家的日子。傍晚，透过明亮的玻璃窗，能够看见院子里的紫丁香盛开着，纷乱的白色蛾子和蝴蝶围着白炽电灯的灯罩上下翻飞。小白已经长成一条大狗，专心地低头啃一块猪骨头——哦，我想起来了，我想起了在王良寨用墨汁涂抹狗毛的下午，小狐狸湿润无辜的双眼——那天晚上，王良喝了酒，趴在我的怀里像孩子一样地痛哭，他哭没能保住家里的产业，哭他的弟弟最后饿死街头，哭他自己这一生当了胡子，当了土匪，本来他可以做一个有钱的本本分分的商人，还有，他的女儿不知流落何处，没准被他那个混蛋弟弟卖进了妓院。你知道吗？苏念，我要你是因为你长得像我死去的女人。你知道吗？满斗，那一瞬间，我一点不恨他了，不恨他做了那么多伤天害理的事情，不恨他只把我当成一个孩子，当成没心没肺的玩物。一声长长的叹息，我又能怎样呢？满斗，我们在王良寨活下去，全凭他一句话呀。

我的胸膛里燃烧的火苗变成灶坑里的湿烟，那是苦涩岁月浇灭的一团嫉妒之火。一口带血的浓痰堵在嗓子眼，憋憋屈屈，酸酸涩涩，咽不回去，吐不出来。

天刚放亮，星星逐渐消失，苍白的月亮迎着轻飘的浮云，东方的霞光一会儿像苏念咳嗽时的腮红，一会儿一片青魆。可怕的寂静，梦中清晰的鸟叫没了踪影。松树笔直光滑，树梢上面分不清是乌云还是雾，空气里飘浮着干雪珠。

太阳终于出来了，出现了七色光圈，云彩一没，光圈就消失了。坑坑洼洼的地方和干涸的河汊冻住了。冰顶上冻冰，冰面越来越高。冰坝的后面藏着一眼怪泉，又苦又涩。

抛开河岸的茅草小径，向林木茂密的东山攀登，密密的林木挡住了我们的视线。忽然间，雪像烟雾一样刮起来，雪花接天接地。

终于到了山顶。感谢祖先神，那棵白榆树孤零零站在风里，几年前，我曾把手伸进两米高的树洞，里面有黏黏的香甜蜂蜜，还有一面铜镜子。

那一天，我们像两只疲惫不堪的獾钻进了祖先坟，南蛇藤遮挡的天然石洞。感谢祖先神的指引，我们终于找到了栖身之所。

“你会再来的。”有个奇怪的声音曾经预言。

现在，我真的再来了，还带来了我的花瓶姐姐。我们点燃火堆，火苗烧掉了山洞上千年的晦气和湿气，赶走了石缝里的老鼠和其他我们不知道的动物。

将火堆移开，满斗在烧热的地上铺了一层干树枝。

“满斗，什么事让你不高兴？”

明察秋毫的女人，满斗任何一个心思都瞒不了她。

“刚才捡烧柴时被风吹到了。”

“不对，你一定遇到了什么事。你是怕司令他们回到营地找不到我们吗？”

“他们回来要等到春天，这个时候进不了山。”

“我们能进来，他们也能进来，你凭什么说司令他们进不了山呢？”

“他们人多，目标大啊。”

一声长长的叹息，连着一长串的咳嗽。满斗来到山洞外面，雪停了，从天上漏下来一线苍凉的阳光，恰好照在五十米开外的另一个高处，一棵胳膊粗细的树桩直冲云霄。那是一棵铁树，更准确地说，是一根铁旗杆样的东西，扎根在一个硕大的水泥底座上，水泥座镶着脸盆大的黄铜圆盘。竟是日本人的测量队竖立的一座钢架，约十五米高，圆盘上的数字是这座山的高度，一千八百七十七点四米。

库雅拉山已经没有日本人没到过的地方了。这不能不让人感到泄气和绝望。

一个可怕的念头刺进满斗的心脏，战友们也许早已葬身哪一个山谷、哪一条河流，他们永远不会回来了。泪水瞬间模糊了我的双眼，恐惧之弹击中脑门，我的全身颤抖不止。

春天来了。我们竟然等来了春天。

地上的积雪融化得很快。

小河如一条白色绸带，从西北的山谷伸出来，蜿蜒地飘向远方，群山笼罩雾霭，迷迷茫茫。

满斗的身体没有和春天一起转暖。我得了严重的痹症，双腿僵直，右腿从屁股到脚跟疼痛无比。我的全身疼痛，呼吸困难。

“满斗，别吓我，扔下我一个人怎么办啊。”苏念哭着说，“那我只好和你一起死了。”她流淌着无助而伤心的泪水，泪光在睫毛上一闪一闪，照亮了我黑暗如铁的心底。苏念将我抱住，用她的身体温暖我的双脚。

春风扫过山口。我们绝望地抱在一起。

大山里的雪在融化，我身体里的冰在融化。

五月的山林，背阴处仍有积雪，但已融化得斑斑驳驳，山坡上野草泛绿，针叶树吐出嫩叶，阔叶树枝上出现绿芽。空气清新，一片生机。

“姐姐，你醒醒，起来喝口菜汤吧，我特地到罂粟河边上采来的。有酸沫姜，有刺老芽，还有蕨菜。姐姐，你怎么了，你怎么了？姐姐，你说句话呀。”她的全身滚烫，呼吸急促，“抱抱我，满斗，抱抱我。姐活不过今天晚上了。我不想死啊，满斗。”

“姐，你不会死。你打摆子了，昨天吃东西吃坏了肚子。你放心，睡一觉就会好起来。”

她的咳声伴随着春雷，夜风送来猫头鹰的叫声。我们绝望地抱在一起。

滑滑的东西在腿边一拱一拱，一条蛇蜿蜒着游向洞外。

傍晚，狂风大作，乌云横飞，我们坐在篝火旁，刚喝过黄花菜的菜汤。滚滚的雷声在我们山洞的上空轰鸣，我们一个劲儿地往火里面加干柴。黑乎乎的铁盒子煮着老鸹眼的树皮，苏念不时地翻动一下，她准备用煮好的树皮给我擦洗腿上的伤口，几天前，我的左腿被石头擦伤，用这种水擦净脓血，会保证伤口不再化脓。

苏念唱起了歌谣，她的声音发颤，山洞里颤动着美好的回声。

天有星，
河有灯，
河灯挂在哪，
挂在蛤蜊城。
蛤蜊城，
城套城，
城里住着蛤蜊精。
不管雨，
不管风，
只管黑夜点河灯。
点浅滩，
点深灯，
点得满河尽灯笼。

哦，过去的岁月奔到眼底。年轻漂亮的额娘担着两只水桶一走一晃，阳光照在她黑红色的额头。阴凉的棚子里，花瓶姑娘眨着无辜的双眼，向满斗送上讨好的笑容。

滚过洞顶的炸雷就像一颗炮弹，将多情的满斗炸回莫测的现实。闪电从东方两山之间的豁口切入，俄而转向东南，闪亮处，一片跳跃的火光照亮群山，山不再黑黝黝，蓦地亮了。闪电砍在坚硬的山体，雷喀啦啦地响，群山震颤，大地在连续不断的闪电中咆哮。地动山摇又一声雷，山忽然暗了，仿佛仍惊心于方才那一声巨响。

除了黑暗还是黑暗，一切生命都沉寂了，只剩下两颗剧烈跳动的心脏。

闪电划过夜空，电光中，山里巨大的蛾子颤抖着亮翅，树丛一片惨白。转眼，满天翻飞雪刃，闪电一道一道，雷声再如山洪骤然暴发，暴雨以不可遏止之势横扫大地。

雨在闪电和雷声之后终于畅快地来临，大山里满是雨声，雷和闪电开始稀落，却更加猛烈，偶尔一声脆响，令人耳鸣不止。雨更大了，雷电忽而转出南方，忽而东方，忽而西南，雷霆打击着所有生命的信心，令人震撼于自然的不可抗拒。

闪电照亮了我们的欲望，势不可挡的雷声响应躁动不安的心灵，瓢泼的雨水冲开了我们之间无形的阻隔，那一晚，抱在一起的我们已不同于往日的拥抱。准确地说，是苏念走了第一步，她的气息打在我的脸上，灼热，就像我一直期待的那样，突然，她抱我抱得更紧，一种无法言说的炽热将我覆盖了，我的唇上压了两座大山，脑子里的风比外面的更大，脑门上的汗水比外面的雨水更大。细长的手指柔若无骨，呵着身上你自己全然不知的痒处，一千只白鹅最细密的绒毛沾在你的全身，轻柔，不透气。舌头下面的酸水喷涌进口腔，可是你又不能不雅地吐出来，只好不断地吞咽。一团火，无数团火，舔着你的胸膛，从里到外——我清醒过来，我想起了我的职责，她是救国军王司令的女人，我在触犯纪律。我想挣脱她的怀抱，她的双臂那样有力——舌尖突然锐痛，她松开我，酸涩肿胀，我的舌头被她咬破了，我的嘴里全是血，血顺着嘴角往下流。可是，我喜欢这种感觉。

“满斗，这不是你一直想的吗？”

“满斗，没准我们明天就死啦，没有人能找到我们的尸首。”

“满斗，别傻了，他们不会回来了。这里只剩下我们两个。我是女人，你是男人。”

“满斗，我的傻弟弟，满斗，我的傻男人。对，就是这儿。就这样，就这样，就这样，满斗啊，满斗啊——”

满斗听从了命运神秘的呼唤，听从了埋藏了一万年的渴求的指引，听从了一个女人和欲望的召唤。

世界就在这个时候毁灭算了，那样，他将在幸福中永远睡去，再也不用醒来。

一山的风声，春天的涧水正在欢快放肆地奔流。

“满斗，咱们两个谁先死谁占便宜，是不是？”

“姐姐，你又乱说了。我们不会死。打死咱们的子弹没造出来呢。”

“谁真的想死呢？”苏念长长的一声叹息，伴着说不出的懊恼和不安，她变得吞吞吐吐。

“今早，天快亮的时候，我梦见王良了，站在山洞口，光着头，一脸胡子，满身是血，龇着一口黄牙冲我笑。满斗，你说郎师长他们北征会胜利吗？”

“满斗，你想没想过，万一他们真的回来了——”

这个问题我也想了好久，每次一想心就乱了。

“我们跑吧，跑到一个谁也找不到的地方去。我们去东宁吧，我在那里藏了东西，我告诉过你吧，就在粮食店烟囱脖子的青石板下面。”苏念急切地攀着满斗不会打弯的胳膊，手指冰凉，手心发热，“你说话呀，满斗，你听见我的话了吗？”

满斗能说什么呢？

她的手无力地垂下，烦躁地摆弄满斗乱糟糟的头发，“满斗，你变成野人了，我都认不出你当初的模样了。”叹口气，“看到你，我就知道，自己也好不到哪去呀。”她的双眼布满血丝，眼圈像锅底灰描过，冻疮的黑斑淡了，翕动的鼻子旁边出现了一小片雀斑。

“你再睡会儿，我出去看看。”

“你说梦真是反的吗？我真希望梦是反的。自从我们在一起，我就盼着他们别回来啦，我的意思，不是盼着他死，我是说，他别回来啦。你懂我的意思，咱们两个可以一直这么过下去。”

这话她说过不止一次了，这一次，我听着不舒服，有一种不好的预感。乌鸦猜中了我的心思，欢快地噪着，让人更加心烦气闷。

“你别走，满斗，我一个人害怕。”

“别怕，你看，天亮了。”

“天亮了更可怕，没准小鬼子会摸到这里。”

“所以我要出去看看，找点吃的。”

“你别走，我真的害怕。”

“姐姐，我会保护你。只要满斗活着你就没事。”

“晚上有鬼，白天可能来鬼子，满斗，我快撑不住了。还不如早点死。满斗，昨天听见的是不是枪声？你留心没有，鬼子侦察机来的次数越来越多，是不是咱们的人回来了？我盼他们回来，又怕他们回来。”

“你听错了，昨天你听到的是啄木鸟的声音。辨别枪声我内行，日本的王八盒子，德国的镜面匣子，我一听就能听出来。三八大盖和毛瑟的动静也不一样。”

清晨，山风送来时断时续的鸟叫。远处雾蒙蒙的，大山的深处，空气非常潮湿，凉气立刻打透全身。山峁上，孤零零的白榆树树叶变成了深绿色。洞口不远的地方有什么动物的足印。我决心走得比前一天更远一点，查看一下老松树下面新鲜的脚印到底伸向何方。

一条溪水的源头，我看见一具腐烂的尸骨，周围散落着炸烂的碎布片，一顶破帽子一半埋在土里，肮脏的帽檐压着一截生锈的枪栓。我压抑着恶心和恐惧喝了几口山泉，泉水冰凉，一股死尸的味道。

越往下走，大山越喧闹，晨曦中，松树枝上灰色和烟色的松鼠跳来跳去，鸟声喧嚣，倒木上长出了黑黑的小木耳，开着黄花的灌木丛颤动一片。大山的深处没有路，似有还无的小道是猎人或是早年太平时节采蘑菇挖人参的赶山客留下的，露水打湿了我的鞋和裤子。

保持十二分的警惕，危险随时可能降临。灌木的深处，一双眼睛，十几双眼睛正盯着你。且慢，危险说来就来了，前面一块背风的大石头后面，冒出一股若有若无的白烟。

人！

绝对是人！

藏在一棵大青杨的后面，树上的露水掉进后脖颈，手心出汗，紧张得几乎窒息，猝然掠过头顶的山鸡是被我的心跳吓飞的吗？

全身痉挛，我的后脖颈不能动了，聚筋一样抽成一团。

“枪放地上，转回头。”声音阴森森的，比枪口还要冰冷。

“不要回头，老实告诉我，你是什么人？”

声音瞬间变成一团火，窜出灼人的火苗，“满斗，满斗，真的是你吗？我可找到你啦。”

我瘫坐在地，被扳过身子，眼前真是我的战友，虽然满脸胡子，虽然满脸黝黑，虽然破大褂被树枝剐得一条一道，满是尘土血污——我一眼就认出来了，黄玻璃树汁染过的军装，窄脑门，拉拉秧拉出的细眼睛，“陶副官——”不争气的满斗就像三岁的孩子，一边笑一边涕泪横流，“可把你们盼回来了。陶副官，我寻思再也见不到你了，见不到你们了。”

“你小子别咒我，我没那么容易死。”同样的泪水，同样的鼻涕。

“师长回来了吗？咋你一个人？快告诉我，你们，都回来了吗？”

“话长着呢，慢慢讲给你听。嗨，火里烧着山兔子呢，好不容易才抓到它。都怨你这头大笨熊，突然闯了来。”

我们同时向火堆扑过去，就像两只顽皮的山猪。脑门撞在一起，开心的泪水流在一起。你们想象不出那种快乐，那是一种发自心底的欢乐，让你忘记一切的欢乐，让你记起一切的欢乐。

撕开兔子烧焦的硬皮，露出带血的红肉丝。大部队走得比我和苏念还要艰难。那是一个个坟场，一个个战场，一汪汪鲜血，连成的一条血路。

第三十一章　告别

三师和救国军会师北征的第三天走出了库雅拉山，北上联军在珠河陷入无际的沼泽，沼泽一层红锈，人踏进去就往下陷。唯一的办法是从远处扔一根绳子把人拉上来。水甸子里密布篮球大小的土堆，像一个个松软的皮球。郎乌春决定在沼泽地附近的镇子打两仗，设法消灭伪警察，夺取武装弹药和其他的军需品。救国军也打了几个漂亮仗，王良亲自到镇子里筹款。在榆树镇的一个警察所，两支队伍第一次举行会师的庆祝仪式。

郎师长将队伍带进沼泽地，没有任何道路的沼泽确实是北征军的幸运之地，十里八里，或三五里，会碰到一片小树林，树林里的土地是干燥的，稍大一点的树林还有水泡子，水是清洁的，可以饮用。树林里可以休息，做饭和夜间睡觉用以取暖的烧材都很方便。战士们点燃火堆，烤干胶鞋和裹腿。

早饭和午饭各吃一顿豆饼，晚饭是稀稀的小米煮粥。豆饼是杨木林场缴获的马料，这会儿成了队伍上的救命粮。豆饼不好吃，但吃了没有副作用，不像吃橡子面拉不下屎。沼泽地一片一片的杨树林都是宿营的好地方，四周都是水，没有地形地物，要卧倒只能趴在水里，敌人要是来了只能做联军的活靶子。

沼泽地最要命的不是敌人，是蚊子。蚊子猖獗极了，每个人周围都有几百只跟着飞舞，黄色军衣的后背几十只蚊子往皮肤里叮。战士们把两个大床单合在一起，缝上三个边，下面留一个口贴在地面，上面两个角各系一条麻绳，拴在两边的树上做成简易蚊帐。沼泽地有一个好处，能吃到长脖老等的鸟蛋。长脖老等把巢筑在深水的蒿草丛中，有时一次能找到上百只鸟蛋。为了筹集过冬的粮食，隔段时间队伍就要出去打粮，出发时带上晒干的鱼干，一条鱼能顶一天，只有一样，吃完大便不通。

这期间发生过一件意外的事，有一天，沼泽地来了一个三十多岁的男人，自称来自延安，是中共中央派来的。为了和东北抗日联军取得联系，延安一共派出十一个交通员，只有他一个人完成了任务。一年前的三月中旬，他从延安出发，坐汽车到达西安，坐火车到渑池，步行到达垣曲，跟随八路军一支先遣部队北上，在鲁南耽搁了五个月，终于办到了一张伪满的劳工证，坐船到大连，换火车到达哈尔滨，再坐船到饶河，千辛万苦赶到这里。可是延安特派员没有任何证件，据他自己讲，他在鲁西南曾办过一个证件，盖有山东分局书记的印章，缝在左边的衣领里。可是饶河的检查特别严，下船之前，他将这张唯一的身份证明烧掉了。按照地下工作的要求，这十一个信使不可能同时出发，走同一条路线。漫长的战线，危险的敌占区，他是怎样找到他们的？特派员揭开了谜底，他从报纸上看到日本人在沼泽地讨伐抗日军的消息。郎师长和他谈了好久，找不出破绽，但也无法相信他，最后决定放他离开。

特派员上路了，他要去寻找二路军的总指挥周保中将军。这时发生了戏剧性的一幕，特派员羞涩地说："你不认得我了？我们见过面。"

郎乌春吃惊不小，他实在认不出这个人是谁。

"你会想起来的。"特派员笑笑说，"如果有一天见到我父母，告诉他们，我还活着。"

晚饭的鲫鱼汤烫了郎乌春的舌头，他的脑袋一下子清亮了，他想起和额娘去棺材铺求亲的下午，那个无所适从的小郎，羞怯的目光不时偷偷瞄他一眼。简直不敢相信，那个特派员是杨云清。

杨云清带来了重要情报，日本人集结附近两个县的所有力量，准备沼泽地一封冻就冲进来讨伐。北征队伍必须赶在敌人讨伐之前转移到山里去。

破布蒙上金主任的白马的眼睛，陶副官用石头砸碎战马的脑门。吃过马肉，北征军冒着冬天的第一场雪出发了。积雪一尺多厚，粮食和马肉吃完了，干鱼吃完了，找遍过去存粮的地方，只在敌人捣毁的萝卜窖扒出一些冻萝卜和萝卜缨子，萝卜被敌人用刺刀砍成几段。每顿饭限量一个煮萝卜，萝卜吃完了，派战士靠近村子抢粮食。每次和敌人相遇都有伤亡，抢到的粮食不够两天的食量。在没有路的树林子穿行，棉大衣的袖子、棉被和裤裆剐烂了，棉花掉光了。有人故意掉队，希望能有另一种生路。

几百里的风雪路，郎乌春的心被分成两半。一种挫败感扼住了救国军的喉咙，救国军随时可能叛逃。

北方的十一月，夜来得特别快，刚过晚饭，满天星斗，月牙闪着暗淡的青光悬在上空。突然枪声响起，月光下，敌人的战刀闪着寒光。打退敌人的偷袭，继续转移。队伍在天德金矿陷入包围。阻击小队全部阵亡。唯一的退路是陡峭的南坡，队伍边打边退，抱着枪往下滚。

白天，飞机在老林子上空盘旋。夜晚，敌人的火堆一趟又一趟，把整个山沟照得明晃晃的。郎师长决定以后的行军都在晚上，这样可以穿插敌人的火堆空隙，躲开密密层层的敌人。凡是有水的地方敌人都占领了，只好在大雪天张开油布接一些雪化开来用。没有吃的，许多人开始浮肿。茫茫大雪中部队迷失了方向。队伍在雪里艰难地行走了七八天，摆脱了敌人，回到了东宁境内。再无力行动的北征军宣告失败，彻底放弃了和军部会合的打算，他们藏匿在库雅拉江的一个江汊子里，苦苦地等待春天的来临。

一天下午，郎师长和王良司令发生了冲突。冲突的起因是救国军派出去寻找司令夫人的弟兄带回了不好的消息，三师的通信员满斗没将王司令的夫人护送到指定的三发屯。三师没有信守诺言，把王司令的夫人搞丢了。

师长说："我信任满斗，他一定和夫人在一起的，我想他们可能回到密营了。"

"师长真这么说的？"

"师长就是这样和王司令说的。师长还说，等到春天进山，一切都清清楚楚了。我猜师长是想稳住救国军，师长说，有了这点念想，王良就不会叛变投敌，中国人就多一份力量。"

"王良呢？王司令啥反应？他信吗？"

"他当然不信。可是师长坚持说你们回密营了，还说满斗是个最优秀的战士，他一定能保证夫人的安全。满斗，快点告诉我，那个娘们和你在一起吗？"

"什么娘们？你能不能换个好点的称呼？"

"你不愿意我这么叫她？"陶副官奇怪地打量满斗。

"这称呼太难听了。"满斗的额头冒出冷汗，心虚地拨弄火堆，一股煳味，烧着乱糟糟的头发。

警惕审视的目光，仿佛我是一个叛徒。"满斗，老实告诉我，你是不是犯纪律了？你和那个娘们——那个压寨夫人——"

"你乱说什么？没有的事。"

陶副官松口气，"满斗，你知道师长最担心什么吗？一担心你们送命，二担心你犯纪律，你们孤男寡女，队伍上出过丑事。这娘们招惹不得——"

树丛里一只懂事的松鼠帮了我的忙，在藤萝覆盖的倒木上方伸出毛茸茸的小脑袋，愣一下，猛地向旁边的灌木丛蹿去，陶副官神经质地端起枪，小家伙早已不见踪影。

路上遍布藤萝，穿过三角石头裸露的山坡，浓密的红松林遮住炽热的太阳，山坡之间是蒿塘和红眼蛤塘，一见到河沟满斗就趴下没命地喝水，水沟里一层腐烂的黑乎乎的柞树叶，水面漂着一层深绿色沫子，一摊摊的亮亮的蟾蜍卵。满斗汗水涔涔而下，陶副官跟在后面，一直皱眉头，掀起破衣襟擦汗时，警觉地谛听周围的鸟叫。

一条陌生的山路，将我们引向另一道山梁。山坡起伏，怪石遍地，满斗跌跌撞撞，头昏脑涨，像喝了三大碗烧酒，“不能让他见到我的花瓶姐姐。”这是他第一个念头。

这句话摔个跟头就会从嘴里冒出来。

“满斗，咱们是不是走错路了？满斗，你发烧了吗？你的眼睛像两个海棠果。”

我走错路了，我该怎么办？路能折回去重走，过去的日子能重来一遍吗？

“你说没见过我，陶副官，你就说没见过我行吗？”这是压在舌头底下的第二句话。

“满斗，这次师长一定表扬你，你知道自己立了多大的功吗？你让救国军留在了抗日的队伍里。”

“满斗，要是救国军和咱们分开，三师剩下多少人呢？我数数，算上你我一共二十三个人。”

“满斗，见了救国军，我什么也不会说。”陶副官意味深长地看着满斗。“现在，我只想把那个压寨夫人送到营地，我的任务，噢，我们的任务，就完成了。”

“你哭了，满斗，你哭什么？天哪，压寨夫人让日本人抓去啦？她让鬼子打死啦？吓死我啦——都不是——那你哭什么？慢着，难道你——啊，啊，真让我说着了，猜着了，你真和那个娘们——啊，满斗，你个下三滥，瘪犊子，王八羔子，你把师长害死了，满斗，你死定了，这是死罪，你知道吗？你们咋搞到一块的？满斗，你老实交代，你哭也白哭，减不轻罪过。唉，师长咋向王司令交代？王良土匪底子，他一准和三师大闹，刀兵相见。满斗，你惹大祸了。”

“满斗，你惹的祸太大了，我得向师长报告，让师长做决定。我现在就赶回去。立刻出发。”陶副官黑着一张脸，急得直跺脚。

他猛醒地站住，“满斗，你不会带那个娘们跑掉吧？满斗，我让你害死了，我咋办呢？”陶副官一屁股坐在草棵里。

陶副官站起来，“不行，你立刻带我去见那个女人。这是命令。”

天阴了，对面的山岚由蓝色变成灰白色，这会儿变成灰黑色。最近一棵长满树疤的桦树上，红尾伯劳扬起淡灰色的脑袋，风吹动白色胸绒，伯劳的叫声一声比一声尖厉，满斗却一点力气也没有。

来时二十分钟的山路，回去走了一小时，满斗一路都在想对策。陶副官警觉地四处张望。“满斗，你们冬天进的山？没掉进山涧真是奇迹。”

正想着让他停哪好呢？他自己知趣地摔了一个跟头，倚着一棵小松树坐下打开了烟荷包。“满斗，你去收拾一下，把好消息告诉那个娘们。我累坏了，要歇一会儿。”他开玩笑说，“你们没什么值钱的家当让我帮着搬吧？”两颗黑门牙露出唇外，笑得一点不好看。陶副官将三八大盖横放在两条长腿上，闭上眼睛，他抓紧时间享受难得的安静和阳光。

陶副官忽然说了一句：“满斗，告别时间别太长。”

苏念焦急地等在山洞外面。“满斗，你怎么去这么长时间？”

苏念的两眼发亮，吐出嘴里嚼过的什么植物的绿汁，“我真担心你回不来了。”

“满斗，你的脸色难看，你病了吗？”

“满斗，有一件不好的事。”苏念心事重重，她脸上冻疮的颜色浅了，火药烧过似的。她的话就是一个炸药包，炸得满斗魂飞魄散。

“满斗，我可能怀孕了。迷糊，恶心。你干吗瞪那么大眼睛？吓着你了吗？”

“完了，这下彻底完了。”满斗绝望地坐在地上。

苏念敏感地张开嘴，她看见满斗冒冷汗，她的脸色瞬间惨白，张皇四顾，“满斗，是不是鬼子上来了？”

“不是鬼子？那是——”

“师长回来了。”

“那王良——”

苏念紧紧地抓住我的手，紧张而又无助。“他们都回来了？满斗，我们跑吧，现在就走，我不想见他。”

夏天的雨水冲洗掉岁月的痰涎，洗净满斗脸上的灰尘，秋风扫去蚂蚱的尸体，荡去沉积一年的尘埃。那一刻多么无力和屈辱。

“陶副官在松树底下等我们呢，苏念，他好像猜出我们的关系，只要他向师长报告，我就完了。”满斗可耻地流下软弱的泪水。

时间静止了。

长时间的沉默。

我担心她大哭起来，可是没有。

“你带回吃的了吗？”她的声音冷静得怕人。

赶紧献上烤煳的兔肉。

我们一起度过的日子被她撕成一条一条，带着血丝和焦煳味。她细细地咀嚼，眼睛不看我。我担心她哭出来，可是没有，她的冷静超出我的想象。她远比满斗成熟，远比满斗沉着，远比满斗——

“别哭了，像个男人。满斗，我的事情我处理，放心，不连累你。”

“可是，陶副官——”

“去吧，把他叫过来，我和他谈。”

苏念和陶副官一直谈到下午，谈了什么我无从知晓。但他们达成了一个协议，由陶副官送苏念去见王司令，而我，直接回三师报到。

分手的时刻到了，苏念冲我凄然一笑。

以后，以后和敌人遭遇了一次又一次。陶副官信守了诺言，他什么也没说。只是，过了不到七天，早晨从宿营地爬起来，他的脖子忽然长出来一截，给他揉啊、按啊，统统不管用。问他疼不疼，他说不疼。不疼也不行啊，除了睡觉，他总得一手托着下巴，不然支不住脑袋。说不定歪到哪边去。

第三十二章　大江和旷野

任务艰巨，难以想象，郎师长命令我们炸掉马滴达新修的日本飞机场。

郎师长说："满斗，张二喜，你们两个是我派出去的最后的战士，我们都要做好牺牲的准备。"

郎师长说："你们完不成任务，我会派出第二小队，再完不成，我亲自执行任务。这个飞机场非炸掉不可。"

郎师长沉重地说："你们把武器留下，去军需处每人领一件长袍。"

郎乌春比派我去联络救国军的那次谈话更加虚弱，他刚刚得过一次疟疾，在沙地上画行动路线，手难以自控地发抖。汗水从黑乎乎的腮边往下淌，从乱蓬蓬的胡子里流到下巴上，流进油乎乎的领口。长时间的战斗和行军耗尽了他的力气，布置任务不时停一下。

我和四棱脑袋张二喜怪里怪气地出现大家面前，郎师长露出了少有的微笑，笑意转瞬即逝。"满斗，你到我帐篷来一下。"

师长的帐篷一股蒿子味，破棉絮散发着刺鼻的酸臭。郎乌春说："我也不知道什么人去和你们接头。总之有人和你们联系，相信组织。满斗，你要当心张二喜，他情绪不稳定，我担心他，唉，但愿他不当叛徒。你的长袍沾的什么？"

衣服襟一大片血迹，昨天，我们露宿在五盔顶子，一个家伙鬼头鬼脑东张西望，果然就是一个特工。杀他之前把衣服扒下来就不会沾血了。

出山之前，我在猫跳涧将长袍洗了，晾在蒿草上面。张二喜一直心神不宁，"连接头人是谁都不告诉我们，这不是让咱们送死吗？满斗，师长肯定告诉你了，你是他的亲信，"他摇头叹气，"师长不信任我呀，咋表现都没有用。"

"满斗，你睡一会儿吧，我负责警戒。"

等我醒来，张二喜早不见了踪影。一开始，我以为他到林子里解大便，又等一小时，心里忽悠一下，出了一头的汗，这小子肯定逃跑了。

八月，库雅拉江畔阴雨连绵。我身穿一件旧长衫，头戴礼帽，打着一把雨伞，独自一人走进白瓦镇。离开艳粉街以后我第一次回到镇子里。

街头墙上，日本人刷下了巨幅标语，喇嘛台建起一个高高的瞭望哨。艳粉街仍然热闹，但已经不对中国人开放了，有资格去的是日本兵，附近的日本开拓团，还有白布衫黑裤子被称为二鬼子的富裕朝鲜人。亚洲火磨公司现在是日本占领军的司令部，原先的县衙推平了，建起一排新房子，叫桃源路，是日本人的居住区。我额娘的香烟店招牌换成了铁匠铺，老铁匠面色焦黄，肩头贴着两大块膏药，围着臭烘烘的皮围裙，弓在黑乎乎的大铁炉子边大口大口地抽烟，他的小徒弟瘦得像一根鱼刺，挺着营养不良导致的大肚子胆怯地低着头，见到日本人走过使劲儿弯腰行礼。

更多的中国人被挤到白瓦河两岸，那里搭起一排排的破席棚，人屎狗粪泡在泔水和尿水里四处流淌，一直流进河边的水葱棵子和杂草里去。阴沉沉的天空下面，河水肮脏而迅疾地向前流，漫过木材场的台阶，河水卷走一个小乞丐的炕席卷，满脸烂疮的小要饭花子蹀足大哭，把鼻涕抹到白灰水刷着大东亚共荣标语的席棚上面。

接头的第一个地点，白瓦河边的飘风布店。

“先生，你想买凡士林洋布还是山东家织土布？我们店里还有大尺的花旗布。”布店的疤瘌眼伙计殷勤地掸掸我的肩膀，我抖抖长衫的右大襟，“一不买洋布，二不买土布，我只是来城里转转，听说孙八店待客如宾，我想住几天，不知仁兄肯不肯帮忙？”

小伙计十分诧异，“想住店你去大车店，布店帮不上你的忙。”

“客不挑店，没有关系。我只是随便问问。”满斗故意将“挑”字加重语气。“请问，你们这里要山货吗？”

疤瘌眼伙计笑了，“大白天活见鬼了，住大车店的问布店要不要山货，哎，我说你这人是不是有病？”

暗号对不上，擦着冷汗赶快跑。耳边响起郎师长的声音，“万一飘风布店没人接应，你就住在孙八店等人找你。”

“接头人几天能到？”

“满斗，要相信组织。”

“要是一直不来呢？我一直等吗？”

“满斗，要相信组织。”

相信组织，等在孙八店。

雨稀稀落落没有停过，院子里大车出出进进，混浊的泥水带着马粪和垃圾向四周的低洼处漫流，院里院外弥漫着臭臊味。从窗户向外望去，白瓦河的浑水淹没了岸上的房基，湿漉漉的猪狗到处乱窜，寻找避雨的地方。一切景物都湿透了，浇变了颜色，变得鼓胀胀的。大车店里闷得令人窒息。道路被雨水冲毁，许多大车马匹拥挤在院子里。

孙八店五间正房，南北大炕，东边隔出两间做账房和厨房，我的铺位外面就是厨房。屋里一股冲鼻子的烧酒味和包脚布散发的汗臭味。墙上贴着一张张“莫谈国事”的标语。

梦话此起彼伏。梦游的人将痰吐上糊墙的烧纸上，像是对标语抗议似的。

我起来小解，河道灰白，白瓦河河边可怜的鬼魂形影单薄，在风中不停地发抖。饿死鬼东张西望，被刺刀挑死的女鬼捧着一堆肠子，四个姑娘鬼用向日葵的叶子挡着裸体边走边哭。街头怨气很重，是啊，这年月几个人能寿终正寝呢？白色的雾霭从河上弥漫开，鸡叫头遍，那些鬼影消失了。

屋子里点起嘎石灯，有人吧嗒吧嗒抽烟，烟袋油子的味道呛嗓子。我重又躺下。外屋的大锅烧第一锅猪食，炕席滚烫，躺不住人了。起来的人进进出出，憋了一夜的臊味和狐臭味汗脚味从掀开的被窝里冒出来。

我去看李文劈柴，小伙子一把锋利的月牙斧子磨了又磨。

“劈块木头用磨那么快吗？”

李文用手指试着锋刃，头也不抬，“劈木头？我要劈人。”

“你要劈谁？”

“鬼子。”

满斗心里一动，“你不怕日本人抓你蹲大狱，喂狼狗？”

“能让他们抓住吗？大不了上绺子当胡子去。”他警惕地看看满斗，“你不会到宪兵队告我吧？”

李文撇撇嘴，“告我也不怕，到时候我就不承认。还有——”小伙子冷冷地说，“别想着顶我的位置，你要敢抢我的饭碗，我先劈了你。”

满斗灰溜溜地走了，放弃了有朝一日将他带上队伍的念头。

离开大车店之前，从水缸里舀了两瓢水，水里有三只死苍蝇。奇怪，一点没觉恶心。

街头，白榆树没精打采。我已经在孙八店里住了十二天，花光了所有的盘缠。值钱的只剩下身上的长衫。当掉长衫只能光膀子，不当掉长衫一厘钱也没有。每一个新客到来，我都找机会凑过去搭话，接头人一直没来。难道是我一时疏忽失去了接头的机会？每次上茅房，屁股顾不上擦净就跑回屋子，每次回来问李文好几遍，有没有新人来。没有。

前天，我还焦躁无比，现在我已经不焦躁了。昨天，我还埋怨组织，他们可能把我忘了，或者，接头人遇到了什么危险，现在，我已经不埋怨了。

需要下决心，要不要离开孙八店，有一种选择，不等接头人了，我独自去马滴达相机行事，一个念头撞上来——回洗马村好不好？三年没见额娘，她一定以为我死了。

从当铺出来，我光着上身，变成了一条黑泥鳅。尽力控制左臂摆动的幅度，当心被人发现肋条上的枪伤。两天，最后两天，要是还没有人接头，我就离开。去哪？总之离开白瓦镇。

远远看见孙八店门口人喊马嘶，加快脚步，快去看个究竟。

店外站着很多人，包括被赶出来的客人。飘风布店的伙计抻着脖子看热闹。“都被赶出来了，”小伙计幸灾乐祸，“想和电影明星睡一个屋，哪有那种好事呢？”

“什么电影明星？”

“孙八店被日本人征用了，满映，满映你知道吗？就是新京的电影公司，导演选孙八店做外景地，要在这里拍电影。孙老八真他妈的运气，能闻到李香兰的洋胰子和雪花膏味。”

“快看，快看，拍电影的来了，那几个女的是明星吗？真好看。”

“哪个是李香兰？”

“哪个都不是，你没看见背着小枕头吗？是日本娘们。李香兰是中国人。”

“小点声，当心被皇军听到。你看，有个日本娘们看咱们呢。”

冷汗吧嗒吧嗒往下滴，这下彻底绝望了。孙八店被电影厂征用，别说接头人，接头地点也没了。挤在看热闹的人群里，满斗万分沮丧，想死的心都有。

穿紫色和服抱孩子的女人一直看我，她向飘风布店走来。好眼熟啊，她是——阳光忽然冲破云层，满斗认出来了，怎么可能——我见到了阿菊——

阿菊胖了。

阿菊白了。

阿菊眼角有了很深的鱼尾纹。

阿菊说，离开革命者营地以后她去了新京。

阿菊说，我本来就是日本人啊。

阿菊说，到了新京她加入了满映，一开始做群众演员，现在终于当上配角了。不但当了配角，还找了一个日本工程师结婚。不但结婚了，还生了孩子。

满斗看见了，是一个一岁多的小女孩，瘦得像只没奶吃的戗毛戗刺的小猫。

阿菊说，你怎么这么瘦啊满斗？你好像过得很不好哎。

阿菊说，满斗真可怜，几年不见成了流浪汉！连衣服都穿不上。看在老朋友面上，我去和导演说说，没准能在剧组里找个差事，那样你就有衣服穿了。

阿菊说，你看，门口那个大胡子就是导演李晓河，他打量你呢，能不能留下全凭他一句话。

阿菊说，满斗，你他妈撞了狗屎运，导演同意你留下了，不但同意你留下，还给你安排了一个小角色。

阿菊说，这部电影片名两个字，《大江》，是中国导演李晓河的作品，女主角是著名影星李香兰。

奇妙的故事：

李香兰扮演一个满族农民的女儿，她的名字，竟然叫——柳枝，和我额娘的名字一模一样。男主角叫铃木。铃木是一个有着新大陆梦想的年轻人，日本人的新大陆就是满洲，中国的东北。铃木从日本本土来到满洲，是第一批日本青少年义勇队中的一员。铃木爱上了满洲姑娘柳枝，远在日本的铃木家人给他选了一个日本姑娘，阻挠他和柳枝相好。柳枝家道中落，她家的高粱田抵押给了地主。江水泛滥，柳枝的家在洪水中消失，她和铃木产生了误会。抗日游击队准备破坏铃木为之努力的新飞机场的建设工程。故事进入高潮，抗日队伍受到阻击，铃木在战场上和柳枝相遇——

阿菊说，她扮演日本青年义勇队的女子指导员，就是日本人报纸上说的寮母，也叫“大陆母亲”。

阿菊说，满斗，你演什么角色导演正构思呢，有一点可以肯定，只能是一个小得不能再小的小角色。

阿菊说，剧组在白瓦镇住两晚，真正的外景地在马滴达。那里有一条大江，还有，那里有一个真正的飞机场。你知道吗？真正的飞机场。

太阳穴涨得嗡嗡响，脸上滚烫，心脏就要从嗓子眼跳出来。

打嗝，打嗝，一个接一个。

快点将三个词——柳枝，马滴达，飞机场——咽进胃里去。

还有，当初爱国者营地被剿灭，阿菊扮演了什么角色？她的身上还有什么秘密？

满斗满头大汗，肚子疼。

我上了一辆日本人的军用卡车，开始了一段你无法想象的旅程。

满斗没有坐过汽车，没想到第一次坐汽车是和日本人在一起，汽车简直就是一只大个的屎壳郎。

八月份，高粱一人多高，屎壳郎汽车蛮横无理，横冲直撞，后屁股喷着一股一股的臭气。一串三只屎克郎。四十二名剧组人员和一小队日本兵挤在车厢里，人们不时被颠得老高，尘土往嗓子眼里钻，呛得人喘不上气来。卡车在大火炉中穿行，发动机一会儿就冒烟了。满斗和道具组挤在第三辆车上，司机歪戴一顶战斗帽，身上的衬衫透湿，一副讨好的表情，笑容油腻腻的，一边往发动机里灌水，一边偷看车上的女人。

经过的村落都有土围墙，墙上的瞭望孔像枪眼一样。电影的外景地附近有一个日本炮楼，建在洗马河边一片空旷的慢坡上。

剧组的汽车开进炮楼的院子，满斗的心提到嗓子眼，他进了鬼子窝。主创人员围坐在迫击炮炮弹箱子堆成的桌子边，听导演讲戏。满斗是一个小得不能再小的小角色，而且是一个来路不明的中国人，他只配蹲在两匹毛驴屁股后面，一边闻着屎臭，一边竖起耳朵。

导演在讲戏。

热情高涨的大陆旷野，绿色杨柳倒映清澈池水的快乐家园，开放着艰苦建设之中的日满两国的恋爱花朵，为了征服满洲少年柳毛，从而赢得柳毛姐姐柳枝的芳心，男主角铃木一男要付出全部的爱，甚至鲜血。

铃木怀念一个叫日轮兵舍的地方。兵舍是青少年义勇军极具特色的宿舍，奇特的建筑几百栋，掩映在挺拔的松林里。据说，兵舍建筑师梦里受到“蒙古包”的神启，怀着对天皇和天照大神的无限敬仰，开始设计一幢幢圆形的木造二层楼房。在无人指导的情况下，十个日本工人用五天的时间就造好了房子。工人们在中央竖起一根圆粗的大柱，周围立几根小柱，将大柱与小柱顶尖固定好，房屋顶和墙壁用木板张贴，也拼贴着新一代日本人征服满洲的美梦。

日轮兵舍的少年们将承担起兵农移民的责任，他们学习学科、术科、实习科目。学科的核心内容是皇国精神，术科主要是剑道，而实习则是农业。少年们穿起酷似陆军士兵的褐黄色制服，吃着七成萝卜三成米的萝卜饭，每天训练如何应对中国人不知何时会发起的攻击，这是兵农移民最重要的训练。

终于，穿上了义勇制服，背上了大背包，扛起步枪似的青栎木做成的锹把，渡满中队的少年们唱起《我们是青年义勇军》的歌曲在军号中出发了，他们的身影消失在松林里，在日本的国土上消失了。他们走向满洲的严冬和中国人的污秽。

西伯利亚的寒风猛烈地吹着，小便落地立刻冻结。摘下手套，手指很快就会冻伤。义勇军的少年们躺在零下四十度的冻土炕上睡觉，他们铺盖着所有的卧具，卧具吸收了未干燥的土坯的潮气，又湿又凉。高粱米饭南瓜汤，铁制饭碗铁制筷。冬天，满洲的大地白茫茫一片，没有蔬菜，他们把宿舍周围的野菜割来放在大酱汤里。野菜没有了，他们吃“太平洋汁”，没有一片菜叶的咸盐水，他们吃着容易中毒脱发的“满洲地瓜”打碗花根，唱着激昂的歌曲，因为，他们心怀梦想，他们发誓要让这片陌生的大地变得像日本本土一样山峦青翠，河流清澈——

日本少年的坚忍感动了怀着排斥心理的中国人。终于，他们为日本青年建设王道乐土的决心感染了，发生了爱情。

柳枝是铃木热爱的满洲姑娘，她的弟弟柳毛又瘦又小，长相嘛，刚好和满斗一模一样。有一天，缺心眼的柳毛洗澡时溺水了，他脚蹬手刨，堪堪毙命，在附近训练所巡逻的铃木飞快地跑来，他救起了柳毛。充满感激的村民载歌载舞地来到训练所，献上他们最好的礼物，感谢铃木的救命之恩。日满联欢，铃木和柳枝相爱了。美丽的柳枝像一朵盛开的樱花，衣着干净，在袖口衣襟脏得发亮的姑娘当中亭亭玉立。她启发身边的姐妹们要向日本人学习，不要一口馒头一口蒜，经常洗澡去体臭，热爱和平不吐痰，共建满洲新天地——

柳枝一次次地拒绝一个中国小伙子的求婚，于是，一口黄板牙的小伙子竟然加入了土匪绺子，绑架了柳枝，可怜的姑娘成为抗日军破坏皇军飞机场的诱饵。故事从此进入高潮——

电影旨在讴歌王道乐土的建设，鼓动日本人对大陆的向往。

炮楼四周便是电影中讲述的大陆旷野。两里外是电影的外景地。三天后，电影里最重要的一场情死戏要在那个地方开拍。

沼泽地，一片茂密的芦苇，开向天边的水蓬棵，铺向天边的臭蒲草。臭咕咕的叫声不紧不慢。柳枝围着铃木送她的粉色披肩向沼泽里走去，腿刚没进水里，白白的小腿肚子就被蚂蟥叮上了。她的表情刚好可以表现失意者自杀时的痛苦。铃木跑来相救，女演员的脸要仰向天空。导演站起身比画着。眼要半睁。对，身体稍前倾。对，头略歪。对，眼睛斜着看，视线慢慢下移。对，就这样。

这个时候，柳毛，你要把枪端起来。

赶紧收回散漫的思绪，忘记女主角白腿肚上的蚂蟥。满斗机智地露出一脸傻笑，顺手抓起一把驴草料扬在脑袋上。满斗看见导演微笑着点头。

晚餐，库雅拉江的鳇鱼宴。

又大又红的太阳沉落在库雅拉江，江鸥的身影消失了。

夜雾上来了，阿菊她们每人领到一颗手榴弹，以备防身之用。

导演在给临时演员，也就是岗楼里的鬼子讲戏，导演说，既然这里有抗日军出没，用反射板可能招来枪响，摄影前要出动侦察兵侦察一番。

饮用水是从河里打来的，用汽油桶装着，上面清水，下面泥沙，白色的毛巾往里一放就变成褐色。即使这样，也比满斗和他的战友们过得好。

多希望这个时候能发我一串手榴弹，将鬼子炮楼炸个稀巴烂。

全体人员都在消化剧本。

临时演员——半裸的鬼子，有的看书，有的写信。

银河，月亮，蚊子，夜幕中寻找归宿的野鸭。猫头鹰的叫声从远处的村子里传来，江水一浪一浪，打到岸边。

蜡烛不能点，附近发现了抗联的小股部队。

小股部队？会是我的战友吗？战斗快点打响吧！

日本人开始唱歌。岗楼胖胖的小队长坐在中间夸张地打拍子，他的脖子下面挂着一个装有相片的吊坠。几个女演员加入了男子压抑的歌声，那样投入。

离我五步远的地方，胡子拉碴的李导演穿着一条埋埋汰汰的日本军裤，拿着个本子皱眉沉思。他的目光看着远处的村落，嘴里嚼着一根牤牛草。

夜雾弥漫，凉风从芦苇深处吹上来。

满斗蹭到导演的身边。

“导演，他们唱的什么歌？”

“到大海去，葬身海底，到山峦去，葬身草丛——”哦，这首歌的名字叫《到大海》。

李晓河说，这歌词写得太好了，到大海去，葬身海底。到山峦去，葬身草丛。

他的口气很奇怪。满斗想再说几句，他站起来走开了。

此前，哪次离鬼子最近？

先说第一次。地点：老爷岭，满斗第一次参战。当时，第一线部队埋伏在公路两侧的柳条通，等待钻进口袋的鬼子。满斗是新兵，作后备队。腊月天气，到处飘飞着白茫茫的雪粉，手脚麻木地卧在厚厚的雪地上。从中午等到日头偏西，终于听到了鬼子尖兵吱吱嘣嘣的声音。战斗打响，枪声、喊杀声震天动地。天黑以后，后备队终于轮到打扫战场的任务，老乡的马槽子下面，满斗看见一个露在雪堆外面的屁股。屁股属于一个和自己年纪相仿的鬼子，小眼睛，一张圆圆的哭丧脸。那一次我们缴获鬼子二十多张马爬犁，爬犁上装满绿宝牌白面、鱼肉罐头、猪肉和糖果。一张爬犁上拉着电池和手电筒。

吃着罐头，满斗发表自己的感想，“日本人，看上去和中国人没什么两样啊。”

“可他们是敌人，是鬼子，可以在你的家乡为所欲为，强奸你姐姐，轮奸你妹妹，杀你，杀你全家，全村。”手电筒照亮战友王小二的脸，他的小眼睛亮亮的。十天后，那张脸被日本人的炮弹炸得血肉模糊。

第二次，被包围在小金川。月光昏暗，鬼子的马靴离头顶只有一米远，几乎不可能逃脱，满斗绝望地将头扎进草棵，一只虫子爬进鼻孔又爬出去。脚步声渐渐远去，劫后余生的满斗裤裆湿湿的。吓尿裤子不是最丢人的，十里林场那场仗，战友马老五看见鬼子吓得拉了一裤子。

第三次——该说到和苏念遇险的那次了，那一次，马汗味扑面而来，鬼子骑兵的鼻子头清清楚楚。

现在——

近到能看清鬼子脸上的粉刺。

近到看清喉咙上的汗毛。

近到看清脑门上的痦子。

近到——看什么看，再看死啦死啦的——

满斗慌乱地走开了，踩上一摊新马粪，四仰八叉，后脑勺压上一只马蹄大小的癞蛤蟆，呱的一声。鬼子哈哈大笑。

白云乱飞。

胡子拉碴的脸出现在眼前，导演李晓河低头看着满斗，像看一个怪物。

“满斗，明天你和阿菊去青少年义勇队体验生活。”

“什么叫体验生活？”

“就是看他们怎么过日子。”

李晓河走了，脑袋像一棵风里摇来摆去的高粱穗。

对了，忘记告诉你了，在电影《长河》里面，柳毛性格朴实，缺心眼，和青年义勇队的日本小伙们有着很好的友谊。他经常出现在义勇队的驻地，为更快地修好飞机场，他主动帮他们挑水做饭。

天边滚过雷声，雾从沼泽深处浮上来，天地一片灰白，明天会下雨吗？

暴雨中的马滴达四处是水，训练所院子里漂着一小堆一小堆的垃圾，一条长着狼眼的狗盯着不知从哪儿漂出来的瘪皮球若有所思。泡肿了的老鼠在厕坑里游泳，雌蟾蜍爬进水缸，排出一长串一长串油腻腻的卵。扫过白榆树和房檐的雨点砸进水里，水里的脓包鼓鼓灭灭。

我走进义勇队白瓦训练所的那天上午，训练所全体出动，情报说一名抗日武装人员闯入训练所的联防区，队员们搜索了大半天，洗马河蒲草丛里的蚂蟥和蚊子成批成群，他们吃够了苦头。直到大雨倾盆，队员们才回到住处。

负责训练所军事课目的老鬼子叫野田。野田自称死过一次，他参加过一九三九年的诺门坎战役，他曾是陆军军曹，战场上的突击队长。苏军机械化团袭击，他的部下全部阵亡，他昏死在草丛里。那场战役，日本第二十三师团被苏军击溃。后来许多人调去南方战场，野田因为丢了一条胳膊一条腿留下来，调到白瓦训练所任教官。野田腮上长着力不从心的三道横纹，一双向外鼓的蛤蟆眼，他的毒眼好像看见了我腋下的枪伤，轻蔑的眼神里流露出警惕，满斗脸色苍白，不寒而栗，心提到嗓子眼。院子里吵闹起来，野田走出给满斗临时安排的屋子，去和导演告别。

李导演和野田说了很长时间话，野田皱紧眉头，后来礼貌地接受了导演代表剧组送给他的一张影星李香兰的照片，他很喜欢，露出了难得的笑容。

导演李晓河没同满斗打招呼就离开了训练所。

尽管是一个中国人，作为训练所的特殊客人，演员满斗仍然受到了优待。满斗住进十二分队分队长的房间。分队长佐藤瘦高个，光头，眼圈发黑。佐藤不会说中国话，我听不懂日语，我们的交流仅限于点头、摇头、微笑和皱眉。佐藤屁股上没有肉，比我还瘦。我确信能够徒手将他掐死。

分队长的屋子充当分队的图书室，南窗下一排书架，摆放着花花绿绿的杂志书报。屋子中间有一个冬天取暖用的大肚子火炉，黑乎乎的炉筒子伸到外面。墙上挂着一排东北人家常见的农具，农具下面摆放着一把军刀。

从走进图书室的小伙子们的眼神里，演员满斗感受到自己成了一个稀罕物。满斗和来人对视一下，对方立刻露出奇怪和讨好的笑容。更多的人表现出不屑和鄙夷。要么是对“演员”失望，要么当我是一只钻进狗窝的老鼠。

满斗是来“体验生活”的，可是这里的“生活”之苦恼显而易见。训练所就像一个灰暗的洞穴，散发着受人摆布的痛苦，铁丝网，黄色炸药，冰冷的刺刀尖，狗比人自由，每个人都散发着自暴自弃的生殖器的味道。

视线转向院子，雨打在水里，水泡一个又一个地破灭，事不关己的青蛙此起彼伏，雷要多吓人有多吓人。

晚饭，酱汤米饭，饭香像久违的晚霞。不管不顾使劲儿吃，死也要做饱死鬼。

夜里，胡思乱想。

我会投降吗？这个想法把我吓坏了。

我想逃走。外面青魆魆的，可以夜视的满斗肯定有机会绕过敌人的哨兵。倘若被他们发现，可以说解手走错了地方，或者，装作梦游？

我希望变成一条狗，谁给我骨头我就跟谁走。我希望变成一棵白榆树，我将不再参加战争，除了风，人和狗都不会让我发抖。我希望变成一只麻雀，无边的大地四处都是虫子，只需飞一下，就能随便找到食物。重要的是，我不用对日本人充满恐惧和仇恨，一劳永逸地摆脱随时暴露的危险。

头疼欲裂。

默默地向祖先神祈求，千万不要病倒啊，现在真不是病的时候。

快点天亮吧，我撑不住了。

天，最好不要亮。新的一天，会有更多的伤口和死亡。

渴望在战斗中死去，满斗的心底涌起和日本人同归于尽的冲动。激动人心的一幕出现在眼前，战旗猎猎，战友们聚在一起，回忆和英雄满斗共同战斗的日子，许多人流下伤心的泪水。

且慢，伟大的战士忽视了一个重要事实，那就是，压根没有人知道他在哪，师长许诺的接头的人也许永远不会出现。真让人泄气，这世上没人知道向训练所发起攻击的是一个叫满斗的人，连额娘也不会给他收尸。可怜的额娘，日本狗嚼碎了儿子的骨头，额娘还天真地盼着他回去吧？

第一天夜里，满斗就知道屋子里不止他和佐藤两人，能够自由出入的还有一个——冤魂。那是一个弯腰弓背的少年，一张没有长开的圆脸，下巴上一颗触目惊心的黑痦子，忧郁地坐在地当中哭泣。少年向满斗表演他的死因——秋天的早晨，他把一支步枪挂在屋地当中的桩子上，用脚勾动扳机，打中自己的脑袋。

冤魂一共有两个，一个六十多岁的中国老太太在院子里游荡，捯着一双小脚，在风里摇摇摆摆。训练所强占了她的房子，她来这里抗议讨要，训练所的小伙子们将她摁在院子当中，用手指捅她的喉咙，用扁担压她的肚子，将她丢进附近的一口水井。

外面的雨点大了，雷声滚滚，老太太一步三回头，哭着走出训练所的院子，她像一棵发霉的玉米秸，要折断似的。她走到院门口，护院的大脑袋狼狗发出胆怯的呜咽，将头藏到泥水里。

屋里的冤魂不肯放过我，除了向我再现他的死因，不知他施了什么法术，我模模糊糊看到了更多的场面。

我所处的屋子，好像进行一场训练。十几个日本孩子弯腰在一张床底下爬来爬去，佐藤出现在画面上，他和三个人站在一起，只见他挥起手臂，少年们慌里慌张直起腰，背起手，一个接一个跑起来，他们演习的课目叫黄莺跃谷，一边发出咕叽咕叽的声音，一边从床的这头向那头跳。

小圆脸摔倒了，佐藤让他站稳，摘下眼镜，狠狠地抡起拳头。佐藤身后的三个人扑上来，拳头变成三十六颗大头钉子的军鞋，拖鞋、棍棒、木枪，已经不是课目，纯是殴打。

为了让满斗看清楚他遭到的酷刑，圆脸少年脱下裤子，冲满斗撅起臭烘烘的屁股，屁股高高肿起，像一个青紫色的大桃。少年出现在院子里，站在洗澡的水桶边，边哭边捏千人针上的虱子。千人针是日本妇女为赴满少年缝制的腰带。另一个场景，圆脸少年拼命地挠头发，将头皮抖落进给佐藤盛好的米饭和酱汤。

最后一幕，终生难忘，冤死的日本少年鼻青脸肿，满嘴的牙东倒西歪。他捂着脸无助地哭泣，要多伤心有多伤心。哭声渐小，更惊骇的一幕出现了，他张开嘴，一口牙像珠子一样从里面滚出来，每颗牙齿都长了腿，向桌子四周奔逃。小伙子放声大哭，边哭边捉跳蚤似的，想把逃跑的牙齿捉住。牙齿忽然变成子弹，向满斗呼啸着射来，满斗忍不住大叫——

从梦中惊醒，大汗淋漓。

黑暗中，佐藤倚墙瞪着大眼睛，他的腿上横放一把军刀。天啊，他在监视我吗?

佐藤就是在监视我。并且，他发现了满斗有夜视能力。

很简单，他无来由地将手上冰凉的战刀划过满斗的鼻尖。满斗下意识地做了躲避的动作，他歪了一下头。

第一次，蚊子及时填补了空白，满斗做抓挠的动作。佐藤愣了一下，他困惑地看着手里的刀，想搞楚是不是刀上的反光泄露了秘密，然后很有耐心地继续观察他的猎物。

刚才的怪梦透支了满斗的体力，现在，疲惫不堪的满斗眼皮比心脏跳得还快，他担心自己不小心睡过去。

佐藤头歪向左边，发出时轻时重的呼噜。雨点均匀地打在玻璃窗上噼噼啪啪，夜晚黏稠起来，比过年糊墙的糨糊黏一百倍，眼皮越来越沉重。佐藤的呼噜声更大了。

眼前一道寒光，这一次，阴险的佐藤将刀直劈下来，满斗下意识地滚向一旁。

黑暗中，佐藤的笑声比狼嚎难听一千倍。这种游戏好像让他很满足，笑过，他满意地躺下了。躺了一小会儿，该死的疯子突然坐起。

门槛下面的蟋蟀及时加入了这场较量，嘶声刺耳。一只误入室内的蟾蜍徒劳地撞墙，想要爬出去。

世界恢复喧闹，晨光透过玻璃窗，难熬的夜晚即将过去。

训练所建在高坡之上，俯瞰，远处村子凄凉的土坯小房歪歪扭扭，房顶苫着腐烂的塔头草，感觉很少烟火，偶尔能听到鸡叫和狗叫，子善一家还活着吗？

紧急集合。训练所全体在院子里排起长队，端起枪，在泥水里做劈杀中国人的动作。

阿菊来了。阿菊一身卡其布制服，阳光之下，她脸上细密的皱纹十分明显。她住在距训练所半里远的先着队寮母宿舍。白瓦训练所一共两个分队，我所在的十二分队叫后着队。

先着队比后着队早到一年，他们中间患“屯垦病”的人比后着队多好几倍。阿菊向我讲了屯垦病患者的具体症状，他们经常盗卖配发的物资，装病休假，站岗打盹，互相打架，自残，内讧。他们袭击中国人的居住地，强奸妇女。训练所虽然霸占了中国人的好地，可是这些土地却没像“神圣事业”期望的那样多打粮食，相反，满目杂草丛生。日本国内对义勇队少年所患屯垦病的诊断是他们渴望母爱，开拓满蒙青少年义勇军女子指导员制度应运而生。“女子指导员”就是寮母，也叫大陆母亲，不但充当女舍监，充当母亲，还要给训练所洗衣做饭。

这几天，阿菊担当训练所女子指导员的职责。阿菊心神不定，“满斗，你过得怎么样？”

“阿菊，我过得不好。晚上睡不着，白天没精神。”

“满斗，我也过得不好，这里像疯人院，大家爱说风凉话，你和谁一起坐会儿，就有人说你们干好事呢。好事，你懂吧？”

“我懂你的意思。”阿菊，对好事满斗略知一二，可是这会儿不容胡思乱想。

“昨天半夜分队长突然敲我的门，一边敲一边喊，说受伤了，要绑绷带。我打开门，小家伙满嘴酒气，吞吞吐吐，和我一起住的惠子好不容易把他哄走。

吓死我了。做女子指导员，惠子真不易，她在这里一年半了。”

“满斗，你好像不关心我啊，我对不起你吗？对了，你还没给我认真讲过，这些年你到底在干什么。”

凉风吹过脖子，满斗唤醒的一点亲近感瞬间消失，“阿菊，我真没什么好说，你知道中国人，拿我来说吧，除了干活、流浪，还能干什么呢？”

“满斗，你学坏了，不说实话了。你没把我当朋友啊。”

“我也有故事呢，要是你想听，我过两天讲给你。不过，没有你的曲折。”满斗字斟句酌。心里暗自寻思，这个日本女人是怎样混进王良寨和爱国者营地的，这期间她都干了什么？我记起李高丽临死前的痛苦表情。“满斗，阿菊是日本特务，她是狗特务。我们被出卖了，被那个日本骚娘们出卖了。”

阿菊长叹一声，“满斗，不知为什么，我有一种不祥的预感。”

“你太紧张了。反正我们在这里住不上几天，要是你放心不下，我教你个办法，除了我去敲门，晚上谁叫门你也别开。”

阿菊笑了，“今天来就是跟你说会儿话，请你做伴不可能啊。惠子去千户村探望她的朋友，我真不知道这一晚怎么过。夜太长了，鸡叫三遍天还不亮。”

阿菊临走时嘱咐我，“满斗，我住在十一分队外面的营房宿舍，你明天来看我吧，门前有一棵榆树的那间。”

窗外突然飞进一块三角石头，落在我和阿菊中间的炕沿上。

肇事者随即被抓获，三个人扭着他走进屋子，后面是一脸奇怪表情的佐藤。

定睛打量肇事者，小圆脸，忧郁胆怯，一轮之间，委屈、仇恨和眼泪飞溅。我在什么地方见过他？这个人太面熟了。

下巴上一根黑色汗毛的痦子猛地闯入视线，他和梦里的冤魂长相一模一样。

肇事者被押出去接受惩罚，他举着木头枪弯腰站在杂物柜下面。棍棒打屁股，三个施暴者站成一排，棍子轮番落下，棍子落在身体上的声音和惨叫声立刻充满了院子。

眼前的一幕太诡异了，满斗汗毛竖立，透体冰凉。

梦中，小圆脸的步枪瞄准我的脑门。

“起来，满斗，快起来。”冤魂冲我大喊大叫。

醒来，冷汗淋漓。

冤魂躲到窗帘后面，现实中的危险来自对准脑门的军刀，佐藤用军刀示意我起来。

训练所院子没有人，看来佐藤要单独对我进行训练。

一场夜露从天而降，打湿向日葵叶子，打湿摇摇摆摆的高粱，没有蚊子，没有月亮，阴云的间隙，偶尔露出几点星光。

泥泞的沙土路如一条被虫子嗑出无数破洞的旧裙带，摆向更远的黑暗，那些洞是雨后形成的水洼，里面一定游动着许多小蟾蜍吧。几年前，我和子善他们和尿泥那会儿，雨后的清晨，经常去水坑里捉它们，子善叫它们天老爷小舅子。儿时的场景一闪而过，这时候容不得一点儿女情长。潦草的狗叫，空旷、凄楚。高处的灯光，星星一样挂在半空，前面是白瓦青年义勇队第十一分队的营地，此行的目的地。

一片灌木丛在风中抖，夜鸟扑扇着翅膀。这时候如果抗日军或者什么人突然冲出来，我该高喊我是中国人吗？

佐藤带着满斗绕过第十一分队的营地，来到营地仓库外面的一排房子，我们在一个木板门停下来。

门前有一棵榆树。满斗突然明白了佐藤此行的目的，我们来到了阿菊住处。

满斗情不自禁地打寒战。佐藤站在墙的拐角处，十一分队的营房悄无声息。确认没有意外情况，他向房顶看看，试着推推院门，没推开，门在里面闩上了，这证明阿菊在屋子里。佐藤压抑不住兴奋，他笑得真难看，他搭着我的手从一处坍塌的院墙豁口翻进去，然后打开院门，示意我跟他进来。

从木板凳子和破水缸中间穿过，脚下铺路的稻草湿淋淋的。佐滕踮起脚尖来到屋门口。

门嘎嗒嘎嗒扇动几下，我猛地缩紧身子。佐藤嘘了一声，他舒一口气，咂咂嘴，眼睛亮极了，像燃起的火苗。

他推推房门，推不开，刚想砸，转念间他向我招招手。佐藤将刀架在我的脖子上，示意我上前叫门。

让我叫门，这就是佐藤叫我一起来的目的。

“阿菊，我是满斗。请你开门。”

屋子里灯亮了。阿菊的声音很紧张，“谁在外面？”

“满斗，我是满斗。”

“满斗，你有事吗？”

“有事。开门说吧。”

“你真是满斗吗？”

“是我，你白天去看过我呢。”

门刚打开一条缝，佐藤猛地挤进去，他用屁股将门顶上，将阿菊的尖叫声堵在屋子里，里面传出沉闷的厮打声。满斗转过身，倚墙而立。

报复阿菊的念头多少次涌上心头？我的梦里李高丽出现多少次，我就诅咒过她多少次。现在，终于有了机会。现在是日本人伤害日本人，小鬼子祸害女特务。

屋子里灯灭了，一定是打斗中踢倒了嘎石灯。但不妨碍满斗目睹这一场丑恶，满斗的夜视能力再次派上了用场。

满斗随手捡到一把镐头，走进去，躲在黑暗中。满斗已能模糊地看见屋子里发生的一切。

阿菊双手抵着佐藤的肩膀靠在墙上，佐藤使劲儿拉她，想把她拉到炕上去。这时候，炕上躺着的婴儿突然大哭起来。一愣过后，佐藤放开阿菊，扑向孩子。他突然发现了阿菊的短处，试图捂住婴儿的嘴，不让小孩发出哭声，总之，他扑了过去。

阿菊尖叫着冲上去，试图抱住佐藤的肩头，她摔倒了，只能抱住坏蛋的一条腿。佐藤拔出脚踹开阿菊，阿菊再次爬起来，去抢夺孩子。

佐藤反拧着阿菊的手，顺势将母女两人压在身下，房间里响起孩子被压得喘不上气的嚎哭声。阿菊咬佐藤的手，佐藤转而按住她的下颌。

阿菊绝望地呼救："满斗，救命啊——"

黑暗中，三个人纠缠着滚成一团。孩子的哭声消失了，只听见佐藤和阿菊粗重的喘息声。佐藤腿顶在阿菊的胸口，左手卡住婴儿的脖子，右手去扒母亲的衣服。而阿菊则把孩子抱得越来越紧，她拼命地抵抗着。佐藤想把孩子从阿菊的怀抱里拉出来。孩子终于爆发出哭叫声，阿菊的尖叫激怒了佐藤，他一边向外拉孩子，一边用被子蒙住阿菊的脑袋，把她压倒在炕上。

佐藤抓住阿菊绕在孩子后背的右手，紧紧地压在自己的腿下。阿菊拼命地蹬被子，想扑到孩子的身边，被子急剧地起伏。

佐藤揪住孩子的后脖领子，将他揪出母亲的怀抱。孩子悬在半空中，喉咙被勒，勉强发出费力的叫声。这时，阿菊猛地在佐藤的小腿咬一口，他疼得跳起来。

佐藤抓住孩子的脖子跳下炕，阿菊的手紧紧抓住他的左腿，他的右脚向阿菊踹去，接着用腾出来的左脚朝她的前胸狠踹。阿菊的口中发出既非喊叫又非呻吟的声音，仰躺在炕上。佐藤向屋子当中的水缸走去。阿菊从炕上跳起，风一样扑去，想抓住佐藤高举孩子的手。佐藤狠狠地冲她的腰踹上一脚，她像布袋一样，撞到墙上，摔坐下去。

哭不出声的婴儿在空中抓挠着小手，佐藤站住，他将孩子两只脚并在一起，头朝下倒提起来。他想用这种办法逼母亲就范。孩子哭出声来。"啊，放开她——”阿菊撕心裂肺地喊叫。

阿菊一定看见我了，她散乱着头发，目光中满是愤怒和憎恨，我的脊背一阵发凉。

佐藤吃惊地站住。满斗抡起镐头狠狠地砸中佐藤的后脑勺。

满斗扔掉镐头，奔出房门，匆忙地翻过院墙，磕磕绊绊地向前跑。

身后，雨水泡酥的院墙坍塌了。阿菊屋子火光闪亮，我跑离十一分队的驻地，火光已变成火焰，蹿出窗口和屋顶。许多人高喊，无数条狗狂叫。

迎面有人奔来，这些人来自我所在的十二分队，他们边跑边叫。我躲在黑暗处等他们一拨拨跑过。满斗瑟瑟发抖，风吹过高粱地，空气湿漉漉凉浸浸的。天空升起一个大火球，传来连串的爆炸声。

大火引燃了仓库毗邻的军火库，一个更大的火球升上天空，照亮了半边天，阿菊和她的孩子凶多吉少，飞上天空的光焰会是她们的灵魂吗?

玖腓凌　郎乌春

第三十三章　最后的战斗

千真万确，郎乌春下山了。这消息真正的意思是，叱咤风云的抗日英雄郎乌春成了骟除卵蛋的狗熊，去了势的牙狗，他放下武器，准备做一个满洲国的顺民了。

带回这一惊人消息的是姚书堂。自从郎乌春在我们家养伤之后，姚书堂一天天萎靡下去，当年意气风发的书生彻底变成了废人。我额娘已习惯他不回家了，有一天，当她知道姚书堂在善林寺门前做了乞丐，她的心里充满了怜悯和愧疚，她炖了一锅酸菜汤，让蛾子去请他回家吃饭。满斗参加队伍的第二年春天，妹妹蛾子左脚的脚踝骨鼓起鸡蛋大的包，然后停止了生长，虽然严重影响了美观，鞋子要做得特别，庆幸的是不影响走路。蛾子瘦得像根韭菜，干巴巴的，她长得不好看，单眼皮，鼓眼泡，眼睛亮亮的，人见人怜。

日本人常来上香，兵荒马乱，乞求平安的人一天比一天多，善林寺的香火比先前旺了许多。道德会的善人们在山门外面搭了一溜席棚，供因各种原因缺胳膊少腿的可怜人栖身。为了花钱免灾，白瓦镇上的军官太太也常来这里向生活无着的人们施粥，导致乞丐更多了。善林寺当家和尚大空师父久不出面，打理寺内事务的慧南和尚长成了一张长脸，穿一件旧僧衣，没有了当年的清秀模样，看上去有点凶恶。

善林寺山门前刚刚发生了一场打斗，两个乞丐被认出是抗日分子，来了四十多个日本宪兵，将山门围得水泄不通。两个抗日人员一死一伤，伤者扔在一架花轱辘大车上，死者光着两脚仰躺在环寺小溪的石头堆下面。蛾子好不容易从花子堆里认出了姚书堂。不知道他遭遇了什么新的不幸，姚书堂眼歪嘴斜，鸡胸驼背，前后鼓起两个大包，像两个酒篓藏在破棉袄里，鼻子尖紫红色，硬邦邦的前大襟沾着口水和鼻涕。姚书堂认不出蛾子了，那会儿，坐在炕头讲故事的姚书堂多么睿智和善啊。

蛾子哭着讲述她看到的一切，我额娘不相信，她决定带一盆酸菜汤亲自走一趟。见到柳枝，姚书堂露出久违的笑容，在起哄声中傻里傻气地接过罐子，然后一头扎进去，他只顾呼噜呼噜地喝汤，不和女东家说一句话。柳枝眼含泪水，她觉得姚书堂变成今天这副模样她有很大责任，她一定让姚书堂伤透了心。但有一个细节引起了我额娘的疑心，她怀疑姚书堂装疯卖傻。姚书堂身后有一个躺在破草席上的老乞丐，可能闻到了酸菜汤的香味，老人停止呻吟坐起来，贪婪地盯住姚书堂的嘴。姚书堂竟然停下来，将剩下的半盆菜汤倒进老人的脏饭碗。

为了证明自己的猜测，下一次，我额娘在菜汤里煮了一个猪苦胆。我额娘认真地观察姚书堂的表情，果然看出了破绽，姚书堂皱起眉头，冷冷地看一眼，眼睛里闪过泪光，嘴巴动了几动。姚书堂真的开口说话了，没人听清他说什么，但肯定在宣泄不满，表达愤怒，他骂了一通，唾沫飞溅。一番呜咽过后，姚书堂从地上抓起两把土面，像撒花椒粉一样撒进汤里，大口大口喝起来。我额娘站起身，泪流满面，这会儿她真的相信痰迷了姚书堂的心窍，他永远不会回家了。

姚书堂的疯症给我额娘带来了另一种伤害，严重影响了柳枝牌神水的信誉，只有执着的赌鬼还能记起当年的盛况，那时候，艳粉街无所不能的神奇药水赢过日本人的人丹，更重要的是，喝了神奇药水能猜中日本会局的底牌。药水曾经滋润了白瓦镇八个乡无数个家庭的发财梦。

我额娘重回白瓦镇做生意。本来她想在马滴达等着郎乌春和满斗回来，可是日本人实行归屯并户，马滴达的老住户都要迁走。她只好改变计划，回到白瓦镇，她选择在艳粉街重新打理她擅长的神水生意。

一九四〇年，能够想起鸡血蚂蚁的人已经不多了，药水除了对付蚊子和臭虫叮咬，再无其他用处。日子越过越糟，这年头最好用的是金疮药。艳粉街没落了，成了真正的柴草市，当局重新规划了欢乐地，新的妓院和慰安所建在白瓦河的一条支流旁边，新区叫高丽窑子。

神水店开展了一项新业务，给过往的和到店的人免费提供茶水，没有好茶叶，粗瓷碗里发苦的大麦茶，最受朝鲜人的欢迎，中国人喜欢正儿八经的茶水，他们夸张地吹开漂起来的茶叶沫子，发出吱溜吱溜的声音。神水店生意惨淡，勉强维持，只够给老板娘本人枯井一样的心滴几滴露水，这是药水的第二种药用价值。药水曾像一勺子孟婆汤，让郎乌春忘记了公鸡给他造成的耻辱。

柳枝对重振神水店早已不抱希望，她另有所图，镇子上消息灵通，三教九流，更容易打听到郎乌春和满斗的信息。神水店旁边的铁匠铺因为给抗日军打制铁刀被当局查封，小伙计上山当了抗联。快要老死的铁匠记起神水店的老板娘曾有个儿子，“你儿子叫满斗吧，他去哪了？”

“你问满斗啊，他在新京的布店做学徒呢。”

在家里，我额娘不准提起满斗，一个字也不行。她每天埋头苦干，拔掉院子边茂盛的龙葵、大叶红心的徽菜和棉苍子，清出来的空地种下扫帚梅和牵牛花，这两种花曾经遮蔽了洗马村棺材铺的入户路，曾经开满马滴达的小院子。除了和客人交谈，我额娘一刻闲不下，她经常忘了热简单的饭菜，夜晚的恐惧损伤了她的记忆力。每天躺在炕上，涌上心头的除了担心还是担心，她担心这辈子再见不到满斗了，她担心再见不到郎乌春了。她盼着能像几年前的夜晚那样，有人来给她传递新消息，敲她的玻璃窗。有一段时间，镇子里的人迷上了去善林寺求签，闭关修行多年的大空和尚解签十分灵验，就快比上李良萨满了。可是自从仙姑本人从布帘后面走出来，直接向她宣布组织的命令以后，她再不相信神灵了。韩淑英杳无音信，组织将我额娘遗忘了。

有一天，柳枝放下手里正纳的鞋底，向窗外看去，头天夜里下了一会儿小雨，这天早晨，土豆地忽然间开满了紫色的花朵，土豆花上娇嫩的蜻蜓起起落落，蛾子给邻居家的男孩做了一个套蜻蜓的网兜，两个孩子在院子里和土豆地里不顾泥泞，来回奔跑。满斗的模样猛地闯入她的眼窝，痛苦四溅，瞬间击穿岁月生锈的铠甲，她放声大哭，将几年的担心和痛苦一股脑地发泄出来。已经三年没有郎乌春和满斗的任何消息了。

就当她全然绝望，一个消息不期而至。和消息一起回来的还有姚书堂，姚书堂从梦中醒过腔来，虽然半疯半傻，但他找对了神水店的路。

姚书堂悄无声息地走进屋子，乱草般的头发拴着肮脏的红布条，活鬼一样出现在柳枝的身后。

我额娘捂住胸口，惊叫一声：“姚书堂，你吓死我了。”

姚书堂压抑着咳嗽，他的声音比苍蝇蚊子大不了多少，我额娘听到却不亚于库雅拉江的轰鸣和喧嚣，“郎乌春下山了，他投降了。”

“你说谁？谁下山了？”

“郎乌春，我说郎乌春下山投降了日本人。”

“消息准吗？”

“他很快就要回到白瓦镇啦。”

“可你是个疯子啊，疯子的话可信吗？”

一经提醒，姚书堂立刻恢复了疯子的本色，露出脏兮兮的讨好讨厌的笑容。

雨节过后，镇子里贴出文告，文告上公布了政府最新的肃正计划，无论此前对社会做过什么样的破坏，只要下山受降，所有抗日人员都可以得到体面的安置。为了表明政府的诚意，白瓦镇将举行一个特殊仪式，欢迎前乱国匪酋郎乌春成为满洲国的良民。

我额娘坐不住了，她去了洗马村，希望从郎家得到准确消息。

初夏的雷声陪伴我额娘重温遥远的岁月。多年战乱，洗马河无人治理，河道比过去宽阔了许多，河面漩涡发黄，灌木丛长到了天边，柳絮漫天飞舞，惊慌的鸥鸟一只只飞入茫茫河雾之中。

千真万确，郎乌春真的下山了。十天前，洗马村的何保长给郎家送达了政府文告的副本，和张贴在白瓦镇上的文告内容相同。乌春的额娘眼睛就快失明了，头发像一堆乱草，多年的反属生活压得她喘不过气，被无数次的登门搜查和问询吓破了胆，她成了一捆泡在水泡子的苘麻秆，随便一扒，沤烂的麻皮自然脱落。二儿子秋哥离家多年，不知所终，人们猜测他上山参加了抗联或者胡匪绺子，但当娘的知道，他在多年以前的赌博中坏了脑子，鼻孔爬进痰虫，闷葫芦成了混乱不堪的麻雀窝。两年前，秋哥作为浮浪被抓去出劳工了。

乌春的娘撩起衣襟擦抹泪水，“回来吧，回来总比在外面当死倒儿强，活着就好。”

“黄土埋到我的脑瓜顶，我怕等不到儿子回来了。媳妇，要是我死了乌春还没回来，你一定告诉他，说额娘想他。”

乌春的娘说：“柳枝啊，听老太太一句话，我眼睛瞎了，心不糊涂，你和乌春好好过日子吧，经过这么多事，什么疙瘩解不开呢？”

从郎家出来，柳枝去了自家的棺材铺。棺材铺的院墙坍塌了，院子里长满荒草，马厩还在，草棚子塌了半边，黑乎乎的锯末子里长出两棵高粱，房檩子被邻居抽走了。当家人赵承恩中风之后，徒弟去敬信自立门户，棺材铺的生意彻底败了。赵承恩愁苦地挣扎了整整两年，这期间，柳枝的额娘患了肺痨，竟先于丈夫离世半月。柳枝哭了一回，她觉得自己像一颗埋进坟墓里的黄豆粒，怎么努力也穿不透坟墓的腐土，腐土板结了，岁月的血痂板结了。站在棺材铺的院子里，我额娘模模糊糊地想，她也许应该回到洗马村来生活。

布告贴出两月，风吹，雨打，日晒，字迹日益模糊。郎乌春仍然没有回来。消息灵通的人说，作为下山的大人物，郎乌春和一个叫谢文东的抗联大头目一起去了新京，他们将受到皇帝本人的亲自召见。

传说中，郎乌春有幸坐上了满洲国最豪华的亚细亚号火车，亚细亚号时速三百里，南满铁路的日本工程师从长白山的底部挖出不化的冰块放进车厢的夹层，即使火神亲临大地，太阳点燃河边的芦苇，法兰绒装饰的车厢里仍然像初春一样凉爽舒适。亚细亚号有皇宫一样的餐厅，餐台上摆着鲜花、水果，金盘子，银筷子。大小便使用镶金边的尿罐。服务员都是俄罗斯的金发美女。车上丝绸和马海长毛绒包着的双重缓冲垫的观光室最值一提，观光室装有大玻璃窗，八仙桌上的围棋带磁性，棋子不会因车体晃动滑落地上。豪华的亚细亚号如果从白瓦镇开到新京，一张票价相当于一名邮差两年的工资。当然，白瓦镇是支线小站，亚细亚号不会开到这里来，除了日本人，就是县长韩玉阶也没有福气坐亚细亚号火车。有人对这样的消息表示不屑，他们的故事版本是，郎乌春在新京等待皇帝召见时吓尿了裤子。

命运的罗网仍然试图遮蔽希望的亮光，焦急等待中的赵柳枝面临了新难题，疯子姚书堂，鬼使神差地回到白瓦镇的神水店，他似乎厌倦了流浪的生活，决心住下不走了。姚书堂更换了乞讨地点，现在，他成了白瓦镇火车站的常客。

八月份的一天傍晚，姚书堂疲惫地从乞讨地回到神水店，他告诉赵柳枝："你等的那个人昨天已经回来了。"

姚书堂轻蔑地说："你的大英雄一下火车就奔了高丽窑子，这会儿没准正干恶心事呢。"

我额娘如释重负，她用一句话揭开谜底，"他这样做是不想让日本人得逞，搞成他的欢迎式。"

我额娘想得太天真了，高丽窑子是日本人为郎乌春选定的新的软禁地点。此前，他在日本人的医院里治了三个月的枪伤。五个全副武装的日本警察押送郎乌春回到了白瓦镇，直接将他送进金水楼，瓦解和摧毁抗日人员的斗志是当局的工作目标，他们十分乐见一个抗联师长的堕落。

金水楼是一幢二层的水泥楼，和喇嘛台隔一条清亮的小河。小河是白瓦河的支流，雨季，河水漫过盛开水蓬棵的一小片沼泽，水蓬棵花朵让宽阔的水面变成一片水粉色。秋天，南归大雁的翅膀扇动芦花和蒲棒绒，河瘦成弯弯曲曲的鸡肠子。

金水楼是日军白瓦镇驻军的慰安所，铁丝网和一丈宽的壕沟围在兵营的四周。金水楼的斜对面，有一个日本人经营的寿司店，店面很小，两层土楼。附近有几家朝鲜人经营的杂货铺，杂货铺的主顾大多是周边开拓团的日本人，还有裤裆肥大的朝鲜人。中国人一般不到这里来。最近的中国人的居住地在首善。一九三五年，日本人实行归屯并户的政策，白瓦镇外面的几个村子并入首善，这样，镇外就出现了大片空地，随后日本开拓团来这里建了三个村子。将首善和白瓦镇的地界隔开，首善比当初扩大了三倍，村子四周建有围墙和碉堡，由四十多个警察轮流守护，进出都要盘查。

金水楼有四十多个女人，所有房间的窗口都朝向兵营，军人进进出出。

金水楼选了一位温顺的朝鲜姑娘陪伴郎乌春，粉顺来自朝鲜釜山，她刚从一场糟糕的性病中解脱出来，每隔一天仍要接受一次检查。粉顺患有严重的精神不安症，夜里常常哭醒。她的客人的精神不安症比她严重得多，他全身发抖，抽搐不止。

梦里，郎乌春一次次重复着最后的战斗场面。那场战斗持续了五天，无奈、屈辱、心酸的五天。

三月初，大山南坡积雪已经不多，阳光透过密密的树枝缝隙洒在枯草干叶之上，远处蓝色的雾霭弥漫林间。过了一条尚未完全开冻的小河，部队登上东岸山坡，绕过山坡，南北有两座山峰，东面是山口，一片三四里宽的沼泽地，再往东，一座大山拦住了去路。郎乌春观察过地形，只要控制住南北两峰，把住山口，进退就可自如。山坳中一片草地，连日奔波的战士和马匹可以得到休息。

战士们刚点燃篝火，枪声乍起，上北山的哨兵未达预定位置就已中弹身亡。子弹风一样刮过，敌人企图占领南山，对三师实行三面包围。战马在突起的枪炮声中惊逃失散，冲出山口，奔向库雅拉江边的沼泽地。

郎乌春受伤了，子弹打中了右手腕，鲜血迸溅，他用左手拇指掐住伤口，副官把纱布卷成一团往伤口里塞。第一天的战斗持续到天黑日落。北山有敌人，南山情况不明，东去沼泽会进入日本讨伐队的圈套，西去虽有危险，却可出其不意。在夜幕的掩护下，郎乌春带着剩下的二十多人向西突围。

他们鸦雀无声地走在树林里，走走停停，走走看看，顺利地越过西山坡，刚走出树林二百米，白白的雪坡上，敌人的子弹呼啸而来。林子和对面的小河仅有不到三十米的距离，短短的几十米，倒下五个战士。

他们终于奔到小河坎下，有了河坎和柳树丛做屏障，暂时脱离了危险。郎乌春放弃了去东宁的计划，决定回返。剩下的人有三个重伤员，陶副官的伤最重，喉咙被打断，但未致命。血淤在脖子上冻成个大疙瘩。他们走了一夜，第二天沿着一条小河，绕到库雅拉山北坡。队伍再次正面遭遇了敌人。那是一小股部队，但是枪法极准。河坎和河边茂密的柳树棵子掩护，一直坚持到夜幕降临，趁黑夜，他们又一次逃脱了。小河战斗死了三个战士。七天前还能唱齐歌声的四十多人的队伍，现在只剩下十一个人，其中八个伤员。

饥饿难忍，陶副官的身上还有六小块马肉干。吃一口雪，闻一闻，寒风中肉干没有味道，咸的是上一个人咀嚼时舌头上的血。没有人说话，必须将体力保持到明天早晨。

第四天中午，来到一处山坡，就地休息。东面山坡出现一股骑兵，迎面截击过来。没有退路，只能拼死迎战，死里求生。郎乌春忘记了手上的伤，他身上穿的翻毛狍皮半截大衣和枯草一个颜色，给他很好的掩护，他在山坡上东跳西跃，不断变换位置，不知哪一枪伤到对方的要害，射来的子弹停了。

郎乌春身边只剩下五个伤员了。他们走上一条山边小路，敌人封锁了西面的道路，绝处求生，只能一路向东。没有人怀疑师长的计策，他们已经习惯于听从。郎乌春命令大家在路旁的大石头后面隐蔽休息。夜半，马嘶和踏雪之声越来越近，郎乌春知道，他的判断失误，最后关头终于来了。

第五天，可耻的第五天。受降地的后面是一条山谷，一小片白桦林见证了这一屈辱时刻。日满讨伐队派出的代表姓崔，一个抗联叛徒，曾是三师八团团长，现职白瓦警察大队副署长。满脸同情的崔参谋向他的老上级报告了日满军警的情况。为清剿抗日联军，满洲国共修筑警备道路九百六十公里，清除采伐了九百六十公里道路两侧的林木，建立警防所九十六处，强化第一线九十六个部落的防御，几乎各方面都达到了预期效果。

崔参谋说:“师长，抵抗已无意义。”他的手指四周乱点，“如果你们侥幸跨过身后的河谷，有日军藤尾部队埋伏等待，东走，有野富部队，附近山里还有邓云部队，你们走到哪里都会被歼灭。”

风吹动桦树枝上日机撒下的花花绿绿的传单，传单印有劝降信和妇人的裸体画片。一年前，日本人的工作队在罂粟谷除了留下女人照片，还挂了好多条女人的内裤和十几张亲爱证，一封亲肯书绑着一瓶日本清酒。识字的战士一边喝着日本酒，一边念传单上的内容:“我时常远望，盼望你回来，你仍在打仗，如果你继续打仗，你将会死在战场上！回来吧，倾听我的心声。”另一张传单印有一个死人的头颅，下面清楚地写着:郎匪乌春。郎乌春知道这种传单的杀伤力不亚于飞机炸弹，一定会有人怦然心动，但更多的战士会因识破敌人宣传的虚假坚定信念。可这一切恍如一梦，任何事都不能扭转他的队伍身陷绝境这一事实。

崔参谋轻蔑地说:“师长，皇军看重你的名气，否则，就你这几个人，我费这么多唾沫？你看看大家，不用说打，围上两天都去见你们的杨靖宇司令了。杨司令比你厉害不，不一样战死在老林子里了？”

“你不要说下去了，我决意不降。如果你们还有一点诚意，放了这几个弟兄，让他们回家种地。”一群乌鸦飞过身后的山谷，四周的山峰沉默无语。

“别用这种话骗我了，”崔参谋说，“我还不知道你郎师长吗？你让皇军放过你的弟兄，然后自己战斗到底，我说中了吧？”

“师长，”陶副官热泪奔流，“不要为了我们当汉奸，要死大家一块死。”

郎乌春的目光扫过他的战士，一个副官，两个交通员，一个没了武器的机枪手，这是三师全部的力量。

“师长，我，我想回家。”交通员苏强放声大哭，小孩子脸脏兮兮的，看不清长没长眉毛。

郎乌春长叹一声，“弟兄们。”他将一直紧握的毛瑟手枪放在地上，这把手枪是三师最具杀伤力的武器，射程可达一千米。“我宣布，”郎师长艰难地说，“战争结束啦。”催泪弹爆炸了，泪水冲破绝望的堤坝，三师最后的几个战士放声大哭。

郎乌春宣布战争结束那一刻起，作为战士的郎乌春死掉了，名誉扫地，他的余生将无数次痛悔自己的怯懦。他后悔为躲开子弹做的所有努力，哪怕有一颗子弹打个正着，也可以一劳永逸地解除他所有的痛苦。

时光无法倒流，命运无情地捉弄了他，生命留下了结核菌，在他的脸上使劲儿吐带血丝的黏痰，滋了一泡又一泡的傻狗尿，历史将他钉上了耻辱柱，写进了史书，他再做不回一个英雄。他想起在白瓦镇看西洋影戏那天女萨满的预言，不幸言中，现在，他的血不再是红的，骨头不再是白的，只能当一堆臭狗屎，一个吊儿郎当的狗卵子。永远被人不齿，永远遭人唾弃。

拒绝在归顺书上签字，这是郎乌春保持荣誉的最后努力。郎乌春告诉当年的老朋友山本五郎，“想得到我的亲笔签名，除非将我的手砍掉，你们拿着断手自己去写。”

笑眯眯的日本人表现得极有耐心，“不要紧，不想签就不签，但你总得给皇军个面子，白瓦镇宪兵队已经为你准备好了欢迎仪式，我们要为你主办一次运动会。”

郎乌春回答这位老朋友，“要是一定要开，就在这窑子里开吧。”

宪兵司令笑了，“老朋友，你的态度很不友好，但是本司令官会考虑你的建议。我发现这里的姑娘们十分的倦怠，她们的倦怠和战士丧失战斗热情是一码事。就像贵部，失去了斗志，就一定会失败。女人也是如此，她们的倦怠，导致士兵对她们失去兴趣。对她们失去兴趣，就会像你们一样失去战斗的勇气。”

就这样，白瓦镇历史上最有特色的运动会定下来了，列入了鼓舞慰安妇和士兵“士气”的计划。怕士兵们参加发生意外，运动会专为姑娘们举办，当然，运动会还有另一个目的，让郎乌春背负更大的污名。

宪兵司令临走时告诉郎乌春，皇军对他的弟兄们都做了妥善的安置，山本五郎将妥善二字加重了语气。

下雨了，镇子里的雨比山里的雨细密得多，潮湿的空气加重了楼下澡堂里消毒水的气味。早晨供应酱汤，午饭晚饭是小米饭和朝鲜泡菜。粉顺去医官处打 606 针了，屋子里挂着几条棉纱布做成的月经带。楼下，闲下来的姑娘们凑在一起清洗用过的避孕套。用过的避孕套洗过之后要消毒敷药，以备粗野的士兵们再次使用。郎乌春住处的榻榻米上有许多刀痕，喝了酒的军官进入慰安所，常常把刀插到榻榻米和地板上。两个日本兵一边和姑娘们调情，一边监视着郎乌春的窗口。身上的枪伤痒得厉害，一个声音在耳边响起——现在做一名战士还来得及，只需冲下楼去迎接一颗冰凉的子弹，没准能找个倒霉鬼做垫背，死之前赚个够本。但这样做不止他一个人付出代价，死掉的还有陶副官他们，一种无力感和失败感瞬间袭来，郎乌春大咳起来。

日本人的归顺计划起了作用，郎乌春的心肠确实变软了。粉顺听说慰安所要举办运动会，眼里闪闪发光，想起欢乐的少女时代，粉顺流下了眼泪。因此，郎乌春决定将自杀行动推迟到第二天运动会结束以后。

慰安所的运动会很热闹，姑娘们发出了久违的笑声。此前，她们以为除了被强迫的苦恼的叫床声外再也不会发出别的声音了。粉顺参加了百米赛跑，年纪轻，有体力，得了一等奖，她挺着胸脯前去领奖，激动得热泪盈眶。粉顺的奖品是休息一天，她要在这一天恢复身体的弹力，此后一个星期，她还会一边被士兵们搂着，一边述说自己是如何顽强地跑，吃面包赛跑时，面包真香。

郎乌春终于找到了自杀的机会。星期六，慰安所最热闹的日子，每个姑娘的门前排起长队。粉顺要接待皇军士兵，郎乌春被带到伙房，负责监守他的两个鬼子将他交给一个在伙房干活的朝鲜人看管。小个子朝鲜男人比郎乌春的年纪大得多，在慰安所里负责做朝鲜辣白菜，穿一身黄里带草绿色的制服，态度十分不屑。可能习惯了慰安所里的声音，有一会儿他打起盹来了。这样，郎乌春有机会将一把菜刀拿在手里，毫不犹豫地抹了脖子。

绝不能让郎乌春死在慰安所，那样精心设计的归顺计划将大失光彩。日本军医包扎好郎乌春的伤口，山本五郎做出了让步。

“你只要答应不死，我可以送你去你想去的任何地方。但有一条，你不要挑战大日本皇军的耐心和一片诚意，还有，我们对外发布了你归顺的消息，只有皇军能保你平安。”

“送我回洗马村吧，”郎乌春虚弱而绝望地说，“我不想死在这种地方。”

“郎乌春，除了做一个满洲国的良民，你没有任何出路。你一定记住，战争结束了。”山本五郎信誓旦旦，“本司令官一定摧毁你的意志。”

第三十四章　森林女王

郎乌春回到了洗马村。算起来，他已经离开洗马村二十年之久，洗马村十分陌生，满目苍凉，亡国的苦难在每个人的脸上留下了痕迹，乡亲们像从土里刚挖出来，衣衫褴褛，腰普遍弓着，低头看地的脸黑黢黢的，目光呆滞。他们睁大眼睛打量郎乌春，然后惊慌失措地将目光移到村子里的榆树上。洗马村正陷入一场恐怖的虫灾之中。

村路两旁，树上、篱笆上爬满了毛虫。毛虫拇指般粗，比手指长，黑色的身躯长满密密麻麻的白色刺毛，一阵风吹来，白毛迎风飘动，看得人起鸡皮疙瘩。毛虫吃光了树叶，裸露的树干像棺材里生锈的死人骨头。毛虫趴在光秃秃的树干和枝条上，从树上掉下来，掉进行人的后脖颈，满地毛虫的黑色尸体和黄色粪便，看家狗害怕地夹起尾巴，忘记了吠叫。洗马村的毛虫泛滥成灾，多到让人倒胃口，吃不下饭。以前也有毛毛虫，但从来没有这么多、这么大。毛虫织成一片片白色的网，洗马村一片素白，每一家都像办丧事。

回到洗马村的第二天，郎乌春走进柳枝家的棺材铺，有一会儿，他认为自己找到了毛虫的真正巢穴。多年无人居住，棺材铺成了毛虫最多的地方，整个院落变成了一个白色的鬼魅之地。饥饿的毛虫吐丝织网，难以置信地将马厩房顶的窟窿织成严严实实的一张巨网。巨网那么大，那么结实，猫和老鼠都能在上面爬动。厚厚的丝网像丝绸，像塑料布，像坚硬的甲壳，这张巨网为上万只毛虫提供了避风港，藏在硬茧里，毛虫化蛹前在里面安全进食，可以避免被捕食鸟和黄蜂吃掉。条件成熟，它们将从茧里钻出来，变成漫天的飞蛾和蝴蝶。

“奇迹还会出现，世界没到尽头。”郎乌春抱定一个信念，只要自己一息尚存，三师的战斗就不算结束。他要向抗战之初的马占山将军学习韬晦之计，他要向毛虫学习，先织一张网藏身其中，等待化蛹成蝶的那一刻再次来临。

郎乌春在棺材铺的马厩里捡到一把生锈的铁锯，从这一天起，他决心学做一个木匠，他要向额娘尽点孝心，亲手给她打造一口棺材。做木匠并不容易。

木匠分几类，粗木匠，细木匠，不粗不细投犁杖，能打大车好木匠，会拢材的巧木匠。粗木匠干砍房梁砍牛槽子的活儿，细木匠做箱柜，巧木匠做棺材。做棺材讲究三鼓一平，棺材底是平的，两个帮和棺材盖鼓起来。安棺材前面弧形的怀头最难，怀头就是棺材头，弧形的怀头板是拼接胶上的，内帮的弧形安槽要用凿子抠出来，宽窄、深浅、弧度要求很高，差一丁点就安不上怀头。多少个木匠，因为安不上怀头，打不成棺材。棺材倒置，做好后翻棺，这样的细节也给了郎乌春心理暗示。演好韬光养晦这出戏，他需要一个人的配合。用不着找人捎口信，他等待的赵柳枝已走在路上了。

郎乌春以不体面的方式回到了我额娘的世界，他不再是女人心目中的英雄，更何况他自甘堕落，自暴自弃，无耻到甘心做高丽窑子的嫖客，这伤害了我额娘的自尊。一开始，她还以为郎乌春会来找她，她把满斗交给了他，儿子是死是活，他不应该上门说一声吗？有一天，一种难言的痛楚袭上心头，我额娘忽然想明白了，天啊，她冲自己喊了一声，柳枝啊，柳枝，你咋这么糊涂呢？满斗一定死了，郎乌春不来见你，是觉得他没尽到父亲的责任，对你不起啊！将满斗送上战场那一天起，你就应该知道生死有命，枪子不长眼睛，怨得了谁呢？难道连这个男人也死在战场上才公平吗？这样一想，怨恨化作哀怨，库雅拉江开江了，江水骤然奔流，痛苦和柔情让她头晕目眩，喘不上气来。

秋天来临，白瓦镇上空的纸鸢少了，一群群腊雀飞过镇子。这一天，一个乡亲走进神水店，告诉她洗马村正在遭受一场从未有过的虫灾，然后有意无意地说起，郎乌春正在学做木匠。

没有经过她这个女继承人的同意，郎乌春竟然擅自接管了她娘家的棺材铺。我额娘终于等到了兴师问罪的借口。她决定第二天一早赶往洗马村。

当天夜里，风雨大作，有人敲响神水店的玻璃窗，一个低低的声音告诉神水店的老板娘，“你儿子让我捎信给你，他还活着，他现在很安全。”

“你是什么人？”回答她的是急匆匆的脚步声。

我额娘跳起身，她打开门，白瓦镇夜雨淋漓，雨点打在向日葵的叶子上簌簌作响。院子里空荡荡的，雨雾中弥漫着湿漉漉的扫帚梅花的香气。

早晨，我额娘找见了一串脚印，证明夜里确实有人在窗前站过。蟾蜍和母鸡藏在牵牛花丛，院子里漫着一层薄水，夜雨消灭了神秘人的其他踪迹。

“蛾子，中午你自己做饭吃，我要去一趟洗马村。”我额娘压抑着内心的狂喜，她铺开包袱，掀开锅盖，然后愣在那里。

“你找那两个煮鸡蛋吧？皮在这里，鸡蛋我给姚书堂吃了。”蛾子将桌子上的鸡蛋皮扫到地当中，她挑衅地看着额娘。我额娘气得浑身发抖，“死丫头，你在和谁说话？你说你把鸡蛋给谁吃了？”

蛾子挑衅地看着母亲，“我把鸡蛋给姚书堂吃了，疯子也比那个洗马村的野男人强。”

“没有教养的死丫头，你怎么可以这样和娘说话？我撕烂你的嘴。”

蛾子表现出和她的年龄不符的成熟，“我知道你是我娘，你是我娘我也要告诉你，你别把一身窑子臊味的恶心人领到家里来，你敢领他回来，我就敢给他下毒。”

蛾子身后，满身泥巴的姚书堂嘴角沾着一小块鸡蛋皮，一脸傻笑。我额娘不自觉地打冷战，胃扭劲疼起来。

艳粉街十分泥泞，街口贴着新的文告，当局悬赏捉拿一个叫森林女王的人，开出的价钱令人咋舌，一两肉奖半两金条。

满斗尚在人世，我额娘和郎乌春的重逢没有任何障碍了。

郎乌春对柳枝带来的消息大感兴趣，“这个森林女王的赏金比我高，可见她大有来头。”他决定亲自去看看那张文告，“没准是我的战友也说不定啊。”

一个星期以后，借买木匠工具的名义，郎乌春到白瓦镇上来了，他在文告前面站了一小会儿，虽然画面有些模糊，但他立刻就认出了那个人是谁。

“你说日本人要抓的是——你不是说她在——啊，满斗的消息会不会和她有关？”

“我什么也没说。什么也不知道。”郎乌春端起神水店桌子上的水一饮而尽，他太兴奋了，喝完才觉得这水有点不对劲儿。他说：“老板娘，再倒杯茶吧，你总不能用苦水招待客人啊。”

“你说水苦？水怎么会苦？”我额娘的脸色一下子变得惨白，“死丫头，死蛾子，你在水里放了什么？造孽呀，你知道他是你什么人吗？”

我额娘的话音未落，郎乌春已弯下腰大口呕吐，他的脸色铁青，呼吸像是要停止了。

监视郎乌春的特务冲进神水店，柳枝正用牛粪水给郎乌春洗胃，郎乌春上气不接下气，一口一口地吐黄水。“帮帮忙，他中毒了，他要死了。快点给他弄点呕吐剂。”

“柳枝，我没那么容易死，别求他们。丫头，”郎乌春满眼泪水，他呼唤他的女儿，“你就这样招待你爹吗？”

蛾子语无伦次，她惹大祸了，她在茶水里放了雀蛋大小一团烟袋油子。

意外的中毒事件也带来了好处，回到洗马村，郎乌春昏睡了两天，躲过了日本人的讯问。本来特务们发现郎乌春可能和文告上的人有联系，试图从他的嘴里获得一些情报，现在，他们暂时不准备打扰他了。

秋天快过去了，人们终于确信毛虫再也变不成马蹄莲和灰蝴蝶，连枯叶蛾也变不成了。毛虫仍一团一团蠕动，向日葵不可能有收成了。人们盼望着虫子的天敌鸟飞到村子里来，盼到的只有几只灰喜鹊。入秋以后，毛虫爬进窗子，爬上枕头，毛虫的毛有毒，咬到红肿发痒，小孩子整夜不睡，白天夜里不得安宁。

毛虫爬满了大街，白榆树的粗树干留下三寸深的蛀痕。毛虫爬进小孩子和女人的头发。

意外中毒，下毒的是自己的女儿，郎乌春深受刺激。躺在炕上，他有更多的时间来审视自己，夜里，他悲从中来。躺在洗马村的是一个躯壳，没有灵魂，那颗正直的灵魂和死去的战友们一起在大山里游荡，在死尸堆和灌木棵子上徘徊。他想起过去一个个不寻常的日子，他给战士们讲话，给他们鼓劲儿，结核菌吞噬他的肺叶，可是他面色红润，精神百倍，他是战士们的主心骨，抱定必死的决心，发誓和侵略者血战到底。现在，躺在洗马村的他脑子空了，心脏变成了石头，冻成实心的马粪蛋。他的全身冰冷，双腿僵硬，舌头下面一股一股地冒苦水，又酸又涩。

阴雨绵绵的下午，给卧病在床的老娘喂完汤药，走到滴水的屋檐下，看着园子里阴郁的李子树，光秃秃的树枝上满是毛虫结下的白网。郎乌春想起他走进院子的一刻，老人家愣了那么久，笑了两声，跌坐在地。可怜的老人中风了，再也没有站起来。这会儿，郎乌春痛苦地听着老人无力的咳嗽，皱起眉头仔细打量挂满蛛网的房子。房梁挂着一个破筐，破筐旁边有一个沾满燕子屎的燕子窝，破筐是他十四岁那年挂上去的。那时候，一只老鼠成了精，一夜之间将挂在墙上的大酱坯吃了小半块，他挂筐是为了给三更家的花猫捉老鼠有个埋伏的地方。灰白的燕子屎有些年头了，燕子多年没有飞进家门了。无人修缮，房子破旧不堪，极有可能在下一场雨水中倒塌。那样倒好，省得他搞到枪塞进自己的喉咙扣那么一下。他已将自己家的房子看成一口棺材，他和老娘就是两具活着的尸体。老娘也许明天一早就死去了，随时都要断气的光景。

一天夜里，几个死去的战友来看望他，他们躲在灯影外，厌恶地看着他，直到他羞愧地低下脑袋。死者仍然不依不饶，轮番冲他吐唾沫。他哭醒了，看着跑过棚杆的老鼠，他从心底认可了一个事实，在日本人的监视之下，他能做的事情越来越少了。不自觉地，他开始害怕夜晚降临，竟然丢脸地靠半瞎的老娘陪伴才能入睡。他变得越来越脆弱胆小，心里倍感痛苦。冬天又要来了，形势残酷，不会再有战友活下来，即使侥幸活下来，会和他一样放下武器吧？战争也许真的结束了。

十月初，洗马村的虫灾告一段落。恼人的蒲棒绒还在天上飞，冰冰凉的雪花已经漫天飞舞。这天早晨，空气中飘浮着细碎的雪粒，苍凉的太阳爬上光秃秃的榆树梢，洗马村刮起了旋风，将积雪扬到半空。旋风掠过郎家，又突然消失。刮得东摇西摆的榆树停止了抱怨，不再呜呜喧响，郎乌春预感到，一桩痛苦的事情就要发生了。他的眼前不自觉地浮现一张女人的脸，她就是韩淑英。

善林寺会面以后，他再没见过这位奇女子。那时，他刚刚将队伍拉出白瓦镇，各方势力都想拉他入伙，李杜将军送来五千块大洋的军饷。这时候，他见到了韩淑英。和旅顺时相比，韩淑英干练飒爽了许多，她似乎忘记了他们曾一起生活过那么长的时间。从苏联留学回来，她成了一个神秘组织的负责人。乌春希望她留在自己的队伍里并肩作战，韩淑英却另有任务。他们匆匆告别，从此再未见面。多年以来，在深山密营的帐篷里细听满山的雨声，在沼泽地蚊子的包围中呼吸艾蒿的腥味，在绷带的血腥中喝辣嗓子的烧酒，他的心底一直在等待韩淑英的消息。尤其在艳粉街的文告上看见那张画影之后，他最害怕的就是哪一天收到她的死讯。

日本宪兵在左撇子沟包围了一支抗日小分队，战斗半小时就结束了，三名日军阵亡，抗日军留下九具疲惫不堪的尸体和一个垂死的伤员，只有三个人突出重围。两天后，清剿人员在一个废弃的瓜棚发现了逃亡者，一场激烈的枪战，逃亡者倒在血泊之中。三个人中一个人还活着，伤者左腿被打断，露出了骨头，穿着一件开花的破棉袄，腰下被血染红，脸埋在一堆烂树叶里。

领头的张中尉将伤者的破帽子一脚踢下，他大叫起来："你们快点过来。"

"你们看，这个最顽强的家伙是女人，我们抓住了一个女匪。"他欣喜若狂，"快和照片对一下，看是不是情报里挎双枪骑白马的森林女王。"

伤者头发散乱，大腿的裤管灌满血，血不断往外渗。她的长相比文告上苏联越境的抗日分队女负责人清瘦许多，但她有职业军人的冷峻沉着，即使不是情报中的森林女王，也绝不是普普通通的农村妇女。

伤者很快从东宁转到白瓦镇宪兵大队特务科，当局派出最有经验的特务人员审讯俘虏。

宪兵队的地下看守所，审讯人员不顾女俘虏的伤势，对她施加残酷的拷打。刑讯前后进行过多次，采用的酷刑多达几十种，包括鞭打、吊拷、老虎凳、竹筷夹手指脚趾、拔牙齿、压杠子、扭胸肉、搓肋骨——

“你们不用问了，我的命运就是抗日，正如你们的职责是破坏抗日，反满抗日就是我的道路，我的主义，我的信念。”女俘虏强忍疼痛，汗如雨下，“我的名字叫韩淑英，不是你们找的什么森林女王，我真希望自己是她，可惜我不是。”

总算知道了女俘虏的名字，审讯者决定加把劲儿，他们给自称韩淑英的女战俘动用更残酷的刑罚，她即使不是苏联特派的森林女王，也是一个极深背景的大人物。她曾把自己藏进枫树丛，在审讯记录里，韩淑英被暂时命名为枫叶女士。

竹扦一根一根扎进手指和脚指甲，一根一根拔出，换成更粗更长的扦子再次插进去，后来，他们改用烧红的铁扦，把翘裂开的手指甲、脚指甲一片片拔下，用钳子反复敲打残废的手指和脚指头，把她的手脚慢慢浸入盐水桶里。他们给她一口一口地灌辣椒水，灌汽油。枫叶女士的衣服被扒掉，她的肚子像鼓胀的皮球，两个宪兵用杠子压她的肚皮，灌进去的辣椒水和汽油从口鼻下身溢出，汽油味让人头晕，空气一遇火就会瞬间点燃。

审讯从下午进行到半夜，特务们不断地用鞭子把儿蘸粗盐捅她手腕和大腿上的伤口，一点一点往里拧，碰到骨头也不停下，审讯者还是得不到一点有用的消息。枫叶女士双眼充血，闭口不语。特务们动用了烙铁，烧得暗红的烙铁烙烫枫叶女士的乳房，烧得皮肉“嗞嗞”响，青烟不断地冒出。烙铁由红变黑，又放进火盆里烧，烧红再摁在乳房上烫，烤焦的乳房处脂肪熔化的油一滴一滴流出来。枫叶女士脸色灰白，冷汗涔涔而下，她狠狠地瞪着审讯她的人，不发一声呻吟。她昏死过去。审讯室里充满了刺鼻的皮肉烧焦的煳味。

后来，他们动用了电刑。日本宪兵将枫叶女士的手脚绑在刑椅架上，将电极一端夹在她的手腕，另一端夹在脚踝。电流快速通过，枫叶女士全身颤抖，汗珠一颗一颗从皮肤下面往外冒。随着电流变化节奏的加快，她难受得不停颤动，张大嘴，不自觉地发出极度痛苦的凄惨呻叫，她叫得越来越厉害，全身肌肉紧绷，身体弯成弓形，整个人筛糠一样。现在，他们已经认定她是抗联的重要干部，通过对她的严厉审讯，有可能弄清中共与苏联的关系。

日本人不想让韩淑英立刻死去，她被送进日本人开的白瓦医院，转由警方监视。

黑蝴蝶飞满院落，这是我额娘一辈子无法醒来的梦魇。这一晚，象征厄运的黑蝴蝶从天而降，蝴蝶的翅膀冻得硬邦邦的，费力地扇啊扇，冰冷夜空的神秘回声嘎巴嘎巴响。我额娘在惊恐中苏醒过来，梦境和现实之间只有一条拼贴的裤缝。

嘭，嘭，嘭，有人狠敲玻璃窗，厚厚的霜花挡住视线，来不及刮出硬币大小的窟窿一窥究竟。外面的人失去了耐心，敲窗声更响了。

“谁？”

“不要问。快开门。”

“你到底是谁？我凭什么开门？”

漫长的一小会儿，外面的人终于回答：“柳枝，我是姚书堂。开门，十万火急。”

的确是姚书堂，可是，他从没像现在这样清晰果断。

我额娘打开门，姚书堂扶着一个裹着头巾的人一身寒气闪进来，后面跟着一个女孩，机警地关上房门。

“快烧开水给客人暖身子。”姚书堂的头上仍扎着麻绳，腰板直直的，鸡胸和罗锅不见了，如果不是仍拖着一条残腿，柳枝几乎不认得他了。姚书堂及时制止了她，“你什么也不要问。你什么也不知道。”

姚书堂对女孩说：“你和老板娘照顾一下病人，我去找车，很快回来。听到我的信号，你马上把人扶到铁匠铺门口，不要让人发现我们来过这个地方。”

你什么也不知道。你什么也不要问。当时听起来多么刺耳，事后，这两句话又是多么富有深情，多么理智冷静。

雪越来越大，姚书堂消失在夜幕之中。

“点着灯吧，我想看看那个小姑娘。”

摘掉破狗皮帽子，一头乱发，一张毫无血色的脸，这个女人受过什么样的折磨呀，她的嘴唇全是血泡，眼球突出，两眼翻白，她急切地寻找着，“大嫂，把蛾子叫醒吧，我想看看她。”

蛾子早起来了，此刻，她正躲在柳枝的身后。

“蛾子，你过来。”

她的双手和手腕已看不出肤色，全是烧灼的凹瘢，那是电刑和烙铁留下的证据。

“别害怕，蛾子，”这个神秘女人的嘴角泛起一丝苦笑，“别猜了，我是你爹爹的朋友。时间过得多快呀，转眼你都这么大了。”

“我的孩子，可怜的孩子，你会记住我吗？”眼泪和鼻涕同时流下，“大嫂，谢谢你呀。”

我额娘早已认出她是哪一个。她震惊的是，韩淑英真的像一个仙姑，一个极富传奇的女萨满，有着死人李良一样的神奇法力，是你看她一眼就会被感染和震撼的那种人，再看她一眼，就会心甘情愿跟她走，愿意为她献祭，为她牺牲。

韩淑英放开蛾子发抖的冰冰凉的小手，“孩子，你去睡吧，”她转过头，“白护士，谢谢你帮我完成了心愿，谢谢你呀。”韩淑英拉住白护士的手轻轻摇一摇。摇出女护士一脸的泪水，白护士长着一张小圆脸，穿一件素花棉袄，看上去比蛾子高半头。她冲蛾子笑笑。蛾子困惑地皱眉，一直在努力想弄明白发生了什么。

我额娘匆匆奔去厨房，从碗柜里找到两块饼子，饼子冻得像石头，她点燃柴火，想把干粮热一下，这时，她听到门响，赶忙跑回前屋。

屋子里只有蛾子呆呆地站着。

“她们刚走。”

我额娘奔出院子，韩淑英已不见踪影，冷风刮过，街头一片雪雾。十几个黑影快速掠过头顶，也许是麻雀，也许是蝙蝠。不祥袭上心头，我额娘浑身发抖。姚书堂不是一个疯子，他是地下抗日分子，他的脑子一定比普通人更清晰。当你认为他什么都不明白时，他看你却像一汪清水一样，你在明处，他在暗处，你的所作所为他无不清楚。在寒风中站得久了，我额娘的脚尖刺痛，心脏缩紧，猫咬一样。

昨天镇上到处都是朝鲜人浆洗被褥的棒槌声，今天一早，变成稀稀拉拉的爆竹声了。时间过得多快呀，转眼到了一九四二年春节。

准备好年息香，三十晚上献祭时点燃，祈求祖先神降福给我们。腊月二十三，请下贴在灶台后面熏了一春一夏一秋一冬的灶王爷神像，灶王像黑乎乎的，灶王爷多久没见过荤腥了？上天言好事时一定有气无力，九重天上的神主老眼昏花，要么眼瞎耳聋，除了向人间吐两口黏痰抖一天的头皮屑之外，还能干什么？

灾难接踵而至，腊月二十四，艳粉街着了一场火，农具店的朝鲜店主自焚，整个柴草市一片火海。大火烤化了街上的冰雪，当天夜里，艳粉街成了一条泥河，流浪狗惊恐地在泥水里狂吠。第二天一早，泥浆重新结冻，马路上遍布很厚的冰凌，进城的大车驾辕的骡子走在上面一趾一滑，双腿不停地打哆嗦。

“他来了。警察把他押过来了。”蛾子惊惶地冲进神水店。

“谁被押过来了？”

“还能有谁，姚书堂。他被抓住了。”

艳粉街站满了人，不管什么年月、什么事情，看热闹的人总会很快站满一条街。寒风中，人们冻得嘶嘶哈哈，不停地跺脚揉耳朵。

姚书堂五花大绑，坐在一辆两匹马的胶皮轱辘大车上，荷枪实弹的宪兵和警察神情紧张地走在大车两边。

人们议论纷纷，“这不是火车站要饭的姚疯子吗？”

“夏天时候我见过他，破单衣大窟窿小眼，嘴里叽叽咕咕，头上扎个破红布条。敢情都是装的，真看不出啊。”

“他犯的什么罪？”

“反满抗日。”

“我知道他是抗日分子，我问的是他干了什么。”

消息灵通的人立刻讲述他所探知的一切。“他救了从毛子那面跑来的森林女王，就是那个苏联女情报员。对，前些日子从医院救人的就是这个姓姚的，还有一个女护士。他们俩买通了看守，让姓白的护士把犯人背到医院后门，雇了一辆白毛子的小汽车，从日本人的眼皮底下逃走了。日本人咋能吃这个亏呢？再说案子太好破了，没用一天他们就找到了载过他们的白俄司机，接着查到了一伙抬轿子的，再往下查，又抓到一个赶雪爬犁的，再往下查，线索断了，他们在大风雪的天气进山了。”

韩淑英逃亡的过程很传奇。姚书堂是一个潜伏极深的地下抗日人员，今天已无法弄清他属于哪个组织。他从一个不为人知的途径搞来一大笔钱，买通了狱警，用剩下的一部分钱雇车、雇轿。那天晚上，他和白护士把韩淑英背出医院后门，在我额娘的神水店稍作停留，坐上雇来的小汽车，汽车开到郊区的一片桦树林，改坐等在那里的一架雪爬犁，在大风雪中向东奔去。过了洗马河，于第二天早晨来到东宁县境内向阳堡。姚书堂和韩淑英没在向阳堡停留，直接坐上一辆马车，继续逃亡。

他们在大山里兜了好大一个圈，没有找到任何一支抗日队伍。直到他们在罂粟河谷被特搜班发现包围。

讨伐队用机枪封锁了可能的逃跑路径，大雪中的小马架子里只射出几粒子弹。讨伐队在两尺多深的雪地里找到了三个逃亡者，白护士被打断脖子当场死去，韩淑英和姚书堂被机枪打中，重伤倒地。

讨伐队做了简单的战斗评估，他们为对手的英勇肃然起敬，再有想象力的人也无法想象，一个小姑娘带着两个残废人在多日断粮的情况下，是如何穿越了无边的森林雪野。

“从我这儿你们得不到任何有用的情报。我就要死了，你们不要为难他。”

韩淑英指着昏迷的姚书堂，“他是疯子，我花钱雇来的。”

姚书堂苏醒过来了，他满口血沫。

“你不要再欺骗我们了，他怎么可能是疯子？”

两个俘虏再不发一言，他们被扔上卡车。

白瓦镇的县志里能找到关于这两个人的记述，书上写道，韩淑英和姚书堂对重伤造成的伤疼不出一声。韩淑英在卡车进入白瓦镇之前停止了呼吸，至死，日本人也没有搞清楚她是不是从苏联越境的情报人员。姚书堂活着，但他无法说话，不知他是怕自己忍不住泄露秘密，还是疼痛难忍丧失了理智，总之，他咬烂了自己的舌头。

那天早晨，我额娘最后一次看见姚书堂，他五花大绑倚坐在一辆马车上，眼神空洞，脸冻黑了，表情茫然。驾辕的黑骒马嘴角喷着白气，白帽子的满洲国警察和黑帽子的日本警察走在大车的两边，他们警惕地观察看热闹的人群，试图从中发现罪犯的同谋。

当局残忍地将姚书堂塞进洗马河的冰窟，他的尸体第二年春天在善林寺门前的桃花水中被发现，慧南和尚将他埋葬在山门外一棵白榆树下面。我额娘认定那天坐在车上的姚书堂已经死了，日本人绑着一具尸体招摇过市，只不过想吓唬一下白瓦镇的反日分子。但蛾子坚持说马车上的姚书堂活着，因为，他冲她眨眼来着。

从那时起，直到一九四六年春天，蛾子将一次次梦见姚书堂，离奇的梦里，姚书堂总是一言不发，将眼睛眨啊眨的。只有一次例外，他的眼睛里流出了泪水，蛾子清晰地看见，他流下的是血水。那天早晨也将写进白瓦镇的历史，白瓦镇的妇救会主任、共产党员柳蛾子死于国民党光复军二十六旅的刺刀之下。光复军二十六旅旅长正是当年的抗日救国军司令王良。

日本人下决心弄清楚死者的身份，宪兵队请了两个人去辨认尸体，一个是原抗联三师的师长郎乌春，另一个是原抗日救国军的司令王良。郎乌春做了洗马村的木匠，当年的山上大爷同样拒绝了日本人让他做森林警察大队长的邀请，回到东宁县，继续做他的粮食生意。王良受降时身边只剩下夫人苏念，一个副官和两个交通员。

王良没见过韩淑英，但他无法忍受警察对尸体的污辱，看见警察用脚踢冻得硬邦邦的尸体，他破口大骂：“你他妈没长手吗，赶紧把她抬进屋里，穿上衣服，别让她冻着。”

王良走后，郎乌春被叫进宪兵队的院子，尸体在室外已冻了几天，扒光了衣服，不体面地仰躺着。韩淑英的一头乱发粘在爬犁上，脖子歪向一边，眼眉和其他部位的毛发全是白霜，眼珠冻成两个白冰球向外鼓着。郎乌春忍不住放声大哭。往日的一些场景和泪水一起奔涌而出，他想起海上逃命的夜晚，两个人从船舱出来，满天的星斗。他想起旅顺口的夜晚，雨水在马路上流淌，他心急火燎去请医生。他想起他和韩淑英一起去海边买母羊，韩淑英满面泪水，楚楚可怜。他想起善林寺事变之夜，当卫兵将韩淑英推到他的面前，他是多么的惊讶呀。从那以后，他们天各一方。现在，他们相遇在这样一个地方，死者是一个英雄，而活着的不过是一具活尸体。

"不错，我认得她，她就是你们要找的森林女王。快给她穿上衣服吧，总不能让一个女人这样躺在冰天雪地里。"

"你凭什么认定她是森林女王？"

"难道你希望她不是吗？"

"你认出了她，她当然就是森林女王了，不过，郎先生，你还能说一点这个女人别的事迹吗？"心领神会的宪兵司令山本五郎露出意味深长的微笑。

郎乌春摇摇头，他摇摇晃晃地走出宪兵队的院子。他痛苦地走上艳粉街，这时候，正赶上姚书堂被绑赴洗马河的刑场。如果说韩淑英的死已经给了郎乌春致命一击，那么姚书堂在这世上的最后一幕彻底摧毁了郎乌春的意志。

姚书堂用这种方式战胜了他，姚书堂是一个英雄，而他，只是一个苟活人世的狗熊，一个骟掉做下酒菜的狗卵子。郎乌春想起到镇上看西洋影戏的那个下午，他第一次以不体面的方式看见了人生的秘密，他在大雨之中奔跑，向白瓦河抛洒长长的尿水，尿水直得像一条棍子，插进无情的岁月，戳出一个又一个猥亵的窟窿。

郎乌春跌跌撞撞地走进我额娘的神水店，他感到被塞进冰窟的不是姚书堂，而是他郎乌春，他像掉进了冰窖，失去了挣扎的勇气。寒气凝聚到胯间，透骨的冰冷让他的东西变成了实心的冰球。他感到自己已不再是一个完整的和真正的男人。

"抱抱我，我快冻死了。"郎乌春痛苦地看着我额娘。

赵柳枝抱住他，郎乌春身上透骨的寒冷立刻传递给她，那是一种彻底的绝望，比死亡更可怕的死寂和灭亡，就像冰冻了一万年的一块枯骨。

第三十五章 我失踪了

十月革命节是苏联军官晋级的日子，我们每个人分到一利特尔白酒和半盒巴比罗萨，巴比罗萨是俄式带纸嘴的烟卷。没有巴比罗萨的时候，我们抽马合罗卡，一种烟杆和烟叶粉碎的烟丝和烟渣。我们三营的营房是一幢坐北朝南半地下的大地窨子，房子的窗户紧靠地面，遇上大雪，窗户会被雪埋上。我们营房旁边是四营的住房，一营二营和无线电营建在山坡上。八十八旅旅部和营部的军官住在山脚靠牙茨克村的大道旁，旅级干部两人一座圆形房，各营的军官房每营一座，旅司令部在山下一座木刻楞里，司令部西边的小圆房是政治部。

最难熬的夏天，营房臭虫肆虐，熄灯号就像臭虫的冲锋号，大大小小的臭虫从墙缝里床板下蜂拥而出，灯光一开，这些家伙跑得奇快，眨眼之间不见踪影。后勤部门弄来煤油浇进墙缝里，消停没两天，这些家伙又复活了，照样咬得你浑身是包。就是这样也比我们在森林里的日子好多了，那时候，我们最怕的是虱子。一九四一年底，我被虱子咬得奇痒难耐，小腿发炎流脓，裤腿粘在小腿的溃烂处，一动，粘下一层脓血。郎师长用大烟土给我糊腿，长新肉芽时钻心的刺痒，我忍受不了，隔着裤腿挠痒，越挠小腿溃烂得越严重。现在，臭虫又在虱子咬过的地方咬上一个一个的包。

革命节一过，西伯利亚的严寒就来了。以前和我们一起挨虱子咬的领导们现在都被苏军授了军衔，尉官以上佩戴金光闪闪的肩章。我是列兵，肩章是普通的绿色。在中国的森林里，战友们可以嘻嘻哈哈，现在见到军阶高的人要行礼，即使你们是最亲密的战友。有时你的敬礼姿势不够标准，还会被他叫住再来一遍。苏联军人休息时间可以到驻地不远的牙茨克村散步娱乐，我们中国籍的士兵不行，去了要受警告处分。这条纪律是我们抗联领导自己规定的，怕我们在安定的生活中丧失斗志，影响将来回国作战。尽管如此，我还是和牙茨克村的娜佳老太太交上了好朋友。娜佳会说不太流利的汉语，胖胖的左手没有小拇指，我们叫她秃手娜佳。我和秃手娜佳有特殊的缘分，她的女儿妮亚在伯力远东红旗军陆军医院当护士，曾经伴我度过了难忘的一个月。

那时候，我跟随杨云清从珲春越境，最后一次战斗中被打穿了右腿，骨头碎了，被送到伯力。住院的第一天我认识了妮亚。妮亚将我全身除了眉毛以外的毛发剃个精光，然后给我洗澡，我难堪极了。病房一共四排铁床，六十多个伤员，只有我一个中国人，其他人都是苏德战场中下来的伤员，有的蒙着双眼，有的缺胳膊有的断腿，整日整夜有人疼得大声叫喊。有一天，一个伤员疼极了，他拿起拐杖打妮亚的脑袋。过一会儿来了一个满脸疙瘩戴土耳其式高帽子的将军。他佩戴银色肩章，上面镶一颗大大的五角星，他一进病房，所有军医和护士立正站在一边。将军大喊起来，我听不明白他说什么，但吵得最欢的伤员也安静了下来。他讲完话，病房里响起“斯大林乌拉”的口号声。

秃手娜佳告诉我，那个少将当时正在追求妮亚，如果不是一年后他战死在苏德战场，也许他会和妮亚结婚。娜佳的黑面包很香，她请我喝糖茶水和稀米汤，有一次，她用牛肉土豆给我做了一大碗肉汤，土豆加牛肉，好吃极了。

秃手娜佳一直想治愈我的惊悸症，有一天我去看她，她神神秘秘地把我拉进厨房：“斗，你把这碗草汁喝下去，让我看看你遇到了什么。”

秃手娜佳的厨房有着暗色的木屋顶，几样擦得很亮的铝壶，墙上挂着看不出意味的雕刻，桌子上一束漂亮的盆栽黄菊花。装满草汁的碗就放在花瓶下面，十分黏稠，里面有闪光的麦粒，还有蘑菇，更多的是牙茨克夏季灿烂山坡上多汁多味的绿色蓟草。

秃手娜佳满嘴酒气，她让我闭上眼睛，然后走去院子里扫雪，扫帚刷地的声音增加了室内的宁静，娜佳配制的草汁让我想起了额娘的神水。有一会儿，我好像回到了王良寨，我站在王良寨外的山坡上，漂亮的小狐狸跑过雪地。这时候，桌子上的花闪耀起来，就像烛火。昏暗摇曳的烛火里，我的世界古怪寒冷，无依无靠，我是那样的无助，不自觉地流下泪水。我额娘从帘子里走出来，她很忙，从我旁边走过却没有注意到我。她穿着五彩绲边的蓝衣服，肩上的扁担和水桶一摇一晃，她的身后是童年记忆里的黄狗。我额娘的身影换成了娜佳，她的裙摆夹在两条肥厚的大腿中间，肉从那儿溢出来。肥大的乳房，油腻发光的胖脸。她走过我的身后，我抓住她的胳膊，免得坠入无边的黑暗。

突然，我听到一种奇怪的声音，娜佳在厨房里不安地走动，好像要找出藏在厨柜后面的敌人。娜佳真的拿着一根点燃的蜡烛满屋子搜寻，她确认仅仅是老鼠在恶作剧，便放下蜡烛，然后又是难耐的宁静和黑暗。

醒来，外边下雪了，戴皮帽子的孩子们在外面打打闹闹，从窗口朝园子里扫一眼，一堆堆积雪像坟一样，雪堆下面是无比忧伤的蓝色阴影。

娜佳怜悯地看着我，她说："斗，我看到一个人的脖子突然变长了，还看见一个女人站在风里哭。"

脖子变长的人是陶副官，在大风里哭泣的女人除了苏念还会有谁呢？娜佳看见的是我和苏念分手的那一刻，在大树下面睡了一觉，陶副官的脖子一下子长了一截。

娜佳决心看清我的世界。下一次，她看见了我的童年：开满年息花的山坡，初夏的微风轻轻摇动着灯笼果树，雷雨后天光中的玫瑰花丛，悬挂在葡萄藤上的蓝色牵牛花。但是，那会儿，我眼前的影像可不那么美妙，我看见李良萨满干瘦的身影，他在一个巨大的房间里孤独地走来走去，就是走不出去。漫长的痛苦过后，我的眼前出现了年轻娜佳的形象，和她的女儿妮亚长得很像，比妮亚苗条。她站在多彩的阳光里，身后一串串玻璃珠，玻璃珠在风中轻柔地晃来晃去。它们形成了一扇扇门，风掀动它们如抚动一件衣服。娜佳开始跳舞，反光的玻璃珠叮叮当当，就像李良萨满的腰铃，随着胯部的摆动闪闪发光，年轻的娜佳脚腕和手腕上都戴着闪亮的银环，可是她身上的气味却是汗味、血腥味、烟草味、烧焦的马毛味和便宜的玫瑰精味，就像洗马村棺材铺马厩里的气味。

娜佳发愁地说："斗，你的身上附着许许多多的灵魂，还有，你的世界有时候明亮，有时候模糊。"

满斗说："娜佳，你能看见我的世界的另一半已经很了不起了，我是猫眼啊，我能看见黑夜里的东西。"

一九四五年初夏，一个星期天，红军大食堂加了伙食，幼稚园举办婴孩节，旅属军人和孩子们都去参加了。当晚俱乐部上演短剧《蓝色的手巾》。我没去看戏，那天晚上，我最后一次接受娜佳的法术治疗。地点仍是娜佳的厨房，印象中却变成一幢冰冷的房间，里面摆满了玻璃器皿。玻璃杯闪烁着月亮的反光，反光里，我看见了阿菊，阿菊幽怨地恳求："满斗，你为什么不救我，就因为我是日本人吗？"

阿菊说："我恨你，我恨见死不救的满斗。"

阿菊泪光里出现了一条蛇，缓慢地在桌子上翻滚，身上装饰着耀眼的碗杯碎片。蛇从地上抬起红的和绿的眼睛往上看。它闪烁着、低语着、嘶嘶着，像日本战刀的闪光。

我的眼前再现了两年前那个夜晚，我和佐藤一起翻过长着杂草的土院墙。沉闷的厮打声，阿菊和孩子撕心裂肺的叫声，还有，镐把砸在佐藤后脑勺的声音。我逃离阿菊的院落，回望后面的火光，然后是震耳欲聋的爆炸声。趁着混乱我回到住处，在黑暗中一刻不停地发抖。屋子中间的鬼魂又出现了，这一次他跌跌撞撞地走进来，弯腰弓背，一张没有长开的圆脸，下巴上一颗触目惊心的黑痦子，忧郁地坐在地当中哭泣。哭了一会儿，他把步枪挂在屋地当中的桩子上，用脚勾动扳机。枪响把我惊醒了，梦境和现实无缝联结，没有鬼魂，屋地当中，真的有一个少年倒在血泊里。

"斗，我看见你的世界里到处是火，满天的大火。"

是啊，从棺材铺那场大火开始，火给了我生命，从此，我的世界里总是一团一团的火光。只有火才能融化一身的僵硬和疲惫。多少次命悬一线，火像散兵线一样在山顶点燃，我们在烟火中成功逃出鬼子的包围圈。火烤胸前暖，风吹背后寒。严寒的天气里，火苗是蓝色的，连火苗都在簌簌发抖。还有，阿菊母子葬身的那片火海，也许只有我能够救她们，可是我的使命却是点燃另一场大火，那是一个不可能完成的使命，烧掉马滴达的飞机场。

给回忆打上一块黑布补丁，给命运的伤口贴上一块黑膏药。"娜佳，我来给你讲讲我们怎样烧掉了飞机场，你看看是不是那场大火。"

演员满斗回到了剧组，此前，他还真不知道自己具备一点演出才能。剧组里死了一个演员，导演李晓河不得不去接受各方的问询。回到剧组的满斗陷入惊恐当中，一个人躲在房子里整日发抖。不管谁问什么事，他都语无伦次。他想找准一个时间赶紧离开这个是非之地，阿菊死了，他在这里一个熟人也没有了。没有人和满斗说话，他毕竟是一个面目不清的小角色，剧组临时收留的一个流浪汉。

第二天下午，满脸疲惫的导演回到剧组，他找到满斗那会儿，满斗正躺在一片荒草里苦闷地晒太阳。

"和阿菊一起烧死的还有一个人，就是和你住在一起的那个佐藤，日本人让我问问你，看看你是不是知道一点什么。"

"导演，我什么也不知道。我被枪声吓醒的，一个小圆脸自杀了。"

"你说什么？谁自杀了？"

"小圆脸日本人，他用一支步枪自杀了。"

"没有人自杀，满斗，你的脑子是不是坏掉了？"

祖先神保佑，满斗脑子难道真的出了问题？

这时候，天上掉下来一个更大的炸弹，一下子将满斗送上云端。

"请问，你们这里要山货吗？"

“要啊，你要多少？”

“你有多少我要多少。”

从我离开大部队赶赴孙八店，这几句暗号在我舌头底下长了苔藓，生了疮，就快堵住喉咙。可是，我怎么能够想到，我苦苦等待的接头人竟然会是导演李晓河。

满斗泪流满面，导演拍拍我的手，“你是个战士，别像没娘的孩子似的。”导演说，“我已经想好了烧掉飞机场的计划，等我的命令。”

满斗找到了组织，重新成了战士，力气和勇气神奇地回到体内。

李晓河的计划十分简单，过两天，剧组开拍飞机场的一场戏。戏拍得不顺利，按照剧情，满斗为修建飞机场和男主角结下了友情，飞机场建成了，青年义勇军们要组织一次欢迎式，庆祝自己的成功。满斗羞涩地走进机场，他要兴奋地跑向迎接他的男主角铃木，可是这么一个简单的动作他就是做不好。耽误了拍摄进度，导演大光其火，他打了满斗两耳光，不准他吃晚饭，和其他主创人员商量改戏。最后导演妥协了，放走了整个剧组，他单独留下来，给傻子满斗讲戏，他不厌其烦地讲，一直讲到看守飞机场的日本人不再好奇，无聊地回到哨位上去。

李晓河最快速度地发现了马滴达飞机场的防守漏洞，这个飞机场防守得并不像想象的那样严密。满斗发现了秘密，蒙着帆布的飞机只有五架真飞机，其他的都是木制的假飞机。

那天后半夜，满斗和李晓河潜回飞机场，他们点燃了一场大火，然后在混乱中爬过铁丝网，在枪声和爆炸声中跑过一条小河沟，钻进一片灌木丛。

让满斗惊讶的是，他们并不是孤军奋战，竟然还有一支十几人的队伍接应他们，领头的是一个使双枪的女游击队长，她的额头受过伤，长得有几分凶相，但笑起来很迷人。她的部下叫她森林女王。

森林女王对满斗的情况很了解，她对三师的情况尤其关心，一有时间就向他打听郎师长的情况。看上去她忧心忡忡，不时陷入苦恼之中。

森林女王护送满斗到达一条河边，“杨云清书记，我只能送你到这里了，傍晚对岸会有一条船接你，我还有任务，要赶回白瓦镇。满斗，我会想办法把你过苏联的消息告诉你娘。”森林女王说，“杨云清，满斗，我等你们回来继续战斗。”

现在，我知道了，李晓河的真名字叫杨云清。

森林女王带着她的战士消失在河边的白雾之中。岸边芦苇招摇，河水湍急，打着漩儿，河对岸山峦起伏，翻过山就是苏联，那是一片异国的土地，在政委们的讲话中，苏联红军是一支神奇的队伍，是我们抗联的大后方。我们唱《列宁诞生歌》，那里鲜花遍地，无比富庶，有吃不完的土豆和牛肉。但是我们到达那里还要走一段艰难的路，搜查的日本人随时可能出现。

远处的狗叫和对岸的船影，惊心动魄的一刻。还好，木船先到了，船老大是一个黑乎乎的驼背老人，他的身手十分娴熟，长篙点开岸石的一刻，真有升天之感。船入河心，岸上响起枪声，子弹打在船头，然后，一发炮弹落在船边，我的胸口一热，失去了知觉。

醒来，我看到了满天繁星，我趴在杨云清的背上，已经走上河对岸的山路。对岸的河边，火光一团一团，不甘心的敌人点燃了火把。

我们无助地等待红军的救援，清晨尚未来临，到哪儿联系他们？杨云清将我放在一棵树下，我倚在那里，谢天谢地，我的大腿还在，全身火烧火燎，不知道伤了多少处。

杨云清点燃一堆大火，火光很快染红了半边天，杨云清用一条绷带沾上我的鲜血，找来一根枯树枝做成一面红旗插在地上。这办法果然有效，大火烧了二十多分钟，远处出现了荷枪实弹的苏军，他们快速向我们包抄过来。我的眼前渐渐模糊，最后一幕，我看见杨云清高高地举起双手——

闪电的亮光钻进黑暗的屋子，伴随着震耳的霹雳，西伯利亚的暴雨疯狂地倾注下来，敲击着屋顶。娜佳忧虑地说："斗，你要当心，我看见你从高处落下，沉入了无边的黑暗。"

娜佳说："这不是一个好兆头，你的世界变得和你说的夜晚一样。"

有一天，我去营地东北山坡上看种的南瓜长势如何，粗大的瓜秧结了一个特大的南瓜。瓜皮灰白色，足有十三四斤重，我想把南瓜送给娜佳，没想到，她竟然找到山坡上来了。娜佳走得汗津津的，胖大的胸脯晃我的眼睛。

娜佳说："斗，我以为你出发了。"

我惊讶地说："娜佳，大家都这么说，说要打回中国去，可是我还没接到命令呢。"

娜佳说："日子不远了，昨晚我看见蜡烛的火花跳来跳去，你肯定要走了。"

娜佳伤感地说："斗，我们这辈子再见不到了，你会想我吗？"

我说："娜佳，你放心，我会记得你。假如有一天我能活着回到洗马村，我会栽一棵树，给那棵树起名叫娜佳。"

秃手娜佳说："对于你我太老了，放在三十年前，我会嫁给你，和你睡觉，你想逃也逃不掉。"

我看了看娜佳肥厚的屁股，比我额娘当年豆腐房的磨盘小不了多少，还有她比酸菜缸粗的腰，我笑了笑，但立刻觉得笑得不是时候。

“如果再过三十年，我和你一样老的时候，我一定娶你。”这样说不合适，满斗连忙改口，“娜佳，你现在也很好看。”

秃手娜佳高兴极了。高兴过后，她哭了。“斗，你想着给我写信哪。不过，你会把我忘记的，一想到你的世界是黑暗的，我就伤心不已。我真想把我的年龄送给你。”娜佳哭着说，“你要是发现黑暗中出现一只萤火虫，那是我给你带路，可一点萤光能照多远呢？”

娜佳预言的黑暗很快来临了。过后两天，我和一营一连的崔连长到河里学游泳，上午，我竟然浮了起来，我高兴极了，越游越想游，越游越爱游。中午，别人上岸走了，我还想游，居然游到了离岸边十几米的跳台边，我想扶着木桩站起来，没想到木桩水下的部分长满青苔，我滑倒了，沉入水中。水草绊住我的双脚，大鱼小鱼从我的身边滑过，故意撞我的腰肋，我一次次从水底蹿出，幸灾乐祸的乌鸦和野鸡掠过河面。一次次绝望地跌落，水下的世界先是发黄，继而变得混混沌沌。力气一点点消失，额娘啊，我再见不到你了。还有苏念，我的花瓶姑娘，我要淹死了。多少次枪林弹雨活下来，没想到死在异国他乡的一条细河里。死得不值呀，我最后一次拼命一跳，有人向我快速游来，越游越近。游过来的是一营营长金日成和副营长安吉，他们正好路过河边。

我得救了。坐在岸边，抬头看天，天空从来没像今天这么蓝过，远处传来欢笑声，拼死挣扎之后，我疲惫极了。

“你真沉啊，我差点让你按在水里。”安吉使劲儿捶我后背，我吐出一口黄水。

金日成说：“你要先学扎猛子和水下憋气，会扎猛子你就能在水里多待一会儿。”

顾不上感谢他们，我大口大口地吐水，眼前重又发黑。后来，安吉告诉我，我一共吐出十几根绦虫，溺水吐出了绦虫，真是意外收获。

我说：“娜佳，你说的黑暗我已经经过了。”

娜佳忧郁地摇头，“斗，我看见你从高处坠落。但我确信你没死，你的世界会明亮起来。”

“哦，娜佳，借你吉言，要是有一天我活着回到洗马村，我一定种一棵树，我会把那棵树叫娜佳，你的笑声太像风吹树叶了。”

一九四五年八月初，传来苏军准备进军中国的消息，过了一周，苏联向日本宣战了。战争的进展出乎意料的迅速，苏联红军主力分三路挥师中国东北与日本关东军作战，总指挥是华西列夫斯基元帅，西部战线由马林诺夫斯基元帅指挥后贝加尔方面军，由蒙古东部突出部出击，长驱直入，直抵张家口、长春、沈阳。东部战线麦列茨科夫元帅指挥的远东第一方面军抵达牡丹江市。远东红军司令普鲁卡耶夫大将指挥的远东第二方面军强渡松花江，溯流而上，进逼佳木斯，再抵哈尔滨。另一股军队则由布拉戈维申斯克穿越黑龙江先占黑河，进抵北安。

我们的领导人周保中、张寿篯还有金日成等人不声不响地从A野营消失了，听说金日成带领朝鲜战友和苏军一起反攻朝鲜去了，我很后悔没有感谢他的救命之恩。A野营的许多房子空了，格外寂静。昔日的战友们有的去给苏军当向导，有的和苏军一起跳伞去了日军后方，有的和苏军一起挺进。

一天，杨云清来和我告别，他也要走了。到A野营不久，他被派去伯力学习。上一次他来看我，穿着一件灰呢子大衣，我们在落叶满天的秋风里走了好长时间。我已经知道了他和我额娘有过一面之缘，那以后他去吉林市读中学，参加了共产党的地下组织。

杨云清因为参加反对吉林熙洽引狼入室投降日本的游行示威遭到当局通缉，逃亡到哈尔滨。在哈尔滨，他被安排到反日总会工作，他将揭露大汉奸张景惠阴谋和诱降马占山的传单小报一夜之间贴满大街小巷，还有车站码头的墙壁，送到军队长官的案头。他直接接受张贯一的领导，张贯一，就是后来大名鼎鼎的杨靖宇。那会儿，他叫张大个子。张大个子经常和赵尚志等人在“一毛钱饭馆”吃饭，他们吃饭的时候，杨云清就守在外面。赵尚志和张贯一是狱友，当时和他们一起聚会的还有后来死在丛林中的将军金伯阳。赵尚志走街串巷，能记住那些近路和透笼院落，即使夜里也能找到要去的地方，大家十分敬佩。杨靖宇组建抗日军的时候，杨云清正在监狱里受罪，出狱之后他到了苏联。后来转道新疆，直达延安。他在延安工作了几年，直到被派回东北。

“你额娘好吗？她长得很漂亮。”

“我要走了，满斗，我们有一天还会见面。你保重吧。”

杨云清说：“你什么时候走，要听组织的安排。做好准备，免得来不及收拾。”

我说：“请领导放心，我除了这个脑袋这双手什么也没有，我早就想回去见我额娘了，巴不得明天就走啊。”

时间比我们预想的快些，命令下达的时候，我想起应该去和秃手娜佳告个别，可是来不及了，上级命令立即出发。

我们穿着日本军服，每人一个日本名字，一部电台，一支手枪，一支转盘冲锋枪，四百发子弹。为了确保准时赶到敌后，上级决定用飞机将我们伞降到指定地点。

我衣服上的名字是浩二。

八月九日，晚九时，我、张副官、赵子博、孙大河来到机场。机场共有四架坐满中国抗日战士的飞机。

别了A野营。别了娜佳。别了苏联。

飞机起飞了，飞向中国。

飞机夜航，为的是不让敌人发现。尽管如此，边境线上的日本人还是发现了我们的飞机。高射炮群密集的炮火不断地射向天空。敌人的炮火没有达到我们飞行的高度，一个个火球飞到机身下面就消失了。敌人干扰飞机的气球飞起来了，飞机在千万簇火焰织成的花絮上飞行。

半个小时以后，我们向舱外望去，底下一片灯火。已经来到牡丹江上空了，舱门打开，紧张的赵子博和孙大河跳了出去。

飞机继续飞行。

飞机飞向白瓦镇上空。

飞机急剧下降，指挥员下了命令，我跳出了机舱。

一出机舱，耳边风呼呼作响，什么也听不见。全身的血冲到头顶上，身体好像没了重量。

我伸直双臂，手心向下，在空中平卧着往下降，我一直等着头顶的炸雷，那是降落伞打开的声音。

晚上十点多钟，下边一片漆黑，唯有一条白带子似的东西横在大地上，那会是洗马河吗？望望天空，飞机早已无影无踪。

天空刚用清水洗过似的，星斗点点，水灵灵的。我的左上方，有一朵白花飘动，肯定是张副官，他打开了降落伞。

我的伞打不开。

我的伞为什么打不开？

我的大脑一片空白。

我想打开我的伞。

大地已经迎面而来。

我看见了河流。

我看见了树木。

我看见了房屋。

我像一块陨石，我像一个冰块，我像一个麻袋。

砰的一声，满斗将摔成肉酱。将摔成肉饼。将粉身碎骨。

这时——

砰——

满斗陷入无边的黑暗。

第三十六章 一九四五年的瘟疫

咸湿的东风从大山的那面刮过来，从山顶倾泻而下，吹开了库雅拉河谷最后一层薄寒，朝阳的高坡上像涂了一层烟袋油子。千万条雪水奔流而下，汇入黄色的库雅拉江。

一九四五年春天过后，种种迹象表明，满洲国出现了坍塌的征兆。即使在洗马村，消息也不像想象中那么闭塞。当时的无线电广播事业已初具规模，富裕人家有了满洲电信电话株式会社推出的日本造标准四号收音机。这种电子管收音机采用分期付款的方式廉价赊销。收音机里，慰安节目被特辑节目打断的次数越来越多了，京剧名伶的唱段和交响乐的中间总要插播哪一位将军的讲话。

进入夏天，阴雨绵绵，经常数日不见阳光。和晦暗的白天相比，人们更期待夜晚。午夜十二点，准时打开收音机，旋律苍凉的《总理纪念曲》破空而来——民生凋敝，国步艰难，祸患犹未已。莫散了团体，休灰了志气。歌声过后四小时，洗马村准时响起斧头劈砍木头的声音，和前两年相比，郎记棺材铺的生意好些了。一方面是郎木匠的手艺活儿提高了，一方面是乡下的日子较几年前平静许多，人们对丧事又认真起来。就像大雨过后三天，虽然下面一洼洼的烂泥汤，表面却被太阳晒出一层硬痂。

最先感到变化的正是郎乌春，他发现负责监视他的特务来的次数少了，到棺材铺讨水喝的外乡人不知不觉多起来。有一天，来了一个收鹅毛的小贩，大咧咧地坐在木头堆上，一边挠沾满泥巴的脚丫，一边点燃烟袋锅。若在往日，郎乌春肯定会阻止他在木头堆上用火，可是这次他停下刀锯，等着那人说话。果然，浑身绒毛的小贩凑上来，小声告诉他，就在两个月以前，欧洲战场上，德国人投降了。苏联红军就要打过来了。

郎乌春的表情十分淡漠，鹅毛小贩不屑地挑起麻袋一晃一晃地走了。

郎乌春放下斧子，两腿发软，慢慢地挪回阴凉的屋子，拿起水瓢大口大口喝凉水，几年来压在胸口的大石头一下一下晃动，碾得他心血四溅。如果这会儿身边有人，一定能看出他心底掀起怎样的波澜，他双手颤抖，趴在水缸边泪流满面。他敏锐地感到，这个世界就要巨变，可是他本人却力量全失，像离开木头的刨花，像飞驰的车轮甩出去的稀泥巴，精神涣散，形同散沙。回到洗马村三年了，他早就期待着大哭一场，哭出憋在心底的郁闷。接到弟弟秋哥的死讯他没有哭，打湿他衣襟的是额娘的泪水。秋哥受了他的连累，三年前被日本人抓去一个秘密的地方修工事，郎乌春给白瓦镇的宪兵队写了八封信才讨到一个准信，闷头闷脑的秋哥已在两年前得病身亡。额娘咽气的时候他没有哭，握着他的手哭得一塌糊涂的是柳枝。安葬完老人，他用一句话就将两个人的关系画了一个句号，“我的心早就死掉了。”

他声音涩滞地说：“柳枝，郎乌春早就战死在库雅拉山了。”

柳枝仿佛看透了他的心思，拍拍他的手，凄然一笑，“好吧，”她说，“我等你活过来。只要有口气你就能活过来。”

郎乌春决定亲自到白瓦镇打探消息。这是一个晴朗的下午，天空湛蓝，飘浮着晾晒的绷带一样的白云，白云似乎随时可以落下来包扎水灾过后的创伤。连日大雨，洗马河暴涨，沿途许多村庄浸泡在水里。农民在扎木筏子，水鸟在沉入水中的屋脊上面飞翔，灾民坐在断墙上说话。水稍退他们便赶回来，已在“家”中转了几天。水是慢慢涨起来的，灾民们还来得及搬走财物。他们将窗框扒走了，洞开的门户里仍能看见水渍和旧年画。

通往白瓦镇的石桥淹没了，郎乌春坐在一棵大柳树下等候渡船，他猛然看到奇特的一幕，一只青蛙骑在一只褐色蛇背逃生，发生洪灾或是火灾，动物们会携手逃生，但青蛙骑在蛇背上逃生仍然让人惊讶万分，郎乌春不敢相信自己的眼睛。他揉一揉，泪水沾湿了手背，他深感丢脸地闭上眼睛，他真的变成一摊稀泥了，敏感，脆弱。他想起了战争前的青春岁月，想起了多少年前洗马村的风灾，吹折的榆树砸坏了三更家的水井，他一弯腰就将大树抱起来。他刻意回避战争的场面，天空中出现了血色的晚霞，夜晚来临了。

终于等来一条船，镇里避了十几天的老人和妇孺踏着水拥上岸来，他们急着返回仍被洪水围困的村子。等待渡去对岸的人们纷纷向船上冲，郎乌春被挤得差点摔倒。人们跳进没小腿的水中蜂拥而上，船头沉了，船老大一边淘水一边轰赶人们下去，没有一个人肯下。肆虐的蚊子，无望的抱怨和哭声，四面的洪水，夕阳映照的无际的水面，平静得令人绝望。水中，向日葵只剩一个个脑袋，即将成熟的玉米腐烂了。

好容易挤上船，船主人大声吆喝着。车轮大小的夕阳沉入水中，血一样洇开。

郎乌春暗暗寻思，船上有谁能想到他曾是一位将军呢？他现在只是一个埋埋汰汰的老头，一个手艺很差的木匠。

郎乌春走进白瓦镇，走过当年的军营。当年的一幕像一页草纸，风一吹翻过去了。他避开日本宪兵司令部的正门，努力忘记韩淑英赤裸的冻成冰棍的尸体，痛苦撕心裂肺，毫无体面。

郎乌春穿过一条泥泞的小胡同来到柴草市和艳粉街的交会处，前些年闹哄哄的牛马市成了一个泥潭，就在那里，他看见姚书堂被绑赴郊外的刑场。正是那天，自卑感在女儿蛾子的毒药滋润下从此遮蔽了他的心灵。他曾经想过自己在别人的心目中什么样，但从没意识到已如此不堪。

郎乌春看见了神水店的招牌，风中，一个灯笼轻轻晃动，他的右腿一点劲儿也没有了，他沮丧地站住，靠着墙，免得坐倒在地。夜露从榆树枝上滴下来，冰凉地流到后脊梁。他全身发抖。远远地，一个人打着手电筒匆匆走来。“乌春，是你吗？”郎乌春不争气地屁股下沉，他跌坐在地。

郎乌春第一次中风，很轻，躺了两天半就能在院子里慢走了。柳枝告诉他，她有预感，觉得他要来了。果然，她走出去就看见了他。这话说得他十分受用。他相信她说的是真话。柳枝坚决不同意他独自一人回洗马村去。他认真地打量赵柳枝，想看清楚岁月在她的脸上留下了怎样的痕迹，结果看见了她藏在眼角的鱼尾纹里面的妩媚。

时局和郎乌春的内心一样几天之内发生了巨变。镇子里的宪兵队强制老百姓捐献铜盆和铜壶，一些单位拆掉了金属门窗，使用硬币比使用纸币买东西不知要便宜多少倍。镇子里的医院站满了强制献血的人。这一天，电台里忽然播出一条惊人消息，美国人的原子弹扔到了日本本土，紧接着，苏联对日宣战。镇子里的日本兵全副武装，不分昼夜挨门逐户地搜索中国劳工，逼迫他们挖掘防御工事。神水店紧锁大门，一家人和衣而卧，生怕鬼子冲进来抓人。郎乌春找到了当年战争的感觉，人竟然精神了不少。

几天后的一天清晨，确切地说，日本人宣布投降后的第五天，街上忽然传来呐喊：“大鼻子来了！”

郎乌春和柳枝来到门口，刚刚站稳，只见一辆敞篷吉普从艳粉街的方向飞驰而来，驾驶车辆的是一个衣着整齐的苏联军官，歪戴一顶军便帽，嘴里叼着一个烟斗，车后座坐着两个士兵，肩上斜挂轮盘枪。吉普车上乘坐着进入白瓦镇的第一拨苏联军人。他们直接驶去日本人的军营，这一天，白瓦镇不可一世的日本宪兵队正式缴械投降了。

人们很快发现了蹊跷，投降后的日军表面上手无寸铁，他们的包裹里却隐藏着长枪短枪和手榴弹，还有轻机枪，军官们最为珍爱的军刀也没有交给苏联人。为了迷惑苏军，驻地站岗的日本士兵持着木制的步枪形状的假武器，看上去十分滑稽，但他们仍然保持着整齐的军容。为了笼络人心，他们将成包的大米白面、成箱的罐头和啤酒随意分散给附近的居民，以换取一点同情。每天都有日本军人在中国人的帮助下逃走。日本人的尊严没有维持几天，剩下的日本兵就在苏军的驱赶下乘上闷罐车离开了。传说他们将被运去苏联。

日本军人被运走以后，白瓦镇陷入了彻底的混乱，火车站挤满了等待撤离的日本开拓团成员，被扒光衣服的日本妇女手挡在两腿之间，弯着腰撅着光屁股边哭边跑，日本侨民集中到火车站附近，进入侨俘管理机构。城西的裤裆胡同一片地方，朝鲜人和中国人发生了大规模的械斗，一时间杀个天昏地暗。警察已全部解散，消防队也解散了，发生火灾只能烧完为止。当初镇上八面威风的许多大人物在家中睡觉被人开枪打死在床上。

扮演解放者角色的苏联大兵越来越让人担心了，总有喝多的苏联军人突然闯入镇上居民家中，他们将饭桌上的朝鲜辣酱当果酱，手指一抹就吃，结果辣得打嘟噜。他们能吃掉一小盆豆腐，然后到街头用冲锋枪打野狗，拖一只回来报答。一些苏军士兵开着吉普车在街头游荡，用车轱辘换日本手表，上当的人将手表交到他们手上，大兵把手表放在耳朵边听听，将手表套上手腕开车就跑。

正在混乱时节，一队八路军开进了白瓦镇，他们穿着二尺半的破旧军装，占领了亚洲火磨公司的地方。与此同时，镇中心原日本宪兵队的院子挂上了国民党白瓦执行委员会的牌子。

这期间不断发生苏联红军强奸妇女的事件，长得稍有姿色的女人都剃了男人一样的头发，柳枝每天给蛾子的脸蛋抹锅底灰，听到外面有人喊大鼻子，就赶紧躲进杂物间。直到有人高喊大鼻子走了才敢出来。后来，有的“大鼻子”学会了几句中国话，他们出现在胡同里，高喊“大鼻子走了”，喊完就藏起来等待女人自投罗网。

神水店成了一个“大鼻子”最愿意光顾的地方，伊万是一个酒鬼，红头发，蓝眼睛，一脸雀斑，身材十分高大，端着轮盘枪，嗅着酒精的味道踹开了神水店的房门，连比画带喊，表示他要“寒气儿”，见郎乌春听不懂，他径直冲进柜台里面拿下神水药酒拧开瓶盖，郎乌春这才明白“寒气儿”的意思。伊万看上去不适应“神水”的味道，伸舌头做鬼脸，然后摇摇晃晃地走了。苏联大兵的表现成了一家人的乐子，蛾子提议给所有的苏联大兵起个外号，干脆将他们统称为“寒气儿”，柳枝看见乌春露出了少有的笑容，心里十分高兴。

没想到，上门叨扰的“寒气儿”第二天又来了，他似乎喜欢上了神水的味道，这一次他边喝边竖大拇指，表情十分滑稽。一家人渐渐放松了警惕，郎乌春更多时间坐在铁匠铺门口抽烟，他随时观察着时局的变化。

有一天，柳枝和蛾子正在收拾杂物间，“寒气儿”忽然闯了进来，一愣过后，“寒气儿”将轮盘枪平端着对准了蛾子，吓得蛾子尖叫起来。“寒气儿”没有开枪，他一边呜噜呜噜地说话，一边比比画画，柳枝和蛾子总算明白了，蛾子哆哆嗦嗦地坐在炕沿上，把她那双半旧的日本皮靴脱下来，“寒气儿”坐在墙边的破麻袋上，脱掉脚上穿的黑色破皮靴。“寒气儿”的脚又粗又大，毛烘烘的，他费了好大劲儿就是穿不上蛾子的靴子，他尴尬地笑笑，将靴子还给了蛾子。

蛾子长出一口气，看着“寒气儿”的怪样子笑起来。这一笑笑出了问题，“寒气儿”的眼睛立时瞪得比牛眼还大，他比画两下，不情愿地走出去。

隔一会儿，“寒气儿”又出现在神水店，这一回，他手里拿着一个大面包，大列巴黑面包圆圆的，面包揉进了牛油，散发膻味。他将面包放在桌子上，一屁股坐在炕上，掀起一床被子，指指蛾子呜里哇啦地说话。柳枝的脸一下子白了。

柳枝沉着地拿出一瓶酒，这次她拿出的不是药酒，而是她用心保存的一瓶女儿红。她示意蛾子出去，然后向欲火中烧的大兵露出笑容。

“好吧，要是你想干点什么，我这个当娘的陪你。时间有的是，咱们干吗不先喝两杯呢？”

“寒气儿”惊讶地看看柳枝，看看蛾子，他很快弄清楚了，露出贪婪的笑容。他用手指指女儿，指指母亲，意思再清楚不过，他想全要。

“这可不行。”柳枝一边坚决地摇头，一边用力打开酒瓶的封口。酒香立刻弥漫开来，果然，“寒气儿”高兴地抽起了鼻子。

蛾子退出去，猛地带上房门，飞快地跑去铁匠铺。仅仅过了五分钟，郎乌春踹开房门，冲进屋子，他看到了惊讶的一幕，喝得满脸通红的伊万仰脸朝天，大口大口地喘气，表情十分痛苦，他的上衣脱光了，裤子褪到毛烘烘的腿上，内裤还没来得及脱掉。

柳枝扑到乌春怀里，她吓坏了，“一定是瘟疫，‘寒气儿’传染上了瘟疫。”

“寒气儿”的皮肤上果然布满紫色的斑点。乌春心里一沉，“完啦！该死的大鼻子把瘟疫带到店里来了。”

郎乌春和柳枝找了一辆手推车，将抽搐不止的苏联大兵抬上去，将他送回苏军驻地。一路上，他们不断地遇见送葬的队伍。

在艳粉街口，一个大户人家长长的送葬队伍吹着喇叭走过，队伍的最后面，一张熟悉的面孔引起了柳枝的注意，老人家满脸悲戚，戴着一顶奇怪的高帽子，身穿素白色的长袍。

柳枝忍不住叫出声来，“啊，我想起来了。你是，天哪——”

老人不理会路边人的一惊一乍，他边走边自言自语，“今天送葬，明天送葬，后天送葬。”

柳枝跟上去问道：“他们说你死了，我就说嘛，你怎么会死呢！”

老人终于抬起眼睛，说了一句意味深长的话，“你没看到吗？这镇子里的房子住的都是活尸体。”

风中送来老人苍老的咳嗽，“快准备七色纸吧。田野里要开满七色花了。”

柳枝惊愕地站下，冷汗涔涔而下。

“乌春，你说我看见谁了？天啊，我绝对没有看错，他是李良，就是他，他怎么出现在镇子里？”

郎乌春向队伍看去，他没有找见柳枝说的穿白袍子的老人。“你肯定看花眼了。”他有更重大的消息要向柳枝宣布，“柳枝，这下完蛋了，我们每个人都在劫难逃。”

消息来源便是郎乌春刚刚买到的报纸——整个白瓦镇，更远的地方，都陷入了新的灾难，一场瘟疫降临了。

报纸上说，瘟疫来自日本人的细菌实验室，撤退的日本人打开了病菌的大门，细菌随着老鼠和跳蚤造访一户户人家，恶神耶鲁里嘴里喷出了毒烟。

不仅是人类患上了瘟疫，大自然也患上了瘟疫。

高粱成片成片地死去。没有死去的高粱成片成片地长出又粗又苦的乌米。亮得如肿胀米虫的黄丝将成片的大豆缠死，黄丝绕过豆地，长到江边去，水蓬棵、拉拉秧、羊角叶都枯死了。

白瓦镇里喇嘛台的砖墙外面长满了开黄花的奇怪植物，三棵碗口粗的白榆树被黄丝缠死。给死人挖墓穴要费大力气将遍布的黄丝斩断。

善林寺的大空和尚从静室里走出来，自从大铁佛被锯断胳膊，大和尚就将自己关进静室。现在，他终于出现在大殿之上。他的脸色蜡黄，眉毛像两小绺白色的茅草。他拒绝给善男信女们解签，他的目光充满了怜悯和忧伤，私下里，他给他的徒弟重复多年以前说过的话，国运艰难，命如蝼蚁。

大空和尚在大殿里连坐三天，他的唱经声越来越弱。这天早晨，慧南和尚给师父准备斋饭，殿前荷花池边的两棵桃树爬满了黄丝。他惊慌地跑进大殿，师父的唱经声刚好停止。大空和尚竟然坐化了。

一九四五年九月，我额娘赵柳枝最后一次表现了她的商业才能，她动用家中所有的积蓄囤积白纸，她从延吉购进红、绿、黄、粉、蓝、黑六种染料，将一沓沓白纸染成六种颜色，这样，加上白纸，我额娘生产出了成沓成批的七色彩纸，神水店正式改名为七彩纸店。

我额娘的纸店没开张就有人上门了，白瓦镇历时最长的一次送瘟神仪式拉开序幕。这种仪式用七色纸剪成纸人钱串，其方法是取七色纸各一张，由剪纸能手执剪，将各色纸依次竖着折叠出五层条，中间竖折，再横折七节，每一节剪一下，剪出小眼，第二节剪出一人，手的部位不要剪透，同整张纸相连，末尾一节剪穗状，中间四节剪成钱串，每一串下沿剪出三个大钱儿连在一起，再剪出钱眼。七色纸中，只有白纸剪法不同，白纸竖叠，宽约四指，剪出若干小眼，展开即成网状。施术者将其拿在手上，在有病人的屋子里做清扫动作，扫除晦气，彩纸对着病人从头到脚划来划去，以示清洗干净。用过的纸人钱串交由这户人家最壮的男人走去镇外的荒野，插进泥土。七彩纸出门，所有人要在后面唾三口，仪式在“呸”声中结束。

白瓦镇的四野开满了纸制的七色花，纸条漫天飞舞，在雨水中腐烂。起初几天，人们充满了希望，但随着瘟疫的扩散，去荒野种植纸花的壮汉越来越少，一户人家最后死去的人只好由临时政府雇人埋葬。

而政府政出多门，八路军和国民党在争夺领导权。国民党内部出现了分歧，一个是由李文和领导的党务专员办事处，另一个领导人竟然就是原伪满县长韩玉阶，他摇身一变成了国民党党联的负责人。为辨真假，两个组织发生了流血事件。可是一天早晨，这些专员集体成了阶下囚，他们准时到各自的党部上班，向持枪的守卫出示通行证，证件被当场没收，随后他们一个个被押进空房子关押起来。中午，被抓的人越来越多，已经超过二百人，门前的岗哨将前来办事的人一律扣留。被扣留的人当天夜里送到亚洲火磨公司的仓库，在火磨公司的院子里，这些国民党人看见了穿制服的中国警察和挂着轮盘枪的苏联红军。混乱的二十天里，进入白瓦镇的八路军部队大部分换上了警服，分驻在全镇的警局。苏联城防部队不允许八路的正规军在镇上活动，却默许他们成为警察合法存在。这时候，国民党人才知道成了八路军的阶下囚。

有一天，铁匠铺来了一个陌生人，向李铁匠打探郎乌春的消息。我额娘果断地关闭了彩纸店，凭直觉，她知道除了瘟疫，还要应对新的麻烦。当局已经公审枪决了三十几个罪大恶极的人，其中二十八个汉奸、两个抗日队伍的逃兵。新政府正着手清算满洲国的旧账。

我额娘成了最优秀的厨娘，她每天变着法给郎乌春改善伙食，她将每顿饭当成两个人最后的晚餐。我额娘拿手菜是朝鲜腌鸡肉和鸡肉肠辣炒年糕，她会做鸡肉肠和鸡血豆腐，这是当年在马滴达从顺子那儿学到的朝鲜美食。郎乌春狼吞虎咽，他的饭量大增，一点不挑食。多年以前洗马村那只好斗的公鸡现在老了，紫色的鸡冠颜色黯淡，目光混浊，啄几口菜叶就萎靡不振，耷拉脑袋昏昏欲睡。

两个人心思重重，心照不宣，刻意回避死神在门口徘徊的话题。郎乌春不提回洗马村的事了，他不再去铁匠铺门口抽烟和打听各种小道消息，渐渐地，他发现自己开始贪杯了，喝酒是他多年以来的战争生涯中最厌恶的一种嗜好，一个指挥员必须时刻保持头脑清醒，偶尔一次借酒浇愁和放纵都有可能葬送自己和整个队伍。

我额娘善意地规劝说："你的脸比'寒气儿'还红。你想把这些年没喝的酒一次补回来吗？"

这句话像一段旧拉链，一下子撕开岁月的肚囊，肝呀脾呀肾呀还有臭烘烘热腾腾的肠子哗啦一下淌出来，郎乌春趴在饭桌上放声痛哭。生活再次变成蹚不出去的沼泽，四处都是水，沼泽无边无际。昨天夜里，他又梦见被包围了，大喊起来。

"柳枝，我打不过他们，我实在打不过他们。柳枝，我的弟兄死了那么多，我身边每天死人，可是鬼子越打越多。"

"我知道，我知道。"

"我没投降，我真的没投降。"

"我知道。我知道。"

"我只是放下了枪，我真后悔没有战死，让鬼子打死就好了。"

"别这样说，那我们就不能在一起了。"

我额娘无限酸楚，"要是你死了，我们怎么办呢？"

说出这样的话没有想象的困难，我额娘轻轻拍打郎乌春的后背，他愣一下，僵硬的后背像解除武装的战士松弛下来。我额娘想起了满斗，泪水涌出，滴到郎乌春花白的头发上。我额娘想起多年以前郎乌春在马滴达养伤的日子，他们第一次心甘情愿地躺在一起，他们一边听着江水的咆哮，一边想象着未来。这时候，他们发现过去并不是一条难以逾越的鸿沟，彼此的怨恨不知何时已经消失。

时间可以模糊记忆，泯灭仇恨。新的灾难却像一层扑面而来的沙尘，堵住岁月的血水，糊住命运的伤口，神经麻痹了，可是疼痛更清晰，更尖锐，更厉害。

恐惧的人最怕孤独，乌春和柳枝在等待命运裁决的时间里不知不觉地成了同谋，成了共命运的人。郎乌春再次清晰地认识到，他真的彻底成了一个软皮鸭蛋，他变得敏感，房门一响就不禁一惊。他喜欢柳枝握住手的感觉，这样有一种安全感。真可耻，她成了他的胆。他想，他是不是放大了自己的担心？是为了多享受一点被关心的感觉吗？生活的汤锅没放油却出现了一层油星。

一个秋雨淅沥的早晨，彩纸店的大门被拍得啪啪直响。等待的一刻终于来临，郎乌春反而镇定了，他沉着地穿上外衣，轻轻抹去女人眼角的泪水，凄然一笑。他不经意地看柜子上的镜子，镜子里的男人头发色如乱草，双颊塌陷，脸色灰暗。刚刚刮过的胡子一下穿透皮肤，长出来却很软弱地虬曲着，半黑半白，他的嘴唇干巴巴的，两眼通红。

柳枝说：“我陪你去吧，我不放心你。”可怜的女人头发纷乱，两腮浮肿，皮肤过早地松弛了，两眼像晚秋的海棠一般通红，泪光闪闪。

“是福不是祸，是祸躲不过。”

郎乌春轻叹一声，摇摇头，轻描淡写地笑笑，笑得不自然，他不满地蹬上布鞋，出门忘记了系鞋带。门口站着两个荷枪实弹的小伙子，其中一个马脸小伙轻蔑地微扬嘴角，“郎乌春，跟我们走一趟。”

白瓦镇一片破败景象，断壁残垣，衣衫褴褛的人们在大街上急促地行走。兴农合作社的门口挤着一堆日本开拓团的妇孺，拥着几条破棉被，神色恓惶。想起当年自己一身戎装走马街头，时光像小孩子滋出的一泡尿水，郎乌春有恍如隔世之感。

亚洲火磨公司一片忙乱，电台的嘀嗒声，口令声，战马晃动脑袋的锒铛声和响鼻的声音，热烘烘臭烘烘的马粪味，熟悉而又陌生。卫兵将他带进火磨公司的会计室，屋子里一股老鼠屎和米糠混合的气味。

世界变化太快了，快得让人喘不过气。当年的灯官老爷在火磨公司门口差点被土匪打死，醒来时就躺在这间屋子的长椅子上。他从昏迷中醒来，濒死的感觉那样强烈，恐惧得窒息。院子里的白榆树乌鸦怪叫，一个胖老头被五花大绑押出大院，郎乌春挺直身板，屁股下面的椅子又硬又凉，凉气灌进肠子，他的肚子拧着劲儿疼，这有伤尊严，他微微蹙起眉头。

马脸小伙斜挎步枪走到他的身后，“跟我走。”

“去哪？”

"带你去一个好地方。"

郎乌春站起身，左脚沉，右脚飘，热血直冲头顶心，擦擦脑门，眼角湿漉漉的。

扫帚梅花挡住了窗户，湿凉浸润，院子里落了一层老去的蜻蜓，只活一季的可怜的生灵翅膀失去了光泽，轻轻地摇摆困惑的小脑袋。这个季节，蝴蝶早已消失了，障子旁边，秋天的姜不辣花绽放着最后的绚烂。一场秋雨一场凉，柳枝打个冷战，她六神无主，什么也干不下去。她努力回想满斗被土匪绑架的往事，她走进军营，去寻求帮助，郎乌春发着高烧，迷迷糊糊，表现得那样绝情。这个男人给她带来的屈辱太多了，多得就像密布院落的蟋蟀。她想起给仙姑磕头的情景，那是她在灾难中唯一的寄托。她努力地回想郎乌春给她造成的伤害，她就在回忆中百转柔肠，心酸神伤。

铁匠铺叮叮当当砸马蹄铁的声音分外刺耳，给战马钉马掌是铁匠铺唯一的生意。摁倒的战马和骡子呼哧呼哧表达着不满。哭累了，她迷迷糊糊地睡过去，梦里，她想应该做午饭了，做酸汤饺子，可是找不到面盆，屋里屋外地找，好不容易在酸菜缸下面找到了，里面爬了一层黑虫子。她尖叫起来，面盆失手落地，摔成八瓣。她猛然想起，郎乌春被两个大兵带走了。柳枝醒来，一头的冷汗，她抱怨自己竟然没心没肺地睡着了。她来到院子里，天阴了，下着小雨，凉浸浸的。

郎乌春傍晚时回到了彩纸店，柳枝不错眼珠地打量他，想从那张苍老了许多的黑脸上看出他一天的遭遇。

郎乌春简单地讲了一天的经历。他被带去火磨公司的仓库，新政府的临时监狱。

郎乌春被带去辨认几个熟人，其中一个是李文和，就是当年在马滴达劝说他参加满洲国的教育长。李文和是白瓦镇二二六事件的主角，他组织的读书会是一个地下抗日组织，他被日本人抓进了宪兵队，受尽了折磨。李文和身上留有明显的伤痕，两个大拇指极长，和食指齐平，是上大挂留下的残疾。他讲述了日本特务机关的种种酷刑，他被苏军从死牢里解救出来，没想到这么快进了共产党的监狱。李文和是国民党常务专员的负责人，他告诉郎乌春，当下和抗日一样，要讲大是大非，要把握住。他说，领袖不会坐视不管，据他所知，蒋介石委员长正准备和中共谈判。他劝郎乌春不要上八路的当。

郎乌春见到了韩玉阶，韩玉阶明显没李先生有骨气，他求郎乌春给他求情，才关了几天，养尊处优的前县长浑身长了疥疮，面色苍白。他十分担心，认为一定会被枪毙。

郎乌春在监狱里待了半天，他做好了坐牢的心理准备。外面的秋雨淅淅沥沥，屋子里的霉味越来越浓，老鼠从墙角洞里探头探脑，长长的潮虫爬上生锈的铁栅，乌春闭上眼睛。

“那你到底咋出来的？”柳枝小心翼翼地发问，免得触动他的痛处。

“你问是谁把我放出来的？你根本想不到，记得我给你讲过的陶副官吗？”

“脖子一下子长长的那个陶副官吗？”

“就是他。你能想到吗？咋能想到呢？他从窗口向里面一看我就认出他了，没人比他脖子更长。缴了枪以后，他回到春化当粉匠，有一天春化来了一支抗日小队，他又跟上走了。现在他是白瓦镇大同盟的负责人。他还认我这个师长，放我回来，说他会随时派人找我调查核实一些情况，近期不准离开彩纸店。”

柳枝担心了一天，这会儿松弛下来，轻松地说：“这样也好，咱哪也不去，就在家里待着。”

乌春苦笑道：“你知道谁负责监视我吗？”

“谁？”

“你没注意这些天家里少了什么？”

“少了什么？少了什么呢？啊，你是说——这些天我太紧张了，不会吧？”

“就是她，蛾子。没想到吧，别把她当孩子了，她现在是白瓦镇新政府妇女组织的小头目。”

街头传来爆炸声，不知哪个倒霉蛋踩炸了日本人留下的地雷，这样的灾难差不多每天都有。

拾腓凌　柳枝

第三十七章　革命的蛾子

扎着武装带的蛾子每天穿梭在破烂的街头发动群众，白瓦镇妇女大同盟的工作开展得不顺利，妇女们参加蛾子的组织，并不是她们对政治感兴趣，仅仅因为她们具有温良、顺从和勤俭的美德。

天气忽然间转凉，燕子早已飞去南方。白瓦镇街头每天都有冻饿而死的外乡人，郎乌春参加了白瓦镇的收尸队。瘟疫触目惊心，当局从外地运来一车车生石灰，撒到落满七星瓢虫的大街上，撒到死光了人的住房窗台，无主的母狗凄凉地趴在灰堆里，不时嗅嗅主人遗留的烂鞋。收尸队由当局的监视人员和无家可归的外乡人组成，脸色不比死尸好多少，他们冒着随时可能被传染的危险，摇摇晃晃地走在白瓦河湿凉的河岸上。瘟疫的传言多种多样，但最可信的是日本人撤退之前留下了大量病菌。

郎乌春的木匠手艺派上了用场，他被编进木匠棺材组。木匠手艺根本就是多余的，木头盒子只要从木材加工厂抬到河边不散架就算好棺材。白瓦河和护城河交汇的河湾，建了一个临时火葬场，专门焚烧街头的死倒儿。镇子任何一个角落，都可以看见那里升起的黑烟。

出于尊重，抑或好奇，负责木匠棺材组的排长对郎乌春很有好感，破例允许他比别人多休息二十分钟，到加工厂的大门口抽袋烟。这天中午，门前枯死的榆树下面坐着十几个外乡人，他们将一个干枯的人围在当中，凄凉颤抖的九腔十八调从人群里飘出，乌春好奇地走过去，看着看着，泪水奔涌而出，唱歌的外乡人的长相让他想起死去的弟弟秋哥。

白瓦镇大同盟是共产党为对抗国民党成立的组织，作为负责人的陶玉成，现在成了彩纸店的常客，他是蛾子的客人。喝着自带的搪瓷缸里的开水，吹开店里的劣质茶叶末子，陶玉成激动地走来走去，“简单地把妇女吸收到组织里是不够的，要把她们组织起来，就像当年的抗日女战士一样，让她们成为战斗员、革命者。”蛾子崇拜地看着长脖子的陶领导给她布置任务，心里担心他的脖子突然歪倒。

当年的陶副官身上有一股特殊的气味，郎乌春努力辨别，他确信闻到的是死尸的味道，因此，他坚决反对蛾子和陶副官接触。

柳枝比他的担心更多，“我看神水店就要成为大同盟的斗争对象了，铁匠铺的儿媳妇告诉我，蛾子要拿自己家开刀，杀鸡儆猴，分我们这点可怜的家当，她发动群众呢。”

柳枝说：“乌春，我们回洗马村吧，镇子怕是待不下去了，没准哪天咱们就被扫地出门了。”

我额娘的直觉绝对一流。第二天一早，进步妇女们早早来到神水店的大门口，蛾子敲响了房门。

房门只敲一下就打开了，“丫头，你来得比我想的早。”我额娘叉手站在门槛上，身后站着郎乌春，蛾子第一次觉得郎乌春那样苍老，他大声咳嗽。

我额娘说：“丫头，看样子，你这是要大义灭亲啦？”

蛾子满脸通红，她尴尬地回头看看，被她煽动起来的妇女们表情各异，她们好像被神水店的女老板吓到了，更有可能是想看看蛾子怎样表现，一时间不再群情激愤，成了旁观者。

蛾子跺跺长出一截的左脚，她鼓足勇气，对自己尖细的声音十分恼怒，“赵柳枝，”蛾子高喊，“我命令你立刻搬出去，我代表白瓦镇进步妇女大同盟向你宣布，神水店的一切都将分给贫苦百姓，你作威作福的日子结束了。”

我额娘声若止水，“丫头，你跟我享过福吗？”

“别用那种眼神看我，”赵蛾子向自己的额娘庄严宣告，“我不再是任你呼来唤去的小孩子，我现在是白瓦镇妇女大同盟的负责人，我们要分光你的财产，把你赶出白瓦镇。”

蛾子高高地举起拳头，“姐妹们，和我一起喊口号，打倒反动派，打倒资本家。”

一股不可阻挡的洪流冲进院子，转眼之间，院子里的旧炕席堆满了旧床单，一件件上衣，一条条长裤，当年满斗和蛾子本人使用过的尿布晾晒在阳光下面，还有一双双鞋子，杂七杂八的小玩意儿，铁锅铁铲大铜盆，几瓶藏在地窖里的神水酒翻腾出来，院子里就像一个小型庙会。

神水店的旧算盘在大同盟的独眼会计手中吧嗒吧嗒响，有人为胜利果实大声估价。我额娘和郎乌春被赶出神水店，狼狈地离开了白瓦镇。

临走之时，我额娘发下毒誓，“赵蛾子，你永远别回来见我，我没你这个六亲不认狼心狗肺的闺女。”

没人能考证出库雅拉河谷是哪一个萨满最先举行了送瘟神的仪式，但人们都相信这些仪式来自李良萨满的神启。为了和神灵沟通，在首善，马文萨满以快到七十岁的年纪将花花绿绿的绸子从双肩斜挎系在一头，一直拖到地上，他手持彩绸左右舞动，直到摔倒在地。大萨满的萨满服和手鼓五年前被一个日本学者强行收走，从那时起，他不再举办仪式，面对灾难，老人家再也忍不住了，他主动请求和神灵沟通。

马文萨满的仪式上，粉匠何士申突然昏厥过去，全场哗然。马文萨满来到他的身旁，轻轻唱起神歌，何士申醒来，泪流满面。何粉匠右腿残疾，为了治病，他曾领过春化韩萨满的神灵，跳过萨满出师的仪式，等他腿痛减轻，他再不提当萨满的事了。这一次，马文萨满的仪式触动了何萨满的神灵。

何萨满也要举行他的祭神仪式了。何士申牵上马文萨满送他的山羊飘飘忽忽地回家。马文萨满说："我无意惊动你身上的神灵，惹得你要举行祭神的仪式，你就用这只羊祭奠你的神吧。"

何萨满腿有残疾，他将拐扙夹在腋窝下，一手拿鼓，一手拿槌，脸色惨白，双眼紧闭。他忽然变得疯狂起来，扔掉拐杖，异常轻盈地单腿起舞，与他平日步履蹒跚的样子判若两人。他的邻居郎萨满坐在下面向村民讲述请神的奥秘，郎萨满回去大病不起，他的神被触动了。占卜显示，他必须举办请神的仪式。郎萨满请到那萨满到他的村子里观看仪式。那萨满回去之后病倒了，那萨满也要举办她自己的请神仪式。就这样，各种神灵的降神仪式接二连三地举行了。库雅拉河谷当过萨满的人个个都举行了自己的祭神仪式。沉睡的神灵都被惊扰起来了。

死神徘徊的库雅拉河谷，萨满的神事活动成了这个世界最后的希望。那些寂寥的日子里，幸存的孩子们用日本人留下的破饭盒当作神鼓使劲儿敲打，他们模仿萨满的唱词唱曲，边敲边跳。

与此同时，黄丝仍向库雅拉山的方向疯长，昨天刚将无力掩埋的尸体扔进深沟，第二天一早，尸体就被黄丝紧紧裹住。灾难难以遏止，瘟疫似无停息。

这时候，人们终于想起来了，这场灾难和一个奇怪的女人同时到达了库雅拉河谷。

那个女人以一种不可思议的方式来到了白瓦镇。没有人知道她来自何方，只知道她来自库雅拉江，来自库雅拉江的上游。她躺在一块木板上，四肢紧紧地扣着四个铁环，她被铁环钉死在木板上。木板上还有一个蓝色瓷坛，瓷坛里一束满天星一样的黄花。

有人记起库雅拉河谷最古老的传说，水上漂来的祖先神，那个喜怒无常的少女，由三块木板和一堆水草包裹着顺江而下，我们族人中的一个老额娘将她埋在沙滩上，将木板带回家，她的灵魂从此走进了我们的生活，成了我们的一位祖先神。

但现在这一位呢？她也许只是成千上万、上百万、上千万不幸的中国人中的一个，她会是一个日本女人吗？

一九四五年八月以后，日本人的不幸和中国人一样多了。

她是一个中国人，一个皮肤白皙的中国姑娘。她被三个乞丐救上岸，抱着插满黄花的瓷坛子走上了白瓦河堤。

也有人说，黄花姑娘来自水上是误传。黄花姑娘抱着一个瓷坛子走进了高丽窑子，坛子里不是黄花，是比黄花更黄的金子。这姑娘抱着一坛子金子走进白瓦镇，她用坛子里的金子买下了高丽窑子，起名红袖招。

红袖招的故事还有更刺激的版本。有一天，一个无赖走进了黄花姑娘的房间，满屋子飞满了黄蝴蝶，黄花姑娘坐在花丛之中，走进房间的无赖两眼发直，全身像着了火，他的心在下沉，舌头底下突然冒出一个泉眼，唾沫涌出来，多得来不及吞咽。唾沫从长满舌苔的舌底泛上来，下体像一个点燃引线的二踢脚，随时都会爆炸。他喃喃地说，完全丧失了理智——我想 × 你——黄花好像一点也不反感，反而轻声地劝慰他——别 × 了，挺贵的。然后她慢慢地拨动算盘，给他演示来一次需要多少斤高粱、多少斤大豆、多少斤豆油——

黄花哀叹生意不好，这时候，无赖全身软成了一个面团，只有一个地方是硬的。他说，如果有钱，他愿意花所有的钱，可是今天爷没带钱。无赖一边说一边脱掉他的日本短上衣，脱下他的太阳牌水袜子。他停了下来，光屁股跪在姑娘的面前，姑娘的手里有比他身上更硬的东西，手持日本王八盒子的姑娘端坐在花梨木的椅子上——

妓女们从各种地方重新汇聚在一起，她们刚刚从苏联大兵的骚扰中缓过神来，她们戴着廉价的贝壳项链疲惫地站在门口，衣着单薄，笑容夸张苍老，目光中不时流露出一丝惊恐。

无论故事多刺激多离奇多香艳，高丽窑子重新开张，都有违时下的风尚。时下的风尚是国共合作，和平建国，据说能够决定国家前途命运的领袖们正在南方的重庆进行谈判，准备签署一项和平协议，按照协议，占领白瓦镇的共产党军队将无条件撤出镇子。

一定要将这个无耻的妓院清出白瓦镇，将被封建社会的流毒毒害的姐妹们解救出来。白瓦镇进步妇女同盟一下子有了新目标，蛾子带头走上街头，为了扩大声势，队伍沿着秋风中的白瓦河兜了一大圈，绕过废弃的喇嘛台和青烟缭绕散发甜丝丝的腐烂气味的烧尸场，直奔柴草市。尴尬的场面出现了，不断地有人借口家里老人孩子需要照料、鸡鸭鹅猪需要喂食离开队伍，走到艳粉街头的时候，只剩下六个坚定的寡妇跟在蛾子的身后，她们的丈夫都因为嫖和赌导致家破人亡。

一九四五年最后一场秋雨淅淅沥沥，寒风扫过街头，打湿了黑乎乎的落叶，白瓦镇露出凄凉寒碜破败的本色，秋雨很快变成了雨夹雪，大大影响了队伍的情绪，这时疤瘌眼王嫂提出应该回去开会总结经验，没有规模的斗争不但起不到效果，反而被那些不良女子耻笑。蛾子同意了她的建议，蛾子的情绪低落到了极点，她看见一个长脖子探出红袖招最西面的一个窗口。但她无法确认那是不是她的领导陶玉成。

回到火磨公司的赵蛾子没来得及开会就得到指令，妇女大同盟随同白瓦独立团立刻撤出白瓦镇。

风雪交加，彤云密布，这是白瓦镇的第一场雪，雪边下边化，撤出镇子的八路军军容不整，一些人还穿着不合身的警察制服。白瓦镇西门，八路军贴出了最后一份文告。

按照国共两党达成的协议，从亚洲火磨公司仓库里放出来的国民党要员们将重新接管白瓦镇。

韩玉阶和李文和分头带着自己的弟兄心神未定地走出临时监狱，他们在大门口又被拦住，白瓦镇已经被另一支队伍接收了，接收白瓦镇的队伍叫国民党先遣军第一集团军第二旅，旅长是中将司令王良。先遣军司令部设在高丽窑子的东跨院。

红袖招的女当家大有来头，她的名字叫苏念，真实的身份是白瓦先遣军司令王良的夫人。

白瓦镇的局面渐趋明朗，撤出镇子的八路军改名人民自卫军，在马滴达扎住阵脚，而镇子周边十公里的范围则是王良先遣军的地盘。两边的队伍都在迅速壮大。八路军四处招兵买马，一边扩军，一边收缴武器，到了十月底，已经有了五百多人。白瓦镇的先遣军比八路军拉起的队伍更快，很快有了八百人马。白瓦镇已成苏联红军、人民自卫军和国民党先遣军三足鼎立的局面。按照和苏军的约定，十一月初，王良的先遣军撤出白瓦镇，驻扎在春化一线。

洗马村的夜晚一片漆黑，棺材铺没有上漆的棺材不时发出响声，屋子里的人屏住呼吸，我额娘全身火热，高烧不退，烧红了她消瘦的双颊。她的头发蓬乱，双眼无神，人却仿佛躺在冰窖里，手脚冰凉，她闻到自己身上有一股烧焦的味道。自从被蛾子赶出白瓦镇回到洗马村的棺材铺，她便一病不起。有一天夜里，她听见院子里传来骡子打响鼻的声音，她挣扎着坐起来，凑到窗前，透过模糊的窗纸，她看见了阿玛佝偻的背影，死去多年的棺材铺老板成了一个不甘心的鬼魂，为家业的破败伤心地在院子里走来走去。一瞬间，我额娘再也忍不住自己的眼泪，她记起了在这院子里经过的所有的快乐和不幸，而不幸远远多于欢乐。

“柳枝，你肯定烧糊涂了，我去外面看过，哪有你说的什么人影？你看到的是那个灯杆吧？真是奇迹，这么多年过去，杆子还好好地竖在那里，我怎么一直没有注意呢？对了，你还记得我从灯杆上掉下来的场面吗？”乌春递给柳枝一碗水，他的手微微发抖。他已经意识到，他不该说起过去的话题。

果然，一句话引起一场伤心的滂沱大雨。柳枝放声大哭——“乌春，我们过的是什么日子啊？我们是怎么过来的啊？”

“乌春，我担心我等不到满斗的消息了。”我额娘泪如雨下。这时候，只有泪水的热气能给这冰冷的世界一丁点的温暖。

“别瞎想，满斗不会有事。”安慰者本人都感到自己的声音像枯萎的死豆秧。

就像乌春从不谈起那只公鸡的事，柳枝也从没向郎乌春问过蛾子的事，虽然她隐约猜到了蛾子的母亲是谁。自打她从乌春怀里接过这个孩子，她就担当起一个母亲的职责，她是在还他的债吗？多么不可思议，她欠他的吗？现在，那个丫头翻脸不认人，剥夺了她一手建起的家业，这就是对她养育之恩的报答吗？

乌春细心地照顾他的病人，他暂时放弃了棺材铺的生意，他中过一次风，担心随时还会倒下。除了和偶尔上门的买主枉费一些唇舌，他再很少说话，他仍然不和村里人往来。心里却希望将时局看个清楚，他预感到人民自卫军和王良的先遣军早晚会有一战。

这天夜里，我额娘口渴，乌春半夜起来给柳枝倒开水，他来到院子里，乌春吃了一惊，他看见十几个自卫军战士抱着枪倚着木头睡在草堆里。

一支部队悄悄地开进村子，奇怪的是竟然只引起很短促的狗叫。

凭经验，郎乌春立刻意识到，洗马村要成为战场了。

自卫军的一个连队住进洗马村，连长二十多岁，山东人，麻子脸，红鼻头，说话高嗓门，一副要打大仗的做派。连队的指挥所设在棺材铺，最直接的好处是将濒死的女主人从死亡线上拯救了回来。队伍住进来的第二天，连队的卫生员，一个没回国的小个子日本军医，担负起照顾柳枝的职责，小日本医术高而且小心翼翼，经过他的诊治用药，柳枝幸运地一天天好起来。

战局急转直下，距春化王良先遣军最近的自卫军一个营整体哗变投敌，掉转枪口，突然向团部发起攻击，自卫军伤亡惨重，残部退向善林寺一线集结。王良部队的前锋向洗马村一带压过来，自卫军三连遇到了大麻烦，这是一支刚刚组建的连队，尚未形成真正的战斗力，团部和主力失败的消息刚一传来，队伍就陷入灾难性的恐慌之中。

郎乌春是第一个看出连长小山东陷入恐慌的人，小伙子故作镇静，咋咋呼呼地下着相互矛盾的指令，他命令一个排守在村子东头，两个班守在村子西头，自己带着二十人在村子北面的豆地里设伏。

“村子南面的高粱地一马平川，没有任何障碍，要是敌人从南边进攻呢？”郎乌春忍不住提醒满头是汗的小伙子。

小连长目光中闪过一丝惊诧，他放下手里的笔，认真地打量面前的小老头。

“请原谅，我的意思是仗不能这么打。洗马村没有地势地物可以依托，这样的地方打阵地战必然陷入重围。据我听到的消息判断，附近没有任何一支部队会来驰援三连。”郎乌春长出了一口气，连他自己都能听出声音里的喜悦，自从离开部队，他从没像今天这样畅快过。

“听你的口气好像你懂得怎么打仗。”小连长狐疑地说，“你到底是什么人？”

“我是谁不重要，我们有的是时间互相了解。现在最重要的是，这场仗怎么打。”

小连长意识到所遇不凡，但自尊心仍鼓动他挑战地撇起嘴角。“说说你的想法，让我听听这场仗应该怎么打。”

郎乌春的腰不自觉地直了，他一点不在意小伙子的态度，他找回了当年的感觉。他的声音坚定沉着，变了个人似的。“好吧，”郎师长说，“我说一下我的意见，我的意见是，仗不能真打，不真打才能打赢。”

此后两天，郎乌春成了这支队伍实际意义上的指挥官。小连长搞清他曾经的身份以后，肃然起敬。

按照郎乌春的安排，白天，三连在洗马村只留一个班，其他人马全部撤到村外五里的江汉隐蔽，洗马村家家户户在院子里临时搭起新灶台，三连将粮食发到各家各户，每户人家煮三锅高粱米饭，以迎接大部队的进驻。炊烟笼罩了洗马村。

夜半时分，大部队果然来了，人喊马嘶，整夜不休，胆大的人从门缝窗缝向外张望，村道上走过长长的队伍。清晨，霜路上脚步杂沓相叠，按照队伍上的要求放在大门口的干粮已经取走。第二天中午，炊烟再次升起，家家按照指令烙玉米饼子，冷气压住了烟火，人们仿佛生活在烟雾当中。

三连在村口放了岗哨，盘查所有进村的外来人员，这天上午来了三个货郎，两个收生猪的小贩，下午来了一个卖木梳的外乡人。他们当中至少有三个人身份可疑，这三个人走家串户，拐弯抹角地打听驻军和过队伍的情况，然后匆匆离去。探子得到的确切消息是，连续两晚都有大部队经过，搞不清多少人马，但总不下两千人的队伍，更奇的是这些队伍来无影去无踪。毫无疑问，人民自卫军在洗马村附近布下了口袋阵，准备痛击来犯的先遣军。

与此同时，三连派出的侦察员带回了最新消息，王良的先遣军停下了前进的脚步，他们在马滴达一线驻下，以便观察动静。形势僵持了两天，小连长早已沉不住气了，他围着郎乌春走来走去，郎乌春抽着烟袋，看上去十分轻松。

第三天，前方传来消息，王良的先头部队撤回了春化。同时，小连长王志和接到命令，团部命令三连火速赶往善林寺附近某处集结。

几天的接触，乌春和小连长成了无话不谈的朋友。小伙子有许多烦恼，他的性格和表现出来的不一样，并不开朗，有些落落寡合。他和营长的关系很紧张，他担心远在山东无棣的瞎眼老母亲无人照料。小伙子说，他做梦也没想过要到东北的冰天雪地里摸爬滚打，可是有一天，他所在的县大队被一个命令集结起来，来不及和家人告别就坐小船漂过渤海到了东北。乌春给他说了许多鼓劲儿的话，说得自己伤感起来，他想起了那些不堪回首的岁月，几乎落泪。

小连长以政府的名义手书了河滩上十亩高粱地的地契交到乌春手上，作为他出谋划策的回报。自从秋哥被抓走，日本千代开拓团占据了河滩地，此后又由几个外来户耕种一直不肯归还，现在小连长以官方的名义还给了郎乌春，并留下一百斤高粱做种子。

送走队伍，乌春闷闷不乐，他感到力量重新回到了自己的体内，产生了重返战场的渴望。

女人看得比他透彻，晚饭时，柳枝往乌春的碗里放一块咸芥菜疙瘩，一点不带讥诮地说："我看你离打仗远点吧，最好让人把你忘了。乌春，我的预感很不好，你的事情没过去呢。你别做梦了，学着做一个好木匠吧。"

乌春的腰一下子塌下去，他大声咳嗽，咳声和乡下老汉毫无分别。柳枝动了怜悯心，后悔不该打击他。

院子里摆满了村民悄悄送来的礼物，有菜窖里刚取出来的土豆白菜，有鸡蛋鸭蛋，还有几包点心和两瓶烧酒，柳枝的眼睛湿了，她招呼郎乌春，两个人在院子里站了好久。房檐头的水流成了溜，早春的风送来孩子们久违的喧闹声。

柳枝说：“乌春，洗马村把你当成救星了。”

第三十八章　石头眼泪

自卫军和先遣军展开了拉锯战，自卫军像一把扫帚，刚刚将地上的乱草碎叶扫成一堆，如扒粪钩子的先遣军就来扒个二回，将污秽重新晾晒在阳光下，一层稀泥一层血污。春天，库雅拉江卷着乱草和腐烂的倒木急急忙忙地奔流，好像躲避一场场不忍目睹又难以挽救的灾难。洪水灌满了河谷，水面的旋涡泛起姜黄污浊的泡沫，大堆大堆的黄色水沫和上游冲下来的倒木杂物随着大风漂浮。春雨连绵不断，每场风雨都十分迅猛。江水溢出堤岸，河滩地灌进了江水，大片大片的土地淹没在洪水中。

一九四六年夏天，连续下了二十天雨，人们刚从日本人制造的鼠疫中醒过神来，又陷入新的恐慌之中。库雅拉江江水暴涨，大地好像在躲避着什么，总想躲进雨里雾里。这天中午，雨雾变成沉重的乌云，漫山遍野压下来，同时伴随着难听的牛一样的叫声，叫声让人们想起传说中的怪物和恶神傲克珠。郎乌春来到院子里，一只冰冰凉的东西砸在他的头顶，他吃了一惊，就在这时，他看见无数的蟾蜍从天而降，洗马村正在下的竟是一场蛙雨。很快村子里弥漫开一片片的尖叫声。从天而降的蟾蜍显然不是库雅拉江的品种，个头很小，每一只都长着大大的头，绿色的脊背上恶心的疙瘩密密麻麻，红眼圈大若铜钱。蟾蜍和黑泥点子噼噼啪啪落在地上，摔得汁水四溅。摔死在水洼里的蛙很快漂起来，露出青白色的肚皮，整个洗马村腥臭扑鼻。蛙雨仅下了三分钟，否则不知道多少人会被吓死。

蛙雨过后，雨雾向上升腾，雨雾像和天空达成了什么协议，忽然刮起的大风为所欲为，将丑陋肮脏的大地全部裸露出来。

洗马村到处是恶心的蟾蜍，狗们夹起尾巴，将脑袋藏到胯下去沉思。倒是头脑简单的鸭子和鹅快活地嘎嘎大叫。一些没人住的房屋倒塌了，南风吹来，空气中腥味更大了。

惊心动魄的叫声和经久不散的臭味来自洗马河边的苇塘。雨后第二天，一个管苇塘的人大着胆子扒开芦苇走进去。河水暴涨，芦苇塘一片汪洋，鱼虾漂浮在水面上。一个庞然大物赫然趴在芦苇中间。怪物方头方脑，两个大角如半个扁担长短，眼睛很大，通体灰白，弯曲着蜷伏在地上，尾巴卷着，腹部有两个爪子。失魂落魄的管塘人跑回洗马村，消息立刻传开了，传说中的恶神傲克珠出现在洗马河的河苇里。胆大的乡民们纷纷结伴前去，见多识广的人们很快认定，怪物竟然是传说中的龙。是啊，怪物和传说中的龙太相似了，只是眼前的这条龙有气无力，眼半睁半闭，双眼发红。有人在龙的上面搭起了苇席棚子为它避暑，有的挑水往怪兽身上浇，避免龙的身体变干。平日里懒惰的人也都纷纷去挑水、浇水。善林寺聚满了香客，慧南师父带领他的弟子们整日整夜地为巨龙作法超度。两天之后，巨龙奇怪地消失了，它再次出现在二十天之后，它躺在河边的一个泥坑里，泥坑比最大的帆船还要大，已经是一具腐臭无比的尸骸。

库雅拉河谷的高粱地暴发了黑粉病，高粱的病穗叫作乌米。各地都在发生骚乱，日满时期消失的土匪绺子重新出现在库雅拉山和洗马河畔。

战争的形势向共产党的方面倾斜，苏联红军回国以后，国民党的军队接收了城镇，共产党的军队占据了乡村，共产党的自卫军将王良的部队视为最大的土匪绺子，渐渐地，老百姓们认同了自卫军的说法。开始，白瓦自卫军的主力一门心思地想将王良的先遣军诱出白瓦镇，先遣军确实出动过几次，吃了大亏之后再不肯出来。

一支支共产党的土改工作队分赴各村各屯，大规模的土改运动开始了。

这一次，郎乌春的表现可不如我额娘敏感，他现在是洗马村的英雄，沉浸在帮了自卫军大忙的兴奋中。郎乌春没有引起重视还有另一个原因，河谷最有名气的土改工作队负责人正是他的女儿赵蛾子。

郎乌春安慰我额娘，“丫头总不会六亲不认吧？”

“这话你说过一万遍了。”我额娘失神地看着窗外，院子里飞满了蜻蜓，麻雀落在海棠树和晾衣杆上，在棺材上跳来跳去。她仍未原谅蛾子。她说：“你太天真了，要是她有一点良心，在镇子里就不会那样对待我。”

白瓦镇的十里八乡赵蛾子已鼎鼎大名，她的传奇故事比风跑得更快，据说她有着颇为神奇的本领，具体点说，她一眼就可以看穿地主们埋藏财宝的地点，这不算神奇吗？正是她将马滴达的大地主周子锐家藏匿在粪坑里的五个金镏子挖出来，在此之前，贫雇农团已经彻彻底底将周家翻了三个底朝天，灶坑掏了五遍。周家老老少少跪满一院子，赵蛾子在他们中间走了两个来回，周家的四儿媳妇就吓尿了裤子，抱住蛾子的腿放声大哭，她当众脱下裤子，从裤衩里掏出一副婆婆硬藏进她下体的金耳环。贫雇农协会赞誉蛾子火眼金睛，地主和富农们却对她恶语中伤，传说她曾用公猴逼供春化的一位女继承人，这当然是无稽之谈，三岁孩子都知道，库雅拉山上根本没有猴子，她使用的道具是两条毒蛇。她本人是一个贞洁的姑娘，她坚决反对使用火烧阴毛的刑罚，但她不制止扒下坏婆娘的裤子，在要钱不要命的女人面前点亮一块松明子。

在库雅拉河谷，赵蛾子的名气已大过中央胡子王良。王良的先遣军春化一战之后一蹶不振，他已经遁入山林，随时可能被剿灭。而赵蛾子的大名如日中天，所到之处，如雷贯耳，让大地主小地主大富农小富农失魂落魄。

赵蛾子身背双枪，英姿飒爽，所向披靡，她出现在哪里，哪里响起雷鸣般的口号声。她去春化参加一场斗争大会，斗争汉奸宋厚民，宋在日本占领时期当过白瓦镇的森林大队长。赵蛾子走进会场，人们正对着会场前台柱子上绑着的宋厚民高呼口号。掌声中，英雄赵蛾子健步上前，不知从哪里抽出一把尖刀，先是敲一下宋的脑袋，然后利落地抓住宋的耳朵，嚓的一声，鲜血飞溅，赵蛾子玉手一扬，耳朵变成一只红山雀飞过人们的头顶。全场顿时沸腾了，“将汉奸宋厚民千刀万剐，碎尸万段！”热血沸腾的群众拥向会场中央，会议主持人宣布将汉奸宋厚民拉去刑场，立即枪决。告示贴出，群众拥去刑场，犯人被枪决。群众散去，宋的尸体只剩下几根骨头。这时候，一个男人气冲冲地跑来，他抓起一根骨头对行刑队高喊：“肉刮光了我也要解恨，捡块骨头回去喂狗。”

我们要向赵蛾子学习新的斗争经验！赵蛾子的办法叫“磨地”。斗争地主的会场中间撒些六棱八瓣的菠菜籽，这东西铺在地上比木锉锋利，开会时将斗争对象一把推倒，两个人拽住被斗者的脚后跟一上一下来回拉动，正面拉完反面拉，如果他的家里还有一点财产，一定会全部交出。

我们要向赵蛾子学习新的斗争经验！赵蛾子的做法是“坐疙针柜”，先将放衣物存粮食的大躺柜抬出来，抽出中间的挡板，做成一个长方形的棺材。柜底撒上剁碎的槐树针，将被斗的人脱光衣服，赤条条地扔进去，盖上盖子，外面的人往柜子底下放一根檩子，从两头上下晃动，问一句晃两下，不怕他不招。

赵蛾子发明了新方法，这次叫“扔腚墩”。对顽固不化打死也不交代财产的地主这是最后一招，一个化形地主有钱装穷，他的妻子更是性格刚烈拒不配合，先后用火钳子烫过，磨过地，坐过疙针柜，给她的耳朵钻进捻子点过灯，最后，赵蛾子在一个高台子下面铺上一层碎石头，将那女人拉上去，将地主婆推下高台之前，赵蛾子将她的裤子许给一个姓田的少先队员，允许他先行拉掉女地主的裤带。她终于招了，她交代她将两件毛衣藏在亲戚家里。

土改工作队插着红旗的马车在库雅拉河谷往来穿梭，为了给地主压力，造反的贫农开始“扫堂子”，斗地主分浮财的运动进入了新阶段，我村的地主我斗完了，就上你那村去揪斗，再翻一遍，再分一遍，直到分得干干净净。

土改工作队进了洗马村，负责人是洗马村的老熟人王志和连长，他当众宣布郎乌春是工作队的朋友，私下里，他动员郎乌春带头参加运动。郎师长向工作队捐出二十口白碴棺材，他把工作队和贫协的干部请进棺材铺，亲自领他们前前后后地检查。除了一套生锈的锛凿斧锯，棺材铺再也没有什么浮财了。

一九四六年夏末的一天早晨，我额娘的眼睛里流出了奇怪的泪水，准确地说，那不能算作泪水，她流出的是——大小不一的细小碎石，有的比小米粒大，有的比针尖小。

古老的传说中，只有被坏萨满施以巫术或者诅咒的人才会流石泪，要么就是重大瘟疫的先兆，除此之外还有更好的解释吗？但是新时代即将到来，土改运动正在深入彻底地进行，穷人们忙着分田分地分浮财，被打倒的地主乡绅和小地主们惶惶不可终日。一个地主婆，一个土匪汉奸的女人，除非她便出黄金戒指和宝石，否则谁会注意她？我额娘将流出来的石头眼泪放进郎乌春的铁饭盒里。到了做午饭的时间，她到院子里抱柴火，院子里竟然飘起了雪花。

不是雪花，是漫天的白色粉蝶。

这天下午，白蝴蝶飞满了院落。整个库雅拉河谷的白蝴蝶好像都飞进了棺材铺的院子，那是一些比猫爪子大不了多少的白蝴蝶，密布着眼睛一样的斑点，房顶、草垛、篱笆、黄瓜架，还有白榆树，开满了朵朵白花。密集的蝴蝶仍然不停地拥来，不停地撞击着玻璃窗。院子里几乎看不到绿色的树叶和菜叶，白色的蝴蝶“包裹”着门口的白榆树，大树俨然成了一棵巨大的“棉桃”。

蝴蝶落满窗台，蝴蝶抖落的粉尘呛死了三只母鸡，猫和狗不停地打喷嚏。郎乌春挥动扫帚试图驱赶让人透不过气的白蝴蝶，蝴蝶如雪，纷纷扬扬，他累得满头大汗，最后只能认输，跌坐在门槛上。

郎乌春的耳边响起咯棱咯棱的声音，响声来自铁烟盒里的石头泪珠。

我额娘听到了儿子满斗的呼唤声，她确信儿子已经回来了。

“乌春，满斗回来了。我能感觉到他。你说躲在马滴达野地里的神秘人会不会真是满斗？”

前一天下午，何三更的妹夫从马滴达带回一个消息，一年以前，一个奇怪的男人由一个日本小姑娘带进了马滴达，他的日本军服上有浩二的字样，由于他从不说话，很长时间人们都认定他是一个流落在中国的日本伤兵。后来他有了一个新名字，人们叫他浩傻子。

浩傻子在马滴达冷冷瑟瑟的秋风中乞讨，然后回到玉米地深处的地窖里度过寒冷的夜晚。冬天，他被当地的政府安排到村子里的饲养场住宿，他经常和牛马抢豆饼吃。但他从不讨嫌，有着良好的作息规律，人们从他的坐姿推测他一定当过兵。直到有一天后半夜，老马倌撒完尿回来，听见浩傻子在睡梦中发出一连串奇怪的声音，他认真分辨，最后认定傻子说的是中国话。

浩傻子说的是一首歌谣，天有星，河有灯。老马倌听不清后面的声音，他认定浩傻子是一个中国人，因为什么变故脑子坏了。

浩傻子的境遇好了一些，但他再没清晰地说过完整的句子。天气转暖以后，他重新回到田野的地窖里去了。

“就算老马倌说的是真的，两句歌谣也证明不了他就是满斗啊？何况人们叫他浩傻子。”

我额娘放声大哭，“这歌谣我教过满斗，他一定遇到了不幸，成了傻子也说不定啊，我一定要到马滴达去看一眼，万一是我儿子呢？我现在就走。”

“好吧，你早去早回。”郎乌春无奈地让步。“要是贫协的人找来，我就说你去马滴达走亲戚了。”

“乌春，他们不会为难你吧？一定会，咱们现在被人监视着过日子啊。”柳枝紧紧地抓住乌春的手，她找到了一种从未有过的感觉，这会儿，她才觉得命运将两个人真正连在了一起。

洗马村正在进行一场斗争会，我额娘乘机离开了洗马村，她走出棺材铺时“雪势”虽已渐小，但依然纷纷扬扬，看着漫天飞舞的白色蝴蝶，她困惑地皱起了眉头。

从土改开始，洗马村已经清理三十多户中小和化形伪装的地主富农。按照贫雇农小组的划分，一个贫雇农团要监视三户地主和富农，一夜要检查地主家三次。一群一伙的贫雇农提着鞭子扛着木棒，来往于大街小巷，押送逮捕的地主和狗腿子，簇拥着满载衣柜粮食和农具的车辆欢天喜地地走进贫协的院子。

赵柳枝穿过村后的高粱地，逃命一样离开了洗马村。夜雾升起的时候，她走上了洗马河的河堤。这天恰逢鬼节，若在往年，河堤上一定有许多祭奠祖先的米糠灯，今年没有。月亮出现在半空，河面上笼着银灰色的夜雾。冰冷、潮湿、孤独、寒冷，还要提防毒蛇野兽，提防民兵的搜捕，柳枝倚着一棵白桦树坐在草丛里，刚才有如梦游般慌不择路地在荆棘和灌木丛中穿行，棉苍子划破了她的胳膊和腿，受伤的地方火辣辣的疼。全身肌肉酸痛，四肢疲惫不堪。这会儿歇下来，懊恼和伤心像烙铁一样烧着她的胸口，她想不明白日子怎么就变成了现在这样，村民们凭什么追捕她？她到底犯了什么罪？她作了什么孽？为什么失去了儿子？女儿为什么会成她最大的克星？

这种感觉和当年同土狼搏斗之后的感觉一模一样。那些警惕性极高的民兵们随时可能出现，他们拿着扎枪木棒，举着上了刺刀的步枪，随时可能将她抓捕归案。一种比锥子更尖的声音刺进耳朵，她听不清是什么声音，可这声音让她发抖，抖成凉风中的一片树叶。她在心里默念着，祖先神保佑，要是一定要死，允许她和满斗见一面再死，她将死而无憾。绝望的思绪中，伴着秋虫的嘶鸣，她迷迷糊糊地睡过去，她太紧张，太累了。很快她惊醒过来，思考着天亮后怎样打听浩傻子的消息，一想到浩傻子的称呼，她的心立刻揪成一团，疼得喘不过气来。

天亮了，我额娘来到马滴达境内的一个小山丘，她用桦木杆做了一个简易的背夹，背起一捆蒿草，装作打柴的样子。她遇到了一个小伙子，小伙子慌慌张张，狼狈不堪，柳枝一眼就看出来了，他是一个逃亡的地主子弟。果然，小伙子姓马，是马文萨满的侄子，就在昨天，他的父亲作为恶霸地主给枪决了。他和柳枝结伴同行，小伙子是个读书人，他向柳枝讨主意，柳枝苦笑着说："我哪有什么主意呢！"从小伙子的讲述中，柳枝得知了以下几个消息，第一，浩傻子出没的地方离这里只有五里路。另一个消息让她心里发慌，主持马滴达土改的正是大名鼎鼎的赵蛾子。

设置路障的村路上，山里红树掩映的山坡后面，河水潺潺的水渠边，波浪一样起伏的高粱地里，山石后面，猪圈棚子上，一切能隐藏的地方，都可能有一双警惕的眼睛，火眼金睛的赵蛾子发誓不放过一个地主和坏分子，任何一个陌生人来到马滴达都将进入贫农团和儿童团警惕的视线。

"祖宗保佑，千万不要让我遇上赵蛾子，遇上我就没命了。"马子璋胆战心寒。

小伙子愤恨地说："王良的先遣军要是打回来，我第一个加入，我恨不得亲手杀了赵蛾子。"

我额娘没想到遇上对蛾子恨之入骨之人，她寻思着摆脱小伙子的办法，没用她费事，下午，在马滴达的玉米地里，可能察觉出柳枝的疏远，借口解手的工夫，小伙子偷偷走掉了。

等待夜幕降临，我额娘的眼前一次次再现马子璋转述的场面。有月亮的夜晚，一片白菜地里，一颗脑袋冒出地面，就像一只警惕的老鼠，东张西望之后，浩傻子快速跳上地面，四肢着地，跳跃着冲向一条水沟，喝过脏水，他仰脸看天，然后弯腰冲向附近的萝卜地，猪一样连拱带啃，掏出一只萝卜，来不及到河沟清洗，在肚皮上擦擦就下嘴。对了，他的裆间还有一圈蒿草，证明他的羞耻感没有全失。浩傻子有时会到村子里走走，地窖里待了一夏天，他的头发比苞米穗还长，汗毛就像大酱块子上面的白毛，又细又白。他的胡子像秋天的杂草，头上的虱子苏子籽一样往下掉。他喝水的声音和撒尿的声音没有两样。他走到一户姓王的家门口，打一通奇怪的口哨，然后坐在柳树下面静静地等待王家新领养的日本小姑娘给他拿干粮。

我额娘悲从中来，她想着满斗离家时的样子，他身体单细，性格敏感。走路歪着半边身子。她可以接受他在战争中缺胳膊少腿，战死，这些坏事情她都想过，就是没想过他会成为一个傻子。

我额娘第一时间没有找到满斗，她在马滴达赶上和蛾子见最后一面。

后来，在四区反水中幸存下来的共产党员回忆起当时的情景，他们痛苦地发现，事变并非全无征兆，是他们陷在斗争的狂热中丧失了警惕。

剿匪英雄陶玉成背叛自己的理想加入了王良的匪队。作为一名战斗英雄，他曾经孤身潜入王良驻扎德惠的三团团部，单枪匹马俘虏了王良手下一百多人，将他们成功押回马滴达的民主联军驻地，共产党在东北主持军事的林彪总司令亲自通电嘉奖。他成了剿匪战斗中一面狂风吹扑不倒的旗帜。就是这样一个从抗联队伍中走出来的坚定的革命者，一夜之间掉转枪口，屠刀劈向往日的战友。

陶玉成反水的当天，马滴达的儿童团抓到一个身份可疑的黄衣女子，孩子们前呼后拥地将她押到土改工作队的驻地，马滴达土改工作队队长赵蛾子刚刚到任三天，她在布置晚上的斗争现场，她不耐烦地告诉孩子们，将人押到马厩看管起来，等她有时间再审查。一段时间以来，库雅拉河谷身份可疑的人太多了，他们有逃亡的地主富农，有逃荒而来的山东人和河北人，他们中间还有过够了山林日子的土匪，成分复杂，甄别工作十分繁琐，要想在他们中间找出敌人的密探更是一件伤脑筋的事。

蛾子长高了半头，她剪去了长发，戴着一顶军帽，穿着一身略显臃肿的军衣，长年风吹日晒，宽宽的额头黝黑发亮。她的腰间扎着一条手掌宽的牛皮腰带，配着短枪。最让人发怵的是她背上飘着红布的大铁刀，三天前，在德惠乡，她用这口刀一连砍下三个土匪的头颅，他们都是王良的部下，赵蛾子赢得了铁姑娘的称号。她已经是一个坚定的革命者，发誓和剥削阶级战斗到底，战胜自己的最后一点怯懦。她主动申请到土改工作开展较为落后的马滴达，她来这里还有另一个原因，这样可以经常看见她崇拜的英雄陶玉成，陶玉成现在是驻扎马滴达的民主联军白瓦支队的副司令。

到任三天，蛾子已找到了马滴达土改工作不力的症结。根子出在干部身上。当地贫协会长马洪章吃遍了地主家的饺子，不到半年时间，他和村子里十三个妇女睡过觉。他敲诈乡亲，包庇坏人，而恶霸张克的三太太是马洪章的远房表妹。蛾子决定先解决掉张克和马洪章，再掀起新一轮斗争高潮。为了斗争大会顺利进行，蛾子有很多工作要做，首先要培养几个积极分子，打消人们怕报复的顾虑。她的心里宣判了马张二人死刑。

蛾子做过大会安排，她感到十分疲乏，晚餐两块玉米饼子，一碗萝卜汤。吃完饭，她继续整理一天的工作。一个消息引起了她的注意，流落到马滴达野地里的浩傻子到底是什么人？他真是一个日本伤兵吗？不会是一个隐藏的特务吧？警惕的蛾子想起装疯卖傻的姚书堂，她的心猛地一撞。蛾子回忆起和姚书堂一起走过马滴达的街道，太阳明晃晃的，道路如一条白色的河。姚书堂慈爱地擦去她额头的汗水，将一条鲜艳的红头绳放在她的小手心里，这是她从小到大从未有过的被疼爱的感觉，从邻居顺子那里，蛾子早已验证了自己不是柳枝亲生的猜测。她认真地在记忆的深处翻检，想找出柳枝温情的时刻，后来她摇摇头，来到院子里。

那晚，马滴达的月亮又大又圆，秋风摇动篱笆边上的扫帚梅，她使劲儿嗅着花香，心跳加速，她已派人向陶司令发出邀请，请他参加斗争大会并发表讲话。他会如约而至吗？

蛾子忽然想起应该提审儿童团下午抓来的可疑女子，于是她向屋后走去。马厩的破木门敞开着，贫农团的炊事员老刘忙活着给两匹骡马添草料。老刘告诉蛾子，那个可疑女子被当兵的接走了，陶司令亲自下令提走了黄衣女子。蛾子也未多想，开会的时间到了，她要赶到会场去。

蛾子走在马滴达的村路上，村子里弥漫着一种奇怪的紧张气氛，白瓦支队有调动的迹象，村口布下了不少于两个排的士兵，他们表情怪异，透着一股子邪气。

火把的黑烟遮蔽了发青的月亮，斗争大会如期举行。会议的程序先拉出恶霸地主，由贫苦农民控诉其滔天罪行，然后由主持人向在场的村民们征求意见。这晚第一批被拉上台的是父子俩，恶霸张克和他的儿子张德忠，两个人慌乱地站在台上，张克趿拉着一双旧鞋，两手缩在袖子里，灯影下，他的头发乱蓬蓬的，和多日未刮的胡子连在一起，盖住了满脸的愁苦和皱纹。他曾在白瓦镇给日本人做翻译，家里养着二十几个长工，是马滴达的头号恶霸。他的儿子张德忠十三岁，哆嗦成一团，像只中过两次弹子的戗毛戗刺小麻雀。

现场气氛过于紧张，蛾子很奇怪队员们为什么会和老乡一样紧张。会议进行半小时，陶司令仍未到场。蛾子烦躁起来，她站起身，亲自动员。

“恶霸张克罪大恶极，乡亲们，你们说，我们应该怎么办？”

“乱棍打死。”有人高声响应。

四个高大的队员立刻冲上前去，拖起瘫软的张克，拉去主席台左边的小桦树林，接下来是沉闷的“扑通扑通”的声音，那是木棍打在肉体上的回音。

“乡亲们，张克双手沾满人民鲜血，十恶不赦，千万不能怜悯他！对敌人的怜悯就是对自己犯罪。下面，乡亲们说说，怎么处理这个地主崽子？”台上的张德忠双腿一软跪在自己的尿水里，他吓得说不出话了。

“怎么办啊？”下面没有人应答。

简易的主席台火把不停地跳跃，窜出一股一股的黑烟。

村子里响起嘈杂的脚步声，大队人马向会场方向奔来。

蛾子焦躁起来，她提高声音：“大家说说，怎么办啊？”

会场一片静寂，终于，人群深处响起一个怯懦的声音，说话人嘴里像含了块豆腐，“我看他还是个孩子，没什么大错，饶了他吧。”说话的是一个上了年纪的贫农，他似说给身边人听的，但全会场的人都听见了，既然有人说了，会场上立刻刮起一阵风，“饶了他吧！饶了他吧！饶了他吧！”

蛾子长出一口气，“好吧，工作队同意老乡们的意见，放了张德忠。”

会场四周突然站满荷枪实弹的士兵。人群分开，十几个士兵簇拥着长脖子的陶司令走向主席台。

蛾子欣喜地将主席台上的中心位置让给陶玉成副司令，陶司令阴沉着脸，他一屁股坐下，猛地把手一挥，有人冲上去扼住蛾子的肩膀，她的头被摁住，脖子折断般的剧痛。她挣扎着仰起头，她绝望地发现，她的所有部下，包括工作队维护会场秩序的武装人员，在毫无防备的情况下均被缴械，懵懂之间做了俘虏。

民主联军白瓦支队副司令陶玉成宣读了国民党东北行辕主任熊式辉将军对先遣军司令王良的嘉奖令，正式宣布民主联军白瓦支队反正参加国民党白瓦先遣军，他本人荣任先遣军少将副司令。陶少将做的第一件事就是消灭共产党在马滴达的土改工作队。

六个部下五花大绑挤作一堆，赵蛾子则被特殊关照，绑在会场前面的一棵柳树上。剩下的工作队员均同意反正，参加了王良的先遣军。

“陶玉成，没想到，你会当叛徒。”蛾子既伤心又痛悔。陶玉成可是她加入革命队伍的领路人啊。

陶玉成比蛾子想象的更为无情，“赵蛾子，你没想到的事情还有很多呢！现在就有一件你想不到的事。”陶玉成冲台下喊道：“将我郎家大嫂子带上来。”

我额娘被带到会场中央，看见绑在柳树上的赵蛾子，她立刻明白了自己的处境。

她在附近的山沟里过了一个白天，太阳落山她装作一个暮归的农妇走上马滴达的村道。她想找到那户姓王的人家打听浩傻子的下落，她巴望着碰巧遇见传说中的怪人，那样她不用费事就可以弄清楚浩傻子是不是满斗。她担心离开洗马村的时间太长乌春有麻烦。

我额娘走进马滴达，陶玉成恰好在村口送别一个黄衣女子。黄衣女的背影十分婀娜。

目送黄衣女离去，陶玉成转过身来，他的脸上露出奇怪的笑容，陶玉成说：“遇到你真是太巧了。郎家大嫂，今晚我要送你和郎师长一份大礼。”

从傍晚等到夜半，关在小黑屋的时间里，我额娘想不出她将面对怎样的人生变故。起初她想着证明自己不是逃亡地主的说辞。她徒劳地猜测陶玉成，当初他出入白瓦镇的家中，自始至终阴沉着一张脸。他会把她押回洗马村交给贫农团吧？此行的结果让她十分沮丧。看守她的士兵交头接耳，神情比她还紧张，于是她安静下来，静等命运的捉弄。

现在，一切有了答案。

陶玉成说：“郎大嫂，我率领我的部下向王良司令投诚，也就是说，我现在和你女儿赵蛾子不是一个阵营了，从今晚开始，共产党就是我的敌人。要是你能劝说赵蛾子向王司令投降，她的身份对王司令还有点价值，我看在郎师长的面子上，放你们娘俩一条生路。否则，你看，这里很多人想杀她，我爱莫能助。”

陶玉成冲蛾子喊道：“赵蛾子，我说的你听清楚了吗？看在你想和我相好的分上，我不杀你，只要你答应和先遣军合作，讲出你们干了多少坏事，我就放了你和你娘。”

蛾子又羞又气，她恼恨地仰起头，说：“姓陶的，我告诉你，你把这个地主婆抓来要挟我，你打错了算盘。你放了她吧，她不是我娘。”

柳枝知道蛾子想解救她，但她实在接受不了这种说法。“蛾子，你怎么这么说话？你说我不是你娘？不是我把你从小养到大吗？你拍拍良心想一想。”

蛾子叹口气，“你是真不明白还是装糊涂？我和你们决裂了。”

“好吧，既然这样，没什么好说了，郎大嫂，对不住了，你女儿不肯救你，你只好和这几个坏家伙上路了。不过，你会最后一个死，我再给你们留一个机会。”陶玉成说，“赵蛾子，一会儿行刑你可以随时叫停。”

打死地主张克的树林前面的土坡，现在成了杀害土改工作队员的行刑地，三个战士和三个贫协骨干五花大绑站成一溜，他们的大腿缠了麻绳，嘴里塞着一团破布，眼睛里流露着恐惧和绝望。我额娘站在后面，看着行刑队走近他们，把他们一个个摁跪下去，行刑队用步枪抵住后背，砰砰砰，一排枪响，个头最大的工作队员晃了几下没倒，有人上前补了一刺刀，鲜血像一根柱子蹿起来，喷了行刑者满脸。补刀者一边擦血一边骂娘，顺势踹了尸体几脚。我额娘正前方的受刑者咽气时向天空仰了一下头，脖子面条一样软了。刚好和另一个头颅碰到一起，血呼呼地冒着，在火光下发亮。我额娘不敢看下去，她闭上眼睛，有人把她的眼皮撕开，弄伤了她的眼角，血流下来，世界一片血红。

我额娘被推回来，蛾子毫不屈服，我额娘的眼泪不自觉地流淌。她绝望地放弃了求生的欲望，她只是遗憾没和郎乌春道别，嘱咐他找到满斗。她挣扎着抬头，想着成全自己的女儿，大难临头，起码保持个体面。可是双腿发软。她一试再试，腿肚子抽筋，左腿全无知觉，裆里发凉，黏糊糊的，太丢脸了，伴着耻辱，她的面皮由白到紫，由紫变黄，汗珠子将头发糊在眼睛上，求生不能求死不得之感冲昏了脑袋。我额娘终于抬起头，恰好看见两个行刑者用刺刀捣蛾子的门牙，她叫出声来，然后猛咬牙关，天旋地转，脑袋轰的一声，昏死过去。

刚开始，只有几百只白色的粉蝶在会场上空乱飞，等白色的粉蝶像雪花一样飞舞的时候，马滴达的老人们相信先遣军的暴行触怒了神灵。

白粉蝶似乎从洗马村郎家的院落里转移到马滴达来了。

白色粉蝶越来越密，从来没有这么勇猛的粉蝶，没头没脑地冲下来，每人的身上几十只，像一个加强连队。不管人们拍打还是轰赶，粉蝶就是不飞走，向人们的口鼻眼睛俯冲，抹一下脸，在眼前扇两下，都能打落几只粉蝶，粉蝶钻进人们的嘴巴鼻孔耳朵眼，人们慌乱地从舌头上抠出活物来，惶恐地扔到地下，人群骚动起来，发出比粉蝶的嗡嗡声更大的声音。人群蠕动起来，像骤然坍塌的土堆。军人们吆喝不住，他们自己也遭受着粉蝶发起的冲击。粉蝶成批地在火把中陨落，焦煳味伴着一股又一股的黑烟。

蛾子闭上了眼睛，她感到全身的血液正在变凉，就像第一次经血流出时的感觉，没有人能体会她的恐惧。那时开始，她的一只脚开始长大变长，她跟在哥哥后面，满斗失魂落魄，对她厌烦透顶，她经常做的动作是迎着太阳将手挡在眼前，手掌心变成血一样的红色。和姚书堂在一起的日子里，她找到了一点被疼爱的感觉，那是柳枝从未给她的温情，她希望他能成为她的父亲，一直到亲眼看见他被日本人游街示众，她都抱着这种幻想。还有，更惊惧的一刻，一个女人，可能是亲生母亲的那个女人忽然出现在她的眼前，目光既凄惨又慈爱，但她吓坏了，她重复了几年前的感觉，她站在门后边，任由体内的血顺着小腿流到鞋后跟。她在风里站了多久啊，没有人找她，问她一句感受，哪怕安慰她一下，或者拉她一把，可是，没有。当时她感到天塌了，她又一次被抛弃了，孤零零地一个人站在街口。那一刻，漠视造成的怨恨和仇恨终于合二为一，冻成了一个冰球，再也无法消融。她曾将仇恨和烟袋油子搅拌在一起，放进郎乌春的茶水里，她从心里不能接受他成为自己的父亲。她走在白瓦镇的大街上，街头刚好走过自卫军的队伍，她惊奇地发现里面有两个和她一般大的姑娘，她跟在后面，渐渐地跟上了队伍的步伐。她在队伍里找到了一种家里从未给她的感觉，那是一种生死与共的战友之情，超越了她从未体验过又一直期待的亲情。她参加土改，那些欢呼感染了她，渐渐地，她渴望那些汇在一起的声音，让她热血沸腾。

绳子勒住脖子的一瞬，她的恐惧似乎一下子消失了。她想象着战友们泪水横流的样子，为了给她报仇，他们将以更大的热情投入到这场宏伟的事业中去。她听见了叛徒陶玉成的声音，陶玉成正在宣读一份安民告示。政府军已经占领了长春沈阳和哈尔滨，白瓦镇的共匪将被赶出库雅拉河谷。先遣军的司令王良已重整旗鼓，很快就要打回来了。今天四区重回政府的怀抱，明天，将有更多的匪区反正。

蛾子想起刚才没有喊口号，冰凉的绳子勒紧了喉咙，她的头轰的一声，恐惧终于扼住了她，这时候，只有大喊一声才能对抗无情的麻绳。她一声也没有喊出来，她的声音化作喷溅开的口沫。呼吸终止的一瞬，她听见一声凄惨的哀嚎，声音那样熟悉，穿透了十几年的冰冷，穿透岁月的铁幕，是柳枝的声音，“我的蛾子——”她想答应，喉咙里咕隆一声。

七年以后，在审讯室里，当年吊死蛾子的刽子手朱老六说出了英雄临死时的最后一句话，她喊了一声娘。他的证词被视为对英雄的诬蔑不被采信。白瓦镇的县志里，就义前，蛾子高喊共产党万岁，现场的群众再也压抑不住愤怒，他们向土匪冲去。

我额娘和死去的蛾子共度了一晚，除了马厩里的一盏油灯，除了苍蝇和蚊子的嗡嗡声，四周一片死寂。看管她的人不知何时走了，村路上人喊马嘶，王良的队伍撤走了。蛾子的身体迅速生蛆，不是蛆，是蛹，她用一根树枝从腐肉里将蛹一只只挑出来，像做女红一样。天快亮了，她直了直腰。这一夜仿佛就是度过的一生。她将尸体裹在一块破布里，费了好大劲儿背起尸体，奇怪的是尸体一点不沉，我额娘的身边飞满白色的蛾子，她想起洗马村的蝴蝶，这时候，她弄明白了，那是蛾子将死的先兆。

额娘走到坟地用了两小时，马滴达碧空如洗，太阳升上树梢。她选了一个松软的土洼，然后她开始用手挖坑。她不停地喘气，刨坑，她在烈日下挖了一上午，双手鲜血淋漓，墓穴终于打成了，一米多深的一个坑。“蛾子，娘只能为你做到这样了。”她喃喃地说完，起身想寻找一把野花撒在蛾子的尸身上面。

一阵呱呱叫声从远方传来，开始她以为自己耳鸣，可声音越来越响，让人想起日本人的飞机。她猛一抬头，四周的树上不知何时落满了乌鸦。

那天下午，库雅拉江白色的蒲棒绒和黑色的乌鸦填满了马滴达的旷野。我额娘头皮发炸，她吓坏了，担心乌鸦落下来抢食蛾子的尸体，她加快了埋土的速度。几只大胆的乌鸦从天而降，掠过她的肩头，她闻到了乌鸦腋下热烘烘的臊味。她跳起来，挥动树枝轰赶乌鸦。鸦群轰然炸起，刹那间遮住了太阳。蒲棒绒如雪，鸦翅成荫，如漫天的灰烬扑落而下。我额娘放声大哭，乌鸦一时停止了聒噪，人鸦对垒，短暂的死寂之后，我额娘更快地向坑里填土，乌鸦大叫起来，扑棱棱地落下，啄人的后背。我额娘顾不得了，她只有一个念头，迅速埋掉女儿的尸体，能多快就多快。后来，她扑上去，用肩膀和下巴推土，她整个人扑到坟头上，想用自己满身是血的身体护住小小的坟包，不让女儿受到一丝一毫的伤害。

不知在土坑上趴了多久，有一会儿，她模模糊糊地想起当年给蛾子换尿布的情景，那时，蛾子像一只病恹恹的小猫，一张没长开的小脸，这张脸和昨晚悲怆绝望的脸交替出现，心疼得她喘不上气。她终于完成了掩埋，但仍不肯离去，她仿佛听见了午夜时狐狸到来的声音，野狗在附近逡巡，随时可能扑过来扒开土堆。她似乎看到了新坟被野狗扒开的惨况，坑里坑外布满野狗混乱的爪印，蛾子的尸骨暴露在晨风中，散落在乌鸦毛和沾满污秽的杂草丛中，为了她的蛾子，野狗一定会和乌鸦展开一场血腥大战吧？

库雅拉江的蒲棒绒漫天飞舞，如柳絮杨花，如白色粉蝶。

这时，一道黑影遮住了我额娘的目光。她抬起头，一张熟悉而又陌生的脸出现在她的眼前，她简直不敢相信自己的眼睛，狂喜地呜咽一声扑过去——

第三十九章　灯官节之变

蛾子的死给这个不幸的家庭带来了意想不到的变化，郎家由化形地主一跃成为烈士家属，在临时政府的关照下，郎记棺材铺重新开张了。一开张就接了桩大生意，民主联军一次预订了二百口不用上漆的白碴棺材。一场大仗又要开打了。

库雅拉河谷的气氛凝重得要渗出血水。继血洗马滴达赵蛾子分队之后，王良的先遣军一口气在德惠乡和崇礼乡制造了五起血案。山里蛰伏半年的王良卷土重来，他将司令部建在崇礼乡，附近几个乡纷纷组建起民团，他们共认国民政府，共认蒋介石为正宗领袖。继陶玉成支队反正之后，白瓦老三团十一月九日拂晓向马滴达一带集结，队伍在善林寺召开大会，他们不满八路军纪律严苛，每月只发少量津贴，和王良的代表密谈后，公开和共产党决裂，全部佩戴上中央军的符号和臂章，打出先遣军第二支队的旗帜，将随军共产党员全部捆绑杀害。两天后的黄昏，先遣军二支队返回马滴达，午夜时分向民主联军白瓦一团团部发起进攻，一团仓促应战，团长王明洋带残部撤往库雅拉山，在库雅拉江的一个江湾，王团再遭埋伏，共产党延安派出的干部王明洋被俘遭公开问斩，王团全军覆没。与此同时，联军运送物资的小火车被先遣军颠覆，车上物资被洗劫一空。

棺材的用量不断增加，郎记棺材铺增雇了三个粗木匠和五个小工。飘清雪的夜晚，棺材铺点燃通红的火炉，棺材铺不缺烧火的木头，锛凿斧锯的声音只在夜半到黎明之前才停一会儿。棺材铺里干细活的只有郎木匠本人，他负责制作怀头，就是棺材头。两月过来，他的腰弯了许多，变成了一个老人，他的头发胡子全白了，心事重重，愁眉不展。家里的变故不止女儿被害这一桩，从马滴达回来的赵柳枝一病不起，她在马滴达的旷野里找回了儿子满斗，满斗真的成了一个傻子。

过去的日子，一定有过几束光曾照亮过满斗心底的黑暗。但这无济于事，他的脑伤没有治愈的迹象，他说不成一句完整的话，只能用手比画表达最简单的需求。他没有过去，没有烦恼，没有快乐，没有希望，时光的爬犁载着他在岁月的土道上颠簸，他年纪轻轻长出了白发，脸上密布皱纹。他的灵魂迷失在黑暗里，心智有如五岁的孩童。

“乌春，不是你把他派去攻击鬼子的飞机场吗？你可以证明他的经历呀！”

炭火炽热，屋子里弥漫着温暖的薄烟，柳枝咳得撕心裂肺，她患着严重的气喘，每一口呼吸都十分艰难。

“喝口水吧，你不能睡一会儿吗？”乌春徒劳地安慰她。

从乌春的眼睛里，柳枝看到了更大更多的绝望。不错，是他派满斗执行任务，可是没人能证明满斗这两年的经历。何况郎乌春成了一个叛徒，一个叛徒的话有人信吗？

“乌春啊，满斗这些年怎么过的？我的好儿子咋就变成了傻子？谁能告诉我？还有，他怎么就变成了日本兵浩二？那个日本女孩什么时候才能会说中国话？”

三天前，那个日本女孩偷跑到洗马村。女孩八九岁的样子，细胳膊细腿，小肚子圆滚滚的，像南瓜蔓上趴着的蝈蝈。她的身上长满疥疮，头发稀稀的，没有几根，每时每刻都陷入惊恐之中，像一只受惊的小老鼠。看得出，她在马滴达的王家没过上什么好日子。为了留在棺材铺，她的眼睛里流露出讨好的目光，总是不肯放下水瓢，时刻准备着给柳枝舀水喝。更多的时候，她依偎在满斗的腿边，好像只有这样才感到安全。这奇怪的两个人是怎么走到一起的？女孩不会说中国话，他们的遭遇无从知晓，能够肯定的是，他们有过一番难忘和糟糕的经历。

漫长的冬夜，女孩给喘气困难的柳枝捶背，捶着捶着睡着了。柳枝起身将女孩放倒在炕上，寒风掠过屋檐，北炕上传来满斗模糊不清的梦话，和女孩一惊一乍的呓语一呼一答。柳枝热泪长流，她祈求祖先神让她活下去，等到满斗恢复记忆的一天。

“要是李良萨满活着就好了，他一定会治好满斗的病。”

可怜的柳枝随时可能撒手西去，她将装老衣服放在枕边，嘱咐乌春别嫌弃满斗是个傻子，看在她的面子上照顾他活下去。她让日本女孩从自己的姓，起名赵素珍，算是正式收养了她。

乌春给柳枝选好了一副棺材料子，这副棺材料子就是马滴达村口的大柳树。蛾子被吊死在树上以后，这树渐渐地传出许多故事。马滴达的马信早起拾粪，忽然听见大树干里有人高呼口号，然后传出锣鼓之声。据说，大树已在村口长了六十年，自从蛾子的事件之后，村民们发现一个奇怪的现象，大树附近二十米内，连一只蚂蚁也找不见了。入冬以后，大树的一条大树杈掉下砸死一个男孩，马滴达决心一分钱不收，只要有人伐倒大树拉走就好。消息传到洗马村，郎乌春去看了一回，他目测一下，大树长了不止六十年，起码有上百年，这棵树完全可以配上赵柳枝，他的心里还有另一番打算，蛾子吊死在这棵树上，母女生前不睦，将这棵柳树打成棺材，让两母女在另一个世界有所关联。

伐树期间出了意外，树太大了，几个木匠将大树分成两段，往回拉的时候又压死一头驴。乌春决定过几天将其锯成木板再往回运。进入腊月的一天早晨，马滴达传来消息，大树忽然自燃了，分段向外喷火，火借风威，半个马滴达的人参与了救火。大火熄灭了，焦木烧成了一头趴在雪地里的大黑牛。

大树没能运回洗马村，乌春已经不遗憾了，大树自燃好像医好了柳枝的病，她再次战胜了死神。她的面色一天天好起来，能扶着墙站立，喝一碗玉米面糊糊了。

敬信是库雅拉河谷的第二大镇。敬信的繁华始于三十年前。老年人记得敬信是如何一夜间发生变化的。

三十年前的敬信只是一个不起眼的小山村。一天夜里，一个电眼怪物忽然出现在山路上，怪物发出巨大的轰鸣让敬信人心惊胆战，它的电眼照亮了半个村子，有史以来，敬信的夜晚从来没有这样明亮过。传说中的恶神傲克珠忽然出现在村子里，整个村子在睡梦中惊醒了。人们魂飞魄散，胆小的老人和孩子藏到谷仓里簌簌发抖，大气也不敢喘，生怕被怪物嗅到气味。胆大的年轻人跳出后窗聚到何萨满家里商量对策。何萨满穿上神衣，点起火把，他刚刚拿起手鼓，怪声奇怪地消失了。

何萨满带领一群年轻人走出家门，他们在村西头找到了怪物，它有半间房一般大小，陷在河沟里，闭上了双眼。人们在草丛中趴到腿麻，担心虫子的叫声会惊醒那个怪东西。等到确信那家伙不会醒来，何萨满和几个胆大的年轻人走过去，不知谁先喊了句，“打瞎它的眼睛。”一杆猎枪立刻喷出火药。随着咣咣咚咚的洋炮声，人们抡起手里的木棒和锹镐一拥而上，叮叮咣咣一通乱砸。

怪物在天亮前突然醒了过来，轰轰隆隆一阵怪叫，然后野猪一般狂奔起来，转眼不见了踪影。

怪物出现后的第七天中午，敬信村的北山突然地动山摇，村子东头的土地庙震塌了。吓得半死的敬信人跑出家门，他们看见一排怪物正轰轰隆隆地向村子冲来。从这天开始，敬信人知道了一个新名词，他们打砸的怪物有着一个更怪的名字，它叫汽车。而汽车的主人来自另一个国度，叫作日本。

鬼精鬼灵的日本人在敬信北山迅速建起一排简陋的木头房子，他们的表现让敬信人眼花缭乱，他们带来了发电机，竖起了电柱杆，拿起一个叫电话的东西扣在耳朵上，声音颤动着顺着电话线就能爬到山下，山上的人能和山下的人说话。日本人招募年轻人到他们的煤矿做工，敬信的老人认为日本人惊扰了沉睡的祖宗，他们集体拒绝了日本人的诱惑。他们的对抗没能阻止日本人开发敬信的脚步，有一天，大批外乡人拥进了敬信，衣衫褴褛、蓬头垢面的外乡人住进了日本人的木头棚子。敬信煤矿很快投产了，日本人有了一个新名字，叫小日本鬼子，外乡人也有了一个新名字，他们叫煤黑子。

小日本鬼子隔几天就在后山放炮，煤黑子下班以后摸进村子里来，他们和村里人交朋友，喝醉就放声大哭，哭个不停的煤黑子一定是前两天有亲人或乡亲在矿洞里出了意外。煤黑子们改变了敬信年轻人对生活的看法，让他们见识了生命的脆弱，就像年息花的露水一样，转瞬即逝。村里的男人和一个煤黑子喝大酒的时候，另一个煤黑子可能已钻进他老婆的被窝，煤黑子在女人们的肚皮上留下了黑印子，然后将血汗钱留在女人的枕头底下。

敬信随着煤矿开采规模的扩大而扩大，外乡人盖起了第一间大车店，不知哪天开始，敬信来了第一批窑子娘们，窑姐们专做煤黑子的生意。慢性子的敬信人一早醒来，发现自己的老邻居已经穿上了煤矿的工作服。

日本人在原来土地庙的地方建起了警察所和邮局，闭塞了几千年，敬信终于和外界建起了联系，不可抑制地向新时代迈进了，几年之间就成了继白瓦镇之后的河谷第二大镇。

敬信的煤矿日益扩大，灾难的场面敬信人越见越多。十年前瓦斯爆炸，半个镇子的人亲眼看见日本人堵住了煤矿的窑口，几个矿工已经爬到了矿洞口，堵洞的石头砸断了那些可怜人扒着洞口的手指。敬信新学堂的学生们掀起了反日浪潮，学生们被警察打得头破血流，领头的学生被推进废弃的矿坑活埋了。敬信人得知了另一个消息，日本人占领了全东北，改朝换代，国号变更，叫满洲国了。

敬信比以前更大了，日本人在煤矿四周拉起了铁丝网，大批大批的浮浪坐着闷罐车被运到敬信火车站，煤黑子们被关进工村，出入工村会受到工村矿警的检查。当铺和赌场也开进了工村，敬信从此全面开启了日本人时代。敬信被分为工村、支那街、日本街和朝鲜人区四个部分。

一九四三年春天，一队全副武装的日本人押着一对中国夫妇来到敬信，敬信人从告示上得知了他们的身份，他们竟然是名震河谷的抗日英雄，报号山上大爷的王良司令和他年轻美貌的妻子。日本人向敬信人宣布，从这天开始，已经投靠皇军的王良就是敬信煤矿的大工头了。

王良出现在街头已经是一个慈眉善目的老头，他一点不像传说中的英雄，他步子缓慢，好像身染沉疴，果然，工村传出他半瘫的消息，那以后，他再没在街头出现过。

一九四五年八月十三日，暖和的阳光照亮了黑乎乎的敬信，煤黑子们拖着疲惫的身子钻出潮湿和霉气熏人的工棚，他们三三两两地聚在一起，有的缝补衣服和麻袋片，有的玩简单的游戏，这时，从西北方向忽然传来嗡嗡声，接着又黑又大的怪物掠空而过，苏联人的飞机在敬信投下了第一颗炸弹。八月十四日，小火车从火车站开出，车上满载着惊惶的日本人驶离敬信。火车刚刚开走，煤矿的坑洞响起闷雷般的爆炸声。撤退的日本人炸毁了半个敬信，几乎每户人家都有人在爆炸中伤亡。

就在那天，一支由矿警和工头们组建的队伍出现在街头，这支队伍的领头人正是蛰伏三年的王良。两月后，王良将先遣军的军旗挂在火车站的楼头，那是敬信镇子里的制高点。

库雅拉河谷天翻地覆大搞土改的时候，敬信正在试图恢复旧秩序。其实早已经没有什么旧秩序，先遣军所做的只是不准敬信出现共产党宣传的任何一个新字眼。民主联军封锁了铁路线，先遣军几经苦战，连战连败，士气开始低落。尤其是腊月被飞机偷袭之后，敬信全镇弥漫着一种死亡将至的悲观想法。除夕之夜，镇子上只有少数几个买卖家放了几挂鞭炮，许多人家早早熄灯睡觉，连守岁的习俗也取消了。

大年初一，先遣军在敬信镇的主要路口贴出了安民告示，每家每户必须造三盏纸灯笼，元宵之夜要全镇掌灯，举办敬信的第一个灯官节。

正月初二的早晨，两个白瓦民主联军的作战参谋走进了郎记棺材铺，他们是骑马来的，进屋时已冻得说不出话。温暖的薄烟弥漫在屋子里，因为年内死了亲人，棺材铺只从烧水的小女孩头上的粉绫子看出一点过年的迹象。围住火盆，两个南方人的身上很快冒出白色的雾气。他们结结巴巴地说明来意，他们想邀请郎木匠参加民主联军的战斗。但他们邀请的理由郎乌春无法接受，既非因为他曾是抗联的师长，也不因为他是英雄赵蛾子的父亲，郎乌春受邀的理由是——他曾做过河谷的最后一任灯官。

时光像一只灰溜溜的老鼠，跑了一圈，满身疲惫一身尘土地回到它曾经啃噬过的一个地方。

是啊，从那以后，白瓦镇再也没有灯官节了。多少年过去，当年的灯官郎乌春现在是一个粗笨的只知道呼呼噜噜咳痰抽烟袋的老木匠。正是那年的灯官节，一场大火烧着了棺材铺的马厩，一只公鸡破窗而入，一颗耻辱的种子射进了灯官梦中情人的子宫，那粒种子现在长成了一个傻子，而他的母亲变成了一个佝腰塌背饱受命运摧残的老妪。正是那年的灯官节，年青的灯官大难不死，由农民变成了一个军人。正是那年的灯官节，富庶多年的白瓦镇被土匪洗劫一空，库雅拉河谷天翻地覆——命运在人们的身上心上划出了多少道伤口啊？多得数都数不清。

是啊，从那以后——

两个军官询问灯官节的准备和所有的细节。

“过去的事情我记不得了，年头太久了。”军人的自尊唤起郎乌春的反感，他不愿意回忆那些伤心的往事。

“郎大爷，您是英雄赵蛾子的父亲，我相信你会帮助我们。实话跟您说吧，我们获得情报，前些日子先遣军吃了一场大败仗。他们想要图个热闹冲晦气，在元宵期间举办的这次灯官节，是我们歼灭悍匪王良最好的机会。”

一九四六年腊八节，一架画有青天白日旗的飞机飞临库雅拉河谷上空，干冷的晴空上留下了很粗很长的白线。飞机绕了好大一圈，飞过共产党民主联军阵地时遭到很猛烈的炮击。飞机掉头东去，飞到王良先遣军的驻地敬信。飞机投下一个降落伞，鹞子一样飘落在山冈上。降落伞钩着一个果品盒，盒子上绑着一封盖着鲜红大印的书信。书信被火速送到了司令部。

很快，一个惊人的消息从司令部里传了出来，这封特殊来信出自国民党行辕主任熊式辉的亲笔，熊主任对白瓦先遣军的卓越表现非常满意，五天后，他将亲自飞到先遣军驻地检阅部队，并对王良司令和所部有功将士给予嘉奖。

敬信沸腾了，先遣军个个喜笑颜开，和共产党几经周旋，终于盼来了出头之日。王良下令抽调半个团的人马抢修简易机场。司令部张灯结彩，王良司令对信的内容深信不疑，第一，民主联军没有飞机，第二，中央政府的大红印章怎会有错？他太需要一件惊天动地的大事来振奋军心了。他亲自书写欢迎中央政府的标语口号，街头搭起松枝拱门，挂上彩旗和大红灯笼。

腊月十三天不亮，敬信一片人喊马嘶，猪嚎狗吠，袅袅的炊烟连着街边山头的雾凇，蓬勃霜枝蒸腾着白雾，先遣军一共杀了一口肥猪、两头黄牛、百只公鸡，准备中央大员一到便举军大庆。为了不影响飞行员的视线，先遣军的一切准备都在天亮前完成，太阳升上树梢，敬信的炊烟已经散尽。担心发生意外，司令部下令将布置在周围的火炮穿上炮衣，卸下炮弹。

先遣军全军集中到敬信土地庙前面的简易机场，王良司令穿一件白色狐皮大氅，獭狸帽子，打着绑腿，扎一条宽宽的牛皮腰带。他的身后站着整整齐齐的两排马队。上千人翘首企盼。那天上午，天空共飞过九只苍鹰，其中两只十三黄和四只青黑眼，其他的分别是草白苍鹰和红毛鹰。十三黄比普通的鹰多一根尾羽，它猛击苍鹭后背，一掌就是一个鸡蛋大的血洞。苍鹰的性子最烈，吃活肉，喝鲜血，宁可撞死不放过对手。王良想起他失去军队的日子，他的枪支火器被日本人收去，受尽了屈辱。日本人只给他留下两架鹰和一条猎狗。野鸡布满了库雅拉江的江面，雄雉漂亮极了，红眉毛，绿脖子，胸脯栗紫色，淡黄色的肩和背，围着黑纹，腹若紫漆，尾羽红黑黄三色相间，真如鸟中美男。他的白尾海雕如闪电般从天而落，然后抓起雄雉打着旋儿冲天而起——那时候，他企盼着自己有朝一日能如苍鹰般再次冲天而起，不再像藏进树丛躲鹰的兔子。苦尽甘来，王良的眼睛湿润了，他赶紧用袖子擦一下，免得因为泪水看不见飞机飞来的影子。

上午十点，嗡嗡的声音有如天籁从天边传来，两架飞机缓缓地出现在敬信上空，飞机上的青天白日旗清晰可见，飞机在简易机场上空盘旋两圈，地面上的人欢呼起来。这时候，飞机忽然冒出了火焰，机枪子弹风一样毫无征兆地向地面扫来，炸弹呼啸着落下，将残肢血肉和树枝送上半空。人群惨叫着四处逃散，敬信的外围阵地也传来喊杀声。

“中计了。上八路当了，快撤。”王良恼怒地跨上战马。看着队伍在飞机的扫射中四处奔跑，这一幕和当年被日本飞机欺负的屈辱场面何其相似！一种不祥之感袭上心头，共产党的军队今天拥有了飞机，明天就可能拥有坦克和装甲车，这意味着国军武器上的优势开始消失了。

白瓦民主联军从沈阳调来日本旧飞机，伪装成国民党的飞机，成功地实施了偷袭，但他们在敬信外围的攻击并不顺利，先遣军有效地将民主联军阻击在外围阵地。

先遣军在敬信举办元宵灯官节的想法荒唐得难以置信，唯一的解释——据说大土匪王良当年做过灯官娘娘。

且慢，“你们说王良做过灯官娘娘？”记忆像闪电一样划过，“怪不得我看他有点眼熟。”郎乌春懊恼地想起他和王良称兄道弟的场面，他曾经带领部队去营救救国军，为此遭受重大损失，埋下全军覆灭的祸根。可这个他为之拼命的人后来策反陶玉成，杀害了他的女儿赵蛾子，还有，难道他就是那个夜晚闯进柳枝房间的“公鸡”？他不愿再想下去了。

“大爷，你认识土匪王良？”

郎乌春急切地说：“你们的邀请我同意了，不过我也有一个要求，灯官节的灯官让我来当。”郎木匠的话干脆生硬。

两个作战参谋面面相觑，“灯官不是要年轻人来当吗？”

“你们可以向上级请示再回答我。”

“既然这样，”高个子说，“好吧，只要你肯和我们一起战斗，我就做主答应你的条件，郎大爷，我们在驻地等你。”

命运的闪电划破时光厚重的帷幕，复仇的念头瞬间照亮无望和忧伤的屋子。郎乌春突然意识到，复仇的念头不止一次地涌上心头，只是他没将复仇之箭对准恶神傲克珠的心脏。

这将是他最后一次拿起枪，他已经是一个身体虚弱的乡下木匠，他的手上布满茧子，墨斗勉强还能画出一条直线，他常常为砍不出一架好房梁烦恼不已，但这一次，他果断地抓起枪，他要惩治一个坏蛋。他可以不管什么新政府，但他不能不惩治一个杀害女儿伤害妻子的坏蛋。

这是一次对决，对决的是两个当年的战友。他们爱过同一个女人，采取不同的方式。这是一次追讨之行。他要将多年的屈辱一扫而尽。

只有一样不满意，他不能以一个战士的名义参加战斗，他只能以一个灯官的名义，多可笑啊，一个老灯官混在人群中，走上敬信的老街。

洗马村时断时续地响起清越的鞭炮和二踢脚的声音，乌鸦飞过洗马村冬日阴晦的上空，慰问军烈属的秧歌队来到村子里，锣鼓时而激昂时而呜咽。柳枝抓住乌春的手不肯松开，她能感觉到一股力量像洪水一样冲破了生活的堤坝，呼啸而来，滚滚而去。他们再次卷入命运的旋涡。

乌春说：“柳枝，报仇的机会到了，为蛾子，为了你，为了满斗——”

柳枝说：“乌春，乌春——”傻子满斗迷茫地望着额娘，她放声大哭，“乌春，你不能不去吗？”

“我受够了，我受够了——”她的脸埋在枕头上，肩头抖得像风中干枯的松针，她无声地哭泣，后来大咳起来。

正月十二，郎乌春离开了洗马村。他的身影消失在漫天飞舞的烟雪之中。大雪覆盖了冻裂的大地。夜晚，风吹动着房檐，檐头的冰溜子撞在一起叮叮当当地响，院子里的棺材不断地传来嘎巴嘎巴的怪动静。傻子满斗迷茫地看着外面，他十分不安。女孩素珍做了可怕的梦，忽然哭出声来。

郎乌春一走，柳枝又病倒了。农会为她请了一个郎中，开了两包又苦又不顶用的中药，止不住她的咳嗽和哮喘，她的脸憋得通红，呼气的声音比灶坑前面的风箱还大。病中，她有一种极为不祥的预感，她恐怕再也见不到乌春了。

漫长的冬夜，柳枝想起了多年以前那个黑蝴蝶纷飞的夜晚，所有的灾难都是那个夜晚带来的吗？是，又不是。

可现在过的绝不是她想要的日子。这些年来，亲人们一个个痛苦地离开，她亲自埋葬了额娘，埋葬了女儿蛾子，虽然蛾子临死不肯叫她一声亲娘。多少个日子的担惊受怕和提心吊胆，她终于找回了自己的儿子满斗，正是他给自己带来了无穷无尽的耻辱。可是这种耻辱随着满斗成了傻子，已变成叠加的痛苦。要不是命运吊诡的安排，也许她永远不会再和郎乌春在一起。昨天，就在昨天，他发誓为她报仇那一刻，她怦然心动，心跳和以前不一样了。那以前，她虽然接纳了他，只是接受了命运的安排。在一起的时候，他搂着她，她能够感觉到他胳膊僵直，他也能感觉到她的别扭吧？总之，就像用钉子强行钉在一起的两块木板，两块没有刨过的、只是胡乱砍了几斧子的木板，中间的缝隙能爬过大个的花脸蜘蛛。

她想到了死。这世上还有什么事让她放心不下？第一桩就是儿子满斗，他不但成了傻子，连身份也模糊不清。洗马村没人见过满斗，顺子死后，她和马滴达的老邻居们失去了联系，没有人能够证明满斗不是傻子浩二。现在，能说清楚满斗来历的只有日本女孩素珍，可是她什么时候才能学会说中国话呢？

懂事的素珍一次次哈开唯一的玻璃窗格子上的霜雪，白天，柳枝的眼睛总是盯着那里，她在等待乌春的消息。夜晚，她的耳朵从未像现在这么灵过，她能听见屋子角落里老鼠睡梦中的叹息。她的嗅觉灵敏起来，她嗅到了藏在鸡窝后面的死神腋窝里的腥味，那气味腥得冲鼻子。

三天比三年还长。这期间，洗马村来过两个秧歌队，召开过一次斗争大会，地主马老六家的儿媳妇上吊身亡。

终于，消息在正月十六的早晨传来了，民主联军奇袭成功，解放了敬信。

正月十五的下午，一支三十多人的秧歌队抬着一个老灯官，敲着锣鼓，打着彩旗，来到敬信的城门前，要求进镇给先遣军拜年。王良命令严加搜查，确信这些人没有武器，他下令让秧歌队进镇。秧歌队一进镇，锣鼓齐响，鞭炮齐鸣，秧歌扭得更欢，一直闹到深夜。半夜刚过，突然“啪啪啪”三声枪响，白瓦民主联军的部队向敬信镇发起攻击，那些在镇里的秧歌队员早已拔出不知藏在何处的短枪，封锁住先遣军驻地的大门口。

王良从梦中惊醒，来不及穿衣服，抓一件皮大衣披在身上，光着脚往外跑，坐着大爬犁逃出敬信，只有二十多人跟上他的爬犁。先遣军被彻底击溃。

那以后的消息就有点混乱了，但柳枝确信消息是真的。一个说法是郎乌春当了白瓦军分区剿匪小分队的炊事员，另一个说法是他当了追剿王良的小分队的向导。柳枝相信后一个说法，以乌春的心性，他不可能去干伺候人的活儿。除了奇袭敬信立下功劳，半个月不到，乌春又立过两次战功。他亲自击毙了叛徒陶玉成。

冬天的大山里，郎乌春熟悉王良所有的求生办法，他一路追踪着王良的踪迹。最近的一次他们只隔一条山涧。强劲的山风刚刚吹走山岚，一团团雪雾在山坡上翻滚，和严寒混在一起。一天傍晚，小分队在悬崖边宿营。躺在湿冷的地上，冰冷的雪粉打在帐篷顶上，头顶的树皮发出吧嗒吧嗒的响声，很快雪声掩盖了树木的呻吟和风声。暴风雪来了，黑暗中能感觉到库雅拉山冒白烟。帐篷随时都会被风雪刮走。清晨，小分队的战士们在枪声中醒来，附近的大树经过一夜的摧残，零落不堪，看上去十分沮丧。在崖头，他们找到了胸部中弹的郎乌春。顺着他的手指，王良和他的手下十几个人正向左侧的山梁爬去。

第四十章　柳枝之死

郎乌春在信中说，“我明天就能抓住王良。”

郎乌春的信比他的死讯早到洗马村一天。

接到郎乌春的信，柳枝不用人搀扶自己从炕上坐起来，她让素珍给她端来一盆水，她洗脸洗得多仔细呀，连耳朵眼都洗了五遍，比当年结婚时洗得还要认真。她从来没像今天这么轻松过，病好像好了。喝了一碗玉米粥，她教素珍说中国话。小姑娘会说几句简单的生活用语，不会说复杂的句子。也许明天，明天她就能知道满斗的一切。郎乌春在信里也写到了“明天”，他没有说“我们”能抓到他，他说的是“我”能抓到他，他把这场战斗当成了他和王良两个人之间的战争。他多么自信，多么有力量啊。和乌春相比，满斗只能算一个刚出蛋壳的小公鸡。

可是她等不到明天了。夜晚来临，柳枝清清楚楚地听见外屋放着的大板凳又开始响了，抬起，放下，咣当咣当响，凳子连响三天了。这个家里，除了乌春，没有人能抬得动那条独木的木匠板凳。然后，她清晰地听见了乌春的声音——“走啊，跟我走啊。”

柳枝欣喜地答应：“乌春，我们去哪？”

乌春的声音富有磁性，黏着她，“跟我走啊。”

“好吧，我跟你走。”

柳枝穿鞋下炕，她推开房门走出屋子。这时候，有人拉她的衣袖。“娘，你要去哪？”

“你爹招呼我呢！”

“娘，没有人，没人叫你。”

柳枝猛地清醒过来，发现自己站在院子里，素珍哆嗦着偎在她的身边，紧紧地拉住她的袖子。干冷的夜晚，半块月亮挂在树梢，乌鸦在黑暗中飞过头顶的天空。

柳枝泪水涌出来，她知道这就是郎乌春的死讯，他用这种方式将消息告诉给她。

回到屋子里，我额娘轻声地安慰吓坏了的女孩："素珍，你去睡吧，我想一个人静一下。"

她长时间地看自己的手掌，手纹多乱啊，像一团泡沫，像一个漩涡，找不到出路，像一团乱草和乱麻，缠住脖子，塞住鼻孔，嗓子眼被泪水堵住。这样死，她心有不甘啊！至少，让她看见儿子清醒过来。至少，等到郎乌春完整地回来，哪怕是他的尸体。她真想大哭一场，她回忆起被"公鸡"奸污之前的日子，她站在风里，站在月光下，站在江水奔流的河岸，那时候，她是一个干干净净的女孩。

我这辈子吃的苦比额娘多出好几倍，苦水没有滋养纤细的小草，没有和任何一颗晶莹的露珠汇合，完全没有回报。天神，你为什么这么残忍？我爱过你，我没恨过你，我苦，你无动于衷，你怜悯过我吗？你会说，你的额娘，你额娘的额娘都是这样，像从地上淌过去的雨水，没在石子和土块上掀起一小朵浪花。

没有人记住她们。会有人记住我吗？

"乌春，我孩子的阿玛，你快点来吧！"这句呼喊像雷声一样轰鸣，轰鸣过后，强劲的大风吹过屋顶。

呼吸停止的一刻，我额娘的头扭向满斗，无助地泪流满面。

疼痛如此清晰，生命已到尽头。他的眼前燃起熊熊大火，大火向树林里窜去，很快烧出一条火带。

火光的映照中，郎乌春看见自己走上一条闪亮的街路，当年，他多年轻啊，那时候，他甚至还没有想到过爱情。

"一场大火将改变你的命运，大火在你的眼眉上方点燃。处女生子，一个长着猫眼的孩子将走进你的生活，他的黑天和你的白天一样明亮。一场大水将浇灭你的欲火，你的耳边飞过枪弹，你会用雪水和血水洗脸。隐身变幻的一只只阔力，也就是神鹰，将帮助你和敌人作战，直到你的骨头不再是白的，血不再纯洁。去吧，一个雷击中你的头顶，你的命运就要改变。"

我的骨头还是不是白的？血真的不纯洁了吗？弥留之际，郎乌春一定问过自己。此前，他不知问过自己多少次。

马爬犁划过雪地的声音沙沙响，马队快速地行进着，战马不时打几下响鼻，战士们偶尔招呼一声，免得后面的人掉队。

"老郎，你怎么样？"王志和掀开郎乌春身上的皮袄，惊叫起来，"卫生员，卫生员——"

队伍停下来。他们正在翻过库雅拉山中一个石头峰的峰顶，远处有一道火线，那是一片越烧越旺的山火。在他们的四周，没有一棵大树，连一丛灌木也没有，只有山风吹过的灰色山岩，山石下面覆盖着薄薄的黑色苔藓，单调，死气沉沉。

战士们围在爬犁周围，他们摘下帽子，一起将枪口扬向天空。山风中，大大的如血的残阳在枪声中猛地一震，掉落在雪带山的山峰后面。

枪毙土匪王良是白瓦镇一九四七年初春最大的事件，这消息轰动了白瓦镇及整个东北。二月初七，剿匪小分队将他堵在一个山洞里，王良的夫人苏念没和他在一起，他的几个手下七天前就插枪自首了，独有王良一人仍和小分队周旋，王良战至弹尽，束手就擒。

剿匪小分队将王良押进白瓦镇时天色已晚，王良被关进临时监狱，王良辨认出这个地方正是白瓦镇的府衙门房。当年，正是在这里，他第一次遇见了郎乌春，那时候，郎乌春还是一个不谙世事的小伙子，没有给他留下什么印象。当年，他怎么能想到正是这个灯官老爷成了他的对手，给了他最后的致命一击。

他认真地打量关押他的屋子，想着逃跑的机会。半夜，院子里乱了一阵子。王良请求看守他的士兵给他松绑。

小伙子一眼看穿了他的企图，“想跑吧？别做梦了。”

“我要大便。”

“大便也在屋里。”

“屋子里有味。”

“哪里没味？镇子外头吗？听到枪声了吧？你的压寨夫人正为了你攻打白瓦镇呢。”

那晚，苏念纠集先遣军残部攻打白瓦镇，想要搭救王良，这场战斗是她人生最辉煌的一瞬。战斗进行了不到二十分钟，这群乌合之众便四散奔逃。此后，她人间蒸发似的消失了。

王良思维飞速地运转，他想着当年一起抗日的战友还有谁在共产党的队伍里，也许会给他说说情，念在曾经一起抗日的情分上给他一条生路。

天亮的时候，王良向看守提出了最后一个要求，他想见一下郎乌春。

得知郎乌春死去的消息，王良仰天长叹，至死再未发声。

第二天早上，八路军的一个骑兵连将王良押到艳粉街口，为了扩大影响，震慑“中央胡子”，王良被绑在高丽窑子门前的拴马桩前示众。

二月三日，王良被押到亚洲火磨公司进行公审大会。远近百里的老百姓都赶来参加大会，到会的百姓达两万人之多，宽阔的会场挤得水泄不通。群情激愤，控诉的百姓太多，会议时间被迫延长。大会宣判后，当场枪毙了王良。时年，王良五十岁。

王良的首级被取了下来，为了证明这个大土匪确实死了，他的头颅要传送各地示众。

王良的首级传到洗马村已是早春的天气。为了纪念剿匪英雄郎乌春，王良的头颅在洗马村的白榆树上多挂了三天。王良的脸早已经枯萎干瘪，在马滴达被乌鸦啄去了眼球，两只眼眶空了。这颗曾经了不起和望而生畏的脑袋，现在和一只挂在土坯房门框上的猪尿泡没什么区别。一定要说区别，就是更讨厌、更晦气。春回大地，水汽蒸腾，乌鸦一次次光顾，喜鹊视而不见，一只只黄莺和画墨炭子鸟落在旁边的树枝上，毫无怯意地看着王良的头颅，叽叽地叫着。

太阳高挂天空，河谷洒下白色的炫目光芒。空气中散发着早春的寒凉，河堤上融化的雪水和舒展枝条的树木都在宣告，冬天的严寒已经过去。

洗马河的桃花水漫过河边的蒲草丛，黑色的旧草中间生长出嫩绿的草芽，草丛中间的水鸟叫声十分悦耳。村子里回荡着小孩子的柳笛，村子上空，乌鸦的翅膀掠过放飞的纸鸢。

开江了，河谷孕育着新的生机，新的苦难，新的希望，新的社会。

拾壹腓凌　灵魂树

第四十一章　失灵年代

秃手娜佳一语成谶。一九四五年八月，满斗跳出了机舱，天空刚用清水洗过似的，星斗点点，水灵灵的。我的左上方，有一朵白花飘动，张副官打开了降落伞。

我的伞打不开。我的伞为什么打不开？我的大脑一片空白。大地已经迎面而来。我看见了河流、树木、房屋——

然后——世界一片黑暗。

然后——过去了二十二年。

哦，要过二十二年，那可就到了一九六七年。

一九六七年，这一年要发生一件大事满斗才能重生。

大事？这一年的大事太多了。

第一件事。白瓦镇一个身体透明的瘫痪小孩，注射了一大管野鸡血，身体一下子变得鲜红，从床上跳下地，迎着风就长大了，并且组织了造反队。还有，首善乡枪毙的历史反革命韩玉阶家生了个孙子，刚刚半岁就爱憎分明，只要说“亲亲伟大领袖毛主席”，他立刻眉开眼笑，说“恨恨内奸公贼刘少奇”，他立刻怒目圆睁，举起拳头要高呼口号——

我还是从自己说起吧——漫长寒冷的冬夜，总有一只萤火虫在我的眼前飞来飞去，我混混沌沌，浑浑噩噩，头疼欲裂。那时候，我还不知道这是满斗将要重生的征兆。

洗马村的村医是子善的妻子素珍，她说这是脑炎的症状，她偷偷地给我注射了白公鸡血。打鸡血是这一年风靡全国的治病新疗法。除了白瓦镇医院，洗马村革命委员会旁边的卫生所是这十里八乡唯一能注射鸡血的地方，每天天不亮，卫生所门口排起长长的队伍，附近村镇的人都来排队，每个人提着装鸡的网兜或篮子，一边等待，一边交流打鸡血的经验和传闻。洗马村肮脏的雪地里到处鸡屎鸡毛，公鸡母鸡芦花鸡，大鸡小鸡红眼鸡，所有的鸡都在尖叫哀鸣，鸡的恐惧瘟疫一样传染给了麻雀，它们是一九五八年除四害运动中的幸存者和幸存者的后代，这时候躲在房檐下瑟瑟发抖.

一九六七年，白瓦镇乃至洗马村分成了两派，一派牛鬼蛇神，另一派不是牛鬼蛇神。所有不是牛鬼蛇神的人要横扫一切牛鬼蛇神。牛鬼蛇神被取消了打鸡血的资格，鸡血不但是养生治病的圣药，而且是革命的激素。鸡血还是开发智力的灵丹妙药，白瓦镇中学的两个红卫兵小将不但注射鸡血，而且每天早晨喝一小杯鸡血，这两个十四岁的孩子眼睛变得又圆又红，他们迷上了科学试验，他们的第一个发明是监督三个医院里的牛鬼蛇神给三只田鼠做了肛门缝合手术，然后让田鼠听语录歌。结果发现，爱听语录歌的田鼠存活期超过了十六小时，爱听《莫斯科郊外的晚上》歌曲的田鼠存活八小时，不愿听语录歌的田鼠仅存活半小时。

他们的纪录很快被刷新了，三个女红卫兵在一个没有月光的晚上有了重大发现，她们发现屎壳郎能以直线方式推动粪球滚动，它们可以仰望银河的星光找到回家的路，她们宣布了自己的发现，她们说，总有一天中国人会发射自己的人造卫星，到那时，所有的昆虫在夜晚都会找到指南而不再迷失方向。

五个红卫兵小将走到一起，他们决心用更好的发明积累去北京见伟大领袖毛主席的资本，他们从年初的邢台大地震受到启发，既然地震可以预测，那么灵魂也是可以发现的，如果发明一架反动灵魂探测器，不但可以横扫一切活在世上的牛鬼蛇神，还可以让所有藏在坟地里厕所里山沟里狗洞里的害人精现出原形，将他们通通拉上批斗台，批倒批臭，踏上一只脚，踏上一万只脚，永世不得翻身。

他们设计出的反动灵魂探测器十分简陋，基本沿用了八年前除四害时的装备，一九五八年，苍蝇、蚊子、麻雀和老鼠并称四害，为了驱杀麻雀，许多人家制作了鼓一样的铁筒。红卫兵们找到几百个旧铁筒，每十二个连在一起，又从百货公司和供销合作社的仓库里搜出上千挂鞭炮，他们带领着上百名红小兵浩浩荡荡来到荒郊野外的坟地。

第一天早晨，天刚刚放亮，铁片钟咣当咣当敲响了，刹那间，三十多个铁筒里鞭炮炸响，砰砰啪啪，叮叮当当，震天动地，响彻云霄。刹那间，喜鹊、斑鸠、黄莺、杜鹃、乌鸦、野鸽子、蓝大点、燕子、啄木鸟、相思鸟、老鹰、秃鹫、猫头鹰从坟地里的灌木丛和各个藏身处惊慌失措失魂落魄冲天而起，这时，埋伏在坟地四周的铁筒同时炸响，除了冲向天空，鸟们再无处逃遁。许多无处可逃的鸟雀一头扎下，撞死在草丛中，血溅荒坟。

事实证明，红卫兵们的做法并非一味的胡闹，他们的反动灵魂探测仪在善林寺后面的坟地里终于有了发现。那天，他们点燃了铁筒里的鞭炮，鸟雀腾空而起，但奇怪的是这片坟地的鸟却不顾一切地向东飞，并在那里撕开一道缺口惊飞而去。小将们找出了原因，一棵白榆树下有一座硕大的荒坟，坟前的石头墓碑镌刻着李良的大名。

李良萨满就这样重新回到了人们的视野，要说牛鬼蛇神，白瓦镇的范围内，死人李良曾经走遍这里的十里八乡，他是一个传说中神通广大的萨满，无疑应该名列牛鬼蛇神的首位。

洗马村声势最浩大的一场批斗大会即将上演。白瓦镇范围内所有从事过萨满活动的人都被带到洗马河中学的操场上。押到现场的还有各种地富反坏右，各种资产阶级的代言人，他们戴着纸糊的高帽子，挂着写有罪名的牛粪纸壳牌子，其中有历史反革命韩玉子、反动傻子郎浩二、反动和尚白慧南、装神弄鬼何士申、破鞋魏淑芬、打仗斗殴王亚臣、右派余校长、偷鸡摸狗张长顺——上百个牛鬼蛇神的身后，一棵粗大的白榆树中间用铁丝拴着一块更大的牛粪纸牌子，黑字打上了一个大大的红叉，上写最大最反动的牛鬼蛇神李良。

主持会议的白瓦镇革命委员会成员悉数到场，将毛主席像章别在乳房上的女主持人通过高音喇叭向所有人宣告：今天的大会将别开生面，载入史册——所有的阶级敌人你们听着，不管你们是活着还是死了，我们革命群众都要跟你们斗争到底，如果你们活着，我们要打倒你们，改造你们。对于那些屡教不改的家伙，就是死了，革命群众也要将你们从坟墓里挖出来鞭尸烧骨。今天，我们就要共同见证这一时刻，我们要将白瓦镇死去的头号牛鬼蛇神从坟墓里拉出来批斗。你们看，勇敢的红卫兵小将已带上他们发明的反动灵魂探测器，还有势如千钧的大字报出发了，他们将在死人李良的坟墓上贴满大字报，让那里变成一个红色的世界，让那些死去的罪恶灵魂在另一个世界里簌簌发抖。

库雅拉江上的江鸥和鹞鹰一定被批斗会场的高音喇叭吓坏了，碧空如洗，没有鸟，没有云彩。聚集起来的数千人心情复杂地等待着李良的尸骨。上了年纪的人暗暗心酸，他们许多人记得李良萨满走在村路上的情景。他穿着神衣，龙行虎步。

太阳升上对面库雅拉山顶，一个消息悄悄地在人群中传开。消息实在难以置信——去坟地的红卫兵竟然见到了李良本人。

小将们将声讨李良的大字报盖满坟头，一个满脸沧桑的老人出现在他们的身后，老人穿着一套戏装，头戴鹿角帽，身穿蓝色的饰满贝壳的长袍，胸前挂着的一面铜镜闪闪发光。这些近乎胡闹的红卫兵没有一个人见过萨满的服装，他们更不可能想到死人李良竟敢在光天化日之下出现在革命小将的面前。但是老人衣着实在太奇怪了。于是，他们中的一个随便地走上前去，“你是什么人？为什么打扮得这么奇怪？”

他听到的回答有如晴天霹雳，“我就是你们要找的李良啊。”

小伙子一声未吭，栽倒在地。

天不怕地不怕的小将们扶起自己的战友，他们扔掉了挖坟掘墓的铁锹，一起上前将死人李良捆起来，他们将死人李良扶上一头红色的牛背，向会场匆匆赶来。

这个惊人的消息在人群中引起了骚动，人们焦虑不安，议论纷纷。会议的主持者一再宣布保持会场安静，但是会场的嘈杂难以抑制。对于洗马村，这消息不亚于中国试验原子弹爆炸成功在世界上引起的反响。

怎么会见到李良本人？

难道死人李良真的没有死吗？

人群中传出另一个消息，李良在半路上忽然消失了，红卫兵小将们只能用一张临时的画像代替李良本人。

为了鼓动斗争的情绪，洗马村小学一年级一个大脑袋孩子在挂有李良牌子的大树前面念起了批判稿，孩子的声音稚嫩，就像朝鲜人兑水的糖稀。看得出他十分紧张，双腿发抖，只想着迅速读完老师写的发言稿。他就要念完了，按程序，他要完成最后一次呼喊：

死人李良，你这个大坏蛋，现在，低下你的狗头，向革命群众低头认罪吧——

孩子喊完最后一句口号，一个鬓发全白的老人出现在孩子的身后。三十多年前见过李良本人的老人们全都看傻了眼，这怎么可能？千真万确，那个老人就是李良本人，死去多年的死人李良，竟然被召唤到了批斗现场。

李良萨满走进牛鬼蛇神中间，他站在反动傻子郎浩二的身后，对着郎浩二的头项，他轻轻地拍打着。

会场上一时鸦雀无声，所有人都窒息了。不知过了多久，一刻钟，或是半小时，或者半分钟，谁能说得准呢？人们都吓坏了呀。

寂静被跟在一头红牛身后赶回批斗现场的红卫兵沙哑的叫声打破了——我们将死人李良带回来了。

他们中的一个高举着一张写有李良名字的白纸走进会场。这时候，他们才注意到，会场上没有一个人说话，空气凝固，一片死寂。

过了好一会儿，或者没一会儿，总之，风从牛鬼蛇神们中间刮起，起先是一小股旋风，无力地旋起来，越来越猛烈，迅猛到掀翻了大会指挥部的席棚，吹折了二十多杆旗杆，吹眯了上千人的眼睛。等那场大风停下来，人们在会场上空看见了几朵彩云，彩云悠然地飘向库雅拉山的方向，死人李良早已不见踪影。

这一天的另一件怪事是反动傻子郎浩二突然爆发出嚎啕的哭声，他发疯一样地扔掉了胸前的牌子。

“我不叫郎浩二，我叫满斗。”

天可怜见，失忆二十二年的满斗重生了。

他撕下胸前的牛粪纸牌子放声大哭，“我不是日本人，我不是日本特务，我是抗联战士。”

那时候，后代们将沉迷于虚拟的网络世界，信息纠缠如茧，密得让人窒息，漫天的霾中，灵魂彻底迷失，再也找不到回家的路。

那时候，后代们将只沉迷于自己的现世感受，皮肤变得像橡胶皮一样，心膜变得像橡胶皮一样，看上去有光泽、有弹性，但因为自身的贪婪，所受的欺骗，金钱的压力，还有强迫的威权，心灵早已麻木，心神迟钝，逆来顺受，生如蝼蚁。

那时候，飘游在人世间的有爱憎的神灵，祖先中有智识的神灵，已向绝大多数人关闭了交流的渠道，这尘世只有少数人能感受到神灵的呼唤和气息。

先前可不是这样。那时候，人世间一切举动都对应着神，旷野里，风神吹动你的头发，爱神感知你坠入了爱河，雾神沾湿你的双鬓，欢乐之神和喜鹊一起歌唱，同样，黑暗之神比悲剧更早降临，每有不幸发生，周围就刮起怜悯和忧伤的凉风。

先前可不是这样。那时候，生活的困难是神界引起的，只有借助善灵的帮助才能得以消除。而这个灵媒正是有着无限信仰的萨满。萨满的最高目标是以死者的名义说话，被某个祖先灵魂和舍文附身，为深切的信任和希望提出善意的回答。

那以后，那以后就没有萨满了。

神灵世界拒绝再和人类沟通，心灵的驿路长满荒草，使者无从到达。铃鼓之路喑哑闭合，再也无法指破迷津，无助的灵魂流离失所。

一个萨满要承接上一代萨满的舍文。这些信息像落满灰尘的镜子，像积雪蒙盖住的湖面，需要心血来洗，需要泪水来冲，需要时光的劲风吹拂才会透出光亮。

神命难违，我决定接受我的命运，接受李良萨满的神灵。

洗马河两岸开满水蓬棵的粉色花朵，河水湍急如奔，天空碧蓝如洗，我独自坐在岸边的一块岩石上，这块石头在我之前有三个人坐过，之前有多久？一百年。你问我怎么这么肯定？这我可不能说。头顶飞过一只喜鹊，我多么希望它发出声音，召唤我去看花瓶姑娘，可是喜鹊将好看的尾巴一摆，飞走了。

这天下午，我的心血凝成一块半透明的镜子，模模糊糊地照见李良萨满的舍文。舍文是附在一个萨满身上，由他供奉的神灵。我的功力尚浅，不能看到更多，但我能感受到他们。我看见一大群人在桦树林子里跳着奇怪的舞蹈，人们中间有一头硕大的棕熊。我知道那是一代萨满收在自己舍文中的一个棕熊神。火光跳跃，人们给一头野猪的牌位上香，香烟中，野猪精现出了原形，它的嘴巴真大呀，钢叉一样的獠牙又白又长，一身红褐色的毛，毛如钢针，根根竖立，闪闪发亮。我还看见了树神，那是不肯转世成人的一个灵魂，长成了一棵枝繁叶茂奇大无比的白桦树。还有，传说中的天神有时如小小的水珠，有时高过寰宇，身轻时飘浮空宇，身重时没入水中。无处不在，无处不有，无处不生，天神阿布卡赫赫的眼睛变成了日月，头发变成森林，她的汗水变成了溪流。哦，长胡子的男子又是谁呢，他就是我们的祖先神吧——

放电影一样，在远方，我看见了一座城市，有着好看的木头房子，每个窗口闪闪发光，房子前面的小溪波光粼粼，我的神正在享受悦耳的音乐，它们中有被人害死的神兽，有野猪、狐狸，还有发光的蛇，它们围在白雾一样的雪神旁边，周围的树木长满白色的羽毛。

然后，我置身在一片美景之中，这里的草比我见过的任何一种植物都要绿，有一种特别的光或者光芒，颜色鲜亮，无法描述。我见到了我的鬼孩朋友，你们记得我讲过他们吧，当年他们能够自由地出入满斗童年的梦境。现在，他们又来到我的身边。

“满斗，我们好久没见了。”铁脑袋的眼神忧伤得令人心碎。

“满斗，你的头发白了，这就是传说中的老了，我说得对吗？”豆腐腰泪光莹莹。

我的朋友们请我坐下来，周围弥漫着一层薄雾。

“满斗，你为什么一定要做一个萨满呢？做萨满有什么好？”铁脑袋一边滋溜滋溜地喝年息花上的露水，一边问我。

“满斗，萨满这个古老的职业二百年前就没落了。这个世上只有鬼魂，没有神灵。”

“满斗，回到我们中间来吧。”铁脑袋苦口婆心地劝我。

麻秆腿将一千多只萤火虫聚在一起，他烤着一只蓝蜘蛛，蓝蜘蛛烤得油汪汪的。

豆腐腰跷着腿躺在一片菱角叶上，她的身体和水里的月光一起波动，她的长相清秀，当年，她总是喜欢独自待在一边，我们一叫她她就气得不得了。

铁脑袋羡慕地对我说：“豆腐腰曾经托生到皇帝家里，她刚生下来就被人弄死了。可是她毕竟在皇宫里托生过一回呀，你看她现在还娇气得不得了。”

我想起了我们作为天空之子的灵魂之旅，我们看清了满洲国的皇帝供奉的是一只老鼠。那是我最后一次和师父李良一起作法。

铁脑袋向我使个眼色，满斗，我带你去一个地方做客。

我和铁脑袋悄悄地离开了栖息的草地。蓝色的雾霭如轻纱一样隔住了水边的简陋庙宇。现在，我们飘走在美轮美奂的山岚里，我看到了一条大河，河的这边是黄色的水，河那面是红色的水。

铁脑袋说，黄水是真正的河水，红水是女人来月经时的血水。山坳里，薄纱一样的薄雾下面，一个又一个红灯笼，铁脑袋说，那是求子的人家给鬼孩筑的巢。我们的四周立刻弥漫开一股尿布的臊味。

额娘曾告诉我，我的族人们固执地认为灵魂是永恒的，死去的灵魂会变成鸟儿，饿死的小孩会变成出出鸟，兄弟俩一起死去会变成“王冈鸟”，只有被婆婆虐待而死的小媳妇不会变鸟，她们化作铃铛花。灵雀转世途中随时可能找到一个现成的巢落下，落进哪一家的巢，就会在那一家的炕上落草降生。

我们的主人住的地方十分热闹，有各种竞赛，好像打球似的热闹。我们的主人变幻着各种形象，一会儿是个大胖子，胡子很长，穿着白衣服，一会儿又变成一个面容姣好的妇人，他被一个小孩子挑了出来，因为他的下巴上长着十几根胡子。他继续变幻着，这一回，他穿上了一身军装，将一面红旗斜披在肩上。

铁脑袋说：“所有的主人都有一千张面孔。”

主人的房子和善林寺的房子一样，院子十分宽大，栅栏很高，园子里生长着苹果树，这时候正是花开时节，花朵粉中透绿、绿中透红。和我们生活的世界不同的是，花丛中飞的不是蝴蝶，而是长着翅膀的蜘蛛。这里的房子一定比传说中的皇宫还要多。

趁着主人和他的臣民们狂欢饮宴的空当，铁脑袋拉着我闪进了这座宫殿的月亮门。我们走在一条五颜六色的长廊，长廊的两边是一个个锁着的屋子，铁脑袋说，我们的时空分为三界，上界为天界，下界为地界，你来自人间，那里叫作净界，这些屋子是三界间的中转站。铁脑袋说，人有三种灵魂，第一种是永存的灵魂，这是死后的灵魂，它还和活人在一起，为后代造福，就像我们的祖先神。第二种是暂存的灵魂，这种灵魂不会完全离开人体，人睡着了就是暂时的死亡，这时候，灵魂暂时飞离人体，办完事再回去附在躯体上，人就苏醒了，“你现在就是一个暂时的灵魂。”铁脑袋说，人的第三种灵魂是转世的灵魂，这些灵魂等待转世再生，铁屋子里的人都是等待转世的灵魂。

铁脑袋拉住我，我们飘在一个房间的窗口，关在里面的是一群戴着皇冠的饿狗，狗脸圆圆的，眼睛很大，很凶的样子，嘴巴上淌着心有不甘的涎水。下一个房间，关着一个个瘦得不成形的幽灵，幽灵的下腹部有一个大洞，我们能看见一股又一股的瘴气从那里不断地穿过。每个幽灵的头顶都有两个浮在空中的尿罐，铁脑袋说，左边的罐子里是男孩的尿，右边装的是女孩的尿，但那些幽灵相信里面是童男童女的脑浆，只要每天分别喝一口，就会长出又长又粗的阴茎。“只要长出鸡巴，就可以出去投胎了。”

下一个房间，挤着一个个肥大矮小的幽灵，空中飘着一团白烟，白烟里隐约可见一个大大的白色瓷盘，盘子盛着一个蒸熟的赤身美女，美女保持着盘腿打坐的样子，脸上涂着脂粉。我不敢再看了。铁脑袋拉着我飘到右边，右边的房间情形好一些，关在里面的灵魂小很多，小的像一粒沙子般的气泡，成千上万的灵魂颤抖着在灰尘里翻来滚去。然后，我们飘过一个“想肉房”，里面挂着许多条幅，铁脑袋念出上面的文字，“两腿羊，饶把火，不羡羊，和骨烂。”见我不明白，铁脑袋说：“两腿羊是人肉干，饶把火是又老又瘦的男人，年轻的女子叫作不羡羊，和骨烂就是小孩子，想肉就是人肉啊。”

我呕吐了，什么也吐不出。长廊两旁的彩色油彩流淌起来，流得那样欢快，流得那样响亮。

这时候，所有的房间都打开了，灵魂如潮水般地涌到院子里，魂灵千奇百怪，只有双腿的魂灵，躯干是一颗颗闪亮的螺丝钉，有的是光华牌手电筒的形状，还有的脑袋干脆就是一个握紧的拳头，长腿的水晶球魂灵向葡萄架下面拥过去，一个高大丰满涂满油彩的魂灵正在葡萄架下面蘸着鲜血写字。这个大魂灵旁边，一小堆魂灵用血浆和着尿水搅拌着泥土。葡萄架上面，每一片叶子上都栖着一个又一个的幽灵，这些作壁上观的幽灵似乎在哂笑充满热情的猫和猪崽，每个动物的头上都有一个气泡，里面不断地冒出动物魂灵的想法。那群猪崽充满了快乐，它们的气泡里装着又白又大的馒头，白菜汤冒着热气。

铁脑袋拉着我飞过一片小广场，我们落在一棵结满果实的苹果树上，这棵树长在一条河边，白亮白亮的河水里，拥挤着做苦役的魂灵，这些魂灵只有泡得发白的双手，不停歇地清洗河里飘过的一小堆一小堆的蝇屎一样的东西，“那是人的脑子，主人开始了一项新工程，他们在洗脑子。”洗过的人脑子变成白白的一堆猪大肠，消失在河水里，和河水的白色成为一体，更多的黑点逐浪而来。我正看得出神，铁脑袋惊叫一声：“主人来了。”

两个脑袋，这是我们主人的新形象。他的头顶有两个气泡，一只红色，一只黑色。透过两个气泡的白光，我看见了我们主人的想法，红色的气泡里，绿色田野无边无际，田野里盛开着血色的花朵，没穿衣服的小人四肢变成了翅膀，蜜蜂一样忙碌地飞舞。黑色气泡充满杀气，流淌着一条条血色的河流，那片土地上，无数长腿的拳头横冲直撞。

然后，那些拳头忽然间都伸开了，变白、变绿、变黄，变成了成片成片的向日葵花，花开得那样艳丽，那样明媚。我们的主人也变了，不再是两个脑袋，他变得胖大慈祥，穿着一身明黄色的旧袍子，他的前面，出现了一条狗和一条大蛇，一只紫色的大公鸡站在两个绿衣轿夫的前面。我们的主人上了轿，奇怪的队伍出发了。

金光大道上，不知从哪里出现了拥挤不堪的人群，他们的服色不一，有的穿着破旧的短褂，有的穿着戏台上的锦装，他们全都谦恭地拜倒在道路的两边。黑色的烟雾腾起，人群中有鸟、有蛇、有狗，还有放大的狗背上的虱子，我们的主人扯掉了头上的缠头布，他光着脚拼命奔跑，后面的人、动物，还有魂灵，怎么也跟不上他的脚步——

我回头，铁脑袋消失了，只有我一个人站在十字路口。有人呼唤我的名字，是素珍。穿着白大褂的素珍。

“满斗，你终于醒了，你昏死了三天两夜。你再不醒来，村上的人就把你抬出去扔到乱葬岗埋了。”

“满斗，你知道吗？自从你娘把你领回洗马村，你已经糊涂了二十二年。”

二十二年前，那可是一九四五年啊。

第四十二章　守夜人

“你告诉我，那些年我都干了什么？”

“你先喝一碗稀饭吧。日子长着呢，我会把知道的都告诉你。”

“素珍，你快告诉我，这些年我都干了什么。子善，你倒是跟你媳妇说说呀，让她快点告诉我。子善，你别净是抽烟呀。”

“他不抽烟还能干什么？”素珍不屑地啐一口，子善弯着腰走出去了。他在朝鲜战场上打坏了生殖器，成了一个废人。

说来话长，要从一九四五年说起。

我和妈妈逃亡的第三天，你从天而降。

你不知道当时我们有多惨，七月开始战局急转直下。八月七日夜半时分，我们家附近传来闷雷般的巨响，我和妈妈跑到屋外，天空有几颗闪烁寒光的照明弹飘荡东西，把长春，当时叫新京，照得通亮通亮，接着，满城的警报器鬼嚎一样响彻云霄。我们盼着照明弹快点熄灭，祈祷着炸弹不要落到我们头上。可是那些挂着照明弹的降落伞一动也不动，照明弹把人们的脸照青了，身体照冷了，心照得发颤。那天开始，警报每天要响好多次。

我们逃出长春那天，大雨下个不停，我们坐的逃难车没有车篷，我和妈妈挤在人堆里，被雨淋得像只落汤鸡。皇宫的方向浓烟滚滚，建国庙着火了。我们的车停在站台上，给一辆辆军用列车让路。车上又挤又乱，骂声四起，孩子哭老人叫，往日文雅的长辈们披头散发，吱吱哇哇叫个不停，撩起和服在车上大小便，一点羞耻也不讲了。

好容易到了吉林，天放亮了，我和妈妈混在人群里下车解手，列车和列车之间的空间变成了男女混杂的便所，屎尿混在雨水里遍地都是，臭气冲天，蚊蝇黑乎乎的落人一身，我们后边就是几个男人，我和妈妈褪下裤子就尿，大家都一样，谁还顾及男女有别？盼着快点便完上车，怕被军车甩下没着落。

后来，不知道在什么地方我们的火车停了下来，说是前面的铁轨被破坏了。

我们就坐在路基边等，再后来，人们忽然奔跑起来，前面出现了苏联人。我们躲进一片高粱地，盼着苏联坦克快点过去。半夜时，见四周没有动静，我们纷纷走出高粱地，突然响起一片枪声，我身边倒下好几个人，我和妈妈赶紧趴在垄沟里。我们被包围了。我们身处一片烟地，一共七八百人。附近一个男人绝望地下了一道命令，他让所有的日本人集体自裁。人们发了疯似的，呼喊着，诅咒着，有的用刺刀扎自己的胸口，有的吞烈性毒药，有人互相射击，我亲眼看见一个母亲双手掐住自己女儿的脖子，她没有力气，大口大口地吐血。我吓傻了，妈妈偷偷地拉着我的手，我们顺着垄沟向人少的地方爬，抬头看见死尸像小山一样，那真叫惨不忍睹。

我们边哭边走。包围我们的苏联人早已不见了踪影。我们这支逃难队伍还有上百人，怀着恐惧的心理匆忙地走在田间小路上。我们挨过提心吊胆的白天，太阳出现在西边的地平线上，晚霞血一样，每个人的脸上除了汗水就是泪水。除了小孩子的哭声，没有人说话，耳边只有嚓嚓的脚步声。天黑了，我们走进一片大山，夜幕之中，像走在一口深井里。河水的声音那样凄凉，远处传来狼嚎。该死的蚊子又大又凶，太累了，它叮它的，我睡我的。突然一只大蚊子把我叮醒了，我睁眼打蚊子，看见四周遍布鬼火。所有人都吓醒了，我们歇息的地方是一片坟地。好容易等到天亮，鬼火和蚊子消失了，我们继续上路，说是走，不如说是挪，谁还走得动呢？腿灌铅似的，落下半天才能抬起来。我们走上一片山坡，一个眼尖的男孩喊了一声："山上有人。"所有人都趴下了，我们遇见了土匪。

在峡谷里趴了半天，妈妈叫醒我，悄悄地给了我一个饭团子，饭团一股难闻的味道，难以下咽总比饿着好受，嘴里甜丝丝的，嘴角流血。我们开始爬山，山上没有树木，光秃秃的，不管认不认识，我们一个牵着一个的手，爬呀爬呀，跌倒了被拽起来，有人跌倒就睡着了。站不住脚往下滑，连滚带爬，总算过了那座山。一条小河边，我看见一匹死马和一个女兵的尸体，女兵穿着日本军服，身上背着一个背包，脸上爬满了蛆，马尸腐烂了。有人上前割马肉，用刀拨开马尸里爬出的蛆。蛆个头大得像一个个肿了的小孩手指头。

很显然，在我们之前有日本人走过我们前去的道路。一棵树下，两个男孩抱在一起，他们可能是亲兄弟，死在了一起。见过太多的尸体，一点不感到害怕，只是伤心。在一个集团部落里，我看到了许许多多的日本人，他们自杀后躺成一排，头枕着粉条，我们将粉条从他们的脑袋底下抽出来，妈妈让我和她一起叨念，请同胞们原谅，我们无意冒犯，只想自己活命。一个屋子里有母女俩，她们脸上涂了脂粉，毛巾扎住脑袋，枕头上的血迹黑黑的，她们是被人用枪打死的。妈妈站了好一会儿，她好像很羡慕那对母女的死法。

第三天遇到的事没人能想到，更大的灾难来临了。我们遇到了一小队军人，是我们日本的军人，我们那个乐呀，终于有人保护我们了。可是那些兵突然传过话来，说附近出现了苏联人，孩子要是发出哭声就会被苏联人发现，他们命令我们将孩子集中起来全部扔掉。母亲们议论纷纷，她们达成一致意见，绝不扔下孩子自己求生。我妈妈喊得最凶，她的嗓子都喊哑了。当官的让步了，他同意我们自杀。我们坐成三个圈，每个圈二十多人。我和妈妈手拉手闭上眼睛，屏住呼吸等待死亡的来临。那种感觉真奇怪，说怕不怕，说不怕还怕，一句话，麻木了。我的耳边响起相当大的轰响，那是士兵们扔进人圈里的手榴弹的爆炸声。我认为我和妈妈再无活路，可是弹片就是没有炸到我们身上，旁边一个姑娘的肠子炸出来糊在我的脸上，妈妈顺势将我拉倒。流着眼泪的士兵端着刺刀将没死的人挑死。刺刀刺进孩子的胸膛。一个大眼睛的士兵将刺刀逼向我的胸口，他就要扎下来了，天空忽然掠过一架飞机，他匆忙地跳起来跃进旁边的水沟。妈妈发疯一样将我拉起来，向人群外面奔跑。我们跑啊跑啊，后面没有枪声，没有人追上来。我们奇迹般逃离了死神。

我们藏在附近的一条水沟，直到黑夜降临。那天的夜晚好奇怪啊，月亮白白的。

这时候，一朵白色的花朵在我们头顶一百米的天空突然开放了，地面的风将那朵白花托起来，向上升了一小段，然后坠落下来。落下来的是一个降落伞，清晰地听到了肉体坠落的沉闷的声音。

我们不敢跑了，趴在向日葵地里看着那堆白布，白色的伞布像一摊白色的鸟屎，像一个小水塘。我们趴在那里一动不敢动，一直趴到天蒙蒙亮。

天光大亮的时候，降落伞动了，动了一下又一下，我们确信伞下面的人没死。我和妈妈爬过去，拉起伞边，然后，我们就看见了你，坐在那里，满脸的茫然。你穿着日本人的黄呢子军装，身边还有一支手枪和转盘冲锋枪。我们相信你是日本人。

你的身上有干粮，有水壶。我们看出你摔傻了。你傻呵呵地坐在田埂上，看着远处的炊烟一动不动。妈妈示意我拉你的干粮袋，你冲我笑一下，自己解下了干粮袋。

我将干粮袋交到妈妈的手上，她将我的头紧紧地抱在怀里。多少天在冰冷中度过，我感到妈妈的怀抱好温暖啊。我舍不得离开妈妈的怀抱，我希望她永远抱着我。

我睡着了。太阳照在我的脸上、身上，暖洋洋的，我的眼前红彤彤的。我醒来已是中午，妈妈不知什么时候离开了，我躺在你的怀里。

到现在我也不原谅妈妈离开我，将我扔给你，扔给一个傻子。她可能遇到了什么意外情况，不得不离开我。你应该知道，可是你什么也不知道。你要是清醒该有多好，可是你是一个傻子。那时候你是我唯一的依靠，唯一的亲人，即使你跳伞时摔坏了脑袋，什么也不记得。幸运的是你没全傻，你知道和我亲近，你拉着我的手不松开，任由我哭闹了那么长时间。我哭累了，你站起身，示意我跟你走。不跟你走又能怎样呢？我举目无亲，被自己的母亲抛弃了，被我的同胞抛弃了，被日本抛弃了。

你虽然成了一个失去记忆的傻子，但你知道怎样野外生存，你在伞包里找到一把军用铁锹，在大地里挖了一个坑，我们白天躲在坑里，夜晚出来找吃的。后来，我被一个老头发现了，他猜出了我的身份，将我领进了村子。后来，你竟然自己找到村子里来了，你到村子里找我。多奇怪啊，你什么也不记得，但你知道找我。再后来，你妈妈来了，你们满族人叫额娘。你额娘找到了你，她把你领回了洗马村。再后来，我到洗马村找到了你，你额娘收养了我。她让我叫她妈妈，教我说中国话。我知道她想从我嘴里打听你的经历。可是学中国话有一个过程啊，没等我学会，她就死了。

我是你妈妈的干女儿，妈和爹死后我成了军烈属，农会照顾我们的生活。虽搞不清你的身份，但人们愿意相信你是赵柳枝的儿子，没有人愿意和一个傻子为难。天可怜见，我们终于活了下来。

一个降落伞就像一朵蒲公英，如果降落伞最后没有打开，我将摔成一堆狗屎。如果落在苏联红军的地盘我会获救。如果落在先遣军的地盘我会怎样？如果落在日本人的地盘又会怎样？那是全然不同的人生吧？人生如此奇妙，满斗降落到了库雅拉河谷，这里是他降落的目的地。

后来呢？

后来你成了洗马村的守夜人。你额娘临死之前讲了你生命中的一种异能。

你的异能就是夜视能力啊。因为你有夜视能力，大跃进时你成了洗马村的守夜人。大炼钢铁，无数的高炉向天空迸射出耀眼的红色光芒，我们烧掉了一切铁器，善林寺里的大铁佛就是那年被送进高炉烧成了铁疙瘩。没有煤，人们就砍树，建小高炉需要头发，所有的小女孩都剃了光头，高炉需要引铁，这个词你陌生是吧？每个人都陌生。每家每户的锅都砸掉了，门锁和柜上的鼻子锁片都上缴了——能砸的都砸了。那场面真壮观，白天人海如潮，夜间一片灯火。大小炼铁炉，一个个，一片片，长形的、方形的到处都是。土炉子用木制风箱炉，炎天暑热，汗水加上烟尘，每个人的脸黑黝黝，很熟的人见面都不认识了。

你负责给同村的人送饭。你成了村子里的劳动模范。

我成了劳动模范？

是啊。你成了劳动模范。因为你有夜视眼啊。为了让庄稼长快一点，公社发出号召，做萤火虫灯笼。人们把萤火虫抓起来塞进灯笼里，让它们在夜晚代替太阳。你有夜视眼啊，你比别人抓得多。还有你在厕所里刨蛆比别人刨得多，打苍蝇比别人打得多，给羊和驴刷牙比别人刷得又快又好——

后来？后来就挨饿了呀。冬天一点粮食也没有，只有干菜，树皮。饿的滋味真不好受。大人的皮肤变厚了，浮肿以后像湿面团，一摁一个坑。小孩子个个大脑袋小细脖，大肚子，能看见肠子里的蛔虫。头发一片一片地掉，舌头肿了，牙花子流血，胳膊腿掉皮，村子里的人得了夜盲症，大标月亮的晚上像瞎子一样，走路拄根棍，什么也看不见。这时候，你的夜视能力又发挥了作用，通知人们开会学习的都是你，你挨家挨户地敲门，上门通知党的精神。夜晚，你在洗马河边巡逻，阻止想要自杀的阶级敌人自绝于人民。有一天晚上，你捉回来一只野猫，猫肉好香啊，吃着猫肉我就想嫁给你，嫁给你饿不死啊。

可是，还饿呀！

子善给了咱们家一草包苞米，想让我嫁给他。他是转业军人，又是公社的食堂助理，他有办法搞到粮食。所谓三年大旱饿不死厨子，多少年大旱饿不死当官的，他们有办法啊。

子善有办法，可我不想嫁给他。傻子都知道他是一个废人。

什么叫废人？

很难说出口。你不是外人，告诉你也无妨。抗美援朝的第二年，他的卵子让美国人打坏了，不好使了。该死的美国人，不好好在自己国家待着，你侵略什么朝鲜啊？

子善，不听声你能死啊？变态。我这罪什么时候到头啊？满斗，你说话啊，流眼泪有什么用？要哭，我的眼泪比你多。

我的话还没完呢，最可笑的是“文化大革命”开始那会儿，你参加了公社的宣传队，你抓住一只小喜鹊，一门心思地想让喜鹊唱歌说话。

麻烦就这样来了。隐藏再深的阶级敌人也会露出马脚。一个傻子不可能有这样清晰的想法。终于有人想起来了，你可能是一个苏联特务，或者是日本特务，还有可能是国民党特务，总之不可能是好人。红卫兵找我取证，我只能实话实说，我在向日葵地里第一次见到你，你从天而降，穿着黄呢子日本军服，手边一支手枪和一支转盘枪，你的衣服上写着日本名字，但名字好像不全，没有日本人只叫浩二的，可是你的名字真的只有两个字。

搞不清名字不要紧，这正好说明你的历史不够清白。你隐姓埋名，装疯卖傻，目的只有一个，潜伏下来，寻找和同伙接头的机会。

他们打你呀，快把你打死了。我去求子善，我答应嫁给他。你是我哥啊，我必须救你。谁不救你我也得救你。没有你和娘，我早就死在荒郊野外了。没有你娘我也活不到今天。

满斗，你别哭了，挺大个老爷们，鼻涕一把泪一把的，让人家笑话。你明白过来了，你总算能听明白话了，你总算清醒了。你糊涂了多少年啊？整整二十二年。

可是明白过来有什么好呢？你看他们又上门了，他们不会放过你啊！

来找我出证词的人每天排长队，他们从四面八方赶来洗马村。挨着末尾的人抱怨说，他还成佛了，我们无产阶级革命派要排号拜见他。

他们问我，姓周的到底叛变没有？

我回答，他是我党坚强的同志。

不对。

怎么不对？

混蛋，历史要在我们手里重写。你要按阶级斗争的需要写。

我再问你，姓李的到底叛变没有？

他是我党坚强的同志。

我党是你说的吗？你这个叛徒。

我生气了，我说，那你大老远地跑来问我干什么？

混蛋，你要按照我们说的回答。历史要在我们手里重写。

黑龙江的珠河县来了两个外调人员，他们到洗马村找到我，调查一个叫章喜的人。照片上的章喜秃顶，但我仍然认出他就是张二喜，他真的幸运地跑回了家乡，改名换姓隐藏起来。张二喜没向日本人出卖我，我的心里竟对他产生了一点感激。我很担心他的命运，不长时间，负责任的调查人员给我寄来了感谢信，信上告诉我，张二喜已被揪出来打成了历史反革命。

历史要重写。历史会重写吗？

不去想了，想也没用处。到了去赶尸的时间了。作为一个反动的牛鬼蛇神，洗马村革命委员会给我派了一个好差事，和王傻子一起看守洗马河。

一九六八年夏天，白瓦镇的十里八乡贴满了大字报，到处都是“向资产阶级宣战，永保红色江山”的标语，风里鼓荡着一股子血腥味，库雅拉江的江面上浮着一层铁锈般的油腻。库雅拉江春天深绿色，夏天杂进了浊黄色，秋天灰蓝色，可是从来没有过暗红色。大江的脸阴沉沉的，像一个老谋深算的阶级敌人，不断地将各种脏物翻腾出来，呕吐出来，为了将浮尸抛得更远一些，不耐烦的江水泛滥了，淹没了堤岸边的灌木丛，水葱和蒲草几乎看不见了，在水草中筑巢的水鸟无助而凄凉地在风浪里颠簸。

洗马河流经洗马村的河段每天都有尸体漂过，他们当中有自绝于人民投河自尽的坏分子，也有武斗中被打死抛尸的造反派，还有各类冤死的死倒。我走过一段乱葬岗子，那里埋着许多无人认领的尸体。每次打捞到浮尸，我都要向革委会报告，如果三天找不到苦主，我就将尸体埋在乱葬岗里。

打捞上来的有主的尸体，我要按照家属要求进行尸体清理，尸体经过浸泡早已发胀腐烂，摸上去粘手，尸臭让人难以忍受。臭味钻进衣服，渗进你的皮肤下面，几天不散。这时候，圈河的黄烟帮了大忙，我一袋一袋地抽，希望烟味能抵住尸体的臭味和嘴里的腥味。

捞尸是个技术活儿，你要观察水流的速度，看水怎么流，判断江底的地形是石头还是沙地，看尸体是沉在下面还是被水冲到其他地方，根据水流速度判断尸体的位置。我用的工具有几种，网钩用于打捞沉尸，这是一种类似渔网的工具，网的四周密密麻麻套着很多钩子，打捞沉尸的时候，把网撒下去，如果尸体位置好，钩子就会钩住尸体，如同收网一样拉网，将尸体拉出水面。拉网动作不能太快，不能太慢，否则尸体可能被水流冲走。

打捞浮尸一般用长钩，长钩就是一根装有铁钩的长木杆，用长钩将尸体拉过来。

尸体打捞后就用到了绳子，把尸体套在船边和岸边。

沿河而下的尸体常常是裸体的，有的仅剩下些布条挂在身上，尸体有的肿胀得不成样子，有的骨骼折裂，肢体残缺，还有没脑袋的，要辨认出他们是谁非常困难。洗马河里的狗鱼经常将尸体的脸啃得乱七八糟，有的人的眼睛只剩下两个深窝，嘴巴变成可怕的窟窿。有时候我就想，这些嘴也曾经喊过爸爸妈妈，笑过，叹过，说过好多甜美的情话，喊过革命口号，背诵过毛主席语录，还可能絮絮叨叨地向人民请过罪，想起这些心里就难受。

和我一起赶尸的还有公社革委会花钱雇的一个傻子，人们叫他王傻子，王傻子的活儿比我利落，他负责的地段在我的上游，他只需将搁浅的尸体推进河里让死尸继续漂流就算完成任务。

王傻子比我年纪大，穿一条露屁股的大裤衩，他是一个花痴，最喜欢赶女尸，小孩子们特别喜欢戏耍他，看见尸体顺流而下，就跑进村子里去找王傻子，告诉他来了一具女尸，王傻子飞快地跑向河岸，如果不是女尸他就举起杆子追打骗他的小孩子，坏小子们一边跑一边笑。

香瓜罢园的时候，一列插满红旗的火车开进了库雅拉河谷。白瓦镇的红卫兵小将们抓回了逃亡地主的儿子、卖国投敌大叛徒、反革命修正主义分子、资本主义复辟反革命逆流罪魁祸首，时任黑龙江省政协副主席的杨云清。

杨云清被揪回白瓦镇批斗的第四天我就见到了他，确切地说，我见到的是他的尸体。

阳光熟睡在堤岸上，晚霞铺满江面，红蜻蜓飞满天空，我坐在一棵柞树下面盯着江面抽烟，阳光反射水面，反射出粼粼的光芒，眼睛刺痛，不自觉地流出泪水。就在我十几米开外的草丛里躺着一具女尸，是我下午三点打捞上来的，当时她脸朝下漂在水里，几只水鸟围着她，她至少已经死了三天，这种天气，三天以上尸体就会浮出水面，她的皮肤肿胀，看上去至多二十岁。人死在水里很奇怪，通常的情况下都是男人脸朝下，女人脸朝上。可是她为什么脸朝下呢？也许是害羞吧，因为死相实在太不雅观了。阳光的曝晒使她的身体有些发红，样子十分凄惨，可是我的手边连一块草袋片都没有，只好用一堆随手割下的青草盖住她裸露的身体。后来，我在一块烂礁石上发现了一套烂衣裤，一定是江水扒下了哪个死倒的衣服，衣服的上衣和裤子由一段绳子系在一起。我将衣裤盖在姑娘的尸身上。

已过晚饭时间，我的思绪散漫，我想起当年追赶花瓶姑娘坐着渡船前往圈河，河面上雾气弥漫，还有，我和额娘在马滴达的日子，按理说对于此时的景色我早已熟悉，不知为什么我觉得这一天和平日就是不一样，不同于以前的任何一个傍晚。

晚霞消失了，夜雾灰白。水鸥嘎哑地叫着掠过水面，飞得恓惶慌张。水面不时掀起一朵大大的水花，那是一条鳇鱼跳出了水面。我不敢看草丛里的尸体，我害怕进入她的梦境。她的梦境一定十分凄惨恐怖。

这一晚，我又记起了李良师父的话。满斗，你经常会进入别人的梦境，说明你还没有学会约束自己的灵魂。作为一个萨满，即便在梦中，你也要控制自己的灵魂。

说这话的时候，师父把他的铜镜放在我的枕头下面，免得鬼孩造访我的梦境。

这一晚我的思绪十分散乱，月光铺满了洗马河，月光下的洗马河像路一样通向远方，我想我应该回家了。这时候，我发现有一个人坐在我的身边。

我认出来了，他是杨云清。

杨云清在哈尔滨做大官，他怎么会忽然出现在洗马河？悲凉从我的心底腾地冲到嗓子眼，他一定是死了。

“我前天回来的，家乡变样了。”杨云清的声音比活着时细弱，他的头发乱蓬蓬的，衣服皱皱巴巴，脸上露着讨好的笑容。

“满斗，给我袋烟抽吧，我的嘴里苦，苦的滋味真难受。”

我给他卷了一支烟，点上递给他。他贪婪地大口大口地吸烟，最后将烟蒂狠狠地吐到草丛里。“我就是不同意他们的观点。我不是走资派，我不是反革命。说我是特务我承认，但我是革命的特务，说我为苏联人做事，但他们当时还是革命的，他们帮中国人打日本人，我这个特务是为中国人当的。那时候苏联的领导人是斯大林，不是赫鲁晓夫。满斗，我是共产党员，我是坚定的无产阶级战士。”

我又给他卷了一支纸烟，圈河的黄烟真是好东西，空气中死尸的臭味淡了许多。我不敢看他的脸，我怕自己冲撞了这个可怜的无助的魂灵。

“我要证明我是革命的，我要证明我是热爱伟大领袖毛主席的。毛主席啊，我要排除万难，去争取胜利。自信人生二百年，会当击水三千里。历史是人民创造的。历史的发展是不以人的意志为转移的。毛主席啊，我和我的战友们都是你的学生，你永远的兵。”

“战友们，你们都站起来吧，我们再为他老人家跳一支舞。”杨云清站起来冲水里招手，月光下，十几个人手拉着手站在波浪里，他们的身上出现了黄色的光晕，转眼之间，河面上出现一朵盛开的向日葵花，硕大的花盘旋转着，露珠飞溅，渐渐地，白色的露珠变成了红色，我知道了，那不是露珠，是这些亡灵的泪水。

满斗的泪水流出来，满斗痛恨自己不是一个合格的萨满，他的话苍白无力，满斗说：“你让他们停下来吧，不要再跳了。死人跳这个会再死一回的，他们不相信你们是好人，我相信。”

“满斗，你说什么？你说谁是死人？”

“你们不是死人吗？”

“我死了吗？我真的死了吗？满斗，我想过被日本人打死，被国民党打死，也想过死在鬼子的监狱里，被他们吊死，被炮弹炸死，想过被活埋，被烧死，就是没想过被斗死，被羞辱死。满斗，我死得好苦。”

江水里，旋转的向日葵花伴着呜咽瞬间凋谢了，我真后悔说出真相，杨云清的身体一点一点地肿起来，他的呼吸声大得吓人，像乌鸦嘎哑的叫声。他慢慢地倒下去，衣服像蛇蜕一样堆在地上，人已经不见了。

我醒来月亮刚好升上库雅拉山山顶，月光像梦一样铺满江面，虫声嘶鸣，蛙声却如梦呓，夜飞的鸟无声地划过江面。我的双腿酸麻，身上冷汗淋漓，像水里洗过一样。

我走到附近的一个捕鱼人的窝棚，躺在一堆乱草里，草湿漉漉的，潮气直扑后背。月亮周围生出一圈白点，明天早晨会有清霜。

乌鸦是一种神鸟，它们能闻到腐烂的肉味，太阳刚刚冒红，乌鸦就造访了昨晚我坐过的地方。它们叫个不停，一只乌鸦挑衅地飞过我的头顶。

我一眼看见了那些尸体，十几具尸体围成一圈，浮在水面上，远远地看去像一个花圈。我划上小船靠过去，我看清楚了，这十几具尸体由一根绳索拴在一起，绳子系住每个人的手腕，因此他们围成了一圈。他们中有老有小，有男有女，一个女人的另一只手抱着一个一岁大小的孩子。

那天下午，白瓦镇革委会一辆解放牌汽车开进了洗马村，车上坐着二十多个红卫兵，他们在洗马村召开了一场特殊的批斗会，批斗的对象是那些死者。两天前的下午，红卫兵小将们将包括杨云清在内的十几个历史反革命押往马滴达的批斗会场，他们渡过洗马河的时候渡船侧翻，船上的人统统落水。和坏分子一起淹死的还有两男一女三个红卫兵。

红卫兵小将为自己的战友举行了悼念仪式，他们将三个花圈摆在村口的白榆树下面，二十年前，那棵树上曾悬挂过土匪王良的头颅。红卫兵们将杨云清等人的尸体解开绳子排成一排，他们冲这些尸体高呼口号，将沙子扬在尸体的脸上身上。

满斗没去参加批斗会，他另有任务。他去回答一个问询，为什么能将坏分子的尸体打捞上岸，却找不到红卫兵的遗体？足见他的心肠有多坏。小将们责令他在天黑之前找到三具遗体。

女孩的尸体不用找，就躺在岸边的草丛里。满斗领着两个学生去河边验明死者的身份，死者躺着的地方，一大早开出了一片蓝色的鸡冠花。

第四十三章　灵魂树

素珍来找我，好容易——说出一番话——她怀孕了。

“这是好事啊，素珍，我要当舅舅了，这是这些年最好的消息了。”

素珍满脸通红，鼻子尖冒出汗水，她说：“满斗，你真糊涂还是装糊涂？我是不能怀孕的。”

我忘记了子善失去了生育功能。

沉默了好一会儿，忍不住问她：“那么，谁是孩子的爹呢？”

素珍哭了，哭成个泪人，“我不能说，满斗，我不能说，说了我们就都完了。”

我沉默了，不知道这事应该怎么办。

“我想把孩子生下来。满斗，我想要这个孩子。”

“子善知道吗？你怀孕的事。”

“他知道了，他问我孩子是谁的。”

“你怎么说的？”

“我对不起你啊，满斗，我说了，我说是你的。”

清晨五点，天蒙蒙亮，我从水缸里舀了一瓢水洗脸，水温吞吞的。我点着一袋烟，得好好想想这事应该怎么办。这事不好办啊，我是谁？一个坏分子。子善是伤残军人，战斗英雄，他的睾丸是被美国人打烂的。素珍给我出了一个大难题。

那个干坏事的小伙子出现在我的身后，他的全身被露水打湿了，在清晨的薄寒里抱着肩膀打哆嗦。他姓韩，叫韩造反，反动县长韩玉阶的孙子。韩玉阶在一九四九年被镇压，枪毙在白瓦镇的西门外。小伙子穿着一条黑单裤，一件黑褂子，光脚穿一双胶鞋，像一棵豆芽菜，他比素珍小十多岁，我实在想不出素珍怎么会看上他。

韩造反说：“满斗，我送你双鞋，这是我家最好的鞋，黑锅我不能让你白背，我将来一定报答你。”

我说：“你还是想想素珍吧，她以后怎么做人呢？”

韩造反说：“满斗，如果你认了自己是强奸——”

韩造反说：“素珍救过你的命啊，你不会见死不救吧？”

我说：“这主意素珍知道吗？”

韩造反说：“她不知道，这是我自己想了几个晚上想出来的，你是坏分子，不怕再多个罪名。”

“可是这罪名太丑了。”

“满斗，素珍是你在这世上最后的亲人，你自己看着办吧。要是你不认强奸，她就得定通奸，当破鞋游街。满斗，你看着办吧。”

我说：“造反啊，你咋像个没事人似的？”

造反跪下了，跪在草棵里，一把鼻涕一把泪，“满斗，我错了，可我就是认了也救不了素珍啊，日本崽子和地主崽子通奸，你想想这罪名多大呀！那样素珍就得挺着大肚子游街。满斗，你救救素珍吧。”

一九七〇年，我多了一个罪名，我成了强奸犯。作为一个无耻的强奸犯，我被抓到白瓦镇参加阶级斗争巡回展。

一听阶级斗争巡回展，你一定以为展出的是阶级敌人向无产阶级进攻的新证据和宣传板，比如，枪支啊、匕首啊、反动组织的章程、纲领，破坏社会的证据呀什么的，告诉你，这个展的展品是人——活生生的人，多么生动，多么直接，多么深刻，多么刺激，刺激你的身心，震撼你的神经，就像展板上说的那样。

这个展览的发明人正是韩造反，他是白瓦镇可以教育好的青年典型，他一人包揽了设计和美工两项工作。

展览地点在白瓦镇的灯光球场，长长的一条走廊，贴满了大字报和红色的标语，一共十个展室，展品五花八门。

有必要将十个展室的展品细些分类。第一展室展出的内容是现行反革命，一共展出五个人，他们分别是卖国贼、漏网反革命、反革命野心家、反革命阴谋家、反动组织重要成员。

第二展室是历史反革命，一共展出十五人，他们分别是反动军阀、漏划地主、漏划右派、伪军官、伪宪兵、反动军官姨太太、反攻倒算的阶级敌人、妄图变天的阶级敌人、美蒋特务、军统特务、潜伏特务、苏修特务、特务嫌疑。

第三展室是新生的资产阶级，一共展出七人。他们分别是资产阶级反动思想代表人物、走资本主义道路的当权派、顽固不化的走资派、死不改悔的走资派、反革命野心家、两面派、顽固坚持反动立场的死硬派、资产阶级孝子贤孙。

第四展室是封建残渣余孽。一共展出七人。他们分别是反动堡垒祖师爷、反动会道门会首、孔老二的孝子贤孙、地主阶级孝子贤孙、封建余孽、深夜读孔孟的封建残余势力。

第五展室展出的是跳梁小丑，一共八人。他们分别是保皇狗、流氓犯、流窜犯、跳梁犯、劳改释放犯，赌博犯。

第六展室展出的是反动权威，一共九人，他们分别是戏霸、学阀、反动文艺权威、反动学术权威、文艺黑线骨干、汉奸、叛徒、内奸、工贼。

第七展室展出的是坏分子，一共七人，主要是巫婆和神汉。

第八展室的展品是小爬虫，一共三人，他们分别是小爬虫、革命两面派、走白专道路的小人物。

第九展室的展品是没有改造好的坏蛋，一共六人，包括没有改造好的牛鬼蛇神、没有改造好的四类分子子女。

第十展室是流氓犯，我是第十展室的展品。和我关在一个展室的包括我在内一共六人，陈姓梦奸犯二十岁，长得很单薄，是水泥厂的工人。二十天前的一天夜里，他梦见和一名女工发生了关系，第二天他到处讲，讲了许多梦里的细节。那名女工烈性子，干脆自杀了。他被抓了，开始定了反革命强奸犯，有人提出异议，说毕竟不同于真的强奸，最后定为反革命梦奸犯，判了十年徒刑。王老头是春化的农民，他的罪名是奸尸犯，有人觉得不雅，改罪名为反革命不讲卫生罪。姓张的小伙是反革命情书罪，他在给对象的情书里面抱怨政府，被女友揭发，判了三年刑期。反革命谋杀亲夫野鸳鸯是一对四十岁的男女，合谋杀害了女人的丈夫，判了死刑，女的哭得双眼红肿，他们是最不值得同情的人。第六个当然是我了，一个可耻的强奸犯。我趁赵某某熟睡将其强奸，致其怀孕。

展板写好画好，我们挂上各类牌子正式展出了。清早，看守所的大门打开，我们戴上手铐脚镣被押到展览地点，不长时间，接受阶级斗争教育的干部、学生、工人、农民，还有白瓦镇的居民陆续进来参观。他们情绪激动，斗志昂扬，一天之中我们要接受一百多次批斗，每个展室配一名讲解员，解说词听起来惊心动魄。

阶级斗争巡回展引起了巨大轰动，为了扩大战果，白瓦镇革委会决定将展品分拆展出，我的展出地点没变，仍然在镇子里的灯光球场。

有一天，韩造反找准机会悄悄地告诉我，素珍的孩子没保住，此前她用尽各种办法打不掉孩子，等她想留下孩子，胎儿却自己流掉了。

那天我哭了，我的罪白遭了，我的羞耻变得毫无意义。

就是那天早晨，一个女人被押进我的展室，她的头发散乱，脖子上的牌子写着罪名——反革命小白鞋。

小白鞋的名字叫王海燕，德惠村的农民，作为一个农民，她竟然穿一双白球鞋，脸上抹白粉，独身一人，拒不接受革命群众的求婚，那她不是一个女流氓是什么？

那天下午，王海燕抬起头，她不自觉地看我一眼，就这一眼将我们两个都吓坏了，我张大嘴巴，好半天闭不上。

她是——苏念。

那个手握双枪的女匪早已隐身于时光的烟云之中了，那个美丽的姑娘早已成为我遗忘的梦境。哦，我的花瓶姑娘，我的苏念姐姐，我仇怨交织的腻儿。眼前的王海燕失去了当年的风韵，她老了，脑门有了深深的皱纹，脸色苍白，头发没有光泽，腰弯了，光着脚穿一双给她带来屈辱的回力牌球鞋，鞋面被红卫兵夸张地涂上厚厚一层粉笔灰。在恶劣的环境下想穿一双干净的球鞋，这可能是她过去岁月的唯一留痕。哦，你能想象，在这样一个特别的地方见面，我的心会掀起怎样的波澜。生命的滔天巨浪将我吞没了，我的呼吸困难，就像当年罂粟谷的春天，罂粟谷的夏天，罂粟谷的冬天。

来不及去记忆深处寻找过去的温情和思念，来不及了，来不及了，又一批参观者走进来，他们对我的腻儿指指点点，对我破口大骂，他们骂我们是一对狗男女，人渣垃圾臭流氓。苏念的脖子红了，她颤抖着，几乎站立不住。

千百双无产阶级的火眼金睛照亮了展室最阴暗的角落，我找到了苏念不愿抬头的原因，她的罪名是流氓，就是说，她的真实身份尚未被人识破。想到这儿，满斗倒吸一口凉气。

外面下起了倾盆大雨，空气湿漉漉的，参观的人渐渐散去，难得的休息时光，我坐在水泥地上，平伸开麻痛的双腿。

我轻轻地呼唤："苏念姐姐，是你吗？"

没有应答，她像筛糠一样颤抖。

"我是满斗啊，姐姐，你认不出我吗？"

"我叫王海燕，你认错人了。"

"你撒谎，你敢抬头看我一眼吗？"

"我们最好别说话，当心有人听见。还有，我不和强奸犯说话。"

满斗的脸红了，他忘记了身上的罪名多么可耻，尤其面对昔日的女神。

多少天来，满斗第一次辩白："我替人受过。我没有强奸。"

她抬头看我一眼，很快低下头去。

多么复杂的眼神啊，慌乱，绝望，警惕，只是没有信任和温情，哪怕有一丝怀想也好。

我们各自想着心事，不再说话。

命运啊，你给了我一个什么样的礼物？经过了这么多的磨难以后，我终于见到过去的亲人，可是温情不再，连一丝一毫的信任也找不到了。

信任太艰难了，我们当初是怎么做到的？我想起了王良寨薄烟弥漫的日子，想起了祖先坟里那些绝望的日子，我们让对方睡觉，另一个人睁大眼睛，她白天，我黑夜，把生命交给另一个人，这是怎样一种信任呢？我知道，一些时刻我们会放大自己的信任，但能怎么办呢？那是希望，那是冬天里的一小团火苗，你指望它成为一轮春天的太阳吗？或许，那真的不是信任，只是我自己的幻想而已，一只蚊子的唇针，指望它刺透一件酸臭的皮袄吗？

以为在爬山，真实的情况是，我们正走在自己的陷阱里。不要以为我说梦话，越是聪明的人，这病越严重，世人无一例外。

清醒的时间，我们拥抱对方，生怕失去，我们希望太阳永远不要落下，蚊蚋不要飞起。我轰赶蝴蝶，赶开枝头叫喳喳的黄鹂鸟，生怕惊扰她的梦境，我们盼着战友们快点回来，又怕他们回来。苦难没有尽头，绝望没有尽头，炎热的八月，我们身上冰凉，汗水都是凉的，她的经血都是凉的。远处的乌鸦飞起来了，搜山的日本人出现在对面的山头。

昨夜，发现一头野猪走过的蹄印，蹄印比我们煮水的搪瓷缸子口大。我们多长时间没喝到热水了？上一次喝热水是好久以前的事。我们忘记了热粥是什么滋味，想吃一点软的，除非我们彼此嚼给对方，我们真的嚼过呢，苏念的口水那样的甘甜。她在睡梦中蹙起眉头让我心痛不已，她梦见什么了？如果不是怕敌人突然出现，我真想进入她的梦乡，去赶开惊扰她的一切生灵，哪怕是一条狼。

那些绝望的日子，那些开满金达莱的日子，那些漫天的雨水，那些满山的涧水，那些血水和泪水。

分手那天，她和陶玉成的背影消失在山路的拐角处，一棵枯死的松树后面。我绝望地瘫倒在泥水里。我盼着她回头，她没有，没回头，再没有回头。

二十多年过去，我们没有重逢的喜悦，只剩下猜忌和警惕。

我知道，她怕我出卖她。我感受得到，怀疑从她的头发梢向下流淌，就像春天的稀泥，就像粪坑外溢的尿水流进毛细血管，流进曲曲弯弯的肠道，从臭烘烘的汗腺泄漏出去。

留住信任，留住最后一点温暖。

雨小了，暴雨过后的湿凉，走廊的水泥地扑嗒扑嗒的回声，污渍斑斑的墙，警惕的眼睛，有人大声咳嗽，又一批参观的人到了。

夸张兴奋，吵吵嚷嚷，有人喊口号，踏上一只脚，再踏上一只脚，永世不得翻身。

我的手脚冰凉。

生活的大戏，所有的花瓶都砸碎了，我们无处躲藏，所有的镜子在阳光下晃天晃地，不让任何一粒有病的灰尘留下阴影。

傍晚来临，回看守所的时间到了。她在前，我在后，她的背驼着，又瘦又小，楚楚可怜。我们走出展室，来到院子里。灯光球场的院子积着一汪一汪的水，我和苏念最后对视一眼，分别攀上各自的卡车。苏念的白鞋沾满狗屎样的稀泥。

躺在看守所的板铺上，满斗一夜未合眼，百感交集，造化弄人不该这么个弄法，他哭了，他的哭声惊扰了别人的梦境，另一个强奸犯狠狠踹他一脚。

满斗盼着天亮，那样他就可以和腻儿在一起了，即使是共同的难中，可毕竟是在一起啊。满斗发誓不再叫她苏念，叫她王海燕吧。还有，一定找机会告诉她，如果这世上还有一个可信的人，就是我满斗。我绝不会出卖你。

我的腻儿，我的花瓶姑娘，我的苏念姐姐——

第二天，流氓犯的展室只有我一个人，终于没忍住，大着胆子问我的讲解员——女流氓怎么没来？满脸不屑的讲解员不屑回答我的问题，她狠狠地啐我一口，“你真是个臭流氓，”小丫头瞪圆眯缝眼，“这地方还想和女流氓关一起。”

讲解员说，“你见不到她了，不妨告诉你，她是一个比你隐藏更深的坏家伙，是一个随时想变天的历史反革命。”

“你知道她是谁吗？她是隐姓埋名二十年的女土匪，苏念。当年她威风着呢，为救她的悍匪丈夫王良，她敢带人攻打白瓦镇。你的脸怎么白了？这名字吓到你了？”

两腿发软，大汗淋漓，瘫坐在地。

讲解员没好声地喊起来：“郎满斗，你给我站起来，你怎么瘫了？装可怜吗？快来人啊，流氓犯郎满斗死了。”

再见苏念是十天以后，一起被押赴刑场的路上。她脖子上的牌子画着红叉，那是判处死刑的标志。我的牌子上没有，我是陪法场的小犯。枪毙要犯的时候陪上我们这等小角色，让枪声震慑我们这样的坏分子，这种惩罚方式学名叫陪绑和陪法场。

刑场在白瓦镇西门外一片乱葬岗，押解犯人的卡车只能开到乱葬岗附近一个废弃的砖窑，乱葬岗距我们下车的地方有很长一段距离，我们一共十几个犯人，互相牵扯着向前走。

我们跨过一条小河，一条长满拉拉秧的小河，远处，有人在河里摸鱼。我和苏念肩擦着肩，她在发抖。我们沿着溪流往前走，前面一排白榆树，树上有数不清的乌鸦。讨厌的苍蝇和蜻蜓如影相随。警察们竟然这个时候想起来让我们喊口号。一二一，一二一。犯人们勉强抬起头，脸红筋胀地跟着喊。苏念也在喊，她的声音很小，很细，像一根细铁丝一下一下扎我的耳膜。我想跟她说一句什么，周围都是解放军，小伙子们的目光里有仇恨，偶尔有一丝怜悯，马上又被仇恨所替代。我不敢转头，只用眼角瞟一下我的腻儿，我们的目光相遇了。她泪光闪闪。

走上一段烂泥路，她的步子不稳，几乎滑倒，一串人都倒下去，似乎是有意的，没有人想往前走。我本能地去扶她，两只手碰到一起，她的手冰凉冰凉，热气早已消散。她浑身发抖。踩到一块石头，她的右腿跪下去，将前面的人拉了一个大趔趄。

世界葱绿，乱葬岗的上空飞过老鹰。云影倏忽。我想问候她，可是说不出来。说什么呢？还能说什么呢？

路太短了，很快到了目的地。我刚刚站下，就被后面狠狠的一脚踹中腿弯，我跪下了，头被摁在草丛里，红茅公草的草尖刺进我的鼻孔，我打不出喷嚏，我使劲儿啃嘴巴下面的泥土，和着泪水吞咽，我希望被土噎死，一了百了。

我受够了，真的受够了。

活着是多么没意思的一件事，我想死，把我一枪毙了算了，让我和我的花瓶姐姐一起上路吧。

我的耳边响起枪声，比雷声还要响的枪声。

我被判了五年刑期，服刑监狱在吉林省镇赉县的四方坨子。这中间发生了两件事，第一件，我服刑的第一年夏天，素珍来监狱看我，她的脸色比我还憔悴。素珍告诉我，她的孩子没保住，我作为展品每天接受批斗那段时间，她摔了一跤，孩子流掉了。

这件事满斗知道，但他忍不住又哭了一场，素珍的孩子没了，他的牺牲没有意义了。

素珍说：“满斗，我欠你的太多了，等你出来我就和子善离婚，嫁给你，只有这样才能还你的情。”

满斗说：“素珍，你这样说说我就知足了。”

素珍走后，满斗想到了自杀，可是监狱的管理太严密了，想死没那么容易。有一天满斗想开了，他想如果自己真自杀了，素珍怎么活呢？不能让她内疚至死啊。

另一件事，监狱附近的嫩江发大水，监狱整体迁移，长长的犯人队伍走在洪水冲击的大堤上，和我一个队的盗窃犯跳进洪水想逃走，跳进去再没浮出水面。成群成群的老鼠挤在大堤上，还有蛇，卷成一团一团的蛇。狱警小肖掉进水里，我想也没想就跳进嫩江，我将小肖救上岸。因为救人的壮举，而且救了一个狱警，我减刑了，提前两年出狱。

我回了洗马村。除了洗马村能去哪呢？

子善是洗马村的大队书记，见面扇了我一耳光，和小时候在马滴达打鸟时下手一样狠。

子善说：“想不到你这个东西让我当了王八，我知道素珍对你好，冲这你也不能住在村子里，我不准你们见面，你听清楚了。满斗，现在有一个好活儿给你，可以不干活儿挣工分，你去看山护林吧。”

我扛起铺盖上山了，我早已学会了忍受孤独。

我成了洗马村的护林员。住处是库雅拉山脚一座石头房子，前面一片很大的山坡，光秃秃的。房子后面一片红松林，松树可是好树种，长得又高又直，我的职责是防人们上山伐树。这活儿很好干，村子里掀起了新一轮革命高潮，人们忙得很，没有人上山偷树。

一天中午，例行巡山，在一条山涧边休息，我看到了那棵“走树”。

老柳树原本长在南山窑沟门的山坡，五年前被山洪冲到沟膛，挂到一堆万年蒿上，从此斜躺河边，被淤泥带着，在河里爬着长，每年都会“前进”。从树木的胸径和冠幅看，它有一百岁了。这棵树生长过程中，重力使其前端下垂，着地生根，背部一段段萌发长出新枝条，原树干逐渐腐烂消失。植物趋光和趋水性的作用下，这棵树围绕河沟“走”了起来。

我在“走树”旁边睡着了，我梦见李良萨满来到我的身边，他比活着时老了一点，胡子白了。我抱住他放声大哭：“师父，你去哪了？满斗想得好苦啊。”

我的师父笑眯眯的，他说：“我一直在你身边啊。”醒来，我发现自己躺在

“走树”下面，满脸泪水。当时，你想不出我有多欢喜，我搂着“走树”大哭一场，比没娘的孩子哭得更伤心。我的心一下子满了，这世上，我不再孤单一人，我找到了新寄托。自从送别我的神灵，我从未像今天这样快活过。

我给“走树”起了名字，我叫它李良树。

一九七六年，我开始“种植”我的亲人，种植灵魂树。

我漫山遍野地寻找心仪的树苗，我选择的方式主要看缘分和当时的心情。有一天下午，一条清亮的山涧边，三只虎皮伯劳在树枝上蹦跳，冲我鸣叫，我走过去，杂树棵子里，我找到了伯劳粗笨的巢，里面十多个淡粉色的伯劳蛋，蛋上面缀着淡灰色的杂斑。我笑了，这三个不懂事的胆小鬼，把老满斗看成什么人了，我怎么会毁它们的窝呢？我冲它们招招手，走回到小路上。这时候，我看见石头堆里长着一棵小柳树，小树苗比一支大毛笔的笔管粗一点，枝叶嫩得让人心疼。我小心翼翼地将小柳树拔出来，小树的树根只有一点点土。我用衣服包起小树苗，免得它被太阳晒伤。我抱着小树来到我的山坡，将它种植在李良三十米开外的一片鸡冠花丛里。我将这棵柳树叫柳枝，柳枝是我的额娘树。

我选了一棵挺拔的一年生的白桦做我的阿玛树。小桦树生长在一片杂树棵子边上，有一天早晨，我走过那片灌木丛，发现小桦树被半夜里刮起的大风连根拔了出来，仆倒在山路上。我将小树扛回来，种在柳枝二十米开外的地方，我相信这些树一定会长成大树，我必须留出足够的间距，免得树冠没有伸展的空间。

我想起当年和李良萨满为皇帝溥仪种树作法的情景，我是天空之子中的一个，我们围着桦树奔跑，那情景好像发生在昨天。新的事情记不住，对过去的事却一天比一天清晰，这就是老了的征兆吧？

露水打湿了蜻蜓的翅膀，晨雾笼罩着我的小山坡。走在山路上，土拨鼠冲我歌唱，露水又干净又清凉，生活平静绵长。中午，太阳升起来，山下的村道传来小学生的声音，“护林防火，人人有责”，孩子们的声音稚嫩悠长。午饭时间，山下炊烟弥漫，视野无遮无拦，我听见李良树长长地叹气，十几天没下雨了，我只记得给小柳树和小桦树浇水，忘记了李良树也会干渴。李良树的树根裸露的部分覆盖着一层灰土。我手搭凉棚四下张望，这时候，我才意识到，库雅拉山遭到了多么大的摧残，几乎可以说是遍体鳞伤。山上的大树从日本人时期就开始砍伐，日本人成立了林场，将合抱粗的大树锯成几段，放入库雅拉江，据说他们在库雅拉江的下游将大树拉上岸，想法运回日本。下一次破坏发生在一九五八年大跃进，大炼钢铁时干的，成批成批的树木从大山的深处砍倒，人拉肩扛地运到山下，后来人们嫌运输太费劲儿，干脆在山坳里修起土高炉，整棵整棵的大树被点着。后来，后来更麻烦了，林场成立了一个火柴厂，是啊，不成材的小树只能做火柴杆。后来，这事也闹不成了，林场的工人们成批成批地下山了，山上没有树了，他们得另谋生路。

现在？现在不就成了这副模样吗？山坡光秃秃的，好好的一片山成了秃山，山石裸露，水土流失。我忘记说了，还有一段呢，农业学大寨那年，靠近村子的山坡，被人们收拾得干干净净，连树根也挖出来了。修梯田，种水稻。还有更折腾的事呢，洗马村修梯田，为了造出梯田的样子，平地造高坡，费的那劲儿啊，梯田终于造成了，水稻种不成了，高地引水困难，人们只好给那块干旱的土地起了一个响亮的名字——小台湾。

还说大山吧，光秃秃的，真难看。

那天中午，李良树对我说，"满斗，抱怨有什么用呢？为库雅拉山种树吧。"

我的脸一下子红了，是啊，我种了额娘树和阿玛树，心里惦记着选一棵合适的美人松起名叫作苏念树，为什么这样自私啊？我忽略了这座山，山有生命啊！

晚上，我听见了大山的笑声，笑声嘶哑，我能听出大山很开心。

我回了一趟洗马村，将棺材铺的房产卖给了马老六，马老六一直占我的便宜，他家的篱笆快移到我家路中间了，我不和他计较，只想快点拿到钱。

在洗马村的供销社买了树苗，买齐锹镐和其他种树的工具，背两斤盐，我进山了。

人们很快把我遗忘了，是啊，谁愿意和一个有历史污点的强奸犯打交道呢？

那天，素珍来向我告别，她要回日本了。

素珍说："满斗，我找到父亲了，我要回日本了。"

素珍说："满斗，是我害了你。当时——"

满斗说："说这些干啥？我怪过你吗？"

素珍说："满斗，你人真是太好了。"

素珍说："我父亲叫荒木大郎，我母亲叫山口稻子。"

山口稻子出生不久母亲就去世了，她和继母关系不好，二十岁时她从日本的北海道来到长春，在满铁医院做见习护士，后来到一家西餐馆做店员，两年以后，她做了咖啡馆的女招待。她认识了满铁技术员荒木，稻子性格活泼，生活不够检点，荒木的母亲不喜欢儿媳每天浓妆艳抹。婚后第二年，稻子生下一个女儿，起名爱子。就在那年，荒木应征入伍。一九四六年，荒木走出苏联的战俘营，在中国的大连滞留一年后回到了日本。荒木和妻子再次见面已是一九四八年的秋天，稻子得了肺结核和花柳病，住在东京一家国立医院的结核病房。她告诉荒木，爱子死在逃难的途中。一九五四年，稻子的身体好些了，她和荒木办了离婚手续。

一九七五年，稻子临死之前告诉荒木，女儿被她遗弃在中国的白瓦镇，也许还活在世上。于是，荒木开始了寻女之路。

荒木委托到中国吉林旅游的日本妇女帮他打听女儿的下落，一个叫王荣的日本遗孤给荒木寄来了照片和血型资料，荒木从中发现了很多疑点，他决定到中国看一看。一九七九年八月，荒木到了中国，他没有见到王荣。当地的公安机关发现王荣根本就是一个中国姑娘，没有一点日本血统。

一九七九年秋天，荒木又找到一条线索，一个叫张云的姑娘给他写信，介绍自己的情况，有了前面的经验，荒木没有回信。他再次来到延吉，在延吉宾馆见到了张云，张云紧紧抱住荒木放声大哭。激动让荒木忘记了一切，他不停地说对不起。相隔三十年，再次见到女儿，荒木兴奋异常。回国后荒木向日本的厚生省提出认女报告，法务省认定张云入了荒木的户籍。荒木将材料寄到中国，同样的事情又发生了，张云还是一个中国人。

荒木错认过两次女儿，他见到素珍的第一面就知道这次不会错了，素珍长得太像稻子了。素珍记得和母亲一起生活的许多细节，他们很快就父女相认了。

素珍说："满斗，我要走了，我要去日本了。我这一去就不会回来了，你自己照顾好自己。"

素珍说："在中国我最对不起的就是你，你因为我受了那么多的罪。真对不起，满斗，你能原谅我吗？"

素珍说："我会念着你的，念你的好，念着你为我做的一切。"

素珍走了，她再不会回来了。

我种了一棵素珍树。

素珍树是一棵白榆树，榆树是耐活的树种，我从山后将这棵小树移植到我的房子前面，第二年春天，小树长出了榆钱，榆钱的颜色嫩绿带黄，有着透明的新鲜，我都不忍心吃一片。

狼树是一棵胡桃楸，是我为安放当年额娘杀死的那条土狼种下的。胡桃楸的树皮粗糙，裂有深沟，呈灰色。

我越来越脆弱了，总是不自觉地流泪，眼神大不如前。老就老吧，活这么大岁数已经赚到了，现在最重要的是将各种人情债一一还掉。这样做不但让我心安，还减去了我的孤独，你知道，一个人在大山里难免寂寞呀，有这些树说说话，心里透亮。

我种了一棵娜佳树，是一棵山丁子树。秋天，满树的山丁子红红的，像一树的萤火虫。

素珍走后第二年，子善死了，他死于肝癌。

我为子善也种了一棵树，子善树是一棵椴树，春天开粉白粉白的花朵。如果我会养蜂，一定酿出很好的椴树蜜。

一九八三年，我开始在我的山坡上种果树。我种了六十棵李子树，八十棵苹果树，二十棵苹果梨。树刚栽下遇到了大旱，附近的山涧里有水，我一连挑了二十天的水浇那些小树苗。后来涧里的水也断流了。那段时间，我只能跟树说话，安慰小树，我知道小树能听懂我的话。每棵树都有灵魂附体，虽然它们不会走，不会飞，但它们个个都有魂，能听懂你的话，看懂你的事。

我救不活那些树，就对树许愿，说尽了我能想到的最最好听的话。我说，小李子树啊，小苹果树啊，山涧里没有水了，我实在找不到新的水源，远处我也走不动了，你千万原谅我啊。后来，我的嗓子眼生了疮，像堵了棉花，我说不出话了，我用手抚摸小树的树干，我实在不忍心看着小树干死渴死啊，可是我没有办法。

旱灾终于过去了，可是三个月没下雨，一百棵小树只活了一棵。我伤心透顶，头发白了一层。

第二年，我又种下一百棵果树苗，幸运地成活了九十九棵。

第三年，果树开花结果了。那年的果子特别甜，一咬直冒水，个头不大，却压秤。

果树开花的时候，白色和粉色的花朵满山遍野，远看像云彩，近看像小孩儿脸，让人稀罕不够。花开时节，我的房子掩映在花海里，尤其到晚上，满屋浓浓的香气。

每棵树都有灵魂，你敬它一尺，它敬你一丈，有什么烦心事，只要一进树林，就全都忘光了。树用凉风，用香气，用沙沙的树叶声给你消愁解闷，它不说话，可又时时刻刻在说话。别人听不懂，我懂。

有了树，就来了鸟。鸟聪明着呢，它们选自己喜欢的树筑自己的巢，你看，我的额娘树上安家的鹰长一身红毛，而苏念树和阿玛树上做巢的鹰则长一身花白羽毛。还有那些蓝大点，那些花尾巴伯劳在果树林里飞来飞去。

长尾巴的喜鹊也来了，这一家共有三只，它们将巢筑在素珍树上。

素珍树榆钱纷飞，素珍，你在日本过得好吗？

村子里联产承包了，集体的东西都分给个人。分了牛，分了地，分完农具分马车。他们分给我一架旧座钟，壳子外面的毛主席语录上锈了，钞针掉了，分针和时针还是好的。这是村子里分给我的财产。

有一天，差不多全村人都到后山来了，这一次，他们要分山上的树木。后山的松树一共上百棵，好大一片啊，这山上的大树早在大炼钢铁的一九五八年就砍光了，这片树木是一九六五年种植的，树龄不到二十年。所有的松树都刷上了白灰号码，人们抓阄，免得粗细不均引起争执。即便如此，有四户人家因为交织树杈的归属打破了脑袋。村子里的人情比以前淡了，但这不是我关心的问题。夜里，我听见松林在哭泣，我知道，哭声大的树木会被最先砍伐。那些天，我睡得很少，每伐一棵树我的心疼一回。树啊，长起来不容易，砍伐却用不了多少时间。秋天来了，北风从后山刮过来，没有了松林的屏障，风大好多啊。冬天，大雪覆盖山坡，每一个树桩触目惊心。

后来，洗马河断流了三次。广播里说，黄河都断流了，库雅拉江算什么呢？库雅拉江毕竟是一条没有多大名气的河流啊。

后来，洗马河泛滥了五次。广播里多了许多新词，一个词叫厄尔尼诺，这家伙和恶魔耶鲁里一样，不是个好东西，搞得气候越来越不正常。不正常的不只气候，还有更荒唐的。

有一天，人们给后山刷了一层绿色的油漆，油漆味好难闻啊，熏得金达莱花和年息花都枯萎了，蓝大点和黄鹂鸟飞走了。油漆味散去不久，视察的领导到了。那天来的人好多呀，有一百多人。我敢断定领导受骗了，洗马村的人只有村书记一个，我认得的还有乡里妇联的三个人和两个计划生育员。他们经常到村子里组织开会，我被要求开过几次，后来他们懒得通知我了，是啊，计划生育和我一个孤老头子没有丁点关系。那些想生男孩却生了女孩的家庭挺遭罪，经常要跑计划生育，有八户人家因为超生被拆了房子。

还说领导视察的事。领导官多大没人告诉我，他的随员很多，一大早就有人上山清理现场。领导没去后山，他到前山来了。一个很胖很白的领导，很和蔼，笑眯眯的。他在我的果树下面穿行，站下和一个穿蓝衣服的人说话，蓝衣人是乡里的民政助理。这会儿，他扮演满斗，几十年如一日，在山里坚持植树造林的模范护林员郎满斗。

你问我怎么知道？民政助理昨天专程来看过我呀。他给我送来三十块钱，说是五保户的慰问金。不年不节的，乡上来慰问肯定有事情。

民政助理说话吞吞吐吐，他的胃疼病犯了，一脑门抬头纹，看上去像个诚实人。乡里找这么个人扮演种树的满斗，不算屈枉我。真难为了马助理，扮演别人不容易呢，和唱戏差不多。我高兴的是，领导看过了，我种的树保住了。

新节目开始了，领导挥动铁锹，他要亲自种植一棵树。旁边的人手忙脚乱地递树苗，浇水。小树植好，好多人拥上来和领导照相，好多记者，照相机闪光好耀眼啊。有人拿一块红绸布将领导用过的铁锹裹起来，那是把新锹，半个月以前我刚买回来，可惜了的。他们在我的房子前面忙了半小时，车队浩浩荡荡地走了。

领导种了一棵一人高的紫柏树，上面挂一个小标签，他们给这棵树起名中日友谊柏。山风吹来，小柏树树叶沙沙响，它向周围的树木打招呼呢。

好多天过后，我悟出了领导来南山视察的理由，洗马村周边只有我种下的这一片树林了。

仅仅几年时光，洗马河两岸面目全非，昔日河边灌木丛绿油油的，还有高大的杨树和白榆树，现在河堤光秃秃的，树木早已砍光。河流浊黄，像一条弯弯曲曲的粗泥鳅。河边的高处原来有很多坟地，现在玉米种到了人家的坟头，坟地里的树砍光了，祖坟旁边的树砍光了，人们这是要干什么啊？

洗马村的变化更大，村子里的树也差不多砍光了，阳沟里堆满垃圾，下雨天，雨水漫到泥路上来。过去的日子虽然清苦，但晚饭后人们聚到街上，点燃驱蚊的蒿草闲坐说笑，现在人们迷恋上了麻将牌，聚到一起只为赌钱。他们一边诅咒手气不好，一边无奈地抱怨空气中的臭味。

难以忍受的臭味来自村子西头的养鸡场。两年前，村上小学因为孩子不够开班人数被迫关门了，现在小孩子上小学一年级要到十里外的学校去。废弃的校舍引进了一家养鸡户，教室成了鸡舍。自打养鸡场建成，洗马村的美丽便已不再。原来环抱小学校的小溪清澈见底，如今溪水变成了黑色。几百个装满鸡粪的编织袋子堆在小学校的操场上，像一座粪山。小溪边的水塘早年开满荷花，现在改称鸡屎塘。养鸡场紧闭的大门下面有一条坡道，以便下雨天粪水自动排到溪水里去。黑色的溪水翻滚着污秽的泡沫。洗马村苍蝇乱飞，粘蝇纸上面密密麻麻都是苍蝇。炎热的夏天，家家紧紧关上门窗，以减少臭气的影响。女人们睡眠不足，情绪紧张，脾气暴躁。老人和孩子患上呼吸道感染、咽喉炎、鼻炎、肠胃炎。养鸡场承诺的粪便烘干机迟迟不能到位，村子里几个大胆的年轻人开始策划强奸养鸡场的女主人。结果是他们被养鸡场收买了，成了女场主的情人，轮流担当起养鸡场守夜的保镖。

一个戴眼镜的先生跑到山上找我，他自称是一个学者，学者大老田一脸沧桑，双眼发红，很疲倦的样子。他的调查方向是抗联史。

“老郎，你给我认真讲讲你们在苏联八十八旅的事。”

我给他讲了周保忠，讲了金日成，讲了杨云清，讲了秃手娜佳，他记啊记的，记得手都酸了，还让我讲。

大老田说：“你知道吗？韩淑英烈士陵园改游乐场了。”他的声音低沉，“老郎，你说陵园广告是怎么写的？今天游玩去哪里？还是烈士陵园。你说这是人话吗？我去见陵园管理处的干部，人家告诉我，就是要将烈士陵园建成一个集教育、旅游、休闲、服务为一体的多功能风景名胜区。”

大老田仰天长叹：“哦，名震敌胆的枫叶女士，风华绝代的一世英豪。”

回应他的是那棵枫树的哗响，枫树种在十米开外一棵苹果树旁边，五年前的一天下午，我想起了森林女王，然后遍山寻找，终于找到一棵胳膊粗的枫树，我将它移植在蛾子树旁边，总算给了这一对苦命人一个交代。蛾子树是一棵核桃树，秋天的时候，枫叶和核桃一起坠落，核桃落在枫叶上，等待你去拾取。自从移来了枫树，核桃长得个大皮薄，两棵树有感应呢！

大老田说：“对了，满斗，你就是一个活着的抗联战士啊，你不就是个英雄吗？我明天就到镇里反映情况，你有证明人吗？你还有战友活在世上吗？”

我说：“谢谢你了，咱们还是喝酒吧，知道我过去的人都死了。”

人们并没将我的过去全然忘记。有人想起来了，我是库雅拉河谷的萨满，曾经的萨满。

一个春化的妇女来找我，她说，一个神灵进入了她的身体，她请我接引她成为一个萨满。萨满，一个代表迷信的称呼，早被批臭了，现在竟然有人要成为一个萨满？这世界转了一个多大的圈啊。想成为萨满的女人四十多岁，高高的颧骨，薄薄的嘴唇，穿一身花哨的连衣裙。我告诉她，你找错人了，我不是什么萨满，我只是一个行将就木的老头。她失望地走了。

过了半个月，学者大老田又到山上来，这一次他的任务是田野调查，他的调查内容竟然也是萨满。他笑眯眯地给我讲起春化神婆的故事。神婆姓赵，不识字，可是她大病一场之后，忽然有了神力，她能够给人看病了。最神奇的是她抚摸了一个瘫痪一个月的病人，那个人奇迹般地好转了，不久就下地走路了，并且成了她的徒弟。

“傻子都能看出他们是骗子。一个装瘫，一个假治，可有人相信他们的鬼话。这就是时代变了，在毛主席那个时候，早把他们抓起来了。”

眼镜学者自觉失言，他给我讲了春化神婆的一个笑话来活跃气氛。

有一天春化神婆给一个木匠看病，不知怎么她劝通了对方脱光衣服接受她的神灵，她劝说木匠趴到她的身上，一男一女光身子还能干什么？木匠把自己的东西插进去，神婆给了他一耳光。木匠吓一跳，结果他听见身下的女人念起了咒语。

咒语念道：“你把这给神有罪过，你把这拿走罪更大。你就这么活动着，这才叫个神受活。”

大老田说完嘎嘎大笑，笑出了眼泪。他给我带了两瓶白酒，当场打开一瓶，他的酒量很大，人很风趣。他说政府正在实施一项计划，具体地说，要把库雅拉河谷变成旅游示范区。要开发旅游就要开发文化，学者说，我认真考察了，给组织写了报告。“库雅拉河谷的文化第一就是萨满文化，只要有人来旅游，我们可以成批地制造腰铃，制造手鼓，可以进行萨满歌舞表演。”

我告诉他，我早就不是什么萨满了，我只是一个蹲过监狱的人，被这个世界抛弃的人。

学者大老田醉醺醺地走了，他似乎忘记了我们上一次见面关于抗联的话题，他坚信我是一个萨满，并且是库雅拉河谷最后的萨满。他说：“我见过许多自称神灵附体的人，但我相信你和他们不一样。”

我被抛弃了，我是这世界上的一小片头皮屑，只差一次不经意的冲洗。我是秋风中一片干枯的树叶，只差一场风霜然后凋落。学者走后，我在院子里坐了好久。我能感受得到，一场新的秋凉正从大地的深处泛上来，将横扫一切弱小的生灵。

那晚，我做了一个奇怪的梦。

梦境青魆魆的，许多人乱哄哄地走来，他们中一些人手里举着点燃的白色蜡烛，一些人扛着锹镐，还有一些吹着唢呐，抬着大鼓，他们吹吹打打走过我的身边，走向山脚下蒿草遍布的坟地。他们在一座荒坟前面停下来，我认出来了，那是我师父李良萨满的坟墓。

天啊，就在音乐声中，有人向坟头挥起了锹镐。他们打开了李良萨满的坟墓，很快李良的骸骨被人们搬出了大坟，李良的骨头被搬放在草丛上面。从坟里扒出来的烂布片和棺木的碎片挖出来放成一堆。两个戴红袖标的女人用水清洗李良骸骨上的污垢，锣鼓喧天，唢呐阵阵，十几个人走上前去给李良的骸骨裹上一块白纱布。

人们闪开了，两个干部一样的人走上前去，他们蹲在裹好的尸骨前面，拿着发言稿絮絮叨叨地说话，我听不清他们说什么，但见群众频频点头，他们心领神会地鼓掌。有人边点头边展开笔记本记录，显然，坟地里在召开一个重要的会议。终于，两个干部站起来，他们退后一步，音乐重新响起，唢呐声中，四个穿军服的人扛起裹着尸布的李良向坟地外面走去。

庆祝活动正式拉开帷幕。人们载歌载舞，激昂的歌曲响起来，坟地四周一片欢声笑语。许多妇女走到烂棺材板旁边，她们虔诚地捡起一小片放进自己的内衣，放在嘴里像嚼一块甘蔗。有人在我的耳边说，这是人们的求子仪式，这样有利于怀孕。坟地外面，商贩们支起了货摊，小贩们向坟地里的人大声叫卖香烟和冰激凌。坟地不知何时变成了一个广场，红旗招展，锣鼓喧天，无数的人从四面八方拥来，一场盛大的酒会开始了，一些女人穿着婚纱跳起好看的舞蹈，孩子们举着一束束鲜花和彩旗高喊口号。

李良裹着白棉布的尸骸忽然立了起来，然后慢慢地飞升，就像传说中那样，再次飞向天空。广场上的人进入了狂欢，人们仍从四面八方涌来，潮水一样涌来。李良消失在蓝汪汪的天空，广场上响起震耳欲聋的礼炮，无数的彩色气球腾空而起——

满斗醒了，夜凉如水，月亮升上了库雅拉山的山顶。满斗一边活动冰冷僵硬的四肢，一边想着明天祭奠李良的事，想着该买什么样的供品。他想好了，他要在师父的坟前举办一个仪式，他要恳请师父帮忙，彻底送走满斗身上的神灵。

人与自然的关系割裂了，人与家族精神的关系割裂了，人和自然不再和谐，失去精神故乡的人们将彻底流离失所。

人类的本领已大过神灵，神灵们一定累了。

第四十四章 红布怪物

直到有一天，一架飞机从天而降——

白瓦镇新的历史开启了。

开启白瓦镇新历史的人是韩造反。韩造反回到白瓦镇那天，镇子里正在举办白瓦旅游节。

此前，白瓦镇初中的女学生刚刚表演了大型团体操，女孩们穿着紧身的泳装，若在往日，这样的节目必定大受欢迎，但今天不行，人们都翘首以盼，等待着重要时刻的到来。

为了营造欢乐有序的气氛，组委会从昨天夜里开始在灯光球场给早到的人发放食品，食品包括三个鸡蛋、两根香肠和一块面包。人群外围，一批警察学校的学生手拉手组成一道警戒线，有人骑着摩托车来回巡视。坐在灯光球场的办公室里，我清楚地听见《运动员进行曲》的回响，中间穿插着前几年刚刚流行起来的歌曲，歌的名字叫《春天的故事》，歌声高亢婉转，但是半夜听到，透着一股夜凉的味道。

昨天，乡里的民政助理来看望满斗，通知满斗必须在午夜前赶到白瓦镇的灯光球场。

灯光球场，这一地名唤起满斗多少记忆啊。满斗最先的感觉是——窒息。他的脸色灰白，脑门冒出一层冷汗。

民政助理轻拍满斗的肩膀，怜悯地说："你不要紧张，不批斗你。"

不批斗，不展览，还能干什么？

"具体的我不便说，大人物要接见你。总之是好事情。"

"大人物？什么大人物会来看望我这样一个孤老头呢？是上次你见的那个吗？"

民政助理尴尬地笑笑，他宽容地拍拍满斗的肩膀，"满斗啊，满斗，你真幽默。我还是给你留个悬念吧。"

满斗心酸地说："我老了，我谁也不想见。我想见的人都死了。"

民政助理咳了两声，压低声音："满斗，你记得洗马村有个韩造反吧？"

韩造反？我想起了那棵豆芽菜，我最后一次看见他是在阶级斗争巡回展的现场，他冲我讪笑了两次，我知道他想讨好我，怕我翻供。

"韩造反可是个人物喽，人家荣归故里，他是镇长好不容易请回来到家乡投资的大老板。我就奇了怪了，乡上村里这么多人，韩总点名只见你一个人，镇长指示我一定请到你。老郎，你好大的谱啊。"民政助理口气酸酸的。

民政助理说："满斗，乡里的车一会儿就到，你简单收拾一下，我们把你送到镇上去。车是乡长坐的轿车，满斗，你不要辜负领导们的一片心，一定说服韩造反将钱投到家乡来。"

开往白瓦镇的车上，民政助理悄声问我："满斗，看在我代表乡里给你送过钱的面子上，你老实告诉我，韩造反为什么单单点名想见你？"

我说："小马，你看洗马河的落日多好看。"

比锅盖大的夕阳铺在河水之中，彩霞满天，蜻蜓比早年少了许多，但还能看见一层金色的翅膀。

洗马河变得不认识了，树少了，鸟少了，鱼少了，河水一层锈色。河中心停着许多挖沙船，挖沙船造的孽多呀，这些年不知有多少大人孩子游泳时掉进沙坑丢了性命。

变好的是道路，和河堤平行的柏油路又宽又平，路边的花坛种着扫帚梅花和姜不辣，正当花期，夕阳中花开更艳。

"马助理，不是我不想告诉你，我从进了监狱就没见过他，韩造反这些年都干了点什么？他怎么就成了个什么企业家？"

"要说这个人真了不起，算得上白瓦镇的第一能人。更多的我说不清，只知道他当过兵，从军队下来自己干了个体户，这两年发达了。"马助理深深地吸口烟，叹道，"人哪，人哪！"

灯光球场比当年大了许多，"文革"期间阶级斗争展的展室现在是运动员的更衣室和贵宾接待室。我所在的接待室装修很豪华，看得出为迎接韩造反做了特殊布置。室内摆满鲜花，墙上挂满标语口号：欢迎著名企业家韩造反荣归故里！欢迎文化名人韩造反回乡造福！韩造反，你是白瓦人的骄傲！韩造反，白瓦镇的一张新名片。

我向窗外看去，灯光球场后面的水塘点亮了节日的彩灯，水塘现在有了个新名字，白瓦湖。湖边挤满了人，人们仍从四面八方赶来。和新赶来的人亢奋的情绪相比，球场操场上的学生安静下来，七彩纸花扔了一地。他们唱歌唱累了，东倒西歪，七横八竖，努力抵挡瞌睡虫的攻击，抵挡不住的人躺倒在地睡了过去。组织者不得不一次次鼓劲儿，嗷的一嗓子，一惊一乍地挑动士气。有人来给孩子送大衣，引起一点小骚动。灯光球场的水银灯冰冷地照在地上，照在人身上。

夜很漫长。这里曾经是艳粉街的路口，那是多少年前的事了？满斗的眼泪流出来，人老了，眼泪不值钱了。

天快亮时下了几滴雨，广场上乱了一会儿，很快云开雾散。更大的混乱来自黎明前的黑暗，眨眼工夫，广场东面出现了一个巨大的蒙着红布的建筑物，红布怪物的周围站着一排戴红袖标的年轻人，他们头戴军帽，穿着二十年前的军装军裤，腰扎一条牛皮腰带，每人手持一面红旗。

清晨来临了，广场上的主席台坐满了领导，扩音器发出调试音响带来的嗡嗡声。人们苏醒过来，广场像一锅沸腾的粥。马助理出去给我弄早饭，他迟迟没有回来，接待室的服务人员也消失了，满斗一个人坐在接待室里，人们好像把他遗忘了。

八点，准确地说，八点十分，广场的高音喇叭唱起昂扬的歌曲，鞭炮炸响，礼炮齐鸣，鼓声阵阵。但所有的声音被一个更大的声音压了下去——一架红色的直升飞机从天而降，飞机在广场上盘旋，巨大的风力将地面许多纸花卷起来，打成碎纸屑，纸屑雪花一样飘落在人们的头上、身上。广场掀起巨大的声浪，人们的欢呼声伴随着叫声，组织环节出现了不可饶恕的错误，广场上没有飞机降落的空地。主席台上有人下来，二十几个警察冲进人群，里面的人向外挤，外面的人拥进来。主席台上，镇长亲自发布命令，命令人们向后退，清出一块空地。每个人都变成了波涛汹涌的大海中的一片小树叶，身体轻飘飘的，头脑晕晕的，在几万人的人海中拼命挣扎，挤过来又撞过去，全身汗水流淌，每个人都十分紧张，一不留神就有可能被挤倒在地。真的不少人被挤倒了，也有人因为激动和流汗过多中暑倒地。人们嗓子喊哑了，汗水流尽了，鞋挤掉了，衣服撕破了。

飞机盘旋一圈，向西飞去，广场上一时安静下来。只安静了一会儿，飞机再次传来轰鸣之声，这次没有盘旋，弹跳几下，降落在广场中央。

韩造反出现了，他出现在主席台上，冲人们一遍遍地挥手，他是一个矮个子，秃顶，靠近主席台的人能看见他的一口烟熏的黑门牙，可是这算不得什么，他是这个新时代的英雄，理所应当接受欢呼和爱戴。

那一天，白瓦镇人见证了另一幕难忘的场面。大人物韩造反的十几个保镖从广场接待室里抬出来一个老头，他们让老人家高高地坐在一张椅子上，走向主席台。

坐在椅子上的满斗有如梦境，他被突然拥进接待室的人吓坏了，没反应过来已经被人们抬上一把高椅子，有人大声安慰他，让他抓紧椅背，不要害怕。因为，韩先生要在主席台上接见他，接见韩先生的恩人。

主席台上的人们都站了起来，迎接我这么一个莫名其妙的老头。

一个秃顶的中年人拉住我的手，“老郎，你不认得我了吗？我是造反，韩造反啊。”

韩造反大步走到主席台最前方的麦克风前面，他的声音尖厉洪亮，伴着浓浓的鼻音。

韩造反对广场上的人说：“我是喝库雅拉江的江水长大的，江水滋润了我的心灵，浸泡了我的童年，我的青年，我的梦想。”

韩造反小声对我说：“老郎，没有你就没有我的今天。”

韩造反仰天长叹：“不为家乡多造福，不配白瓦镇中人。”

韩造反低头小声叹息：“老郎，我说过要报答你，我说到做到。”

韩造反低声说：“我们要把白瓦镇建设成世界第一镇。我们要建设富裕的白瓦镇，幸福的白瓦镇，光荣的白瓦镇。”

韩造反说：“老郎，素珍死了，去年我去了一趟日本，我是她的遗产继承人。”

韩造反说：“乌鸦尚知反哺，我韩造反岂能不为家乡造福？”

韩造反说：“老郎，我答应素珍回报你，这是我们的生死之约。”

谜底揭开，岁月的疮疤连痂带血。满斗哭了，老泪纵横。韩造反哽咽了。

多么激动人心的一幕，多么感人至深的一幕。广场上一片片掌声，经久不息。

满斗的耳朵嗡嗡直响，他什么也听不见了，世界模糊不清。广场上再次掀起汹涌的波涛，广场东侧建筑物的红布徐徐拉下，一个巨大的黑色怪物显出身形。巨大的头，巨大的胸，巨大的肚子，头上有一对触角，胸前六足。

蚂蚁，雕塑是一只比两层楼高的蚂蚁。它是白瓦镇的新地标，新象征。

韩造反说：“中国早在三千年前就有食用蚂蚁的记载，今天，我韩造反要在白瓦镇推广蚂蚁养殖。蚂蚁体内含有多种氨基酸、蛋白质、丰富的酶和微量元素，以有机盐形式存在。我们要在蚂蚁体内提取金贵的营养素，辅以珍贵的中药材，用特殊工艺制成名贵的专利产品。我的目标是将白瓦镇建成中国的新药都。造福人类，造福子孙。”

韩造反说：“早在三十年代，我们这座镇子上一位伟大的女性，她就是我身边这位郎满斗老人家的母亲，她在白瓦镇生产鸡血蚂蚁的神奇药水，打败了日本人的人丹。我韩造反也要振兴祖国的药业，打造属于白瓦人自己的品牌。”

韩造反说：“乡亲们，和我一起致富吧，和我一起开创我们共同的蚂蚁事业。今天，我免费送一万箱蚂蚁让大家养，一年之后，我以每箱一万元回收。”

韩造反和西装领带的镇长一起说：“乡亲们，让我们携起手来，让蚂蚁开启白瓦镇的新时代。让白瓦镇的蚂蚁爬向全世界。”

接下来，举行韩造反向白瓦镇的捐赠仪式。韩造反将手一挥，蚁神后面一排红布拉开，上千只花花绿绿的纸箱，每只纸箱里有一万只蚂蚁。

接受捐赠的乡亲们排着长长的队伍，他们捧着蚂蚁箱痛哭不止。一个老太太冲主席台跪下，她的身后跪倒一片。有人高喊，广场上的人们都开始高喊。有人放声大哭。“韩造反带领我们奔小康，他是白瓦大恩人。”“我们为韩造反感到骄傲。”“造反，造反，我们爱你。爱你，爱你，永远爱你。”

人潮再次涌动，一浪一浪不断地翻腾，一会儿往东，一会儿往西，一会儿往南，一会儿往北。

白瓦镇旅游节因为韩造反的到来，变成了全镇致富的誓师大会。事后，白瓦镇调集了全镇的清洁工清扫广场，清洁工们来到广场上，他们奉命将两个小山一样的鞋堆均匀地堆放在广场东侧，等待挤掉鞋的人们前来认领。鞋堆半人高，没有人能估计出鞋子的数量。

韩造反的蚁神公司占地二十亩，公司门口的标志性雕塑也是一只蚂蚁，比白瓦镇广场上的那只小一号，不过更有特色。特色就是这只蚂蚁是黑铁制造的，夸张的肚脐，是一个小喷泉，喷出的水流入前面开满荷花的花坛。公司所在地是当年的莲花阁原址，多年以前，郎乌春正是在这个地方观看西洋影戏。

飞机从天而降的大戏演出之前一年，蚁神公司的厂房就已经开始建设。之所以借白瓦旅游节开幕式上大玩一场，完全是韩造反为推广蚂蚁养殖做的一次宣传广告。

韩造反宽大的办公室里摆满了古董和叫不出名字的新玩意儿，韩造反抽着一支比最大号钢笔还要粗的黑烟卷，双脚蹬在沙发背上。

韩造反说：“满斗，那天我和素珍在生产队的仓库里睡完觉，她给我讲你娘的神水生意，从那时我就梦想着做这样一桩买卖。库雅拉山遍山都是蚂蚁，但没有人能让蚂蚁给自己赚钱，你娘想到了，我想到了，我就要发财了，想不发大财都不行啊。”

韩造反领我参观他的领地，蚁神公司共有三个研发中心和五个生产车间。他带我参观的第一个研发中心是蚂蚁研究所。所长是一个戴深度近视镜的年轻人。他向我介绍蚂蚁的营养功能和他们的研发目标。“我们研究的蚂蚁产品远非你能想象。我们要生产的是固本培元、标本兼顾、见效迅速和自成一派的营养食品。功能是强肾力，抗疲劳，调节自身免疫力，在补阳中滋阴，在滋阴中补阳，有补肾和强肾的双重功效。”

韩造反抢过话头说：“老郎，我跟你说点通俗的，就是吃了我的好东西鸡巴硬，特有劲儿。壮阳，壮阳你总会懂吧？哈哈，谁用谁知道。亏你当过一回强奸犯，屁都不懂。”

满斗脸红了，浑身不自在。韩造反自觉失言，赶紧将我领往第二个研究所。第二研究所的名字更古怪——行为密码研究所。

韩造反说：“老郎，这地方是我对人类最大的贡献所在，你知道什么叫人类的行为密码吗？这么跟你说吧，我发现了人们要钱不要脸的秘密，这个秘密来自人后脑勺里面一个神奇的区域，我们请志愿者做了一个游戏，我给他们钱，从十块钱起价，最多给到一万块，每次给他们钱，都会问他们愿不愿意和别人一起花，要是愿意，大家再分一笔钱，要是不愿意，就不给了。我们用仪器扫描他们的后脑勺，发现要钱的时候他们的后脑勺突突乱蹦，钱越多那个地方跳得越快。我想用这个原理生产一种产品，只要吃一粒胶囊，对钱的渴望增加三倍到十倍，如果研发成功，当官的吃了更愿意受贿，老百姓为了钱会不管不顾。吃上一粒即使赚不到钱也有赚大钱的感受。唉，说了你也不懂。我们去下一个研究所吧。”

第三研究所是一座红色的砖楼，楼梯铺红色的地毯，楼梯两侧站着二十多个女服务员，她们个个穿得很少，描眉画眼，见到韩造反露出讨好的笑容。韩造反在一个女孩的屁股上掐了一把。满斗的心发慌，他不敢向前走了。

“发慌就对了，证明你还是个男人。这是我们公司检验药品效果的地方。这上面写的字你认识吧？红运当头，老郎，今天你就要红运当头了。”

二楼设有两间高档餐厅，除了餐桌，还有一个麻将桌。“酒足饭饱，可以打个小麻将娱乐一下。”

步上三楼，三楼有三个蒸汽浴室，两个按摩房，一个放电影的屋子，还有一个健身房。“老郎，人类进步了，别说你，就是我韩造反，这些玩意儿早些年想都没想过。”

在一个放有红木大床的房间里，韩造反让一个女服务员端来一个托盘，上面放着一粒红色胶囊，一小杯红酒。我没敢喝药，红酒又酸又涩，看着我的表情，小人得志的暴发户哈哈大笑，他说：“满斗，你活了七八十岁算是白活了，知道什么叫真正的享受吗？这回我让你享受一下什么叫神仙日子。今天我让你真正当一回强奸犯。我给你上一个最好的货，你见过变戏法的花瓶姑娘，见过五条腿的牛，但你肯定没见过乳房想在哪儿就在哪儿的姑娘。这个姑娘会变戏法，她的两个咂儿可以全身跑，可以一个在后背，一个在胸口。要是你想一手摸两样，它还可以在肚脐眼下面，哈哈——”

满斗大汗淋漓，他蹒跚着下楼梯，正好和一个姑娘碰个正着，胸乳袒露裙子只兜半个屁股的大眼睛姑娘哧哧地笑着，顺手拍了他一下。

韩造反从楼上的窗口探出半个身子，“老郎，我这地方你想什么时候来就什么时候来，大门随时为你敞开呀。”

满斗呼吸困难，落荒而逃。

我对我的阿玛树说，我再也不下山了。

我对我的额娘树说，这世界变得不认识了。

李良树说，你说得没错，这世界的变化从来没有停过啊。

苏念树说，满斗，我有预感，你很快就会食言的。

素珍树说，满斗，你汤里的蚂蚁比昨天多了二十三只。

厨房的菜板爬满了蚂蚁，一层红色的小蚂蚁。已经三年了，每年的六月到九月，蚂蚁都会聚众闹事，它们在我的炕上乱爬，搅得我寝食不安。蚂蚁曾钻进我的耳朵，为了掏它，我将耳朵挖出一大勺血。今年的蚂蚁闹得比去年凶很多。

我决定到村子里去看一看。不错，我说过再不下山了，可是这次不一样，食言就食言吧，大不了让苏念树笑话一场。

洗马村充满了刺鼻子的农药味。洗马村蚂蚁成灾了。

最初是村东头的王家仓房里发现箩筐大一团蚂蚁，当家人一把火将蚂蚁烧掉了。哪知蚁群迅速壮大，村子里到处黑压压一群群的蚂蚁。蚂蚁成群结队地出来，公然抢食村民的饭菜。王傻子的侄女在菜园里干活，误闯了蚂蚁窝，眨眼间全身爬满了蚂蚁，吓得她赶紧脱掉衣服，穿着花裤衩跑上十字路口。人们来不及笑话这个可怜的女人，每家每户都遇到了大问题。

蚂蚁成灾了。路边的庄稼树木都是它们攻击的目标，树叶发生了变异，粮食减产了。蚁卵又大又白，成蚁屁股大，奇臭无比。它们喜欢往村民的家里跑，火攻已经不起作用，它们比火苗跑得更快。人们喷洒农药，很快普通的农药失去了作用，只有敌百虫和敌敌畏好使，农药味刚刚散去，蚂蚁又结伴而来。为了御蚂蚁于房门之外，有人家将饭米汤洒在园子里的草上，蚂蚁爱吃甜的，米汤里有糖分，上当的蚂蚁围上来，等待它们的是一场超浓的毒药雨。

毕竟无法长期生活在农药的气味里，村民们承认了失败，头脑灵光的人跑到镇子里的农科站求助。他们渡过洪水泛滥的河流，河中间篮球大的黑点顺流而下，那是一个个蚁球，正在随波漂流。蚁球外层的蚂蚁被波浪打落水中，只要它们靠岸，就像登陆艇上的战士，一层层地打开，一排排冲上堤岸，岸边留下的小蚁球是外层的牺牲者，仍然紧紧地抱在一起。千里堤坝，毁于蚁穴，人们吓坏了，今年的洪灾不可避免了。

进城的人带回的消息令人沮丧，白瓦镇同样遭遇了蚁灾，城里的楼道里和居民的窗台上到处都是蚂蚁。城里的蚂蚁和乡下的略有不同，比一颗绿豆粒小不了多少，红褐色，爬速极快。

必须找到蚁灾的源头。用不着费劲儿，人们的目光很快盯上了韩造反的红蚂蚁公司。

大批人群聚在红蚂蚁公司的大门口，他们聚结不是为遭受蚁灾讨还损失，他们讨要的是韩造反欠下的养蚁集资款。

早在一年前，韩造反的红蚂蚁公司就让镇上的领导陷入了焦虑。刚开始有人投诉到镇政府，领导们还以为是正常的经营行为，投诉人自诉他向红蚂蚁公司交纳了三万元保证金租养蚂蚁，红蚂蚁公司承诺一年后连本带息返还八万元。可是红蚂蚁公司上门收购蚂蚁时根本不分品质，出门就将蚂蚁倒入下水道。

“他们只为收取养户的抵押金，用后加盟的养户交的钱返给先加盟的养户，目的是骗更多的人加盟。”

投诉越来越多了，政府不得不讨论红蚂蚁公司的前景。和三年前回到镇上时相比，韩造反白胖了许多。他信誓旦旦地表示公司绝无问题，他将镇长请到他的第三研究所试用他的新产品，红蚂蚁公司最新的产品叫作红缨枪胶囊。红缨枪，男人的钢枪。韩造反选定一名在省城因嫖娼被抓的男演员做新药的代言人。红缨枪直接作用于人的下丘脑和交感神经，对性腺作用尤为突出。具有携带方便，服用方便，无毒副作用，补肾益气，提高机体的抗病能力等八十多项功效。镇长使用之后对其效果频频点头。韩造反向镇上捐款一百万元用于政府办公楼的改造。他向领导们提出新要求，他要政府将烈士陵园附近的一片地批给他，他要进入房地产业了。

白瓦镇史上最大的房地产开发浪潮开始了，打桩机震耳欲聋，大地整日颤动。白瓦镇更名为白瓦市，城市成了一片大工地。更多的地产开发公司拥入白瓦市，白瓦人有很强的消费能力。就在当年土匪王良盘踞的地方，日本人的黑村所在地，敬信的煤矿早已遍地开花了。小煤窑很少保护措施，一边让很多人伤残死亡，一边让矿主发家致富，小煤窑催生了许多百万富翁、千万富翁。赚了钱的煤老板纷纷来镇上生活，或者到更远的省城居住，还有人进了首都北京。富人们的生活让人咋舌，他们比赛着花钱，为宠物办葬礼，聚会时一边喝茅台酒，一边趴在少妇的胸口像婴儿一样喝奶，喝得兴起，就将奶妈拉进后面的包间里睡觉。

当年的艳粉街成了不夜之城，霓虹灯炫目地闪，洗浴中心和洗脚屋理发店一家连一家，等待客人的姑娘们浓妆艳抹，穿着V字领的衣服，领口开到肚脐眼。街上的内衣店和售卖成人用品的商店通宵营业，保龄球和台球的声音伴随着卡拉OK的歌声彻夜不息。

就在我额娘当年的神水店原址，建起了一个新的别墅区，那里有了一个新名词，叫作二奶村。许多姑娘住在里面，她们白天靠遛狗打麻将消磨时间，喝下午茶，出入路边的时尚商店，晚上则三五成群地散步聊天。

我遇到了新麻烦。一个星期六的雨后，柳枝树的树干忽然长出三百多朵白蘑菇，一半树杈枯死了。

还有一件事令我担心，最近一段时间，总有几个陌生人到山上来，他们在我的灵魂树的林子里穿行，东张西望。每当他们出现，我的树林子不安地刮冷风，树叶抖个不停。

大老田来的次数更多了，我的石头房子成了他的避难所。他说红蚂蚁公司门口每天聚集上千人，分成了讨蚁派和保蚁派两派。讨蚁派坚决要钱，他们除了到市政府和省政府上访，就是在红蚂蚁公司的大门口静坐。保蚁派和讨蚁派发生了冲突，保蚁派的观点是，他们不是不想要钱，他们担心讨蚁派这样闹下去会将红蚂蚁公司闹破产，只有让红蚂蚁公司继续经营才能讨回血汗钱。有一天，一群穿黑衣服的小伙子从保蚁派的人群里冲出来，挥起木棒，打得讨蚁派哭爹喊娘。警察没有找到破案线索，保蚁派的人不认识那些暴徒。讨蚁派的人怀疑暴徒是红蚂蚁公司指使的，但苦于没有证据。韩造反亲自到医院看望受伤群众，每人发了一大笔钱。更多的保蚁派担心自己血本无归加入了讨蚁派。

冲突演变成一场场灾难。更大的灾难来临了，这场灾难叫金融危机，这又是一个新名词。

白瓦镇忽然萧条了。大老田说："燕子都飞走了。"

大老田说的"燕子"就是那些"二奶"，"二奶村空了。"繁华的艳粉街曾是姑娘们经常出没的地方，二奶们结伴购物和喝茶喝酒。街上舶来品店、高级女装店和珠宝店一家挨一家，过去经常传诵某二奶一掷万金，买钻戒买名牌包包的故事。现在，那些只在周末出现的"老公"好多不回来了，珠宝店随之关门，华服店歇业了。这些姑娘对经济的不景气最为敏感，一看苗头不对，纷纷另投“明主”。有的回老家做小生意，有的转战其他城市再战江湖。往日的美食一条街再也看不见人声鼎沸的景象了，一间间店铺拉下铁门，贴上“出让”和“旺铺出租”的广告。红蚂蚁公司为中心的工厂区和商店街现在空空如也，依赖民工维生的小饮食店、冷饮店、服装店和小杂货店生意一落千丈。工厂出现了用工荒，展开了抢人大战。为了使废弃的厂房得以利用，政府降低招商条件，将空置厂房的资料印成册子交给各种商业协会，希望得到利用。

人到了老年有三大特征，爱钱，怕死，爱瞌睡。满斗不爱钱，不怕死，他死过多次了。唯有一样，他爱瞌睡。

这一天，满斗正打着盹，大老田又来了，这一次他带来一个哭哭啼啼的姑娘。大老田偷偷告诉满斗，姑娘是韩造反的情人。

大老田说：“老郎，我们这次来是求你的。你千万千万帮帮我们。”天空划过一颗流星，坠落到山后面去了。

满斗说：“田公关，我一个孤老头子能帮你什么呢？”

大老田说：“韩老板正在医院里抢救，他的心脏病犯了，已经昏迷三天了。”

大老田说：“老郎，你给看看韩老板还有没有救？”

满斗说：“有没有救得听医生的，我一个快死的老头子懂什么呢？”

大老田歪戴一顶黑色帽子，穿一件白汗衫，下面一条黑裤子，对了，帽子有一个对号一样的钩。这种钩在三十年前的“文革”期间是红色的，判死刑的标志。大老田显然做了精心准备，带了一只烧鸡，三个猪蹄，还有牛肉鹅肝之类的熟食。他一直在劝姑娘喝酒，姑娘好像没什么胃口，自始至终流眼泪。

大老田喝得满脸通红，说：“老郎，你叹什么气啊，今天你得帮我这个忙，我向洪小姐吹了你的法术，我告诉她你是一个真正的萨满，河谷里的最后一个萨满。她问我什么叫萨满，我说，通俗点说，你看过跳大神吗？她说没看过。老郎，别用这种眼神看我，我说错了吗？”

这姑娘像谁呢？啊，她像素珍，难怪第一眼看上去有些眼熟。只是素珍要比她含蓄得多，不会把裙子穿这样短。

大老田咳了一声，提醒走神的满斗。要是灯光下面，他一定会看到满斗脸红吧？满斗下意识地将沾满黄泥的胶鞋缩进桌子底下。心里说，素珍啊，原谅我这个不正经的老头子吧。

素珍树摇出一树的笑声。你别自作多情了，人家姑娘只会用脚后跟的鸡眼看你。

啊，又说到鸡了，我是一个公鸡的儿子。酒很辣，辣嗓子，我的心发慌，狂跳不止。

素珍树说，你应该提醒洪姑娘，你没看出大老田想乘人之危干坏事吗？他拿你做幌子。

素珍树说，满斗，满斗，你病了吗？你的脸色惨白惨白。

满斗呼吸困难，费力地说："田公关，我不陪你了，我不好受，我要歇一歇。"

这句话正对大老田的心思，他连忙吐出一块鸡骨头，"老郎，你的脸色的确很差，你快去歇着，我照顾洪小姐。"

我的全身瘫软，慢慢地滑向桌子下面。我成了一个无助的婴儿，耳边响着巨大的急流声，库雅拉江在我的耳边喧响。我滑向河水的深处，陷入无边的黑暗。我变成了一朵浪花，和时光一起飞溅，我的亲人一个个出现在我的面前，我的额娘年轻美丽，她站在河岸上，冲着太阳撩起自己的秀发，阳光映红她健康的圆腮。郎乌春一身戎装，骑着高头大马，威风凛凛。战马长嘶，他的钢刀寒光闪闪。我的花瓶姑娘，还是我第一次见到的样子，楚楚可怜，隐身在花瓶里，啊，我的腻儿，我的爱人。闪身在玉米地里穿花衬衫的那个人是素珍吗？真的是她，她身边站着我的蛾子妹妹，她们手拉手地冲我微笑。她们没见过面，怎么会成为好朋友？天上的云彩真好看啊，河堤上树色幽深。我看见了娜佳，那个苏联老太太，她陪我度过了一段艰难的岁月，她手里提着一个发光的口袋，里面有多少只萤火虫？十万只？否则怎么会如此明亮？光影里还有谁？李高丽扛着一杆马枪，还有，杨云清，李医生——

我像风中翻转的一片树叶，无法忍受风的旋涡，我成了一粒蒲公英的种子，飘来荡去。

我的师父李良冲我微笑，他的胡子雪白，有点驼背。我大声呼唤他，他一言不发，在我的脑门点了一指。

我向黑暗的更深处坠落，坠落，心提到了嗓子眼。我重复着从天上坠落时的恐惧，我打不开降落伞，大地迎上来，房屋迎上来，我看见了河流，看见了浪花，地上的蚂蚁成千上万，长得和牛一般大小。

直到一阵清风拂面而来，一只萤火虫飞到我的眼前。萤光照亮了一条路，一条只能向前走的路——

尾　歌

我走在一条发光的路上，路由石头砌成，路两边立着比大树高一倍的玻璃镜子。我顾不上看镜子里的风景，一支队伍迎面走来。前面类似“文革”时的宣传车开道，车上浓烟滚滚。车后面走着二十多人，每人手里一条长长的鞭子，抽打着石子路啪啪山响。游行的队伍举着各色小旗，他们情绪亢奋，戴着我曾经戴过的高帽子，当年我们戴纸帽子，他们戴的是白布的高帽子。

一个看不出男女但很肥胖的人坐着一顶松木杆绑成的轿子，极有威严的样子，他目不斜视，频频向两边跪倒膜拜的人挥手。轿子过后，一个穿官袍戴乌纱的人走来，他走七步退两步，左手拿着一本厚厚的书，右手执一支比红缨枪还长的毛笔，笔头像一把扫帚。跪倒的人立刻高喊起来：

判官来了，判官来了。

喊声如洗马河武开江的轰隆声，震得满斗耳膜生疼。

判官目光如炬，双眼圆睁，眼睛占了半个脸的位置，眼珠鼓出，和鼻梁齐平。判官扫视着两边的人群，许多人立刻低下头去。人群看上去十分不安，很多人挤来挤去，一个人想躲到别人的后面。只见判官站下，将笔一指，立刻有衙役样的人挥动铁链，将那人套住拉上就走。人群混乱了，有人冲上前去，冲判官的眼睛挥舞树枝，扇动向日葵的叶子和大片大片的荷叶，胆大的冲上去，搂住判官的脖子，扯他的眼皮。路边有人冲出来，迎面泼来一盆血水，扬起一把黄土，判官双眼仍然不眨一下，他大叫一声，伤害他的人变成狗和猫向人群里蹿去。判官的眼睛更大了，他的步子更稳，他的身后，已经拴了长长一串人犯。这时候，一个穿长袍的人忽然向判官张开大袖子，里面一只黑色的老鼠猛地向判官的鼓眼扑来，直扑他的眼珠。只见判官手起，长笔挥出，将老鼠挡出三丈开外。

我吓坏了，出了一身冷汗。人群像风一样刮过去，像洪水一样涌过来，奇怪的是我仍站在原地，镜子里的影像电影一样。

我走在一条河边，河水混浊，翻着巨浪。我失去了时间概念，失去了辨认四周景致的能力，不知疲倦地向前走。我感到自己是那样的无助，像一只被诱进笼子的麻雀，像一堆点燃的蒿草，像一只掉进陷阱的兔子。我的四周光晕七彩六色，不断变幻，我正走向一片盖有黑色或红色房子的幽暗之处或是铁城之中。

我与判官相遇，天空刚好出现一道蓝色的亮光。我站在一片河滩之上，四周密布着大大小小的白色黄色和黑色的鹅卵石，其中黄色的居多。判官脸上两行湿湿的泪痕，他好像能洞悉我的心思，他向河滩上一指，河滩变成一个十分宽敞的广场，广场灯柱上有各种各样的灯饰，白色的弧光灯一闪一闪。石头转眼幻化成人形，男女老少皆有，衣着各式各样，有的单衣，有的棉衣，有的短裤背心，光身子的人看上去并不害羞，人们的身上发出淡蓝色的光芒。他们不关心别人，不交谈，就像别人不存在一样。

判官将笔挥了两挥，广场上的人一下子消失了，恢复成鹅卵石的模样。

“为什么会这样？”我惊讶地大叫起来。

判官说：“你所处的位置是灵魂的垃圾场。我们需要人手翻检，挑选，工作量太大了，每天运来三卡车石头，我们只能翻检一卡车，来不及挑选的堆放在石头广场这里等待。”

判官说：“如果你仔细辨别，即使尚未分拣，你仍然能够看到石头分为上中下三等。你看下那块发光的石头。”

顺着判官的笔尖，我的眼前出现了一个更大的广场，广场上盛开着白色的花朵，花丛中间无数的人高举着一个个本子，有人激动地流泪。那场面就像白瓦镇灯光球场蚂蚁大会的场景再现。

判官说：“这个灵魂红尘的妄想未了，他每次坐在石头里休息便想念这个场面，念头一起，场景便显现出来。想人群，人群来，想广场，广场现，想打斗的场面，立刻血肉横飞。这和你们做梦一样，在梦中的情景很真实，醒来发现是一种假象。你们的生活何尝不是一场梦呢？”

判官说：“你可以走进屋子去感受一下。”

判官一指，我已在一间屋子的门口。里面摆着豪华的办公家具，办公桌后面，一个五十多岁的人坐在宽大的高椅子上。

他的表情十分严厉。

你叫什么名字?

郎满斗。

从事什么职业?

农民。

党派?

尚无。

婚否?

未婚。

父母姓名?

母亲赵柳枝，父亲郎乌春。

何时何地受过何种奖励?

二十岁时因为炸掉日本人的飞机场得过一次二等功，苏军阿巴罗夫大尉给我颁发了证书。

何时何地受过何种处分?

五十岁成了一名强奸犯。

你强奸了谁?

谁也没强奸，我是被冤枉的。

不可能，我们绝不会冤枉一个好人，也不会放过一个坏蛋。

他打开一个本子，抽出一页纸。这是你的记录，写得清清楚楚，你是一个叛徒，一个特务，一个历史反革命，一个强奸犯。你是一个私生子，你的父亲是一只公鸡。还有——你是一只蚂蚁，是一只——

门外，判官长长的一声咳嗽，我对面的人陡然一震，脸上现出羞愧的神色，霎时，眼前的一切都消失了，我看到的仍是一块散发蓝光的石头，光芒迅速黯淡下去。

判官将我带到一个陡峭的高崖下。一个年纪二十岁上下的女子身穿黑衣，脸色惨白，正在高崖下面嚎啕大哭。

她为什么如此悲伤?判官透知我的心意，他说，你仔细看看她的喉管。

她的脖子被横着切了一刀，切断了喉管。我走上前去，将手里不知何时多出的一道白绫递给女子，我不忍心看见她的伤口。

女子接过白绫，愣了一下，她抬头看我一眼，她是那样面熟，只是想不起她的名字。

他们不让我说话。他们让我忘记过去，可是我做不到。女子流出红色的眼泪，喃喃低述。

他们是谁?我忍不住问道。

眼前高崖消失了，女子也随之消失。我在石头堆里找到了她，一块石头散发着令人心酸的白色光芒。

判官说，她做的是一个噩梦，一个醒不来的噩梦。

我问判官，我能见到韩造反吗?

韩造反？让我查查。

判官变戏法一样拿出他的大本子，随手翻上几页。哦，找到了。他正在来这儿的路上。

判官的话音未落，我就看见了韩造反。他瘦得只剩一把骨头，躺在一张病床上，奄奄一息。

我能带他回去吗？

有点麻烦。判官说，你看他的胸口。

我看见了。韩造反的胸腔腐烂成一摊黑色的液体，散发着难闻的臭味。

这时候，广场重新出现了，我看见许多人愤怒地呼喊，有人放声大哭。判官将笔一挥再挥，抖落的墨点就像雨点一样。我的眼前终于再次变成一个晾晒灵魂的河滩。

我说，你这个判官好像并不尽职。

判官愣了一下，泪水奔涌而出，他的身形忽然矮下去，转眼间变成一块红色的石头。

萤火虫出现在我的眼前，起初是一只，两只，三只，无数的萤光汇聚在一起，我感到再生的时间越来越近，我被拉入一束白光之中。

耳边的水声消失了，变成人的声音。

——醒了——老郎醒过来了。

我醒了，躺在医院的重症监护室里面。

医生说，我患了大面积心肌梗死，一男一女将我送进白瓦市医院，送来时我深度昏迷，医生们认为我失去了抢救的价值。

病房里来了一个眼睛发蓝的男孩，他只待了一天就转去省城的大医院了，医生说他患了眼瘤。眼瘤是绝症，那孩子没救了。我目送男孩和他疲惫不堪的父亲走出医院的大门。秋天来了，医院的院子里落叶飘飞，十分萧瑟。看着看着，我眼前的景物模糊了。

医生给我做了白内障手术。还有，手术当中，医生们破解了满斗夜视能力的奥秘，他们说，满斗的猫眼是患了一种眼底的白化病。

满斗只是一个特殊眼病的患者，根本不可能洞悉人间的奥秘。

大老田来医院看我。他已经离开了红蚂蚁公司，有了新的工作目标，他本人牵头成立了萨满文化研究会，发誓将库雅拉河谷的萨满文化申报成世界非物质文化遗产。

“老郎，你就是在世的大师。你出院以后，我要给你举办一次盛大的降神仪式。”老田唾沫飞溅。

病房里的病人来了走，走了来。花老头和我一起住了三天。老花有七个儿子，没有一个肯养他的老，侄子给他搭个塑料棚子住在大街上，老花得了脑血栓，在大街上犯了迷症，脱光了衣服，恰好让儿媳妇看到了，说他耍流氓。老花明白过来自焚了，烧得像个煳家雀。

夜里，我看见老花走出了病房，我知道那是老花的灵魂。我的心一阵狂跳，怅然若失，我知道有什么不好的事情发生了。天亮时我听到了风声，那是我的灵魂树发出的一连串一连串的叹息。

用一小时的时间等待天亮，等待坏消息到来。这段时间里，聪明的老满斗像孩子一样陷入了遐想。

他想象每一棵灵魂树还原成它的本尊，是啊，自从他将每一个灵魂妥妥地安放，每一棵树，每一个人，就像童话故事里说的那样，从此以后，过上了幸福生活。

天空比一年当中的任何时候都蓝，天高气爽，白云朵朵。阳光洒下来，河里的莲叶隐隐发光，一片一片，水晶似的，泛出各种光芒。艳丽的花朵清香扑鼻，白的像水晶，红的像玛瑙，紫的像琉璃，鸟叫声汇在一起，蝉鸣风声合奏，像一支从未听过的曲子，一首从未听过的歌，柔美，如丝絮，如云朵，如潺潺的清亮的溪水，欢乐无比。景色难以形容的清新美好，天空飞满黄色的蒲公英，还有其他的叫不出名字的红色花朵，有的三角形，有的球状，美到你不忍心让那些鲜花落地，用衣服接住，用心接住，接住漫天飘飞的心酸和迷醉。那么多的翠鸟像绿色的衣袖翩翩的仙子，随风起舞。白鹭飞向漠漠的田野，毫无心机的野鸡成群结队地飞往库雅拉山，山岚是蓝色的，蓝得天一样、海一样。

他们每一个人都找到了自己最想过的生活。郎乌春和赵柳枝走在阳光里，他们刚刚吃过午饭，村道像一条发光的河，路两边晾晒的蒿草散发着好闻的气味。蝴蝶在纷飞，母鸡在歌唱。清晨的露水医好了蛾子的长脚症，她长成一个美丽的少女，妩媚多姿，顾盼生情。街上跑过一只好看的黑狐，毛亮亮的，闪烁着金色的阳光，它一点不怕人，像看家狗一样温顺。我的师父李良萨满长成一个慈眉善目的老头，脑门红红的，他端坐在葡萄架下面看着棋盘，等待着村子里的晚辈向他挑战。该说到我的花瓶姑娘了，她的脸上绽放着开心的笑容，穿着一件大红的衣服，静静地等待着她的爱人，等待着她的满斗。而满斗这会儿走在洗马河边一座公园的石子路上，他看着一只只老虎、野猪，还有别的灵兽在一起嬉戏。洗马河的天空飞过江鸥，大河阔阔荡荡，仪态万方——

公安局的人来了，他们告诉我，盗树案终于破了。

办理这样的案子并不难，那么多的大树要拉出河谷一定会留下各种蛛丝马迹。

盗树者为了让拉树的大货车开进开出，砍伐了山路旁边的树木，将小径拓宽，开辟出一条可供大型货车通行的简易道路。为了阻挠侦查人员进入现场，大树运走后，他们在通往作案现场的道路上挖下一个个大坑。坑里的泥土新鲜，显然刚挖不久。

回到我的小山，景象真是凄凉，山坡像被炮火轰炸过，一片狼藉。一个个树坑触目惊心，散落的被砍掉的枝叶已经干枯。

盗树者在我那寒酸的小屋做过饭，满地的烟头，擦过汗的破毛巾爬满了蚂蚁。屋子里的十四英寸黑白电视机还好好地摆在柜子上，或许他们曾打开过，除了用了我的粮食，屋子里没损失其他的东西。盗树者的目的很明确，就是奔着那些树来的，其他的破东烂西他们不屑一碰。

满斗略感欣慰的是素珍树躺在山涧边，盗树者没来得及运走。素珍树的树冠还算完整，树皮也未损坏，树根被认真地修过，修成易于运输的球状。这一切都是为了移栽后能够成活做准备。放倒大树前，他们用吊车钩住树干，免得大树偏转方向，截断的树头留足了树干。

满斗哭得太伤心了，哭声感染了办案的警察，他们找来一些村民帮忙，将大树立在树坑里。

幸存的还有躺在山涧边的李良树。盗树者打过李良树的主意，树根处留下了斧痕，只是李良树的树根太奇怪了，它是一棵走树啊。

盗树者是一个经验丰富组织有序的犯罪团伙。警察找到附近一处修路工地的吊车张司机，盗树者以一天三千块的工钱雇他前来装运大树，他帮盗树者找来一辆运树的大货车。

大货车将一棵棵大树运到通往白瓦镇的路口，再将树移上一辆辆红色的大卡车，运往外地。有一棵树太重了，加上碎石路难走，张司机的大货车把树运到高速路口，换了四个轮胎。

压坏货车轮胎的一定是乌春树，我的阿玛树。警察说，那棵桦树值十万块。盗树者早就盯上了我的这片灵魂树，我想起了出没在树林子里的可疑人，当时我怎么能想到他们会是一群盗树贼呢？

盗树贼一共十八人，他们干了三十个小时，雇了挖掘机、钩机、吊车，还有四十多个村民，完成了挖树的工程。他们打通了所有关节，拿到了采伐证、运输证、检疫证，一路畅通地驶上高速公路。

警察告诉我，挖树卖树的生意十年前就有了，油松和云杉都能卖上好价钱。早年买主瞧不上普通的树种，比如桦树，普通的树种近几年才提高价格。买主是大城市的地产商和富人，他们对树龄、树冠、树高、胸径有很高的要求。地产商向城里人承诺，他们开发的小区会有蝴蝶和果香，一年四季都有绿色。盗树的生意随之产生，有实力的地产公司派出专人找树，由专门的公司提供好树的线索。买来的大树移到楼盘的苗圃里，然后再行移植。事情并不复杂，需求催生了盗树的生意，所谓专业公司，可能就是盗树贼。

我的灵魂树进了城。警察尚未搞清这些树的位置，我知道他们也没有兴趣搞清楚。相对杀人放火的大案要案，盗树案是不值一提的小案子。

警察不知道我的灵魂树的下落，但我知道它们的大致方位。我能感觉到它们，它们会走进我的梦里。

乌春树躺在一个大坑边，大坑会变成一个人工湖。尚未注水的人工湖四周是正在建设中的高楼，附近的亭子上刷着绿色的涂料。

我的额娘树在风中发抖，它痛苦地呻吟，长途运输伤了它的树根，它也许过不了冬天就会死去。额娘树下有一个枯坐的灵魂。她比我额娘小几岁，额娘树栽种的地方原来是她的家园，她拒绝搬家，她担心辞世八年的老伴会回到家里来看她。可怜的老人在拆迁中意外地被瓦片砸死了。死后，她的灵魂不肯离去。她执着地认为老伴会回原来的家。她的灵魂会和额娘树成为好朋友吗?

蛾子树最有性格，它倔强地不肯就范，先后砸坏了三个工人的脚，压翻了一辆运树的卡车，它的身上捆扎着粗草绳，担心它倒掉，工人们用五根木杆支撑着它。它站在一条正在兴建的高速公路的路边。工地上，许多工人在玩扑克，有一个工人到蛾子树下撒尿，冲蛾子树吐了两口痰。他的额头砸下几棵夜露，他惶恐地四周张望。砸下来的不是夜露，那是蛾子树的泪水啊。

云清树所在的小区发生了谋杀案。警灯闪烁，一辆救护车拉着长声驶进院子。云清树不自在地发抖，那个杀了情妇的人倚着云清树的树干，绝望地大口大口地吸烟。

快乐的是那棵狐狸树，它刚移进小区不久就吸引了一只小喜鹊来筑巢，它沉迷于鸟叫，只有鸟叫能慰藉它的孤独，让它忘记库雅拉河谷的岁月。

城市太喧嚣了，乌春树在城南，柳枝树在城西，它们被拆散了，无法沟通信息，只能分别向我抱怨。可是我无能为力，什么也做不了。

夜半，空旷的大山里，无处凭依的虫嘶真凄凉啊，不懂事的虫子和鸟都在哭泣。大山的深处传来一声虎啸，一声忧愤的虎啸。这个世界上没有一种生灵会灭绝，没有，它们藏在人类无法知晓的地方。

你们一定认为我在胡说，或者，你们认为我是一个神秘者，但世人藏起来的秘密比我更多，而且不可告人。

天亮之前，大山里刮过一阵凉风，虫嘶静止了。那是秋霜将至的讯号，要下霜了，这一年又要过去了。明年，我还会活在这世上吗？凉风送来一丝丝幽怨。幽怨来自我的苏念树，她孤单地站在一个陌生的土坡上发抖。土坡下面是死去的瓦砾，她的四周开着将死的花朵。月光晦暗。我的花瓶姑娘责备我抛弃了她。

我的腻儿，我的花瓶姑娘，我的苏念姐姐，我会去看你，在我离世之前，我会去看你，陪你说会儿话。

我决心上路，我要到那座陌生的城市里去，去找我的灵魂树，去看望我流离失所的亲人，去和每一棵灵魂树说话，祭奠它们，做最后的告别。

我上路了。

上路之前做了如下准备。钱是必不可少的，这些年的积蓄几乎全部消耗在医院里，剩下的我数了数，一共三百六十块。带上一件棉大衣，秋天来了，露宿的机会不会少。一把盐，一盒火柴，一个搪瓷饭盒，这是当年在队伍上的必备物品。我将身份证放在电视机下面，我不会再回来了，满斗在这个世上就要消失了。现在，我思考最多的一件事，是怎样在最后的关头不给别人添麻烦。

素珍树掉光了叶子，它确定不会在明年春天返青了。我给它浇了一桶水，水洇湿了土坑。它仍昏迷着，对我的好意无法表达感激。我去看望李良树，李良树上有几只蔫头耷脑的蓝大点，将头缩在树叶后面，警惕地看我。我听见了李良树的叹息，它知道我要走了，树条在风中摇来摆去，恋恋不舍。

别了李良师父。

别了素珍。

别了库雅拉山。

别了洗马河。

我上路了，坐上一辆公共汽车。汽车驶出天空的云影，驶进山中的隧道。隧道十分阴凉，两边向下滴水。交通的改善让我失去了和大山的气象万千行注目礼的机会。汽车走在大山的心脏里，隧道有一处塌方了，坏脾气的司机不停地按喇叭，就像大山不情愿的回声。

高速公路和火车线平行着驶出河谷的最后一段，一座新寺庙的金色瓦顶在阳光下闪烁，大庙恢宏，气象万千，相比之下，善林寺的样子十分寒酸。

我的眼前出现了我第一次离家的情景。我去追赶花瓶姑娘，我上路了，阳光晃在土路上，路上跑过欢天喜地的松鼠和野兔，野鸡和麻雀在合唱，瓦蓝瓦蓝的天空上翱翔着鹞鹰，就像白瓦镇上放飞的纸鸢。

庄稼地弥漫着甜丝丝的将要成熟的气息。雨后的大地一片清凉，空气中弥漫着浓浓的土香。园子里的牵牛花怒放着，各种植物的叶子沾着小水珠。风儿吹来，白榆树和杨树上抖落一片一片的雨点，下场雨似的。黑色的鱼鳞云，衬着一抹不太明显的红色。放牛的老光棍戴着一顶旧草帽从河沟的灌木丛后面闪出来，小毛丫的胸脯平得像一块木头片。脚趾缝里，冰凉的泥水咕唧咕唧钻上钻下，秋沙鸭成双成对地和鸳鸯一起嬉戏。

我们的村子看不见了，右面是晨雾中漫天急流的大江。江边的雾有的地方白，白得像棉絮，有的地方黑，黑得像晚烟。

满斗，你去哪呀？

满斗的路伸向青纱帐的远方。

雁阵过后，天空中出现了南归的秋沙鸭。奇特可爱的秋沙鸭长着细长的扁嘴，鼻孔在嘴峰的中部，雄鸭头部和颈部是黑色，闪着棕绿色的光泽，头上长长的冠羽。雌鸭比雄鸭小，身体上半部蓝色，下半部白色。在库雅拉江畔留居了半年，它们成双入对，羡杀鸳鸯。秋沙鸭去后，河边最常见的只剩下松鸡了，松鸡叫飞龙，它们是留鸟，喜食树籽、野果和嫩树叶，啄食苔藓。冬天，它们不在树上就栖身在雪坑里。现在正是松鸡最肥的季节，远处传来一声火铳，每一声枪响，都有可能剥夺一只松鸡的性命。

车上许多苍蝇飞来飞去。年轻人无法忍受，我无所谓了，满斗老迈的躯体风吹雨打，日晒雪伤，早已没有一丝吻痕的印迹，剩下的只有灼伤和冻疮。老人斑像一只只死苍蝇，我猜想，苍蝇是打不得的东西，打死一只苍蝇就印在你身体上一只，脸上、手上、胳膊上，也许屁股上也有。

窗外的景色模糊了。我的眼窝子浅了，存不住泪水。

我想睡一会儿，我太累了。

萤火虫飞起来，像露珠一样漫天飞舞。

我的鬼孩朋友出现在我的梦里。他们在我的梦里徘徊，月光下，细雨的黄瓜架旁边，他们嗅着黄瓜花的清香，嗅着土豆花的清香，葡萄架下，萤火照亮了他们的脸。

我看见他们了。

他们还是老样子。

2015 年 12 月 12 日

图书在版编目（CIP）数据

唇典 / 刘庆著 .—北京：作家出版社，2017.7

ISBN 978-7-5063-9545-8

Ⅰ. ①唇…　Ⅱ. ①刘…　Ⅲ. ①长篇小说—中国—当代

Ⅳ. ① I247.5

中国版本图书馆 CIP 数据核字（2017）第 158542 号

唇　典

作　　者：刘　庆

封面手绘：李　晨

责任编辑：懿　翎　徐　乐

装帧设计：丁奔亮

出版发行：作家出版社

社　　址：北京农展馆南里 10 号　　　**邮　　编**：100125

电话传真：86-10-65930756（出版发行部）

86-10-65004079（总编室）

86-10-65015116（邮购部）

E-mail:zuojia @ zuojia.net.cn

http://www.haozuojia.com（作家在线）

印　　刷：三河市华业印务有限公司

成品尺寸：170 × 240

字　　数：545 千字

印　　张：31.25

版　　次：2017 年 7 月第 1 版

印　　次：2017 年 7 月第 1 次印刷

ISBN 978-7-5063-9545-8

定　　价：45.00 元